Harry Connolly
Die Pforte der Schatten

W0350323

HARRY CONNOLLY

DIE PFORTE DER SCHATTEN

BAND EINS DER TRILOGIE
DER STRAHLENDE WEG

Aus dem Englischen
von Michaela Link

blanvalet

Die amerikanische Originalausgabe erschien unter dem Titel
»The Way into Chaos (The Great Way I)« im Selbstverlag.

Der Verlag weist ausdrücklich darauf hin, dass im Text
enthaltene externe Links vom Verlag nur bis zum Zeitpunkt
der Buchveröffentlichung eingesehen werden konnten.
Auf spätere Veränderungen hat der Verlag keinerlei Einfluss.
Eine Haftung des Verlags ist daher ausgeschlossen.

MIX
Papier aus verantwortungsvollen Quellen
FSC www.fsc.org
FSC® C083411

Verlagsgruppe Random House FSC® N001967

2. Auflage
Deutsche Erstausgabe Juni 2016
Copyright © der Originalausgabe 2014 by Harry Connolly
Copyright © der deutschsprachigen Ausgabe by Blanvalet
in der Verlagsgruppe Random House GmbH,
Neumarkter Str. 28, 81673 München
Umschlaggestaltung und -illustration: © Melanie Miklitza, Inkcraft
Redaktion: Alexander Groß
HK · Herstellung: sam
Satz: KompetenzCenter, Mönchengladbach
Druck und Einband: CPI books GmbH, Leck
Printed in Germany
ISBN: 978-3-7341-6087-5

www.blanvalet.de

Für Lloyd Alexander,
der mich erst zu einem Fantasyleser gemacht hat.

KAPITEL I

Ohne seine Rüstung kam sich Tyr Tejohn Treygar vor, als sei er in Ungnade gefallen. Ein lächerlicher Gedanke natürlich – zur Festspielzeit war durch königlichen Erlass das Anlegen von Rüstungen verboten, selbst für die Wachen an den Toren. Trotzdem war es für ihn ein eigenartiges Gefühl, als er nun in den weichen, pantoffelähnlichen Schuhen, die Laoni ihm gekauft hatte, in der morgendlichen Kühle auf die Promenade vor dem Palast von Sang und Morgen hinaustrat. Mit Schritten so leise wie die eines Taschendiebs.

Die Königin wollte ihn sprechen. Wieder einmal. Tejohn war nicht offiziell zu einer Audienz vor den Thron geladen worden, und das würde er auch nicht. Doch die Königin war keine Frau, die je irgendetwas auf sich beruhen ließ. Und er würde sich auch nicht vor ihr verstecken – niemals.

Das hieß jedoch nicht, dass er in seinen Gemächern auf sie warten müsste. Und man würde ihren Dienern wohl kaum einen Vorwurf machen können, wenn sie nicht auf die Idee kamen, zu dieser frühen Stunde ausgerechnet am einsamen Nordende der Promenade nach ihm zu suchen.

Sie fand ihn natürlich trotzdem.

»Mein Tyr Treygar«, begrüßte sie ihn schon von Weitem, ihre Gefolgsleute wie eine keilförmige Schleppe im Kielwasser. »Nur in Hemd und Wams – Ihr müsst gewiss frieren hier draußen.«

Er verneigte sich. »Ich bin keine andere als die militärische Tracht gewohnt, meine Königin, geschweige denn Festspielkleider. Also werde ich mich mit Sicherheit wohler fühlen, wenn die Sonne für ein Weilchen am Himmel gestanden hat.«

Sie sah missbilligend zu den grauen Wolken empor. Es hatte während der Nacht genieselt, und bald würde es wieder richtig regnen. »Der Morgen in der Morgenstadt. Beim Großen Weg, was freue ich mich auf den Sommer.« Sie trat neben ihn an die Mauer und sah in die Ferne hinaus, genau wie er es eben getan hatte. Ihr eigenes Wams bestand aus tiefrotem Tuch, das mit goldenen Fäden durchwirkt war. Nicht die neueste Mode, so sein Eindruck, aber trotzdem wunderschön. Während der Festspiele trug selbst die Königin Gewänder mit Taschen. »Es wird wunderbar sein, ein paar Tage Sonnenschein zu haben. Die Berge sind am Morgen so herrlich, wenn wir sie sehen können.«

Die Südliche Barriere – die nördlich der Stadt lag, diesen Namen jedoch trug, weil es einen zweiten Gebirgszug gab, der sich noch weiter im Norden befand – war manchmal im Morgennebel sichtbar. Zumindest hatte man das Tejohn erzählt. Er war zu kurzsichtig, um auch nur die strohgedeckten Dächer der Stadt jenseits der Mauern unterscheiden zu können. Nicht, dass derlei Dinge für ihn von Belang gewesen wären.

Die Königin sah ihn von der Seite mit einem durchtriebenen Lächeln an. Königin Amlian Italga war keine schöne Frau, aber sie war intelligent, schlau (was nicht das Gleiche war, wie Tejohn vor langer Zeit begriffen hatte) und unnachgiebig. Wenn sie etwas haben wollte, gab sie nicht auf, bis es ihr gehörte. Der König mochte sich in so mancher Hinsicht eher als ein Dummkopf erwiesen haben, aber er hatte die schönsten Frauen des Reiches übergangen, um sie zu seiner zweiten Königin zu erwählen. Es war die weiseste Entscheidung, die er je getroffen hatte.

»Habt Ihr über meinen Vorschlag nachgedacht, Tejohn?«

Er verneigte sich abermals. Es war immer gut, sich zu verneigen, wenn man im Begriff stand, ein Mitglied der königlichen Familie zu enttäuschen. »Ich habe über kaum etwas anderes nachgedacht, aber ich kann es nicht tun.« Ihr Blick verfinsterte sich, doch unterbrach sie ihn nicht. »Es ist nicht so, dass ich halsstarrig wäre, meine Königin. Ich habe mich über viele Stunden mit der Sache beschäftigt, aber es übersteigt einfach meine Möglichkeiten.«

Die Königin verzog den Mund, als richte sie das Wort an ein starrköpfiges Kind, ungeachtet der Tatsache, dass Tejohn drei Jahre älter war als sie. »Es übersteigt Eure Möglichkeiten? Ich glaube, wir wissen beide, dass das nicht wahr ist.« Mit einer trägen Drehung ihres Handgelenks deutete sie auf den Himmelswagen, der in westlicher Richtung über die Stadt flog und dabei Fähnchen hinter sich herwehen ließ.

Tejohn richtete seinen Blick auf den Wagen, als sei die Handbewegung der Königin ein Befehl gewesen. Es war ein großer, viereckiger Holzwagen mit Speichenrädern. Über dem Wagen waren die beiden obsidianschwarzen Scheiben angebracht, die ihn vom Boden hoben und in der Luft schweben ließen.

Der metallene Panzer der Unterseite war natürlich entfernt worden, ebenso wie die Reihen von Schilden an den Seiten. Die Halter für die Fässer, aus denen man brennendes Öl in die Festungen und Lager des Feindes gießen konnte, waren jetzt nur mit bunten Fähnchen bestückt. Auch dieser Wagen war seiner Waffen und seiner Rüstung beraubt worden und bot einen nicht weniger seltsamen Anblick als vermutlich Tejohn selbst.

Alles Kriegerische im Erscheinungsbild des Landes war während der Festspiele verboten. Das Abendvolk glaubte nicht an Eroberung und Unterwerfung.

Tejohn seufzte. Das Geschenk, dem das Reich die Wagen

verdankte – und damit einen gewaltigen Vorteil bei den Kämpfen an den Grenzen –, gab es nur seinetwegen und wegen des Liedes, das er geschrieben hatte. Und niemand würde ihn das je vergessen lassen.

»Ich war damals noch ein junger Mann«, sagte Tejohn leise, »und meine Trauer war frisch. Nun bin ich alt. Ich habe wieder eine Frau und Kinder. Ich darf mein Heim wieder glücklich nennen.«

Die Königin rümpfte die Nase. »Nun ja, daraus lässt sich wohl kaum ein besonders bewegendes Lied machen.« Tejohn fühlte sich versucht, ihr zu widersprechen, aber natürlich tat er es nicht. »Aber *so* alt seid Ihr gar nicht. Die Leute vom Abendvolk werden zehn Tage lang hier sein. Seid Ihr Euch sicher, dass Ihr wirklich keine Fortsetzung schreiben könnt? Oder wenigstens einfach dasselbe Lied noch einmal vortragen?«

Es waren Jahre vergangen, seit die Bilder der Leichen seiner ersten Frau und seines Sohnes Tejohn das letzte Mal heimgesucht hatten. Mit ihnen war damals der vertraute Drang in ihm aufgestiegen, nach seinem Speer zu greifen und zu töten. »Ich könnte mich diesem Schmerz nicht noch einmal stellen, und Ihr solltet es auch nicht von mir verlangen.«

Wenn die Abfuhr sie kränkte, ließ die Königin es sich nicht anmerken. Sie drückte kurz seine Hand, dann trat sie einen Schritt zurück. »Ihr müsst Euren Schmerz sehr tief empfinden, dass Ihr so zu mir sprecht. Tejohn, mein Freund, bitte, nehmt meine Entschuldigung an. Ihr seid, beim gütigen Sang, immer gut zu Ellifer und mir gewesen und auch zu Lar – nicht, dass er es verdient hätte. Wir haben noch andere Sänger und Dichter; der König und ich werden uns damit zufriedengeben müssen, dass auch weniger bedeutende magische Errungenschaften Teil unseres Vermächtnisses sein werden. Werden sich Laoni und die Kleinen zu uns gesellen?«

»Laoni hat Teberr und die Zwillinge mit nach Ostfurt genommen zu einem Besuch bei ihren Vettern und Cousinen. Sie sind noch so klein ...«

Seine Worte konnten die Königin nicht täuschen, aber sie sagte nichts dazu. »Ich gehe jetzt besser wieder. Es gibt noch viel zu tun. Tejohn, nachdem das Abendvolk in seine Heimat zurückgekehrt ist, wird es in der Stadt mindestens einen Monat lang hoch hergehen, und wir erwarten, dass die Gelehrten sich dann über ein neues Geschenk die Köpfe heißreden können ... Ich glaube, ich muss einige Nachrichten nach Ostfurt schicken. Wärt Ihr bereit, sie für mich zu überbringen? Und dort einen Monat auf die Antworten zu warten? Lar ist jetzt erwachsen; ich bin mir sicher, er kann in der Trainingshalle für eine Weile auch ohne Euch üben.«

Wenn er das nur machen würde. Aber es war nicht notwendig, es auszusprechen. Sowohl Tejohn als auch die Königin wollten, dass der Prinz seine Energien wieder mehr auf die Vervollkommnung seiner Kampfkünste konzentrierte statt auf seine ... anderen Beschäftigungen. »Ich danke Euch, meine Königin«, erklärte Tejohn. »Das würde mir sehr zusagen. Vielen Dank.«

Königin Amlian lächelte und wandte sich zum Gehen. »Sorgt einfach dafür, dass Lar heute an seinem Platz ist. Und nüchtern. Er plant doch nicht etwa, ein zotiges Lied zu singen, oder? Irgendwer hat mir da was zugetragen.«

»Wenn dem so ist, werde ich mein Bestes tun, ihn davon abzubringen.« Tejohn empfahl sich. Der kühle Nieselregen machte sich immer unangenehmer bemerkbar, und Tejohn kehrte in sein Zimmer zurück, um den langen schwarzen Rock anzuziehen, den seine Frau für ihn genäht hatte. Die ganze Stadt würde heute leuchtende Rot- und Gelbtöne tragen – wer immer wohlhabend genug war, sogar Blautöne –, aber für den Mann, der »Ein Fluss tritt über die Ufer« geschrieben hatte, fand Laoni etwas Ernstes passender.

Danach legte er seine Armschienen aus polierter Bronze an. Das Gewicht des Metalls an seinen Unterarmen zu spüren war beruhigend.

Tejohn hatte soeben der Königin eine Bitte abgeschlagen. Sie hätte ihn auf hundert verschiedene Weisen bestrafen können, sie hätte ihm seinen Ehrentitel aberkennen können, aber sie hatte ihm stattdessen eine Freundlichkeit erwiesen. Sie verstand. *Dankbar bin ich, dass ich den Weg beschreiten darf.*

Am Ende der letzten Festspiele hatte der Anführer des Abendvolks Tejohn mit seinen schrecklichen goldenen Augen angestarrt, als wolle er dessen Seele mit sich nach Hause nehmen. Als hätte er nicht ohnehin schon zu viel genommen. *Wir werden uns wiedersehen,* hatte Co gesagt. Seitdem graute Tejohn vor diesem Moment.

Tejohn eilte durch den Palast. Es spielte keine Rolle. Falls Co hoffte, sich weiter an Tejohns Trauer weiden zu können, stand ihm eine Enttäuschung bevor, wenn er von dem schlichten, anständigen Leben erfuhr, das der Soldat in den vergangenen dreiundzwanzig Jahren geführt hatte. Und Tejohn war darauf eingestellt, sein Vergnügen über diese Enttäuschung sehr sorgfältig zu verbergen.

Lar sollte ihn zu seiner Übungsstunde in der Trainingshalle erwarten, glänzte aber wieder einmal durch Abwesenheit. Der Prinz fand immer häufiger Ausreden, um Tejohns Schwert- und Speerunterricht zu vermeiden, sodass es – nicht zum ersten Mal – an der Zeit war, die Angelegenheit vor den König zu bringen.

Ebenso vorhersehbar, wie Lar fehlte, war Colchua Freibrunn in der Trainingshalle zugegen – zusammen mit Timush, dem jungen Bendertuk. Tejohn hatte zwar nichts unversucht gelassen, die beiden aber dennoch nicht abhalten können, sich ständig heimlich Zugang zur Trainingshalle zu verschaffen. Und irgendwann hatte Lar seinen Vater dann überredet, ihnen auch offiziell Zutritt zu gewähren. Der erste Tag, an dem Tejohn gezwungen gewesen war, einen Freibrunn und einen Bendertuk im Waffengebrauch zu unterweisen, hatte ihn fast an den Rand des Hochverrats gebracht, aber er hatte seine Pflicht erfüllt.

Die jungen Burschen hielten in ihren Übungen inne, um sich förmlich vor ihm zu verneigen und ihm den Respekt zu erweisen, den jeder Schüler seinem Lehrer schuldete. Er erwiderte den Gruß mit einem gleichgültigen Nicken und ging wieder hinaus.

Wenn Lar nicht in der Trainingshalle war, war er entweder noch im Bett – und betrunken –, oder er spielte oben im Gelehrtenturm seine magischen Spielchen.

Tejohn schritt durch den winzigen Garten am Südtor zum Südturm hinüber. Nicht, dass der Garten wirklich noch ein Garten gewesen wäre. Es waren lange Zeit so viele Menschen hindurchgegangen, dass von dem früheren Gras nur noch ein paar hässliche Flecken hier und dort geblieben waren. Das wiederum hatte den alten König Ghrund so sehr gestört, dass er die ganze Fläche mit einem von seinen Gelehrten geschaffenen rosafarbenen Granit hatte bedecken lassen. Wohin auch immer Tejohn den Kopf wandte, sah er das gleiche fleckige Rosa, unterbrochen nur von der Dunkelheit der Fenster, der Karren und der Menschen.

Tejohn hatte die Treppe im Gelehrtenturm noch nicht zur Hälfte bewältigt, da schmerzten ihm schon die Knie. Zu viele Schlachten, zu viele Jahre auf der Straße, zu viele Übungskämpfe. Nicht, dass die Heilgelehrten ein Interesse daran zu haben schienen, ihm seine Schmerzen zu nehmen. Aber es sollte nicht mehr allzu lange dauern, bis die Zwillinge alt genug waren, um ihm in der Trainingshalle zur Hand zu gehen, und dann konnte Tejohn ihnen Aufgaben wie diese hier übertragen.

Bis es so weit sein würde, legte er die Hand auf die fleckigen rosa-schwarzen Steinquader – nur aus der Nähe konnte er derlei Details erkennen – und stapfte weiter hinauf.

Schon vom vorletzten Turmgeschoss aus konnte er Lar und seine Freunde durch die geschlossene Tür ihre Zaubersprüche sagen hören.

Tejohn klopfte vernehmlich an. Aus dem Raum ertönte zwei Mal ein Knall wie von einem Wurfspieß, der ein Ziel traf, gefolgt von schwachem Applaus. Ein Moment verstrich, dann erst rief der Prinz: »Herein!«

Tejohn trat ein. Prinz Lar stand in seinem langen Zaubergewand aus grobem weißem Tuch, das an der einen Seite mit einer Reihe seltsamer Symbolzeichen verziert war, mitten im Raum. Neben sich hatte er Cazia Freibrunn. Sie war eine talentierte Schülerin und hatte bereits so ziemlich jeden Zauber erlernt, den ihre Lehrmeister ihr mit ihren fünfzehn Jahren beizubringen gewillt waren. Sie war außerdem ein listiges und geheimnistuerisches Mädchen, das viel zu viel Zeit in der Bibliothek verbrachte. Colchua, ihr älterer Bruder, mochte ein stolzer und verwegener Draufgänger sein, aber nach Tejohns Ansicht war seine kleine Schwester, diese schleicherische Person, förmlich zum Verrat geboren.

Die kleine Jagia Italga, die neunjährige Nichte des Königs, trug ebenfalls ihr langes Gewand, aber sie stand ein ganzes Stück abseits an der Wand. Wahrscheinlich hatte sie diesen Zauber noch nicht gelernt – vermutlich kannte sie überhaupt noch keinen Zauber. Sie war ja noch so jung.

»Mein Tyr Treygar«, sagte der Prinz und strich sich sein langes schwarzes Haar aus dem Gesicht. »Ohne Eure Rüstung hätte ich Euch beinahe nicht erkannt. So seht Ihr ja fast … menschlich aus. Was Eure Größe betrifft, meine ich.«

Die kleine Freibrunn wandte sich ab, um ihr Lachen zu verbergen, aber Pagesh Simblin und Bittler Witt lachten unverhohlen. Aller Wahrscheinlichkeit nach waren sie auch diejenigen gewesen, die eben den lauwarmen Applaus gespendet hatten. Beide hatte sie keine besondere Vorliebe für Magie oder überhaupt nur ein Interesse daran, und der junge Witt war in der Trainingshalle ein hoffnungsloser Versager, der kaum mehr tat, als sich über Bauchschmerzen zu beklagen – Schmerzen, die kein Gelehrter zu lindern vermochte.

Was er von dem anderen Mädchen, Pagesh Simblin, halten sollte, wusste Tejohn nicht. Man konnte sie inzwischen schon eine Frau nennen, da sie älter war als der Prinz. Sie hatte jedoch keinerlei Interesse an Magie oder an einer Heirat oder überhaupt an irgendetwas, von dem er wüsste.

Nicht, dass Doktor Zweifloss nicht versucht hätte, sie alle zu unterrichten, wie es der Prinz wünschte und der nachsichtige König gestattete. Zweifloss war er ein besserer Lehrer als Tejohn – mehr als einmal hatte der Waffenmeister sich die Blöße gegeben, den alten Gelehrten um Rat in diesen Dingen zu bitten. Aber auch ein guter Lehrer kann mit einem unwilligen Schüler nicht mehr anfangen als ein Schmied mit einem gebrannten Tontopf.

Aus alter Gewohnheit überzeugte sich Tejohn davon, dass Doktor Zweifloss' Wangen trocken waren. Natürlich waren sie das. Der alte Lehrer war der einzige Gelehrte, dem – in Maßen – zu vertrauen sich Tejohn hatte durchringen können.

»Bitte entschuldigt, mein Tyr Treygar«, sagte Lar sofort. Auf seinem Gesicht lag ein schelmisches Lächeln, das in einem Alter von zwölf bezaubernd gewesen war, aber bei einem Mann von siebzehn Jahren in Tejohn lediglich den Wunsch weckte, ihn zu Boden zu strecken. »Der Scherz ist mir nur so herausgerutscht.«

Der Prinz war ein schlechter Lügner. »Mein Prinz, Ihr versäumt Eure Übungsstunde in der Trainingshalle.«

»Seht Ihr?«, fragte ihn Lar und deutete mit der Hand. Ein Dutzend mit Tuch bespannter Reifen war mit eisernen Wurfspießen von fast dreißig Zentimetern Länge an die Wand geheftet worden. Es war der Lieblingszauber des Prinzen. »Ich finde, Caz und ich werden allmählich wirklich gefährlich.« Er wandte sich der kleinen Freibrunn zu. »Findest du nicht auch?«

Sie blickte strahlend zu ihm auf. »Wir gehen jetzt zumindest als Belästigung durch.«

»Oh, eine Belästigung bin ich schon seit Jahren«, erwiderte Lar, und die jungen Leute lachten abermals. Sie lachten immer, selbst wenn die Witze nicht komisch waren. Tejohn wünschte, er hätte selbst etwas von diesem unbefangenen Charme.

Er sah zu der Wand mit den Zielscheiben hinüber. Die Bänder am hinteren Ende eines jeden Wurfspießes waren leuchtend bunt, beinahe so, als seien sie speziell für die Festspiele angefertigt worden. Diese Wurfspieße, die der Prinz – und andere Gelehrte – einsetzten, waren schwerer als Pfeile und, je nach Talent und gesundem Verstand des Zauberers, tödlicher als alles, was sich von einem Bogen abfeuern ließ. Aber Pfeile hatten einen Vorteil, den kein Wurfspieß jemals haben würde: Es waren Soldaten, die mit ihnen schossen.

»Seht Ihr?« Der Prinz deutete auf die an die Wand gehefteten Reifen. »Warum sollte ich mich in der Trainingshalle im Duellieren üben, wenn …«

Ohne Vorwarnung stürmte Tejohn los und war mit wenigen langen Schritten bei ihm. Erschrocken hob Lar die Hände zu einem Feuerzauber.

Natürlich hatte der Prinz nicht die Zeit, um ihn zu Ende zu bringen. Tejohn rammte ihn mit der Schulter, warf ihn auf den Holzboden und kniete sich auf ihn. Dann packte er den mageren Hals des jungen Mannes.

Ein eiserner Wurfspieß flog zwischen sie und schlug hart auf dem Holzboden auf. Tejohn wirbelte zur Quelle des Angriffs herum und sah, wie die kleine Freibrunn ihn zornig anfunkelte und einen weiteren Zauber vorbereitete.

KAPITEL 2

»Jetzt reicht es aber!«, rief Doktor Zweifloss. Er kam auf Cazia zugeeilt, und sein zorniger Gesichtsausdruck ließ sie vor Angst erstarren. Sein scharfer Tonfall hatte sie bereits in ihren Zaubergesten innehalten lassen, dennoch umklammerte er sicherheitshalber noch ihre Hände. »Meine Liebe, Ihr braucht den Prinzen nicht vor seinem eigenen Waffenmeister und Leibwächter zu beschützen. Richtet nie wieder einen Zauber gegen diesen Mann! Habt Ihr mich verstanden?« Die Stimme des alten Lehrers wurde hoch und schrill.

Doktor Zweifloss besaß die Befugnis, Cazia im Gelehrtenturm Hausverbot zu erteilen, und das würde er gegebenenfalls auch tun. Allein beim Gedanken daran wurde ihr übel. Sie starrte auf ihre Füße und sagte mit betont kläglicher Stimme: »Ich verstehe. Es tut mir sehr leid, Tyr Treygar.«

Der Alte mit der Miene aus Stein stand reglos da, ohne zu antworten. Er warf ihr einen kalten Blick zu, aber daran war sie gewöhnt. Von all ihren Feinden im Palast war Alte Steinmiene einer der widerwärtigsten.

Lar versuchte aufzustehen, verhedderte sich aber in seinem langen Zaubergewand. Er fiel auf die Knie, woraufhin Jagia, Pagesh und Bittler in Gelächter ausbrachen. Ausnahmsweise war Cazia nicht in der Stimmung dazu. »Caz, du darfst ihn nicht töten, nachdem er mich ermordet hat«, bemerkte Lar.

»Denn dann könnten Mutter und Vater ihn nicht mehr ins Verhör nehmen. Habe ich recht, Tyr Treygar?«

Steinmiene antwortete nicht, daher ergriff Doktor Zweifloss an seiner Stelle das Wort. »Das ist richtig! Habt Ihr Eure anderen Studien vernachlässigt, um hierherzukommen, mein Prinz? Wenn dem so ist, verbiete ich Euch bis auf Weiteres den Zutritt zur Bibliothek und zum Übungsraum.«

Lar erschrak. »Ihr könnt mich nicht aus Teilen meines eigenen Palastes verbannen. Ich bin der Prinz!«

Doktor Zweifloss war von vornehmer Herkunft; er war der sechste Sohn eines rangniederen Bergtyrs der fünften Festspiele, und es mit einem Mitglied der königlichen Familie zu tun zu haben schüchterte ihn weniger ein als die meisten anderen. »Wenn Ihr wollt, könnt Ihr mich gern auf die Probe stellen.«

Lar trat zurück und hob lachend die Hände, um den alten Lehrer zu beschwichtigen. »Ich verspreche, es nicht wieder zu tun! Drohungen sind nicht nötig.«

Aus dem Augenwinkel sah Cazia, wie Steinmiene die Stirn runzelte. Er fand wahrscheinlich, dass Lar seinem Lehrer besser die Stirn bieten oder ihm nun seinerseits drohen sollte – stattdessen spielte er diese Spielchen. Cazia wandte sich ab, um aus ihrem Zaubergewand zu schlüpfen, doch sie behielt Treygar am Rand ihres Gesichtsfeldes im Auge. Sie hatte jede Menge Übung darin, Feinde im Auge zu behalten, ohne dass man es ihr ansah.

Doktor Zweifloss hob drohend den Finger. Immer musste er mit seinem Finger drohen. »Ihr habt für heute bereits genug geübt. Und vergesst nicht, ihr dürft euch niemals in Magie üben, es sei denn …«

Lar stimmte mit ein und beendete den Satz gemeinsam mit ihm: »… es sei denn, wir befinden uns zusammen mit Euch in diesem Raum. Das haben wir schon tausend Mal gehört, Doktor.«

»Ihr werdet es noch weitere tausend Mal hören, mein Prinz. Solange Ihr unter meiner Anleitung steht, werde ich nicht zulassen, dass Ihr *hohl* werdet. Denkt nur an die Folgen!«

Cazia dachte jeden Tag an diese Folgen: Lar würde dann niemals König werden. Zweifloss würde den Kopf verlieren. Cazia würde ihre Finger verlieren, so wie Doktor Weißhalm – zumindest, wenn sie Glück hatte, und es war fast sicher, dass sie keines haben würde. Und dann war da der Schaden, den diese ausgehöhlten Gelehrten anrichten mochten ...

Die Gedanken des Prinzen widmeten sich bereits anderen Themen. Er wandte sich an Treygar. »Verratet mir eins, mein Tyr: Habt Ihr auf diese Weise Doktor Rexler erschlagen?«

Steinmienes Blick fand Cazia sofort. Anscheinend hatte dieser Doktor Rexler etwas mit ihr zu tun ... oder mit ihrem Vater. Treygar ging nicht auf die Frage des Prinzen ein: »Eure Mutter, die Königin, hat mich gebeten, Euch heute zu den Festspielen zu begleiten, mein Prinz.«

»Ich glaube kaum, dass ich einen Leibwächter brauche, um mich mit dem Abendvolk zu treffen. Nach den Geschichten, die alle erzählen, sind spitze Bemerkungen so ziemlich das Schlimmste, was sie zu bieten haben.«

»Das stimmt«, bestätigte Treygar. »Aber nichtsdestoweniger ...«

»Nichtsdestotrotz will sie, dass ich nüchtern bin.«

»So ist es, mein Prinz. Ist es wahr, dass Ihr vorhabt, etwas Komödiantisches zu singen?«

»Ja!«, rief Lar, als habe man ihm diese Frage bereits hundertmal gestellt. »Aber es ist nichts Unzüchtiges, das verspreche ich Euch. Es kommen weiß Sang keine mächtigen Krieger darin vor, auch keine Hexenmeister und keine übertrieben schwärmerisch Liebenden.«

Von der Bank an der Wand erhob Pagesh ihre Stimme. »Das Abendvolk macht sich nichts aus lustigen Liedern, ist es nicht so? Ich habe immer geglaubt, sie mögen traurige Lieder.«

Alle richteten ihren Blick auf Steinmiene, und Cazia bemerkte, wie unangenehm ihm das zu sein schien. Interessant.

»Das stimmt«, bestätigte Doktor Zweifloss. »Je mehr sie unsere Darbietungen zu schätzen wissen, desto mächtiger ist der Zauber, den sie uns schenken. Das Geschenk zum Nageleinschlagen, das sie uns nach den zehnten Festspielen dargeboten haben, wurde allgemein als eine tadelnde Abfuhr betrachtet, da jenes Fest den Akzent zu sehr auf billige Komik und Possenspiel gelegt habe.«

Eine Woge des Ärgers durchströmte Cazia. »Und trotzdem – seht Euch nur an, was wir daraus zu machen gewusst haben.« Sie deutete auf die Wurfspieße und die Reifen an der Wand. Sie hatten die ganze Unterrichtseinheit auf genau jenen Zauber verwandt – nun ja, jedenfalls auf den in dem einen oder anderen Punkt veränderten Zauber, den die Menschen daraus geschaffen hatten. Zugegeben, er war nicht so nützlich wie die anderen Geschenke, aber er machte am meisten Spaß von allen. Wie konnte jemand so etwas als tadelnde Abfuhr bezeichnen?

»Ganz recht«, bemerkte der Doktor mit seiner hohen, zitternden Stimme auf eine Weise, als begreife sie nicht, worum es ging. »Doch der Zauber des Steineklopfens nach den elften Festspielen hat dafür gesorgt, dass sich Kupfer und Eisen im ganzen Reich verbreitet haben und zu etwas Alltäglichem geworden sind. Noch vor nicht einmal fünfzig Jahren waren die einzigen Soldaten mit Eisenrüstung die Generäle. Habe ich recht, Tyr Treygar? Jetzt tragen sie alle Soldaten außer den Bogenschützen.«

»Alle Soldaten außer den Bogenschützen und den Eiltrupps«, zählte Treygar monoton auf. »Und den Scharmützlern. Außerdem ist das Eisen inzwischen größtenteils durch den Stahl aus den Weiten Landen ersetzt worden. Aber Ihr habt recht, Doktor. Diese Tatsache hat damals an den Kaltwasserfällen eine große Rolle gespielt.« Er zuckte die Achseln. »Jedenfalls, wenn man den Berichten Glauben schenken darf.«

Doktor Zweifloss schien aus irgendeinem Grund, den Cazia nicht erkennen konnte, stolz darauf, Treygars Zustimmung zu finden. Sie selbst hatte noch nie etwas von den Kaltwasserfällen gehört.

»Ich verstehe nicht«, warf Jagia ein und schaute sie alle einen nach dem anderen an. »Ich habe immer gedacht, das Abendvolk hätte uns Geschenke gemacht.«

Pagesh griff nach dem Zopf des kleinen Mädchens und kitzelte es mit seinem Ende am Kinn. Sie lächelte die Kleine an; die junge Frau war immer freundlich und ausgeglichen, aber sie lächelte nur für Jagia. »Wir nennen es einfach so, Kleine. Geschenke. Aber in Wahrheit ist es mehr, wie wenn man nach einem Lied einen Heller in die Holzschale des Vortragenden wirft. Eine Münze ohne großen Wert, um seine Anerkennung zu zeigen.«

»Ich finde, das ist nicht gerecht«, warf Bittler ein. Er richtete den Blick seiner wässrigen Augen nacheinander auf jeden Einzelnen von ihnen, in der Hoffnung, dass sich irgendwer auf seine Seite schlagen würde. »Es ist mehr eine Art Handel, nicht wahr? Wir richten für sie Festspiele in Kunst und Athletik aus, und im Gegenzug bringen sie uns einen neuen Zauber bei.«

Pagesh ließ Jagias Zopf fallen und sah Bitt ruhig und gelassen an. »Etwas ist nur dann ein Handel, wenn beide Seiten auch miteinander *handeln* können.«

»Sie hat recht«, schaltete sich Lar ein. »Wie üblich.« Pagesh verneigte sich vor dem Prinzen. Grinsend nickte er zurück. »Über die nächsten zehn Tage hinweg werden wir alle Anstrengungen unternehmen, um das Gefallen des Abendvolks zu finden, sodass es uns die Gegenleistung gewährt, die es für angemessen hält.«

»Aber warum?«, fragte Jagia. »Warum kommen sie überhaupt her?«

Es war eine Frage, auf die Cazia selbst nie gekommen wäre. Sie wandte sich zu dem Doktor um und wartete auf seine Antwort.

»Nun ja, äh, wisst ihr ...« Doktor Zweifloss wirkte ein wenig verwirrt. »Das Abendvolk ist ein stolzes Volk – und mächtig –, aber auch ihm sind Grenzen gesetzt. Ähm ...« Der alte Gelehrte sah aus, als versuche er, einem heiklen Thema aus dem Weg zu gehen.

»Die Wirkung von Magie ist etwas Stoffliches«, ergriff Steinmiene das Wort, und Cazia fand, dass der Alte seinen Spitznamen nie mehr verdient hatte als in dem Moment, da diese Worte nun seinen Mund verließen. »Steine zerschlagen, Feuer entfachen, Feuer löschen – all das sind Möglichkeiten, um der normalen Alltagswelt auf magische Weise seinen Willen aufzuzwingen. Aber ein Zauber kann jemanden nicht dazu bringen, sich zu verlieben. Magie kann einen Menschen nicht veranlassen, um den Feind zu weinen, den er erschlagen hat. Sie kann einen Menschen nicht umstimmen oder ihn etwa dazu bewegen, mit dem Speer für sein Heimatland zu kämpfen, sie kann die Köpfe der Menschen nicht mit Träumen von dem in fernen Ländern zu erringenden Ruhm und Reichtum erfüllen. All dies jedoch können Lieder, Theaterstücke, selbst athletische Spiele bewirken. Für das Abendvolk ist das in sich schon eine eigene Form der Magie. Eine, für die ihnen das Talent fehlt.«

»Ganz recht«, pflichtete Doktor Zweifloss bei, ein wenig nervös.

Treygar blickte Jagia unverwandt an, als seien sie die beiden einzigen Personen im Raum. Kein Ehrentitel und keine vornehme Kleidung würden jemals die Tatsache verbergen, dass er im Herzen ein Mann aus dem einfachen Volk war. »Das ist alles, was ich darüber weiß, Fräulein.«

»Macht Euch das nicht ebenfalls zu einer Art von Gelehrtem?«, fragte das kleine Mädchen. »Euer Lied bedeutete für sie eine Art Magie. Das sollte Euch für das Abendvolk zu einem Gelehrten machen, ist es nicht so?«

Ein angespanntes Schweigen erfüllte den Raum. Nur ein neunjähriges Mädchen – und die Nichte des Königs – würde es wagen, die Sache mit Steinmienes schrecklichem Lied anzusprechen. Doch der alte Soldat verlor in keiner Weise die Fassung. Er schüttelte nur ernst den Kopf.

»Oh. Aber danke, dass Ihr meine Frage beantwortet habt«, antwortete Jagia höflich.

»Es ist mir eine Freude, der Cousine des Prinzen mit allem zu dienen, was immer ich an Wissen besitze.«

Ach ja? Auch Cazia war eine Cousine des Prinzen, aber sie hatte keinerlei Unterricht von dem alten Menschenschinder erhalten. Doch andererseits: Jagias Vater hatte auch niemals versucht, die Krone an sich zu reißen.

Bitt öffnete den Mund, als wolle er noch weiter auf der Sache herumreiten, aber dann schloss er ihn wieder. Entweder fühlte er sich heute Morgen ausgesprochen unwohl, oder er wusste, dass es keinen Sinn hatte, über diesen Punkt zu streiten. Die kleine Jagia beugte sich zu ihm, griff nach seiner zitternden Hand, und sie lächelten einander an.

Lar hängte sein langes Gewand an einen Haken. »Sagt mir, mein Tyr, glaubt Ihr, das Abendvolk wäre beeindruckt, wenn ich den Schlachtenhelm und den mit spitzen Eisennägeln besetzten Schild tragen würde, den ich von meinem Vater bekommen habe?«

Steinmienes Antwort klang unwirsch. »Schild und Helm vermögen Euch nicht vor der Missbilligung des Abendvolks zu schützen.«

Cazia gefiel die Pointe dieser Bemerkung nicht, daher lieferte sie eine andere. »Und vor der Missbilligung deiner Mutter könnte dich keine Rüstung der Welt schützen.«

Selbst Doktor Zweifloss lachte darüber – nur Steinmiene nicht. Als Cazia den Blick bemerkte, den er ihr zuwarf, wurde ihr ein wenig übel. Die Königin war ihr gegenüber immer distanziert, aber respektvoll gewesen; und auch wenn Treygar wohl nicht gleich persönlich in den Thronsaal stürmen würde, um sie zu verpetzen, würde er wahrscheinlich doch dafür sorgen, dass die Königin irgendwie von dem Scherz erfuhr.

Cazia biss sich auf die Unterlippe. Ganz gleich, wie vorsichtig sie ihre Worte wählte, wenn sie im Palast war, sie war niemals vorsichtig genug.

»Ich muss in meine Gemächer zurückkehren, damit Quallis meine Kleider wechseln kann«, erklärte Lar. »Habt Ihr vor, mich zu begleiten, Tyr Treygar?«

Steinmienes Tonfall war eisig. »Ja, mein Prinz.«

»Hervorragend. Wenn mir ein Weinkrug zu nahe kommen sollte, dürft Ihr Euch gerne selbst darüber hermachen.«

»Das würde schon Colchua für Euch tun«, bemerkte Pagesh von der Bank.

Aber niemand lachte. Steinmiene hatte ihnen die Stimmung verdorben.

Lar berührte Cazia sachte an der Schulter. »Caz, danke, dass du heute mit mir geübt hast. Bring bitte Pagesh in ihre Räume und hilf ihr, für die Festspiele ein Kleid ohne Grasflecken zu finden. Bittler, geh Col und Timu suchen. Sie duellieren sich wahrscheinlich in der Trainingshalle, und sie werden sich wohl erst noch frisch machen müssen, bevor sie sich ankleiden. Und sieh zu, dass du etwas zu essen bekommst.«

Bittler legte sich eine Hand auf den halb verhungerten Magen und nickte.

Treygar öffnete die Tür des Übungsraumes und folgte dem Prinzen zur Treppe.

Als die Tür hinter ihnen zufiel, lief es Cazia kalt den Rücken hinunter. Alte Steinmiene mochte der Leibwächter des Prinzen und sein Ausbilder im Umgang mit Waffen sein, aber er war ein Mann des Königs. Es war kein Geheimnis, dass Lars Eltern Angst hatten, dass ihr Sohn während der Festspiele irgendeinen Streich aushecken könnte. Das Abendvolk war leicht zu kränken, und die Festspiele selbst waren nur eine Art Mummenschanz, den die ganze Stadt Peradain vor den Abendleuten aufführte, um ihnen zu gefallen. Und Lar … er war immer noch wie ein Junge, der den Drang hatte, Scheinheiligkeit beim Namen zu nennen, wann immer sie ihm über den Weg lief.

Sie liebte ihn. Nicht, dass sie seine Hand halten oder seinen Kuss fühlen wollte, nein. Sie war jetzt ein fünfzehnjähriges Mädchen und hatte das Alter erreicht, in dem eine junge Frau bemerkt, wie gut so manche der Palastwachen in ihren schneidigen Uniformen aussehen. Sie konnte gar nicht umhin, dass ihr das auffiel.

Doch da sie die Tochter von Tyr Freibrunn war, würden die Wachen wohl eher vor ihr auf den Boden spucken, wenn sie ihnen zu nahe kam, als sie mit einem freundlichen Wort bedenken. Alles andere, als sie von Ferne zu betrachten, war einfach zu gefährlich. Junge Dienerinnen, denen die Höhe ihrer Schulden auf die Handgelenke tätowiert worden war, konnten sich viel eher als sie die Freiheit herausnehmen, mit den Jungen zu reden und zu lachen.

Nein, sie liebte Lar, so, wie sie einen zweiten älteren Bruder lieben würde; liebte ihn wie einen Freund, wie ihren Prinzen. Sie war schon als Säugling in den Palast von Sang und Morgen gebracht worden und an seiner Seite aufgewachsen. Der ganze Kreis, mit dem er sich umgab – mit der Ausnahme der kleinen

Jagia –, bestand aus den Kindern von Verrätern, und der einzige sichere Ort für sie war der Platz an der Seite des Prinzen. Sie liebte ihn, weil er im Rang weit über ihr stand und sie dennoch mit Freundlichkeit behandelte und vor den schlimmsten Schikanen beschützte. Eines Tages, wenn die Generation ihrer Väter den Weg verlassen haben würde, würde Colchua, ihr älterer Bruder, der neue Tyr Freibrunn sein, und sie wäre für den Gelehrtenturm und alles, was sich dort abspielte, verantwortlich. König Lar Italga würde nirgendwo im Reich einen treueren Untertanen haben als sie.

Doch heute konnte sie nicht umhin, sich Sorgen zu machen. Würden seine Eltern ihn daran hindern, das Lied zu singen, das er heimlich vorbereitet hatte? König Ellifer war ein anständiger Mann – zumindest für einen König –, daher glaubte sie nicht, dass er seinen eigenen Sohn umbringen würde. Nicht wie die Italgas früherer Jahre. Trotzdem stand viel auf dem Spiel. Vielleicht würde er Lar wegsperren lassen?

Und wer wäre besser geeignet, den Prinzen unter Arrest zu stellen, als sein eigener Leibwächter?

Nein. Cazia konnte den Prinzen nicht mit Steinmiene allein lassen. Nicht heute. Sie legte die Hand auf den verborgenen Riegel.

Pagesh bemerkte es und erkannte sofort, was sie vorhatte. Das ältere Mädchen stand auf. »Gut, es wird Zeit, dass wir uns fertig machen«, sagte sie und stieß dann gegen einen Köcher mit eisernen Wurfspießen, was zur Folge hatte, dass sich dessen Inhalt auf dem Holzboden verteilte.

Der schreckliche Lärm ließ Doktor Zweifloss aufschreien. Er sprang sogleich zu Pagesh hinüber. Im selben Moment zog Cazia am Riegel, öffnete die geheime Klappe und schlüpfte hindurch, wobei sie darauf achtgab, dass ihre Röcke nicht irgendwo hängen blieben.

Die Klappe schloss sich hinter ihr und nahm ihr alles Licht.

Sie fand die Leiter genau dort, wo sie sein sollte, dann kletterte sie hinab.

Es war keine richtige Leiter – für die Erbauer des Gelehrtenturms, die diesen Geheimgang hinter der Treppe angelegt hatten, war es offenbar leichter gewesen, Haltegriffe für Hände und Füße tief in den Stein zu schlagen, als eine richtige Leiter aufzustellen.

Sie kletterte sicher hinunter, obwohl sie den Geheimgang seit Monaten nicht mehr benutzt hatte. Als sie so alt gewesen war wie jetzt Jagia, war sie oft hergekommen, einfach um fernab der kleinen Grausamkeiten des Küchenpersonals oder der höhnischen Provokationen der Palastwachen in der Dunkelheit zu sitzen. Es gab nur wenige Orte, wo sie sich vor ihren Feinden verstecken konnte, und von diesem hier schien niemand auch nur zu wissen, dass es ihn gab.

Mit dreizehn war sie allerdings beinahe dabei erwischt worden, wie sie aus der unteren Ausstiegsluke herauskletterte, und jetzt nahm sie diesen Weg nur noch, wenn es nötig war.

Nachdem sie für eine Weile hinabgeklettert war, erreichte sie die Treppe. Der Gang war so schmal, dass sie sich nicht ohne Weiteres umdrehen konnte, aber sie kannte den Weg. Die geheime Treppe nahm genau den gleichen Verlauf wie die breitere öffentliche Treppe auf der anderen Seite der Mauer, und schließlich …

Sie hörte Lars Stimme direkt gegenüber auf der anderen Seite der Mauer. Perfekt. Sie blieb stehen, um zu lauschen, und wie sie da stumm in der Dunkelheit verharrte, konnte sie sich ein Lächeln nicht verkneifen. Sie liebte es, andere auszuspionieren. Das fand sie einfach großartig. Das Einzige, wobei sie sich noch mächtiger fühlte, war das Wirken von Zaubern.

»Tyr Treygar, ich wünschte, Ihr könntet netter zu meinen Freunden sein.«

Treygars Antwort blieb unverbindlich. »Ja, mein Prinz.«

Cazia stieg leise weiter abwärts, um mit ihnen Schritt zu halten. Sie hörte Lar seufzen. »Ich würde Euch ja empfehlen, ihnen ab und zu zuzulächeln, aber ich befürchte, das würde Euer steinernes Gesicht zertrümmern.«

»So zerbrechlich bin ich nun auch wieder nicht, mein Prinz.«

Sie hörte, dass die beiden Männer stehen blieben, daher tat sie es ebenfalls.

»Mein Tyr Treygar«, sagte der Prinz. Er klang ernsthaft verärgert. »Ich habe mein ganzes Leben mit diesen Menschen verbracht, und keiner von ihnen war auf der Welt, als sich Tyr Freibrunn und seine Verbündeten gegen meinen Vater erhoben haben. Meine königlichen Eltern sind respektvoll mit dieser neuen Generation umgegangen, und ich bin ihnen in Freundlichkeit gewogen. Welche Verbrechen die Witts, die Simblins, die Bendertuks und die Freibrunns auch begangen haben mögen – meine Freunde sind ohne Schuld. Ich würde es vorziehen, wenn Ihr sie auch entsprechend behandeln würdet.«

»Das tue ich, mein Prinz.«

»Ach ja? Mir scheint, dass Ihr ihnen gegenüber bei jeder sich bietenden Gelegenheit barsch und kurz angebunden seid.«

»Mein Prinz, wenn ich sie solcher Verbrechen für schuldig hielte, wie ihre Väter sie begangen haben, hätte ich ihnen bereits die Hälse durchtrennt, ihre Köpfe über die Festungsmauern ihrer Familien geworfen und ihre Körper als Futter für die Alligaunten in den Weiten Landen verteilt.«

Cazia grinste nun nicht mehr, aber sie war trotzdem froh, sich an Ort und Stelle zu befinden und ihren besten Freund sowie den Unhold, der ihn in der Waffenkunst unterwies, auszuspionieren. *Ich kenne dich besser, als du mich kennst.*

»Diese Worte gefallen mir nicht«, erwiderte Lar. Ein König hätte das mit Zorn gesagt oder es wie eine Drohung klingen lassen, aber Lar hörte sich traurig und hilflos an. Unwillkürlich durchzuckte sie ein vertrauter Stich des Kummers um seinetwillen; er war ein zu guter Mensch, um mit brutalen Kerlen wie Treygar und der Welt, die sie geschaffen hatten, zurechtkommen zu müssen.

Treygar erwiderte: »Ich habe Euren königlichen Eltern Treue geschworen. Ihnen gehören mein Leben, meine Ehre und meine Pflicht. Das Gleiche gilt für Euch, mein Prinz. Doch meine Gedanken und das wenige an Verstand, das Zorn mir gewährt hat, bleiben mein Eigen. Eure Vettern und Cousinen mögen im Palast gute Spielkameraden abgeben, aber der Ruf ihrer Familien – ihrer Namen – wird nicht an ihnen vorbeigehen. Sie leben hier als Geiseln, nicht als Gäste. Und das werden sie nicht vergessen, selbst wenn Ihr es getan habt. Wenn für sie die Zeit kommt, ihre Wahl zu treffen, könnt Ihr Euch womöglich dennoch ihrer Treue sicher sein, aber meine Pflicht verlangt von mir, wachsam zu bleiben.«

»Ich habe nicht vergessen, warum sie hier sind. Ich werde mir kein Vergessen erlauben.«

»Dann denkt auch daran: Wenn ich nicht Doktor Rexler getötet und in Klemmhall nicht die Verteidigungslinien durchbrochen hätte, dann hättet Ihr gar nicht gewagt, Euch auf den Großen Weg zu begeben, mit all seinen Federbetten und Weinkrügen, und dann wäre Colchua Freibrunn jetzt Prinz.«

Aus irgendeinem Grund lachte Lar auf. »Col hätte einen viel besseren Prinzen abgegeben, als ich es je sein werde – und einen besseren König.«

Schockiert blieb Cazia völlig regungslos stehen, während die Schritte auf der Treppe verhallten. Glaubte der Prinz wirklich, dass ihr Bruder ein besserer König wäre? Plötzlich war sie so sehr von Traurigkeit erfüllt, dass ihr Tränen in die Augen stiegen. Lar sollte so etwas niemals laut aussprechen, vor allem nicht gegenüber einem Mörder wie Tyr Treygar.

Feuer und Zorn, Lar brauchte einen Leibwächter, der ihn vor sich selbst beschützte.

Cazia stieg nun langsamer die Treppe hinab. Sie wollte nicht noch mehr hören. Außerdem war sie sich nur zu bewusst, was mit ihr geschehen würde, falls sie mit Tränen auf dem Gesicht aus dem Geheimgang auftauchte. Pageshs, Bittlers und Jagias Schritte überholten sie und verhallten. Am Fuße der Treppe schlüpfte sie durch eine andere verborgene Klappe und trat in einen nur selten benutzten Kartenraum.

Er war leer. Sehr gut. Sie kroch hinter dem Regal mit den Kartenrollen hervor und ging leise zu der Tür am Eingang hinüber, die einen Spaltbreit offen stand. Sie spähte hindurch.

Doktor Weißhalm saß an einem Schreibtisch am Fenster und blickte sie unbeteiligt an. Vor der Gelehrten lag ein Spatz, den sie aufgeschnitten hatte, um seine Innereien offenzulegen. Cazia beobachtete, wie sie mit beiden Daumen und Zeigefingern etwas aus dem Kadaver herausnahm – offensichtlich ein winziges Organ. Daumen und Zeigefinger waren die einzigen Finger, die ihr geblieben waren. Sie war vor Jahren hohl geworden, als sie kaum älter gewesen war als Cazia jetzt, aber ohne ihre Finger konnte sie keine Zauber mehr wirken. Sie konnte sich nur noch mit anderen Gelehrten beraten, wenn ihr nach Unterhaltung zumute war.

Den Gerüchten zufolge war sie eine Gelehrte der Heilkunst gewesen, aber dann eine Hexenmeisterin geworden, die ihre heilende Magie eingesetzt habe, um schreckliche *Dinge* zu schaffen. Niemand wollte sich genauer darüber auslassen, was das für Dinge gewesen waren, aber in ihrer Fantasie malte sich Cazia das Schlimmste aus.

Eine junge Frau in einem hellen Gewand näherte sich Doktor Weißhalm. Ihre Haltung signalisierte Unterwürfigkeit. Doktor Zweifloss hatte ihnen zwar niemals den Grund dafür erklärt, aber Gelehrte, die hohl geworden waren, verfügten über ein vertieftes Verständnis, was Zaubersprüche und das Wirken von Zaubern anging, und bei seltenen Gelegenheiten vertrauten sie dem Turm ihre besonderen Wissensschätze an. Das reichte aus, um ihnen den Galgen zu ersparen, was immer ihre Verbrechen sein mochten.

Statt auf die Frage der jungen Frau zu antworten, hob Doktor Weißhalm das Organ des Vogels an den Mund und berührte es mit der Zunge. Ihr Gesicht war ausdruckslos, ohne jede menschliche Regung. Ihre Wangen waren tränenüberströmt.

Solange Ihr unter meiner Anleitung steht, werde ich nicht zulassen, dass Ihr hohl werdet. Denkt nur an die Folgen!

Erschaudernd trat Cazia durch die Tür – und wurde prompt von jemandem am Ohr gepackt. Es war Doktor Winterhügel.

»Was habe ich dir gesagt?«, fragte er mit seiner dumpfen, weinerlichen Stimme. »Habe ich dir nicht verboten, in meinem Kartenzimmer herumzuschleichen? Ich lasse mir von dir doch nicht meine Arbeit schmutzig machen, du kleine Herumschleicherin!«

»Der Prinz hat mir die Erlaubnis dazu gegeben«, verteidigte sich Cazia und versuchte, so zu tun, als sei es nicht im Mindesten schmerzhaft, dass ihr das Ohr beinahe vom Kopf gerissen wurde.

»Es ist schon schlimm genug, dass du überhaupt im Turm sein darfst«, beharrte Winterhügel. »Kein Freibrunn in ganz Kal-Maddum besitzt die Erlaubnis, die königlichen Karten zu studieren. Und jetzt verschwinde, bevor ich dich von Zweifloss des Turmes verweisen lasse.«

Er stieß sie auf den Hof hinaus. Die anderen Gelehrten saßen da und blickten sie böse an, daher senkte sie rasch den Kopf und eilte hinter Pagesh und den anderen her. Selbst im Gelehrtenturm hatte sie Feinde. Zumindest im Moment.

Bittler hatte sich bereits von den Mädchen getrennt und steuerte die Trainingshalle an. Cazia sah ihm nach, wie er mit gekrümmtem Rücken einen Umweg einschlug, um nicht direkt einer Gruppe von Palastwachen über den Weg zu laufen.

Es nutzte ihm herzlich wenig. Eine der Wachen warf einen Kieselstein nach ihm. Sie alle lachten, als Bitt zusammenzuckte und sich den Oberarm hielt.

Dergleichen war den Wachen eigentlich nicht mehr gestattet, aber man konnte wenig tun, um sie daran zu hindern. Würde sich Bitt über die Wache beschweren, würden sie einfach lügen, und ihre Vorgesetzten würden bei einem solchen Vorfall dem Wort eines Verräterkindes stets weniger Glauben schenken als dem Wort eines der ihren. Und wenn sich Cazia über Doktor Winterhügel beklagte, würde genau dasselbe passieren. Sie alle hatten diese Lektion bereits in jungen Jahren gelernt. Als Prinz hätte Lar eigentlich über die Macht verfügen sollen, dem allen ein Ende zu bereiten, aber irgendwie tat er das nicht. Niemand schien ihn ernst zu nehmen; Cazia wusste immer noch nicht so recht, warum.

Nach einer solchen Beschwerde war dann alles einen Monat lang ganz schrecklich – sie fanden die Wäsche in ihren Betten nass vor, ihre Mahlzeiten waren plötzlich unerträglich versalzen, und in ihren Zimmern wimmelte es von Maden und sonstigem Ungeziefer. Es war die Mühe nicht wert, sich zu wehren.

Die bittere Wahrheit bestand darin, dass, so groß der Palast von Sang und Morgen auch war, die einzigen sicheren Orte darin ihr Kreis von Freunden um Lar sowie der Aufenthalt im Übungsraum zusammen mit Doktor Zweifloss waren. Selbst ihre eigenen winzigen Gemächer waren Feindesland.

In ihrem Zimmer war das Feuer angezündet worden, und neben ihrem Bett stand eine Schüssel mit Brot und Salzkäse. Die Kammerzofe – es war nicht »ihre« Zofe; nicht, wenn man der Tatsache Rechnung trug, wie oft das Mädchen Cazias Sachen bereits weiß Sang wonach durchsucht hatte – hatte Cazias neues grünes Kleid mit den wunderschönen weißen Fältchen an den Ärmeln und am Saum herausgelegt. Während Cazia sich wusch und umzog, kam das Dienstmädchen zurück und legte einen weichen Schal und eine mit winzigen blauen Edelsteinen besetzte Schnur heraus, damit sich Cazia das Haar zurückbinden konnte.

Seit der Handel über Ostfurt wieder aufgenommen worden war, war Blau groß angesagt, aber Cazia fand es für eine *Geisel* zu protzig, auch wenn die Steine ein Geschenk des Prinzen persönlich gewesen waren. Also hielt sie sich an Grün und Weiß. Dazu kam noch ein weißer Hut aus gestärktem Leinen, um ihr Gesicht vor dem Regen zu schützen. Die Juwelen trug sie darunter versteckt. Es spielte für sie keine Rolle, dass niemand sonst sie sehen würde. Tatsächlich bereiteten sie ihr dadurch nur umso mehr Freude.

Es war noch früh, als sie zu Pageshs Zimmer eilte. Wie erwartet waren Pagesh und Jagia hektisch damit beschäftigt, sich für den Beginn der Festspiele fertig zu machen. Jagia ging ganz in Rot und Gold – eine wunderschöne Kombination, die in Cazia den Wunsch weckte, sich auf der Stelle wieder umzuziehen. Pagesh trat in einem weißen Kleid mit rotem Aufsatz aus ihrem Schlafzimmer; das Kleid war mit Rosenblüten bestickt und so ganz anders als ihre gewohnten schlammfleckigen Gewänder, dass es Cazia regelrecht den Atem verschlug.

»Ihr seht beide wunderschön aus«, bemerkte Cazia.

Pagesh schnitt eine Grimasse. »Mädchenkleider. So etwas zieht regelmäßig Heiratsanträge nach sich.«

Mit nun neunzehn hatte Pagesh schon seit Jahren alle möglichen Verehrer abgewiesen. Sie war Tyr Simblins einziges anerkanntes Kind, und König Ellifer wollte, dass Simblins Erbin jemanden heiratete, der dem Reich treu ergeben war. Pagesh selbst wollte ihre Tage im Garten verbringen – sie interessierte sich für kaum irgendetwas anderes –, aber die Königin hatte deutlich gemacht, dass die junge Frau bald auf die Festung der Simblins zurückkehren würde, und zwar mit einem Ehemann an ihrer Seite.

Sie tat Cazia aufrichtig leid. Erst vor einem Jahr hatte Cazia selbst die Königin um Erlaubnis gebeten, im Palast bleiben zu dürfen, wenn Colchua auf die Besitztümer ihrer Familie zurückkehrte. Sie hatte vor, ihr Leben dem Studium im Gelehrtenturm zu widmen, und ihre Feinde, die dort arbeiteten, würden gar keine andere Wahl haben, als sie als eine der Ihren zu akzeptieren. Sie würde sie dazu *zwingen*.

Es war riskant gewesen, eine solche Bitte zu äußern, erfuhr sie später. Königinnen wurden zu Gelehrten ausgebildet – zwar in nur eingeschränktem Maße, aber immerhin –, und Cazias Abstammung bedeutete, dass sie nach Lar, Jagia, ihrem eigenen Bruder sowie Ellifers Bruder und Schwester in der Thronfolge stand.

Doch Königin Amlian hatte begriffen, dass Cazia keinerlei Interesse daran hatte, auf dem Thron zu sitzen. Cazia lernte jetzt lesen, Gegenstände in Brand zu stecken und mit ihren Wurfspießen Zielscheiben zu treffen. Am Ende der diesjährigen Festspiele würde es ein neues Geschenk geben, mit dem man spielen konnte, und was auch immer das sein würde, Cazia wollte zu denen gehören, die es benutzten. Wenn die Italgas ihr diese Möglichkeit verschaffen konnten, war ihnen Cazias absolute Treue bereits sicher, noch bevor Lar gekrönt wurde.

Pagesh verabschiedete sich mit einem Kuss von ihrer Zofe, und dann eilten sie alle den Flur hinunter. Bittler, Timush und Colchua erwarteten sie bereits. Alle drei sahen in den Grau- und Rottönen des Königs sehr gut aus. Sogar Bittler – beinahe jedenfalls.

Col machte auf seine halb spöttische Art ein großes Getue um ihre Kleider, auch wenn er gegenüber der kleinen Jagia natürlich am freundlichsten war. Und Timush sagte leise zu Pagesh: »Ihr seht wunderbar aus, aber ich glaube, ich habe Euch in Euren üblichen schlammigen Gartenkleidern lieber.«

Sie lächelte nicht, blickte auch nicht zu ihm auf. Sie starrte nur stumm zu Boden. Timush seinerseits nahm ihr Schweigen als eine Art Abstand zwischen ihnen hin, von dem er nicht wusste, wie er ihn überbrücken sollte.

Auf dem Weg zum Innenhof stolperte eine der Dienerinnen absichtlich über einen Eimer mit Schmutzwasser, aber Cazia hatte aufgepasst und sprang rechtzeitig zur Seite.

»Oh, *Entschuldigung,* mein Fräulein!«, sagte das Mädchen, außerstande, das höhnische Grinsen um ihre Mundwinkel zu verbergen. »Wo Ihr doch so hübsche Kleider tragt.«

Cazia und Pagesh funkelten sie beide mit einem so glühenden Hass im Blick an, dass man damit eine Flamme hätte entfachen können, und das Mädchen zog sich rasch in den Flur zurück.

Feinde überall.

Als sie um die nächste Ecke bogen, begann Col, Witze über das Abendvolk und Lars Lied zu machen. Sie alle hatten ihr Leben lang davon gesprochen, bei ihren ersten Festspielen eine ganz große Sache aufzuziehen oder irgendeine verrückte Posse zu inszenieren, aber daraus war nichts geworden.

Außer bei Lar. Und nur Col wusste Genaueres. Aber er verriet niemandem auch nur ein Sterbenswörtchen.

Ihre Stiefelabsätze schrammten über den rosa Stein, während sie durch die leeren Korridore eilten.

KAPITEL 3

Lars Kammerdiener hatte drei Anzüge herausgelegt, unter denen der Prinz seine Wahl treffen sollte. Während Tejohn an der Wand stand und wartete, diskutierten sie ausführlich jeden einzelnen. Schließlich kombinierte der Prinz zwei von ihnen und wählte einen leuchtend roten Leinenmantel sowie ein grün-gelb kariertes Hemd. Tejohn hätte nicht einmal einen Possenreißer in diese Farben gekleidet, aber der Prinz konnte tun, was immer ihm beliebte. Er schien sich mit seinen Entscheidungen stets wohlzufühlen, selbst wenn er sie in nüchternem Zustand traf. Der Königin würde seine Wahl nicht gefallen, aber sie hatte Tejohn nur darum gebeten, dafür zu sorgen, dass der Prinz nüchtern erschien, und nicht, dass er dabei modisch gekleidet war.

Schließlich erreichten sie den großen Innenhof. Mit »kontrolliertem Chaos« war das Treiben, das sich hier abspielte, noch freundlich umschrieben, und der König und die Königin steckten mittendrin.

»Mein Prinz! Da seid Ihr ja!« Kolbi Arriya kam die Treppe heraufgerannt und umklammerte den Ärmel des Prinzen. Sie war die Schildträgerin des Königs. Das war einst ein Ehrenamt für einen talentierten jungen Krieger aus guter Familie gewesen, aber nun, in den gegenwärtigen, verschwenderisch reichen Herrscherzeiten, war der Schildträger zum Berater und Schreiber des Königs geworden.

Kolbi Arriya musterte stirnrunzelnd die Gewänder des Prinzen, dann richtete sie den gleichen missmutigen Blick auch auf Tejohn. Kolbi selbst trug das Grau und Rot der Italgas, wenngleich ihre Kleider zerknittert und von Regen, Schweiß oder einer Mischung von beidem durchnässt waren. Sie würde sich nicht neben der Königsfamilie aufs Podium stellen, solange sie so aussah. »Ihr wisst, wo Ihr hingehen müsst, mein Prinz? Lasst es Sincl unbedingt wissen, ob Ihr als Erster, als Letzter oder irgendwann zwischendrin singen wollt. Er wird Euch entsprechend unterbringen.« Sie eilte atemlos in Richtung der Tische mit den Speisen weiter, ohne auf eine Antwort zu warten.

Lar lachte auf, dann blieb er oben an der Treppe stehen und blickte auf das Gedränge der Menschen hinunter. Der König legte sich die Hand vors Gesicht und wandte sich ab, offensichtlich verärgert über etwas, was ihm einer der Oberdiener berichtet hatte; nun griff die Königin geschickt ein, um das Problem zu lösen. Lar schien das Ganze amüsant zu finden. »Dreiundzwanzig Jahre zwischen den Festspielen. Glaubt Ihr, meine Braut wird es einst genauso gut machen?«

Lar war mit der Tochter des obersten Stammesführers der Indregai-Allianz verlobt. Das Mädchen lebte hier in der Morgenstadt und war genauso eine Geisel wie die Kinder der Freibrunns. Sobald sie volljährig war, würden sie heiraten und dadurch einen Friedensbund mit den Bewohnern von Indrega schmieden. Dadurch würden dann einige der in Ostfurt stationierten Truppen in den unruhigen Westen verlegt werden können.

Tejohn konnte nicht umhin zu bemerken, dass der Prinz sich soeben danach erkundigt hatte, ob seine *Braut* die Festspiele wohl genauso gut wie seine Eltern würde organisieren können, ganz als habe er selbst mit alledem nicht das Geringste zu schaffen. »Ich bin ihr noch nicht begegnet, mein Prinz.«

»Sie ist ein Albtraum. Erst zwölf Jahre alt und glaubt bereits, sie würde auf dem Thron sitzen.«

Tejohn nickte höflich. Normalerweise wurde Fremden kein Einlass in die Mauern von Peradain gewährt. Die Prinzessin und ihr Gefolge würden über die nächsten zehn Tage hinweg in ihrem großen, bestens ausgestatteten Haus eingesperrt sein, rund um die Uhr von stets aufmerksamen Wachen gehütet. Sie würde niemals näher als hundertfünfzig Meter an die Leute vom Abendvolk herankommen, bis ihre Ehe vollzogen war und sie ihre Treue gegenüber dem Reich bewiesen hatte. Falls das überhaupt möglich war.

Tejohn machte eine Handbewegung zum königlichen Podium hin. »Vielleicht sollten wir jetzt unsere Plätze einnehmen.«

»Nicht dort oben«, entschied Lar und begann sich durch die Menge hindurch einen Weg in die Richtung des Hofes unter ihnen zu bahnen. »Ich will zusammen mit den anderen Sängern unten im Verschlag warten.«

»Mein Prinz ...«

»Nicht jetzt, mein Tyr!« Lars Stimme war unerwartet leidenschaftlich. Beinahe ungestüm. »Diese ... Darbietung, die meine Eltern da aufführen, mag dem Abendvolk vielleicht gefallen und vielleicht auch den Händlern und Generälen und Gelehrten und ... und überhaupt allen. Aber ich bin als Sänger hier. Ich werde mein Lied singen – das nichts Schlüpfriges an sich hat, wie ich Euch versichern kann –, und dann werde ich mir einen Krug Wein besorgen und zehn Tage lang so wenig wie irgend möglich tun.«

Tejohn musterte Lars Züge. Dafür, für diese Geschichte, zeigt er nun endlich ein wenig Rückgrat? »Mein Prinz ...«

»Nach meinem Lied werde ich keinen schützenden Begleiter mehr benötigen, und Ihr könnt gehen, wohin es Euch beliebt, aber jetzt werdet Ihr mich zum Unterstand der Sänger begleiten. Ich werde dort auf meinen Auftritt warten, geradeso wie Ihr es einst getan habt.«

Sie durchquerten den Innenhof und traten in den Wintergarten an dessen Nordende. Sänger und Musiker, von denen die meisten unausgeruht und unterernährt wirkten, lungerten auf den Bänken oder saßen zwischen den immergrünen Sträuchern. Offensichtlich erkannte keiner von ihnen den Prinzen, denn niemand kam auf die Idee, aufzuspringen und ihm den eigenen Platz anzubieten. Lar schien das nicht zu bemerken; er schritt zur Mauer hin, von der aus man einen guten Blick auf den Innenhof und das Podium hatte.

Sincl fand sie am Geländer stehend und kümmerte sich auf die Bitte des Prinzen hin sogleich beflissen darum, ihm den Platz als letztem Sänger des Tages einzuräumen. Einer der Musiker begann nervös auf seiner Schoßharfe zu zupfen, und Sincl eilte sogleich auf den Mann zu, um ihm einen heftigen Tritt zu versetzen. Tejohn war froh, ihn von hinten zu sehen; der künstlerische Leiter der Aufführung war ein schwitzendes Nervenbündel.

Die Zelte unten im Innenhof waren bereits vor längerer Zeit aufgebaut worden, und der größte Trubel herrschte jetzt an den Tischen mit Speisen. Auf jedem der sechs Tische richteten Dienstboten die gleichen Köstlichkeiten an: Sauerkuchen, Zwiebelsuppe, Brei aus eingemachtem Obst, Blattröllchen, feuchten Reis und mehr. Das Abendvolk verzehrte kein Fleisch von Tieren, daher würden selbst für alles Gold der Morgenstadt während der restlichen Zeit der Festspiele weder gebratene Hühnerbrust noch gesottene Schlangen noch gefüllte Lammherzen irgendwo zu haben sein.

Palastwachen patrouillierten im Garten und durchsuchten die Sänger auf Waffen. Ihr Kommandant hieß Kellin und war ein alter Freund von Tejohn. Sie waren im gleichen Alter und spielten oft miteinander Karten oder traten in der Trainingshalle zu Übungskämpfen gegeneinander an. Er schien eine Frage stellen zu wollen, aber nicht zu wissen, wie er sie formulieren sollte.

Tejohn wusste, was das für eine Frage sein würde, und er hatte das Gefühl, es nicht ertragen zu können, sie zu hören. »Ich bin als Wache des Prinzen hier«, erklärte er unvermittelt. »Ich habe kein Lied zu singen.«

Kellin nickte. Er wirkte ein wenig enttäuscht. Er war noch nie ein Mann für leichtfertige Worte gewesen – und für ernste genauso wenig –, also schlug er Tejohn auf die Schulter, verneigte sich vor dem Prinzen und ging weiter. Als seine Männer fertig waren, schritten sie zu den Schauspielern im Garten nebenan hinüber.

»Col!«, rief Lar glücklich. Die Freunde des Prinzen kamen auf sie zu und umschwärmten sie. Die kleine Freibrunn war dabei, ebenso wie ihr älterer Bruder; Bittler hatte ihn und den anderen Jungen doch tatsächlich aufgespürt und mitgebracht, aber er hatte sie nicht dazu überreden können, sich zu waschen. Trotzdem, jemand, der sie nicht kannte, hätte sie für ordentliche, ehrbare Leute gehalten.

Lar und der junge Freibrunn umarmten einander, als hätten sie sich monatelang nicht gesehen. Tejohn gab es höchst ungern zu, aber Colchua Freibrunn hatte wirklich mehr von einem Prinzen als Lar Italga: Sein Gesicht war breit und hübsch, sein Lächeln kühn. »Wir wollten einfach dabei sein, um dich aus dem Publikum auszubuhen, wenn du dich zum Narren machst!«, sagte Colchua.

»Danke, Col«, erwiderte der Prinz. »Auf dich kann ich mich immer verlassen.«

»Nervös?«, fragte der junge Bendertuk und grinste.

Lar nickte, während er sagte: »In gar keiner Weise. Warum sollte ich auch nervös sein?«

Sie lachten und redeten über Belanglosigkeiten, während ein

Schatten langsam über sie hinwegglitt. Ein Flugwagen kreiste über dem Palast. Er landete schließlich auf dem Gelehrtenturm, und, nach einigen hektischen Bewegungen zu urteilen, von denen Tejohn indes nicht viel ausmachen konnte, stiegen ein paar Männer aus, bevor der Wagen wieder davonschwebte.

Die kleine Freibrunn löste sich aus der Gruppe und trat neben Tejohn an das Gartengeländer. Das Podium, auf dem der König und die Königin stehen würden, befand sich unter ihnen im Innenhof. Zwar gehörte es sich für Sänger, Schauspieler, Pantomimen und Possenreißer nicht, auf höherem Grund zu stehen als die königliche Familie, aber die Pforte würde sich nun einmal dort unten öffnen, an der gleichen Stelle wie üblich, sodass in diesem Punkt die angestammte Ordnung eben auf den Kopf gestellt werden musste. Kaufmannsfamilien, Palastdiener, namhafte Gelehrte und Ehrengäste saßen auf den Balkonen, beugten sich aus den Fenstern oder hockten auf Dachkanten oder an den Rändern der Promenaden.

Aber kein diensttuender Tyr war zugegen. Keiner der königstreuen, keiner der Verräter, überhaupt keiner.

»Diese Männer dort unten sind Palastwachen, nicht?«

Die kleine Freibrunn zeigte auf eine Reihe von Männern, die fünf Meter hinter den beiden Thronen standen. Ein jeder der Männer hielt eine lange Stange in der Hand, an der ein jeweils verschiedenfarbiger Wimpel befestigt war. »Das sind Athleten«, antwortete Tejohn und versuchte, den Ärger aus seiner Stimme herauszuhalten. Es sollten eigentlich keine Wachen oder Soldaten im Hof sein, wenn die Pforte geöffnet wurde, aber natürlich hatte Kellin auch die Pflicht, König und Königin zu beschützen. »Sie werden bei den Spielen antreten.«

»Ich erkenne sie.« Wenn das stimmte, hatte sie scharfe Augen, und das machte ihn nur noch argwöhnischer. Ein unvernünftiger Impuls, aber nur wenige wichtige Dinge waren vernünftig. »Sie tragen aber keine Waffen, oder doch?«

»Die Leute vom Abendvolk können Waffen spüren, also nein, die Athleten sind unbewaffnet.«

»Warum haben sie dann ... Oh! Sie halten jeder eine Stange mit einem Wimpel in der Hand, und ich wette, dass jede an ihrem unteren Ende mit einer scharfen Metallspitze versehen ist, hab ich recht? Mit einer Speerspitze?«

Tejohn fragte sich, ob sie irgendwie versuchte, ihn zu reizen. »Die Metallspitze ist dazu da, die Stange in den Boden rammen zu können. Das sind keine Waffen.«

»Klar«, erwiderte sie. »Und diese Schädelbrecher, die Ihr da an den Handgelenken tragt, sind einfach nur Schmuck.«

Plötzlich zuckte ein Blitz auf, und man hörte ein Donnergrollen wie von einem fernen Gewitter. Tejohn fuhr erschrocken hoch. Die Pforte begann sich zu öffnen, und schon bald würde das Abendvolk erscheinen.

Die Diener, die sich nicht im Innenhof aufhalten sollten, eilten zurück in den Palast. Alle anderen hasteten an ihre jeweiligen Plätze, selbst der König und die Königin. Die Gelehrten, die »Athleten« und jene Diener, die die königliche Familie begleiteten, nahmen Haltung an, um die hochgeschätzten Gäste willkommen zu heißen. Im Garten drängelten sich Sänger, Schauspieler und andere Taugenichtse gegen das Geländer und scharten sich um den Prinzen und sein Gefolge, um einen besseren Blick zu erhaschen.

Erneut blitzte etwas auf, und die Scheibe erschien. Sie schwebte in der Luft wie einer von Zweifloss' Reifen, und ihre Oberfläche war wie eine Wasserfläche, auf der sich helles Sonnenlicht bricht. Zuerst wirkte sie größer, als es Tejohn in Erinnerung hatte, beinahe so breit, wie zwei Männer von der Sohle bis zum Scheitel lang waren – aber nein, es war dieselbe.

Die kleine Freibrunn neben ihm bewegte sich, und ihm

wurde klar, dass sie sich am idealen Platz befand, um einen der Besucher aus dem Abendvolk mit einem eisernen Wurfspieß zu durchbohren, sobald er durch die Pforte trat. Tejohn spannte sich an, bereit, ihr seine metallene Armschiene aufs Schlüsselbein krachen zu lassen, sollte sie etwas aus ihrem Ärmel ziehen oder zu zaubern beginnen. Doch sie nahm die Hände keinen Moment lang vom Geländer.

Er blickte wieder zum Podium hinab. Nichts geschah. Tejohn bemerkte, dass er die Luft anhielt, und atmete aus. Hatte Co, der Anführer des Abendvolks, auch beim letzten Mal so lange gebraucht, um durch die Pforte zu treten? Er fragte sich, ob er die Ereignisse jenes Tages wohl falsch in Erinnerung hatte – eines Tages, der jetzt eine Generation zurücklag.

Dann ertönte ein schreckliches Brüllen wie von einem Tier, in das sich der Schrei eines Menschen mischte. Noch bevor beide verhallt waren, kamen Ungeheuer durch die Pforte auf das Podium gestürmt.

KAPITEL 4

Das erste Ungetüm stürzte sich aus der Pforte auf das steinerne Podium und drehte schnuppernd den Kopf hin und her. Es war so groß wie ein Gebirgsbär, aber von nahezu menschenähnlicher Gestalt mit langen Armen und Beinen, unförmigen Händen und bedeckt von einem blasslila Fell.

Das Wesen brüllte die versammelte Menge an und zeigte ihr Reißzähne eines Graslöwen.

Cazia warf Treygar einen vorsichtigen Blick zu – in der absurden Hoffnung, ihn lächeln zu sehen, als sei dies hier das Normalste auf der Welt oder vielleicht ein Streich, den sie den jungen Leuten bei allen Festspielen spielten. Aber auch er verfolgte das Geschehen mit fassungsloser Bestürzung, genau wie alle anderen.

Jemand schrie. Die Bestie blickte sich auf dem Podium um, brüllte abermals und stürzte sich auf einen Gelehrten. Der Mann fiel nach hinten, als ihm das Untier die Reißzähne in den Arm grub und ihm diesen sodann glatt von der Schulter riss.

Panik brach im Innenhof aus. Weitere Bärenmenschen strömten durch die Pforte wie Wasser aus einem lecken Eimer. Wachen in unauffälliger Festkleidung stürmten in einer Reihe vorwärts und schwangen ihre Armschienen nach den Köpfen der Ungetüme.

Aber die Ungeheuer warfen sie um, als wären sie Stoffpuppen. Männer und Frauen schrien, als sich die reißenden Bestien über sie hermachten. Weitere Ungeheuer sprangen über die Absperrlinie und landeten direkt in den Feuersäulen, die nun aus den Händen der Gelehrten hervorbrachen.

Die Wesen wichen vor der Wand aus Flammen zurück und ließen die Gelehrten vorrücken. Würden die Gelehrten sie durch die Pforte zurückdrängen können? *Wenn ich doch nur dort unten bei ihnen sein und helfen könnte, den König und die Königin zu verteidigen.*

Dann hob eines der Untiere einen Wachposten über seinen Kopf und schleuderte ihn in die Stichflammen. Der Mann knallte gegen zwei Gelehrte und beförderte sie vom Podium herunter. Ungeheuer stürmten durch die so entstandene Lücke und umringten die Gelehrten von allen Seiten, rissen sie mit Zähnen und Klauen in Stücke. Cazia überlief es kalt, und sie fühlte sich plötzlich ganz benommen.

Diener, Kaufleute, Schauspieler, alle stürmten durch die Tore oder verstopften als panische Masse die Eingänge zum Palast. Von überallher ertönten Schreie.

Der König stand zwischen der Königin und den Ungeheuern. Er schwang seinen schweren Stuhl und ließ ihn mit aller Kraft herabkrachen. Im selben Moment schoss eine leuchtende Stichflamme aus den Händen der Königin. Der Feuerstrahl war so konzentriert gebündelt, dass er eines der Monster mitten entzweischnitt. Den sogenannten Athleten im Hof gelang es nun, die Verwirrung zu durchdringen und ihre langen Speere in einige der Ungeheuer zu rammen, die König und Königin umringten. Ein Gelehrter, verletzt, aber noch am Leben, schuf einen riesigen Steinblock – Cazia hatte noch nie einen so großen gesehen – als Trennwand zwischen dem Königspaar und den Ungeheuern.

Doch alles umsonst. Obwohl drei lange Speere in seinem

Körper steckten, schleuderte einer der Bärenmenschen den König mit einer weit ausholenden Bewegung seiner Pranke zur Seite. Der König fiel mitten in die anbrandende Meute der Untiere hinein. Die Königin machte einen Schritt zurück, stürzte vom Podium und schlug mit dem Hinterkopf auf dem Boden auf.

»MUTTER!«, schrie Lar. Cazia sah, wie sich Entsetzen und Schmerz auf seinem Gesicht abzeichneten.

Treygar packte ihn und hielt ihn fest, um ihn daran zu hindern, aus dem Garten und hinaus in das Getümmel zu rennen.

Cazia wurde bewusst, dass sie das brutale Chaos völlig reglos und erstarrt beobachtete, als sei es eine Vorführung. Der König war verschwunden. Die Königin lag reglos am Boden. Die Ungeheuer sprangen mit der Schnelligkeit und Eleganz von Graslöwen vom Podium in den Hof hinab und brachten jeden zur Strecke, der zur Flucht zu langsam war. Cazia musste etwas unternehmen. Irgendetwas. Sie war in Gefahr. *Ihre Freunde waren in Gefahr.*

»Mein Prinz«, rief Treygar, »wir müssen uns zurückziehen!«

»Ich kann helfen!«, rief Lar zurück.

»*Wir* können helfen!«, verkündete Colchua.

»Nein!« Cazia war selbst erschrocken über den Nachdruck in ihrer Stimme.

»Mein Prinz, wir sind überrannt worden! *Ihr müsst Euch zurückziehen!*«

Timush und Pagesh packten Lar an den Armen, als wollten sie ihn wegzerren. Cazia hörte schlurfende Geräusche von unterhalb des Geländes und begann mit den Gesten für einen eigenen Flammenzauber. Wie sie es gewohnt war, halfen ihr die Handbewegungen, für die nötige Klarheit der Gedanken zu sorgen und die Farben und Gefühlswallungen hervorzubringen, die der Zauber verlangte.

Eines der Untiere erreichte den Rand des Geländers und

zog sich brüllend hoch. Cazia wurde gerade rechtzeitig fertig. Sie spürte, wie die Flamme aus dem Raum zwischen ihren Händen dem Ungeheuer direkt in den offenen Rachen schoss.

Treygar wirbelte herum und ließ seine Armschiene auf den Kopf des Untiers krachen. Er bewegte sich viel schneller, als sie es einem so alten Mann zugetraut hätte.

Das graue Blut der Bestie bespritzte sie beide. *Diese Wesen sind voller Magie. Ich kann es spüren.* Einen absurden Moment lang überwältigte Cazia die Bestürzung über ihr ruiniertes Kleid, dann blickte sie über das Geländer hinunter. Das Geschöpf schlug gerade auf den Pflastersteinen auf, aber zwei weitere waren schon dabei hinaufzuklettern.

Sie wandte sich wieder zu den anderen um, brauchte aber nichts zu sagen. Ihr Bruder schien ihre Gedanken zu lesen. Er und Timush packten rechts und links eine der Steinbänke und wuchteten sie empor.

Treygar fasste erneut nach dem Arm des Prinzen. »Nein!«, sagte Lar. »Ich kann nicht alle im Stich lassen!« Colchua und Timush hoben die Bank über das Geländer und ließen sie fallen. Kurz darauf folgten gequältes Jaulen und ein schweres Aufkrachen.

»Lar!« Cazia schrie ihn an. »Steinmiene hat recht! Tu, was er sagt, oder du wirst uns noch alle umbringen!«

Treygar deutete auf Pagesh. »Ihr kümmert Euch um das kleine Mädchen! Und jetzt los!«

Pagesh schnappte sich Jagia, die sofort in Tränen ausbrach. Schreie, Gebete und haarsträubendes Gebrüll erfüllten den Innenhof. Treygar lief bereits durch den Garten, auf die Promenade und den Zwinger am Friedhof zu. Hatte er vor, in den Palast zu gehen und durch das Tor des Sonnenaufgangs zu fliehen?

»Halt!«, rief Cazia. »Dort werden wir nicht weit kommen; sie sind bereits im Palast. Wir müssen da hinüber.« Sie zeigte auf den Gelehrtenturm und zog Lar und die anderen hinter sich her.

Treygar widersprach ihr nicht. Eilig änderte er die Richtung und ließ die jungen Leute vorauslaufen. Mit Col und Timush an der Spitze rannten sie auf die Tür des Turmes zu. Lar war direkt hinter den beiden, dicht gefolgt von Treygar. Pagesh war eine gute Läuferin – aber nicht, wenn sie dazu noch ein hysterisches Kind tragen musste. Treygar warf sichtlich besorgt einen Blick zu ihr zurück, hielt aber nicht an, um ihr zu helfen. Cazia bildete das Schlusslicht und bereute nun ihre Entscheidung, dieses weite, schöne Kleid anzuziehen. Als der Wind ihr den Hut vom Kopf wehte, schenkte sie dem keine Beachtung.

Ich renne mitten im Palast von Sang und Morgen um mein Leben.

Das war die Wirklichkeit. Es geschah in ebendiesem Moment. Cazia wäre beinahe stehen geblieben, um sich umzuschauen; sie hatte gerade gesehen, wie der König und die Königin ermordet worden waren, und sie war vielleicht als Nächste an der Reihe. Es war ein Moment für Geschichten, Lieder und Theateraufführungen, und sie war dabei und erlebte ihn am eigenen Leib. Sie fühlte sich seltsam losgelöst von allem; ungläubig konnte sie es nicht fassen.

Die junge Dienerin, die vorhin versucht hatte, ihr Schmutzwasser über die Füße zu kippen – eine Feindin –, rannte an ihnen vorbei, ihre Augen vor Entsetzen geweitet.

»Lasst die Tür offen!«, schrie Col. Ein schmächtig wirkender Gelehrter war gerade dabei, die schwere Tür zum Gelehrtenturm zuzudrücken. Vor blanker Angst traten ihm die Augen aus den Höhlen, und für einen Moment schien es, als würde er nicht gehorchen. Treygar rief ihm etwas zu, und er zögerte lange genug, dass Colchua die Schulter gegen die Tür werfen und sie weit aufstoßen konnte.

»Nach oben!«, brüllte Treygar. Gut. Er hatte bereits begriffen, warum Cazia den Turm gewählt hatte. Ein paar verängstigte alte Gelehrte verlangten, dass ihnen irgendwer sofort alles erklärte, aber Timush stieß sie beiseite. Sie rannten alle auf die Treppe zu.

»Verriegelt die Tür!«, rief Cazia über die Schulter den Gelehrten zu. Doktor Weißhalms Schreibtisch war leer und verlassen. »Schließt die Fensterläden!«

»Wartet!« Pagesh drückte Cazia die kleine Jagia in die Arme. Ihre Augen blickten verstört und ein wenig traurig. »Ich gehe Zilly suchen.« Sie rannte aus dem Turm hinaus und rief: »Verriegelt die Tür hinter mir!«

Einer der alten Männer schlug die Tür zu und schob rasch den Riegel vor. Lar, Col und die anderen Jungen waren bereits auf der Treppe und nicht mehr zu sehen. Niemand außer ihr und Jagia hatte Pagesh gehen sehen. Zilly? Cazia brauchte einen Moment, um sich zu erinnern, dass das der Name ihrer Zofe war.

Jagias Gesicht war ihrem eigenen unbehaglich nah: Das Mädchen hatte zu weinen aufgehört, aber es war bleich und wirkte wie betäubt.

Cazia stellte sie auf den Boden. »Kannst du laufen?« Das Mädchen nickte. »Geh! Ich bin direkt hinter dir.«

»Mein Prinz!«, erscholl eine Stimme weiter oben auf der Treppe. »Was können wir tun, um zu helfen?« Unverkennbar die Stimme von Doktor Kriegbad, der Leitenden Gelehrten für das ganze Reich.

Die beiden Mädchen holten die anderen im Raum der Turmverwaltung ein, dem Arbeitsraum von Doktor Kriegbad. Sie war mehr eine Verwaltungsbeamte als eine Zauberin, doch in ihren jüngeren Jahren war sie wahrhaft überragend gewesen. Cazia mochte die Frau nicht besonders, aber sie hoffte, eines Tages so wie sie zu sein oder zumindest an ihrer Stelle dem Reich zu dienen.

Zwei weitere junge Frauen saßen an Schreibpulten neben

ihr, Griffel in der Hand. Sie wirkten völlig fassungslos. Cazia kannte ihre Namen – Ciriam Aalhaken, Barla Schüttler –, aber sie hatte noch nie mit ihnen gesprochen. Sie waren Feinde, und in diesem Moment hatten sie schreckliche Angst.

Lar sah Cazia mit leerem Blick an. Beim Großen Weg, er hatte gerade seine Eltern sterben sehen.

»Nicht das Abendvolk ist durch die Pforte gekommen«, sagte Treygar. »Wir sind von irgendeiner Art von Ungeheuern überfallen worden. Der König und die Königin waren binnen Augenblicken verloren. Die Eindringlinge haben den Palast überrannt, und nun muss der Prinz sofort aus der Stadt geflogen werden!«

Doktor Kriegbad drehte sich herum und zog einmal kräftig an einer geflochtenen Kordel neben ihrem Pult. »Das Signal an den Wagen, sich hierherzubegeben. Was kann ich sonst noch tun?«

»Könnt Ihr die Pforte schließen?«, platzte Cazia heraus.

»Es tut mir leid, Kind, aber ich glaube nicht, dass ich das kann.«

Cazia riss einen Köcher mit eisernen Wurfspießen von der Wand und warf ihn dem Prinzen zu. Er fing ihn auf und – wie plötzlich aus einer Trance gerissen – warf ihn sich über die Schulter. Cazia nahm noch einen zweiten und dann einen dritten Köcher herunter.

»Das sind ehrwürdige Reliquien«, erklärte Barla. »Tyr Cimfulin Italga hat sie bei der Säuberung von Schattenhall eingesetzt.«

Cazia hatte schon einmal von dieser Geschichte gehört, wenn sie sich nicht irrte. Irgendetwas über einen Soldaten aus der Schar der Gelehrten und eine Horde von Riesenspinnen. »Lar und ich sind seine Nachfahren«, erwiderte sie. Ihr kam in den Sinn, dass sie sich im letzten Herbst selbst um einen der beiden Schreiberposten beworben hatte, aber statt ihrer war diese Schüttler ausgewählt worden. »Sagen wir mal, wir haben sie geerbt.« Sie warf sich die Köcher über die Schulter.

Treygar drängte Lar bereits in Richtung Treppe. »Zieht die Abdeckung von Eurem Spiegel, Doktor. Teilt den draußen vor der Stadt postierten Kommandanten mit, dass sie sich bewaffnen sollen. Und dann …«

Vom Fuß des Turmes erhob sich ein lautes Dröhnen. Die Kreaturen versuchten, sich mit Gewalt Zutritt zu verschaffen.

»Lauft!«, brüllte die Leitende Gelehrte. »Barla, sendet eine Alarmmeldung nach Loch Beddalin und lasst sie die Nachricht weiterverbreiten. Ciriam, Ihr kommt mit mir.«

Treygar hatte den Prinzen bereits die Treppe hinaufgetrieben, und Colchua schob Timush und Bittler hinterher. Die Verantwortung für das kleine Mädchen hatte man wieder Cazia überlassen.

Barla und Ciriam wechselten Blicke. Die eine hatte den Befehl erhalten, mit dem Prinzen zu fliehen, und der anderen war aufgetragen worden zurückzubleiben, aber der bestürzte Ausdruck auf ihren Gesichtern war absolut der gleiche.

Cazia schob Jagia die Treppe hinauf; Ciriam und Doktor Kriegbad folgten. Cazia hörte, wie das Tuch von dem Spiegel hinter ihr gerissen wurde, aber sie schaute nicht zurück. Sie wollte nicht noch einmal Doktor Schüttlers Gesichtsausdruck sehen.

Cazia und Jagia rannten nach oben, an einem leeren Stockwerk nach dem anderen vorbei. Sie wagten es nicht, länger innezuhalten, als man für einen raschen Blick durch die schmalen Turmfenster auf das Chaos unten am Boden benötigte. Der gesamte übrige Turm schien verlassen zu sein; alle waren zu den Festspielen gegangen.

Von unten kam das Geräusch von zersplitterndem Holz, gefolgt von Schreien und dem Prasseln von Feuer. Ciriam kreischte: »Schnell! Schnell!«

Die Muskeln in Cazias Beinen brannten, aber das Donnern von schweren Schritten unter ihnen trieb sie weiter. Als sie fast auf Höhe des Übungsraumes waren, ließen Jagias Kräfte merklich nach. Cazia fühlte sich versucht, das Mädchen zu tragen, aber sie wusste, dass sie auf diese Weise nur noch langsamer vorankommen würden.

Von unten ertönte ein weiterer Schrei, diesmal der Schrei einer Frau – und viel näher. Doktor Kriegbad, die die Nachhut bildete, blaffte: »Schau nicht zurück!«, und Cazia wusste, dass sie nicht mit ihr sprach.

Die letzten Treppenabschnitte waren aus Holz, und der Lärm ihrer stampfenden Füße war beklemmend und beängstigend. Es war wie eine Aufforderung an die Bärenwesen, ihnen umso schneller nachzusetzen. »Wir sind fast da«, sagte Cazia. »Jetzt nur nicht aufgeben.« Aus irgendeinem Grund verlieh es ihr Kraft, das kleine Mädchen zu ermuntern. Es gab ihr Hoffnung.

Sie hörte Treygar laut aufstöhnen von der Anstrengung, die schwere Falltür aufzustoßen. Mit einem dumpfen Dröhnen, das durch den ganzen Turm hallte, krachte sie auf das Dach. Das Ächzen und Brüllen und die polternden Schritte auf den Treppen unten wurden lauter und lauter. Treygar stürmte die Stufen hoch und hinaus ins graue Tageslicht; der Prinz stolperte hinter ihm nach draußen. Er keuchte heftig und hielt sich die Seite. Col, Timush, Bittler, dann Jagia und Cazia sowie die beiden Gelehrten erreichten einer nach dem anderen das flache Dach. Bitt fiel auf die Knie, das Gesicht bleich, und schnappte nach Luft. Cazia und Col rannten um die Falltür herum und hoben sie an.

»Noch nicht!«, rief Doktor Kriegbad. Sie begann einen Zauber, den Cazia noch nie zuvor gesehen hatte: Ihre Gesten waren kompliziert und zugleich ungewöhnlich steif. Was machte sie da? Dann atmete sie aus und stieß dabei die Handflächen nach außen. Im gleichen Moment wallte eine Wolke grünen Nebels durch die Falltür hinab.

Die Holztreppe löste sich auf wie Schnee in einem Topf mit kochendem Wasser. Eines der Ungeheuer sprang gerade mit weit geöffneten Kiefern voller Reißzähne zum Tageslicht hinauf. Sobald es den Nebel erreichte, verbrutzelten ihm Fell und Fleisch und lösten sich vom Schädel. Die blutigen Knochen des Wesens fielen in das Loch, wo eben noch die Stufen gewesen waren, und verschwanden tief unten im Turm.

Nun nickte Doktor Kriegbad Cazia und Col zu, aber dann war es doch ihr Bruder allein, der mit der Schulter die schwere Tür herumwuchtete. Cazia konnte nur fassungslos zusehen.

Das eben war keines der dreizehn Geschenke. Doktor Kriegbad, die Leitende Gelehrte für das ganze peradainische Reich, hatte gerade einen Hexenzauber gewirkt.

Die Falltür krachte zu, und Timush schob schnell den Riegel vor. Dann berührte er Cazia am Ellbogen. Sein schweißnasses Haar klebte ihm am Kopf. »Wo ist Pagesh?«

Fünf Meter vom Rand des Turmes entfernt schwebte ein Luftwagen. Er war nicht groß – bestenfalls für sechs Personen gedacht –, aber die einzelne schwarze Scheibe darüber war riesig. Mit Sicherheit ein schneller Wagen, der hoch fliegen würde.

Der Fahrer jedoch sah sie mit leeren, verängstigten Augen an. Tyr Treygar rief ihm Befehle zu; er solle die Anlegestelle ansteuern, damit sie einsteigen konnten, aber der Mann reagierte nicht. Der Fahrer schien vor Entsetzen erstarrt zu sein.

Timushs große dunkle Augen blickten genauso wild und traurig wie vorhin diejenigen von Pagesh, ehe sie aus dem Turm gerannt war. »Dort draußen. Sie …«, begann Cazia.

»WAS?« Er riss sie schmerzhaft am Arm und wirbelte sie herum. »Du hast sie zurückgelassen? Wie konntest du das nur tun!« Während er schrie, war sein Gesicht direkt vor ihrem, und sie konnte die Pickel auf seiner Stirn sehen.

»Pagesh hat uns im Stich gelassen!«, rief Jagia. »Sie hat uns allein gelassen!«

Sie ist weggegangen, um Zilly zu retten, hätte Cazia beinahe gesagt. *Sie hat sich dafür entschieden, lieber alles aufs Spiel zu setzen, um sie zu retten, statt sich mit dir in Sicherheit zu bringen.* Aber das konnte sie Timush nicht sagen. Es war alles schon schrecklich genug. Cazia machte sich von ihm los. »Jagia hat Pagesh genauso geliebt wie du. Vielleicht solltet ihr euch nun beide umeinander kümmern.«

»Befehle allein reichen wohl nicht«, sagte Doktor Kriegbad. Sie trat an Cazia heran und riss ihr beide Köcher von den Schultern, als würde sie einem Kind ein scharfes Messer abnehmen. Einen der Köcher reichte sie Ciriam, und während sie den anderen über die eigene Schulter streifte, zog sie einen gefährlich aussehenden Spieß mit langer Spitze heraus.

Der Fahrer mochte vor Angst von Sinnen sein, aber er war klug genug, einer Gelehrten mit einem Köcher voller Wurfspieße keinen Widerstand zu leisten. Er lenkte den Luftwagen auf das Flachdach des Turmes zu.

Cazia lief einmal um den Turm herum und schaute überall in die Tiefe hinab. Drei der Ungetüme kletterten die rosafarbene Steinmauer herauf. »Schreiberin!«

Nachdem Doktor Kriegbad ihr zugenickt hatte, lief Ciriam hinüber zu Cazia, die am Westende des Turmes wartete. »Ciriam, nicht?«, fragte Cazia und erinnerte sich im gleichen Moment daran, dass sie eigentlich *Doktor Aalhaken* zu ihr sagen sollte. Doch dafür war es jetzt zu spät. »Der ist uns am nächsten. Fangt mit dem an.«

Die Schreiberin wirkte perplex. Cazia klopfte auf die Außenseite des Köchers, den ihr die Obergelehrte soeben abgenommen hatte, und plötzlich kam Leben in die Frau. Sie zog einen

Wurfspieß heraus, beugte sich schwindelerregend weit über die Zinnen hinaus und jagte ihn die Turmwand hinab.

Er verfehlte sein Ziel und prallte von dem hellrosa Stein ab. Ciriam zog einen zweiten Wurfspieß, belegte auch diesen mit dem entsprechenden Zauber – diesmal mit zittrigeren Bewegungen – und ließ ihn knapp über der Schulter der Bestie hinwegfliegen.

Cazia zog einen Wurfspieß aus dem Köcher an der Hüfte des Mädchens und jagte ihn an der Mauer hinab, wobei sie Enttäuschung und Ärger hinter jener sorgfältig aufgebauten geistigen Verfassung verschwinden ließ, die für das Gelingen des Zaubers unabdingbar war. Der Spieß traf das Ungeheuer an der Schulter und bohrte sich so tief in seinen Körper, dass er zur Gänze darin verschwand.

Das Untier brüllte auf, und einen Moment lang glaubte sie, es würde nicht fallen. Als es dann doch in die Tiefe stürzte, wandte sich Cazia zu der Schreiberin um und streckte fordernd die Hand aus.

Ciriam war ungefähr so alt und so groß wie Pagesh, doch während Pagesh von unzähligen Tagen draußen auf den Feldern gebräunt und gekräftigt war, war die Schreiberin bleich und schieläugig, und ihre Hände waren schwach und knochig. Sie wusste nicht einmal, wie man bei einem Wurfspießzauber richtig zielte.

Aber den Köcher gab sie trotzdem nicht her.

»Verschwinden wir!«, rief Treygar. Als Erstes geleitete er natürlich den Prinzen in den Luftwagen, dann ließ er Bittler, Timush, Jagia und Col hineinklettern. Auf ein Winkzeichen von Doktor Kriegbad hin rannten Ciriam und Cazia zu dem Wagen hinüber.

Cazia nutzte die Gelegenheit, um sich drei weitere Wurfspieße aus Ciriams Köcher zu schnappen.

Als sie in den Wagen stiegen, verlor der Fahrer für einen

Moment die Konzentration und ließ ihn ruckartig nach oben schnellen. Sie schwankten gefährlich hin und her, alle dicht an dicht gedrängt. Timush hockte mit Jagia auf dem Schoß vorne in der Ecke, und beide hielten sich mit weißen Knöcheln an der Brüstung fest. Bittler und Col wurden nach hinten gequetscht, sodass sie beinahe auf den Fahrer fielen. Die Doktorin zuckte die Achseln und drückte Cazia in die Ecke; anscheinend schätzte sie es nicht, wenn man sie bedrängte. Alte Steinmiene warf Doktor Kriegbad einen finsteren Blick zu, als sie es sich im Wagen bequem machte; offensichtlich hätte er lieber jemand anderen an ihrer Stelle mitgenommen.

Die Räder des Wagens glitten genau in dem Moment über die Zinnen, als das erste der Untiere die Turmspitze erreichte. Doktor Kriegbad zog einen Wurfspieß aus ihrem Köcher und begann zu zaubern; ihre Hände bewegten sich schneller als die jedes anderen Magiers, dem Cazia je begegnet war. Ciriam folgte ihrem Beispiel, aber Cazia war hinter ihnen und konnte ihnen nicht helfen.

Das Ungeheuer machte einen Satz zur Turmkante und sprang sie dann an. Doktor Kriegbads Geschoss traf das Geschöpf oben am Schädel und durchbohrte seine Kopfhaut, um dann aber abzuprallen. Die Schreiberin konnte das Untier nicht genug beeinflussen, und ihr Schuss flog wirkungslos hinter ihm vorbei.

Das Ungeheuer schien fast schon fliegen zu können, die Krallenhände ausgestreckt, den klaffenden Kiefer voller Reißzähne weit aufgerissen. Cazia kam es so vor, als würde plötzlich die ganze Welt verstummen, obwohl sie wusste, dass das Ungeheuer in diesem Moment gebrüllt und die Menschen um sie herum geschrien haben mussten. Sie hatte keine Zeit, ihren eigenen Zauber zu wirken, und auch keinen Platz für die entsprechenden Handbewegungen.

Das Ungeheuer – mit seinem borstigen Fell, seiner unmöglichen Größe und seinem fast menschenartigen Gesicht – würde es zu ihnen in den Wagen schaffen.

Steinmiene stieß den Prinzen beiseite und schlug mit dem Handrücken nach den ausgestreckten Krallen des Ungetüms. Er schaffte es, dessen Pranken wegzustoßen, sodass sie sich nicht an die Brüstung klammern konnten, aber stattdessen packte ihn die Bestie am Unterarm.

Das Ungeheuer schlug seitlich gegen den Wagen. Es krachte so laut, dass Cazia schon damit rechnete, dass die Bretter bersten würden. Dann neigte sich das ganze Gefährt zur Seite.

Um sie herum nur Gebrüll und Verzweiflungsschreie – Cazia mochte selbst aufgeschrien haben, sie wusste es nicht mehr. Alle rutschten auf die tiefer liegende Brüstung des Wagens zu, und dass Jagia nicht aus dem Wagen stürzte, war einzig Timushs schnellen Händen zu verdanken.

Doktor Kriegbad kauerte sich zu Boden, sodass ihr Schwerpunkt unterhalb der Brüstung blieb. Sie drückte auch Ciriam mit sich hinab, aber Cazias Gewicht hätte sie beinahe beide aus dem Wagen befördert.

Treygar lag am oberen Rand der Brüstung flach auf dem Bauch. Offensichtlich wurde er von dem gewaltigen Gewicht des Untiers in die Tiefe gezogen. Der Einzige, der noch stand, war der Fahrer, und das auch nur deshalb, weil er festgebunden war. Mit vor geballter Konzentration verzerrtem Gesicht versuchte er, den Wagen wieder aufzurichten und an Höhe zu gewinnen.

Cazia konnte das unter dem Wagen hängende Monstrum nicht sehen, aber sie hörte es brüllen. Sie zog ihren Wurfspieß aus dem Ärmel. Sie ging nicht davon aus, genügend Zeit zu haben, um einen kompletten Zauber wirken zu können, ehe das Ungeheuer über die Brüstung kletterte, aber sie wusste, was man mit der scharfen Spitze eines Wurfspießes anstellen konnte.

Lar und Col streckten die Hände nach Steinmiene aus, um ihn in den Wagen zurückzuhieven, aber der alte Mann machte einen Satz vorwärts, um sich über die Brüstung zu stürzen.

KAPITEL 5

Das Gewicht des Untiers verblüffte ihn. Mit einem Krachen, bei dem Tejohn sicher war, dass es ihrer aller Tod ankündigte, schlug es seitlich gegen den Wagen. Aber das Holz hielt.

Mit Tejohns Schulter allerdings verhielt es sich anders. Großer Weg, die ganze Stadt musste sie knacken gehört haben. Der Schwung des Riesengeschöpfs riss ihn mit nach unten, bis sich die Brüstung tief in seine ausgekugelte Schulter grub und der ganze Wagen sich zur Seite neigte wie ein Ruderboot kurz vor dem Kentern.

Der Fahrer musste genau das vorhergesehen haben, denn der Wagen kippte nicht um. Tejohn spürte, wie die anderen schwer auf seinen Rücken stürzten und ihn für einen Moment gegen die Brüstung pressten, bis der Wagen wieder zurück in die andere Richtung ruckte und sie von ihm wegrollten. Der Schmerz war heftig. Gerade noch auszuhalten, aber heftig.

Die Bestie hatte mit der rechten Pranke seine Armschiene gepackt, dann mit der linken weiter oben nach einem Halt gesucht und ihre Klaue in das Fleisch unter seinem Ellbogen gekrallt. So kletterte sie an seinem Arm hinauf auf den Prinzen zu, das Maul weit aufgerissen.

Tejohn dachte nicht nach, tat nicht so, als hätte er Zeit, eine Strategie zu entwickeln, verschwendete keinen Moment auf Bedauern oder Verbitterung. Er tat seine Pflicht. Er drückte die Beine durch und schob sich über die Brüstung. Es würde nicht viel notwendig sein. Sie hatten bereits Übergewicht nach dieser Seite, und das fürchterliche Gewicht des Ungeheuers würde ihn ohne Schwierigkeiten über den Rand befördern. Feuer und Zorn, sein Arm fühlte sich an, als würde er ihm gleich aus dem Leib gerissen. Zumindest war es ein schneller Tod, wenn er unten auf den Pflastersteinen aufschlug.

Tejohn würde seine Kinder nie wiedersehen.

Einen schwindelerregenden Moment lang spürte er, wie ihn das volle Gewicht beider Körper über die Brüstung zog. Ruckartig zuckte sein verletzter Arm, und fast wäre es ihm gelungen, das Untier abzuschütteln, aber das spielte keine Rolle, denn es war bereits zu spät, er war schon im Fallen …

Hände klammerten sich an ihn und drückten ihn gegen die hölzerne Brüstung. Lar stemmte die Füße gegen den Wagenrand und bekam Tejohns andere Hand zu fassen. Der junge Freibrunn ließ sich bis zu seinen Beinen hinabgleiten.

»Nein!«, schrie Tejohn. »Nein, lasst das und …«

Aber weitere Hände packten ihn, und jemand – wahrscheinlich die kleine Freibrunn – schrie laut: »Col!«, als liefe der Junge Gefahr, ebenfalls in die Tiefe zu stürzen. Der Wagen neigte sich abermals zur Seite; die Anstrengung, ihn aufrecht zu halten, ließ den Fahrer aufbrüllen.

Der Freibrunn-Junge beugte sich über die Brüstung. In der Hand hielt er einen der spitzen Kurzspieße der Gelehrten. Das mörderische Geschöpf zog sich wieder hoch und stand kurz davor, Tejohn die Finger abzubeißen, als der Junge dem Ungeheuer den Wurfspieß in das untere Daumengelenk rammte.

Es verlor den Halt. Mit der anderen Hand bekam es im Fallen noch eine Speiche zu fassen. Das Rad wirbelte herum, und das Holz brach. Die Kreatur stürzte mit einem durch Mark und Bein gehenden Brüllen vom Wagen in die Tiefe.

Endlich gelang es dem Fahrer, den Wagen wieder ganz aufzurichten, sodass er waagrecht in der Luft lag, und sie alle purzelten auf den Boden und die Bänke, einer auf den anderen. Tejohn versuchte, sich auf den Beinen zu halten, aber der Prinz hielt immer noch seine gesunde Hand umfangen, und so stürzten sie zusammen hin. »Sind alle noch da?«, rief Lar. »Ist jemand rausgefallen?«

»Pagesh fehlt«, antwortete Timush missmutig. Jagia schlang ihm die Arme um den Hals.

Tejohn biss die Zähne zusammen, fest entschlossen, nicht aufzuschreien, während die anderen ihn schubsten und drückten. Sein Unterarm mochte bluten, aber es war seine ausgekugelte Schulter, die ihm wahrhaft Schmerzen bereitete. Was ihm im Angesicht des unmittelbar drohenden Todes aushaltbar vorgekommen war, schien nun dreimal so heftig. Er rollte von den anderen weg und bettete das Gesicht auf das grobe Holz der Bretter unter ihm. Zumindest lag seine Schulter jetzt nicht mehr auf dem Boden, und niemand würde ihn mehr anrempeln, wenn er versuchte, unter ihm herauszukriechen.

»Doktor!«, rief Lar. »Kümmert euch um Tyr Treygar.«

Doktor Kriegbad schob Ciriam aus dem Weg, dann kniete sie neben Tejohn nieder. Sie hatte den gleichen ausdruckslosfrostigen Ausdruck im Gesicht wie immer. »Ich bin keine besonders gute Heilerin. Das erste Geschenk ist das komplizierteste, und wenn Eure Verletzungen nicht lebensbedrohlich sind, wäre es sicherer, auf einen echten Heilgelehrten oder einen Schlafstein zu warten.«

»Ihr braucht keine Magie, um meine ausgekugelte Schulter wieder einzurenken«, entgegnete Tejohn.

Doktor Kriegbad wirkte verlegen, aber Lar trat hinter Tejohn und packte seine Schultern. »Col, nimm sein Handgelenk.« Lars Stimme war sehr dicht hinter Tejohns Ohr. »Kein Grund zur Beunruhigung, mein Tyr. Ich mag keine Heilmagie gelernt haben, aber das hier mache ich ganz sicher nicht zum ersten Mal.«

Der Freibrunn-Junge griff nach Tejohns Armschiene. Der alte Soldat hätte ihn um ein Haar angeblafft, dass er loslassen solle, aber der Prinz war so nah, und der Tyr war fast völlig hilflos vor Schmerz. »Keine Sorge, mein Tyr«, sagte der Freibrunn-Junge. »Es wird sich anfühlen wie der Kuss eines schönen Mädchens.« Er zog.

Tejohns Schulter glitt zurück in die Gelenkpfanne; eine heftige Welle des Schmerzes wogte durch ihn hindurch und verebbte dann. Tejohn schrie auf, schaffte es aber, keine wüsten Beschimpfungen und Flüche auszustoßen, also war es nicht allzu peinlich. Sein Schultergelenk fühlte sich an, als passten seine Einzelteile nicht mehr recht zusammen, aber das war zu erwarten gewesen. Mit seiner gesunden Hand umfasste er das Handgelenk des Freibrunn-Jungen. »Danke.«

»Gern geschehen. Jetzt lasst uns zusehen, dass wir Lar von hier wegbringen.«

»Ja.« Tejohn packte die Brüstung, zog sich daran hoch und setzte sich auf. »Fahrer, nehmt Kurs gen Nordosten. Wir müssen vor Einbruch der Dunkelheit Fort Samsit erreichen.«

»Nein«, widersprach das Freibrunn-Mädchen energisch. Sie sah Tejohn seltsam an, als seien ihm gerade Hörner gewachsen. »Wir müssen die Prinzessin retten.«

Sang allein mochte wissen, wovon das Mädchen redete; Lar hatte keine Schwester. Welche Prinzessin?

»Feuer und Zorn«, sagte Lar. »Sie hat recht.«

»Sie ist eine Geisel«, fuhr das Mädchen fort, »und allein sie hindert die Allianz daran, in großer Zahl den Straim zu überqueren.«

Den Straim. Sie redete von der Verlobten des Prinzen, der kleinen Indregai. *Sie ist ein Albtraum.*

Wenn die indregaische Allianz mit großen Truppenverbänden ins Reich einfiel, würde sie als Erstes Ostfurt angreifen. Dorthin hatte Tejohn seine Frau und seine Kinder geschickt. Der Gedanke, dass Teberr, sein Jüngster, von einer der indregaischen Schlangen verschlungen werden könnte, jagte ihm eine Gänsehaut über den Rücken.

Aber trotzdem sagte er: »Wir können das nicht riskieren. Wir müssen den Prinzen in Sicherheit bringen.«

Lar beugte sich über die Wagenbrüstung und blickte auf die Straßen der Stadt hinunter. Tejohn tat es ihm gleich. Für ihn war alles dort unten verschwommen, aber er konnte sich bewegende Farbtupfer sehen, bei denen es sich um fliehende Menschen aus dem gemeinen Volk handeln musste, und dann die rasenden Ungeheuer mit ihrem lila Fell, die die Fliehenden von Gebäude zu Gebäude jagten. Die Ungeheuer durchschlugen Fenster und Türen und fielen über Jung und Alt gleichermaßen her. Die Stadt hallte wider vor verängstigten Schreien.

»Lar«, sagte die kleine Freibrunn, »nicht einmal peradainische Speerträger können Feinde gleichzeitig im Inneren und nach außen bekämpfen.«

»Caz hat recht«, pflichtete ihr Lar bei. »Fahrer, nehmt Kurs auf das Osttor. Die Prinzessin befindet sich in einem Haus mit hohem Giebel auf dem östlichen Platz, mit zwei Schornsteinen an der Frontseite.«

Tejohn war plötzlich furchtbar erschöpft. Der Wagen war bereits überfüllt, und sie mussten jetzt von Peradain wegkommen, sonst würden sie es gar nicht mehr schaffen. »Mein Prinz, Ihr müsst Euch von hier zurückziehen. Die Prinzessin hat ihre eigenen Leute; überlasst ihnen die Verantwortung für sie.«

»Sie ist mit mir verlobt«, wandte Lar ein, während der Fahrer den Wagen in östliche Richtung lenkte. »Ich bin einer ihrer Leute, und sie ist eine von meinen.«

Hinter ihnen, in Richtung Palast, konnte Tejohn mehrere

dunkle Flecken am Himmel erkennen, die wie Rauchsäulen aussahen. Es waren keine Gelehrten da, um die Feuer zu löschen; die hatten jetzt dringlichere Dinge zu tun.

Der Wagen flog tief genug, dass Tejohn mit Mühe noch die Soldaten ausmachen konnte, die auf der Stadtmauer postiert waren. Keiner von ihnen war mit Speer oder Bogen bewaffnet – hatte es die Schreiberin im Gelehrtenturm womöglich nicht mehr geschafft, ihre Nachricht auszusenden? Die Untiere waren noch nicht so weit vorgedrungen, aber die Straßen waren in Aufruhr. Bürger eilten hin und her, einige flohen mit Säcken voller Habseligkeiten, andere beluden Ochsenkarren mit Kleidern und anderen Dingen, während wieder andere verzweifelt versuchten, an die neuesten Informationen zu gelangen. Eine Gruppe von dreißig Männern und Frauen marschierte mit Hämmern, Beilen, gekrümmten Gartenmessern und anderen Behelfswaffen in Richtung Palast. Sie wussten nicht, was hier geschah, aber sie wollten sich der Bedrohung stellen.

Natürlich hatte man die Palasttore für die Festspiele geschlossen. Nur das Kleine Tor war für den Fußverkehr offen, und auch das würde bald geschlossen werden.

Tejohns Kehle schnürte sich zu. Was taten diese Leute? Er wollte ihnen zurufen, dass sie alles stehen und liegen lassen sollten, dass sie sich ihre Kinder nehmen und um ihr Leben laufen sollten.

Er schloss die Augen und kämpfte eine anbrandende Woge von rasender Wut nieder, die ihn zu übermannen drohte. Tejohn hatte Co und den anderen vom Abendvolk seine Frau und seine Kinder nicht vorführen wollen, als sei sein Leben einfach nur eine weitere Pantomime zu ihrer Unterhaltung, daher hatte er seine Familie nach Osten geschickt. Aber was, wenn er das nicht getan hätte?

Sie wären mit den Übrigen unten im Innenhof gewesen, als

die Pforte sich öffnete. Feuer und Zorn, er hätte noch einmal eine Familie verloren, und diesmal hätte er es mit eigenen Augen mit angesehen. Nur glücklicher Zufall hatte ihnen das Leben gerettet.

»Da ist es!«, rief Lar und deutete auf ein Gebäude auf der anderen Seite des Flugwagens.

Tejohn rappelte sich mühsam hoch. Der Schmerz bei der Bewegung war heftig und verschlimmerte sich zusehends. Er brauchte eine Schlinge für den Arm.

»Seid Ihr Euch sicher, dass wir hier richtig sind?«, fragte Doktor Kriegbad. »Von hier oben sieht alles so anders aus.«

»Auf diesem Gebäude kann ich nicht landen«, warf der Fahrer ein. Dann erst fiel ihm ein, was er vergessen hatte, und nervös fügte er hinzu: »Mein Prinz.«

Tejohn reckte den Hals, um einen Blick auf das Haus zu werfen. Es war im Stil der hohen Gebirgshäuser der südlichen Bewohner von Indrega erbaut worden, damit die Prinzessin sich wie zu Hause fühlte. Doch der Fahrer hatte recht. Auf dem Dach gab es keine ebene Fläche, um zu landen, selbst wenn die Tonziegel ihr Gewicht hätten tragen können. »Wir können nicht auf der Straße landen«, erklärte Tejohn. »Es würde sich sofort eine Menschentraube um uns bilden.«

»Wie auch immer«, sagte Lar. Er deutete auf das vorn im Wagen liegende Seil, und die Schreiberin begann es automatisch für ihn zu entrollen, als habe er ihr einen Befehl erteilt. »Seht zu, dass Ihr uns einfach weit genug nach unten bringt.«

Der letzte Prinz der Italgas, der an einem Tau hoch über der Stadt baumelt? Nein. Auf gar keinen Fall.

»Ich gehe als Erster«, verkündete der junge Freibrunn.

»Und dann ich«, erklärte der Bendertuk.

Bittler Witt, der still in der Ecke hockte, machte zögernd Anstalten, sich zu erheben, aber Lar winkte ab. Dieser Junge konnte kein Seil hinunterklettern, geschweige denn es wieder hinaufklimmen. »Ich werde als Erster gehen«, sagte der Prinz. »Sie ist meine Verlobte. Col und Tim können mich begleiten, aber Bitt und die Gelehrten bleiben im Wagen.« Er warf das Seil hinab.

Tejohn gefiel das ganz und gar nicht. »Mein Prinz, Ihr dürft auf keinen Fall …«

»Ich hoffe, Ihr erbietet Euch nicht, an meiner Stelle zu gehen«, unterbrach ihn Lar und musterte Tejohns Schulter. Die Stimme des Prinzen war scharf.

»Natürlich nicht, mein Prinz«, antwortete Tejohn und wechselte schnell die Taktik. »Aber wir brauchen überhaupt niemanden hinunterzulassen, nur das Seil. Sie soll danach greifen, und dann ziehen wir sie herauf.«

Die kleine Freibrunn beugte sich über die Brüstung und rief hinunter: »Holt eine Leiter und schickt die Prinzessin aufs Dach hinauf! Schnell!« Die Frau, der sie ihre Worte zurief, eine Wache in einer der schneeweißen Uniformen der Allianz, wirkte erschrocken, dann eilte sie in das Gebäude mit dem hohen Giebel hinein.

Der Prinz nickte Tejohn zu. »Eure Worte sind vernünftig, mein Tyr. Ich mache mir nur Sorgen, dass sie ihr ganzes Gefolge mitschicken werden.«

Die weiß gekleidete Frau kam wieder aus dem Haus gelaufen, diesmal zusammen mit einigen weiteren Wachen. Sie legten die Köpfe in den Nacken, um zu ihrem Wagen emporzuschauen, aber eine Leiter war nirgends in Sicht.

»Aufs Dach!«, rief das Freibrunn-Mädchen. »Bringt die Prinzessin aufs Dach!«

Mehrere der anderen stimmten mit ein. Die indregaischen Wachen eilten hierhin und dorthin und wirkten verwirrt. Menschen streckten die Köpfe aus den Fenstern und schauten zu dem Wagen hoch, der zum Gebäude herabschwebte. Tejohn kannte ihre Körpersprache und ihren Gesichtsausdruck; sie sahen aus wie Dorfbewohner, die über die hiesigen Wahnsinnigen tratschten.

Eines der Ungeheuer kam in Sichtweite und raste mit der Schnelligkeit eines angreifenden Graslöwen seitlich um das Gebäude herum. Alle im Wagen stießen einen Schrei der Angst und Verzweiflung aus. Auf der Straße erhoben sich neue Ausrufe des Entsetzens. Die Menschenmenge strömte auf das Kleine Tor zu, während sich die Wachen der Allianz dem Untier in den Weg warfen.

Es hatte keinen Sinn; das Riesengeschöpf schleuderte sie beiseite wie Puppen, rannte dann zwischen ihnen hin und her und biss einen jeden von ihnen, einen nach dem anderen.

Ein zweites Ungetüm stürmte aus einer anderen Gasse auf das Kleine Tor zu, und ein drittes platzte mitten ins Pförtnerhaus hinein.

»Wir kommen zu spät!«, sagte der Fahrer mit vor Angst geweiteten Augen. »Wir kommen zu spät!« Er begann den Wagen wieder in die Lüfte steigen zu lassen.

Lar warf eines seiner Beine über die Brüstung. »Lasst uns zum Dach hinab! Sofort!«

Die junge Freibrunn schnappte sich vier Spieße aus Doktor Kriegbads Köcher. Einen davon reichte sie Tejohn. »Ich glaube, ich bin nicht in der Lage, ihn so weit einzuschüchtern, dass er gehorcht«, stellte sie fest.

Einschüchtern? Offensichtlich verstand das Mädchen nicht, was es bedeutete, Befehle zu erteilen. Tejohn nahm den Wurfspieß mit seiner gesunden Hand und richtete die Spitze auf den Fahrer, nur einige Handbreit von seinem Bauch entfernt. »Wie heißt Ihr?«

Die Ruhe in Tejohns Stimme schien zu bewirken, dass der Fahrer seine Aufmerksamkeit auf ihn richtete. »Wimnel Farraglock, mein Tyr.«

Beide Männer verfolgten, wie der Prinz aus dem Wagen stieg und unter ihnen außer Sicht geriet. Die Wurfspieße klapperten in seinem gut gefüllten Köcher. Der junge Freibrunn kletterte sogleich hinter ihm her. Tejohn schnürte es den Magen zusammen. Dennoch hielt er seine Stimme ruhig und gelassen. »Farraglock, hm? Die Farraglocks … Sechstes Festspiel, wenn ich mich recht erinnere. Nicht wahr? Tyre im Westen?«

»Damals der Westen, mein Tyr, aber jetzt gehört alles zu den Wasserlanden. Meine Leute waren Adlige, Stammesführer und Generäle – bis zur Schlacht der Fischteiche. Nun sind wir unseres Ranges beraubt, mein Tyr, aber treu sind wir immer geblieben.«

Tejohn kannte die Geschichte. »Treu, aber nicht mutig«, sagte er. Der junge Bendertuk stieg über die Brüstung und kletterte ebenfalls das Seil hinab. »Mit einem guten Namen, um Euch eine ungefährliche, ruhige Arbeit zu sichern.«

Der Fahrer holte bebend Luft. »Ich werde meine Pflicht tun, mein Tyr. Das werde ich.«

»Dann bringt diesem Mädchen bei, wie man die Hebel bedient«, erwiderte Tejohn. »Ich will, dass jemand weiß, wie man den Prinzen in Sicherheit bringen kann, falls ich Euch diesen Spieß ins Herz rammen muss.«

KAPITEL 6

Cazia konnte gar nicht anders: Die Vorstellung zu lernen, wie man einen Wagen flog, erfüllte sie mit prickelnder Begeisterung.

Dann sah sie Lar über die grauen Ziegel krabbeln, und sie errötete vor Scham. Er rutschte aus und fiel aufs Knie, rappelte sich aber schnell wieder hoch und bewegte sich auf die Schornsteine an der Vorderfront des Gebäudes zu. Sein roter Mantel sah beinahe komisch aus, und sie wünschte, er hätte eine Kleidung gewählt, die nicht hervorstach wie eine Rose im Gras. Col folgte ihm dicht auf den Fersen; Timush musste immer noch damit beschäftigt sein, das Seil hinabzuklettern.

Sie konnte den Blick nicht von den beiden abwenden. Ja, man hatte ihr eben eine Lektion im Fliegen angeboten – *Fliegen* –, aber der Mensch, den sie auf der ganzen Welt am meisten liebte, ihr eigener Bruder, war gerade auf ein Schlachtfeld gestürmt – an der Seite seiner beiden besten Freunde. Ein seltsames Gefühl, das sie nicht benennen konnte, erfüllte sie wie Wind, der in ein Zelt bläst. Sie fühlte sich innerlich hohl und zerbrechlich, als würde das nächste Missgeschick sie wie eine Schaumblase platzen lassen und sie vollends zerstören.

Es ist das Gefühl, das kurz vor der Trauer kommt. Du wirst gleich miterleben, wie dein Bruder vor deinen Augen abgeschlachtet wird, weil er versucht, ein Held zu sein, und es ist deine Schuld, weil das Ganze deine Idee war. So fühlt man sich, kurz bevor man von der Trauer überwältigt wird, sodass du dir wünschst, du könntest gleich mit ihm sterben ...

Die Schreie von unten wurden lauter und lenkten sie ab. Die Ungeheuer stürmten durch die Menge, warfen die Menschen um wie Besenstiele und zogen ihre Spur der Verwüstung durch die Massen. Jedes Opfer erlitt schreckliche Bisswunden, von denen viele sofort tödlich waren. Männer, Frauen und Kinder fielen ihnen in Scharen zum Opfer. Ein Wachmann der Stadtgarde versuchte, die anbrandende Menge zurückzudrängen, um das Kleine Tor zu schließen, aber es war hoffnungslos.

Lar kletterte weiter auf die Schornsteine an der Vorderfront des Hauses zu. Noch während er sich vorwärtsbewegte, begann er seinen langen, grellroten Mantel abzustreifen, aber dann verhedderte er sich am Schulterriemen seines Köchers.

»Hier!«, brüllte Col. Er schlüpfte aus seiner grau-roten Jacke und warf sie dem Prinzen zu. Lar hielt sie am Kragen fest und ließ den Saum auf die andere Seite des Daches hinüberbaumeln, die Cazia von ihrer Position aus nicht einsehen konnte. Einen Moment später zogen die beiden die Jacke wieder nach oben – nur dass sich jetzt ein Mädchen daran klammerte.

Es war die indregaische Prinzessin: bleich, klein und in ihren schlichten weißen Hausrock gekleidet. Cazia wusste, dass sie einige Jahre älter war als Jagia, aber sie sah erschreckend jung aus. Die Prinzessin kletterte gewandt auf den Dachfirst hinauf, dann begann sie, hastig auf den Prinzen einzureden, und zeigte in die Richtung zurück, aus der sie gekommen war.

Lar schien keinerlei Interesse daran zu haben, Befehle entgegenzunehmen. Er rappelte sich hoch und half auch Colchua beim Aufstehen. Timush rief ihnen etwas zu und forderte sie mit einer Winkbewegung auf, zu dem baumelnden Seil zurückzukommen. Der Lärm, den er dabei machte, ließ Cazia ein missbilligendes Zischen ausstoßen. Lar stieß die Prinzessin regelrecht in Richtung Luftwagen. Von unten erschollen zahlreiche neue laute Schreie und veranlassten die Prinzessin, Lars Anweisungen zu gehorchen.

Ein eiserner Wurfspieß schlug krachend ins Dach ein und zertrümmerte einen Ziegel in der Nähe des Schornsteins. Das Geräusch ließ Cazia zusammenfahren, doch ohne darüber nachzudenken, zog sie einen der Spieße aus ihrer Jackentasche und setzte zu ihrem Zauberspruch an.

Eine der Kreaturen hatte sich am Rand des Daches hinaufgezogen. Die Schreiberin hatte einen Zauber auf das Scheusal losgelassen und ihr Ziel verfehlt, aber Doktor Kriegbad hatte bereits mit einem eigenen Zauber begonnen.

»Großer Weg«, betete Treygar mit gepresster Stimme, »beschütze den Prinzen. Lass ihn deinen Pfad nicht verlassen.«

Doktor Kriegbads Wurfspieß flog mit überraschender Schnelligkeit, aber er traf das Geschöpf tief unten am Rücken, fast schon an der Hüfte. Cazia tat ihr Bestes, mit ihrem eigenen Zauber auf das Geschöpf einzuwirken, genau wie sie in Doktor Zweifloss' Übungsstunden die Reifen beeinflussen musste. Sie traf das Ungetüm hoch oben am Rücken, direkt unterhalb des Halses. Es stürzte der Länge nach auf die Ziegel und rutschte das steile Dach hinunter.

Cazia begann sofort den nächsten Zauber. Ein zweites Ungetüm erschien oben auf dem südlichsten Schornstein. Die Schreiberin feuerte einen weiteren Wurfspieß ab und traf den Ziegelstein direkt unter einem der pelzigen Beine des Scheusals. Zumindest nur noch knapp daneben.

Cazia würde mit ihrem Zauber nicht rechtzeitig fertig werden, und Doktor Kriegbad hatte noch nicht einmal mit einem neuen begonnen. Lar hatte natürlich einen eigenen Köcher, aber er stand mit dem Rücken zu ihnen. Cazia hielt die Hände in Bewegung und verfiel in den für den Zauber nötigen Geisteszustand, auch wenn sie wusste, dass es vergeblich war. Nur wenn die Kreatur zögerte, konnte sie jetzt noch vermeiden, dass sie alle ein schrecklicher Kummer ereilte.

Doch das Wesen zögerte nicht. Es sprang den Prinzen vom Schornstein aus an. Cazia spürte, wie die Tragödie über sie kam wie ein Hagel von Pfeilen.

Timush schrie auf und hechtete vorwärts, warf sich mit der Schulter gegen das Bein des Ungeheuers, während es noch mitten im Sprung war. Das Monstrum stürzte schwer auf Timushs Körper. Es brüllte vor Enttäuschung und übertönte beinahe Timushs Schmerzensschrei. Dann rollte es sich herum und rutschte auf die Dachrinne zu. Timush versetzte dem breiten Rücken des Ungeheuers einen Fußtritt und versuchte, es ein wenig auf Abstand zu halten.

Col rief: »Lar, rette die Prinzessin!« Dann stürzte er sich die Dachschräge hinab, schlitterte auf dem Bauch seinem Freund hinterher. Cazia hatte ihren Zauber beendet und schleuderte ihren Wurfspieß direkt in die linke Brust des Scheusals. Einen Moment später feuerte auch Doktor Kriegbad ein Geschoss ab und durchbohrte den Unterarm des Ungeheuers. Col bekam Timush am Kragen zu fassen und versuchte verzweifelt, nach den Dachziegeln zu greifen, um ihrem Sturz den Schwung zu nehmen.

Die Kreatur stützte sich an der Dachrinne unter ihr ab, wirbelte plötzlich herum und stürzte sich mit einer unbeholfenen Bewegung in Richtung der beiden. »NEIN!«, schrie Col auf und warf sich über Timush.

Das Monster biss Colchua in den Unterarm.

Cazia riss der Konzentrationsfaden, und eine plötzliche Welle aus Scham und Wut schlug über ihr zusammen, als sie ihren Zauber sogleich von Neuem begann. Ciriam feuerte einen Wurfspieß ab, aber sie hatte zu große Angst, Col und Timush zu treffen, sodass sie zu tief zielte, und der Spieß prallte unterhalb der Dachtraufe von der Wand ab. Timush versetzte der Regenrinne einen heftigen Tritt, und sie brach ab. Das verletzte Untier fiel in die darunterliegende Gasse, und die Wucht von Timushs Tritt bremste seine Rutschbewegung auf dem Dach weitestgehend ab.

Lar umklammerte mit der einen Hand die Ziegel auf dem Dachfirst und streckte die andere nach Col und Timu aus. Treygar beugte sich über die Brüstung und murmelte: »In den Wagen. In den Wagen«, als könnte er den Prinzen mit reiner Gedankenkraft zur Flucht bewegen. Aber der Prinz hatte nicht vor, seine Freunde im Stich zu lassen.

Timush hatte Mühe, wieder auf die Beine zu kommen – sein Gesicht war furchtbar bleich, und seine Schulter wirkte verdreht. Col hielt sich den verletzten Unterarm, bewegte sich aber immer noch sehr schnell und half Lar, Timush zum Seil zu zerren.

»Helft der Prinzessin«, blaffte Steinmiene und machte damit Cazias nächstem Zauber ein unsanftes Ende. Feuer und Zorn, Cazia wusste, dass sie zu nichts nütze sein würde, wenn sie sich von jedem scharfen Wort aus ihrer Konzentration reißen ließ. Die Hände der Prinzessin tauchten an der Brüstung auf. Bittler sprang hoch, als sei er aus einer Trance erwacht, packte das kleine Mädchen und zog es in den Wagen.

Mittlerweile war der Wagen vom Dach weggeschwebt, so langsam, dass es nicht sofort aufgefallen war, aber es geschah. Vielleicht hatte Farraglock nicht einmal bemerkt, dass er sich wegbewegte. Cazia drehte sich zu Steinmiene um und sagte: »Wir müssen näher an sie heran.«

Treygar tippte Farraglock an und befahl: »Wendet den Wagen, sodass das Seil näher an den Prinzen herankommt.«

Löblicherweise gehorchte der Fahrer sofort.

»Tiefer!«, rief Lar von unten. »Ich brauche ein längeres Stück Seil.«

Der Fahrer tat wie geheißen, und Angstschweiß strömte ihm

übers Gesicht. Cazia beugte sich über die Brüstung und sah, wie der Prinz das Ende des Seils um Timushs Taille band und Col dann fest an ihn drückte. »Umarme deinen Cousin«, sagte Lar. »Deine Liebe wird euch beide retten.« Im Moment waren keine neuen Untiere in Sicht.

Col drückte sich gegen Timush, sodass Lar das Seil um sie beide schlingen konnte. »Es ist schon schlimm genug, wenn ich für ihn meinen Arm in das Maul eines Ungeheuers stecken muss. Jetzt zwing mich nicht, ihn auch noch zu küssen.«

Grinsend zog der Prinz den Knoten zu, und Ciriam schleuderte einen weiteren Wurfspieß. Diesmal traf sie eine der Bestien, die gerade den Schornstein emporkletterte, an der Klaue. Eine Bestie, die Cazia erst jetzt bemerkte. Das Vieh verlor den Halt, fiel und verschwand in der Tiefe.

Cazia drehte sich zu ihr um. »Was ist es für ein Gefühl, endlich einmal getroffen zu haben?« Die Schreiberin brach in Tränen aus.

»Nach oben!«, rief der Prinz von unten.

»Aber schön sachte«, fügte Steinmiene hinzu und hielt seine spitze Waffe dicht vor den Bauch des Fahrers. Mit einer langsamen, aber flüssigen Bewegung legte der Mann den Hebel um.

Cazia lehnte sich erneut über die Brüstung. Col und Timu hingen baumelnd in einer verknoteten Schlaufe. Lar klammerte sich an das Seil über ihnen, den Fuß im Knoten verkeilt.

»Sehr gut, Wimnel«, fuhr Treygar fort. »Jetzt bringt uns über die Mauer. Ich will, dass Ihr Fahrt aufnehmt, ohne den Prinzen unter uns übel durchzuschütteln.«

Plötzlich spürte Cazia einen spitzen Ellbogen in der Niere. Die fremdländische Prinzessin zwängte sich zwischen sie und Doktor Kriegbad und steuerte Steinmiene an. »He Mann, meine Retter sind noch nicht in Sicherheit. Landet auf einem flachen Dach, damit wir sie an Bord holen können.«

»Ich bin nicht Euer Mann«, fuhr Treygar sie an. »Und wir werden *nirgendwo* innerhalb der Mauern landen. Jetzt setzt Euch bitte. Ihr habt hier nichts zu befehlen.«

»Wie könnt Ihr es wagen!« Die Stimme des Mädchens war hoch und schrill. »Meine Abstammungslinie geht über sechsundvierzig Generationen bis zu den Stammesführern der Vierzig Täler zurück! Mein Volk ...«

Cazia griff nach dem Arm des Mädchens. »Vilavivianna, nicht wahr?« Der Name des Mädchens fiel ihr im selben Moment ein, in dem sie ihn aussprach. »Prinzessin Vilavivianna vom Goldgrashügel? Wir haben uns letzten Mittwinter auf Lars Fest getroffen. Erinnert Ihr Euch an mich?« Cazia senkte die Stimme. »Lasst mich offen und ehrlich zu Euch sprechen: Wir sind nicht Eure Untertanen, und Ihr seid zwölf Jahre alt. Niemand wird Eure Befehle befolgen. Und jetzt lasst uns bitte tun, was wir zu tun haben.«

Die kleine Prinzessin machte ein Gesicht, als würde sie gleich einen Wutanfall bekommen, doch stattdessen biss sie die Zähne zusammen und drehte Cazia den Rücken zu. Cazia dankte dem Kind für seine kleine Gnadenbezeugung und beugte sich dann wieder über die Brüstung.

Sie schwebten nun hoch über die Mauer, weit über den armseligen Hütten im Schlammland, die sich unten dicht an die Stadtmauer schmiegten. Die Panik und die Schreie waren bereits bis hierher vorgedrungen, und Cazia sah eines der Riesengeschöpfe von der Mauerkrone auf eine schlammige Straße springen und dann in das nächstbeste Gebäude stürmen. Ein halbes Dutzend verdreckter Kinder brach schreiend durch die Türen, und Cazia sah, wie das Ungeheuer ein Mädchen niederwarf und seine Zähne von hinten in ihrem Oberschenkel vergrub, bevor es das nächste Kind ansprang. Unwillkürlich kam ihr in den Sinn, dass die Ungeheuer die gleiche lila Farbe hatten wie Pageshs Fliederbüsche, und aus irgendeinem absurden

Grund ließ das alles bloß noch schrecklicher und ungerechter erscheinen.

»Sie probieren nur ein bisschen«, sagte Cazia. »Sie beißen, aber seit wir den Palast verlassen haben, habe ich nicht gesehen, dass jemand tatsächlich gefressen wurde.«

»Manche Wesenheiten bevorzugen es, ihre Mahlzeit an einen geschützten Ort zu bringen, um sie dort zu verzehren«, erklärte Doktor Kriegbad. »Und es ist durchaus möglich, dass ihre Bisse giftig sind.«

Entsetzt wirbelte Cazia zu der Doktorin herum. Wollte sie etwa andeuten, Col sei vergiftet worden und jetzt so gut wie tot?

Die ältere Frau begegnete ihrem Blick mit einer Miene, die so leer und ausdruckslos war wie die einer Schlange.

Auf einem hoch gelegenen Marktplatz zwischen den Elendsvierteln im Schlammland und dem Ringweg hatten sich Soldaten zu zwei Karrees angeordnet. Sie waren in Schwarz und Rot gekleidet, ihre Speere ragten weit über den Wall ihrer Schilde hinaus, und ihre Brustharnische und Beinschienen glänzten in dem leichten Regen, der eingesetzt hatte.

»Das ist die Dritte Kompanie von Brausestadt!«, rief Treygar plötzlich aufgeregt, so als könnten diese Männer nun die ganze Stadt retten. Der Name sagte Cazia nichts, aber sie registrierte ihr Banner, einen roten Wasserfall auf schwarzem Grund. Der unverkennbare Unterton von Hoffnung in Steinmienes Stimme verlieh auch ihr neue Hoffnung.

Hinter den beiden Karrees war ein Eiltrupp aus ungepanzerten Soldaten mit Bögen und Speeren gerade dabei, sich im rechten Winkel zu den Karrees aufzustellen. Cazia bemerkte, dass viele der Soldaten Frauen waren, und sie wünschte, man hätte auch ihr gestattet, mit einem Speer oder einem Bogen zu trainieren. Die Frauen dort unten würden gegen die Eindringlinge *kämpfen*, und es erfüllte sie mit Scham, dass sie nicht bei ihnen sein konnte.

»Abschreckstellung!«, brüllte Treygar zu ihnen hinab. »Abschreckstellung!«

Es entstand eine kurze Verwirrung darüber, wer ihnen diese Worte zugerufen hatte, dann begann ein Mann mit einem langen Federbusch auf seinem Helm – offensichtlich der Kommandant –, Befehle zu blaffen, und die vorderste Linie der Speerträger stemmte die stumpfen Enden ihrer Waffen in die Ritzen der Pflastersteine.

Der Wagen flog über sie hinweg und nahm Geschwindigkeit auf. »Wie weit noch?«, rief Lar von unten. Cazia beugte sich weit hinaus und sah, dass der Prinz jetzt den Unterarm um das Seil gelegt hatte und es in der Armbeuge festhielt. In ihrer schrecklichen, dummen Fantasie stellte sie sich plötzlich vor, wie er den Halt verlor und abstürzte – malte sich seinen Gesichtsausdruck aus –, und sie musste sich rasch abwenden. »Timush macht keinen guten Eindruck«, fügte Lar noch hinzu.

Es entsprach der Wahrheit. Timush war bei Bewusstsein, aber seine Haut war sehr bleich. Cazia hatte noch nie jemanden in einem Schockzustand gesehen, aber sie wusste, dass dieser Zustand genauso tödlich sein konnte wie die scharfe Spitze eines Messers.

»Ja, mein Prinz.« Treygar wandte sich an Wimnel. »Sucht einen Ort zum Landen. Wir müssen diese verletzten Männer vom Seil herunterholen, wir können sie so nicht weiterschleppen.«

Der Fahrer spähte nervös in Richtung Stadt zurück. »Mein Tyr, wir müssen eine Straße finden …«

»Wir können nicht den ganzen Weg bis nach Fort Samsit fliegen, während sich der Prinz mit den Fingern am Seil festhält …«

»Mein Tyr …«

»… und dabei zwei Männer, die ihr Leben für ihn aufs Spiel gesetzt haben, wie gemeine Mörder am Ende eines

Stricks sterben lassen!« Cazia überraschte der Unterton der Verzweiflung in Steinmienes Stimme. Für einen Moment schien er sich regelrecht um Col und Timu zu sorgen.

»Mein Tyr, vertraut mir, wenn ich Euch sage, dass wir hier unten besser nicht landen sollten.« Der Fahrer deutete mit dem Kopf auf das sumpfige Grasland rings um sie herum. »Die Wagenräder würden im Schlamm stecken bleiben, und die Scheibe allein kann uns da nicht herausziehen. Wir müssten den Wagen mit Körperkraft anheben und dann tief über der Erde schweben, bis alle an Bord sind, und wenn wir dabei zu tief sinken, berühren wir den Schlamm und müssen wieder von vorn anfangen. Es ist ein Detail dieses Geschenks, das die Gelehrten noch immer nicht verstehen, aber jedenfalls müssen wir auf trockenem Grund landen, um wieder abheben zu können. Ich schwöre bei Sang und Monument, dass das die Wahrheit ist, möge Feuer mich holen, wenn ich etwas Falsches sage.«

Cazia glaubte ihm, und nach Treygars Grimasse zu schließen, tat der Tyr das ebenfalls. Ein Frösteln überlief sie. Wenn selbst Alte Steinmiene seine Unerschütterlichkeit nicht mehr wahren konnte, welche Hoffnung hatten sie dann, überhaupt irgendetwas zu retten?

»Feuer wird uns alle holen, wenn wir keinen sicheren Platz zum Landen finden«, sagte Treygar.

Der Östliche Weg wäre ein sicherer Landeplatz gewesen, aber er lag hinter ihnen. Bis sie im Bogen dorthin zurückgeflogen wären, würden sie ihn vielleicht schon von den Ungeheuern überrannt vorfinden. Trotzdem fing Doktor Kriegbad immer wieder damit an, dass sie unbedingt umdrehen müssten, während Tyr Treygar sich weigerte, ihr Gehör zu schenken.

Es war typisch für Steinmiene und die anderen, dass sie darüber stritten, wer das Sagen haben sollte, wo sie doch alle besser nach einem sicheren Platz zur Landung Ausschau halten sollten. Cazia sah über das hohe, gelbe Gras hinaus, ohne sich auf einen bestimmten Punkt zu konzentrieren, und überblickte so zugleich alles und nichts. Sie hatte schon immer gute Augen gehabt, und ihre Gewohnheit, das Palastpersonal und die Wachen zu beobachten, ohne dass man es ihr anmerkte, hatte sie die Kunst gelehrt, stets das eine, Besondere zu entdecken, das nicht ins Gesamtbild passte.

Sicher, das Grasland war sumpfig und nass, aber es gab auch trockenen Grund dort, wenn man ihn nur ausfindig zu machen wusste.

»Wir müssen nach Süden umkehren«, wiederholte Doktor Kriegbad. »Die flachen Steine des Östlichen Weges …«

»Dort!«, rief Cazia und zeigte ein Stück weiter nach Norden. »Seht ihr den etwas abgesetzten Grasstreifen?«

»Nein«, antwortete Treygar, aber er gab Wimnel ein Zeichen, in diese Richtung zu fliegen. Dann beugte er sich über die Brüstung und rief nach unten: »Nur noch ein kurzes Stück, mein Prinz.«

Der Grasstreifen markierte keine Straße, aber er verbarg die zerfallenen Steinfundamente eines Gebäudes. Wimnel schaute über die Brüstung auf die Steine hinab und nickte. Hier unten konnte er landen.

An der Außenseite der Ruine ließ er den Wagen sanft und geübt herabsinken, sodass der Prinz und seine beiden Freunde auf der steinigen Böschung außerhalb der Grundmauern zu liegen kamen. Dann drehte er bei und senkte den Wagen innerhalb der zerstörten Mauern ganz langsam zu Boden. Cazia besah sich genau, wie er die Steuerung handhabte.

Treygar hielt sich die verletzte Schulter. »Doktor Kriegbad, helft ihnen bitte herein.« Bittler kletterte über die Brüstung nach draußen, um ebenfalls zu helfen.

»Was ist das hier für ein Ort?«, wollte die Prinzessin wissen. Ihr Akzent klang, als spräche sie mit vollem Mund.

»Ein altes Sturmhaus«, erklärte Ciriam. »Früher einmal wimmelte es in den Grasländern von Sturmhäusern, aber die Menschen heute treiben keine Okshim-Herden mehr durch den Schlamm. Zumindest nicht auf dieser Seite der Barriere.«

Lar und Bittler trugen Timush in den Wagen. Doktor Kriegbad und Col folgten direkt hinter ihnen.

Timush sah aus wie eine Wachspuppe. Sein Anblick versetzte Cazia einen tiefen Schock. Holte Feuer am Ende doch noch einen von ihnen?

»Macht vorne Platz!«, rief sie und stieß zugleich Ciriam mit dem Ellbogen aus dem Weg. »Wir müssen ihn irgendwie unterbringen.« Sie half Timush, sich unter Schmerzen auf den rauen Holzboden zu legen.

»Wir müssen seine Füße hochlegen«, sagte Vilavivianna, »damit das Blut in seinen Kopf zurückströmt.«

Natürlich. Cazia warf dem Mädchen einen dankbaren Blick zu, dann befahl sie Bittler, sich vorn in den Wagen zu setzen und Timushs Beine auf den Schoß zu nehmen. Er tat wie geheißen.

Col lehnte sich gegen die Brüstung. »Wie du befiehlst, oh Caz«, sagte er, durchaus nicht unfreundlich. Cazia errötete dennoch und klappte den Mund zu. Ein Kribbeln überlief ihren Rücken und ihre Arme, als sie sah, wie ihr Bruder ihr zulächelte – verletzt, aber am Leben. Dann begab sie sich zum hinteren Teil des Wagens, wo der Fahrer stand. Col und Timush, die ausgestreckt auf dem Boden lagen, beanspruchten bereits ein Viertel der verfügbaren Fläche.

»Wir sind überladen«, erklärte die Prinzessin. »Die da ist weder von hoher Geburt noch für uns notwendig, ist es nicht so?«

Vilavivianna deutete auf Ciriam, und sie hatte da nicht so ganz unrecht. Die Schreiberin war nicht nur eine Feindin, sie hatte Cazia zudem ihren Köcher weggenommen. Trotzdem, der Gedanke, sie über die Brüstung in das ungeschützte Grasland hinabzuwerfen, verursachte Cazia leichte Übelkeit.

Lar sagte: »Meine gute Verlobte, wir retten jeden, den wir retten können. Zwäng dich neben Jagia und die Doktoren. Es ist etwas unbequem, aber …«

Ferne Schreie drangen durch die Gräser. Alle im Wagen verstummten, als sie die Stimmen von Männern und Frauen vernahmen, die von Entsetzen und Schmerz erfüllt waren. Die kleine Prinzessin wandte sich um, um in das Gesicht der Schreiberin aufzuschauen, dann blickte sie zu Boden.

»Mein Tyr?«, fragte Wimnel.

Alte Steinmiene starrte in die Gräser hinab, als könne er durch sie hindurch die sterbenden Soldaten sehen. »Bringt uns weg von hier.«

KAPITEL 7

Etwas bewegte sich durch die hohen Gräser, als sie langsam in die Luft emporstiegen. Für einige Momente verfielen alle in Panik – die kleine Freibrunn hielt die Hände in der Ausgangsstellung, um einen Flammenstrahl zu zaubern, und sowohl der junge Witt als auch die Schreiberin pressten die Augen fest zusammen und murmelten Gebete, dass der Große Weg ihnen den Pfad frei machen möge –, aber nichts geschah. Tejohn ließ den Spieß, den er in der Hand hielt, wieder in seine Tasche gleiten, wünschte, das Wams wäre mit Segeltuch verstärkt, statt bloß ein dekoratives Ding zur Unterhaltung des Abendvolks zu sein, und griff mit seiner gesunden linken Hand nach der Brüstung. Sie waren davongekommen. Er hatte seine Pflicht getan.

Über die Brüstung gebeugt schaute er zurück zu der Formation von Speerträgern und den Leichtbewaffneten des Eiltrupps. Es war die gleiche Einheit, in der er gedient hatte, als er in Klemmhall die Verteidigungslinien durchbrochen hatte – die Dritte Kompanie von Brausestadt. Seine Einheit. Sie hatten so viele Soldaten verloren, dass die Dritte beinahe aufgelöst worden wäre, aber Tejohn selbst hatte den König angefleht, ihre Namen und ihr Banner beizubehalten; sie waren bei Loch Beddalin stationiert gewesen – hatten im Wesentlichen Wachdienst für Peradain geleistet –, weil sie sich einen Ort verdient hatten, der Sicherheit und Ansehen versprach.

Vor dem Hintergrund des gelbgrünen Grases ringsum fand Tejohn das schwarze Viereck mit dem verschwommenen roten Klecks nicht mehr, das nur das Wasserfallbanner von Brausestadt gewesen sein konnte. Tatsächlich konnte er überhaupt keine Spur von Schwarz und Rot ausmachen. Waren sie bereits abgerückt? »Farraglock, nehmt Kurs nach Nordosten.«

»Wir fliegen nicht zum Fort Samsit«, warf Lar ein. »Noch nicht.«

»Mein Prinz«, erwiderte Tejohn, »wir haben keinen Platz für noch jemanden.«

»Das ist auch nicht mein Plan«, erklärte Lar. »Ich kann das sechste Geschenk wirken, und Caz vermag es ebenfalls.« Die junge Freibrunn zuckte erschrocken zusammen, dann nickte sie. »Doktor Kriegbad kann es auch, genau wie Doktor …«

»Aalhaken, mein Prinz«, ergänzte Ciriam.

»Ihr beherrscht diesen Zauber, nicht wahr?«

Doktor Kriegbads Gesichtsausdruck war eisig. »Es ist eine Weile her, aber ich bin mir sicher, wir bekommen das hin.«

Unter ihnen durchbrach ein Speerträger des Eiltrupps eine mit hohen Gräsern bestandene Fläche und lief auf sie zu. Momente später stürmte eine der Bestien auf die Freifläche und bekam den Mann so mühelos zu fassen wie eine Mutter, die ein ungehorsames Kleinkind einfängt. Tejohn konnte nichts tun, als zuzusehen, wie ein Farbklecks den anderen einholte, und auf die Geräusche zu lauschen, die sie dabei machten. Die kleine Freibrunn suchte in ihrer Tasche nach einem ihrer Wurfspieße, aber Doktor Kriegbad legte ihr sanft die Hand auf dem Unterarm und hielt sie zurück.

Es war bereits zu spät. Das Monstrum zerrte den Mann außer Sicht und hinein in die Gräser. Die Schreie ließen Tejohn das Blut in den Adern gefrieren.

Der Wagen nahm Fahrt auf, als sie zurück zur Stadtmauer flogen. »Höher«, befahl Tejohn.

»Ja, mein Tyr«, sagte der Fahrer dankbar.

Als sie sich der Stadt näherten, wurden weitere Schreie laut. »Mein Prinz«, fragte Tejohn, »was sieht Euer Plan vor?«

Nur widerwillig schien Lar den Blick von der Stadt vor ihnen abzuwenden. »Wir fliegen hoch, sehr hoch über den Palast. Und hoch oben in der Luft über der Pforte bringen wir vier das sechste Geschenk in Anwendung und lassen Steinblöcke auf das Podium fallen. Wir türmen Steine über Steine, bis keines dieser Geschöpfe mehr durchkommen kann!«

Das Freibrunn-Mädchen schnappte nach Luft. »Ja«, sagte Doktor Kriegbad. »Ja, natürlich! Das können wir tun.«

Tejohn bemerkte ein Aufblitzen von rotem Stoff auf dem Boden unter ihnen und beugte sich über die Brüstung.

Die Dritte Kompanie von Brausestadt war vernichtet worden. Er konnte die Soldaten nicht deutlich sehen, nicht aus dieser Entfernung, aber er konnte reglose Farbkleckse in den gelben Gräsern ausmachen. Sechs … nein, sieben der Kleckse hatten die lila Farbe der Bestienmenschen, aber wo immer er hinschaute, konnte er Schwarz und Rot sehen, Farbkleckse, die sich nicht bewegten. Die Truppe war völlig aufgerieben worden.

Selbst die Schreie wurden nun leiser. Tejohn fühlte, wie sich in seinem Inneren ein vertrauter Gefährte regte. Es war lange her, seit er den Zorn, die Verzweiflung und den Kummer verspürt hatte, die als Begleiter einer einmarschierenden Armee über ihn kamen, aber da waren sie wieder. Zuerst aus ihrem Schlummer geweckt hatte sie die Bemerkung der Königin, sich dem alten Schmerz noch einmal zu stellen, aber jetzt türmten sie sich wie eine Gewitterwolke hoch in ihm auf. Die Dritte war sein Leben gewesen. Er trug die Farben der Kompanie jeden Tag in der Trainingshalle, und er war stolz darauf, Teil der Geschichte dieser Einheit zu sein. Nun hatte Feuer sie geholt.

Bittler rief: »Seht nur!«

Er zeigte nicht auf das Gemetzel unter ihnen. Stattdessen deutete er auf die Stadt.

Tejohn kniff die Augen zusammen und spähte in die Ferne, aber er hatte keine Ahnung, was er da erkennen sollte.

»Ich kann nicht so weit sehen«, sagte Doktor Kriegbad. »Was ist los?«

»Über dem Palast schwebt ein anderer, größerer Flugwagen«, berichtete Bittler. »Sie lassen rosafarbene Granitblöcke auf den Innenhof unter ihnen fallen. Sie zielen bestimmt auf die Pforte, glaubt ihr nicht auch?«

»Was für ein schlauer Plan«, bemerkte Lar.

»Oh!« Bittler klang plötzlich beunruhigt. »Der Wagen hat sich gerade zur Seite geneigt wie ein Boot auf einem wild tosenden Fluss. Und ein Stück der schwarzen Scheibe über ihnen ist soeben davongeflogen wie … wie die Samen einer Pusteblume.«

»Sie werfen mit Steinen«, erklärte das Freibrunn-Mädchen. »Diese Bestien bewerfen den Wagen mit Trümmern von Granitsteinen und schlagen ihn in Stücke.«

»Der Wagen dreht sich jetzt immer schneller und bricht langsam auseinander«, fuhr Bittler fort. »Menschen fallen heraus. Sie sind immer noch so hoch oben – Feuer und Zorn, der Wagen schlägt um –, sie fallen alle heraus.«

»Dankbar bin ich«, betete die junge Freibrunn, »dass ich den Weg beschreiten darf.«

»Wendet den Wagen, Farraglock«, sagte Tejohn leise. »Sofort.«

Lar erhob keine Einwände. Auch niemand sonst. Sie sprachen nicht einmal miteinander. Sie kauerten sich nur tief in den Wagen, klammerten sich an die Brüstung, wenn sie sich in deren Nähe befanden, und überließen es Tejohn, den Rückzug zu befehlen.

Für Tejohn gab es keinen Platz, um sich zu setzen, und

selbst wenn es einen gegeben hätte, hätte er nicht darum gebeten. Er stand in der Nähe des Fahrers und lehnte sich gegen die hohe Rückwand des Wagens; die Knoten des Sicherungsgeschirrs um den Fahrer bohrten sich in seinen Rücken. Tejohn hatte keine Ahnung, warum nicht auch die Bänke und die Brüstung mit Geschirren ausgestattet waren. Wenn das der Fall gewesen wäre, hätten diese beiden Gelehrten vielleicht ... aber das tat nichts zur Sache. Er war noch nie zuvor in einem Flugwagen gefahren, daher wusste er auch nicht viel darüber.

Der junge Bendertuk hatte wieder Farbe im Gesicht, aber er litt offensichtlich große Schmerzen. Wenn Tejohn eine Diagnose hätte abgeben müssen, hätte er vermutet, dass das Schlüsselbein des Jungen gebrochen war, aber im Moment konnten sie nichts anderes für ihn tun, als ihm einen Schlafstein zu besorgen oder, wenn er Glück hatte, einen Heilgelehrten.

Der Freibrunn-Junge schien in einem besseren Zustand, aber vielleicht lag das daran, dass man mit seiner Verletzung leichter umgehen konnte. Seine Schwester hatte Streifen vom Saum ihres Kleides gerissen, um ihn zu verbinden, aber sie hatte ihre Sache stümperhaft gemacht, und das Blut floss nach wie vor. Tejohn wünschte, er hätte beide Hände zur Verfügung, um den Jungen neu verbinden zu können.

Was ihn selbst betraf, so war Tejohn in keinem guten Zustand, und er wusste es auch. Seine alte Knieverletzung schmerzte heftig, aber das war nichts gegen den tobenden Schmerz in seiner Schulter. Armknochen und Gelenkpfanne fühlten sich an, als wollten sie anschwellen, bis sie groß wie ein menschlicher Kopf waren. Sein Speerarm. Er dachte nicht gern daran, aber es war sein Speerarm. Je länger er auf eine Behandlung warten musste, desto schlechter würde die Sache verheilen; das hatte er mit seinem Knie am eigenen Leib erfahren müssen.

»Verloren«, sagte Doktor Kriegbad plötzlich. Ihre Stimme

war voller Kummer; aber ihr Blick war stumpf und leer. »Peradain, die Morgenstadt, und alles, was wir dort zu errichten versucht haben. Musik, Theater, Kultur, ein Reich … Großer Weg, die *Schriften*. Alles hat Feuer geholt. Alles verloren.«

»Monument sei mir Stütze«, sagte Lar. »Gerade als ich geglaubt habe, Klagelieder würden aus der Mode kommen.«

Niemand lachte, aber der Freibrunn-Junge brachte ein Lächeln zustande, und seine jüngere Schwester warf Doktor Kriegbad einen finsteren Blick zu. Die Leitende Gelehrte richtete den Blick auf die vorbeigleitende Landschaft und bewahrte Stillschweigen.

Doch Tejohn konnte die Wirkung, die ihre Worte auf ihn hatten, nicht einfach beiseiteschieben. *Alles verloren.* Wenn er kein Schwert mehr heben und keinen Speer mehr halten konnte, wozu war er dann überhaupt noch gut?

Er hatte eine Menge Zeit, darüber nachzugrübeln. Flugwagen waren träge, aber sie nahmen im Laufe eines langen Fluges immer mehr Geschwindigkeit auf, und schon bald peitschten Wind und Nieselregen ihre Gesichter, als stünden sie in einem Sturm. Der Prinz und der Freibrunn-Junge gaben sich alle Mühe, sich nicht anmerken zu lassen, wie unbehaglich ihnen war, aber Tejohn konnte erkennen, dass sie sich alle kalt, nass und elend fühlten.

Doch niemand bat darum, ihren Rückzug zu verlangsamen. Sie flogen über Bauernhäuser und winzige Dörfer, die sich manchmal um höher gelegene, trockene Wege und manchmal um schmale Kanäle scharten, aber niemand schlug vor, haltzumachen, um das gemeine Volk dort unten zu warnen. Tejohn war einst einer von ihnen gewesen. Er wusste, dass Dorfbewohner keine Rolle spielten. Nur der Prinz zählte.

Nach einer kurzen Zeit begann Jagia zu weinen. Dann tat der junge Witt das Gleiche, daraufhin die kleine Freibrunn, der junge Bendertuk und schließlich auch der Fahrer. Der Freibrunn-Junge legte seiner Schwester tröstend die Hand auf die Schulter, doch sie schien darin keinen Trost zu finden.

Er musterte Doktor Kriegbad und ihre Schreiberin. Auch die Wangen der beiden waren natürlich nass, wegen des Regens, doch die Leitende Gelehrte wahrte die Haltung, während die jüngere Frau ihre bebenden Lippen nicht verbergen konnte. Es hatte nichts zu bedeuten, sagte er sich. Jeder würde in dieser Situation weinen.

Mehr und mehr wurde ihnen allen die Wahrheit deutlich. Ihre Geschwister, Freunde, Ehemänner, Ehefrauen waren verloren; selbst ihre Kinder, sofern Farraglock und die beiden Gelehrten denn welche hatten. Nicht einfach nur »Musik und die Schriften«. Nein, Familien, Freunde … Menschen.

Die Königin persönlich hatte Tejohn erst an diesem Morgen um einen Gefallen gebeten, und er hatte ihre Bitte abgelehnt. König Ellifer, der Mann, zu dessen Rettung Tejohn beinahe sein Leben weggeworfen hätte, war direkt vor seinen Augen niedergemetzelt worden und seine Frau mit ihm. Kellin Pendell, der Hauptmann der Palastwache, war ebenfalls tot, zusammen mit den Freunden, die jeden halben Mond mit ihnen beiden gewürfelt und getrunken hatten. Sein Kammerdiener. Das Mädchen, das immer die gefüllten Brötchen bereitet hatte, die er zum Frühstück aß. Sincl, der künstlerische Leiter der Festspiele. Kolbi Arriya, die Schildträgerin des Königs. Doktor Zweifloss. Der magere Junge, der im Speisesaal die Schüsseln und Teller eingesammelt hatte. Die Priester, die den Palasttempel fegten. Der Schneider, der den tropfnassen Mantel genäht hatte, den Tejohn jetzt trug …

Es war alles zu viel. Zu viele Gesichter rasten ihm durch den Sinn. Da waren zu viele, denen er durch gemeinsamen Dienst und geteilte Freundlichkeiten verpflichtet war, und zu viele Schreie aus dem Palast und der Stadt hatte er noch frisch im Ohr. Er hatte nicht genug Trauer in sich, um ihnen allen zu geben, was ihnen gebührte. Zorn, ja. In ihm war ein wahres Sammelbecken an Zorn, so tief, dass es niemals austrocknen würde. Aber so viel Trauer, nein.

Und es waren nicht nur die Menschen. Das peradainische Reich war gerade ausgehöhlt worden, so wie man die Kerne aus einer Melone kratzt. Das größte Reich, das der Kontinent Kal-Maddum jemals gesehen hatte, hatte sein führendes Haupt verloren. Solange sie die kleine Vilavivianna in ihrer Gewalt hatten, würden sie sich die indregaische Allianz mit ihren Schoßtierchen in Schlangengestalt vom Leib halten können, aber was würde die durdrischen Stämme in den westlichen Bergen davon abhalten, aufmüpfig zu werden? Und Sang allein wusste, was Tyr Freibrunn und seine Verbündeten tun würden, wenn sie die Neuigkeiten vernahmen.

Da wartete noch mehr Tod auf sie. Das war unvermeidlich. Und dieses Wissen weckte in ihm nicht den Wunsch zu weinen. Es weckte das Verlangen, in die Welt hinauszurennen und mit dem Töten zu beginnen. *Feuer und Zorn,* betete er, *gewährt mir die Kraft, meine Feinde zu vernichten.*

Schließlich hörten alle zu heulen auf und verstummten. Vilavivianna, die in Lars Mantel gewickelt neben dem Prinzen saß, hatte mit Sicherheit ihre Familie und ihre Dienerschaft verloren, doch hatte sie nicht mit den anderen geweint. Sie starrte nur finster zu Boden. Falls sie überlebte, würde sie zu einer respektgebietenden Frau von Format heranwachsen.

Die junge Freibrunn beugte sich zu ihr hinüber und drückte die Hand des kleinen Mädchens. Die Prinzessin ruckte instinktiv weg, als habe die Geste sie beleidigt. Nach einem Moment überlegte sie es sich anders, stürzte zu ihr hin und umklammerte die Hand des Freibrunn-Mädchens mit beiden Händen.

Niemand sagte ein Wort. Sie alle, bis auf Tejohn und den Fahrer, kauerten sich am Boden zusammen und ließen Wind und Regen über sich ergehen.

Zu guter Letzt erreichten sie den Fluss Juntusal. Tejohn hatte ihn auf dem Östlichen Weg zweimal im Jahr überquert, aber der Lauf des Flusses hatte sich nicht mehr so weit nördlich befunden, seit der Prinz mit vierzehn Jahren seine Rundreise durch das Reich gemacht hatte. Auch wenn sie niedrig genug flogen, dass er sich im Land umsehen konnte, durfte Tejohn nicht damit rechnen, etwas Vertrautes auszumachen; sogar so weit im Norden wechselten Flüsse alle paar Jahre den Lauf, zerstörten einige Gehöfte und schufen Land für neue.

Trotzdem war der Fluss breit und tief, Wasserquelle und Zufluss eines großen Teils der Seen und des Sumpflandes von Peradain bis hinab nach Flussbank. Der Fahrer lenkte den Wagen noch etwas mehr gen Norden, um in etwa dem Verlauf des Flusses zu folgen.

»Ist er hier breit genug, was glaubt ihr?«, fragte Lar. »Diese Wesen kamen mir nicht gerade wie Schiffsbauer vor. Glaubt ihr, das Flussufer wird ihnen Einhalt gebieten?«

»Solches Glück werden wir sicher nicht haben«, antwortete der junge Freibrunn, und Tejohn nickte zustimmend.

Sie flogen weiter nach Norden. Irgendwann verwandelten sich die Grassümpfe in trockenen Grund. Bäume wurden häufiger. In der Nähe des Flusses waren Obstgärten angelegt worden, und hie und da gab es sogar kleine Anlegestege. Und so viele einzelne kleine Häuser. Wer würde die Bauern und Fischer warnen? Sie waren Menschen genau wie Tejohns Frau und Kinder – und wie sein Vater einer gewesen war: Menschen aus dem einfachen Volk. Er dachte erneut daran, ihre Fluggeschwindigkeit so weit zu drosseln, dass sie zu ihnen hinunterrufen und sie warnen, ihnen ans Herz legen konnten, über den Juntusal zu fliehen. Aber nein: Der einzige Erbe von König Ellifer musste in Sicherheit gebracht werden, daher hatten einfache Leute wie seine Frau und seine Kinder für sich selbst zu sorgen.

Tejohn bemerkte bald, dass der Wagen langsamer wurde,

und versuchte, sich seine Erleichterung darüber nicht anmerken zu lassen.

Gerade als die Sonne unterging, erreichten sie Fort Samsit und die Südliche Barriere. Am späten Nachmittag hatten sie den Regen hinter sich gelassen, aber obwohl der Wagen jetzt langsamer flog, war der Wind stärker geworden. Die beiden kleinen Mädchen litten darunter natürlich am meisten, doch die anderen taten ihr Bestes, sie aufzumuntern.

Das Fort selbst lag ein gutes Stück vor dem Wald, der den Fuß des Gebirgszuges säumte. Es war in einen engen Spalt in den Bergen gezwängt und versperrte den Zugang zu einem schmalen Pass an einer Stelle, wo die Bergwände zu beiden Seiten beinahe senkrecht aufragten. Die Vorderseite des Forts erhob sich über dreißig Meter in die Höhe. Die Mauern waren aus von Gelehrten erschaffenen Steinblöcken erbaut, die sich rosa von der Kulisse des schwarzen Berges dahinter abhoben. Das Fort war ein schroff aufragendes, bedrohlich wirkendes Bauwerk, dessen Errichtung nur durch das sechste Geschenk möglich gewesen war.

Der Fahrer ließ den Wagen eine scharfe Kurve nach Osten beschreiben, und sie glitten über die jäh abfallenden vordersten Hänge des Gebirgszuges hinweg. Das dichte Blätterwerk der Bäume flog unter ihnen dahin, dann tauchte ein Dorf von beträchtlicher Größe an der Biegung des Flusses auf. Tejohn hatte geglaubt, dort auch Menschen entdecken zu können, aber der Ort schien verlassen. Für einen Moment überlegte er, ob die Ungeheuer die Gegend hier vielleicht schon angegriffen hatten, aber dann sah er die Strahlen der untergehenden Sonne die Rauchwolken der Schornsteine auffangen, und er kam zu dem Schluss, dass in diesem Fall unten ein beträchtliches Chaos geherrscht hätte.

Doktor Kriegbad wandte sich an den Fahrer. »Gibt es irgendeinen Grund, warum Ihr von der Richtung auf unser

Ziel abgewichen seid? Vielleicht habt Ihr ja vergessen, dass wir Nahrung, Wärme und trockene Kleider brauchen?«

»Ganz zu schweigen von Schlafsteinen für die Verletzten«, blaffte die junge Freibrunn.

Der Fahrer räusperte sich. »Entschuldigt bitte. Mein Prinz, es tut mir leid, aber wir fliegen immer noch zu schnell. Ich habe die Geschwindigkeit des Wagens über die meiste Zeit des Nachmittags hinweg gedrosselt, aber ich habe die Entfernung zu Fort Samsit falsch eingeschätzt. Auf den Wegen gibt es Meilensteine, versteht Ihr, aber Querfeldeinreisen sind da schwieriger. Und gefährlicher.«

»Könnt Ihr uns zumindest in den Engpass zwischen den Bergen bringen?«, fragte Doktor Kriegbad, »und heraus aus diesem Wind? Ihr könnt doch über das Fort hinwegfliegen, nehme ich an.«

»Durch den Engpass fliegen?«, fragte der Fahrer ungläubig. »Bei Nacht? Das kann ich nicht.«

Lar sah ihn an und winkte müde ab. »Ich glaube kaum, dass es im Engpass weniger windig wäre. Tut, was Ihr tun müsst.«

Bis lange nach Einbruch der Nacht zogen sie Kreise über dem Fluss und dem Dorf und verringerten langsam ihre Geschwindigkeit.

Tejohn war nie ein Mensch gewesen, der Angst vor der Dunkelheit hatte. Als Junge hatte er, noch lange nachdem die Sonne untergegangen war, auf dem Feld gearbeitet. Als Soldat hatte er bei Nacht sein Lager aufgeschlagen, war auf Patrouille gegangen und hatte im Dunkeln gekämpft. Aber jetzt, als er in diesem Wagen durch die Luft flog, während nichts außer den Wachfeuern auf den Mauern des Forts anzeigte, wo er sich befand, packte ihn die blanke Panik. Der Tod würde plötzlich und hässlich über sie kommen, falls der Fahrer die Entfernung zu den Felsen falsch einschätzte, und er konnte nichts dagegen unternehmen, als zu beten.

Irgendwann verlangsamte der Wagen so stark, dass Tejohn den Eindruck hatte, am Boden unter ihm herrennen zu können. Der Fahrer hielt auf die Wachfeuer zu, und der Wagen näherte sich ihnen so langsam wie ein alter Tattergreis.

Wieder räusperte sich der Fahrer. »Entschuldigt, mein Prinz. Doktor. Wir werden jetzt bald landen.«

Die Berge um sie herum waren in der dunklen Nacht unsichtbar, und die Feuer auf den Mauern des Forts und auch in seinem Inneren ließen es wie eine im leeren Raum schwebende einsame Insel aussehen.

Tejohn kam zu dem Schluss, dass er das Fliegen nicht mochte; es war zu aufwühlend für ihn.

Der Fahrer senkte den Wagen behutsam in den Innenhof hinab.

Soldaten mit runden Stahlhelmen und Brustpanzern gingen entlang einer Mauer in Stellung, die Speere gesenkt. Ein riesiger Mann mit einer roten Feder am Helm rief mit tief dröhnender Stimme: »Bleibt, wo ihr seid, und weist euch aus!«

»Lar Italga«, sagte der Prinz und erhob sich. »Prinz von Peradain und Erbe des Throns der Schädel.«

Doktor Kriegbad wollte etwas einwerfen, aber Tejohn bedeutete ihr zu schweigen.

Der große Mann schien verblüfft über das, was er da hörte, aber er musste trotzdem seine Pflicht tun. Die Augen unter seiner ungemein wuchtigen Stirn blickten sie mürrisch an. »Wo ist Euer Banner?«

Der Prinz wusste darauf nichts zu sagen, aber der Fahrer ergriff sofort das Wort. »Möge Feuer mich holen! In all der Panik habe ich das völlig vergessen! Der Palast hat Banner, die die Wagen hissen, damit man ihre Herkunft erkennen kann, wenn sie in einem Fort landen. Nach dem, was in Fort Piskatook geschehen ist …«

Tejohn war plötzlich fürchterlich müde. »Speerspitzen

hoch, Hauptmann«, sagte er. »Der hiesige Kommandant ist immer noch Ranlin Gerrit, nicht wahr? Wir kennen einander seit vielen Jahren. Sagt ihm, Tyr Treygar sei hier. Und jetzt schnell, wir haben Verletzte im Wagen.«

»Es tut mir leid, Tyr Treygar.« Der Hauptmann wiederholte den Namen, als sei es die dreisteste Lüge, die er je vernommen hatte. »Aber ohne das Banner wird Euch der Kommandant nicht – HÄNDE NICHT BEWEGEN!«

KAPITEL 8

Eine Gänsehaut lief Cazia über den Rücken. War sie wirklich den Ungeheuern in der Stadt entkommen, nur damit man ihr hier eine Speerspitze in den Bauch rammte? Sie hätte nicht einmal sagen können, wer von ihnen sich bewegt hatte.

Col regte sich, aber sie bedeutete ihm, sich ruhig zu verhalten. Die Soldaten beugten sich vor, ihre Knöchel traten auf den Schäften ihrer Speere weiß hervor, und ihre Gesichter waren seltsam ausdruckslos. Cazia wusste, dass eine einzige dumme Reaktion von irgendjemandem im Wagen ihrer aller Leben ein Ende machen konnte. Sie stellte sich vor, wie ihr das geschärfte Metall in den Bauch stach und ihre Haut aufriss; würden sich die Klingen auf ihren Eingeweiden kühl anfühlen?

»Rührt Euch, Hauptmann!« Die Stimme kam von einem Fenster im Hauptturm. Ein Mann in mittleren Jahren mit einem Stahlhelm auf dem Kopf beugte sich hinaus und winkte die Speerträger zurück. Er lächelte hinter seinem borstigen Bart. »Das ist Tyr Treygar, wie er leibt und lebt, auch wenn ich die anderen nicht erkenne.«

Der Hauptmann hielt seine Waffe weiterhin bereit zum Angriff. »Kommandant …«

»Ich weiß, was Ihr sagen wollt, Hauptmann, aber ich komme sowieso nach unten.« Er verschwand aus dem Fenster.

Steinmiene warf den beiden Gelehrten einen durchdringenden Blick zu. »Hände an die Seiten, ihr alle, bis ich – und nur ich allein – euch die Erlaubnis gebe, euch zu rühren. Mein Prinz …«

»Ich verstehe, mein Tyr«, sagte Lar. »Ihr könnt mir keine Befehle erteilen, aber ich übertrage Euch die Aufgabe, diese Situation mit so wenig Blutvergießen wie möglich zu regeln.«

Treygar nickte. Er wirkte erleichtert.

Es dauerte einige Zeit, bis der Kommandant erschien. Doktor Kriegbad begann Ciriam Anweisungen zu geben, wie sie ihr Zimmer für sie vorzubereiten habe. Sie behandelte die junge Frau wie eine Dienstbotin. Cazia verspürte einen unerträglichen, zappeligen Drang, sich zu bewegen, und unvermittelt begriff sie, dass der Fahrer wahrscheinlich nur für eine kurze Rast und eine Mahlzeit in der Festung verweilen und dann wieder abheben würde. Sie selbst jedoch würde mit an Sicherheit grenzender Wahrscheinlichkeit viel länger bleiben. Da die Doktorin bereits entsprechende Anweisungen gab, war es ihnen offenbar auch gestattet zu bleiben. Sie achtete darauf, die Hände gegen die Oberschenkel gepresst zu halten, wandte sich zum Fahrer um und sagte: »Ihr habt immer noch nicht getan, worum Tyr Treygar Euch gebeten hat.«

Für einen Moment wirkte er verwirrt. Auch Steinmiene schien zuerst ein wenig irritiert, aber er begriff schnell. »Bringt es ihr bei.«

Der Fahrer sah Doktor Kriegbad an, als erwarte er, dass sie Treygars Befehl rückgängig machte. Cazia fragte sich mit einem Mal, ob die Gelehrten – oder sogar der Thron selbst – die Wagenfahrer zur Geheimhaltung verpflichtet hatten. Ihre Haut kribbelte bei dem Gedanken, verbotenes Wissen zu erlernen.

Doktor Kriegbad setzte an: »Ich glaube nicht, dass …«

»Zeigt es ihr«, beharrte Steinmiene. Er hatte den Wurfspieß weggesteckt und brauchte seine gesunde Hand, um sich an der

Brüstung festzuhalten. Er sah bleich und erschöpft aus, aber in seinem Ton lag etwas, was keinen Widerspruch duldete.

Lar ergriff das Wort: »Wenn Tyr Treygar Euch einen Befehl erteilt, dann empfangt ihn so, als käme er direkt von mir. Er spricht in meinem Namen.«

Cazia wurde jäh klar, dass in diesem Moment alles in sich zusammenstürzen könnte, und sie hatte diesen Moment, ohne es zu ahnen, selbst herbeigeführt. Falls sich Doktor Kriegbad in den nächsten Sekunden Lar widersetzte, würden es womöglich auch alle anderen tun. Falls sie plötzlich entschied, dass die Gelehrten nun irgendeinen anderen Tyr unterstützen würden – was könnte Lar dagegen tun? Cazia krampfte die Hände in ihr Kleid und spürte, wie sich die Spieße gegen ihren Unterarm drückten. Wenn die Leitende Gelehrte jetzt das Falsche sagte …

Es kam nicht so weit. Der Fahrer leckte sich nervös die Lippen und begann zu erklären: »Die Hebel …«

»Ich verstehe, wie die Hebel funktionieren«, unterbrach ihn Cazia. »Ich habe zugesehen. Steckt noch mehr dahinter?«

»Nun ja, gut … die Farbe Orange – ein leuchtendes Orange. Das Gefühl, unerwartet mit dem linken Fuß in eine tiefe Pfütze zu treten. Ein Quadrat, bei dem die rechte Seite in der Mitte der Linie bricht und zu einem gleichschenkligen Dreieck zusammenfällt.«

Machte er sich über sie lustig? Das waren die geistigen Vorbereitungen zu einem Zauber. »Wie sieht es mit Handbewegungen aus?«

»Es gibt keine«, antwortete der Fahrer. »Es ist kein Zauber.«

Cazia hätte ihn beinahe einen Lügner genannt. Die Handbewegungen und die geistigen Vorbereitungen waren beide Bestandteile des Zauberns, aber sich des einen ohne das andere zu bedienen …

Die schwere Eichentür am Fuß des Turms schwang mit dem

gequälten Stöhnen ungewachster Holzangeln auf, und der Kommandant trat zusammen mit einem halben Dutzend Bogenschützen und doppelt so vielen Speerträgern hindurch. Er trug volle Stahlmontur, an seiner Hüfte hing ein langes Schwert und über seinem Rücken ein hoher, gewölbter Schild. Sein Gesicht war von seinem borstigen schwarzgrauen Bart zum Teil verdeckt, aber es war auf der linken Seite gebräunt und hellrosa auf der rechten. Brandnarben. *Ein Gelehrter hat ihm das angetan.* Der Gedanke machte Cazia nervös.

Der Hauptmann trat zur Seite, um sich zwischen den Kommandanten und den Wagen zu stellen, aber der Kommandant sagte: »Rührt Euch, Hauptmann. Ich kenne Tyr Treygar, und jetzt erkenne ich auch den Prinzen. Erinnert Ihr Euch an mich, mein Prinz?«

»Ja«, antwortete Lar. »Kommandant Gerrit, nicht? Ranlin Gerrit? Vor drei Jahren habt Ihr mich in der Trainingshalle besucht und Euch alle Mühe gegeben, mir beizubringen, wie man einen Speer handhabt. Ihr habt gesagt, wenn ich ein Rekrut Eurer Einheit wäre, würdet Ihr mich wegen Faulheit auspeitschen lassen.«

Kommandant Gerrit nickte, dann wandte er sich an Treygar. »Heute sind die Festspiele, Tejohn. Was bringt Euch dazu, eine Lustfahrt hierher zu unternehmen?«

»Krieg.«

Das versetzte alle in Bewegung. Hausdiener kamen aus dem Turm geeilt, um warme Decken zu bringen und die Verletzten in den Krankenraum zu geleiten. Alte Steinmiene scheuchte eine Gelehrte weg, in deren Kittel ein Heilerabzeichen eingenäht war, und Cazias Bruder tat das Gleiche. »Sie werden mich sicherlich bei sich haben wollen«, sagte Col zu der tattrigen alten Gelehrten, die missbilligend seine Verbände musterte. »Ich habe den Feind aus nächster Nähe gesehen.«

Cazia begriff, dass die Hausdiener vorhatten, auch sie fest

in warme Decken einzuwickeln und sie an einen behaglichen Ort weit weg vom Prinzen zu bringen, und so eilte sie zu ihrem Bruder und schlüpfte unter seinen Arm. »Halt dich an mir fest«, flüsterte sie. »Ich komme auch mit.«

Col packte sich eine Handvoll von ihrem nassen Ärmel, und einer der Hausangestellten breitete eine Wolldecke über sie beide. Ihr Bruder lehnte sich an sie, als brauche er sie.

Sie folgten Lar, dem Kommandanten und Tyr Treygar in den Turm hinein und die Treppen hinauf. Timush hatte man auf eine Decke gelegt; drei Hausdiener hielten sie an drei Enden, und Bittler hatte das vierte Ende übernommen. Cazia wusste, dass Bitt dafür sorgen würde, dass man sich gut um ihren Freund kümmerte.

Doktor Kriegbad stand noch immer im Innenhof und stritt mit Vilavivianna darüber, ob es ihr gestattet war, dem Prinzen zu folgen. Sie zogen eine Menge Aufmerksamkeit auf sich, was Cazia zugutekam.

»Was, glaubst du, wird dort oben geschehen?«, flüsterte sie.

»Ich glaube, dass wir ihnen den Tag gehörig verderben werden«, antwortete Col.

Steinmiene trottete die Treppe hinauf wie ein Mann auf dem Weg zu seiner eigenen Hinrichtung. Er war offensichtlich erschöpft und litt große Schmerzen, aber er gab nicht auf. Cazia hatte ihn immer als einen ihrer gefährlichsten Feinde angesehen, aber jetzt war sie sich nicht mehr sicher, was sie von ihm halten sollte.

Oben im Turm befanden sich eine Kammer für die Dienerschaft und ein Ratssaal. Kommandant Gerrit öffnete die Tür zu Letzterem, um Lar einzulassen, dann sah er zu Cazia und ihrem Bruder, als bemerke er sie zum ersten Mal. Gerrit drehte sich zu dem Hauptmann der Wache um. »Lasst den Prinzen und Tyr Treygar hinein.«

Cazia wollte gerade protestieren und darauf hinweisen, dass

sie jetzt bereits all diese Stufen hinaufgestiegen war, als Lar sagte: »Und meinen Vetter und meine Cousine.« Er schaute zu ihnen herüber. »Ich will sie dabeihaben.«

»Ich soll Freibrunns in meinen Ratssaal lassen!«, rief Gerrit aus. »Mein Prinz …«

»Ranlin«, ging Steinmiene dazwischen. »Sie haben ihre Treue unter Beweis gestellt. Mehr als nur das.«

Das verblüffte Cazia aufrichtig. Der alte Treygar sagte etwas Nettes über sie? Ihr war, als müsse sie vor lauter Schreck darüber sogleich umkippen. Doch dann umfasste sie die Hand ihres Bruders noch fester, und sie betraten gemeinsam den Raum.

Der Hauptmann blieb draußen und schloss die Türen mit einem solchen Knall, dass sie zusammenzuckte. Der Ratssaal war nur ein kleiner Turmraum, doch das wäre eigentlich auch zu erwarten gewesen. Hier war schließlich nicht der Palast.

Im Raum standen zwei Wachen, und beide trugen Kurzschwerter und hielten Schilde von der Größe von Servierplatten. Cazia wusste, dass die einzelnen Teile ihrer Rüstung und ihrer Bewaffnung besondere Namen hatten, und falls dieser Krieg fortdauerte, würde sie gewiss Gelegenheit haben, diese Bezeichnungen zu lernen. Neben dem Kommandanten standen zwei Schreiber, und jeder von ihnen hielt einen Griffel und eine Wachstafel bereit. An der Wand hing ein großer wollener Bildteppich, der wie eine grobe Decke aussah. Im Kamin brannte kein Feuer, aber man hatte die Öllampen entzündet.

Cazia Freibrunn, Tochter eines Verräters, nahm an einer königlichen Ratssitzung teil. Erstaunlich. Das war es, wonach sie sich gesehnt hatte, und nun bekam sie endlich ihre Chance. Sie war hin- und hergerissen zwischen dem Wunsch, keine Aufmerksamkeit zu erregen, und dem Verlangen, etwas derart Geistsprühendes zu sagen, dass Lar sie von nun an für immer an seiner Seite behielt.

Lar zog einen Stuhl für Col heran, und Cazia half ihm, darauf Platz zu nehmen. Steinmiene zerrte erschöpft einen Stuhl vom Tisch weg. Als er sich niedergelassen hatte, legte er behutsam seinen verletzten Arm auf den Schoß.

»Tejohn«, begann der Kommandant. »Wir sollten einen Gelehrten der Heilkunst für Euch herbeirufen.«

»Das würde alles nur verzögern und durcheinanderbringen. Nachdem wir unsere Arbeit getan haben, werde ich mich nach unten zu einem der Schlafsteine begeben.«

»Je länger Ihr wartet …«

»Ranlin, ich habe nicht übertrieben, als ich Euch berichtet habe, dass im Reich Krieg herrscht. Die Morgenstadt ist überrannt und zerstört worden, und der König und die Königin sind tot.«

»Tot?« Gerrit ließ sich auf den Stuhl am Kopfende des Tisches sinken. Cazia blickte Lar an und sah, wie ernst der Ausdruck auf seinem bleichen Gesicht war. »Wie konnte das geschehen?«

Tyr Treygar erzählte kurz die Geschichte vom Angriff durch die Pforte, vom Rückzug in den Gelehrtenturm, von der Rettung der Prinzessin und dem Flug über die Sümpfe. Er ging nicht ins Detail, aber er lobte Timushs und Colchuas Tapferkeit und erwähnte auch ihre eigene, obwohl sie nur aus der Sicherheit des Wagens heraus gezaubert hatte.

Als er mit seinem Bericht fertig war, murmelte Gerrit: »Das Abendvolk hat uns angegriffen! Ich hätte nie gedacht …«

»Das sind nicht die Leute vom Abendvolk«, warf Lar ein. »Das sind überhaupt keine Menschen.«

Ihr Bruder hob seinen verletzten Arm und schälte Cazias notdürftigen Verband herunter. »Kein Mensch beißt so zu.«

Gerrit schien der Anblick ungerührt zu lassen. »Für mich klingt es, als hätten sie diese Wesen auf uns gehetzt. Glaubt Ihr nicht auch? Bedenkt die Macht und die Willenskraft des

Abendvolks. Glaubt Ihr, sie könnten einfach von wilden Tieren überrannt worden sein, selbst wenn sie so tödlich sind, wie Ihr sie beschreibt?«

Lar rieb sich das Gesicht. »Ich sehe das genauso. Es scheint kaum möglich.«

Gerrit seufzte. »Um die Wahrheit zu sagen, es überrascht mich nicht; wir haben sie über Generationen hinweg angelogen. Wir wussten, dass irgendwann vielleicht der Tag kommen würde, an dem sie die Wahrheit entdecken und sich gegen uns wenden. Wir haben früher schon darüber gesprochen, Tejohn.«

»Ja, das haben wir. Es ist in so manchen Kreisen ein verbreitetes Gesprächsthema. Aber ich will nicht einfach nur deswegen, weil wir schon lange darauf gewartet haben, davon ausgehen, dass ebendies nun wirklich passiert ist.«

»Lasst es mich wissen, wenn eine bessere Erklärung auftaucht – ich glaube nämlich nicht, dass das jemals passieren wird. Wie viele sind es gewesen?«

»Ich weiß es nicht.« Tyr Treygar wischte sich den Schweiß von der Spitze seiner langen Nase. Konnte Schmerz einen Menschen schwitzen lassen? Cazia befürchtete, dass sie sehr bald eine ganze Menge unerfreulicher Dinge lernen würde. Treygar fuhr fort: »Sie sind so schnell durch die Pforte gestürmt. Wie viele befanden sich auf der anderen Seite, um mit der ersten Welle zu uns zu gelangen? Ist es den Gelehrten gelungen, die Pforte ganz zu versperren, ehe ihr Wagen vom Himmel geholt wurde? Wenn ja, wie lange wird es dauern, bis die Kreaturen alles wieder freigegraben haben? Ich sage Euch etwas: Sie sind schnell, und sie sind stark. Ihr benötigt einen ganzen Trupp von Männern, um mit einem oder zweien von ihnen fertigzuwerden.«

»Wirklich?«

»Sie sind so groß wie Bären«, ergänzte Col, »aber schneller. Ich habe mit Kellin Pendell in den Gräben Bären gejagt. Bären sind stark und schnell, aber diese Wesen sind flinker, sie nutzen ihre Bewegungen besser und wirken sehniger. Wie eine Großkatze.«

»Aber sie sehen aus wie Menschen.«

»Wenn Menschen Pranken hätten, wo ihre Füße sein sollten«, erklärte Lar. »Und Fell. Und Reißzähne.«

»Sie sind also Tiere«, schloss Gerrit. »Es klingt, als sei das, was Ihr braucht, eine Jagdgesellschaft und keine Armee.«

»Was wir brauchen, sind Informationen«, entgegnete Lar. »Wie können wir diesen Feind bezwingen, ohne mehr über ihn zu wissen? Was ist auf der anderen Seite der Pforte geschehen? Gibt es einen anderen Weg, um hindurchzukommen und das Abendvolk aufzusuchen, sodass wir herausfinden können, warum sie das getan haben, falls sie tatsächlich hinter der Sache stecken? Können wir die Pforte vorzeitig schließen?«

Bei diesen Worten kribbelte Cazias feuchte Haut. *Ja,* wollte sie rufen. *Ja, das sind genau die richtigen Fragen.*

Aber Kommandant Gerrit verzog mürrisch das Gesicht und schüttelte den Kopf. »Die beste Art und Weise, etwas über einen Feind zu lernen, ist, ihm einen Speer in den Bauch zu rammen und ihm dann beim Sterben zuzusehen. Wenn der Speer fehlgeht, dann nimmt man das Schwert oder die Fackel. Wir lernen am besten durch den Kampf. Es tut mir leid, mein Prinz, aber das ist die ungeschminkte Wahrheit.«

Mit leiser Stimme warf Steinmiene ein: »Ihr sprecht nicht mit einem Prinzen, Ranlin.«

Gerrit öffnete den Mund, dann schloss er ihn wieder. Lar stand, daher erhob sich der Kommandant und machte eine tiefe Verbeugung. »Vergebt mir, mein König, aber meine alten Zahnräder drehen sich nur langsam; deshalb hocke ich auch in dieser Festung, statt auf dem Feld zu stehen und Truppen zu kommandieren. Aber ich bin Euch zu Diensten, und meine Treue sei Euch ebenfalls versichert, was immer Euch das nutzen wird. Ich schwöre es, genauso wie ich es Eurem Vater geschworen habe.«

»Danke, Kommandant Gerrit. Offiziell werde ich erst König sein, wenn ich gekrönt bin, aber bis dahin – und danach – weiß ich einen aufrichtigen Ratgeber zu schätzen.«

»Darf ich Euch noch ein paar weitere Ratschläge unterbreiten?«

»Bitte, tut das und nehmt wieder Platz.«

»Ich werde stehen bleiben, vielen Dank, mein König. Ihr solltet sitzen, während Eure Männer stehen, und Ihr müsst sie befehligen und nicht mit einem *Bitte* oder einem *Wenn Ihr so freundlich sein wollt* fragen. Niemand wird glauben, dass Ihr ein starker König seid, wenn Ihr nicht tatsächlich über die Menschen herrscht. Wenn Ihr den Thron behalten wollt, müsst Ihr Euch der Macht bedienen, die er Euch einräumt.«

Col umfasste Cazias Arm fester, und Tyr Treygar schob seinen Stuhl zurück, um aufzustehen, die Lippen verlegen zusammengekniffen. Lar bedeutete ihm zu bleiben, wo er war. »Eure Worte leuchten mir ein, Kommandant, aber jene, die sich verletzt haben, als sie mich beschützten, dürfen sich in meiner Gegenwart im Sitzen ausruhen.«

»Wie meint Ihr das, *den Thron behalten*?«, fragte Cazias Bruder mit scharfer Stimme.

»Gelehrter, Priester, Händler, Entdecker«, fuhr Gerrit fort, »das sind die gängigen Beschäftigungen für Prinzen, für jüngere Brüder, die niemals auf einem Thron sitzen werden. Die Tyre versprechen, ihre Armeen bereitzustellen, und führen ihre Steuern an die Kriegerkönige ab, und selbst das tun sie nur widerstrebend und im Wissen, dass sie entweder bezahlen oder sich den Speerträgern des Königs stellen müssen. Auf ebendiese Weise wäre Euer Vater beinahe gestorben.« Gerrit sah Lar eindringlich an. »Freibrunn hatte lediglich die Hälfte seines Steuersolls für den Sommer überbracht, und König Ellifer hatte in den Ländereien von Kirlik Witt Station gemacht, um neue Eiltruppen in den Militärdienst zu zwingen, als er sich plötzlich von Speerspitzen umzingelt fand. Glücklicherweise wollte Freibrunn seine eigene Heirat mit Eurer Tante Ulia dafür einsetzen, um den Thron für sich und seine Kinder zu beanspruchen, und sie hat die Tötung des Königs untersagt.«

Cazia hatte diese Geschichte vor Jahren einmal von Lar gehört – niemand sonst wollte auch nur darüber sprechen.

Lar antwortete: »Am Ende hat mein Vater auch Freibrunns Leben verschont.«

Der Kommandant und Steinmiene sahen einander an, und Cazia wusste, dass es da noch eine andere Geschichte gab, die nicht einmal Lar verstand. »Er hatte seine Gründe«, fuhr Gerrit fort, »warum er das getan hat. Allerdings kämpft Freibrunn jetzt an der durdrischen Grenze und wehrt dort fast ununterbrochen Angriffe ab. Ich will darauf hinaus, dass mein Vater zur Verteidigung des Königs geeilt ist, weil er ihn respektiert hat. Ja, er hatte dem Thron einen Eid geleistet. Ja, Freibrunn hatte zusammen mit seinen Verbündeten Witt und Bendertuk Ländereien der Gerrits und der Finstels überfallen.« Bei diesen Worten sah er Tejohn an, aber Steinmiene blickte stur auf die Tischplatte. »Ja, Freibrunn wäre der schlechteste König seit Edrl Speerschüttler gewesen. Aber hätten die anderen, die Grimmwalds, die Rotschlamms und so fort, ihre Truppen auch für einen Gelehrten zusammengerufen? In dieser Welt der indregaischen Schlangen, der Meeresriesen und der Gebirge voller Räuber glaube ich das nicht.«

»Sibilan *war* ein Gelehrtenkönig«, murmelte Lar leise.

»Sibilan Italga hat drei Jahre lang regiert, bis er seinen Kopf verlor. Das war länger, als irgendjemand erwartet hätte.«

»Sibilan der Gelehrte ist von einem Turm gefallen, nicht wahr?«, fragte Cazia. »Ich kenne das Lied. Er hat herausbekommen, wie man den Flachsteinzauber in einen Zauber für

Bausteine verwandeln kann, dann hat er einen Turm erbaut ...« Aus der Art, wie alle sie anstarrten, war ersichtlich, dass sie etwas Dummes gesagt hatte, und sie spürte, wie sie errötete. So viel also zum Thema »etwas sagen, was sie alle beeindruckt« – auch wenn sie nicht wusste, was sie falsch gemacht hatte. »In Friedenszeiten hätte es geklappt«, sagte sie und setzte neu an. »Die Tyre hätten ihn als König akzeptiert, wenn das für dauerhaften Frieden im Osten gesorgt hätte.«

»König Ellifer hat das ebenfalls geglaubt«, sagte Treygar. »Das war das Risiko, das er eingegangen ist.«

»Können wir die Tyre, die sich weigern, einen Treueeid zu leisten, nicht einfach durch andere ersetzen?«, fragte Col. »Meinen Vater eingeschlossen?«

Treygar schüttelte den Kopf. »So einfach ist das nicht. Ein Tyr ist mehr als nur irgendein Junge, der etwas geerbt hat. Er hat Beziehungen. Der Kommandant seiner Truppe ist vermutlich sein engster Freund und sein Meisterspion ein lieber Cousin. Der Münzmeister hat bestimmt seine beiden ältesten Kinder im Gefolge Seiner Tyrschaft untergebracht, und der Harfenmeister wird ihn lieben wie einen verloren geglaubten Bruder. Zumindest wenn er ein kluger Tyr ist, und wenn ein Tyr nach einigen Jahren noch am Leben ist, dann nur, *weil* er klug ist. Einen bewährten, eingesessenen Tyr hinzurichten und zu ersetzen ist ungefähr ebenso einfach, wie in aller Öffentlichkeit einen Mann zu ermorden und dann zu hoffen, dass auch all seine engsten Freunde dich an seiner statt akzeptieren. Man muss entweder zuerst seine Leute gegen ihn aufbringen oder sie anschließend alle ersetzen.«

Cazia sah ihren Bruder an. Es war ihr noch nie in den Sinn gekommen, dass man ihn, wenn die Zeit gekommen war, womöglich nicht als den neuen Tyr Freibrunn willkommen heißen würde.

»Und es gibt einige, die Ellifers Tod in Zweifel ziehen werden«, sagte Gerrit. Seine Worte wurden mit Schweigen aufgenommen. »Nicht ich, mein König. Ich kenne Tejohn schon aus den Zeiten vor Klemmhall, und sein Wort ist für mich völlig ausreichend, selbst in einer solchen Angelegenheit. Aber es wird nicht jedem reichen. Es gibt viele, die nicht bereit sein werden, allein auf Grundlage dieser Geschichte Truppen zu stellen und einen Eid zu leisten.«

»Sie dürfen Peradain gern besuchen kommen und sich mit eigenen Augen überzeugen«, entgegnete Lar bitter.

»Viele werden das auch tun. Es wird eine Hilfe sein, dass Ihr Euren Cousin und Eure Cousine mitgebracht habt.«

Cazia seufzte verbittert. »Bin ich immer noch eine Geisel?«

»Ja«, sagte Steinmiene. »Was mich angeht, habt ihr beide eure Treue über jeden Zweifel hinaus bewiesen, aber euer Vater hat das nicht getan. Tyr Freibrunn weiß, dass seine Kinder den Prinzen lieben – Verzeihung, mein König –, dass seine Kinder König Lar lieben und dass Ihr diese Liebe erwidert. Aber er hat auch gewusst, dass Ellifer Italga ihm ihre Köpfe auf das Dach seines Hauses geworfen hätte, wenn Tyr Freibrunn auch nur einen Späher auf das Land eines anderen Tyrs entsandt hätte.«

»Ich habe niemals …« Col vermochte den Satz nicht zu beenden, was immer er hatte sagen wollen. »Es ist nicht klar, warum ich noch lebe. Ich weiß, dass mein Vater mir und Caz keine Liebe entgegenbringt, und ich verstehe nicht, wie unser Leben ihn all die Jahre lang in Schach hat halten können.«

»Es geht nicht um Liebe«, erklärte Gerrit. »Ich bin eurem Vater einige Male begegnet – ich habe vielleicht mehr Zeit mit ihm verbracht als ihr –, und ich glaube nicht, dass er der Liebe überhaupt fähig ist. Aber wenn er die Schuld an der Hinrichtung von euch beiden trüge, wäre das ein ungeheuerlicher Schlag für seine Machtstellung. Schließlich ist er nicht mehr als ein ehrgeiziger Mann aus dem gemeinen Volk, der sich vor vielen Jahren König Ghrunds Gunst verdient hat. Seine eigenen Leute sind bereits der Ansicht, dass ihm Sang nicht gewogen ist, und wenn seine eigenen Kinder von Feuer geholt werden, würde schon irgendwer dafür sorgen, dass ihm das Gleiche zustößt, um Zorn zu besänftigen.«

»Es spricht für den König und die Königin, dass sie nie gezielt etwas unternommen haben, um seinen Leuten einen Grund zu geben, sich seiner zu entledigen«, sagte Treygar. »Aber wir brauchen die Geiseln weiterhin als unsere Geiseln, und wir sind darauf angewiesen, dass die Tyre glauben, dass ihre Kinder in Gefahr sind.«

Oder sie werden sich gegen die Italgas wenden, war die unausgesprochene Wahrheit dahinter. Cazia wurde übel.

»Wir müssen sie trotzdem warnen«, erklärte Lar. »Dem Thron treu ergeben oder nicht. Ich bin der König von ihnen allen.« Da war etwas Verbittertes an der Art und Weise, wie er das sagte, und Cazia war nicht die Einzige, die es bemerkte.

Gerrit nickte. »Ich werde Euch sofort meinen Spiegel zur Verfügung stellen, mein König. Und ich empfehle Euch, jedes Kind der Tyre bei Euch zu haben, wenn Ihr ihnen Bescheid gebt; ihr Wort wird Eurer Geschichte Glaubwürdigkeit verleihen.«

Cazia wusste, dass es die Tyre außerdem daran erinnern würde, dass ihre Kinder immer noch Geiseln waren.

»Ich habe gesehen, dass der junge Bendertuk weggetragen wurde«, sagte Gerrit. »Und der junge Witt war bei ihm. Wo ist die junge Simblin?«

Aus irgendeinem Grund sahen sie alle Cazia an. Wurde von ihr erwartet, dass sie sich nicht nur um die kleinen Mädchen, sondern auch um die erwachsenen Frauen kümmerte? »Sie hat es nicht geschafft.«

»Das ist schlimm«, sagte der Kommandant. »Rolvo Simblin ist der Rücksichtsloseste und am wenigsten Ehrenwerte von ihnen allen. Er ist gewissermaßen selbst ein halber Meeresriese. Immerhin ist sein Sitz der von Peradain am weitesten entfernt gelegene, also haben wir Zeit, uns vorzubereiten, falls er gegen den König aufmarschiert.«

»Was vorzubereiten?«, fragte Lar. Seine Stimme klang halb erstickt. »Peradain existiert nicht mehr, und die Armeen des Königs … Tyr Treygar, was ist mit der Armee des Königs?«

Steinmiene antwortete, als gestehe er ein Verbrechen, das er lange geheim gehalten hatte. »Ein volles Zehntel der Armee befand sich in der Stadt, ohne Waffen, damit sie bei den Spielen würden antreten können. Sie waren sozusagen die Sahne, die sich oben am Rand des Kruges absetzt. Außerdem waren etwa fünfhundert Kämpfer der Bürgerwehr in der Stadt. Weitere tausend Soldaten dürften in jedem der äußeren Forts postiert gewesen sein: in der südlichen, der nordöstlichen und der nordwestlichen Feste. Die Dritte Kompanie von Brausestadt hatte ein Fünftel der Stärke der nordöstlichen Feste, und die Einheit wurden völlig aufgerieben.«

»Die Dritte wurde ganz und gar vernichtet?« Gerrit klang schockiert.

»Binnen Minuten«, warf Col ein. »Einiger weniger Minuten.«

Cazia merkte auf einmal, dass sie den Atem angehalten hatte. Peradain gab es nicht mehr, und wenn die Stadt untergegangen war, dann war mit ihr auch die Macht und die Herrschaftsgewalt untergegangen, die sie alle beschützt hatte. Diese Macht war ein so grundlegender Teil ihres Lebens gewesen, dass sie sie gar nicht wahrgenommen hatte, aber jetzt, wo von Peradain nicht mehr übrig war als eine brennende, vom Feind überrannte Stadt unten in den Grasländern, war Lar nichts mehr geblieben, was ihn schützte. Derselbe Name, der sein Leben lang für seine Sicherheit gesorgt hatte, machte ihn jetzt zur Zielscheibe für jeden Tyr, der sich selbst eine Krone aufsetzen wollte.

Sie hatte das Gefühl, als habe man sie mitten in einem

Sturm ausgesetzt und dann sich selbst überlassen. Wie konnten sie diese Macht wieder zurückgewinnen? Ja, natürlich, die Gesellschaft, in der sie aufgewachsen war, war voller Feinde gewesen, aber hier war von Lars *Leben* die Rede. Hier ging es um alles. Die Leere, die sie mit einem Mal in der Welt fühlte, war wie der Zusammenbruch einer Stadtmauer oder die Zerstörung einer ganzen Armee. Wie konnten sie sich jemals wieder sicher fühlen? Wie konnten sie all das jemals wiederbekommen, was sie verloren hatten?

»Ich nehme an, es besteht wenig Hoffnung, dass ich überhaupt noch über Truppen verfüge«, sagte Lar mit leiser Stimme. »Und ich bin mir auch nicht sicher, ob man diesem Problem mit Truppen überhaupt beikommen kann. Diese Wesen sind verzaubert; der einzige Vorteil daran, ein Gelehrter zu sein, ist der, dass man Magie erkennt, wenn man ihr nahe genug kommt. Ihre Körper sind regelrecht davon durchtränkt.« Er holte tief Luft. »Und das ist der Grund, warum ich nach Sturmpass reisen will.«

»Mein König …!«, rief Steinmiene.

»Ich weiß, was Ihr sagen werdet«, erwiderte Lar. »Mein Vater ist im Angesicht des Feindes gestorben, und was habe ich getan? Ich bin davongelaufen. So werden die Tyre die Sache sehen, nicht wahr? Und jetzt fliehe ich ans fernste Ende des Reiches, um mit einem als Einsiedler lebenden Gelehrten zu sprechen, statt Verstärkungstruppen zu mobilisieren und eine Streitmacht zur Rückeroberung der Stadt anzuführen.«

Steinmiene nickte zum Zeichen, dass Lar ihn verstanden hatte. »Die Tyre werden von ihrem König ein bestimmtes Verhalten erwarten.«

Cazia erhob sich und stellte sich neben Lar. »Das liegt daran, dass sie nicht genug erwarten«, sagte sie verteidigend.

Lar legte ihr sanft die Hand auf die Schulter. »Würde ich unter den Tyren leben, während sie ihre Armeen aufstellen, hätte ich nur die Befehlsgewalt, die sie mir einzuräumen bereit sind. Und ich müsste mich ständig vor den Rändern hoher Türme in Acht nehmen, damit ich nicht ende wie Sibilan der Gelehrte.« Er warf Cazia rasch einen vielsagenden Blick zu. »Doch mein Onkel lebt in Sturmpass, und er hat sein Leben lang die Magie der Pforte studiert. Ich gehe davon aus, dass er die Zauber zu untersuchen vermag, die diese Kreaturen zusammenhalten. Da der Gelehrtenturm des Palastes in die Hände des Feindes gefallen ist, ist mein Onkel wahrscheinlich der letzte theoretische Gelehrte im Reich. Der Rest sind Schreiber, Erbauer, Minenschürfer und Heiler. Ich glaube nicht, dass Speerträger diese Flut werden aufhalten können, ebenso wenig wie das Schlangen oder Bergmenschen tun können.«

Gerrit machte ein unglückliches Gesicht. »Speere haben dieses Reich begründet, mein König.«

»Magie hat dieses Reich begründet«, widersprach Lar. Er beugte sich vor und klopfte zur Betonung seiner Worte mit dem Zeigefinger auf den Tisch. »Die Geschenke des Abendvolks haben unseren Speerträgern einen Vorteil vor den Speeren eines jeden anderen Stammes verschafft. Heilen, sauberes Wasser, üppige Ernten, Steine zum Erbauen, Brechsteine: Ohne diese Zauber würde es das Reich nicht geben. Ich sage das nicht, um die tapferen Soldaten schlechtzumachen, die für uns gekämpft haben und für uns gestorben sind; sie verdienen unseren Respekt. Aber das tun die Gelehrten genauso. Ich finde sogar, unsere nächste Ratsversammlung sollte Doktor Kriegbad mit einschließen; sorgt dafür, dass sie freundlich aufgenommen wird. Das Reich hat sich immer auf seine Gelehrten verlassen – wir geben es nur einfach nicht gern zu.«

Gerrit und Treygar tauschten traurige Blicke. Cazia hätte gern geglaubt, dass es sie einfach unglücklich machte zu hören, dass ihr neuer König sie zwingen wollte, ihre Macht mit den Gelehrten zu teilen, aber sie wusste, dass mehr dahintersteckte.

Lar war noch nicht fertig. »Wir haben uns jetzt genug beraten. Wir müssen die Tyre unverzüglich informieren. Kommandant, lasst Euren Verwalter mir Euren Spiegel zeigen; Ihr wollt Euch gewiss darum kümmern, dass die Verteidigung des Forts bereit ist. Mein Tyr Treygar …«

Steinmiene erhob sich von seinem Stuhl. »Mein König.«

»Begebt Euch zu den Schlafsteinen. Je eher Ihr geheilt seid, desto eher können wir zu unserer Reise aufbrechen. Col, geh mit ihm. Caz kann neben mir stehen bleiben, wenn wir mit eurem Vater sprechen, aber ich will dich an meiner Seite haben, wenn wir unsere Reise beginnen.«

Cazias Bruder stand kopfschüttelnd auf. »Das ist ein Segen.« Seine Stimme klang seltsam, als er das sagte. »Ist es für Euch nicht notwendig, dass wir alle als Geiseln hierbleiben?«

Lar warf Cazia einen schuldbewussten Blick zu. »Mein Vater mag gewünscht haben, eine doppelte Versicherung gegen den euren in der Hand zu haben, aber wir leben in angespannten Zeiten. Ich glaube, ich kann mir nur eine einzige leisten.«

Cazia konnte nicht an sich halten. »Das ist nicht gerecht! Ihr wollt ohne mich nach Sturmpass aufbrechen? Euer Onkel ist der berühmteste Gelehrte auf der Welt!« Lar hatte ihr versprochen, ihn eines Tages mit ihr zusammen zu besuchen. Warum sollte ausgerechnet ihr Bruder, der nichts von Magie wusste, sein Begleiter sein?

»Nichts ist gerecht, Caz.«

Der Ausdruck auf Lars Gesicht ließ sie vor Verlegenheit erröten. Wenn sie in Lars Nähe bleiben wollte, wenn er König war, würde sie in der Lage sein müssen, sich besser zu beherrschen. Sie würde erwachsen werden müssen. »Es tut mir leid, mein König.«

»Du kannst ihn immer noch besuchen, wenn die ganze Sache vorüber ist.« Er sagte es beinahe so, als glaube er daran.

»Bis es so weit ist«, begann Cazia und versuchte, sich wieder zu fangen, »befehlt Doktor Kriegbad bitte, mir meine Fragen zu beantworten. Sie hat vorhin im Turm etwas Eigenartiges getan, und ich finde, wir müssen wissen, was das war.«

Lar nickte. »Falls es sich als wichtig erweist, lass es mich wissen. Und ich hoffe, du verstehst, wie froh ich bin, dass du hier in Sicherheit sein wirst, im Inneren dieser Festung.«

Ein hochgewachsener Dienstbote öffnete dem König die Tür, und Lar ging voraus in den Warteraum. Cazia zögerte; sie war sich nur zu bewusst, dass sie ein fünfzehnjähriges Mädchen war – eine Geisel –, und Steinmiene, der Kommandant und selbst ihr Bruder waren wichtiger als sie. So schien es jedenfalls.

Als sie dann doch durch die Tür trat, hörte sie Lar sagen: »… beantwortet ihre Fragen, als kämen sie von mir.«

Doktor Kriegbad bedachte Cazia mit einem ausdruckslosen, undeutbaren Blick. »Jawohl, mein König.«

Col drückte ihr die Hand. »Ich finde auch allein zu den Schlafsteinen, Caz. Sorg dafür, dass Vater glaubt, wir seien immer noch Geiseln.«

Ihr Bruder schlurfte langsam die Treppe hinunter und ließ sie mit der Gelehrten allein.

Doktor Kriegbads Augen waren groß und leuchtend. »Der König sagt, Ihr habt Fragen an mich?« Ihre Stimme war schrill, was Caz gereizt werden ließ. Aber die Leitende Gelehrte würde ihren Stolz nun eben überwinden müssen; Cazia hatte die Rückendeckung des Königs.

»Ich habe den Zauber gesehen, den Ihr oben auf dem Dach des Gelehrtenturms angewandt habt – der grüne Nebel, den Ihr durch die Falltür hinabgeschleudert habt. Ich weiß, dass dieser Zauber keines der dreizehn Geschenke war, und ich …«

Doktor Kriegbad schlug Cazia ins Gesicht. Mit voller Wucht.

KAPITEL 9

Der Krankenraum befand sich nicht im untersten Stockwerk der Festung, aber doch nicht weit darüber. Tejohn musste viele lange Treppen hinunterstolpern. Wie schafften das Männer mit Verletzungen an den Beinen oder am Rücken?

Die Schlafsteine selbst waren Marmorplatten, die breit und lang genug waren, um noch dem größten Soldaten des Reiches mehr als genügend Platz zu bieten. Jeder war mit einem Heilzauber belegt worden, der Jahre anhielt – bis zu zehn, wenn der Stein nicht oft benutzt wurde. Die behäbige, bucklige Frau, die ihn am Eingang empfing und seine Wunden untersuchte, trug einen Gelehrtenkittel mit einem Heilerabzeichen. Er musterte ihre Wangen und sah, dass sie trocken waren.

»Könnt Ihr einen Heilzauber wirken, Doktor?«, fragte Tejohn. Ein direkter Zauber wirkte viel schneller als ein Schlafstein.

»Hier entlang geht es zu den Betten, mein Tyr«, war alles, was sie antwortete. Sie hielt ihm ein graues Gewand aus grober Wolle hin.

Tejohn setzte sich auf die Kante des nächststehenden Bettes, zog sich vorsichtig um und schlüpfte in das graue Gewand. Der junge Bendertuk lag bewusstlos auf der nächsten Steinplatte, aber der junge Freibrunn war noch nicht eingetroffen.

»Habt Ihr irgendwelche alten Verletzungen, mein Tyr?«

Tejohn dachte abermals an die vielen langen Treppen. »Schmerzen im Knie«, sagte er und griff mit seiner gesunden Hand an die betreffende Stelle. Er hatte keine Ahnung, warum sie fragte; er hatte in einer seiner ersten Schlachten eine üble Schnittwunde davongetragen, und bis er beim Warten auf einen Schlafsteinplatz an die Reihe gekommen war, hatte die Verletzung bereits auf natürliche Weise zu heilen begonnen. Bei nasskaltem Wetter zwickte die Wunde oft, und Peradain war berüchtigt für seine Regenwolken.

Als sie ihn mit sanfter Stimme anwies, sich hinzulegen, bemerkte er eine dünne eiserne Nadel in der Hand der Gelehrten. Der Schlafstein zog ihn in tiefen Schlummer hinab.

Er schreckte jäh aus dem Schlaf hoch. Sein Mund war ausgedörrt und seine Kehle trocken. Die Gelehrte gab ihm eine winzige Tasse mit gereinigtem Wasser. Tejohn trank es und verlangte mehr. Die kleine Frau ließ sich viel Zeit, um mit einer weiteren winzigen Tasse zurückzukehren, die fast überschwappte, und bei der dritten oder vierten Tasse wurde ihm klar, dass sie ihn zwischendurch absichtlich warten ließ. »Bringt den Krug.«

»Kleine Schlucke, mein Tyr. So ist es am sichersten.«

Die Prozedur ging so weiter, bis Tejohn genug hatte. Ein Junge brachte ihm einen Nachttopf, damit er sich erleichtern konnte. Die Furchen auf seinem Unterarm waren noch nicht verheilt, und er konnte seinen verrenkten Arm nach wie vor nicht richtig bewegen. »Wie lange noch?«

»Es wird ganz schnell gehen, mein Tyr«, antwortete die Gelehrte. »Legt Euch bitte wieder hin.«

Der junge Bendertuk war noch immer da, aber der Freibrunn fehlte. War er hier gewesen und schon wieder gegangen? Hatte der Prinz – *der König* – angeordnet, dass er rasch mit einem direkten Zauber geheilt werden sollte, während Tejohn diese langsame, unbehagliche Prozedur über sich ergehen lassen musste?

Es tat nichts zur Sache. Wenn der neue König ihm nicht gewogen war, konnte er da nichts unternehmen – außer sich wieder einmal ganz von Neuem zu beweisen. Er bemerkte einen Blutfleck auf seinem schlimmen Knie. Er brauchte einen Moment, um zu begreifen, dass der Fleck die Größe der Eisennadelspitze der Heilgelehrten hatte.

Er legte sich hin wie geheißen. »Wenn ich das nächste Mal erwache«, eröffnete er der Gelehrten, »will ich volle Marschrüstung für mich bereitgelegt sehen, dazu ein Schwert, einen Schild und das nötige Rüstzeug. Sorgt dafür.«

»Ja, mein Tyr. Jetzt ruht Euch bitte aus.«

Tejohns Gedanken entglitten ihm bereits.

Als er wieder erwachte, war sein Durst nicht annähernd so groß. Er richtete sich schnell auf, erfreut festzustellen, dass er ausgeruht und gesund war. Die Furchen in seinem Arm waren vollends verheilt, nur dünne weiße Narben waren geblieben. Er konnte seine Schulter frei und ohne Schmerz bewegen. Sie war überhaupt nicht mehr geschwollen.

Er ließ sich vom Bett gleiten und sah sich im Raum um. Die Laterne war weit heruntergebrannt, aber seine Augen waren gut an die Dunkelheit angepasst. Der junge Bendertuk schlief noch. Seine Gesichtsfarbe wirkte gesund, auch wenn seine Lippen weiß und trocken waren. Er würde bald aufwachen, um seinerseits nach etwas Wasser zu verlangen. Wiederum war von Colchua Freibrunn nichts zu sehen. Als Tejohn zum Nachttopf ging, bemerkte er, dass auf dem Tisch eine Marschausrüstung bereitlag.

Nachdem er sich erleichtert und Schluck um Schluck allmählich seinen Durst gestillt hatte, unterzog er die Rüstung einer Prüfung. Sie war aus Stahl und von guter Qualität, was ihn nicht im Mindesten überraschte. Ranlin würde einem Freund und einem Tyr des Reiches niemals eine minderwertige Ausrüstung anbieten, selbst wenn einige seiner Männer immer noch Bronze trugen. Solange Lar die gleiche oder noch bessere Qualität erhielt, war Tejohn zufrieden.

Zuerst schnallte er sich seine Beinschienen um, dann schlüpfte er in die Flanellunterwäsche, dann kamen die Stiefel sowie der Rock samt Besatz und schließlich der Brustharnisch. Selbst der Helm passte ihm; das Filzfutter an den Seiten war dick, und das Visier behinderte seine übergroße Nase nicht. Vielleicht hatte Ranlin den Plattner, der die Rüstungen anfertigte, Tejohns Maße nehmen lassen, während er bewusstlos auf dem Stein lag. Und das Beste von allem war, dass der Helm oben einfach nur stumpf und gerundet war. Tejohn hielt die hohen Federbüsche, die unter jungen Offizieren so beliebt geworden waren, für albern und gefährlich. Natürlich, sie beeindruckten die Schankmädchen, doch ein einziger unerwarteter Hieb konnte einen Helm völlig verdrehen und einem Soldaten jede Sicht nehmen. Nicht, dass er es sich hätte herausnehmen können, die Generäle zu kritisieren, die solche Helme gestatteten.

Das einzig Enttäuschende war der Umstand, dass Schild und Mantel das grün-braune Emblem der Vier Flüsse der Gerrits trugen und nicht, wie die Rüstung, die er in Peradain zurückgelassen hatte, das Schwarz und Rot der Dritten Kompanie von Brausestadt. Er war stolz auf diese Farben, und er war sich deutlich bewusst, dass sie womöglich nie wieder jemand tragen würde. Trotzdem, er würde auch so zurechtkommen.

Als Nächstes untersuchte Tejohn das Schwert. Wie Ranlins Waffe war es länger als das Schwert eines gewöhnlichen Soldaten, mit einer Klinge, die drei Handlängen maß statt zweier. Der Dolch war alt, aber eine gute Arbeit. Die Griffe von Schwert und Dolch passten natürlich nicht zusammen, doch Tejohn marschierte ja nicht in einer Parade mit. Er schnallte sich die Waffen um die Hüfte und fragte sich, wo er wohl einen stabilen Speer würde auftreiben können.

Er ging die Treppe hinauf, vorbei an dem trostlosen Zimmer der Heilgelehrten und der buckligen kleinen Frau, die dort arbeitete. »Mein Tyr«, sagte sie und kam auf ihn zugeeilt, aber Tejohn schob sich an ihr vorbei. Vermutlich konnte die Gelehrte durchaus einen Heilzauber wirken – andernfalls besäße sie ihr Abzeichen nicht –, aber auch wenn Tejohn ihr nicht befehlen konnte, diesen Zauber auf ihn anzuwenden, so brauchte er sich doch nicht über die im Schlaf vergeudete Zeit erfreut zu zeigen.

Draußen im Hof sah Tejohn die Strahlen der Sonne über die Gipfel auf der Westseite des Passes wandern. Es war Morgen, aber war es der nächste Morgen? Waren zwei Tage vergangen? Drei? Er musste herausfinden, wie lange …

Tejohn blieb wie angewurzelt stehen. Dort, am gegenüberliegenden Ende des Innenhofes, stand ein Tempel. Ja, er musste Lar so bald wie möglich Bericht erstatten, aber es war mehr als ein Monat vergangen, seit er das letzte Mal richtig gebetet hatte. Welche Hoffnung konnten sie sich machen, wenn sie den Göttern keinen Respekt erwiesen?

Er durchquerte den Hof, warf sich den Schild auf den Rücken und nahm seinen Helm ab. Ein kurzer Korridor bildete den Eingang. Seine Wände waren im Stil der elften Festspiele so behauen, dass sie einem runden Tunnel ähnelten – ein Stil, der ihm nicht lag, aber Kunstschönheit zählte hier nicht. Am Eingang verneigte er sich. »Dankbar bin ich, dass ich den Weg beschreiten darf.«

Er betrat den Hauptraum, der der traditionellen Anlageform für eine Festung folgte. In der Mitte des Raums befand sich eine Marmorstatue von Zorn in seiner Verkörperung als Soldat, bemalt in den Farben der gerritschen Vier Flüsse. Anstelle eines Schwertes hielt er eine steinerne Lampe in der Hand.

Tejohn bemerkte, dass die Lampe – sie war eigentlich kaum mehr als eine Schale – mit Öl gefüllt und mit einem Docht versehen war, den jedoch niemand angezündet hatte. Er hielt Ausschau nach einem Priester; es war keiner zu sehen. Vielleicht waren sie noch beim Frühstück. Dennoch – es bedeutete Unglück, in einer Zeit des Krieges Feuer zu vernachlässigen.

Er kniete zu Füßen des Soldaten nieder und betete um Führung in der Schlacht und auf seiner Reise auf dem Weg. Zorn war der Gott der Menschen und der menschlichen Tat, und er war traditionellerweise nach dem Großen Weg selbst der zweite, dem man Gebete und Lobpreisungen widmete.

Danach flehte Tejohn Feuer an, seine Feinde von dem Weg zu fegen, ihn selbst aber zu verschonen. Er gab sich alle Mühe, nicht zu der nicht brennenden Lampe emporzuschauen; die Priester betonten ja immer wieder, dass die Götter die Gebete der zu ihnen Flehenden in einem Sumpf oder in einer Latrine genauso gut erhörten wie im Tempel. Trotzdem, es erschien ihm respektlos, um die Gunst der Götter zu bitten, wenn die Menschen um ihn herum sich nicht einmal die Mühe machten, so eine Lampe, die Feuer sich geholt hatte, erneut zu entzünden.

Nun hatte er die Wahl, welche Kapelle er als Nächstes aufsuchen und welchen Gott er anflehen wollte. Man bat den Kleinen Kreisel nicht, sich langsamer zu drehen, daher würde er dort auch nicht beten. Jedenfalls noch nicht. Und es war ihm immer anmaßend erschienen, zu Sang um Taten zu beten, die noch ungetan waren, auch wenn nur wenige seine Meinung zu teilen schienen.

Stattdessen begab er sich in die Kapelle für Monument. Er kniete sich vor den marmornen Obelisken, der an einer Seite beschädigt war, aber weiterhin aufrecht stand, und betete um die Kraft, die italgasche Abstammungslinie, das Reich und was immer innerhalb seiner Grenzen an Güte und Freude zu finden war, zu bewahren. Ein Krieg gegen diese Untiere würde schon schwierig genug sein, aber wenn dazu auch noch ein Bürgerkrieg ausbrach, würde Feuer vielleicht das ganze Reich holen und von dem Weg abbringen. Tejohn betete inbrünstig um die Kraft, er selbst zu bleiben, seinen König zu beschützen und dessen Reich zu sichern. Um die Kraft standzuhalten. Erst dann wagte er es, so inbrünstig er konnte, um die Sicherheit seiner Frau und seiner Kinder zu beten.

Vielleicht war es Einbildung, aber er war sich sicher, dass er Monuments Segen spürte.

Als er fertig war, kehrte er wieder in den Hauptraum des Tempels zurück. Er hatte den Tempel nun verlassen wollen, aber da trat Wimnel Farraglock aus der Kapelle Sangs. Er war rotäugig und abgehärmt, als sei er die ganze Nacht über wach gewesen.

»Mein Tyr«, sagte er erschrocken. »Entschuldigt, dass ich Euch störe …«

»Ihr stört mich nicht. Der Tempel steht allen offen.« Tejohn bemerkte seine zerknitterten Kleider. »Habt Ihr die ganze Nacht Wache gehalten?«

Der Mann rieb sich das Gesicht. »Ich kann nicht schlafen. Ich habe meine Familie zurückgelassen, mein Tyr. Meine Frau, meine Kinder … Es tut mir leid. Ich weiß, ich sollte nicht über solche Dinge sprechen. Aber ich wollte, dass Sang sich an sie erinnert, dass er …«

Farraglock schienen die Worte auszugehen. Tejohn verstand. »Wenn Ihr mit Euren Gebeten fertig seid, versucht zu schlafen. Ich gehe davon aus, dass wir Euch bald benötigen werden.«

Der Fahrer nickte und begab sich Richtung Ausgang. Tejohn schob sich an ihm vorbei und betrat Sangs Kapelle. Dort gab es natürlich keine Statuen, keine Laute, keine Trommel oder Harfe. Sang war ein Gott der Klänge und der Erinnerung, und wenn es etwas gab, was die Gestalter der elften Festspiele richtig gemacht hatten, dann war es die Entscheidung gewesen, ihn überhaupt nicht darzustellen. Tejohn kniete nieder und dankte

Sang – nur kurz, weil es so viel zu tun gab –, dankte ihm dafür, dass er sich an jene erinnerte, die bereits gefallen waren.

Der Ausgang des Tempels war ebenfalls wie ein Tunnel aus Stein gemeißelt, und in seinem Inneren blieb Tejohn erneut stehen. »Dankbar bin ich, dass ich den Weg beschreiten darf.« Das erste und das letzte Gebet in jedem Tempel galt dem größten der Götter, dem Großen Weg, durch den alle geboren wurden, lebten und starben, wenn sie das Glück hatten, dass sie auf dem Pfad verbleiben durften.

Er trat wieder auf den Innenhof hinaus. Hier war nun mehr Umtriebigkeit als zuvor. Zwei Priester liefen, Besen in Händen, zum Tempel hinüber, um ihr tägliches Fegen zu erledigen. Diener, Soldaten und Schreiber eilten auf den großen Saal zu, und Tejohn folgte ihnen in der Hoffnung, den König beim Morgenmahl anzutreffen.

Er war nicht da, aber als ihm nun der Duft der Morgenmahlzeit in die Nase stieg, wurde ihm ganz schwindlig. Er hatte offenbar seit einer geraumen Weile nichts mehr gegessen, daher schnappte er sich den nächstbesten Saaldiener und verlangte ein Frühstück.

Am oberen Ende des Saales saß allein Doktor Kriegbad. Tejohn wandte sich ab, bevor sie seinen Blick bemerkte. Er verspürte keinerlei Verlangen, mit ihr zu sprechen.

An dem ihm am nächsten befindlichen Tisch saß der Hauptmann der Wache, der ihn mit dem Speer bedroht hatte, als sie in ihrem Wagen gelandet waren. Tejohn schnappte sich einen Stuhl von einem der Nachbartische und setzte sich neben ihn.

»Mein Tyr«, sagte der Hauptmann und erbleichte. »Ich … ich sollte mich dafür entschuldigen, wie ich mich benommen habe …«

»Entschuldigt Euch niemals dafür, Eure Pflicht getan zu haben, Hauptmann. Wie heißt Ihr?«

»Ihr dürftet meinen Namen noch nie gehört haben, mein

Tyr. Wir sind eine Familie der vierzehnten Festspiele; mein Vater hat noch immer Okshim-Haare auf seinen Kleidern. Ich heiße Reglis Singalan.«

Erneut schien der junge Mann finster zu blicken, aber Tejohn nahm an, dass das eben sein normaler Gesichtsausdruck war. »Die vierzehnten Festspiele? Da habt Ihr Eure Sache gut gemacht, wenn Ihr schon so kurze Zeit nach Eurem Beitritt zum Reich Hauptmann geworden seid.«

Reglis nahm das Kompliment mit einem Nicken zur Kenntnis. »Meine Leute sind größtenteils immer noch Dienstknechte, Hirten und Bauern. Ich hatte das Glück, mit breiten Schultern und langen Beinen geboren zu werden, also wurde ich, sagen wir mal, *ermutigt,* den Schild zu ergreifen. Und ich bin froh darüber.«

Tejohn mochte den Mann schon jetzt. »Wie lange ist es her, seit wir hier angekommen sind?«

»Drei Tage und vier Nächte, mein Tyr.«

Feuer und Zorn, das war zu lang. »Welche Neuigkeiten gibt es?«

»Keine, von denen ich weiß, mein Tyr, nur Gerüchte.«

»Und was sind das für Gerüchte?«

Reglis rieb sich den Bart und zuckte die Achseln. »Nur wenige der Tyre haben dem Prinzen seine Geschichte unbesehen abgenommen, daher haben sie zehn Flugwagen ausgesandt, um die Verhältnisse in der Stadt zu überprüfen. Drei haben es nicht zurückgeschafft, aber die, die es geschafft haben, wussten eine beachtliche Geschichte zu erzählen. Die Stadt wurde niedergebrannt und ist größtenteils verlassen. Einige der Grunzer jagen noch immer dort, aber die meisten sind weitergezogen und haben sich ausgebreitet wie ein Fleck auf nassem Leinen. Die Mehrzahl von ihnen scheint sich auf dem Weg nach Süden zu befinden, zu den Küstenstädten. Im Norden wurden nur wenige gesichtet. Alles darüber hinaus sind

Gerüchte und fantastische Geschichten, die nur Angst verbreiten.«

Grunzer? Nannten die Leute die Untiere jetzt Grunzer?

Der Saaldiener stellte einen Teller vor Tejohn hin: Aprikosen, Reisbällchen und gebratenen Hammel. Es war sicherlich eine bessere Kost, als die einfachen Soldaten sie bekamen, aber als Tyr hatte er Anspruch darauf. »Danke, Hauptmann.«

Nachdem er mit seinem Mahl fertig war, ging Tejohn auf den Hof hinaus. Bestimmt hatte man Lar das beste verfügbare Zimmer gegeben, und wenn sie hier in der Festung Wein hatten, lag der junge Mann sicher noch im Bett. Zeit, ihn zu wecken.

Eine Gruppe von Soldaten ging vorbei, hölzerne Übungsschwerter in Händen. Tejohn wandte sich an den, der ihm am nächsten war. »Soldat, wie gelange ich von hier aus zum Turm des Kommandanten?«

Der Mann machte ein Gesicht, als sei schon das bloße Stellen dieser Frage ein Grund für eine Verhaftung, aber ein feistgesichtiger junger Mann im hinteren Teil der Gruppe ergriff das Wort, bevor irgendwer sonst etwas sagen konnte. »Mein Tyr, der Kommandant ist dort.« Er zeigte zur Mauerkrone der südlichen Festungsmauer hinauf. Sie waren zu weit entfernt, als dass Tejohn etwas hätte erkennen können, aber er sah keinen Grund, darauf hinzuweisen. »Der schnellste Weg sind die Treppen hinter dem Tempel. Ihr könnt sie von hier aus nicht sehen, aber ich werde Euch den Weg zeigen, wenn Ihr möchtet.«

»Das dürfte nicht notwendig sein.« Tejohn schlug den Weg zum Tempel ein und hörte die Männer hinter sich murmeln. Sicher nannte der Feistgesichtige den Übrigen gerade seinen Namen, und er wollte weit von diesem Gespräch weg sein.

Oben auf der Mauer angelangt, zerrte der Südwind an seinen Haaren und seinem Schild. Es war kühl unten in der Festung, aber oberhalb der schützenden Mauern war der unablässige Wind aus den Weiten Landen nasskalt und unangenehm. Seine Ausrüstung hätte auch einen schwereren Wollmantel umfassen sollen.

Ranlin stand vor einem Grüppchen von sechs Wachen und wirkte verärgert und unzufrieden. Bittler Witt und Cazia Freibrunn waren ebenfalls da, und die Art, wie die Wachen sie umstellten, zeigte deutlich, dass die beiden sich in Gewahrsam befanden.

Tejohn eilte auf sie zu. Als junger Mann war er ein Fußsoldat und Ranlin Gerrit sein Hauptmann gewesen, aber jetzt, da er ein Tyr war – wenn auch ein Tyr ohne Land und Besitz –, hatten sich ihre Rollen ins Gegenteil verkehrt. »Gibt es ein Problem, Kommandant?«

»Ja, Tyr Treygar. Colchua Freibrunn ist verschwunden. Er hatte sich seltsam verhalten. Gestern Nacht hat er sein Quartier verlassen und ist seither nicht mehr gesehen worden.«

»Er hat die Festung nicht verlassen!«, beharrte die kleine Freibrunn verärgert. »Er würde Lar niemals im Stich lassen.«

»Seine Wunde«, warf Witt ein. »Sie hat ihn geplagt. Er konnte nicht schlafen.«

Tejohn erschrak. War er denn nicht zu den Schlafsteinen gegangen? »Ich nehme an, Ihr habt eine Suche veranlasst.«

Ranlin nickte. »Ja, mein Tyr. Es war der erste Befehl, den ich erteilt habe.«

Tejohn wandte sich wieder Witt und der Freibrunn zu. Während der Flucht aus der Stadt hatten sie den Eindruck gemacht, dem König treu ergeben zu sein; könnte er sich in ihnen getäuscht haben? Tejohn stammte aus einer Bauernfamilie. Er war Intrigen nicht gewohnt. »Ist der König in Sicherheit?«

Cazia Freibrunn warf ihm einen mürrischen, enttäuschten Blick zu. »Col würde Lar niemals etwas antun. Niemals.«

Tejohn blickte auf das Mädchen herab. *Steinmiene* hatte sie ihn genannt; zuerst hatte es ihn überrascht, aber obwohl er wusste, dass es als Beleidigung gemeint war, gefiel ihm der Name. Besser, wie Monument sein und keine Regungen zeigen, als die wahren Gefühle eines Menschen zu offenbaren, der kaum mehr ist als ein ehemaliger Bauernjunge mit einem Talent zum Töten.

»Er muss das fragen«, sagte Ranlin. »Es ist seine Pflicht, in allen Dingen zuerst an den König zu denken. Aber überzeugt euch selbst, Tejohn. Der König ist unten im Hof beim Übungskampf.«

Tejohn stieß ein überraschtes Schnauben aus. Lar Italga beim Übungskampf? Er trat an den Innenrand der Mauer und wandte sich dem Kreis von trainierenden Männern direkt unter ihm zu.

Großer Weg, da war der Prinz; Tejohn erkannte ihn sofort an der Art, wie er sich hinter seinem Schild duckte, eine Gewohnheit, die Tejohn ihm nicht hatte austreiben können. Er stand einem stämmigen Burschen gegenüber, der fast genauso groß war wie er selbst, und ihre Schilde klirrten gegeneinander. Lar bekam das meiste ab, aber er ließ nicht locker und versuchte nicht, einen Scherz aus der Sache zu machen.

»Bitte entschuldigt, mein Freund«, sagte Ranlin dicht hinter ihm. »Wenn ich gewusst hätte, dass der König plante, sich im Umgang mit Schwert und Schild zu üben, hätte ich ihm bis zu Eurer Rückkehr einen privaten Raum und einen Privatlehrer besorgt.«

Der stämmige Wachmann bekam den Schild des Königs zu fassen und zog ihn weg, ein Manöver, das Tejohn dem Prinzen viele Male beizubringen versucht hatte. Das Schwert des Wachmanns stach nach dem Bauch des Königs, und Tejohn war, als würde sein Herz aussetzen. Aber es war nur ein Übungsschwert – im Grunde bloß ein Stock –, und der Mann kam nicht nahe genug, um sein Ziel zu treffen. Lar hatte versucht, zu einem Gegenangriff überzugehen, aber obwohl seine Bewegung genau richtig gewesen war, besaß er weder die Kraft noch die Schnelligkeit, um damit erfolgreich zu sein.

Derselbe feistgesichtige Wachposten, der Tejohn den Weg gewiesen hatte, trat nun in den Kreis. Anscheinend war er Tejohns Ersatzmann, und obwohl Tejohn gern gehört hätte, was sie sagten, waren sie viel zu weit entfernt. Nach den Bewegungen seiner Anweisungen zu urteilen wollte er, dass Lar seine Konterattacke viel früher begann. Lar erwiderte irgendetwas, und alle Männer im Kreis lachten laut und ausgiebig.

»Ist schon gut«, murmelte Tejohn, und ihm wurde bewusst, dass er keine hohe Meinung von seinem Ersatzmann hatte. Hätte auch er selbst mit dem Prinzen lachen sollen? Hätte ihn das zu einem besseren Lehrer gemacht? Der Gedanke schmerzte ihn. »Ich freue mich, den König so bei der Sache zu sehen. Und die Männer scheinen ihn zu mögen.«

»Er hat sie für sich gewonnen«, antwortete Ranlin. »Mich ebenfalls. Sein Verstand ist schnell und scharf. Wenn die Kräfte seines Körper nur genauso ausgeprägt wären.«

Tejohn sah zu, wie sich der Prinz auf eine weitere Runde mit dem stämmigen Wachposten vorbereitete. Das würde mit der Zeit schon noch kommen, wenn Feuer ihn verschonte.

»Was ist das?«, fragte Cazia Freibrunn. Sie zeigte auf die Gipfel im Osten.

Tejohn spähte nach oben und blinzelte, um zu sehen, was sie meinte.

»Feuer und Zorn«, entfuhr es Ranlin, und einige der anderen stießen ebenfalls leise Rufe aus.

Eine Welle der Verärgerung wogte in Tejohn empor; sein Augenlicht war nie besonders gut gewesen, aber die Gipfel im Osten waren nahe, beinahe direkt über dem Fort, und es gab keinen Grund, warum nicht auch er …

Dort. Er sah etwas Braunes, das sich vor dem dunkleren

Hintergrund des Berges bewegte. Könnte es ein Vogel sein? Tejohn war sich nicht sicher, wie weit entfernt das Ding war, und er konnte die Größe dessen, was er sah, nicht richtig einschätzen.

»Was glaubt Ihr, wie groß ist dieser Raubvogel?«, fragte Cazia Freibrunn.

»Viel, viel zu groß«, antwortete Ranlin.

Als würde er bemerken, dass er beobachtet wurde, breitete der Vogel die Flügel aus und erhob sich in die Lüfte.

Tejohn konnte nicht anders; er keuchte überrascht auf und hatte sein Schwert in der Hand, bevor er sich überhaupt bewusst wurde, dass er es ziehen wollte, und obwohl eine leise, vernünftige Stimme in seinem Kopf darauf pochte, dass Bögen und Speere in diesem Fall nützlicher wären.

Aber der Greifvogel war nicht auf der Jagd. Er flog gen Norden, die Schwanzfedern zu einem Fächer gespreizt, während er langsam gegen den Wind in Richtung Weite Lande schwebte. Feuer und Zorn, er sah aus wie ein Falke, aber seine Flügelspanne musste so weit sein wie sechs aneinandergelegte Männer. Mindestens.

Tejohn sprach mit leiser Stimme, seine Aufmerksamkeit weiterhin auf den riesigen Vogel gerichtet. »Ranlin, mein Freund, habt Ihr je zuvor einen Greif von dieser Größe gesehen?«

»Niemals«, antwortete der Kommandant. »Ich habe auch nie irgendwen damit prahlen hören, etwas Derartiges gesehen zu haben.«

Tejohn wusste nicht, was er darauf erwidern sollte. Zwei seltsame Untiere, die plötzlich gleichzeitig auf der Welt auftauchten?

»Kommandant!«

Sie alle drehten sich um und sahen, dass einer der Diener die Treppe herauflief. Er war außer Atem und sichtlich erschrocken.

»Was gibt es, Gald? Hast du Freibrunn gefunden?«

Der Diener stolperte ihnen eilig entgegen. Er war schmutzig und halb verhungert wie die meisten der Diener im Reich, und Schweiß lief ihm übers Gesicht. Er sah nicht aus wie ein Mann mit wichtigen Neuigkeiten; er sah aus, als renne er um sein Leben. »Nein, Kommandant, aber wir haben seinen Mantel oben auf der Nordmauer gefunden.« Der Mann warf einen verstohlenen Blick auf Cazia Freibrunn. »Er war ziemlich blutig.«

»Wo?« Cazia Freibrunn wollte auf ihn zustürmen, aber Tejohn hob die Hand, um sie aufzuhalten.

»Es ist nicht das, was dich in einem solchen Zustand zu uns bringt«, stellte er fest.

»Nein, mein Tyr«, antwortete Gald. »Ich war gerade unten bei den Pferchen. Die Hühner, Okshim und Schafe sind alle getötet worden, Kommandant. Sie sind in Stücke gerissen worden wie von einem wilden Tier. Und die Tierhüter ebenfalls.«

Ranlin drehte sich zum nächststehenden Wachmann um. »Lasst dreimal die Glocken läuten. Ich will, dass jeder auf seinem Posten ist, bevor der letzte Ton verhallt ist.«

Tejohn trat an den Mauerrand. »Mein König!«, brüllte er.

Die Männer hörten auf zu kämpfen. Lar sah zu Tejohn empor, und vielleicht spürte er etwas, was in Tejohns Tonfall lag, denn er reichte sein Schwert dem Burschen mit dem feisten Gesicht. Er sagte etwas, was die Wachmänner zum Lachen brachte, und sie verbeugten sich vor ihm, als er zur Treppe davonging.

Eine Frau schrie. Tejohn lief zur Treppe. Woher kam der Schrei? Bei diesem Wind ließ sich das unmöglich sagen, aber er wusste, dass er einen schrecklichen Fehler gemacht hatte. Er hätte sofort zu Lar eilen müssen.

Plötzlich kam eine Dienerin aus dem Tempel gerannt. Sie schrie und wedelte mit den Armen, und ihr grober grauer

Kittel flatterte hinter ihr her. Sie rannte direkt auf den König zu.

Momente später jagte ein blau-roter Blitz hinter ihr her. Das Ding warf sich der Frau in den Rücken, sodass sie der Länge nach hinschlug.

Feuer und Zorn, es war eine der Bestien, und sie war bereits innerhalb der Mauern. Tejohn hatte nur einen kurzen Blick auf das Untier erhascht, aber es schien kleiner als die Kreaturen, mit denen er es in Peradain zu tun gehabt hatte. Und auch dunkler. Das Fell jener anderen Biester hatte die Farbe hellen Flieders gehabt, aber das Wesen hier war dunkelblau mit roten Streifen auf dem Rücken. Eine dritte Art von Ungeheuern?

Das Ungetüm biss der Frau in die Schulter, und sie kreischte vor Entsetzen und Schmerz.

Tejohn sprang von der Mauer auf die Treppe darunter. Zu spät dachte er an sein verletztes Knie. Wenn es ihm den Dienst versagte, würde er hilflos die Treppe hinunterstürzen, während sein König sich dem Geschöpf allein stellen musste.

Das Knie versagte nicht. Es zwickte nicht einmal. Das Schwert schon in der Hand, rannte er die Treppe hinunter, so schnell er konnte.

Es war nicht schnell genug. Unten hatte das Wesen die Frau bereits beiseitegeworfen und raste direkt auf den König zu.

KAPITEL 10

Der Soldat, der Cazia den Köcher abgenommen hatte, war so auf Lar konzentriert, dass er nicht mitbekam, wie sie sich heimlich einen ihrer Wurfspieße zurückholte. Doch noch während sie mit den Handbewegungen für den Zauber begann, konnte sie erkennen, dass der Grunzer den König erreichen würde, lange bevor sie zum Schuss kam.

Wie losgelöst von dem Geschehen beobachtete sie Lar, während der Grunzer auf ihn zustürmte. Sie sah die Überraschung auf seinem Gesicht. Sie sah sein Zögern. Dann sah sie ihn nach seinem Schwert greifen, und in seiner Panik verfehlte er den Griff. Er klatschte sich mit der Hand flach auf die Hüfte, während er seinen Schild hob.

Dann war es zu spät. Das Geschöpf prallte gegen seinen Schild und warf ihn zu Boden. Eine Woge des Entsetzens stieg in Cazia auf, aber in den Tiefen ihres Zaubers befangen, wie sie war, schien alles schon weit weg und entrückt. Sie hörte die Schreie der Wachen, sah Tyr Treygar losstürzen, und sie wusste, dass er Lar niemals rechtzeitig erreichen konnte.

Die Bestie schlug mit den Klauen nach Lars Schild. *Sie sind zu eng beieinander, als dass ich diesen Wurf riskieren könnte.* Aber der Zauber war nun beendet, und so warf sie ihre Hände und all ihren Willen trotzdem nach vorn und ließ den Spieß auf das Monster hinabfliegen.

Die Kreatur senkte den Kopf und schlug die Zähne tief in Lars Schulter und Oberarm. Der König schrie auf, und jetzt, da der Zauber Cazias Reaktion nicht mehr abmilderte, traf sie sein Schmerz mit voller Wucht. Sie streckte bereits die Hand nach einem weiteren Wurfspieß aus, als der erste sein Ziel erreichte.

Er bohrte sich tief in die Seite des Grunzers, direkt unterhalb seines Armes, verschwand fast ganz unter dem Fell. Die Kreatur stürzte von Lar weg in den Dreck, wo sie zappelnd liegen blieb. Steinmiene hatte das Ungeheuer beinahe erreicht, als es zu zappeln aufhörte, aber der alte Mann rammte ihm sein Schwert dennoch in den Leib, nur um sicherzugehen. Dann lief er zum König.

Cazia versuchte vergeblich, nach einem zweiten Wurfspieß zu greifen. Sie fuhr herum und stellte fest, dass der Wachposten, der ihr den Köcher abgenommen hatte, verschwunden war. Bittler war noch da und starrte sie mit offenem Mund an, aber Gerrit und seine Wachleute waren zur Treppe gerannt und folgten Tejohn hinunter zum König.

Cazia schloss sich ihnen nicht an. Die Wachen hatten ihre Schwerter gezückt und formierten sich in Reihen um den König. Tejohn schrie Befehle, und einen Moment später lief ein Wachmann auf den Turm zu, vermutlich um einen Heilgelehrten zu holen. Gerrit begann Befehle zu erteilen und Soldaten hin und her zu schieben, damit sie eine geordnete Karreestellung einnahmen. Dann kommandierte er Speerträger aus dem Saal herbei, ließ sie in Linie antreten und befahl ihnen, auf den Tempel vorzurücken, aus dem der Grunzer gekommen war.

Kurzum: Der Hof war voller aufgewühlter und schwer bewaffneter Soldaten, und Cazia war immer noch eine Geisel. Sie wusste, dass Gerrit und Treygar niemals ihren Tod befehlen würden, aber es bedurfte nur eines Soldaten mit einem Messer, um alles zu verderben. Sie waren immer noch Feinde.

Unvermittelt spähte Treygar zu ihr empor. Da war etwas in seinem Gesichtsausdruck, das sie stutzen ließ, aber sie konnte sich nicht den geringsten Reim darauf machen, was er wohl dachte. Er wirkte nicht dankbar dafür, dass sie den Grunzer getötet hatte, so viel stand jedenfalls fest.

»Wir sollten jetzt gehen«, sagte Bittler.

Sie liefen an der Wand entlang Richtung Westen, weg vom Zentrum des Tumults. Cazia war sich nicht einmal bewusst, wohin sie gingen, bis sie ihr Ziel schon halb erreicht hatten. Dieser Diener, wie immer er hieß, hatte gesagt, man habe Colchuas blutigen Mantel oben auf der Nordmauer gefunden.

Fort Samsit war als eines der ersten Forts gebaut worden, nachdem man das sechste Geschenk so verändert hatte, dass sich damit große Steinblöcke herstellen ließen. Die Türme später errichteter Forts erhoben sich direkt auf den Mauerkronen, aber in Samsit waren die Türme einige Schritt zurückgesetzt, sodass die Brustwehr ringsum auf gleicher Höhe begehbar war. In ihrem Eifer, jenen Bergpass zu versperren, der Peradain am nächsten war, hatten die frühen Könige des Reichs das Fort auf Grundlage einer eher provisorischen Konstruktionsweise errichtet.

Der nördliche Abschnitt der Mauer war schmaler als der südliche, weil die Bergwände die Festung hier eng umschlossen, aber der Wehrgang darauf war sehr breit, um den Soldaten genug Platz zu lassen. Außerdem war die Mauer hier nicht so schwindelerregend hoch, da das Gelände in diesem Teil des Bergsattels viel höher lag.

Von dem Tor unter ihnen führte eine schmale Straße in die Berge, kaum breit genug, dass zwei Wagen aneinander vorbeikamen. Sie verlief fast geradeaus einen ansteigenden Hang voller schwarzem Geröll hinauf. Dahinter, im hohen Norden, lag, wie Cazia wusste, die Wildnis der Weiten Lande.

»Hörst du das?«, fragte Bittler. Zuerst hörte sie gar nichts, wegen des unablässigen Windes, aber dann vernahm sie das Geräusch: fließendes Wasser. Sie sah zum Westhang des Bergsattels hinüber. Dort. Ein Wasserfall hoch oben an der Felswand stürzte in einen kleinen See hinab und floss von dort aus eine in das Felsgestein gehauene Rinne hinunter. Das könnte die Wasserzufuhr für das Fort sein, was sie etwas überraschte. Hatten sie hier denn keinen verzauberten Brunnen?

Von der Südlichen Barriere strömte ständig Wasser herab – gewaltige, sprudelnd in die Tiefe stürzende Wasserfälle, manche davon Hunderte Schritt breit. Doktor Zweifloss hatte Cazia einmal einen ganzen Nachmittag damit gelangweilt, dass er unterschiedliche Regenmengen mit dem Wasserausstoß der Fälle in Brausestadt im Speziellen und in den Wasserlanden im Allgemeinen verglich. Jetzt, wo sie hier war und zu den Sturmwolken emporschaute, die über die Gipfel zogen, wünschte sie, sie hätte damals besser aufgepasst.

»Alles in Ordnung mit dir?«, fragte Bittler.

»Ich zögere weiterzugehen, weil ich Angst habe«, antwortete Cazia. Sie hatte nicht vorgehabt, ehrlich zu sein, aber die Worte waren einfach herausgekommen. »Ich habe Angst, Cols Leichnam zu finden. Ich will nicht, dass er tot ist.«

»Er ist nicht tot. Da bin ich mir sicher.«

Cazia begann an der Mauer entlang weiterzugehen. Sie machte schnelle Schritte, damit Bitt ihre gereizte Miene nicht bemerkte. Bittler war eigentlich recht nett, solange er sich keine übertriebene Mühe gab, nett zu sein.

Zu ihrer Überraschung hielt er recht gut mit ihr Schritt. »Du siehst heute schon ein wenig besser aus.«

»Danke«, erwiderte er. »Das Personal hier lässt mich essen, was ich will. Ich habe seit gestern keine Magenschmerzen mehr gehabt.«

Er blieb plötzlich stehen. Cazia hielt ebenfalls an und folgte seinem Blick.

Nahe der nordöstlichen Mauerecke schrubbten zwei junge Dienerinnen auf allen vieren die Steine.

Eine Gänsehaut lief Cazias über den Rücken, und sie rannte zu ihnen hin. Bitt tat sein Bestes, mit ihr mitzuhalten, aber sie hängte ihn rasch ab. »Halt!«, rief sie den Frauen zu. »Halt, halt, halt!«

Die Dienerin, die ihr am nächsten war, hielt für einen Moment inne, um zu ihr aufzuschauen, dann machte sie sich wieder an die Arbeit. »Bitte entschuldigt, Fräulein«, sagte die Frau. Sie hatte ein langes Gesicht und sprach mit singendem westlichem Akzent. »Befehl des Oberen. Wenn ich die Arbeit nicht zu Ende bringe, droht mir die Peitsche.«

Cazia begann einen Zauber, den die Dienerinnen erst bemerkten, als sie schon fast fertig war. Sie stürzten in ihren schmutzigen Röcken von ihr weg auf den nassen Stein, gerade in dem Moment, als das Feuer aus ihren Händen hochschlug.

Die Dienerinnen schrien vor Entsetzen und beeilten sich, von ihr wegzukommen, obwohl die Flammen ein gutes Stück von ihnen entfernt waren. »So!«, sagte Cazia. »Jetzt könnt ihr eurem Oberen, wer immer das ist, sagen, dass ich euch gezwungen habe aufzuhören. Und nun verschwindet!«

Die Frauen drehten sich um und rannten davon. Cazia schämte sich plötzlich, dass sie sie so eingeschüchtert hatte. Ja, sie waren wahrscheinlich Feinde, geradeso wie die Diener im Palast, aber sie hatten ihr nicht das Geringste *getan.* Noch nicht.

Sie schloss die Augen und verscheuchte diese Gedanken, dann richtete sie den Blick nach unten. Das Waschwasser war von einem dunkleren Rosa als die Steine der Mauer. Sie hatte, wie sie sich eingestehen musste, keine Ahnung, was sie durch den Anblick des vergossenen Blutes hätte erfahren sollen – waren es nur einige wenige Tropfen gewesen oder eine riesige Lache? –, aber es war ohnehin zu spät. Die Dienerinnen hatten den ganzen Bereich bereits geschrubbt.

Ein Schwindelanfall packte sie, aber er ging schnell wieder vorüber, sodass sie nicht stürzte. Wo war Colchua? Konnte er wirklich … tot sein? Einfach so und ohne jede Vorwarnung? Wenn dem so war, dann war die ganze Welt Cazias Feind.

Bitt hatte sie nun endlich eingeholt. Er lief langsam auf sie zu und rang angestrengt nach Atem. »Da«, sagte er und spähte in den Eimer. »Siehst du das? Das macht kaum den Eindruck von Blut. Wenn er getötet worden wäre, hätte er viel mehr verloren.«

»Es sei denn, der Grunzer hat ihn gefressen«, antwortete Cazia, weil sie dem hoffnungsvollen Ton in seiner Stimme misstraute. Ihre Worte ließen die Haut auf ihren Armen kribbeln.

»Der Grunzer hätte Col wohl kaum mit einem einzigen Bissen verschlucken können. Richtig?«

In diesem Punkt musste sie ihm recht geben. Als die Grunzer auf dem Podium in Peradain gemordet hatten, hatten sie die Menschen in Stücke gerissen. Cazia erschauderte bei der Erinnerung daran. Der Gedanke, dass ihrem älteren Bruder – so groß und immer zu einem Lächeln bereit – der Arm abgerissen wurde …

Sie schien in letzter Zeit oft zu erschaudern. All diese schrecklichen Gedanken kehrten immer wieder ungebeten und zu den unpassendsten Gelegenheiten zu ihr zurück.

Wie auch immer. Sie atmete tief durch und versuchte ihr flatterndes Herz zu beruhigen. Wenn die anderen es ertragen konnten, dann konnte sie es ebenfalls.

Sie widmete sich wieder der Mauer und untersuchte den oberen Rand der Zinnen. Da war noch ein Blutfleck. Die Dienerinnen mussten ihn übersehen haben. Sie stützte die Arme auf den Stein und lehnte sich hinaus. Bittlers nervöser Warnung, doch vorsichtig zu sein, schenkte sie keine Beachtung.

Auf der anderen Seite der Mauer war noch mehr Blut. Oben

auf den Zinnen waren nur ein paar kleine Flecken, aber die Außenseite war stark verschmiert wie von einer Hand voller Blut.

Konnte Colchua dem Grunzer entkommen sein, indem er die Festung verlassen hatte? Dann hätte Gerrit recht gehabt, wenn auch nicht so, wie er es sich gedacht hatte.

Sie schaute hinab. Es ging mindestens fünfzehn Klafter in die Tiefe, wo nur zerklüftete Felsen warteten.

Cazia hätte aus dieser Höhe nicht einmal ohne Gefahr in einen ruhigen, tiefen See springen können. Konnte Col es lebend bis nach unten geschafft haben, wenn er vor einem Grunzer geflohen war? Die Antwort war offensichtlich und ernüchternd: nicht ohne ein Seil.

Die blutigen Flecken erweckten den Eindruck, dass die Finger nach unten zeigten, ganz als sei er aus der Festung herausgeklettert statt hinein. Hatte er zu fliehen versucht? Hatte er sich einem Grunzer in den Weg stellen wollen, der die Nordmauer emporkletterte?

Es gab keine Möglichkeit, das herauszufinden. Was sie jedoch wusste, war, dass ihr Bruder angegriffen worden war, und sie konnte sich nicht vorstellen, wie er das hätte überleben sollen.

Ein hässliches und schreckliches Gefühl erfüllte ihre Brust, und sie spürte, wie ihr Tränen in die Augen traten. Das war nicht gerecht. Nichts von alledem war gerecht. Ihr Bruder hatte es nicht verdient, mitten in der Nacht von einer Mauer geworfen zu werden. Er hatte es nicht verdient, getötet zu werden – nicht, nachdem er so viel riskiert hatte, um Lar und Vilavivianna zu helfen. Er hätte beinahe sein Leben für ein Land weggeworfen, das ihn wie einen Verräter behandelte, und alles, was blieb, waren ein Eimer mit rosafarbenem Wasser und ein paar schmutzige Lumpen.

Wie aufs Stichwort kehrten die Dienerinnen auf die Mauer

zurück, doch diesmal hatten sie einen kleinen, drahtigen alten Mann dabei, dessen weißes Haar in Büscheln im Wind wehte. Seine Kleider waren abgetragen, aber sauber.

»Da sieh mal einer an!«, sagte er, und seine dünne Stimme klang beinahe herrisch. Das musste der Obere sein. Der Oberdiener? Der Palast hatte so viele Diener, dass sie nach ihren jeweiligen Arbeitsbereichen in Gruppen unterteilt waren, und sie wurden von Männern und Frauen überwacht, die man »Peitschen« nannten. Sie hätte gedacht, dass ein Fort für eine solche Arbeitsaufteilung eigentlich zu klein sei, aber die Sache interessierte sie auch nicht besonders. »Ihr dürft diese Mädchen nicht verbrennen! Sie versuchen nur, ihre Arbeit zu machen!«

Cazia warf einen Blick zu den Dienerinnen hinter ihm. Jedes der *Mädchen* war alt genug, um ihre Mutter zu sein. »Hat Kommandant Gerrit diese Blutflecken gesehen?«

»Nein, und ich hoffe, das wird er auch nicht! Ich schätze solche Streiche nicht besonders, vor allem, wenn sie mir oder meinen Mädchen die Peitsche einbringen können! Das hier ist ein königlicher Vorposten des Reiches, und er muss sauber gehalten werden!«

Er gab den beiden Dienerinnen ein Zeichen, und sie kamen herbeigeschlichen, um ihre Waschlumpen zu holen. Cazia hatte keinerlei Absicht, sie in Brand zu setzen, aber Bittler hielt sie dennoch am Arm fest, als wolle sie genau das tun, und zerrte sie mit sich weg.

Sie wollte ihnen allen Fußtritte verpassen oder Steinblöcke schaffen und eine Mauer um die Blutflecken errichten, um die Frauen von ihrer Arbeit abzuhalten. Falls es wirklich das Blut ihres Bruders war, kam es einem Leichnam, den sie begraben konnte, womöglich noch am nächsten.

Auf der obersten Stufe der Treppen setzte sie sich hin, schlug die Hände vors Gesicht und weinte. Ja: eine Gelehrte, die

Tränen vergoss. Feuer mochte jeden holen, der ihr zu sagen versuchte, sie möge doch bitte ihre Tränen zurückhalten.

Sie spürte, wie Bittler sich neben sie setzte und ihr den Arm um die Schultern legte, aber es war kein Trost. Der Mantel ihres Bruders. Das Blut ihres Bruders. Er war das Einzige auf der Welt, was sie an Familie hatte – Familie, die ihr etwas bedeutete –, und jetzt hatte es den Anschein, als sei er tot.

Vier Tage zuvor, als sie ihn an jenem Seil auf Vilaviviannas Dach hatte hinabklettern sehen, hatte sie gespürt, dass dieser Moment kommen würde.

»Es war nicht viel Blut«, sagte Bitt. »Wirklich. Als ich letztes Jahr mit Timu in der Bucht der Steine war, habe ich gesehen, wie ein Graslöwe einen Bauern angriffen hat. Wir haben versucht, den Burschen zu retten, aber … Wie dem auch sei, es war einfach entsetzlich, wie viel Blut um ihn herum war. Wirklich. Ich glaube, wenn Col tatsächlich dort auf der Mauer von einem Grunzer angegriffen und getötet worden wäre, hätte das viele Blut diesen Eimer scharlachrot gefärbt.«

»Großer Weg, Bitt«, stieß Cazia hervor. »Halt den Mund.«

»Ich werde nicht glauben, dass er tot ist, bis ich seinen Leichnam sehe.« Danach hörte Bittler auf zu reden und ließ Cazia weinen.

Trotzdem fühlte sich Cazia plötzlich anders; Bitt hatte recht, und sie wusste es. Sie begriff langsam, dass sie aus Angst weinte und nicht aus Trauer, und die Tränen schienen weniger zu werden. Sie atmete einige Male tief durch, dann wischte sie sich über die Wangen, und sie gingen zusammen die Treppe hinunter.

Dieser Teil der Festung war ein Labyrinth aus Fluren und Arbeitsräumen. Alles erinnerte stark an die Dienstbotenkorridore im Palast, doch waren die Gänge hier enger und hatten mehr Biegungen. Bittler war sich sicher, den Weg zu kennen, und schaffte es dennoch, dass sie beide sich verirrten. Cazia musste einen Hausangestellten bitten, sie in den Hof zu führen.

Alte Steinmiene winkte sie mit hastigen Gesten heran. Die Art und Weise, wie er sich im Hof umschaute, als erwartete er jeden Moment einen weiteren Angriff, war für Cazia wenig vertrauenerweckend. Ihr erster Instinkt bestand darin, in den Hausgang zurückzuschlüpfen und zu sehen, dass sie auf ihr Zimmer kam, aber das hätte ihn nur argwöhnisch gemacht. Sie eilten auf ihn zu.

»Wo seid ihr zwei gewesen?«, zischte Treygar.

»An der Nordmauer«, antwortete Cazia. »Wo man den blutigen Mantel meines Bruders gefunden hat.«

Treygars sonst so harter Gesichtsausdruck wurde für einen Moment weicher. »Ach ja, natürlich. Was habt ihr entdeckt?«

»Nur sehr wenig, dank der übereifrigen Diener hier. Die Stelle war schon fast vollständig gereinigt worden, als wir ankamen. Aber ich habe einen blutigen Handabdruck auf der Außenseite der Mauer gesehen, als hätte Col versucht, aus der Festung zu klettern.«

»Das hätte er nicht tun können, jedenfalls nicht ohne ein Seil.«

»Ich weiß. Aber wenn er versucht hat, einem Grunzer zu entkommen oder ihn über die Mauer zu stoßen …« Steinmiene warf ihr einen zweifelnden Blick zu, und sie hätte beinahe die Fassung verloren. Besser, das Thema zu wechseln. »Wo ist Lar?«

»Der Trupp Soldaten hat ihn hinunter in den Krankenraum begleitet. Jetzt, wo ihr beide hier seid, glaube ich, wir …«

»Da ist ja unsere kleine Todesschützin!« Es war Kommandant Gerrit, der über den Hof auf sie zukam. Noch vorhin hatte er Cazia aus diesem vernarbten, hässlichen Gesicht finster angestarrt, aber jetzt strahlte er. »Da habt Ihr ja ganz schön etwas gewagt! Selbst meine besten Bogenschützen hätten das nicht riskiert.«

Cazia traute seinem plötzlichen Gesinnungswechsel nicht. »Ich bin keine Bogenschützin. Ich bin eine Gelehrte.«

Treygars Miene verfinsterte sich bei diesen Worten, und er blickte ihr eindringlich ins Gesicht.

Gerrit schien sich nicht darum zu kümmern. »Trotzdem! Ich sollte Euch einen Posten als Wache auf der Mauer anbieten. Das ist übrigens ein Kompliment.«

Cazia atmete tief durch. Er versuchte, nett zu ihr zu sein, und sie reagierte patzig. Egal ob Feind oder nicht, er war zu mächtig, um ihn ohne guten Grund gegen sich aufzubringen. »Ich danke Euch. Lar ist mein Cousin, mein Freund und mein König. Ich werde tun, was immer er von mir an Hilfe braucht. Kann ich jetzt meinen Köcher wiederhaben?«

»Ich werde dafür sorgen, dass Ihr einen größeren bekommt.« Gerrit wandte sich an Treygar. »Was habe ich gesagt, Tejohn? Was wir brauchen, sind Jäger.«

Treygar schüttelte den Kopf. »Dieser hier war anders als diejenigen, die in Peradain durch die Pforte gekommen sind. Zum einen war er kleiner und dunkler. Zum anderen …« Er trat beiseite und eröffnete den Blick auf den toten Grunzer, der hinter ihm auf dem Boden lag. Cazia keuchte unwillkürlich auf. »Die in der Hauptstadt hatten nicht diese Stacheln an den Ellbogen und Daumen. Sie hatten auch nicht diese verdickte Haut auf dem Rücken. Und keine Streifen. Keine Runzeln auf der Stirn.«

»Ja, ich weiß«, unterbrach Gerrit. »Und sie hatten die Farbe von hübschen lila Blumen. Also, was haben wir hier vor uns? Ein jugendliches Exemplar?«

»Ich weiß es nicht.«

»Nun gut«, sagte Gerrit. »Ich wünschte nur, Ihr hättet dieses Ding nicht hierhergebracht.«

Cazia wirbelte verblüfft zu ihm herum. »An der Nordmauer, wo man den Mantel meines Bruders gefunden hat, klebt Blut. Glaubt Ihr, das Geschöpf ist dort über die Mauer gekommen?«

»Nein, das glaube ich nicht.« Gerrits Gesichtsausdruck war starr. »Wir haben Wachen, junge Dame, nicht nur innerhalb der Festung, und sie sind gute Soldaten. Umsichtige und wachsame Soldaten. Sie hätten eine Kreatur wie diese gesehen, bevor sie überhaupt die Mauern erreicht hätte, und erst recht hätten sie sie gesehen, wenn sie diese Mauer hinaufgeklettert wäre.«

»Was macht Euch so sicher, dass ich dieses Geschöpf hierhergebracht habe?« Treygars Stimme klang nicht gekränkt oder erregt, nur neugierig, als arbeiteten sie zusammen an der Lösung eines verzwickten Rätsels.

»Während der letzten zehn Tage ist nichts und niemand außer euch hinter diese Mauern gekommen. Ihr seid in einer mondlosen Nacht gelandet, mitten im Hof. Die Grunzer sind stark; das habt Ihr selbst gesagt. Dieser Grunzer muss sich während der Fahrt an die Unterseite des Wagens geklammert haben – an die Achsen vielleicht. Als ihr gelandet seid, haben ihn die Fackeln und Speere erschreckt, und er ist über den Hof geflohen.«

Cazia gefiel der Klang des Ganzen nicht. »Ich glaube, wir hätten den Grunzer gesehen.«

»Ihr hattet alle euren Blick auf den Hauptmann der Wache gerichtet. Und warum auch nicht? So jemand erregt eine Menge Aufmerksamkeit, wenn er mit einem Speer vor Eurem Gesicht herumwedelt. Dieses alte Fort verfügt über Dutzende ungenutzter Räume und Gänge. Das Ungetüm muss sich versteckt haben, bis sein Hunger einfach zu groß wurde. Vielleicht hat es versucht, zur Mauer zu gelangen, um zu fliehen, und dort ist es dann auf Euren unglückseligen Bruder gestoßen. Als es sah, wie weit es würde hinabsteigen müssen, hat es sich direkt hinunter zu den Pferchen begeben.«

»All das würde mir einleuchten, würden wir über Bären oder Löwen sprechen«, sagte Treygar. »Aber nicht im Fall von diesen Geschöpfen.«

»In Peradain«, pflichtete ihm Cazia bei, »haben sich die Grunzer sofort in die Schlacht gestürzt.«

»Junge Dame«, sagte Gerrit, »Tiere aus der Wildnis ziehen nicht *in die Schlacht*.«

Sein Ton war so herablassend, dass Cazia den plötzlichen Drang verspürte, ihm gegen seine eisenbedeckten Schienbeine zu treten. Eine plötzliche Erinnerung an die Grunzer, wie sie durch die Flammenwand der Gelehrten brachen, ließ sie zusammenzucken. »Ihr seid ja nicht einmal dabei gewesen!«

Gerrit bleckte die Zähne. »Am Tag, an dem ich mir Rat hole von der Tochter eines …«

»Kommandant Gerrit«, fiel ihm Steinmiene ins Wort. Seine Stimme war ruhig und kühl, und sie lenkte Gerrits Aufmerksamkeit auf sich, genauso wie sie bei ihrer Flucht aus der Stadt die Aufmerksamkeit des Fahrers auf sich gezogen hatte. »Sie hat nach einem Leben im Palast zum ersten Mal eine Schlacht erlebt. Ist Euch noch nicht aufgefallen, dass sie die Zuckungen hat?«

»Was?« Cazia hatte keine Ahnung, wovon sie redeten, aber sie war sich sicher, dass ihr die Sache nicht gefiel. »Wie meint Ihr das?«

»Möge Feuer mich holen«, sagte Gerrit. »Ich bin ein begriffsstutziger alter Narr. Ich entschuldige mich, junge Dame. Ich … ich werde mich jetzt wieder meinen Pflichten zuwenden, mein Tyr.«

Treygar nickte ihm zu, als er sich zurückzog.

»Wartet«, rief Cazia. Sie wusste nicht, wovon sie sprachen, und sie befürchtete, wenn sie sie um eine Erklärung bat, würden die beiden glauben, dass sie rein gar nichts verstand. »Mein Bruder. Da war Blut auf der Außenseite der Mauer, das schwöre ich. Die Kreatur könnte von dort hergekommen sein, nicht wahr?«

»Sie könnte, ja«, antwortete Gerrit. Jetzt klang er, als wolle er ihr einfach ihren Willen lassen, und das trieb sie dazu, ihn nur umso mehr zu hassen. »Jedenfalls wenn wir annehmen, dass der Grunzer ungesehen an den Wachen vorbeigeschlüpft und die Mauer emporgeklettert ist, *und* wenn wir außerdem davon ausgehen, dass es irgendwo in den Weiten Landen noch eine weitere Pforte gibt, eine neue, von der wir nie zuvor auch nur gehört haben.« Er strich sich über den Bart. »Es tut mir leid, junge Dame, aber auch wenn das möglich wäre, glaube ich trotzdem, dass meine Erklärung die wahrscheinlichere ist. Dennoch werde ich die Wachen verdoppeln. Ist das nun alles?«

Die Sturheit des Mannes brachte sie zur Weißglut, aber sie begann sich zu fragen, ob ihr Ärger nicht womöglich stärker war, als er es eigentlich hätte sein sollen. »Nein«, erwiderte Cazia und tat so, als sei sein *Ist das nun alles?* für sie bestimmt gewesen. »Wir haben die Leiche meines Bruders noch immer nicht gefunden. Ich glaube, dass er von der Mauer gestürzt ist, und ich würde gern draußen nach ihm suchen.«

Der Gesichtsausdruck des Kommandanten machte klar, dass er im Begriff stand, ihre Bitte abzulehnen, aber dann sagte er: »Ja, aber nicht heute. Wir haben bereits Verletzte und Tote innerhalb der Mauern, um die wir uns kümmern müssen, und Colchua Freibrunn liegt vielleicht bislang unentdeckt irgendwo in einem Kellerraum. Wir müssen außerdem eine zusätzliche Suche beginnen, für den Fall, dass noch weitere dieser Wesen in der Nähe sind. Gebt uns ein oder zwei Tage Zeit, innerhalb der Mauern zu suchen, bevor wir draußen damit beginnen.« Er ging davon, ohne auf ihre Antwort zu warten.

Sie wollte gerade auf ihr Zimmer davonstapfen, wo sie nichts anderes tun könnte, als mit den Fäusten auf ihr Bett einzuhämmern, als Steinmiene sie an der Schulter berührte.

»Lar ist unten bei den Schlafsteinen«, sagte der alte Mann, »zusammen mit den anderen.«

»Mit den anderen?«

»Er war nicht der Erste, der gebissen wurde, aber er war der Erste, den man auf einen Schlafstein gelegt hat. Er wird für eine Weile bewusstlos sein, hat die Heilgelehrte gesagt, aber wenn er erwacht, wird er Euch sicher sehen wollen.«

Die Freundlichkeit in seiner Stimme war so überraschend, dass Cazia beinahe in Tränen ausgebrochen wäre. »Ich werde bei ihm sein.«

»Gut. Tragt Sorge, dass Ihr Euch zuerst diesen großen Köcher von Kommandant Gerrit beschafft. Lar hat mir, als er davongetragen wurde, außerdem noch gesagt, dass ich mit Euch über Doktor Kriegbad sprechen soll.«

»Oh …« Diese Angelegenheit hatte Cazia fast vergessen. Sie war sofort zu Lar gegangen, nachdem die Gelehrte sie geohrfeigt hatte, und sie hatte ihm alles erzählt, aber Lar hatte kaum mehr getan, als die Stirn zu runzeln und sich bei ihr zu bedanken. Seither hatte Cazia die Gelehrte nicht wiedergesehen, obwohl Ciriam mehrmals am Tag im großen Saal ein Tablett mit Speisen abholte, um es in den Turm des Kommandanten zu bringen.

Aber wenn Treygar etwas von ihr wollte, würde er ihr mehr geben müssen, als nur ein paar freundliche Worte an sie zu richten. »Was sind Zungungen?« Das schien ihn zu verwirren, bis sie hinzufügte: »Ihr habt Kommandant Gerrit erzählt, dass ich die Zungungen hätte.«

»Ah. Die *Zuckungen*. Wenn ein junger Soldat einen besonders schrecklichen Kampf miterlebt hat – und das tut er oft –, kann die Erinnerung daran manchmal bewirken, dass er unwillkürlich zusammenzuckt. Man kann es in ihren Gesichtern sehen: Das Bild tritt ihnen in einem unerwarteten Moment wieder vor Augen, und dann pressen sie die Augen zusammen oder blecken die Zähne oder wenden den Blick ab. Und manchmal werden sie nervös und sind sehr leicht reizbar …«

»Ich bin keine Blume, wisst Ihr.« Cazia sah ihm ganz bewusst direkt ins Gesicht; diesmal würde es kein Beobachten aus dem Augenwinkel geben. »Ich bin auch keine zarte kleine Puppe.«

»Ich habe selbst unter ihnen gelitten«, sagte er auf seine ruhige, gebieterische Art. »Ich war um einige Jahre älter als Ihr, aber diese Erinnerungen haben mich ein Leben lang verfolgt.«

»Oh«, murmelte Cazia und kam sich albern vor. Es war doch nicht so, dass er sie beleidigen wollte, gleichwohl vermochte dies ihren Zorn irgendwie nicht zu lindern. Vielleicht hatte er recht. Vielleicht musste sie sich selbst besser im Auge behalten. »Das tut mir leid. Das wusste ich nicht. Kann ich irgendetwas tun, um es unter Kontrolle zu halten?«

»Das Einzige, was bei mir jemals etwas genutzt hat, waren Gespräche mit Freunden. Mit Freunden oder mit meinesgleichen, sollte ich sagen. Geteiltes Leid ist halbes Leid.«

»Ich danke Euch. Was Doktor Kriegbad betrifft … Ihre Treue zu Lar steht auf keinem festen Fundament. Ich bin mir nicht sicher, was sie von ihm verlangen wird, aber sie scheint zu glauben, dass er sie mehr braucht als sie ihn.«

»Das werden wir schon sehen.«

Die Art, wie er das sagte, ließ Cazia erschaudern. »Habt Ihr den Zauber gesehen, den sie auf dem Turm gewirkt hat? Kurz bevor wir den Grunzern die Falltür vor der Nase zugeschlagen haben?«

»Nein.«

»Nun, ich hatte noch nie so einen Zauber gesehen. Ich bin nicht in allen dreizehn Geschenken des Abendvolks unterrichtet worden, aber ich erkenne sie, wenn ich sie sehe. Dieser Zauber auf dem Turm ist keines der Geschenke gewesen.«

»Was sagt Ihr da?« Tejohn trat einen Schritt näher an sie

heran, senkte die Stimme und blickte sich um, als habe er Angst, dass jemand sie belauschen könnte.

»Es war ein grüner Nebel, der in den Turm hinabgewallt ist. Er hat Holz und Fleisch zerschmelzen lassen, wie wenn man Wasser auf Schnee gießt. Ich schwöre es Euch. Ihre Handbewegungen waren anders als die zu jedem Zauber, mit dem ich es je zu tun hatte, und ich habe keine Ahnung, wo sie das gelernt hat.«

Tyr Treygars Stimme war kaum lauter als ein Flüstern. »Wollt Ihr damit sagen, sie hat ihren eigenen Zauber erfunden? Dass sie eine Hexenmeisterin ist?«

Hexenmeister waren Bösewichte aus Kindermärchen. »Sie macht nicht den Eindruck einer Hexenmeisterin. Und mit Sicherheit ist sie nicht hohl geworden. Ich habe immer geglaubt, es sei Gelehrten verboten, Hexenzauber zu erlernen.«

Treygar machte ein grimmiges Gesicht. »Meint Ihr, die Gelehrten könnten heimlich ihre eigenen Festspiele abhalten, um, ohne dass es jemand weiß, mit dem Abendvolk Handel zu treiben?«

»Durch eine andere Pforte?« Cazias Stimme klang schneidender, als sie es eigentlich beabsichtigt hatte. »Draußen in den Weiten Landen?«

Steinmiene schaute zu der Felswand empor, über der sie den riesigen Greifvogel gesehen hatten, und als er den Blick wieder senkte, war sein Gesichtsausdruck düster und ernst. »Danke« war sein einziges Wort, aber von Tyr Treygars Lippen klang es wie ein Todesurteil.

KAPITEL 11

Als der König geheilt war, war das Tageslicht schon im Schwinden begriffen. Ein weiterer verlorener Tag, aber es gab nur wenig, was sie deswegen tun konnten.

Lar Italga erschien zum Abendmahl im großen Saal, und Tejohn war überrascht zu sehen, dass er sowohl eine Rüstung als auch ein Gelehrtengewand trug. Seine Kleidung ähnelte dem, was Doktor Rexler an jenem Tag draußen vor Klemmhall getragen hatte, und zwar in so starkem Maße, dass Tejohn für einen Moment glaubte, der König beabsichtige, Rexler zu ehren.

Aber nein, der König und der tote Verräter hatten nichts miteinander gemein. Tejohn erhob sich, ebenso wie alle anderen. Die Soldaten im Saal tuschelten, als Lar zu seinem Platz am Tisch schritt, doch Tejohn konnte den Klang ihrer Stimmen nicht beurteilen. Drückten sie Missbilligung aus?

Offenbar nicht. Tejohn schaute sich weiter im Saal um – er hatte zuerst gar nicht bemerkt, dass sich in einer Ecke des Raumes einige einfache Bürger zusammenscharten. So, wie sie aussahen, waren sie größtenteils Bauern und Kahnschiffer, die in einer Zeit des Krieges hinter den Mauern Zuflucht gesucht hatten.

Außerdem schienen sie zu nicken und Blicke voller Hoffnung zu wechseln. Lar machte hier einen guten Eindruck – etwas, was ihm in der Morgenstadt nie gelungen war.

»Mein Tyr, es tut gut, Euer finsteres Gesicht zu sehen«, begrüßte ihn Lar, als er auf dem leeren Stuhl neben Tejohn Platz nahm. Alle anderen setzten sich einen Moment später.

»Mein König, ich bin ebenfalls froh, Euch zu sehen. Ich darf davon ausgehen, dass Ihr vollständig genesen seid?«

Lar senkte die Stimme. »Ich habe versucht, die Heilgelehrte zu überreden, mich mit einem Heilzauber zu belegen, aber das wollte sie nicht tun. Anscheinend machen ihr immer noch die Nachwirkungen eines Überfalls zur Mittwinterzeit zu schaffen. Sie hatten zu viele Verletzte für die Schlafsteine, und das wiederholte Wirken von Heilzaubern hat sie in Gefahr gebracht.«

Tejohn ließ seinen Blick auf Rüstung und Gewand des Königs ruhen. Es war nicht nötig zu fragen, *welche* Gefahr ihr da drohte. »Ich verstehe, mein König.« Unvermittelt kam Tejohn in den Sinn, dass er jetzt, wo der Gelehrtenturm gefallen war, keine Ahnung hatte, wie viele Heilgelehrte überhaupt noch übrig waren.

»Morgen werden wir …« Lar brach ab und sah in den Saal hinaus.

Der feistgesichtige Wachposten stand in einiger Entfernung, den Blick auf den König gerichtet. Sein schüchterner Blick verriet Tejohn, was er als Nächstes sagen würde. »Darf ich um die Erlaubnis bitten zu sprechen, mein König?«

Lar schaute lächelnd zu ihm hinab. »Mein Ersatzwaffenmeister! Unbedingt, tretet näher.«

Der Mann kam herbei und ließ sich auf ein Knie nieder – was bedeutete, dass er unter der Kante des erhöhten Tisches verschwand –, dann stand er wieder auf. »Bitte entschuldigt, dass ich mich während Eures Mahles an Euch wende, mein König, aber die anderen haben … nun ja, eigentlich haben sie mich unter Druck gesetzt und gezwungen, mich nach Eurer Gesundheit zu erkundigen.«

Tejohn spürte, wie es ihm heiß über das Gesicht lief. Zog dieser gemeine Soldat die Gesundheit des Königs in Frage?

Doch bevor Tejohn reagieren konnte, lachte der König. »Es gibt nichts, was ein wenig Schnarchen nicht in Ordnung bringen könnte. Tatsächlich habe ich nach einem Angriff durch mehrere Krüge Wein schon längere Nickerchen gebraucht, um mich zu erholen.«

Soldat und König lachten zusammen. »Mein König«, sagte der Soldat nun leiser. »Die Männer haben begonnen, Euch den Lachenden König zu nennen.«

Lar fuhr sich geistesabwesend über den weißen Trauerschal, der um seine Kehle lag. »Besser, als wenn sie mich den Frühstückskönig nennen würden. Denn das war es, was die Bestie aus mir machen wollte. Aber nur zu. Kommt zu Eurer eigentlichen Frage. Ich kann an Euren Augen erkennen, dass Ihr Angst habt, sie zu stellen.«

Die Lippen des Wachpostens bewegten sich für einen Moment – offensichtlich hatte die Nervosität seinen Mund trocken werden lassen. Dann sagte er: »War das eine von ihnen, mein König? War das eine der Bestien, die die Hauptstadt überfallen haben?«

Das war einfach zu viel. Tejohn beugte sich vor und funkelte den Mann böse an. »Wie lange beabsichtigt Ihr, den König zu verhören?«

Der Mann errötete, trat zurück und kniete nieder. Er war zu weit gegangen, und er wusste es. »Vergebt mir, mein …«

»Tyr Treygar hat recht«, ging Lar dazwischen. »Das ist eine Frage, die Ihr Eurem kommandierenden Offizier stellen könnt, aber da Ihr mein Ersatzwaffenmeister gewesen seid, gehe ich davon aus, dass das im Moment eben ich bin. Also! Das Untier, das Ihr heute Morgen gesehen habt, war keines der Wesen, die Peradain angegriffen und meine königlichen Eltern getötet haben – und mit ihnen ungezählte weitere gute und schuldlose

Menschen. Es war so etwas wie ein sanftmütiger jüngerer Bruder, vergleichsweise langsam zu Fuß und mit schwachem Kiefer, aber nicht annähernd so hübsch. Versteht Ihr?«

»Ja, mein König. Ich danke Euch, mein König.« Er warf einen nervösen Blick in Richtung Tejohn.

»Nun«, sagte Lar, als ein Küchendiener eine Schüssel Hammelsuppe vor ihn hinstellte, »da mein Waffenmeister sich wieder erholt hat, brauche ich keinen Ersatz mehr. Ich entlasse Euch. Kehrt zu Euren früheren Pflichten zurück.«

Der Wachmann verbeugte sich erneut. »Immer der Eure, mein König.« Er trat zurück und floh förmlich zu seinem Tisch hinüber.

Tejohn beobachtete ihn genau und hielt Ausschau nach irgendwelchen Zeichen einer anmaßenden Unverschämtheit, konnte aber nichts Derartiges entdecken. »Er war schrecklich sorglos im Umgang mit Eurer Zeit, mein König.«

»Stimmt, aber ich glaube, ich habe ihn nun für mich gewonnen. Jetzt fehlt mir nur noch eine Million anderer, was? Aber sagt, Tyr Treygar, stimmt das mit Col? Hat das Untier ihn getötet?«

In Tejohn stieg ein vertrautes unschönes Gefühl auf. Der Küchendiener stellte eine Schüssel Suppe vor ihn hin, aber plötzlich wollte er nichts mehr von Essen wissen. Es war an der Zeit, über die Toten zu reden. »Hat ganz den Anschein, mein König. Es tut mir leid. So viele von uns haben sich in ihm getäuscht, und gerade jetzt, als er sich bewiesen hatte …«

»Ist seine Leiche gefunden worden?«

»Nein. Die Soldaten haben jeden verstaubten Winkel und jeden alten Lagerraum in der Festung durchsucht, aber sie sind auf keine Spur von ihm gestoßen. Anscheinend hat die kleine Freibrunn recht; er muss über die Mauer hinabgeworfen worden sein.«

Lars Gesicht war bleich, und er presste die Lippen so fest

zusammen, dass sie weiß wurden. »Ihr dürft sie ›Cazia‹ nennen, mein Tyr. So heißt sie.«

»Ich bitte um Entschuldigung, mein König. Je älter unsere Angewohnheiten, desto schwerer lassen sie sich ablegen.«

»Ich will, dass er gefunden wird. Er und Timush haben ihr Leben riskiert, als alle glaubten, sie würden mich verraten. Ich mag nicht in der Lage sein, meinen Eltern ein anständiges Begräbnis zu verschaffen, aber, hol uns Feuer, für meinen besten Freund kann ich wenigstens das tun.«

Ein seltsamer Freudenschauer durchlief Tejohn. Lar Italga übernahm das Kommando? Das war mehr, als er hätte hoffen können. »Ich werde heute Abend mit dem Kommandanten sprechen. Und ich werde dafür sorgen, dass er Cazia Freibrunn die Verantwortung für die Sache überträgt.«

»Gut. Hiermit ernenne ich Euch zu meinem Schildträger und obersten Ratgeber.«

»Was?« Tejohn stieß gegen seine Suppenschüssel, und die Hälfte ihres Inhalts ergoss sich über den Tisch. »Mein König, das kann nicht Euer Ernst sein.«

»Der Lachende König meint es immer ernst. Genau das macht ihn so erheiternd.«

»Dann ist mein erster Rat dieser: Findet jemand anderen.«

»Wen?« Lar neigte sich dicht zu ihm. »Ich meine diese Frage überaus ernst. Wen kann ich finden? Ich weiß, Ihr mögt mich nicht, aber Ihr wart bereit, für mich zu sterben. Wer sonst verdient da mein Vertrauen?«

»Euer Schildträger sollte ein Diplomat sein. Er sollte klug, gut organisiert und gehorsam sein. Ich wurde als Bauer geboren …«

»Das ist aber ein besonderer Bauer, der sich die Tyrswürde verdient.«

»Ein Tyr ohne Land.«

»Noch besser.«

Tejohn wandte den Blick vom König ab und ließ den Blick über die Menge gleiten. Jetzt, da der König bedient worden war, aßen die Menschen wieder. Aber zu viele schauten nervös zur hohen Tafel hinüber. Zu ihm.

Er bekam seinen Gesichtsausdruck wieder unter Kontrolle. »Es muss jemanden geben, der geeigneter ist.«

»So einige«, erwiderte Lar, hob seine Suppenschüssel und trank. »Aber sie liegen alle tot in Peradain. Wenn Ihr Euch weigert, mir zu dienen, werde ich mich nur noch an Doktor Kriegbad wenden können.«

»Mein König …«

»Ich bin da ganz Eurer Meinung. Tyr Treygar, wir haben keine erfreuliche gemeinsame Geschichte. Heute Morgen hätte ich diesen Grunzer vielleicht selbst getötet, wenn ich die Ausbildung durch Euch nicht so oft gemieden hätte. Ich erkenne meinen Irrtum. Muss ich Euch befehlen, Euren vollkommen gerechtfertigten Ärger um des höheren Wohles willen beiseitezuschieben?«

Tejohn zwang sich, ruhig zu bleiben. »Mein König, diese Geschichte war in dem Moment vergessen und nichtig, da ich Eure königliche Mutter fallen sah. Ich schwöre Euch, dass ich Euch auf jede Weise dienen werde, die Ihr verlangt, aber das hier sollte eine vorübergehende Ernennung sein wie bei Eurem feistgesichtigen Wachposten dort drüben – bis Ihr jemanden findet, der in der Diplomatie geübter ist als ich.«

»Einverstanden.« Lar hob erneut seine Schüssel, um daraus zu trinken. »Lasst den Fahrer alles bereit machen, um uns morgen früh nach Sturmpass zu bringen, zusammen mit allen anderen, von denen Ihr meint, dass wir sie benötigen werden. Ich will den Leichnam des Grunzers mitnehmen, damit mein Onkel ihn untersuchen kann. Bei dem in den Weiten Landen vorherrschenden Westwind wird es mit dem Flugwagen wahrscheinlich eine zehntägige Reise werden.«

Tejohn holte tief Luft. »Mein König, als meinen zweiten Rat …«

»Wollt Ihr mir diese Reise ausreden.«

»Jawohl. Die Tyre werden niemals bereit sein, ihre Speerträger Eurer Sache zu widmen, wenn sie glauben, dass Ihr Euch auf dem Rückzug befindet.«

»Ich kann nicht verlieren, was ich niemals haben werde. Der einzige Tyr im Reich, der mich unterstützen wird, sitzt mir gegenüber und vernachlässigt seine Suppe, und er kann keine Armeen aufstellen.«

»Aber zehn Tage dafür zu verlieren …«

Lar senkte die Stimme. »Tyr Treygar, trinkt Eure Suppe, während ich Euch den wahren Grund nenne, warum wir nach Sturmpass fliegen. Nur zu, hebt Eure Schüssel. Ich will, dass unser Gespräch so normal wie möglich aussieht. In Wahrheit ist die Bibliothek meines Onkels nicht gerade gewaltig groß. Er hat einen gewissen … Ruf. Es fällt ihm schwer, gebildete Gehilfen zu finden, die bereit sind, sich ihm in seinem Einsiedlerleben anzuschließen. Also: Obwohl ich in der Tat vorhabe, mit ihm über die Pforten und über diese Geschöpfe zu sprechen, hoffe ich in Wahrheit, einen Zauber von ihm zu erlernen.«

Ein Frösteln überlief Tejohn. Nach allem, was Cazia Freibrunn ihm von Doktor Kriegbads Hexenzauber erzählt hatte …

»Trinkt Eure Suppe«, wiederholte Lar. »Ich will nicht, dass irgendwer diesen Ausdruck auf Eurem Gesicht sieht. Der Zauber wurde nicht von Menschen erschaffen, mein Tyr. Es ist kein Hexenzauber. Er ist von dem fünften Geschenk abgeleitet, dem Wasserreinigungszauber. Und er ist so tödlich, dass mein Vater ihn nur einem einzigen Menschen anvertraut hat.«

»Seinem Bruder.«

»Ja.«

»Was ist mit dem Zauber, den Doktor Kriegbad oben auf dem Gelehrtenturm angewandt hat?«

Lar seufzte. »Ich wünschte, ich hätte ihn mit eigenen Augen gesehen. Caz ist klug und gut ausgebildet, aber es gibt viele Dinge, die sie nicht kennt. Sie weiß nicht, wie viel Arbeit in die Erforschung der Geschenke gesteckt wird, und auch nicht, wie lange es gedauert hat, um beispielsweise einen Zauber zur Erzeugung flacher Steine zum Straßenbau in einen Zauber zur Schaffung von großen Granitblöcken zur Errichtung von Mauern und Festungen zu verändern. Sie weiß nicht, wie viele Gelehrte bewusst zurückgezogen leben, damit außer ihnen niemand sonst getötet wird, sollte etwas schiefgehen.«

»Ich hatte Gerüchte gehört …« Tejohn war sich nicht sicher, was er sonst sagen sollte.

»Natürlich. Ich habe nicht gescherzt, als ich sagte, es seien Gelehrte gewesen, die das Reich aufgebaut haben. Sie riskieren nicht nur ihr Leben. Warum, glaubt Ihr, hat kein Mann und keine Frau in dieser Festung mich, einen Gelehrtenkönig, bisher auch nur eine einzige Träne für meine königlichen Eltern vergießen sehen? Gelehrte riskieren ihren Verstand, ihre Stellung, ihre …« Er brach ab, als er begriff, dass er von seinem eigentlichen Thema abschweifte. »Das fünfte Geschenk kann Wasser aus der Ferne reinigen. Die Abänderung dieses Geschenks, dessen Geheimnis mein Onkel hütet, kann das Gleiche mit Menschen machen. Sie kann ihr Schädelinneres in Wasser verwandeln – aus der Ferne –, und das gleichzeitig bei zwanzig Leuten oder mehr.«

»Feuer und Zorn«, sagte Tejohn. »Das könnt Ihr nicht tun.«

»Grunzer haben meinen königlichen Vater in Stücke gerissen. Versucht nicht, mir zu sagen, was ich tun oder nicht tun kann. Es schert mich nicht, ob es ehrenhaft ist oder nicht. Ich werde diese Bestien zu Hunderten töten, wenn ich nahe genug an sie herankommen kann. Und falls irgendein Tyr es wagt, sich mir zu widersetzen, werde ich seine Truppen zermalmen, so, wie ich Grashalme unter der Sohle meines Stiefels zerquetsche. Ich habe Pläne für dieses Reich, Tyr Treygar, Pläne, die einem Großteil des Elends und der Ungerechtigkeit, die mein Volk erleidet, ein Ende machen würden; Pläne, die ich hege, seit ich ein kleiner Junge war. Aber aus alledem wird nie etwas werden, wenn Kal-Maddum den Händen der Italgas entgleitet.«

Tejohn starrte den jungen König an seiner Seite mit offenem Mund an. Es war verblüffend, solche Worte von seinem Schüler zu hören. *Der Lachende König* hatte dieser Dummkopf ihn genannt, aber Tejohn begriff, dass er keine Ahnung hatte, wer Lar Italga in Wirklichkeit war.

Dieser Zauber, über den er verfügen wollte, diese Abwandlung des fünften Geschenks, mochte die Waffe sein, die er brauchte, um an seinem Thron festzuhalten, aber es machte Soldaten wie Tejohn – und all die braven Männer und Frauen, mit denen er je gedient hatte – zu nutzlosen Stockpuppen. Personen ohne Belang. Konnte er einem solchen König dienen?

Tejohn erinnerte sich an die letzten Augenblicke in Doktor Rexlers Leben, als der Hexer Salven von Wurfspießen in den vorrückenden Trupp abgefeuert und gewaltige Wolken offener Flammen versprüht hatte. Der Gesichtsausdruck des Hexers war ausdruckslos und stumpf gewesen und seine Wangen glänzend nass vor Tränen. Es waren keine Tränen um die Soldaten, die er tötete, nein, sondern Tränen des geheimen, endlosen Kummers – worin dieser auch immer bestehen mochte –, den ausgehöhlte Gelehrte zu erleiden hatten. Tejohn hatte später gehört, dass Rexler einst ein liebender Ehemann und Vater gewesen sei, aber sein Machthunger hatte ihn zu weit getrieben und ihn leer und hohl gemacht.

Lar Italga war da ein ganz anderer Fall. Sein Gesicht drückte

Überzeugung aus, und es schien Tejohn, als habe der junge Mann nun ebenfalls Bekanntschaft mit einem von Tejohns alten Freunden geschlossen: mit dem gerechten Verlangen, seine Feinde abzuschlachten.

Tejohn nickte. »Ich werde dafür sorgen, dass man uns mit Proviant und Begleitern ausstattet.« Einen absurden Moment lang stellte Tejohn sich selbst als Befehlshaber der gesamten Garnison von Samsit vor, aber nicht einmal Ranlin Gerrit würde das zulassen. Dennoch, wenn der König keine Speerträger zu seiner Unterstützung fand, würde er niemals wieder auf dem Thron der Schädel sitzen.

Aber es gab eines, was Tejohn nicht abstreiten konnte: Es hatte unleugbar eine mitreißende Wirkung, einen Anführer mit solcher Überzeugung sprechen zu hören. Selbst jemand wie sein früherer Schüler konnte anderen Mut machen, wenn er einen Plan und den festen Willen hatte, ihn umzusetzen. Feuer und Zorn, Tejohn war bereit zu glauben, dass sie vielleicht tatsächlich Erfolg haben würden.

»Übrigens«, bemerkte Lar, »mein Ersatzschwertmeister hat immer wieder versucht, mich dazu zu bringen, mich beim Kämpfen nicht so breitbeinig hinzustellen. Ich habe meine Sache besser gemacht, als ich Eure Techniken angewandt habe, mein Tyr.«

Ein Diener hatte die Suppenschüssel des Königs abgeräumt und ihm einen Teller mit Fladenbrot und gebratenem Geflügel hingestellt. Tejohn erhielt seine Portion wenige Momente später, aber er aß ohne Vergnügen. Ein Reich mit ihm als Schildträger und Lar Italga als Gelehrtenkönig … er konnte sich nicht vorstellen, wie das funktionieren sollte. Er verbrachte den Rest der Mahlzeit damit, sich zu fragen, wie sich der Zusammenbruch eines Reiches wohl gestaltete und wie er erkennen konnte, ob er womöglich bereits geschehen war.

Nach seinem Mahl traf sich Tejohn mit dem Kommandanten

in dessen Räumlichkeiten. Ranlin war selbst gerade beim Essen, und sie redeten in aller Ruhe über die Reise, die der König am nächsten Morgen unternehmen würde.

Dann berichtete ihm Tejohn, wen er mitnehmen wollte.

»Ihr wollt den König dem Sohn einer Familie der vierzehnten Festspiele anvertrauen?«

»Seine Eltern wurden von peradainischen Truppen bezwungen«, entgegnete Tejohn, »und Reglis ist selbst zu einem Bürger Peradains geworden. Wenn er genauso ist wie die meisten neuen Bürger, ist ihm die Schwäche seines Vaters peinlich, sodass er sich an die Stärke seiner neuen Herren klammern wird. Seine Kinder und Enkelkinder werden dann höchstwahrscheinlich mit Wehmut von den ›alten Sitten‹ sprechen.« Tejohn zuckte die Achseln. »Ich weiß, es ist nicht die übliche Art, diese Dinge zu betrachten …«

»Schon gut«, unterbrach ihn Ranlin. »Bei meinen Einwänden ging es mehr darum, dass ich Schwierigkeiten habe, ihn zu ersetzen. Ich hatte geplant, ihn zum Wachhauptmann zu ernennen. Aber noch schwerer wird es sein, diese Gelehrte von Doktor Kriegbad loszureißen.«

»Ich habe ein Stück geschärftes Eisen an der Hüfte hängen, das jede Verbindung sauber durchtrennt. Aber zuerst müssen wir sicherstellen, dass sie die richtigen Zauber kennt.«

»Natürlich.« Ranlin fuhr plötzlich von seinem Sitz hoch. »Feuer soll mich holen, Tejohn. Ich habe mich ja gar nicht nach Eurer Frau und Euren Kindern erkundigt.«

»Ist schon gut, mein Freund. Es ist Jahre her, nicht wahr? Ich glaube nicht, dass Ihr sie überhaupt kennengelernt habt. Sie sind in Sicherheit. Sie haben während der Festspiele Verwandte in Ostfurt besucht.«

Der Kommandant schlug Tejohn erfreut auf die Schulter, rief nach seiner Verwalterin und gab ihr eine Liste mit Namen von Leuten, die sie herbeirufen sollte.

Zwar hatte Ranlin sein Mahl nur halb beendet, dennoch breiteten die Freunde nun ein Trappelfall-Tuch aus und stellten die Spielsteine auf. Reglis traf als Erster ein und nahm seinen Auftrag mit grimmiger Befriedigung entgegen; er empfahl außerdem einen Ersatz für sich selbst als Hauptmann sowie eine Frau, die sich auf Bogen und Speer verstehe und ihnen auf ihrer Fahrt als Späherin dienen könne. Sie kenne die Weiten Lande gut, erklärte er, und habe hervorragende Augen. Tejohn nahm seine Empfehlung dankbar an.

Dann erschien Doktor Kriegbad mit Doktor Aalhaken im Schlepptau. Cazia Freibrunn kam mit ihnen herein. Sie wirkte verwirrt darüber, in diese Räume bestellt worden zu sein, und schien sich in dieser Gesellschaft unbehaglich zu fühlen. Sie wartete ein gutes Stück von den beiden Gelehrten entfernt, während sich Tejohn mit ihnen besprach.

»Doktor Aalhaken.« Er stand auf und sah sie mit finsterem Blick an. »Ihr könnt keinen Heilzauber wirken, nicht wahr? Könnt Ihr zumindest einen Schlafstein erschaffen?«

Die Gelehrte schüttelte nervös den Kopf.

Doktor Kriegbad ergriff das Wort. Ihre Stimme war frei von Emotionen. »Viele der Sturmhäuser an den Grenzen des Reiches sind mit Schlafsteinen erbaut worden, also sollten da einige verfügbar sein, falls die Notwendigkeit …«

Tejohn bedeutete ihr mit einer knappen Geste zu schweigen, und sie verstummte mit verärgertem Gesichtsausdruck. »Doktor Aalhaken«, fuhr er fort, »könnt Ihr einen Feuerzauber wirken? Könnt Ihr Wasser reinigen?«

»Ja«, antwortete sie kleinlaut. »Ich wirke diese Zauber jeden Tag als Teil meiner Pflichten.«

»Was ist mit dem Erschaffen und dem Zerstören von Steinen?«

In diesem Punkt schien Doktor Aalhaken unsicher zu sein. »Ich habe mich dieser Zauber früher einmal bedient. Es ist eine Weile her, aber ich bin mir sicher, dass ich mich wieder damit vertraut machen könnte.«

»Tut das. Heute Nacht. Wie verhält es sich mit dem Herstellen eines Übersetzungssteins?«

»Nein«, sagte sie knapp. Doktor Kriegbad blickte zu Boden.

»Ich kann das«, meldete sich Cazia Freibrunn zu Wort. »Ich hatte Unterricht darin, wie man unbelebte Gegenstände mit Geschenken durchtränkt und auf diese Weise etwa Lichtsteine oder Brunnensteine macht.«

»Wie viele könnt Ihr anfertigen?«, fragte Tejohn.

»Nicht viele. Es ist ein schwieriger Zauber, und man kann dabei leicht des Guten zu viel tun. Außerdem können auch die Steine selbst gefährlich sein.«

»Dann wird einer genügen. Ich brauche ihn bis Sonnenaufgang.«

»Ich fange sofort damit an«, versprach sie und machte einen Schritt auf die Tür zu.

»Geht noch nicht«, wies Tejohn sie an. Er wandte sich Doktor Kriegbad zu. »Ihr versteht, warum ich diese Fragen stelle, nicht wahr?«

»Weil Ihr und der König von hier weggeht«, sagte Doktor Kriegbad. »Und Ihr wollt eine Gelehrte bei Euch haben.«

Tejohn nickte und sah der Leitenden Gelehrten ruhig in die Augen. »Wenn ich eine Wahl hätte, würde ich diese junge Frau hier mitnehmen.« Er zeigte auf Cazia. »Sie scheint eine größere Gelehrte zu sein als eine jede von Euch.«

»Ich kann lesen und schreiben!«, platzte Doktor Aalhaken heraus, als sollte sich Tejohn davon beeindruckt zeigen.

»Wir haben im Turm immer sehr viele Pflichten zu erfüllen gehabt«, warf Doktor Kriegbad glattzüngig ein. »Diese junge Frau hat nichts anderes, um ihre Zeit auszufüllen, als in den Übungsräumen herumzulungern.« Sie schaute zu Cazia hinüber. »Und zu essen.«

Cazia Freibrunns Augen weiteten sich, und sie bleckte die Zähne, aber Tejohn hob die Hand. Sie verkniff sich, was immer sie hatte sagen wollen. Tejohns halblaute Stimme blieb ruhig und fest. »Und außerdem ist sie ein Kind von fünfzehn Jahren. Doktor Kriegbad, habt Ihr irgendwelches poliertes Silber in Euren Räumlichkeiten?«

»Nein«, antwortete sie mit ebenso fester Stimme. »Der Prinz hat es verboten.«

»Der König«, verbesserte sie Tejohn. »Vergesst das nicht. Nachdem wir aufgebrochen sind, müsst Ihr mit allen Gelehrten im Reich, die Ihr mit dem Spiegel des Kommandanten erreichen könnt, in Verbindung treten. Sprecht mit ihnen über die … die Grunzer. Beratet Euch mit ihnen. Der König wird einen Bericht von Euch hören wollen.«

»Ich freue mich, dienen zu können.«

»Aber Ihr dürft den Spiegel niemals allein benutzen, unter Androhung der Todesstrafe.«

Doktor Kriegbads Lächeln war bitter. »Dann vertraut mir der König also nicht?«

»*Ich* vertraue Euch nicht. Mir wäre lieber, wenn Ihr mir beweisen könntet, dass ich keinen Anlass dazu habe.«

Die Frau antwortete nicht, sondern nickte nur knapp.

Doktor Aalhaken räusperte sich. »Ich bitte um Entschuldigung«, begann sie, »aber ich bin wirklich nicht die Beste … ich würde viel lieber hier im Fort bleiben.«

»Das würde ich ebenfalls«, erwiderte Tejohn. »Geht hinunter in den Innenhof und übt Euch darin, Steine zu schaffen und zu zerbrechen. Legt Euch ins Zeug, als hinge Euer Leben davon ab. Ich werde rechtzeitig Fräulein Freibrunn zu Euch schicken, damit ihr zusammen mit Wurfspießen üben könnt. Doktor Kriegbad, begleitet sie bitte, falls sie Unterweisungen benötigt.«

Doktor Aalhaken wirkte unglücklich, als sie auf die Tür zuging; Doktor Kriegbad folgte ihr mit verschleiertem Blick aus dem Raum. Cazia Freibrunn blieb im Raum, die Arme vor der Brust verschränkt und den Mund zu einem ungebührlichen Ausdruck des Missfallens verzogen.

Tejohns Stimme wurde sanfter, als er sich nun an sie wandte. »Ihr wisst, warum Ihr uns nicht begleiten könnt, nicht wahr?« *Die Geisel.*

»Ja.«

»Könnt Ihr jetzt gleich einen Übersetzungsstein für mich anfertigen?«

Sie seufzte, dann nahm sie das Netz blauer Steine aus dem Haar. Sie hatte es auch bei den Festspielen getragen, erinnerte er sich. Mit einem Messer aus ihrer Tasche schnitt sie einen der kleinen Steine ab und legte ihn auf den Tisch. Dann holte sie tief Luft und konzentrierte sich.

Tejohn hatte natürlich schon zuvor erlebt, wie Zauber gewirkt wurden. Noch bevor er Soldat geworden war, hatte er wandernde Gelehrte Brunnen oder eine Ernte mit Zaubern belegen sehen; er hatte beobachtet, wie sie die Grundfesten von Tempeln und königlichen Kontoren schufen – sie waren ein Bestandteil des Lebens.

Aber das zwölfte Geschenk war selten. Doktor Zweifloss hatte einst erklärt, dass dieser Zauber an die Grenzen der Fähigkeiten des Abendvolks gehe – sie konnten die dingliche Welt auf sehr tiefgehende Weise beeinflussen, aber ihre Magie hatte keinerlei Einfluss auf den Geist. Noch abstrakter als im zwölften konnten ihre Geschenke nicht werden, und das machte diesen Zauber zu einer großen Herausforderung.

Trotzdem, während ihrer Reise würden sie den Wagen jeden Tag bei Sonnenuntergang landen müssen, und nicht alle im Reich sprachen Peradaini.

Die Durchführung des vollständigen Zaubers erforderte geraume Zeit, und als er fertig war, sah der Stein nicht anders aus als zuvor. Cazia Freibrunn jedoch war bleich und verschwitzt, ihr Blick abwesend, und sie ließ das Kinn hängen. Sie wirkte weggetreten, wie sie da neben dem Tisch stand. Ein Speichelfaden hing ihr von den Lippen.

Ranlin warf Tejohn einen nervösen Blick zu, dann trat er auf Cazia zu. »Kind?« Er legte ihr eine Hand auf die Schulter und drehte sie zu sich herum. Sie sah mit leerem Blick zu ihm auf – es waren keine Tränen in ihrem Gesicht. Die Gewohnheit, Gelehrte auf Tränen zu untersuchen, steckte Tejohn so tief in den Knochen, dass er sie niemals ablegen würde.

Ranlin sah Tejohn an. »Wir sollten sie zu den Schlafsteinen tragen.«

»Wartet«, sagte Tejohn. Mit der Rückseite von Ranlins Löffel zerdrückte er ein Stück Runkelrübe und schob ihr dann vorsichtig ein wenig davon mit dem Löffel auf die Zunge. Ihre Lippen schlossen sich um den Bissen, und sie schluckte hungrig. Tejohn gab ihr noch etwas mehr davon. Schließlich kam sie weit genug zu sich, um die Suppenschüssel zu umklammern und den restlichen Inhalt mit einem einzigen langen Schlürfer zu leeren; dann fiel sie über die Reste von Hammelfleisch und Reis auf Ranlins Teller her.

»Ich hätte zuerst etwas essen sollen«, bemerkte sie schließlich, nachdem sie den Teller schon fast leer gegessen hatte. »Dumm. Doktor Zweifloss hat uns eingeschärft, zuerst zu essen.«

»Dann war der Zauber erfolgreich?« Ranlin griff nach der kleinen Kostbarkeit.

»Kolga honchar idangiday, bissep«, sagte Tejohn.

Die unvernarbte Seite von Ranlins Gesicht lief rot an. »Beim Großen Weg, Tejohn. Wir haben eine junge Frau bei uns.«

Cazia trat von ihnen weg. »Eine junge Frau, die kein Wort davon verstehen konnte und auch gar nicht wissen will, was das bedeutet.«

Ranlin legte den Stein beiseite, und Tejohn griff danach. »Wie lange kann ich ihn gefahrlos halten?«

Das Mädchen zuckte die Achseln. »Doktor Zweifloss meinte, höchstens eine Stunde am Tag, sonst fängt man an, wirres Zeug zu faseln.«

Tejohn steckte ihn ein. »Danke. Aber Ihr seid noch nicht fertig. Zuerst müsst Ihr in die Waffenkammer gehen und Wurfspieße und Köcher besorgen. Einmal für Doktor Aalhaken und einmal für Euch selbst.«

»Das bringt nichts«, erwiderte sie. »Aalhaken ist nutzlos für uns.«

»Lar Italgas Leben könnte in ihrer Hand liegen. Ich erwarte keine Wunder, aber tut, was Ihr könnt. Morgen wird Kommandant Gerrit Euch einige Leibwachen zuteilen, damit Ihr das Fort verlassen und nach der Leiche Eures Bruders suchen könnt.«

Das Mädchen schnappte nach Luft, dann machte sie einen Satz nach vorn und umarmte Tejohn mit überraschender Heftigkeit. Als sie zurücktrat, rieb sie sich die Stelle an ihrer Schläfe, wo sie gegen seine Rüstung gestoßen war. »Autsch.«

»Bedankt Euch bei Lar Italga«, sagte Tejohn. »Es ist der Befehl des Königs, dass sein Leichnam geborgen werden und eine Heldenbestattung erhalten soll. Ich vertraue Euch diese Aufgabe an.«

»Ich werde mich darum kümmern.« Sie blickte zu ihm auf. Mit Augen voller Tränen zwang sie sich zu einem Lächeln.

»Junge Frau«, sagte Tejohn ruhig. »Gelehrte dürfen in der Öffentlichkeit keine Tränen vergießen. Ihr müsst Euch beherrschen, sonst verliert Ihr Eure Hände.«

Das zerstörte ihre freudige Stimmung. Ganz wie er erwartet hatte. Sie verließ den Raum mit hoch erhobenem Kopf.

Ranlin ging zu dem Trappelfall-Tuch hinüber und schob seine Spinne auf das Feld in der Mitte. Tejohn prüfte die Positionen der Spielsteine, kippte dann seinen Thron um und gab das Spiel verloren. *Lar braucht einen Schildträger, der mehr Sinn für Strategie hat.*

Er fand Wimnel Farraglock allein im großen Saal sitzend, eine halb leere Schüssel mit feuchtem Reis und einen Krug Wein vor sich. Zur Unterhaltung des ganzen Saals spielte eine der Frauen aus dem Dorf auf einer Flöte eine sommerliche Melodie, aber Wimnel schien sie überhaupt nicht zu hören. Tejohn schickte den Mann zu Bett. Wenn er die Nacht nicht durchschlafen könne, drohte Tejohn, würde er ihn bewusstlos würgen. Der Fahrer schaute mit müden roten Augen zu ihm auf, erhob sich erschöpft von seinem Stuhl und schlurfte aus dem Saal.

Als Nächstes ging Tejohn in die Waffenkammer, um nach einem stabilen Speer und einem zweiten Dolch zu suchen. Als er in den Hof zurückkehrte, war die Verwalterin gerade dabei, den Flugwagen mit Nahrung und anderen Vorräten zu beladen. Den Leichnam des Grunzers hatte man vorläufig auf einem Karren hinter dem Tempel gelassen, damit er seinen Gestank nicht verbreiten konnte.

Tejohn holte einen schweren Teppich aus seinem Zimmer und wickelte das Untier darin ein. Dann wies er die Gehilfen der Verwalterin an, das Bündel in den rückwärtigen Teil des Flugwagens zu packen. Diese Fracht würde, wenn sie nachts kampierten, unweigerlich Bären und Berglöwen anlocken, vor allem, wenn noch einige weitere Tage verstrichen waren. Daran ließ sich nichts ändern. Es war der Wille des Königs.

Dann begab sich Tejohn zum Turm des Kommandanten und öffnete die Tür zum Kommandoraum. Der Benachrichtigungsspiegel von Fort Samsit war klein – ein Oval aus poliertem Silber, das kaum größer als seine Handfläche war –, aber das reichte aus.

Er legte die Hand auf den Spiegel und sagte Moorlin Stillwassers Namen.

Schnell erschien der Tyr von Ostfurt in dem Spiegel, beinahe, als habe er bereits ängstlich auf neue Nachrichten gewartet. Tejohn musste ihn enttäuschen und ihm mitteilen, dass er keine habe. Er wünsche nur mit seiner Frau und seinen Kindern zu sprechen.

Es war Tyr Stillwasser zugutezuhalten, dass er Tejohns Familie sofort nach Bekanntwerden der Ereignisse in der Hauptstadt in die Feste aufgenommen hatte. Nach nur wenigen Momenten erschienen Laoni und die Kleinen in dem Spiegel.

»Du siehst müde aus«, sagte seine Frau anstelle einer Begrüßung. Gefühlsseligkeit war noch nie ihre Sache gewesen. Großer Weg, sie sah so jung aus, vor allem, wenn die Kleinen auf ihr herumkletterten. Und natürlich wusste er, schon bevor die Worte ihren Mund verließen, was sie als Nächstes sagen würde: »Hast du etwas gegessen?«

Typisch Bäckerin, sich darum zu sorgen, ob er auch genügend zu essen bekam. »Ja«, antwortete er, »auf königlichen Befehl. Wie geht es euch? Was machen die Streithähne?«

»Lärm. Ich vermisse dich«, erwiderte Laoni und legte geistesabwesend die Hand auf das lange dunkle Haar, das ihr vernarbtes rechtes Ohr verdeckte. »Kommst du nach Ostfurt? In der Feste geht das Gerücht, dass Lar und seine Verlobte Zuflucht auf der indregaischen Halbinsel suchen wollen.«

»Ich wünschte, das wäre wahr«, entgegnete er, aber bevor er mehr sagen konnte, drängten sich Insela und Alina ins Bild. Mehr als alle Geschwister, die er je erlebt hatte, waren die Zwillinge in ständigen Konkurrenzkämpfen begriffen; diesmal sangen sie jede ein Lied über Flüsse und Kuchen und verlangten dann, dass Tejohn entscheide, wer von ihnen besser gewesen sei. Er weigerte sich, wie sie es erwartet hatten, und dann taten sie so, als habe er ihnen das Herz gebrochen. Daraufhin kletterte Teberr ins Bild. Er hatte gelernt, rhythmisch in die Hände zu klatschen, und Vater und Kind hielten für allzu kurze Zeit einen gemeinsamen Takt.

Schließlich führte eine von Laonis Cousinen die Kinder aus dem Raum, sodass sie reden konnten. »Wie du siehst«, begann seine Frau, »vermögen die Streithähne immer noch feindliche Streitkräfte zu behindern und abzulenken.«

»Morgen breche ich zu einer Mission für den König auf«, berichtete Tejohn. »Sie sollte nicht lange dauern, aber im Moment ist die Situation unberechenbar.«

Laonis dunkle Augen blieben unbeirrt. »Ist es eine gefährliche Reise?« Sie versuchte, ihre Frage beiläufig klingen zu lassen.

»Alles ist gefährlich. Hör zu, es gibt da etwas, was du für mich tun sollst. Du hast immer noch Cousins und Cousinen in Bärknurr, nicht wahr?« Bärknurr hieß die indregaische Stadt auf der Ostseite des Straim. Der Höflichkeit halber wurde sie als Schwesterstadt bezeichnet, aber in Wahrheit war es kaum mehr als ein Dorf.

»Einige wenige«, sagte Laoni. »Die meisten sind nach Westen gegangen, als die Brücken wieder für den Handel geöffnet wurden.«

Tejohn nickte. »Nimm mit, was du an Backvorräten benötigst, und zieh zu ihnen. Lass es einen langen Besuch werden.«

»Steht es denn wirklich so schlimm?«

Ihre Augen glänzten, als halte sie Tränen zurück. Wenn sie stark sein konnte, würde auch er es sein. »Es sieht nicht gut aus. Ich rechne damit, dass die Brücken über den Straim in den nächsten Tagen zerstört werden.« Von Laonis Seite des Spiegels war ein Keuchen zu hören. Wie er erwartet hatte, hörte ihnen jemand zu. »Ich möchte, dass ihr bereits ein Quartier gefunden habt, wenn die Flüchtlingsflut einsetzt.«

»Es gibt da ein Problem«, erwiderte Laoni. Ihr Blick war fest, beinahe so, als habe sie Angst, jemand anderen anzusehen, der mit ihr im Raum war. »Ich bin bereits befragt worden, mehr als einmal …«

»Was?«

»Nicht offiziell«, beruhigte sie ihn, doch ihr Tonfall legte die Vermutung nahe, dass eine offizielle Befragung vielleicht bald folgen würde. »Man hat mich nicht zu den Gerichten gebracht, aber man betrachtet uns mit Argwohn. Sie glauben, du hättest deine Familie von Peradain fortgeschickt, weil du gewusst hast, dass ein Angriff kommen würde.«

»Machst du …« Er unterbrach sich. Natürlich machte sie keine Witze. Es war Tejohn nie auch nur in den Sinn gekommen, dass jemand das glauben könnte. »Niemand hätte von diesem Angriff wissen können.«

»Und doch verstehen sie nicht, warum du uns weggeschickt hast.«

»Weil ich euch nicht in der Stadt haben wollte, wenn das Abendvolk kam!«

Laoni schaute verstohlen nach links. »Das ist es ja, was sie nicht glauben können.«

»Das liegt daran, dass sie nichts über das Abendvolk wissen. Meinen die Menschen wirklich, ich hätte dem Abendvolk meine Frau und meine Kinder vorführen wollen, als sei mein Leben eine weitere Darbietung zu ihrer Unterhaltung? Ich wollte nicht, dass sie uns gierig anstarren und mit uns reden, als seien wir Kinder, und …« Moorlin Stillwasser hörte dem Gespräch zu, und wer weiß, wie viele weitere aus seinem Gefolge ebenfalls im Raum waren. Tejohn musste genau das Richtige sagen, oder seine Frau und seine Kinder würden auf ewig Verdächtige bleiben. »Laoni. Du bist meine Frau und die Mutter meiner Kinder. Du bist die Frau, die ich liebe. Ich werde euch nicht vor diesen arroganten Hunden auf einer Bühne präsentieren, als wärt ihr die glückliche Fortsetzung von *diesem Lied, das Feuer holen soll.*«

Er meinte zu bemerken, dass sie sich ein wenig entspannte. Hatte er das Richtige gesagt? Er hoffte es.

»Sei vorsichtig«, bat sie.

Tejohn hätte beinahe gesagt: *Ich habe bereits versucht, mich aus einem Flugwagen zu werfen,* aber er biss sich auf die Lippen. »Das werde ich. Pass auf unsere Streithähne auf. Erzähl ihnen von mir.«

Ihr Mund verzog sich, als seien der Schmerz und das Unglück, die sie die ganze Zeit über zurückgehalten hatte, plötzlich zu viel für sie. Sie begann zu weinen, und Moorlin Stillwasser nahm ihren Platz vor dem Spiegel ein.

»Mein Tyr Treygar«, ergriff er das Wort. »Steht es wirklich so schlimm, dass wir unsere Lieben an die Grenze schicken müssen?«

Aber Tejohn war nicht in der Stimmung, mit ihm zu reden. »Ihr wisst, was ich weiß. Vielleicht sogar mehr. Trefft an Vorbereitungen, was Ihr für klug haltet.« Dann brach er die Verbindung ab.

Seine Frau und seine Kinder würden auf der anderen Seite des Straim sicher sein, Schlangen hin, Schlangen her. Sicherer. Hoffte er. Beim Großen Weg, seine Hände zitterten.

Und nun zu seiner Pflicht gegenüber dem König. Er nannte Challry Grimmwalds Namen.

Es dauerte einige Zeit, bis ein Diener den Gewünschten herbeigeholt hatte, aber Tejohn wusste, dass er jetzt noch nicht im Bett gewesen sein konnte. Die Ländereien der Grimmwalds lagen im Norden und Westen der Hauptstadt, und von all den Herren der Ländereien in der Nähe des Throns war Tyr Grimmwald der Einzige, den er als Freund bezeichnen würde.

Challry hatte keine Zeit für Nettigkeiten. Ja, die Bestien hätten grimmwaldsche Ländereien angegriffen und trieben nun Bauern und Fischer in seine Festung. Den Angriffen scheine keine Strategie zugrunde zu liegen, und Grimmwalds Soldaten hätten angefangen, die Ungeheuer wie Tiere zu jagen, doch ohne großen Erfolg.

Nein, er habe nichts von Loch Beddalin, Wildsturm oder Langengrat gehört, noch wisse er, was aus den dort stationierten Männern geworden sei. Das Gespräch wurde auf Challrys Seite durch einen Boten mit dringenden Neuigkeiten unterbrochen, und Tejohn sagte einem leeren Spiegel Lebewohl.

Als Nächstes nannte er Linder Holvos' Namen und bekam fast sofort Antwort. Linder Holvos war Tyr der Stadt Flussbank und all der Überschwemmungsgebiete ringsum. Ja, eröffnete er Tejohn, die Ungeheuer seien in ihr Land eingefallen und schleppten jeden davon, den sie nicht auf der Stelle in Stücke rissen und verschlangen. Die Angriffe auf seine Ländereien – und die Ländereien der Rotschlamms im Westen – würden immer stärker. Linders eigene Nichte sei gebissen und fortgeschleppt worden.

Wie Challry hatte auch er keine Nachrichten aus Loch Beddalin, Langengrat oder Wildsturm erhalten. Er hatte außerdem keine Zeit zum Reden. Er wünschte Tejohn noch eine lange Reise auf dem Weg, dann brach er die Verbindung ab.

Tejohn ging auf sein Zimmer und legte sich auf seine Pritsche. Die Zweite Kompanie von Flussbank war in Wildsturm stationiert gewesen, und die Zweite Eisenholz in Langengrat. Falls diese Soldaten angesichts des Untergangs von Peradain geflüchtet waren, wären sie zu den Tyren zurückgekehrt, denen sie Treue gelobt hatten.

Was er bisher nur befürchtet hatte, war so gut wie bestätigt. Die Speerträger des Königs waren ausgelöscht worden. Tejohn zog sich die Decke bis ans Kinn und dachte, dass Lar Italga nun der König eines einzigen Speerträgers war. Was für ein herzzerreißendes Lied das abgeben würde!

Gerade als Tejohn dachte, der Schlaf würde sich niemals einstellen, kam er doch …

Erschrocken fuhr er aus dem Schlaf hoch. Die Sonne war noch nicht aufgegangen. Gut. Er sammelte seine Sachen ein und nahm sich eine zusätzliche Decke aus seinem Zimmer mit. Dann ging er in den großen Saal hinunter, um zu frühstücken. Der König, in voller Rüstung, war bereits da, tat sich an seiner Mahlzeit gütlich und scherzte mit den Soldaten. Tejohn widmete dem neuen Helm des Königs einen finsteren Blick; er war aus Stahl, immerhin, aber die rote Feder darauf war lächerlich.

Tejohn aß schweigend und ausgiebig. Er beobachtete, wie Farraglock und Doktor Aalhaken eintraten. Beide wirkten ein wenig verloren und aßen mechanisch von den Tellern, die man ihnen vorsetzte.

Kurz nach Sonnenaufgang wurde es Zeit zum Aufbruch. Sie stiegen in den Wagen, und während der Fahrer sich festband, deutete der König auf eine Reihe weiterer Haltegurte, die ringsum an der Brüstung angebracht worden waren. Tejohn durchströmte eine Woge der Erleichterung, als er sich nun ebenfalls festband. Reglis Singalan, der Hauptmann, sowie ein einfacher Scharmützler befestigten ihre Speere seitlich am Wagen.

»Mein Tyr«, sagte Reglis, »ich möchte Euch Arla Grimmfeld vorstellen, Bogenschützin und Späherin.«

Sie war ungefähr in Tejohns Alter, Mitte vierzig, mit seilartig langen Muskeln und einem plumpen Mopsgesicht. Ihre Nase war schief und ihr Kinn vernarbt, aber ihre Augen waren leuchtend und groß wie die Augen eines Menschen, der sein Leben weit entfernt von der Sicherheit steinerner Mauern verbracht hat. »Grimmfeld? Irgendwie verwandt mit den Grimmwalds?«

»Wir sind Abkömmlinge des gleichen Stammes, mein Tyr. Meine Familie hat länger und erbitterter gegen das Reich gekämpft als die Grimmwalds, also gab es, als wir kapitulierten, viel zu wenige von uns, um es zu einer eigenen Tyrschaft zu bringen. Natürlich«, fügte sie hastig hinzu, »war das vor langer Zeit. Die Grimmfelds sind ein Clan der fünften Festspiele; und selbst damals waren wir ein kleiner Clan. Wir sind jetzt vorwiegend Grubenarbeiter und Saatbauern.«

»Warum seid Ihr zu einer Speerträgerin des Königs geworden?«, hakte Tejohn nach und achtete darauf, seine Stimme ganz unbeteiligt klingen zu lassen.

»Bogenschützin des Königs, wenn Ihr so freundlich sein wollt, mein Tyr. Ich bin in diesen Bergen hier aufgewachsen, in einem Lager wandernder Bergarbeiter. Meine Brüder und Vettern waren Diener eines Gelehrten, der auf der Suche nach Silber umherzog. Mal hier graben, mal dort graben. Eine Schmiede errichten. Sie wieder abreißen. Eines Tages wurde unser Bergwerk überflutet. In dem Wasser, das hinausströmte, waren schreckliche ... *Dinge* ... und da wusste ich, dass niemand von dort aus Richtung Himmel hinaufkam. Wir Kinder sind aus den Bergen in die nächste Stadt unten im Tal marschiert. Ich mag es nicht, das Mühlrad zu drehen oder Felle zu gerben, also habe ich getan, was ich tun musste, um mir eine Bogensehne zu kaufen. Ich habe mein ganzes Leben damit verbracht, die Berge hier auszukundschaften und die Weiten Lande zu bereisen.«

Tejohn nickte ihr zu. »Gürtet Euch an.«

Der Fahrer stand natürlich im hinteren Teil des Wagens. Lar setzte sich auf die Bank vor ihm, gleich neben den Leichnam des Grunzers, den die Diener hinten in den Wagen verfrachtet hatten. Tejohn wählte den Platz direkt an der Seite des Königs. Doktor Aalhaken nahm vor Tejohn Platz, und Reglis setzte sich neben sie. Die vordere Bank blieb leer; Arla stand an der Brüstung; sie war wohl zu nervös, um sich zu setzen. Die Gelehrte und der König trugen beide Köcher, gefüllt mit Wurfspießen mit eisernen Spitzen.

Der Proviant wurde in den vorderen Teil des Wagens gepackt. Da sie die Gelehrte dabeihatten, mussten sie natürlich kein Wasser mitnehmen. Neben Tejohn stapelten sich die Waffen und das wenige Werkzeug, das sie benötigen mochten – ein Beil, Seil, Decken.

Eine Reihe von Speerträgern stand in strammer Habtachtstellung, um sie zu verabschieden. Cazia Freibrunn drängte sich durch die Menge hindurch und beugte sich über das Geländer, um den König zu umarmen. »Timu?«, fragte er sie.

»Noch nicht wach«, antwortete sie.

»Sag ihm, dass ich zurückkommen werde, sobald ich kann.«

Sie nickte und trat vom Wagen weg. Direkt hinter ihr machte Vilavivianna einen Schritt nach vorn. Mit ihrer Wollmütze und der gesteppten Jacke erkannte Tejohn sie zunächst nicht.

»Meine Verlobte«, sagte Lar freundlich. »Hast du über mein Angebot nachgedacht?«

»Ja. Aber sag mir, was wird mit mir geschehen, wenn du getötet wirst?«

»Diese Frage kann ich nicht beantworten. Tut mir leid.«

»Du bist der König«, erwiderte sie. »Befiehl diesen Männern, mich zu meiner Familie zurückzuschicken, wenn du von dieser Mission nicht zurückkehrst.«

»Wenn ich nicht zurückkehre«, entgegnete Lar mit leiser Stimme, aber weiterhin freundlich, »wird keiner meiner Befehle noch irgendeine Macht haben.«

Das gefiel der fremdländischen Prinzessin nicht, aber sie wusste nichts mehr zu sagen.

Ranlin Gerrit trat zu ihnen. »Mein König«, sagte er zu Lar. Dann wandte er sich an Tejohn. »Mein Freund. Ich wünsche euch beiden eine sichere Reise.«

Lar lächelte. »Vielen Dank, Kommandant. Fahrer, steigt auf.«

»Ja, mein König«, sagte Wimnel, und der Wagen erhob sich von den Steinen des Hofes. Tejohn schaute auf die Männer hinab und wusste, dass er wahrscheinlich keinen von ihnen je wiedersehen würde. Trotzdem, mit Reglis und Arla an Bord hatte sich die Zahl von König Lars Speerträgern seit der vergangenen Nacht verdoppelt, und es waren noch einmal halb so viele Bogenschützen dazugekommen. Eine Entwicklung, die er gern fortgesetzt sehen würde.

Während sie aufstiegen, neigte sich die Vorderseite des Wagens, um gegen den Wind anzukämpfen, der ihnen entgegenblies. Sie stiegen höher empor, flogen über den großen Saal und den Turm des Kommandanten hinweg und schließlich über die Nordmauer, tiefer in den Samsit-Pass hinein.

Nachdem sie die erste Bergkrümmung umrundet hatten, wandte Arla sich um. »Die Stelle dort. Da müssen wir hin. Da hinauf.« Sie zeigte zu einer Felsspalte. Der Fahrer lenkte den Wagen in Richtung der Gipfel und nahm Kurs auf sie, steuerte nach Westen in die Berge hinein.

Tejohn krampfte sich plötzlich der Magen zusammen. »Was soll das?«, rief er, den Wind übertönend. Er legte die Hand auf sein Messer. »Wir fliegen in die Weiten Lande.«

»Das ist schon in Ordnung, mein Tyr«, sagte Lar. »Ich habe eingewilligt, diese Route zu nehmen, während Ihr mit anderen Dingen beschäftigt wart.«

»Mein Tyr«, wandte sich Arla an ihn. Immer wieder blickte sie auf seinen Dolch, den er noch nicht gezückt hatte. »Der nördliche Ausgang des Samsit-Passes ist schmal, und die Winde dort sind unberechenbar. Für eine Fußpassage ist das kein Problem, aber Flugwagen werden dort leicht gegen die Felsen geschleudert, wie ein Floß in den Stromschnellen. Die jetzt gewählte Route führt durch zwei lange Hochtäler und bringt uns so auf einem sicheren Weg in die Weiten Lande.«

Ihre Worte klangen recht vernünftig, und Lar schien mit dem Plan einverstanden zu sein. Tejohn nahm die Hand von seinem Messer.

Sie stiegen durch die Felsspalte zum ersten Hochtal hinauf. Tejohn war verblüfft über die karge Schönheit der Landschaft. Unter ihnen klares, blaues Wasser mit ein paar verkrüppelten Kiefern an den Uferrändern sowie schwarze Steilwände, die wirkten, als hätte ein Riese dieses Tal mit zwei mächtigen Axthieben aus dem Fels gehauen. Zumindest stellte Tejohn es sich so vor – er konnte ja nicht viel mehr als verschwommene Farbkleckse sehen.

Sie flogen langsam durch das Tal, als befänden sie sich auf einer Lustfahrt. Der See unter ihnen musste schrecklich tief und kalt sein.

Lar sagte: »Man bekommt beinahe Lust hineinzuspringen, nicht wahr, mein Tyr?«

Tejohn erkannte einen Scherz, wenn er einen hörte, aber er wusste nicht, wie er darauf reagieren sollte, daher antwortete er mit dem Offensichtlichsten: »Ich würde Euch jetzt gern einen doppelten Knoten in Euren Haltegurt binden, mein König.«

Lar lachte. Arla drehte sich zu ihnen um. »Ich würde es Euch wirklich nicht empfehlen, in diesem Wasser zu schwimmen, mein König. Ja, auf dieser Seite der Barriere ist das Wasser süß, nicht salzig, aber es ist so kalt, dass es Euch umbringen könnte. Außerdem haust Seevolk darin.«

»Ich habe immer geglaubt, das Seevolk sei ein Mythos«, bemerkte Doktor Aalhaken.

»Pff.« Davon hielt Arla offensichtlich nicht viel. »Lagert nahe unten am Ufer, und Ihr werdet eines Besseren belehrt werden. Einer von ihnen hat versucht, meinen kleinen Bruder in die Tiefe hinabzuziehen, aber mein Vater hat ihn mit einem Spaten davon abgebracht. Ihr Fleisch ist hell und schmackhaft.«

Sie flogen die meiste Zeit des Morgens so weiter, bis sie schließlich den Zufluss des Sees erreichten, einen Wasserfall, der nur ein wenig höher war als die Südmauer von Fort Samsit.

Sie flogen darüber hinweg und gelangten in das Nachbartal. Hier war das Wasser seichter und floss schneller, und die Kiefern waren in größeren Abständen verstreut. Tejohn spähte über die Brüstung in der Hoffnung, eine Spur dieser Fischwesen zu entdecken.

»Doktor Aalhaken«, sagte der König, »haltet einen Wurfspieß bereit.«

Das ließ sie alle zusammenzucken. Der König hatte seinen Blick auf etwas auf den Felswänden über ihnen gerichtet, aber die schwarze Scheibe über dem Wagen versperrte Tejohn die Sicht. Er beugte sich vor, sodass er fast schon die Schulter des Königs berührte, und dann sah er es.

Es war ein zweiter dieser Riesenvögel, Feuer sollte sie holen, der sie von einem Felsabsturz über ihnen beobachtete. Diesmal war Tejohn fast nahe genug, um einen vernünftigen Blick darauf erhaschen zu können. Der Kopf des Vogels hatte das dunkle Braun von gut gegerbtem Leder, und seine Brust war so weiß wie Eierschalen, nur links oben dunkler gesprenkelt. Seine Krallen waren bedrohlich groß und mindestens so lang wie die Klinge von Tejohns neuem Speer, und sein Schnabel wirkte noch länger als das Schwert an Tejohns Hüfte.

Arla stieß einen erstaunten Pfiff aus. »Oh, hallo, Fremder.«

»Ich will nicht, dass dieses Ding über uns zu schweben kommt«, erklärte Tejohn.

»Wir können nicht höher aufsteigen, mein Tyr.« Der Fahrer klang nervös. »Die Winde …«

»Wir sollten uns im Moment noch keine allzu großen Sorgen machen«, warf Lar ein. »Der Vogel beobachtet uns nur.«

»Es ist ein Raubvogel, mein König«, sagte Arla. »Und er ist groß genug, um einen von uns mit sich davonzutragen.«

»Aber wird er es mit einem ganzen Wagen aufnehmen wollen?«

Arla band ihren Haltegurt auf und holte sich ihren Bogen

aus dem rückwärtigen Teil des Wagens. »Mein König, wenn Ihr mir etwas gebt, woran ich mich festhalten kann, werden mein Bogen und ich oben auf dieser Scheibe Platz nehmen.« Sie streckte den Daumen aus und deutete auf das schwarz bemalte Holz über ihr. Sie war nahe genug dran, um es zu berühren, aber sie tat es nicht. Tejohn verstand ihre Zurückhaltung.

»Geht nicht«, sagte der Fahrer. »Bitte entschuldigt, mein König, aber wir können nichts oben auf die Scheibe setzen. Wir würden vom Himmel fallen.«

Lar lachte. »Das ist aber ein schrecklich heikler Flugzauber, über den Ihr da verfügt, nicht wahr?«

»Es tut mir leid, mein König.« Der Fahrer klang gereizt. »Ich bin mir sicher, dass die Gelehrten ...« Er brach ab. Natürlich würden die Gelehrten nichts tun, um den Flugzauber zu verbessern. Vor einem Monat war der Gelehrtenturm wahrscheinlich noch voller Menschen gewesen, die sich mit diesem Zauber beschäftigten; jetzt waren sie alle tot.

Der Vogel sah ihnen nach, wie sie das Tal entlangflogen. Tejohn hätte jetzt gern seinen Speer in der Hand gehabt. Der König hatte einen Plan, und er besaß die Entschlossenheit, ihn auch durchzusetzen, aber alles wäre vergebens, wenn dieses Ding sich gegen sie wandte, während sie hoch am Himmel und entsprechend verwundbar waren.

»Späherin«, sagte Tejohn. »Seht Ihr noch irgendwelche weiteren Vögel?«

»Nein, mein Tyr. Nur diesen einen.«

Er schaute über die Brüstung des Wagens zu dem riesigen Greifvogel auf. Er war jetzt weit entfernt, schien sie aber immer noch zu beobachten.

Der Fahrer beobachtete seinerseits den Vogel. »Passt auf, wohin wir fliegen, Farraglock«, mahnte Tejohn. Der Mann zuckte zusammen, als hätte man ihn mit einem Stock gepikst, dann sorgte er dafür, dass der Wagen an Höhe gewann. Das Tal vor ihnen stieg weiter an, und die Talsohle wurde felsiger. Der Wildbach schlängelte sich bald in diese, bald in jene Richtung und rauschte spritzend zwischen zerklüfteten Felsen hindurch.

»Da verlässt uns unser Segen«, murmelte Lar. Seine Stimme klang etwas seltsam, als er das sagte. Tejohn drehte sich um und sah, wie sich der Greifvogel von seinem Ausguck in die Lüfte schwang. Großer Weg, er war eine gewaltige Kreatur. Sollte er sich doch an die Weiten Lande halten, den Hirten Okshim stehlen oder sich Seevolk aus den Seen schnappen. Der König nahm einen Wurfspieß aus seinem Köcher. »Was glaubt Ihr, Schildträger? Soll ich ihn töten?«

»Ja«, antwortete Tejohn, ohne zu zögern. »Wenn er nah genug herankommt, um ihn mit dem ersten Versuch ins Herz treffen zu können, tut das bitte.«

Aber der Vogel blieb weit außerhalb von Lars Reichweite, dann drehte er bei und nahm Kurs in Richtung Wasserfälle und tiefer gelegenem See.

Doktor Aalhaken stieß einen Seufzer der Erleichterung aus. »Dankbar bin ich, dass ich auf dem Weg verweilen darf.«

»Haltet Ausschau nach weiteren Vögeln«, blaffte Tejohn. »Und haltet Ausschau nach Schatten, damit wir es merken, wenn sie über uns sind.«

»Arla«, sagte Lar, während alle sich suchend umblickten, »habt Ihr wirklich noch nie zuvor einen von ihnen gesehen? Nicht einmal Gerüchte gehört?«

»Nein, mein König. Es gibt alle möglichen Geschichten über die Südliche Barriere und noch mehr über die Nördliche. Seevolk, lebende Schatten, dreiäugige Ziegen, die sprechen können wie Menschen. Riesen, die aus Lawinengeröll bestehen. Bäume mit Wurzeln, die einen packen und unter die Erde ziehen. Die meisten sind reine Fantasiegeschichten, die die Goldschürfer sich erzählen, um sich gegenseitig zu unterhalten und einander zu übertreffen. Einige dieser Berichte sind allerdings wahr. Aber Riesenvögel? Nein, niemals.«

Danach wurden kaum mehr Worte gewechselt.

Gegen Mittag verteilte Doktor Aalhaken Dörrfleisch und sauren Reiskuchen und füllte dann einen Krug mit Wasser für sie alle. Es schmeckte metallisch wie immer, aber Tejohn hatte schon genug solches Wasser getrunken, um zu wissen, dass dessen Genuss ungefährlich war.

Die Sonne sank bereits tief über die Gipfel vor ihnen, als Tejohn seine Stimme erhob: »Wie weit ist es noch, bis wir unser Lager aufschlagen können?«

»Nicht mehr weit«, antwortete Arla. »Wir müssen das langsam fließende Wasser hinter uns bringen, und die Passhöhe ist in der Nähe. Diese Route sollte unsere Reise um mindestens einen Tag verkürzen.«

Die Nacht in den Bergen kommt früh und schnell. Die Sonne versank unter einem Bergkamm vor ihnen, und das Tal lag im Schatten unter dem dämmrigen Himmel. Arla wies auf die Felswände im Norden. Zwischen ihnen tat sich ein Spalt auf. An dieser Stelle waren die Steilwände abgebrochen. Ein langer Geröllhang erstreckte sich vor ihnen, und dahinter wurde die immer noch sonnenbeschienene Ebene der Weiten Lande sichtbar.

Arla deutete auf ein relativ flaches Stück Felsgrund. »Dort, Fahrer. Seht Ihr das? Kein Schlamm.«

Wimnels Stimme war müde und dankbar. »Ja, ich sehe es, danke.« Während die Passagiere ihre Haltegurte lösten, setzte Wimnel den Flugwagen sachte auf dem Fels auf.

Nach diesem langen, im Sitzen verbrachten Tag war Tejohn nicht mehr gelenkig genug, um über die Brüstung zu springen, aber er schaffte es, ohne peinliches Stöhnen aufzustehen und sich gehend fortzubewegen. Der steinige Boden fiel steil zum

Wildbach hin ab, der seicht über die Felstrümmer strömte. Das bedeutete, wie er hoffte, dass kein Seevolk in der Nähe war. Zu seiner Linken befand sich eine Gruppe schlanker Kiefern, von denen zwei umgestürzt waren.

Er drehte sich um und nahm den Hang hinter sich in Augenschein. Die Weiten Lande, tief unten, waren eine undeutliche Fläche aus in der Dämmerung verschwimmendem Gelb. Dahinter erhob sich, wie er wusste, die Nördliche Barriere, die er im schwindenden Tageslicht nicht einmal als Farbklecks ausmachen konnte.

Streng genommen war alles Land auf dieser Seite der Nördlichen Barriere und westlich von Fort Piskatook Teil des peradainischen Reiches, aber es war, was Königin Amlian gern »schwach gesichert« genannt hatte. Die Speerträger des Königs widmeten dem Gebiet gelegentliche Stippvisiten, trieben Steuern ein und frischten die Zauber auf den Schlafsteinen auf, aber es war wenig wahrscheinlich, dass sich die nomadischen Völker der Weiten Lande als Bürger des Reiches betrachteten.

Reglis und Arla schauten sich gründlich um, doch nach ihren Mienen zu urteilen, entdeckten sie nichts Besorgniserregendes. Gut.

Lar nahm sich das zusätzliche Beil, das sie mitgenommen hatten, und verschwand mit Reglis zwischen den Kiefern. Tejohn holte sie ein und riss die lange rote Feder aus dem Helm seines Königs. »Euer Schildträger würde sich niemals eine solche Freiheit herausnehmen, mein König, aber Euer Waffenmeister muss darauf bestehen.«

Lar lächelte süßsäuerlich. »Und dabei habe ich mich damit doch so keck und lustig gefühlt.«

Tejohn kehrte ins Lager zurück, wo Wimnel im letzten Licht des Tages den Wagen untersuchte, die Haken und Bolzen sowie die Knoten in den Seilen überprüfte, um sicherzustellen, dass sie noch stramm waren. Doktor Aalhaken hatte den Krug wieder aufgefüllt, um ihre Tassen auszuwaschen, und Arla baute in einer flachen Kuhle am Fuß eines Hügels eine Feuergrube – an einer Stelle, an der man die Flammen von den Weiten Landen aus nicht sehen konnte. Ob absichtlich oder zufällig stand der Wagen am oberen Rand der Kuhle und diente als Windschutz.

Tejohn nahm seinen Speer aus dem Wagen und drehte eine Runde um das Lager. Er fand nur eine Schlange, die reglos zwischen den Felsen am Fuß des Steilhangs lag. Er schlug ihr mit der Speerspitze den Kopf ab und trug sie zur Feuergrube hinüber. Unten am Ufer tummelten sich Tauben, aber er konnte nicht nahe genug herankommen, um sie mit dem Speer zu erwischen.

Reglis kehrte allein mit dem Feuerholz zurück und sagte, dass der König darum gebeten habe, ein wenig für sich sein zu dürfen. Während Doktor Aalhaken das Feuerholz in Brand setzte, schritt Tejohn durch die Dunkelheit auf die Baumgruppe zu. Großer Weg, es war schnell Nacht geworden. Kleiner Kreisel wirbelte hier in den Bergen besonders rasch.

Lars Stimme drang aus der Dunkelheit. »Ich wollte allein sein.«

»Jedermann braucht Zeit, um zu trauern, aber diesen Wunsch kann ich Euch nicht gewähren, mein König. In der Wildnis könnte sich in der Dunkelheit alles Mögliche an uns heranschleichen. Mein Eid …«

»Gesegnet sei Euer Eid«, unterbrach ihn der König mit scharfer Stimme, aber so, wie er das sagte, klang es wie ein Vorwurf und war wohl auch so gemeint. Er stapfte den Hügel hinauf auf das Lager zu. Tejohn folgte ihm.

Sie nahmen ihre Mahlzeit in Dunkelheit und Schweigen zu sich. Tejohn wusste, dass es schlecht für den Kampfgeist war, den Abschluss des Tages mit Schmollen zu verbringen, aber die Stimmung des Königs war für heute ohnehin ruiniert, und sowohl die Gelehrte als auch der Fahrer waren sichtlich erschöpft. Die beiden Soldaten passten sich der Stimmung der anderen an. Niemand erbot sich, Musik zu machen, und Tejohn wagte es nicht, das Thema zur Sprache zu bringen, aus Angst, dass sie ihn bitten würden, jenes Lied zu hören.

Die Sterne kamen heraus, und der Wind heulte und ächzte über ihnen. Arla hatte ihren Unterschlupf gut gewählt. Nachdem alle gegessen hatten, teilten sie die Wachen für die Nacht ein. Reglis behauptete, dass er die Nacht ohnehin niemals durchschlafe, und meldete sich freiwillig für die mittlere Wache. Lar forderte die erste und sagte, er werde noch über Stunden hinweg nicht in der Lage sein, Ruhe zu finden. Als Arla sich erbot, an seiner Stelle Wache zu halten oder ihm zumindest Gesellschaft zu leisten, blaffte er sie an und meinte, dass er sich nicht verhätscheln lassen wolle. Sie meldete sich dann freiwillig für die letzte Wache, und Tejohn beschloss, in der nächsten Nacht eine Wache zu übernehmen.

Sie begannen ihre Decken um das Feuer herum anzuordnen. Wimnel war bereits eingeschlafen, die Hälfte seiner Mahlzeit noch auf seinem Schoß. Anscheinend war das Fliegen eines Wagens anstrengender, als es aussah.

Von irgendwo in der Ferne ertönte ein lautes Geräusch. Alle bis auf Wimnel erhoben sich und zückten ihre Waffen. Für einen Moment glaubte Tejohn, es könne sich um eine Gerölllawine handeln, und er stand angespannt neben dem Hügel und überlegte, in welche Richtung er losrennen sollte.

Nichts passierte. Als er die Ohren spitzte, um zu lauschen, hatte er den Eindruck, dass der Wind ein wenig so klang wie ein schlagendes Herz.

»Was war das?«, fragte Doktor Aalhaken.

Arla antwortete: »Es klang wie ein umstürzender Baum.«

»Nicht sprechen«, befahl Tejohn leise. Aber die Späherin hatte recht. Es hatte sich angehört wie brechendes Holz. Jetzt war die Frage, ob der Baum auf natürliche Weise umgefallen war oder ob irgendetwas dort draußen ihn umgestürzt hatte.

Er griff nach seinem Speer und legte den Schild ab. Feuer mochte die Späherin und ihre Geschichten über Lawinenriesen holen. Wie groß war schon die Wahrscheinlichkeit, dass ihnen gleich in ihrer ersten Nacht ein derartiges Geschöpf über den Weg lief? Tejohn zwang sich, langsam ein- und auszuatmen. Nein, es befand sich fast mit Sicherheit nichts dort draußen.

»Die Sterne flackern«, bemerkte Reglis.

Sie blickten alle auf. Die Sterne flackerten nicht nur, sie blinkten und erloschen wieder, ganz als ob …

»Weg!«, rief Tejohn. »Weg vom Feuer!«

Er packte den König am Arm und zog ihn den Südhang der Senke hinauf, fort vom Licht des Feuers. Glücklicherweise hatte Lar seinen Helm anbehalten, aber wo war sein Schild?

Plötzlich brüllte der Wind, als rausche ein jäher Sturm durch einen Wald auf sie zu. Dann erfolgte ein lautes Krachen, wie wenn ein Festungstor aufgebrochen wird.

Er wirbelte herum. Das Lagerfeuer war hell genug, um seinen Schein auf den zerschmetterten Flugwagen hinter ihnen zu werfen, der unter den Zweigen der Kiefer, die daraufgestürzt war, kaum noch zu sehen war.

Nein, nicht gestürzt. Geworfen. Die Greifvögel hatten den Baum von oben herabgeworfen und ihren Flugwagen zerstört.

»Mein König, bleibt in der Nähe.«

Lar stand dicht neben Tejohns rechter Schulter, und auf seiner anderen Seite nahm Reglis eine Verteidigungshaltung ein. Arla war hinter ihnen und krümmte hastig ihren Bogen, um ihn zu bespannen.

Tejohn ließ den Blick über den Himmel über ihnen gleiten und hielt Ausschau nach Bewegungen vor dem Hintergrund der Sterne, aber er konnte nichts sehen. Eine leise Stimme in seinem Kopf flüsterte, dass die Sterne nur geflackert hatten und dass der Baum einfach von dem Hang über ihnen herabgestürzt war. Es waren nur Vögel. Wie konnten sie etwas so Schweres tragen und hinabwerfen? Vögel arbeiteten nicht in Gruppen zusammen.

Doktor Aalhakens langes Gewand flatterte, als sie zum Fluss hinunterlief, hinein in die Dunkelheit. Wimnel Farraglock war nirgends zu sehen. War er beim Wagen geblieben und zusammen mit ihm zerquetscht worden?

Tejohn schaute wieder empor, konnte aber keine Schatten vor dem Sternenlicht erkennen. Er glaubte nicht, dass sie sich zurückziehen würden. Tiere griffen nicht an und flohen dann, ohne zuvor ihre Beute zu machen.

Doktor Aalhakens Schrei hallte in der Dunkelheit des Tals wider. Feuer und Zorn, die Ungetüme flogen tief über dem Fluss auf sie zu. »Abschreckstellung«, sagte Tejohn zu Reglis. Beide Männer brachten ihre Speere in Anschlag.

»Bleibt dicht bei mir«, befahl Lar, als sei er ihr Leibwächter.

Aus dem Augenwinkel sah Tejohn, wie der König die Hände bewegte, aber bevor er erkennen konnte, welchen Zauber der König wirkte, rauschte etwas aus der Dunkelheit auf sie zu.

Das Ganze ging so schnell, dass Tejohn kaum Zeit hatte, seinen Speer hoch und nach rechts zu reißen. Dem Greifvogel, der so schnell auf ihn zuschoss wie ein Stein aus einem Katapult, fuhr die Spitze des Speers genau durch die Mitte seiner ausgestreckten Klaue.

Der Speer erzitterte. Der Greifvogel, bereits wieder im Aufsteigen, rammte die hintere Kralle hart gegen Tejohns Schild.

Er wurde nach hinten auf das Geröll geworfen. Steine bohrten sich ihm in den Rücken und die nackten Arme, als er der Länge nach den Hang hinabschlitterte. Tejohn rappelte sich wieder auf die Knie hoch. Der König. Er musste den König beschützen.

Oben auf der Anhöhe kniete Reglis vor dem König, seinen

Speer in der Hand und seinen Schild hoch erhoben. Tejohn rief ihnen eine Warnung zu, aber die Schreie des Vogels, den er verwundet hatte, waren so laut, dass er sich kein Gehör verschaffen konnte. Dann war der König mit seinem Zauber fertig. Eine Feuersäule explodierte und tauchte den ganzen Hügel in helles Licht.

Mit ausgebreiteten Flügeln und ausgestreckten Klauen flatterte ein anderer Greifvogel direkt in das blauweiße Zentrum der Flammen hinein. Er schlug verzweifelt mit den Flügeln, um an Höhe zu gewinnen. Mit brennenden Schwanzfedern beschrieb er über ihnen einen weiten Kreis.

Ein dritter Greifvogel kam herbeigerauscht, dann ein vierter, doch das züngelnde Feuer ließ sie abdrehen, ehe sie nahe herankommen konnten. Und noch ein fünfter und ein sechster erschienen. Großer Weg, wie viele dieser Untiere würden sie töten müssen?

Einen siebten Greifvogel gab es nicht mehr. Tejohn hastete auf den König zu und ließ den zersplitterten Speerschaft aus der Hand fallen. Er zückte sein Schwert im Wissen, dass es ihn wahrscheinlich das Leben kosten würde, mit dessen Spitze nach etwas zu stechen, das sich derart schnell bewegte. *Alles ist gefährlich.* Er bezog Stellung neben Lar ... Der obere Teil seines Schildes war abgebrochen, und er hatte es nicht einmal bemerkt.

Arla trat neben ihn, einen Pfeil an der Sehne. Bogenschützen, mochte Feuer sie holen, waren noch langsamer als Zauberer, wenn es darum ging, in den Kampf einzugreifen, aber Tejohn schob diesen Gedanken unausgesprochen beiseite. »Schaut hinter Euch, für den Fall, dass sie uns von Norden her angreifen.«

Sie tat wie geheißen. Tejohn wusste, wie wenig ein einzelner Pfeil gegen so viele Widersacher ausrichten konnte, aber sie waren Soldaten, und Soldaten kämpften mit den Waffen, die sie hatten.

»Ich habe eine Idee«, meldete sich der König zu Wort. »Wenn ich sage, ihr sollt die Augen schließen, dann tut es.«

»Mein König«, sagte Arla. »Wenn sie über uns herfallen, während …«

»Da kommen sie«, unterbrach Reglis sie.

Lar begann einen Zauber. »Auf mein Kommando«, sagte er. Tejohn trat vor, hob seinen Schild und streckte sein Schwert aus, die Spitze emporgereckt.

In Entfernung vom Feuer hatten Tejohns Augen begonnen, sich an das Sternenlicht anzupassen; mit Mühe konnte er verschwommene Schemen ausmachen, die sich vor den schwarzen Schatten der Talwand bewegten.

»Auch von Norden!«, rief Arla. Tejohn hörte ihre Bogensehne summen. Er wirbelte herum, um den Rücken seines Königs mit seinem Schild zu decken. Ja, es kamen gleich mehrere von dieser Seite, und sie hatten sich so verteilt, dass sie in schneller Folge aus verschiedenen Winkeln angreifen konnten.

Aus und vorbei. »Dankbar bin ich«, murmelte Tejohn, »dass ich …«

»Jetzt!«, rief Lar, und Tejohn presste die Augen zusammen … *den Weg beschreiten darf.*

Laoni.

Ein Geräusch wie ein plötzlicher Windstoß erhob sich, und für einen Moment konnte Tejohn die Adern in seinen Augenlidern sehen, rot vor rosigem Fleisch. Der König hatte ein blendend helles Licht geworfen. Einen Lichtzauber. Eine Abwandlung des vierzehnten Geschenks.

Arla schrie auf, und die Greifvögel genauso. Die Untiere brüllten vor Zorn und Entsetzen, und Tejohn hörte, wie sie mit schlagenden Flügeln über ihm dahinschossen.

Das Licht wurde schwächer. Er öffnete die Augen, aber ein rosafarbenes grelles Leuchten überstrahlte das Sternenlicht und verhüllte die dunklen Gestalten um ihn herum. Fast im gleichen

Moment hörte er ein schweres, nasses Aufschlagen. Großer Weg, das war ein hässliches Geräusch, wo immer es herrührte.

Die Greifvögel flatterten kreischend nach Westen davon, immer das Tal entlang. Tejohn starrte ihnen durch die Dunkelheit nach, kaum imstande, ihre Umrisse zu erkennen. Sie schienen nicht kehrtzumachen, aber er hielt seinen zerbrochenen Schild dennoch hoch.

»Feuer und Zorn«, rief Arla und ließ sich aufs Knie fallen. »Ich bin geblendet worden, und als Letztes habe ich nur noch gesehen, wie einer dieser Vögel auf mich herabgeschossen ist. Sind sie weg? Denn wenn das das Letzte gewesen ist, was ich jemals sehen werde, will ich gar keine weitere Morgendämmerung erleben.«

Lar legte ihr eine Hand auf die Schulter. »Sie sind fort. Aber wenn ich Euch das nächste Mal einen Befehl gebe, wärt Ihr gut beraten, ihn zu befolgen.«

Arla senkte den Kopf. »Es tut mir leid, mein König. Meine Ausbildung …«

»Ist keine Ausrede. Eure Ausbildung ist für uns ein Segen, keine Frage, aber sie reicht allein noch nicht aus.«

Irgendjemand schrie auf. Das Geräusch ließ sie zusammenzucken, dann eilten sie zum Lagerfeuer. Wimnel Farraglock hatte noch neben dem Wagen gelegen, als die Kiefer daraufgestürzt war, und war jetzt unter zwei abgebrochenen Ästen eingeklemmt. Sie hatten seine Haut nicht durchbohrt, aber sein Arm war offensichtlich gebrochen.

Reglis bearbeitete die Äste mit einem Beil und schaffte sie so weit beiseite, dass man den Fahrer darunter hervorziehen konnte. Tejohn half Arla, am Feuer Platz zu nehmen, und ließ sie dort sitzen, wo sie sich ihre großen, leuchtenden Augen rieb. Wenn ihr Sehvermögen bis zum Morgen nicht wiederkehrte, hatten sie gleich zwei Belastungen zu verkraften. Ein Fahrer ohne Wagen – und womöglich sogar ohne zwei funktionsfähige Arme, wie er sie zum Tragen der Ausrüstung benötigte – war genauso nutzlos wie eine blinde Führerin.

»Kein verheißungsvoller Anfang, nicht wahr?« Im Feuerlicht konnte Tejohn das schiefe Grinsen auf Lars Gesicht sehen. *Er lächelt, damit er nicht den Verstand verliert.* Es war gut, dass sie weit weg von anderen Tyren und Generälen waren. Sie hätten das nie verstanden. Nicht einmal Tejohn selbst verstand es, jedenfalls nicht wirklich.

»Ich habe es auch schon schlimmer erlebt, mein König«, sagte Tejohn wahrheitsgemäß. »Sobald der Tag anbricht, werden wir besser in der Lage sein, unsere Situation einzuschätzen, aber wenn der Wagen nicht zu retten ist, werden wir zu Fuß die nächste Festung ansteuern müssen. Vielleicht können wir dann einen neuen Flugwagen bekommen, aber das ist schon sehr viel gehofft. Zumindest brauchen wir Vorräte.«

»Können wir den Weg über die Berge nehmen?«

»Nein, mein König«, ergriff Arla vom Feuer aus das Wort. »Es gibt natürlich Pfade, aber aufgrund des Eises und der Erdrutsche verlaufen sie jedes Jahr anders. Außerdem gibt es hier oben tödliche Feinde, von denen die durdrischen Räuber noch das geringste Übel sind.«

»Durdrische Räuber?«, wiederholte Lar. »Doch bestimmt nicht so weit östlich.«

Tejohn war mit dem König einer Meinung, aber Arla schüttelte den Kopf. »Nicht in großer Zahl, nein, aber die Durdra sind ein Bergvolk. Sie durchstreifen das gesamte Gebiet der Südlichen Barriere. Es wäre das Beste für uns, zu den Weiten Landen hinabzusteigen, wie wir es ursprünglich geplant hatten. Es ist keine direkte Route, aber trotzdem wäre es immer noch schneller.« Sie räusperte sich. »In diesen Bergen verschwinden Menschen.«

»Tja, ich frage mich, warum wohl«, murmelte Farraglock, der sich den verletzten Arm hielt.

Lar wandte sich an Tejohn. »Sollen wir uns noch einmal ins Tal zurückwagen, um nach Doktor Aalhaken zu suchen?«

»Ich glaube nicht, dass das viel Sinn hat, mein König. Ich bezweifle, dass wir noch etwas von ihr finden werden.«

»Wir sollten es trotzdem versuchen«, beharrte der König. »Was ist, wenn sie sich dort draußen in der Dunkelheit versteckt hält?«

Tejohn hatte in seinem Leben eine große Zahl von Todesschreien gehört, und er war sich sicher, dass die Gelehrte den ihren ausgestoßen hatte. »Wenn Ihr das wünscht, mein König.«

»Ihr wollt mir ja nur meinen Willen lassen.« Der König wandte sich ab und blickte zu dem Berg über ihnen empor, von wo sie das schreckliche Klatschgeräusch gehört hatten.

Einer der Greifvögel war frontal gegen die Felswand geflogen. Einer seiner Flügel war über seinen Rücken verdreht, und der Vogel rührte sich nicht mehr.

»Das habt ganz allein Ihr bewerkstelligt, mein König. Ich kenne niemanden, der Anspruch auf ein größeres selbst erlegtes Wild erheben könnte.«

Lar schien das wenig zu freuen. »Wild? Sie haben einen Baum auf uns herabfallen lassen, Tyr Treygar, einen sehr großen Baum, den zu tragen mit Sicherheit die Zusammenarbeit von mehreren von ihnen erfordert hat. Erscheint Euch das wie die Tat eines vernunftlosen Tieres?«

»Ich habe Möwen Ähnliches tun sehen, mein König«, mischte sich Wimnel in das Gespräch. »Als ich letzten Sommer nach Flussbank und zur Bucht der Steine geflogen bin, habe ich gesehen, wie Seemöwen Muscheln auf die Uferfelsen haben fallen lassen, um an das Fleisch darin heranzukommen.«

»Davon habe ich noch nie gehört«, erwiderte Lar. »Vielen Dank. Aber nehmen wir mal an, dass diese Untiere einfach nur versucht haben, die Schale einer fliegenden Auster zu knacken – ich kann nicht erkennen, warum sie sich überhaupt die

Mühe machen sollten. Das Fleisch war bereits herausgeklettert und hockte neben dem Feuer.«

»Das stimmt«, sagte Tejohn. All dieses Gerede verursachte ihm Unbehagen. Er drehte dem Feuer den Rücken zu, sodass er nach Bewegungen in der Dunkelheit Ausschau halten konnte. Die Worte des Königs hatten seinem eigenen Verdacht zusätzliches Gewicht verliehen. Die Greifvögel hatten als eine Einheit angegriffen, und sie hatten beim zweiten Anlauf ihre Strategie angepasst. Was, wenn sie zu dem Berghang über ihnen hinaufflogen und dort einen Haufen Steine ins Rollen brachten? Ob ihre Gruppe wohl in der Lage war, vor einer echten Lawine zu fliehen? »Vielleicht«, ergänzte Tejohn, »hat unser Flugwagen ihre empfindlichen Gefühle verletzt.«

»Feuer und Zorn«, murmelte Arla.

Nun ergriff auch Reglis das Wort. »Ihr redet über sie, als handle es sich um intelligente Wesen.«

»Ja«, sagte der König. »Das tun wir.«

Wimnel räusperte sich. »Der König sollte ihnen einen Namen geben. Er hat als Erster einen getötet und ... nun ja, er ist der König. Mein König, Ihr solltet den Namen für sie auswählen.«

Der König lachte. »Wie wäre es mit ›Lars Fluch‹?«

»Nein!«, rief Tejohn, verblüfft über seine eigene Heftigkeit. Er stapfte den Hügel hinauf auf den Greifvogel zu, schob im Gehen sein Schwert in die Scheide und warf seinen Schild von sich. Der Vogel war weit oberhalb der Stelle, an der er schließlich liegen geblieben war, gegen die Bergwand geflogen, aber der Boden unter Tejohns Füßen war auch hier immer noch steil. Tejohn bekam den Flügel zu fassen, der über den gebrochenen Rücken der Kreatur ausgestreckt war, und zog daran, in der Hoffnung, den toten Vogel hügelabwärts rollen zu können.

Der Greifvogel bewegte sich nicht. Tejohn zog noch fester, doch es gelang ihm lediglich, eine Handvoll riesiger Federn auszureißen. Der Vogel war zu groß. Tejohn verlagerte seinen Griff, zog sich empor und kletterte auf das Untier, kroch auf Händen und Knien über dessen Rücken.

Die Vogelleiche bewegte sich unter ihm auf eine Weise, dass Tejohn ein wenig schlecht wurde. Großer Weg, das Vieh hatte sich sämtliche Knochen gebrochen. Schlimmer noch, der Körper war heiß – so heiß, dass er sich wie fiebrig anfühlte.

Als Tejohn auf der anderen Seite des Greifvogels wieder Boden unter den Füßen hatte, lehnte er sich gegen den Berg und trat mit den Stiefeln nach dem Ungetüm. Der Körper bewegte sich ein Stück hin und her – Feuer und Zorn, war das Vieh schwer –, und der Schwung wurde dadurch gebremst, dass der Leichnam auf dem Untergrund lastete wie ein nasser Sack. Aber der Hang war steil, und letztlich gab der Körper dem Druck nach und kippte auf den Rücken.

Tejohn zog seinen Dolch und schlitzte mit der Klinge tief in die Brust des Vogels hinein. Das Fleisch war dick, und er musste daran reißen, um die Brust zu öffnen. Er benötigte einen zweiten tiefen Schnitt, um den Knochen zu erreichen.

»Mein Tyr!«, rief Lar hinauf. »Was treibt Ihr dort oben?«

»Ich gebe diesem Tier einen würdigen Namen«, rief Tejohn zurück. »Arla, was ist Eure Muttersprache?«

»Wie bitte? Peradainisch, mein Tyr!«

»Unsinn. Ihr sprecht sehr gut Peradaini, aber Ihr rollt das R ein wenig. Ich vermute, dass Eure Familie Euch, wie so oft in der Dienerschaft üblich, in Eurer eigenen Sprache großgezogen hat. Welche ist das? Habt keine Angst; ich werde es nicht gegen Euch verwenden, weder hier draußen noch, wenn wir zurückkehren.«

Arlas Stimme war eine Spur leiser geworden, als sie antwortete: »Ich habe in meiner Kindheit und Jugend mit meiner Familie Chin-Chinro gesprochen. Aber sie haben mir auch Peradaini beigebracht.«

»Natürlich haben sie das getan, wenn sie für einen Gelehrten gearbeitet haben. Ist Chin-Chinro die Sprache dieser Täler hier?«

»Ja, mein Tyr, hier und weiter im Osten.«

Tejohn hatte das Fleisch vom Brustbein abgelöst. Er fühlte sich versucht, es ganz abzusäbeln und Richtung Lagerfeuer zu werfen, aber das sollten sie besser bei Tageslicht erledigen. Glücklicherweise waren auch die Rippenknochen gebrochen, was ihm einige Mühe ersparte. Er begann sie einen nach dem anderen herauszureißen. »Dann verratet mir: Wie sagt Ihr auf Chin-Chinro ›Mahlzeit für einen König‹?«

Die Späherin musste einen Moment lang nachdenken; offensichtlich hatte sie die Sprache ihrer Kindheit seit langer Zeit nicht mehr gesprochen. Tejohn zog zwei weitere gebrochene Rippenknochen heraus und tauchte dann seine Hände tief in den Brustkorb hinein. Das Fleisch war noch immer fast heiß genug, um sich daran zu verbrühen, aber er fand das Herz des Tieres ohne Mühe und schnitt es genauso mühelos heraus. Feuer und Zorn, es war fast so groß wie sein Kopf.

»Es wäre wohl das Wort für ›Häuptlingsportion‹, mein Tyr«, antwortete Arla. *»Ruh-grit.«*

Tejohn kletterte den Hügel hinab und schritt auf Lar zu. »Was sagt Ihr, mein König? Ich finde, es klingt gut, wenn wir es auf der zweiten Silbe betonen: ›Ruhgrit‹. Lar Italga, ich präsentiere Euch das Herz des Ungeheuers, das Ihr erlegt habt.«

Lar starrte Tejohn verblüfft an. Dann brach er plötzlich in ein helles, kehliges Gelächter aus. Seine Stimme hallte laut durch das Tal und wurde vom Echo zurückgeworfen, als habe er keine Angst, gehört zu werden. Dann riss der König Tejohn das Herz aus den blutigen Händen, biss kräftig hinein und riss einen Streifen bluttriefendes Fleisch heraus.

Das Gelächter dauerte fort, während er kaute, gedämpft

durch seinen vollen Mund. Er schluckte und nahm einen weiteren Bissen.

Vorausgesetzt, sie überlebten die Reise, würde sich diese Geschichte im ganzen Königreich verbreiten. König tötet monströsen Riesenvogel … Nein, man sollte es einen Adler nennen. König tötet monströsen Adler mit seiner Magie und verschlingt lachend dessen Herz. Das würde der Reise, die sie unternahmen, Gewicht verleihen und Unterstützer um sie scharen, sobald der Junge diesen tödlichen neuen Zauber gelernt hatte. *Dankbar bin ich, dass ich den Weg beschreiten darf.* Zumindest noch ein Weilchen länger. Zumindest bis sich im Kampf gegen die Grunzer das Blatt wieder zu ihren Gunsten gewendet haben würde.

Lar wandte sich von Tejohn ab und hielt das Herz in die Höhe, damit die anderen es sehen konnten. Für einen Moment stand der König zwischen Tejohn und dem Lagerfeuer, und Tejohn hätte schwören können, dass er etwas unter dem Flanellpolster der königlichen Rüstung hervorlugen sah. Es war nur ein kurzer Blick, aber Tejohn hätte jeden Eid abgelegt, dass er direkt auf Lars Schulter, wo er von dem Grunzer gebissen worden war, ein Büschel blauen Fells hatte erkennen können.

KAPITEL 12

Diesmal hatte Cazia vorausgeplant. Statt sich von den Wachen zu ihrer Mittagsmahlzeit ins Fort zurückschleppen zu lassen, hatte sie sich etwas zu essen eingepackt. Es ärgerte sie, dass sie auf die Suche nach dem Leichnam ihres Bruders ein *Picknick* hatte mitnehmen müssen, aber es schien notwendig. Sie hatte ihren beiden Aufpassern bis zur Essenszeit nichts davon gesagt, und keiner von ihnen wirkte besonders glücklich, es zu erfahren. Soldaten liebten warme Mahlzeiten, und die beiden, die man ihr zugeteilt hatte, damit sie ihr »halfen«, schienen überhaupt wenig Begeisterung für irgendetwas anderes aufbringen zu können.

Die Frau hieß Peraday; offenbar war es im Hinterland üblich, dass sich die Bürger bestrebt zeigten, ihre Treue gegenüber dem Reich dadurch zu beweisen, dass sie ihre Kinder nach der Morgenstadt benannten. Der Mann hieß Zollik, und er wusste nur wenig über sich selbst oder überhaupt irgendein Thema zu sagen. Cazia hatte den starken Verdacht, dass er sich stillschweigend für unwiderstehlich hielt, aber sie selbst fand, dass er vielmehr den Eindruck eines Dummkopfs machte.

Beide waren Späher der Eiltruppe. Cazia hatte nicht damit gerechnet, eine ganze Truppeneinheit – selbst eine kleine – in einem Fort anzutreffen, aber Peraday hatte ihr erklärt, dass das Fort mehr als nur Mauern und Türme sei. Solche Forts dienten auch als Vorposten, die regelmäßig Patrouillen durch die Berge sandten.

Das bedeutete, dass Cazias Begleiter Stahlhelme trugen, aber keine Brustharnische oder Armschienen. Ihre Steppjacken sahen warm aus, doch Cazia zog ihren Wollmantel vor. Er hielt den Wind ab, und sie konnte ihn öffnen, wann immer ihr beim Klettern auf den Felsen der Schweiß ausbrach.

Und das geschah oft. Sie wusste, dass ihr Bruder am östlichen Ende der Nordmauer angegriffen worden war – dort hatten die Dienerinnen sein Blut weggeschrubbt –, aber wie nahe am Felshang war das gewesen? Sie war noch einmal auf die Mauer hinaufgestiegen, um die Stelle irgendwie zu kennzeichnen, doch alle Blutflecken waren weggewaschen worden, selbst auf der Außenseite.

Also suchte sie jetzt außerhalb der Mauer und verließ sich auf Instinkt und Mutmaßung, um abzuschätzen, wo der Angriff stattgefunden hatte. Ihre beiden Wachen hätten dabei helfen können, aber sie taten es nicht. Cazia hätte sie darum bitten können, aber das machte sie nicht. Sie grollten ihr offensichtlich, weil sie sie dazu zwang, im Regen draußen zu sein, und sie wiederum nahm ihnen ihre mangelnde Bereitschaft übel, sich auch nur im Mindesten anzustrengen. Sie öffneten nur dann ihren Mund, um zu reden, wenn Peraday ihrem Ärger Luft machte, weil Cazia mal wieder zu weit geklettert war.

Das Klettern war das Frustrierendste überhaupt. Natürlich hatte sie den Bergrutsch aus großen Felsbrocken oben von der Mauer aus gesehen, aber sie hatte nicht damit gerechnet, dass es so beschwerlich sein würde, über die Felsen hinwegzuklimmen. Die zerklüfteten schwarzen Felsen türmten sich übereinander, einige ragten gerade empor, andere in steil geneigten Winkeln. Innerhalb von zwei Stunden waren die fast flachen Felsen, auf denen sie bequem stehen konnte, wie gute Freunde für sie geworden, und die, über die sie auf Händen und Knien hinwegklettern oder, schlimmer noch, die sie wie einen Zaun regelrecht erklimmen musste, waren bittere Feinde.

Aber sie hatte keine Wahl. Colchuas Leiche konnte in allen möglichen Felsnischen und Spalten liegen. Sie hatte ihn von oben nicht finden können; daher musste sie jeden Fels einzeln überprüfen und dessen Umgebung absuchen, bevor sie zum nächsten weiterging.

Es war eine ermüdende Arbeit, und sie wäre vielleicht schon gestern fertig geworden, wenn die Wachen bereit gewesen wären, sich gemeinsam mit ihr Hände und Knie beim Erklettern der Steine aufzuschürfen. Stattdessen hüpften sie nur von einem guten Freund zum nächsten, hielten sich dabei dicht an der Straße, sangen dumme alte Soldatenlieder und riefen ihr zu, dass sie sich nicht allzu weit entfernen solle.

Sie war davon ausgegangen, dass Col von der Mauer gestürzt war. Aber wenn man ihn von der Mauer geworfen hatte? Sie hatte Grunzer klettern und springen sehen, ganz zu schweigen davon, dass sie einen Soldaten wie einen Knüppel schwingen konnten. Ja, sie hatte den ganzen gestrigen Tag damit verbracht, den Bereich nahe der Mauer abzusuchen, und sie hatte nicht den geringsten Erfolg gehabt, aber sie würde nicht aufgeben. Heute würde sie ihre Suche weiter ausdehnen. Und morgen noch weiter, wenn es sein musste.

Als die Wachen nun also mittags nach ihr riefen, enttäuschte sie sie, indem sie ihren Tornister öffnete und eingeweckte Aprikosen und Reiskuchen hervorholte, die mit ein paar spärlichen Bröckchen Lammfleisch gefüllt waren. Das waren Rationen für unterwegs, und die Reiskuchen waren ziemlich salzig, aber alle aßen, ohne sich hörbar zu beklagen, und Cazia füllte den Wasserschlauch zweimal neu auf, um das Essen hinunterzuspülen.

Sie waren gerade dabei, wieder zusammenzupacken, da räusperte sich Peraday. Zollik hüpfte von dem guten Freund, auf dem sie alle gegessen hatten, weiter zu einem Felsen, der näher an der Straße lag, dann hockte er sich hin und blickte zum Horizont. Cazia schaute Peraday ins Gesicht und wusste, dass ihr nicht gefallen würde, was die Frau gleich sagen würde. Warum sonst sollte Zollik so tun, als wolle er ihnen beiden einen ungestörten Moment für sich allein verschaffen? Cazia spürte, wie sich Ärger in ihr regte.

»Fräulein Freibrunn«, begann die Soldatin. Ihre Stimme war viel sanfter, als Cazia erwartet hatte. »Ihr wisst bereits, dass Euer Bruder nicht hier draußen ist, nicht wahr?«

Feuer und Zorn, sie gab doch tatsächlich vor, nett zu sein. »Nein, das weiß ich *nicht*! Und wenn ihr beide willens wärt, mir zu *helfen*, statt nur herumzustehen und euch auf eure Speere zu stützen, dann …«

»Dann wisst Ihr es also nicht«, unterbrach sie Peraday. Ihre Stimme war immer noch freundlich, aber sie ließ nicht zu, dass Cazia dem, was sie zu sagen hatte, zuvorkam. »Zollik hatte recht. Es tut mir leid, Fräulein. Ich wollte das hier eigentlich nicht tun müssen.«

Peraday streifte ihren Tornister ab und öffnete ihn. Sie nahm einen Brocken grauen Fleisches heraus, das in einen zerlumpten Lappen gewickelt war. Es stank sicher fürchterlich, aber der Wind trug den Geruch davon. »Was macht Ihr da?«, fragte Cazia.

Peraday warf ihr einen freundlichen, aber unerbittlichen Blick zu, dann schleuderte sie das Fleisch mitsamt Lumpen hinaus in die Felsen.

»Vor fünf Jahren haben die Indregai versucht, diese Festung zu stürmen. Sie beanspruchen die Weiten Lande im Norden und sowohl den Samsit- als auch den Piskatook-Pass.«

»Mit welchem Recht beanspruchen sie unser Land für sich?«, blaffte Cazia und überraschte sich selbst mit der Heftigkeit ihrer Reaktion.

»Sie fordern die Okshim-Hirten, die in den Weiten Landen

leben, dazu auf, sich ihrer Allianz anzuschließen, und dann erheben sie Anspruch auf deren Land. Nicht, dass die Hirten in dem Sinne Land besitzen würden, wie wir es verstehen. Sie sind Nomaden, doch nach Auffassung der Indregai bedeutet das nur, dass sie ihr Hoheitszeichen auf große Teile der Landkarte malen können.«

»Aber die Stämme, die in den Weiten Landen Okshim hüten, sind Bürger des Reiches. Sie benutzen Schlafsteine, zahlen Steuern ...«

»Das tun sie, zumindest wenn sie westlich des Piskatook-Passes sind. Aber worauf ich hinauswill, ist, dass die Allianz und ihre *Schlangen* versucht haben, die Festung zu stürmen. Viele mutige Männer und Frauen auf beiden Seiten sind in diesen drei Tagen gestorben und nicht alle unten auf der Straße. Außerdem haben wir es in diesen Felsen manchmal mit Spionen zu tun, die gekommen sind, um die Tore auszukundschaften und die Zeiten des Wachwechsels herauszufinden.«

»Warum erzählt Ihr mir das alles?«

»Seht.« Sie zeigte in die Richtung, in die sie das Fleisch geworfen hatte. Drei Krähen flatterten kreischend darüber und kämpften darum. Noch im gleichen Moment erschienen zwei weitere.

»Oh nein.« Cazias Magen krampfte sich plötzlich zusammen, und sie glaubte schon, das Essen, das sie gerade verzehrt hatte, wieder von sich geben zu müssen. Was versuchte ihr die Frau zu sagen?

»Es tut mir leid, Fräulein. Ich weiß, er war Euer Bruder. Ich weiß, Ihr habt ihn geliebt. Aber wir hatten schon viele Tote vor diesen Mauern – manchmal nach einer Schlacht, manchmal nach Unfällen –, und wir mussten nie angestrengt nach ihnen suchen. Glaubt mir: Wenn er hier gestorben wäre, hätte die Wache bereits beim ersten Zeichen von Tageslicht davon gewusst. Die Vögel verraten es immer.«

Cazias ganzer Körper überzog sich mit einer Gänsehaut. Sie konnte es nicht glauben. Diese Frau redete über Col, als wäre er ein Stück verfaultes Fleisch! Der Junge, der wie ein Märchenheld *Rettet die Prinzessin* gerufen hatte, der sie kurz vor den Festspielen wegen ihrer Kleider aufgezogen hatte, der Lar auf Vilaviviannas Dach gefolgt war!

Es ist schon schlimm genug, wenn ich für ihn meine Hand in das Maul eines Ungeheuers stecken muss …

Nein. Das war nicht hinnehmbar. Ihr Bruder war irgendwo hier draußen. Er musste einfach hier irgendwo sein. Wenn ihm die Vögel nicht das Fleisch von den Knochen rissen, dann nur deshalb, weil sie es nicht *wagten.*

Cazia drehte der Soldatin den Rücken zu und sprang zum nächsten guten Freund weiter. Es kümmerte sie nicht, was sie sagten. Sie würde ihren Bruder finden. Es war das einzige Angemessene, was sie tun konnte.

Sie hörte Peraday seufzen.

Im Handumdrehen hatte sie ihre Suche wieder aufgenommen. Außer jenen Krähen, die Peraday angelockt hatte, waren keine in der Nähe. Ihr kam in den Sinn, dass Col, wenn er von dem Grunzer getötet worden war, vielleicht noch nach dem Grunzer roch. Das würde die Aasvögel vertreiben, da war sie sich sicher.

Nicht nötig, jetzt darüber nachzudenken. Sie suchte weiter und hörte die schrillen Rufe der Krähen, bis sie mit ihrem Imbiss fertig waren. Der späte Nachmittag kam, und sie war so weit östlich vorgedrungen, wie es überhaupt ging – beinahe bis zu den losen Steinen am Fuß der Steilwand.

Der Grunzer hätte ihn hierherwerfen können. Er hätte ihn auch noch weiter werfen können, vielleicht in die Steine am Berghang hinauf, aber um dort zu suchen, würde sie einen Flugwagen benötigen.

Trotzdem, es gab noch jede Menge Terrain abzudecken, das keinen Flugwagen nötig machte. Sie schaute Richtung Pass, empor zu den dunklen, stillen Felsen. Die Straße war von struppigen Grasbüscheln gesäumt, aber zwischen den herabgestürzten schwarzen Steinen rührte sich nichts. Keine Ratten, keine Eichhörnchen, keine Vögel.

Cazia warf sich gegen den bittersten Feind in ihrer Nähe und schrammte sich die Finger blutig, als sie sich zu seiner schroffen Spitze hinaufzog. Dahinter und darunter fand sich keine Spur von ihrem Bruder; natürlich nicht. Unter größter Anstrengung ihrer Arme und Schultern schob sie sich um seine felsige Kante herum, um auch die andere Seite zu untersuchen. Schweiß lief ihr in Strömen über Gesicht und Rücken.

Und dann brach sie in Tränen aus. Sie bettete die Wange gegen den kalten schwarzen Fels und ließ die Tränen wie kleine Tierchen über ihre Haut kriechen. Schon schlimm genug, dass ihr Bruder getötet worden war; aber konnte dieser Grunzer ihn auch komplett gefressen haben? Sie dachte an Kommandant Gerrit, wie er aufgeblasen erklärt hatte, dass Col davongelaufen sei, und sie machte sich bereit, ihn dafür zu hassen.

Cazia würde ja gerne glauben, dass ihr Bruder ohne sie davongelaufen war – sie sehnte sich schmerzlich danach, es glauben zu können –, aber nein. Er war tot. Sie wusste, dass das die Wahrheit sein musste.

Es blieb ihr jetzt nichts mehr übrig, als in das Fort zurückzukehren und ihre Niederlage einzugestehen. Einzugestehen, dass sie die Zeit aller Beteiligten verschwendet hatte und dass sie nur ein Mädchen war, das nicht wusste, wie die Welt funktionierte, und *warum hatten sie es ihr denn nicht gleich gesagt?*

Die Sonne hatte beinahe die Gipfel der westlichen Berge erreicht, als Cazia begann, über die Felsen in Richtung Straße zurückzuklettern. Jetzt, wo sie nicht mehr methodisch suchte, war es leichter, den bitteren Feinden auszuweichen, und schon bald stand sie auf einem langen schwarzen Felsblock und sah auf die beiden Wachen hinab.

»Es tut mir leid«, sagte sie und bereitete sich innerlich darauf vor, dass sie boshafte Bemerkungen fallen ließen. »Es tut mir leid, dass ich eure Zeit verschwendet habe.«

Die Wachen wechselten Blicke, dann verneigte sich Zollik, entschuldigte sich und trat ein Stück zur Seite und näher an die Mauer heran. Peraday machte einen Schritt auf Cazia zu und begann mit leiser Stimme zu sprechen. »Wir sind diejenigen, die sich bei Euch entschuldigen sollten. Zollik und ich sind Soldaten der vierten Generation; wir sind es gewohnt, nur dann zu sprechen, wenn man uns die Erlaubnis dazu gibt. Wir vermochten keine geziemende Weise zu finden, um das Thema zur Sprache zu bringen. Und wir wollten Eure Trauer nicht stören.«

Cazia war im gleichen Moment sowohl dankbar für die Freundlichkeit der Soldatin als auch verärgert, dass sie sich geweigert hatte, zur Zielscheibe für Cazias Zorn und Verlegenheit zu werden. »Ich weiß immer noch nicht, was mit Colchua passiert ist. Er wäre nicht ohne mich davongelaufen.«

Peraday deutete auf den Köcher an Cazias Hüfte. »Kann er über magische Mittel verfügen, so wie Ihr?«

Cazia schüttelte den Kopf. »Er ist durch und durch Krieger. War Krieger.« Die Worte hinterließen einen Kloß in ihrer Kehle. Ihr wurde übel. Sie wandte sich nach Norden und blickte hangaufwärts zu der Stelle empor, wo der gewundene Passweg zwischen zwei steilen Bergpfaden verschwand, als könnte Col irgendwo dort draußen auf einem kahlen Felsen stehen. Sie hatte nichts, woran sie ihren Zorn auslassen konnte, und so welkte und kümmerte er in ihr dahin.

Solange sie nur nicht wieder zu weinen begann. Steinmiene hatte recht gehabt: Es war für Gelehrte gefährlich, in der Öffentlichkeit zu trauern.

»Darf ich freiheraus sprechen?«, fragte Peraday. Verblüfft über den Klang ihrer Stimme sah Cazia sie an. Als sie sich das erste Mal begegnet waren, hatte Cazia vermutet, dass die Frau einfach wieder so eines dieser rüpelhaften Weiber war. Sie hatte eine Knollennase, ein klobiges Kinn sowie eine vorspringende Stirn, die von einer langen Narbe verunstaltet war. Ihr ungeschliffener Akzent verstärkte den ersten Eindruck nur noch. Doch ihr jetziges Verhalten war eine völlige Überraschung. War es ein Zeichen von Freundlichkeit?

Es tat nichts zur Sache, denn Cazia konnte ihr ihre Bitte ohnehin nicht versagen, nicht jetzt. »Bitte, tut es.«

»Mein Bruder ist eines Tages plötzlich verschwunden. Niemand weiß, was mit ihm passiert ist, und ich habe gelernt, dass so ein Verschwinden für jene, die zurückbleiben, schmerzhafter ist als alles andere. Mein Vater hat eine Beerdigung erhalten. Wir besuchen jedes Jahr sein Grab. Aber im Fall meines Bruders gibt es nur einen Verlust, der niemals ein Ende finden kann, schmerzhaftes Geschwätz und vergebliche Hoffnung. Ich weiß, ich habe nicht das Recht dazu, aber …«

»Perra!«

Peraday und Cazia drehten sich zu Zollik um. Er stand zehn Schritte entfernt und starrte zurück zur Mauer. »Was ist los?«, rief Peraday.

»Die Wachen sind nicht auf ihrem …«

Seine nächsten Worte gingen in den Stakkatoklängen einer Bronzetrommel unter. Es erfolgten vier schnelle Schläge, dann ertönten noch einmal vier, dann noch einmal.

Peraday und Zollik rannten auf das Nordtor zu. Cazia sprang vom Felsen und stürmte ihnen hinterher. »Was hat das zu bedeuten?«

Sie hatten keine Zeit für ihre Fragen. Zollik grub die Finger in den Spalt und versuchte, das Tor aufzudrücken. Es war unbeweglich wie Monument. Peraday hämmerte mit dem Handballen gegen das Holz. Niemand beantwortete ihre Rufe oder entriegelte das Tor.

»Was haben diese vier Töne zu bedeuten?«, fragte Cazia abermals.

»Feind im Fort«, antwortete Peraday. »Feuer und Zorn, sie haben bereits die Tore verbarrikadiert. Niemand wird hinein- oder herausgelassen, bis die Widersacher im Inneren besiegt sind.«

Cazia trat zurück und schaute an den Mauern entlang. Gab es einen anderen Weg hinein? Sie hatte kein Seil, und sie verkniff sich die Frage, ob es wohl irgendwo eine Leiter gebe, denn natürlich würden Soldaten keine Leiter draußen vor der Festung aufbewahren. »Wie können wir heimlich hineingelangen?«

»Gar nicht«, sagte Peraday entschieden. »Die Mauern sind zu hoch, und man würde uns erschießen, würden wir hinaufzuklettern versuchen.«

»Wir sollten uns zum Stinkloch-Posten zurückziehen«, meinte Zollik. »Die Dunkelheit wird bald hereinbrechen, und wir haben keine Fackeln.«

»Nein«, widersprach Cazia. Jagia war dort drin und Timush und Bittler. Ihre Freunde. Sie konnte sie nicht im Stich lassen, durfte nicht erlauben, dass sie sich ganz allein diesem erneuten … »Was ist das für ein Feind? Jedenfalls wohl kein weiterer Grunzer. Könnte es sein, dass Soldaten der Allianz hier eindringen, um sich ihre Prinzessin zurückzuholen?«

Cazia kannte die Antwort auf ihre Frage, noch bevor sie sie ganz ausgesprochen hatte. Sie musste damit aufhören, dergleichen zu tun. Wie hätten sie denn in nur fünf Tagen wissen können, was in Peradain geschehen war und wohin man Vilavivianna gebracht hatte? Ihr ging mehr und mehr auf, wie wenig sie Fragen mochte. Antworten waren viel besser. Antworten sagten einem, was man zu tun hatte.

»Bitte entschuldigt, Fräulein Freibrunn, aber wir müssen uns sofort nach Stinkloch auf den Weg machen. Sie werden dort das Signal nicht gehört haben, und die Nachricht muss verbreitet werden.«

»Nun gut, es ist nicht nötig, dass wir alle da hineingelangen. Aber ich muss hinein. Meine Freunde sind hinter diesen Mauern, und wenn sie angegriffen werden, kann ich nicht einfach auf einem Felsen sitzen und picknicken. Das geht einfach nicht.« *Ihr seid eine Peradaini. Ihr werdet Euer Leben niemals für die Erben der Witts, der Bendertuks oder der Simlins aufs Spiel setzen.* »Also, wie können wir uns in das Fort hineinschmuggeln? Und erzählt mir nicht, dass Ihr es nicht könnt; sobald jemand eine Mauer erbaut, gibt es auch jemanden, der über sie klettern will. Niemand weiß das besser als ich. Also, versucht nicht, mir weiszumachen, Ihr hättet nie darüber nachgedacht.«

»Aber ich habe wirklich nicht darüber nachgedacht«, sagte Peraday.

»Ich schon.« Zolliks Gesichtsausdruck war ernst. »Man kann sich nicht verteidigen, wenn man nicht auf einen Angriff vorbereitet ist, und ich habe eine Methode erarbeitet, wie ich über die Mauern steigen würde. Ich hatte gehofft, dass sie mir den Hauptmannshelm eintragen würde, aber dann hat ihn Reglis statt meiner bekommen und danach Scheukip, dieser Bodenwischer. Aber ich weiß, wie ich es machen würde.«

»Peraday«, sagte Cazia. »Warum bringt nicht Ihr die Neuigkeit zu dem Posten … Stinkloch? Heißt das wirklich so? Während wir uns derweil unauffällig ins Fort schleichen und schauen, welche Hilfe wir anbieten können.«

»Ich will da mitmachen«, erklärte Zollik. »Ich will da rein.«

»Wenn du dich heimlich ins Fort einschleichst, wird dir das wohl kaum eine Feder eintragen, Zol.« Peraday sprach mit monotoner Stimme. »Wohl eher einen Kragen aus Hanfseil.«

»Ich will es tun. Die Konsequenzen werde ich tragen.«

»Und wenn durch deine Schuld dieses Mädchen getötet wird?«

»He!«, protestierte Cazia. »›Dieses Mädchen‹ tötet Ungeheuer.«

»Geh jetzt«, sagte Zollik. »Verständige die Wachstationen.«

Peraday trabte vom Tor weg und tiefer in das Passtal hinein. Cazia hatte erwartet, dass sie rennen würde, aber vielleicht waren diese Posten weiter entfernt, als sie gedacht hatte. Sie drehte sich wieder zu Zollik um. »In Ordnung. Worin besteht nun Euer Plan, um in das Fort einzudringen?«

»Die Mauern sind hier an den Toren am höchsten, aber dort, wo die Felswand steil abfällt, am niedrigsten. Wir klettern auf eine der Felswände oberhalb der Mauer – dafür scheint mir das Ostende der Mauer am geeignetsten – und lösen eine Geröllawine aus. Die Steine türmen sich dann am Fuß der Mauer, und wir können über den Felssturz direkt auf den Wehrgang hinaufklettern.«

Cazia wartete darauf, dass er sagte, er habe nur einen Scherz gemacht, und nun seinen wahren Plan zu erläutern begann. Die Stille zog sich immer weiter in die Länge.

»Was starrt Ihr so?«, blaffte Zollik. »Wir haben hier tatsächlich immer wieder Steinlawinen, wisst Ihr, und sie müssen dann von den Mauern weggeräumt werden.«

»Dafür haben wir keine Zeit! Und, Problem Nummer zwei: Ich bin keine Bergsteigerin. Wisst Ihr überhaupt, wie man eine Lawine auslöst und dafür sorgt, dass sie die richtige Größe annimmt und nicht jeden im Fort tötet? Nein. Wir machen es auf eine bessere Art und Weise.«

Sie bedeutete ihm, ihr zu folgen, und machte sich auf den Weg über die zerklüfteten Felsen zurück nach Osten. Der Schatten der Berggipfel im Westen folgte ihr, während sie von einem guten Freund zum nächsten hüpfte. Zollik hatte mit der Höhe der Mauern nicht ganz recht gehabt: Sie waren über den gesamten Taldurchgang hinweg alle von der gleichen Höhe. Den Unterschied machte der Untergrund. Die Straße in der

Mitte des Engpasses bildete den niedrigsten Punkt, von dem aus die Felsen zu beiden Seiten flach anstiegen, bis sie die Felswände erreichten.

»Wohin führt Ihr mich?«

»Hierher«, antwortete Cazia und sprang auf einen guten Freund nahe der Mauer hinüber. Er schien recht stabil zu sein – immerhin wackelte er nicht, als Zollik neben ihr landete. »Nur einen Augenblick noch.«

»Ihr könnt keinen Tunnel hindurchgraben«, sagte Zollik.

»Das weiß ich.«

»Hinter dieser Mauer befinden sich nur Erde und lose Steine. Sie wird nicht einstürzen, und wir könnten uns niemals einen Weg graben, nicht bei all der Erde, die dann von oben herabfällt.«

»Ich weiß.«

»Wir könnten niemals rechtzeitig zur inneren Mauer vordringen.«

»Monument möge mir Kraft und Stütze geben – wollt Ihr wohl endlich den Mund halten? Ich brauche ein paar ruhige Momente zum Durchatmen.«

Zu ihrer Überraschung gehorchte er. Cazia konnte sie hinüberbringen. Sie wusste es. Sie war eine Gelehrte, und man hatte ihr einen Zauber beigebracht, mit dessen Hilfe sie über die Mauer klettern konnte.

Aber einmal zaubern würde nicht reichen. Sie würde den Zauber wieder und wieder wirken müssen, und Doktor Zweifloss hatte sie davor gewarnt, was geschehen würde, wenn sie es mit dem Zaubern übertrieb: Sie würde ausgehöhlt werden wie Doktor Weißhalm. Wenn sie Glück hatte, würde man ihr nur die Finger abhaken und sie dann irgendwo in einen Raum sperren, wo sie Fragen über Magie würde beantworten müssen. Wenn sie aber kein Glück hatte, würde die Spitze eines Speers oder die Schneide eines Schwertes sie treffen, und ihr würde das Gleiche geschehen, was Alte Steinmiene mit Doktor Rexler gemacht hatte.

Aber konnte sie es tun? Konnte sie den Zauber oft genug wiederholen, um sie über die Mauer zu befördern, ohne dabei wahnsinnig zu werden? Welchen Nutzen hätte es denn, wenn sie ihren Freunden zu Hilfe eilte und dann kein menschliches Gefühl mehr im Leib hatte, wenn sie bei ihnen eintraf?

Weiß Sang, es war ein gewaltiges Risiko. Doktor Zweifloss hatte ihre Übungsstunden immer kurz gehalten, daher war sie niemals auch nur entfernt in Gefahr geraten, hohl zu werden. Zudem hatte er jedes Mal die Fassung verloren, wenn sie ihn gefragt hatte, wie oft sie gefahrlos von einem Geschenk Gebrauch machen könne. Er wollte es ihr nicht sagen, weil er wusste, dass sie ihre Grenzen ausloten würde.

Und jetzt ist er tot, dachte sie nicht zum ersten Mal. Sie hatte ihn nicht besonders gemocht, doch hatte sie die Magie, die er ihr beigebracht hatte, immer geliebt. Machte es sie zu einem schlechten Menschen, dass sie die Übungsstunden mehr vermisste als den Menschen, der sie ihr erteilt hatte? Vielleicht, bestärkte sie sich selbst, war es einfach so, dass sie zu viel Trauer für zu viele Menschen verspürte, um für ihren alten Lehrer mehr als nur einen leichten Anflug von Mitgefühl zu empfinden.

Vor ihr lag eine Entscheidung: entweder den Wahnsinn riskieren und über diese Mauer steigen oder sich hier in der Dunkelheit verkriechen, während ihre letzten verbliebenen Freunde auf der Welt – Timush, Bitt und die kleine Jagia – im Fort in Lebensgefahr waren. Was im Grunde alles andere als eine Entscheidung war.

Cazia begann mit dem elften Geschenk und bemühte sich nach Kräften, sich an all die Handbewegungen und Auslöser zu erinnern. Es war der Zauber, den man den Gelehrten am zweithäufigsten beibrachte – der erste war das Feuermachen –, weil es in der Südlichen Barriere so viele Bergwerke gab, aber dennoch hatte Cazia diesen Zauber nicht oft geübt. Zum einen machte es keinen Spaß, Steine zu zerkrümeln. Zum anderen wurden Geiseln nicht dazu ermuntert, eine Magie zu üben, mit der man Breschen in die Schutzmauern der Stadt schlagen konnte. Dass Doktor Zweifloss ihr diesen Zauber überhaupt beigebracht hatte, war ein Beweis für das Vertrauen, das er in sie gesetzt hatte.

Ihr erster Versuch scheiterte, aber sie konnte die falsche Handbewegung, die sie gemacht hatte, genauso spüren, als handele es sich um einen schlecht sitzenden Handschuh. Beim nächsten Mal bekam sie den Zauber richtig hin. Die obere Hälfte des bitteren Feindes neben ihnen zerbröselte, und Cazia fegte die losen Steine beiseite.

Der Fels war flach genug. Hoffte sie. Sie wies Zollik an hinaufzuklettern, dann folgte sie ihm. Anschließend wandte sie sich wieder um und belegte ihren guten Freund mit dem sechsten Geschenk. Es hatte genau die gegenteilige Wirkung des Steinbrechers – es schuf einen Steinquader, statt einen zu zerbrechen –, aber der Zauber selbst war vollkommen anders, und die nach außen gerichteten Gesten und die nach innen gerichteten Vorbereitungen hatten nicht das Geringste miteinander zu tun.

Doch auch diesen Zauber hatte sie nicht vergessen. Sie brachte den Zauber dreimal zur Anwendung, um die Steinquader höher zu schichten, als es der zerbrochene Feind war, auf dem sie standen, dann kletterte sie auf die aufgehäuften Steine und ließ Zollik ihr folgen.

Stirnrunzelnd betrachtete er den Steinhaufen. Jeder einzelne Quader hatte etwa die Dicke seines Kopfes. »Ihr habt nicht wirklich vor, die Sache auf diese Weise zu bewerkstelligen, oder? Da sind wir ja die ganze Nacht beschäftigt.«

»Wenn es Euch nicht gefällt, könnt Ihr gerne auch in der

Dunkelheit eine Felswand ohne ein Seil emporklettern oder meinetwegen einen Baum fällen – vorausgesetzt, Ihr findet einen – und eine Leiter daraus zimmern. Anderenfalls hockt Euch hin, damit ich zaubern kann.«

Wieder überraschte er sie, indem er tat, worum sie gebeten hatte. Sie wirkte das sechste Geschenk noch zwei weitere Male, dann stiegen sie weiter hinauf. Sie drehte sich um, wirkte zweimal den Zauber und hielt dann inne.

Was es wohl für ein Gefühl war, ausgehöhlt zu werden? Was waren die frühen Warnzeichen? Plötzlich überkam sie eine beängstigende Sehnsucht danach, dass es geschehen möge. All ihre Scham und ihr Zorn, all ihr kleinlicher Groll, all ihre Sorgen angesichts ihrer Feinde wären wie weggeblasen. Wäre das nicht ein Zustand voller Frieden? War Doktor Weißhalm nicht vielleicht froh gewesen, sich in der Magie verlieren zu können?

Noch mehr Fragen. Sie konnte sie nicht ausstehen.

»Die Mauer ist hier ungefähr fünfmal so hoch wie ein Mensch. Wenn jeder der Blöcke ein Achtel einer Mannsgröße misst und Ihr für zwei Stapel von Steinen …«

»Seid jetzt ruhig«, blaffte Cazia. »Es lenkt mich ab, und ich möchte nicht, dass die Steine falsch ausgerichtet sind.«

Zollik verstummte, aber er begann an seinen Fingern abzuzählen. Cazia versuchte, so zu tun, als sei er gar nicht da. Sie wirkte den nächsten Zauber und war sich dabei bewusst, dass sie sich immer weiter vom Untergrund entfernten.

Jeder Quader war so breit und so lang wie eine Bank von recht ansehnlicher Größe – er bot genug Platz, um bequem darauf stehen zu können, solange der Untergrund nicht mehr als die Länge eines menschlichen Körpers entfernt war, aber je höher sie kamen, desto unsicherer wurde das Ganze. Cazia hörte, wie Zolliks Atem immer heftiger wurde: Er hatte Angst.

Sie erreichten die Mitte der Mauer und bauten ihren Turm höher und höher, bis sie drei Viertel der Mauerhöhe überwunden hatten. Manchmal schien ihr Turm zu schwanken, aber Cazia sagte sich, dass sie sich das nur einbildete. Zolliks Gesicht war bleich und verschwitzt. Wenn er sie an ihren Wanderröcken packte, um ihr auf den nächsthöheren Steinblock zu helfen, waren seine Hände kalt und feucht. Seine Angst war ansteckend, und er begann ihr nun wirklich auf die Nerven zu gehen.

»Wir sollten aufhören«, sagte Zollik plötzlich.

Cazia beendete den nächsten Zauber und positionierte den neuen Quader auf gleicher Höhe mit dem, auf dem sie standen. »Warum?«

»Weil niemand uns angerufen und die Losung von uns verlangt hat. Wenn noch immer Wachen auf den Mauern patrouillieren würden, hätten sie das inzwischen längst getan. Und falls die Festung eingenommen worden ist, sollte uns jemand mit Pfeilen beschossen haben. Aber diese Stille ...«

Cazia begann mit der gedanklichen Vorbereitung auf das sechste Geschenk, dann machte sie die entsprechenden Handbewegungen. Der nächste Quader erschien vor ihnen und fiel mit dem harten Aufschlagen von Stein auf Stein auf den Steinblock darunter. »Ich wünschte, wir *hätten* Stille«, sagte sie, als sie auf den höheren Block kletterte. »Was könnte dort drinnen passiert sein? Gibt es eine spezielle Übung, bei der ihr vorgebt, das Fort sei verlassen worden?«

»Nein. Was ist, wenn noch weitere Grunzer da drinnen sind?«

»Die Grunzer und das Fort sind mir egal«, erklärte Cazia. »Meine Freunde – die, die nicht gestorben sind – sind hinter dieser Mauer, und wenn irgendetwas nicht stimmt, werde ich sie dort herausholen.«

»Ich will wissen, was passiert ist«, sagte er, als habe er nicht soeben noch versucht, sie zum Rückzug zu überreden. Er kletterte neben sie auf den Quader und kauerte sich zu Boden, damit sie über seinen Kopf hinweg zaubern konnte.

Der nächste Quader fiel mit dem gleichen hörbaren Geräusch auf den darunter befindlichen, aber sofort danach war ein leises Geräusch zu hören, wie ein knarrendes Ächzen. Der aufgestapelte Turm schien sich zur Mauer hin zu neigen und sich anzulehnen. Dann rührte er sich nicht mehr, und das Geräusch verstummte.

Zollik und Cazia sahen einander an. »Darauf hatte ich schon gewartet«, murmelte sie.

»Wir sind fast in Reichweite der Mauerkrone. Noch zwei Schritt hinauf, und ich sollte in der Lage sein, die Mauerkante zu packen.« Er stieg mit dem einen Fuß auf den höheren Block. Er knarrte und ächzte nicht und bewegte sich auch nicht unter ihm, und so verlagerte Zollik sein volles Gewicht darauf. Der Steinblock schien stabil.

Er hat beschlossen, mutig zu sein. Für Cazia war das ein verblüffender Gedanke. War Mutigsein etwas, was ein Mensch von jetzt auf nachher beschließen konnte, so, wie er täglich seine Kleider je nach Wetter wählte? Sie hoffte, dass dem nicht so war. Es war einfacher, mutig zu sein, wenn sie das Gefühl hatte, auch gar keine andere Wahl zu haben.

Sie kletterte selbst hinauf, dann wirkte sie den Zauber noch zwei weitere Male und stieg auf den nun höheren Block. Für einen Moment schien es, als würde der Stapel unter ihr wackeln, aber das bildete sie sich nur ein.

Immerhin war es inzwischen völlig dunkel geworden. Sie fühlte sich besser, wenn sie die zerklüfteten Felsen ganz tief unter sich nicht sehen konnte.

Zollik musste das Gleiche gedacht haben. »Niemand hat die Wachlampen angezündet.«

Das stimmte. Sie hatte die Reihe von Lichtern entlang der Mauerkrone ganz vergessen, die zu sehen gewesen waren, als der Wagen ins Fort hineingeflogen war. »Gut«, sagte sie und zauberte noch zwei weitere Male.

Die Quader schienen ein neues Gleichgewicht gefunden zu haben. Zollik reichte ihr seinen Speer und stieg auf den höheren Block. Er erwischte die Mauerkrone mühelos und zog sich ohne große Anstrengung nach oben. Seine wie selbstverständlich wirkende Kraft erfüllte Cazia mit plötzlichem Neid, aber sie unterdrückte die Regung. Sobald sie herausgefunden hatte, was mit ihrem Bruder geschehen war, würde sie mit ernsthaftem Körpertraining beginnen, um sich selbst dadurch … um eben irgendetwas aus sich zu machen. Um mehr aus sich zu machen, als sie das bisher getan hatte.

Zollik spähte über die Mauer. Was immer er dort oben sah, musste ihm Mut gemacht haben, denn er kletterte schweigend und geräuschlos hinüber und geriet außer Sicht. Sein Speer war so lang, dass man ihn auf der anderen Seite der Mauer gesehen hätte, wenn Cazia ihn auf die übliche Weise gehalten hätte, daher hielt sie ihn seitlich wie eine Stange zum Wassertragen; hier mitten im Wind und in der Dunkelheit fühlte sie sich auf diese Weise ein wenig wackelig und aus dem Gleichgewicht. Gut, dass zumindest die Regenwolken weitergezogen waren.

Sie hatte erwartet, dass Zollik wieder am Mauerrand auftauchte, um ihr hinüberzuhelfen, aber das tat er nicht. Zuerst glaubte sie, er sei einfach nur vorsichtig oder wolle vielleicht gar seinen Spott mit ihr treiben, indem er sie warten ließ – was zu denken albern war, aber der Gedanke drängte sich ihr einfach auf. Es war ihr zur Gewohnheit geworden, immer das Schlimmste von den Menschen zu erwarten.

Aber dieser Ärger bedeutete etwas Wichtiges: Sie war nicht hohl geworden. Doktor Zweifloss hätte ihr niemals gestattet, denselben Zauber so viele Male hintereinander zu wirken, aber als sie jetzt in Wind und Dunkelheit dicht unter der Mauerkrone stand, war sie voller Angst, dass sie fallen könnte, voller Ärger darüber, dass Zollik sie warten ließ, und fest entschlossen, ihre Freunde zu retten und sich ihre Liebe zu ihnen zu bewahren.

Sie war nicht im Mindesten ausgehöhlt worden, nicht einmal ein ganz klein wenig. Ohne Zweifel hatte sie jenes geheime tiefere Verständnis der Dinge nicht erlangt, das angeblich mit der Überbeanspruchung von magischen Fähigkeiten einherging. Sie hatte die vertraute Gefühlsleere verspürt, wie sie jeden Zauber begleitete, aber keine Spur davon war verblieben.

Doktor Zweifloss hatte sie wie ein Kind behandelt. Er hatte sie *belogen*.

Cazia kämpfte gegen den Drang an, nach Zollik zu rufen. Was, wenn man ihn gefangen oder getötet hatte? Was, wenn ein Grunzer ihm in dem Moment, als er sich über die Mauer zog, die Kehle durchgebissen und ihm lautlos das Leben genommen hatte, so wie das die Graslöwen angeblich machten?

Sie wollte gerade wieder damit beginnen, das sechste Geschenk zu wirken, bis ihr Turm hoch genug war, dass sie selbst hinüberklettern konnte, als von oben Zolliks raues Flüstern erklang. »Hebt den Speer.« Sie tat es. Dann sagte er: »Haltet Euch gut fest.«

Sie umklammerte den Speer mit festem Griff, während Zollik sie so mühelos hochhob, wie er vielleicht einen Sack Mehl hochheben würde. Ein unleugbarer Nervenkitzel durchlief sie, nicht nur wegen der Höhe und der Dunkelheit, sondern weil die Erfahrung so *körperlich* war. Das Gefühl war ihr peinlich und machte sie wütend, doch sie schob es beiseite. Es gab jetzt wichtigere Dinge.

Cazia landete schwerfällig auf dem steinernen Wehrgang, ihre Röcke völlig in Unordnung. Zollik kniete sich neben sie. »Wir sollten auf der Mauer um das Fort herumgehen«, flüsterte er. »Der Turm des Kommandanten ist am Westende des Forts. So können wir herausfinden, was dort vor sich geht.«

»Nein«, widersprach sie unwirsch. »Wir müssen runter von der Mauer.« Sie konnte niemanden auf dem Weg oder im Hof unter ihnen sehen, aber das Sternenlicht war schwach, und jemanden in dunklen Kleidern hätte sie ohne Weiteres übersehen können. »Man kann uns hier oben zu leicht entdecken.« Das Beste wäre es wohl, zu den Quartieren der Dienstboten hinabzusteigen, um dort die Neuigkeiten zu erfahren, aber Cazia verzichtete auf einen entsprechenden Vorschlag. Zollik wollte eine Autoritätsperson, an die er sich wenden konnte, aber solche Obrigkeiten gaben ihre Informationen nicht an andere weiter, wenn sie es nicht unbedingt mussten.

Sie nahm einen Wurfspieß aus ihrem Köcher und wandte sich Richtung Osten. Zollik schloss sich ihr an, nicht ohne kleinlaut zu protestieren: »Die Wahrscheinlichkeit, unerwartet jemandem über den Weg zu laufen, ist dort unten größer, und der Osthof ist vom Turm abgeschnitten. Lasst uns zumindest in den Haupthof gehen, wo sich die Waffenkammer befindet.« Cazia beeilte sich, damit sie nicht zuzuhören brauchte.

Rasch erreichten sie die oberste Stufe einer Treppe. Sie konnte unter ihnen keine Feuer erkennen, keine Lichter, auch keine Bewegungen. »Wohin führt diese Treppe?«

»Zu den Pferchen und der Küche.«

Was bedeutete, dass Diener in der Nähe sein würden. Sie begann hinabzusteigen, froh, dass sie Lederstiefel trug statt der Palastsandalen mit den harten Sohlen, die man ihr in Peradain gegeben hatte. Zollik folgte ihr und entschied klugerweise, ausnahmsweise einmal still zu sein.

Am Fuß der Treppe waren Türen, und sie standen weit offen. Cazia kniete sich in den Eingang. Drinnen war es unvorstellbar dunkel, doch der Geruch war so intensiv, dass ihr die Augen tränten. Sie stellte sich Leichenhaufen vor, die in der Dunkelheit verstreut lagen. Aber nein. Nein, das war nicht richtig.

Das hier war der Pferch. Natürlich. Sie wusste, dass man die Tiere und die Diener, die der Grunzer getötet hatte, weggetragen hatte. Das jetzt war einfach der normale Geruch hier unten. Vermutete sie jedenfalls.

Die Tür zum nächsten Gebäude stand ebenfalls offen, und dahinter war es sogar noch dunkler. Es gab keine Fenster, doch sie konnte in der Nähe der Tür eine abgenutzte Pritsche erkennen; irgendein unglücklicher Diener musste an der zugigsten Stelle schlafen, wo alle kamen und gingen. Sie lauschte am Eingang und hörte nichts als den Wind über ihnen. Dann schlüpfte sie hinein.

»Nein!«, flüsterte Zollik, folgte ihr dann aber doch. »Wir sollten nicht ...«

Mit einem Zischen brachte sie ihn zum Schweigen. Dann kauerten sie sich in die Dunkelheit und warteten, bis sich ihre Augen an diese neue, tiefere Finsternis gewöhnt hatten. Cazia kannte einen Zauber, der ihnen genug Licht verschafft hätte, um wenigstens ein bisschen zu sehen, aber sie erwähnte es nicht, weil sie nicht mit Zollik darüber streiten wollte, warum das eine schlechte Idee war. Nach einer kurzen Pause bahnten sie sich vorsichtig einen Weg zwischen den Pritschen und den roh behauenen Holzkisten hindurch, in denen die Diener ihre wenigen Habseligkeiten verstauten.

»Wohin gehen wir?«, wollte Zollik wissen. Seine Stimme war kaum hörbar.

»Zur Küche«, flüsterte Cazia. »Was auch immer geschehen ist, die Menschen müssen essen, und die Küche wird nicht geschlossen sein. Wenn Truppen der Allianz eingedrungen sind – oder die Truppen meines Vaters oder irgendwelche sonstigen Truppen –, wird in der Küche noch irgendjemand arbeiten.«

Aber die Küche war menschenleer. Cazia starrte in fassungslosem Schweigen auf die Glut in den Kochfeuern. Um ein paar wenige Holzscheite kräuselten sich noch Flämmchen, aber selbst der Inhalt der größten Töpfe war zu zähem Brei verkocht. Diese Küche war bereits vor einiger Zeit verlassen worden.

»Das ist ein schlechtes Zeichen«, bemerkte Cazia. »Eine einfallende Armee hätte die Küche in Betrieb gehalten.«

»Könnten es Grunzer sein?«

»Unmöglich«, antwortete Cazia. »Der, der Lar gebissen hat, hatte sich offenbar an die Unterseite unseres Wagens geklammert, aber die anderen ... selbst wenn sie Tag und Nacht querfeldein gelaufen wären, hätten sie uns nicht so schnell erreichen können. Außerdem hat Lar gesagt, dass die meisten von ihnen in südlicher Richtung weitergewandert seien, zum Meer hin.« Sie erinnerte sich plötzlich an den riesigen Vogel, der Tage zuvor über das Fort geflogen war. Könnte ein Schwarm von ihnen sich die gesamte Besatzung des Forts geschnappt und mitgenommen haben? Ungesehen? Unmöglich. »Es können keine Grunzer gewesen sein. Noch nicht.«

»Ihr irrt Euch«, ertönte eine neue Stimme.

Cazia kreischte überrascht auf und wirbelte herum. Zollik, dessen Speer zu lang war, als dass er ihn in einem derart beengten Raum hätte schwingen können, zückte mit einer fließenden Bewegung sein Schwert und trat vor Cazia, wobei er ihr grob den Schild auf seinem Rücken in die Seite stieß.

Aus einem schmalen Spalt zwischen zwei Küchenbänken tauchte eine winzige bleiche Hand auf. Zollik stürzte vor, seine Schwertspitze nach unten gerichtet, aber Cazia hielt ihn am Ellbogen fest. Er steckte sein Schwert wieder in die Scheide, als eine zweite kleine Hand erschien. Beide Hände waren leer.

»Kommt heraus«, sagte der Wachmann. Seine Stimme war vor Angst leise und rau.

Vilavivianna schlüpfte zwischen den Bänken hervor und trat in das fahle Licht der Kochfeuer. Zum Zeichen, dass sie sich ergab, hielt sie ihre leeren Hände hoch, aber ihr Flüstern war schroff, als sie sprach. »Seid leise, Mädchen. Sie orientieren sich bei ihrer Jagd nach Geräuschen.«

»Was macht Ihr hier drin?«, fauchte Cazia. »Was ist passiert? Und nennt mich nicht *Mädchen*.«

Sie starrte sie für einen Moment an. »Ihr wollt wissen, was passiert ist? Folgt mir.«

Die kleine Prinzessin führte sie durch die Küche zu einer Treppe, die breit genug war, dass zwei Personen bequem aneinander vorbeigehen konnten. Sie sprang leichtfüßig die Stufen hinauf, und erst als sie oben angelangt war, blieb sie kurz stehen, um vorsichtig um den Treppenabsatz zu spähen. Cazia blieb dicht hinter ihr, den Wurfspieß in der einen Hand und die andere über ihren Köcher gelegt, damit er nicht klapperte. Egal ob sie eben aufgekreischt hatte oder nicht – sie würde fortan ebenso lautlos bleiben wie dieses kleine Mädchen.

»Lasst mich vorangehen«, sagte Zollik, und Vilavivianna wirbelte herum und warf ihm einen hasserfüllten Blick zu. Er verstummte und blieb hinten.

Oben an der Treppe befand sich ein überdachter Verbindungsgang, der außen um das Gebäude herumführte. Das primitive Holzdach hielt Regen weitestgehend ab, während die offenen Seiten eine gute Sicht auf die Höfe unter ihnen ermöglichten. Die Prinzessin duckte sich sehr tief, bis sie beinahe auf allen vieren kroch, und Cazia tat es ihr gleich. Sie schaute nicht zurück, um nachzusehen, wie sich Zollik verhielt.

Sobald sie die gegenüberliegende Ecke erreicht hatten, kniete Vilavivianna sich hin und zeigte nach Südwesten. Unter ihnen lag ein weiterer Hof – im Sternenlicht war zu erkennen, dass dort Übungspuppen gegen die Mauer gelehnt und Zielscheiben der Bogenschützen aufgehängt waren –, aber erst von diesem Ende des Gehwegs aus konnten sie sehen, dass im größten Gebäude am Südende des Hofes Licht brannte.

Die Türen standen offen, und aus dem Inneren des Raums

flackerte das orangerote Licht von Feuer. Es war der große Saal, wie Cazia plötzlich begriff. Sie bewegte sich noch ein kleines Stück weiter den Gang entlang, sodass sie durch die offene Tür spähen konnte.

Sie sah kniende Gestalten, das Gesicht jeweils auf den Steinboden gedrückt. Die, die der Tür am nächsten waren, trugen die grauen Hemden der Dienerschaft. Aber dort, neben ihnen, befand sich eine Frau in einem langen dunklen Gewand – Cazia brauchte einen Moment, um es als Gelehrtenrobe zu erkennen –, und ihr gelocktes Haar war von grauen Strähnen durchzogen. Doktor Kriegbad.

Die Leitende Gelehrte hob den Kopf und sah durch die Tür in die Dunkelheit hinaus, als hoffe sie, dass von dort Hilfe kommen würde. Dann drehte sie sich nach links und richtete den Blick auf etwas, was sich an der Gelehrten vorbeibewegte.

Es war einer der kleinen Grunzer mit dem blauen Fell. Das Geschöpf umrundete die Menschen, den Rücken der Tür zugewandt, dann geriet es außer Sicht.

Ein flaues Gefühl der Niedergeschlagenheit machte sich in Cazias Magen breit. Wie viele Menschen waren dort drin? Nach der Art, wie sie dicht gedrängt nebeneinanderknieten, stand zu vermuten, dass es ziemlich viele waren, aber sie brauchte genauere Informationen. Wo war Timush? Wo waren Jagia und Bittler?

Doktor Kriegbad kehrte in ihre unterwürfige Haltung zurück, wobei sie eine Hand bewegte und einen roten Fleck auf dem Steinboden hinterließ. Sie blutete, und sobald Cazia das bemerkt hatte, sah sie, dass die Diener ebenfalls verletzt worden waren.

Warum bewachten die Grunzer ihre verwundete Beute? Vielleicht bissen sie sie, um sie zu kennzeichnen, so wie mancher am Rand eines Sauerkuchens knabberte, damit ihn niemand sonst mehr essen mochte. Vielleicht konnten sie auf diese

Weise einer Blutspur folgen, falls jemand zu fliehen versuchte. Oder vielleicht, überlegte sie dann, suchten sie nach einem bestimmten Aroma, etwa dem der königlichen Blutlinie.

Vielleicht, vielleicht, vielleicht. Sie war der vielen *Vielleichts* müde. Was sie jetzt brauchte, waren endgültige Antworten. Sie musste wissen, woher diese Wesen kamen, wie sie in die Festung gelangt waren und warum es ihnen so wichtig war, sich von jedem schon einmal einen Bissen zu genehmigen.

Wichtiger noch, sie musste wissen, wie sie ihre Freunde aus dem behelfsmäßigen Pferch retten konnte, in dem sie da eingesperrt waren.

Die Vorstellung, dass Jagia – oder irgendwer sonst – gefangen gehalten wurde und darauf wartete, in Stücke gerissen und aufgefressen zu werden, machte sie so wütend, dass ihre Haut kribbelte. Sie musste einen Weg finden, sie zu befreien. Unten in der Küche gab es heiße Kohlen, um das Dach des Saals in Brand zu setzen, und Cazia hatte ihren Köcher mit Wurfspießen. Ein Feuer würde sie herauslocken. Wenn es nicht zu viele Grunzer waren und sie sich einen nach dem anderen vornehmen konnte, ohne dass sie sich alle zugleich auf sie stürzten …

Plötzlich erhob sich ein Schatten über dem Dach des Gebäudes direkt neben ihnen. Cazia war zu überrascht, um zu reagieren, und im nächsten Augenblick hatte sich die Gestalt bereits auf den Verbindungsweg hinaufgeschwungen und stand nun über ihnen.

Es war natürlich ein Grunzer. Er drehte sich langsam zu ihnen um, als habe er bemerkt, dass da etwas seltsam war, aber die Dunkelheit war zu tief, als dass er deutlich hätte erkennen können, worum es sich handelte. Cazia erinnerte sich unwillkürlich daran, wie die Königin vom Podium gefallen war – und wie Lar geschrien hatte, als er gebissen wurde –, und plötzlich ließen all ihre heroischen Pläne sie im Stich. Der Gedanke, dass sie die Nächste sein könnte, lähmte sie.

Zollik glitt auf die Knie und rammte dem Wesen mit einer einzigen schwungvollen Bewegung seinen Speer in die Eingeweide. Der Grunzer stöhnte – ein schreckliches, beinahe menschliches Geräusch der Überraschung und Verzweiflung –, und dann brüllte er los.

Zollik stand eilig auf und versuchte, seinen Speer zurückzuziehen, aber der Grunzer packte den Schaft und zog sich daran knurrend zu Zollik heran. Cazia spürte das Gewicht seines Fußes, als er auf ihrer nackten rechten Wade landete – seine Zehen krallten sich um sie herum wie eine zupackende Hand. Sie rollte sich zur Seite – falls das Ding sie beißen wollte, wollte sie das mitansehen –, und die Kreatur verlor den Halt. Sie schnappte unbeholfen nach Zolliks Arm, verfehlte jedoch ihr Ziel.

Mit einem angewiderten Zischen hob Zollik das stumpfe Ende seines Speers. Die Spitze traf den steinernen Gang, und der Schaft stemmte sich gegen den Brustkorb des Grunzers und hob ihn in die Lüfte. Das Ungeheuer glitt rückwärts, und ein schauerliches Todesröcheln entrang sich seiner Brust. Das Geräusch ließ Cazia die Haare zu Berge stehen. Dann stürzte die Kreatur über die Dachkante in den Hof unter ihnen.

Sechs weitere Grunzer kamen aus dem Saal gestürmt. Als das Wesen unten auf dem Boden aufschlug, wandten sie ihre Blicke der Stelle zu, wo sich Cazia versteckte, und brüllten auf.

»Sie haben Euch nicht gesehen«, sagte Zollik, dann rannte er davon, sprang mehrere Treppen hinunter auf ein tiefer gelegenes Dach und lief weiter Richtung Süden. »Alarm!«, schrie er wieder und wieder, als erwartete er, dass das Fort sich erheben würde, um ihm zu helfen.

Die Grunzer stürmten hinter ihm her. Vilavivianna regte sich, aber Cazia umklammerte den Arm des Mädchens, damit es sich ruhig verhielt. Zollik hatte sich erneut dafür entschieden, mutig zu sein – um sie beide zu retten –, und wenn sie nun die

Aufmerksamkeit auf sich lenkten, wäre seine Heldentat umsonst gewesen.

Cazia spähte um die Ecke des Gebäudes. Ein weiterer Grunzer erschien in der Tür, blickte in die Dunkelheit hinaus und schaute den anderen Grunzern seines Rudels hinterher. Zollik hatte ihr die Gelegenheit gegeben, die sie brauchte, um die Gefangenen zu befreien. Sie hob den Wurfspieß und begann mit ihrem Zauber.

Ein zweiter Grunzer erschien in der Tür, dann ein dritter. Das ergab neun, die sie augenblicklich sehen konnte. Woher waren sie alle gekommen? Cazia hielt mitten in ihrem Zauber inne und ließ ihn ungenützt dahinschwinden. Sicherlich konnte sie einen töten, vielleicht zwei, aber drei? Sie waren zu schnell, und Cazias Zauber waren zu langsam. Schlimmer noch, es befanden sich vielleicht noch mehr Grunzer im Inneren des Raumes.

Die Grunzer waren offensichtlich begierig darauf, sich der Jagd anzuschließen, aber dennoch verharrten sie bei ihren Gefangenen. Etwas im Inneren des Saals erregte ihre Aufmerksamkeit, und die Ungetüme stürmten wieder hinein und stießen herausfordernde Schreie aus. Vilavivianna zerrte Cazia am Arm, und Cazia musste ihr zustimmen, dass es an der Zeit war, von hier zu verschwinden. Während sie den Verbindungsgang zuvor in geduckter Haltung durchquert hatten, krochen sie diesmal, so schnell sie konnten, flach auf dem Bauch. Sie hatten kaum ein Viertel des Weges hinter sich gebracht, als sie Zolliks Schlachtruf hörten und dann seinen Schrei.

Es war zu viel. Das Bewusstsein der Gefahr, die es bedeutete, draußen im Freien zu bleiben, übernahm die Kontrolle über sie, und so rappelte sich Cazia auf die Knie hoch und kroch, so leise sie konnte, zurück in Richtung Küche. Konnte man sie von unten sehen? Schaute irgendwer oder irgendetwas in ihre Richtung? Sie musste es riskieren; es war einfach unerträglich, draußen zu sein.

Ohne die Aufmerksamkeit der Grunzer auf sich zu lenken, erreichten sie die Stelle, wo sich, am Kreuzungspunkt mehrerer Gänge, die Treppen hinunter zur Küche befanden. Cazia stürmte in den warmen Küchenraum hinein, dankbar, aus Wind und Dunkelheit heraus zu sein und steinerne Mauern zwischen sich und den Geschöpfen da draußen zu haben.

Vilavivianna kam direkt hinter ihr durch die Tür. »Der Dummkopf!«

Cazia drehte sich völlig perplex zu ihr um. »Wer ist ein Dummkopf?«

»Der Wachmann! Er hätte dem Vieh den Speer in die Kehle rammen sollen. In die Kehle! Dann wäre das Geschöpf nicht mehr in der Lage gewesen, seine Kameraden zu rufen.«

Cazia war zu verblüfft, um zu antworten. Die Kehle war ein sehr kleines Ziel, vor allem in der Dunkelheit. Zollik wäre ein noch größerer Idiot gewesen, wenn er dieses Ziel verfehlt hätte.

Die Prinzessin war noch nicht fertig. »Aber nein, er musste sie alle aufhetzen, dieser dumme …«

Cazia erinnerte sich an Zolliks törichten Plan, in das Fort einzubrechen, an seinen Ehrgeiz, Hauptmann zu werden, an die erstaunliche und erregende Körperkraft, die er gezeigt hatte, und sie schlug dem Mädchen ins Gesicht. Fest.

Vilavivianna taumelte und ließ die Hand auf die leere Messerscheide an ihrem Gürtel sinken. Es war keine Angst in ihren Augen, als sie sagte: »Wie könnt Ihr es wagen, mich zu schlagen, Mädchen …«

Cazia ohrfeigte sie abermals und dann wieder und wieder. Beim vierten Mal waren Überheblichkeit und Entrüstung aus den Zügen der Prinzessin geschwunden, und beim sechsten Mal bekam sie es tatsächlich mit der Angst zu tun.

»Hört auf«, sagte Vilavivianna mit Tränen auf den Wangen. »Sie werden es hören. Die Bestien werden uns hören.«

»Ihr seid diejenige, die aufhören muss«, zischte Cazia. »Ich habe gerade zwei Tage mit diesem Mann verbracht, und ja, er war ein wenig dumm. Aber er hat soeben *sein Leben* geopfert, um uns zu beschützen. Wenn Ihr das nicht zu würdigen vermögt, dann könnt Ihr zumindest den Mund halten. Wir werden vor Sonnenaufgang wahrscheinlich alle von Feuer geholt werden, und wir könnten froh sein, auf eine solch gute Weise zu sterben wie er.«

»Ich würde lieber leben«, erwiderte die Prinzessin verdrossen.

»Er hat genauso empfunden.«

Das Mädchen hob die Hand und berührte die rote Stelle auf ihrer Wange. »Es tut mir leid. Ihr habt recht, entschuldigt bitte.«

Steinmiene hätte sich nicht dafür entschuldigt, das Mädchen geohrfeigt zu haben, daher unterdrückte Cazia das Bedürfnis. »Lasst uns herausfinden, was wir als Nächstes tun müssen. Wie können wir die anderen befreien?«

Vilavivianna seufzte nur und begann die Regale nach etwas Essbarem abzusuchen. Beim bloßen Gedanken an eine Mahlzeit überfiel Cazia ein unbezähmbarer Hunger. Sie nahm einen vertraut aussehenden Tontopf vom oberen Regal und fand, wie sie gehofft hatte, eingemachten Obstbrei darin. Neben dem Herd entdeckte sie außerdem einen Rest feuchten Reis und geschmortes Lammfleisch, das ziemlich fade schmeckte.

Die Prinzessin schnappte sich Schüsseln und Löffel, und sie zogen sich in eine Ecke der Küche unterhalb der winzigen Fenster zum Hof zurück, weit entfernt von den Türen. Die Mädchen setzten sich auf den Boden und löffelten die Speisen in die Schüsseln. In dem fahlen Licht glaubte Cazia zu sehen, dass die Prinzessin den Reis missmutig musterte, aber sie aß.

»Ich glaube nicht, dass wir sie befreien können«, bemerkte Vilavivianna schließlich. »Ich habe nicht viel für die königlichen Truppen oder die Dienerschaft übrig, aber sie sind zumindest

Menschen. Mir wäre es lieber, wenn sie nicht gefressen würden. Aber ich verfüge nicht über die nötigen Waffen und Truppen, sie zu befreien, und in Sachen List und Trickserei bin ich nicht sonderlich begabt. Kennt Ihr irgendwelche brauchbaren Zauber? Ihr seid schließlich eine Hexerin.«

»Ich bin eine *Gelehrte*«, sagte Cazia schnell. »Bitte.« Sie verfielen in Schweigen, während sie aßen. List und Trickserei? Cazia hatte im Palast verschiedenen Leuten allerlei Streiche gespielt – hatte ihren Feinden anonyme »Liebesgaben« hinterlassen, sich in Räume geschlichen, um Möbel umzustellen, sich Kuchen und Brötchen gemopst …

Aber gegen die Grunzer? Um Gefangene zu befreien? Es war, als würde man mit den Spielzeugwaffen eines Kindes in den Krieg ziehen. »Außerdem würde keiner der Zauber, die ich kenne, viel bewirken. Ich könnte eine der Türen mit Stein versiegeln, aber der Saal hat vier Türen.«

»Sechs«, verbesserte das Mädchen. »Und die Bestien werden wütend, wenn sie eine verschlossene Tür finden. Was könnt Ihr sonst noch tun?«

Die kleine Prinzessin stellte diese Frage völlig arglos. Cazia erwog es, ihr einen Rüffel zu erteilen – Gelehrten war es verboten, mit irgendjemandem, der nicht aus dem Reich kam, über die Geschenke zu sprechen –, doch dieses Mädchen war Lars Verlobte. »Ich kann Gestein zerbrechen, Feuer löschen, Feuer entzünden, eine Leuchte machen, damit man im Dunkeln sehen kann, diese Wurfspieße hier abfeuern, einen Stein erschaffen, der fremde Sprachen übersetzt, Wasser reinigen …«

»Moment mal: Ihr könnt Sprachen übersetzen? Warum habt Ihr dann nicht … Die Bestien sprechen ja vielleicht miteinander, mit ihren Grunzlauten und ihrem Gebrüll, nicht wahr?«

»Sie sind Tiere«, entgegnete Cazia. »Der Zauber wirkt nicht bei Schafen, Löwen oder Spatzen oder …« Sie erinnerte sich plötzlich daran, dass die Indregai Schlangen hielten. Sprachen die Schlangen miteinander? War so etwas überhaupt möglich?

»Würde es sich nicht lohnen, es auszuprobieren?« Etwas in der Stimme der Prinzessin erweckte Cazias Argwohn. Gab es da etwas, was sie ihr verschwieg?

»Ja«, antwortete Cazia. »Aber es ist ein schwieriger Zauber. Lasst mich erst fertig essen, und dann werde ich sehen, was ich tun kann.«

Sie aßen, und als sie ihre Schüssel gelehrt hatte, befüllte Cazia sie ein zweites Mal, stellte sie aber erst einmal zur Seite. Sie wirkte außerdem einen Zauber, um einen Krug mit Wasser zu füllen; Brei aus eingelegtem Obst war eine ihrer Lieblingsspeisen, doch dieser hier war sehr salzig.

Anschließend fühlte sie sich viel besser. Sie nahm das Netz aus blauen Steinen aus ihrem Haar und trennte einen weiteren kleinen Stein heraus. Das Netz löste sich allmählich auf, was sie seltsam traurig stimmte. Die Steine waren nicht besonders wertvoll, aber sie waren hübsch. Und blau war in diesem Jahr wieder in Mode. In Peradain, meinte sie. Doch das existierte nicht einmal mehr.

Trotzdem, es ließ sich nicht ändern. Sie musste eine weitere Sache opfern, an der ihr etwas lag. Sie beschwor die inneren Bilder, die sie für diesen speziellen Zauber brauchte, dann begann sie, ihre Hände die notwendigen Stellungen beschreiben zu lassen. Sie hatte einige Zauber, wie das Schleudern von Wurfspießen, so oft geübt, dass sie ganz automatisch abliefen, aber dieser Zauber erforderte äußerste Sorgfalt und Konzentration.

Als sie fertig war, wischte sie sich mit ihrem Ärmel den Schweiß vom Gesicht und ließ sich von Vilavivianna eine Tasse Wasser in die Hand drücken. Sie trank. Und dann trank sie noch mehr. Als sie genug getrunken hatte, machte sie sich über die zweite Schüssel mit Lamm, Obstbrei und Reis her.

Bei Monuments stützender Kraft, dieser Zauber war anstrengend.

Der Stein lag zwischen ihnen. Im fahlen Licht der Glut aus den Küchenfeuern sah er dunkelviolett aus. Die Prinzessin starrte ihn an, berührte ihn jedoch nicht. »Valuska pinsh kartooskik«, sagte sie.

Cazia begriff. Sie hob den Stein hoch.

Vilavivianna sprach abermals, aber diesmal hörte Cazia sie sagen: »Ich möchte ihn gerne selbst zwicken.«

»Ihr könnt ihn gerne ›zwicken‹, wenn Ihr wollt«, erwiderte Cazia. »Doch müsst Ihr Euch bewusst sein, dass seine Übersetzungen manchmal recht seltsam erscheinen. Der Stein übersetzt sehr wörtlich.«

Die Prinzessin griff danach, als Cazia ihn ihr hinhielt. Erst nachdem das Mädchen ihn genommen hatte, wurde Cazia klar, dass sie nur Peradaini sprach. Vor einigen Jahren hatte sie erwogen, Surgisch zu lernen, aber alles, woran sie sich aus ihren wenigen Unterrichtsstunden erinnern konnte, war: »Dankbar bin ich, dass ich den Weg beschreiten darf.«

Vilavivianna machte eine verdutzte Miene, dann verstand sie und lächelte. Cazia klopfte auf den Boden zwischen ihnen, und die Prinzessin legte den Stein ab, was sie viel bereitwilliger tat, als es bei Cazia selbst der Fall gewesen war – damals, als Doktor Zweifloss ihr den Zauber vor so vielen Jahren beigebracht hatte.

»Ich verstehe, dass er schwierig herzustellen ist«, sagte das kleine Mädchen. »Aber habt Ihr auch die Kraft, zwei zu machen?«

»Nein«, erwiderte Cazia misstrauisch. Verlobte hin, Verlobte her, jemandem von außerhalb des Reiches Magie anzuvertrauen konnte sie das Leben kosten. »Nicht, wenn ich die Nacht überleben will. Außerdem sind diese Steine gefährlich.« Sie leerte einen mit getrockneter Minze gefüllten Beutel, ließ den Stein hineingleiten, rollte den Beutel dann zusammen und stopfte ihn in eine ihrer Rocktaschen. »Wenn man zu viel Gebrauch davon macht, fängt man an, Unsinn zu faseln.« Das würde Vilavivianna nicht wirklich davon abhalten, den Stein zu stehlen, wenn sie es wollte, aber es würde sie zumindest dazu bringen, es sich vorher gründlich zu überlegen.

»Wir brauchen Waffen und Vorräte«, erklärte das Mädchen. Sobald er außer Sicht war, schien sie den Stein vergessen zu haben. Sie deutete auf die Überreste ihrer Mahlzeit. »Diese Speisen geben uns Nahrung, aber man kann sie nicht auf die Reise mitnehmen, ohne dass sie verderben. Wir müssen das Fleischbrot finden, das Eure Soldaten bei sich tragen, wenn sie auf Feldzüge gehen; es scheint nicht hier in der Küche aufbewahrt zu werden. Außerdem habe ich gehört, dass die Waffenkammer in der Nähe der Küche sei, aber ich konnte einfach keinen Weg finden, der zu ihr hinführt.«

»Die Küche ist der Bereich der Dienstboten«, erläuterte Cazia. Die Prinzessin war ihr eigentlich zu klug dazu erschienen, einen derartigen Denkfehler zu begehen. »Die Waffenkammer ist mit Sicherheit nicht mit den Gängen und Arbeitsbereichen verbunden, in denen die Dienstboten zugange sind.« Doch Zollik hatte gesagt, die Waffenkammer befände sich im übernächsten Hof.

Bevor Vilavivianna reagieren konnte, war irgendwo jenseits der Tür ein Schritt im Schlamm zu hören. Beide Mädchen drehten sich zur Tür um und erstarrten. Cazia zog schnell und leise einen Spieß aus ihrem Köcher. Die Metallspitze gab einen gedämpften Kratzlaut von sich, als sie sich löste, aber in dem dunklen Raum mit seinen Steinwänden klang es so laut wie ein Schmied bei der Arbeit.

Cazia begann mit den Handbewegungen, um einen Wurfspieß zu schleudern. Sie bewegte sich langsam, damit der Eindringling nicht ihre Kleider rascheln hörte. Außerdem würde sie, wenn sie zu schnell fertig wurde, den Zauber unterbrechen und von Neuem beginnen müssen. Sie konnten das schwere Atmen des Grunzers hören, aber wo war er? In ihrer Ecke eingezwängt, hatten sie keine Möglichkeit, die Flucht zu ergreifen. Vilavivianna könnte sich wahrscheinlich durch eines der Fenster zum Hof schlängeln, aber Cazia würde da niemals hindurchpassen.

Cazia erinnerte sich daran, wie der Hals der Königin ausgesehen hatte, als sie nach der Attacke auf dem Boden aufgeschlagen war. Lars Mutter war auf dem Podium gefangen gewesen, geradeso, wie sie jetzt gefangen war, und allein der Gedanke war schon genug, um sie aus ihrer Konzentration zu reißen. Sie begann den Zauber von Neuem und bewegte sich diesmal schneller. *Die Zuckungen* hatte Treygar es genannt. Es war ungerecht. Ihr dummes Gehirn würde ihnen noch beiden den Tod bringen.

Der Zauber war fast fertig, und noch immer war das Wesen nicht sichtbar geworden. Cazia hob ihn wieder auf, und gerade als sie von Neuem beginnen wollte, schrie Vilavivianna los.

Cazia fuhr erschrocken zusammen. Ein Arm mit dunklem Fell war durch das Fenster hereingekommen und hatte den langen Zopf des Mädchens gepackt. Vilavivianna bleckte vor Schmerz die Zähne, als die Kreatur sie auf das schmale Fenster zuzerrte.

Ohne einen Moment nachzudenken, stach Cazia ihren Wurfspieß in den Unterarm der Kreatur. Er glitt zwischen den Knochen hindurch und kam auf der anderen Seite wieder heraus. Der Grunzer brüllte vor Schmerz, ließ den Zopf jedoch nicht los. Stattdessen zog er nur noch fester, und die Spitze des herausragenden Spießes schlug gegen den Fensterrahmen. Vilavivianna keuchte vor Schmerz, aber sie schrie nicht noch einmal auf.

Das führte zu nichts. Cazia konnte den Grunzer durchbohren, bis er aussah wie ein Dornbusch, aber das würde die Prinzessin nicht befreien – nicht rechtzeitig, bevor weitere dieser Untiere eintrafen. Sie schnappte sich ein Messer von dem Tisch neben ihr. Ein orangefarbenes Aufblitzen im fahlen Licht verriet ihr, dass es aus Kupfer war, aber das spielte keine Rolle, solange es nur scharf war.

Cazia hieb auf den Zopf des kleinen Mädchens ein und schnitt ihn mitten entzwei. Sie spürte eine absurde Welle der Hoffnung.

»Die Tür!«, sagte Cazia, und ihre Stimme überschlug sich vor Angst. Das Mädchen kam aus der Ecke hervorgerannt, und Cazia schleuderte das Messer durch das Fenster. Wie sie erwartet hatte, hatte sich der Grunzer eng an die Öffnung gedrückt, aber sie hatte seine Haltung falsch eingeschätzt, und die Spitze der Klinge prallte über dem Auge von seiner Stirn ab.

Das Ungeheuer kreischte auf und taumelte zurück. Die Tür schloss sich mit einem Knall, und die Prinzessin zischte: »Da ist kein Riegel!«

Natürlich war da kein Riegel. Warum sollte man Dienern gestatten, sich mit dem Essen einzuschließen? Cazia wirbelte zur Tür herum und begann einen weiteren Zauber. Diesmal durfte sie, was auch immer geschah, auf keinen Fall zulassen, dass ihre Konzentration nachließ. Vilavivianna schnappte sich einen Kohlenspaten, der neben dem Ofen gelehnt hatte, und verkeilte ihn zwischen der Tür und einem Spalt im Steinboden.

Der Grunzer fuhr fort, geifernd das winzige Fenster anzubrüllen, aber weiteres Gebrüll näherte sich. Das war nun das Feuer, das sie vielleicht beide holen würde; Cazia drängte ihre Panik zurück und konzentrierte sich allein auf die Arbeit ihres Geistes und ihrer Hände. Der Zauber selbst half ihr dabei, er beruhigte ihre Gefühle, Zuckungen hin, Zuckungen her.

Es funktionierte. Ein Quader aus rosa Granit – höher und

schmaler als die, die sie draußen vor der Mauer geschaffen hatte – erschien neben der Tür und versperrte den Zutritt. »Schließt die andere Tür«, befahl Cazia und begann ihren Zauber von Neuem. Die Prinzessin zögerte, aber sie tat wie geheißen. Cazia legte einen weiteren Steinquader auf den ersten.

Wieder wirkte sie den Zauber, diesmal gegen die Tür zur Treppe. Das Heulen der Biester wurde lauter. Das Rudel kam näher. Alle ihre Zauber waren zu langsam, viel zu langsam! Der nächste Granitquader erschien am Fuß der Treppentür und blockierte auch sie. Cazia wandte sich wieder dem Eingang zum Hof zu. Dort waren die Grunzer, und diese Tür würden sie als Erstes einzurammen versuchen. Drei weitere Steinquader sollten diesen Eingang abriegeln können.

Während sie den Zauber wirkte, spürte sie Vilaviviannas sanfte Hände auf ihren Röcken. Warum sollte das Mädchen nach einem ihrer Wurfspieße greifen, wenn die Küche voller Messer war? Cazia konnte sich nicht daran erinnern, was sie mit dem Kupfermesser gemacht hatte, das sie von der Bank genommen hatte, aber sie hoffte, dass die Prinzessin es hatte.

Konzentrier dich. Konzentrier dich auf den Zauber. Die Grunzer waren jetzt da. Sie hämmerten gegen die Tür und brüllten durch die schmalen Fenster. Cazia hatte noch nie im Leben etwas so Lautes gehört; nicht einmal das Chaos und Geschrei während des Angriffs auf den Palast waren ihr so sehr durch Mark und Bein gegangen.

Der Steinblock erschien und passte exakt zwischen Türschwelle und Sturz. Zur gleichen Zeit ereilte Cazia wieder eine ihrer Zuckungen, und Vilavivianna nahm ihr etwas ab, was ganz eindeutig kein Wurfspieß war.

Cazia drehte sich um, als das Mädchen von ihr wegtrat. Die Prinzessin hatte sich den Beutel mit dem Übersetzungsstein geschnappt. Sie öffnete ihn geschickt und kippte seinen Inhalt in ihre ausgestreckte Hand.

Kümmer dich nicht darum. Cazia wirkte den Zauber wieder und gleich noch einmal. Die Tür würde niemals aufschwingen, nicht mit all diesem Granit dahinter, aber wenn die Grunzer sie aus den Angeln rissen, wollte sie ihnen nicht genug Platz lassen, um über die Steine hinwegklettern zu können.

Als sie fertig war, drehte sie sich zur Prinzessin um. Die Bestien draußen schrien ihren tierischen Zorn und ihre Enttäuschung heraus, aber Vilavivianna war sehr still. Ihr strohfarbenes Haar hing ihr lose ums Gesicht und ließ sie beinahe erwachsen wirken. Im Licht der Glut konnte Cazia sehen, dass ihre Augen vor Angst geweitet waren.

Cazia nahm ihr den blauen Stein ab und umklammerte ihn mit ihrer zitternden Faust. Der Gebrüll von draußen verwandelte sich plötzlich in verständliche Wörter.

Segen! Gesegnet seist du! Gesegnet seist du! Nimm! Nehmen! Segen! Segen!

Das war alles. Wieder und wieder sagten sie alle das Gleiche. Großer Weg, sie sprachen.

Der dumme Kommandant hatte sich geirrt. Die Grunzer waren keine Tiere. Sie waren etwas Schlimmeres.

Cazia stand reglos da und lauschte in unbändigem Erstaunen den Worten der Geschöpfe. Wenn sie redeten, konnten sie denken, und wenn sie denken konnten, welchen Vorteil hatten die Mädchen dann noch ihnen gegenüber?

Vilavivianna knallte einen Fensterladen zu und legte den Riegel vor. Das Schlagen von Holz auf Stein schreckte Cazia aus ihrer Erstarrung. Sie steckte den Stein in seinen Beutel zurück und verstaute ihn in der Tasche. Dann begann sie den nächsten Zauber. Die Grunzer droschen auf die Tür hinter ihr ein, als seien sie in der Lage, die übereinandergestapelten Granitblöcke von hinten auf Cazia herabzuwerfen. Ihre Konzentration ließ nach, versagte jedoch nicht vollends. Sie stapelte Blöcke gegen die zweite Tür, bis auch sie vollkommen verbarrikadiert war.

»Zumindest werden wir sie nicht ansehen müssen«, sagte Vilavivianna. Sie musste laut sprechen, um den Lärm von draußen zu übertönen. »Aber die geschlossenen Türen werden sie alle hierherführen und sie zur Raserei treiben.«

»Gut.«

»Gut?« Das Mädchen nahm ein paar Holzscheite und legte sie auf die heiße Glut der Herdgrube. Warum auch nicht? Sie versteckten sich nun nicht mehr. »Gründen wir hier jetzt also Fort Kind? Wir ziehen unsere Mauern hoch, teilen uns unseren gesalzenen Obstbrei ein und warten auf Rettung?« Es lag ein Hauch von Hohn in ihrer Stimme. Sie musterte stirnrunzelnd ihr abgeschnittenes Haar und begann es erneut zu flechten.

Noch einmal holte Cazia tief Luft, um ihre Nerven zu beruhigen. Es kam ihr seltsam vor, aber das Licht des Feuers gab ihr ein Gefühl der Stärke. Es war immer noch eine Menge Arbeit zu erledigen. »Wir brauchen nicht auf Rettung zu warten. Wir sind bereits hier. Wir werden Vorräte sammeln und dann zusehen, dass wir aus diesem Fort wegkommen.«

Die Prinzessin reckte ihr kleines Kinn in die Höhe und nickte.

Die Grunzer hätten die Fensterläden leicht zerschmettern können, aber das taten sie nicht. Sie interessierten sich einzig und allein für die Tür. Cazia zog Vilavivianna in einen schmalen Zwischenraum zwischen zwei Bänken – sie musste einen Holzkübel voller gekochter Knochen zur Seite treten, um Platz für sie beide zu schaffen, und aus irgendeinem Grund löste das eine weitere Zuckung aus.

Die kleine Prinzessin legte ihr sanft die Hand auf den Ellbogen. »Alles in Ordnung?«

»Bestens«, blaffte Cazia. Sie würde vor dieser hochnäsigen kleinen Indregai keine Schwäche zeigen. »Ich muss nur etwas verschnaufen.« Sie begann einen weiteren Zauber. Es war schwierig, sich angesichts ihres nervösen Magens zu konzentrieren – die Mahlzeit von eben wollte nicht unten bleiben –, aber irgendwie schaffte sie es.

Ein Steinblock etwa auf Hüfthöhe zerbröckelte. Cazia ging in die Hocke, um durch die entstandene Öffnung zu spähen, aber dahinter war nichts als Dunkelheit. Gut. Hätte die Mauer direkt an den Hof gegrenzt, hätte Cazia jetzt Sternenlicht sehen müssen. Sie begann, das zerbröselte Gestein aus dem Loch zu kehren und Platz zu schaffen, damit sie hineinkriechen konnten.

»Ich passe da durch«, sagte Vilavivianna. »Aber Ihr solltet besser noch einen weiteren Stein brechen lassen, damit auch für Euch genug Platz ist.«

»Ich passe ebenfalls durch!«, fauchte Cazia. »Außerdem würde das ganze Ding vielleicht auf uns herunterkrachen, wenn ich noch einen Stein zerstöre.«

»Aha«, war alles, was die Prinzessin sagte. Sie wand sich wie eine Schlange durch die Öffnung hindurch.

Cazia zwängte sich direkt hinter ihr in das Loch. Ihre Schultern passten bequem hindurch, aber ihre Brüste kratzten unangenehm über den rauen Stein. Es war ihr peinlich, selbst in diesem pechschwarzen Raum, in dem niemand sonst als ein Kind war, das nicht einmal etwas sehen konnte. Vor ein paar Jahren wäre das noch anders gewesen, aber sie war nicht mehr in Vilaviviannas Alter. Auch ihre Hüften waren eine knappe Sache, aber sie wusste, dass sie sie würde hindurchzwängen können. Es erforderte nur ein wenig Zeit. »Seht Ihr irgendwelche Fenster?«, flüsterte sie.

Zuerst kam keine Antwort, was ihr nicht gefiel. Konnte dem Mädchen innerhalb der wenigen Momente etwas zugestoßen sein, die sie jetzt …

»Nein«, erwiderte die Prinzessin schließlich. Ihre Stimme war leise. »Hier ist überhaupt kein Licht. Die Dunkelheit, sie ist zu viel für mich. Ich …«

»Geduld«, mahnte Cazia. Sie bekam nun endlich die Hüften durch die Öffnung, wurde aber vom Geräusch zerreißenden Stoffs für ihre Hast bestraft. »Feuer und Zorn«, sagte sie, als sie sich in der Dunkelheit erhob.

Sie wirkte einen Lichtzauber und platzierte das Licht hoch oben an der Wand neben ihr. Es war nur eine kleine leuchtende Kugel, wie ein in sich geschlossener Ball aus Nebel im Mondschein, aber ihrer beider Augen hatten sich bereits so sehr an die Dunkelheit gewöhnt, dass die Kugel so hell wirkte wie ein Sonnenaufgang.

»Wir sind da!«, sagte Vilavivianna, lauter, als es Cazia für klug hielt. Aber sie hatte recht. Es war in der Tat die Waffenkammer. Sie befand sich direkt neben der Küche, doch es hatte keine direkte Verbindung zwischen den beiden Räumen gegeben, bis Cazia eine geschaffen hatte.

Und es gab keine Fenster, doch die Tür stand einen Spaltbreit offen.

Cazia zog einen Reiseumhang von einem Haken an der Wand und warf ihn über die Tür. Der Verbindungsgang, auf dem Zollik den Grunzer getötet hatte, musste sich direkt über ihnen befinden, was bedeutete, dass der große Saal, wo die Kreaturen ihre Gefangenen festhielten, links auf der gegenüberliegenden Seite des Hofes war. Die Tür der Waffenkammer öffnete sich nach innen, und die Scharniere waren auf der rechten Seite. Wenn ein Grunzer aus der Tür des großen Saals schaute, würde er nicht in den erleuchteten Raum hineinblicken können, aber er würde vielleicht einen Lichtstrahl wahrnehmen, der in den Hof fiel.

»Seht Ihr das?«, fragte Vilavivianna.

Zuerst sah Cazia gar nichts. Sie spähte zwischen dem Umhang und dem Türsturz hindurch und bemerkte das Licht, das aus dem großen Saal drang, und den welligen Boden des Hofes …

Direkt vor der Tür lag ein toter Mann. Selbst in dem schrecklichen, schwachen Licht um sie herum konnten sie erkennen, dass es Kommandant Gerrit war. Ein Stück weiter von der Tür entfernt sahen sie Umrisse auf dem Boden, bei denen es sich nur um weitere Leichen handeln konnte.

Monument, sei mir Stütze.

Die Mädchen breiteten den Umhang über die obere Türecke, drückten die Wolle reibend gegen den rauen Granitstein, bis sie dort haften blieb. Bald ließen sie zufrieden davon ab. Die Tür würde offen bleiben, aber kein Licht würde hinausdringen.

Dann sahen sie sich in der Waffenkammer um. Zuerst suchten sie beide nach Messern und wählten jede zwei eiserne Klingen mit lederbezogenen Griffen sowie Gürtelscheiden von hoher Qualität. Dann ging Cazia zu den Mänteln, Rucksäcken und Lebensmitteln hinüber, während Vilavivianna unter den Bögen und Köchern nach etwas Passendem für sich stöberte. Cazia hatte nicht die Absicht, weitere Waffen mitzunehmen. Messer und Wurfspieße waren genug für eine Gelehrte, und ihr Köcher war voll.

Sie packte Fleischbrot ein und nahm ein paar kleinere Umhänge an sich, außerdem zwei hölzerne Feldflaschen, die mit Tierblasen ausgekleidet waren, und einige andere Kleinigkeiten, die sie benötigen würden.

Die ganze Sache erschien ihr plötzlich lächerlich. Cazia war noch nie im Leben durch die Wildnis gewandert – und es jetzt auch noch bei Nacht zu tun, mit keiner anderen Gesellschaft als einem Mädchen, das noch jünger war als sie selbst?

Sie würden von einem Bären oder einer Bergkatze gefressen werden. Sie würden in einem Felsrutsch begraben oder von den Heiligen Söhnen der Durdra entführt werden oder von einem Felssims stürzen. Oder sie würden verhungern. Cazia hatte ihr ganzes Leben im Palast verbracht und nur gelegentlich und unter Bewachung kleine Reisen außerhalb von Peradain unternommen.

Vilavivianna trat neben sie und unterzog ihren Rucksack einer Prüfung. »Gibt es hier keine Nadel? Kein Garn? Eine Kupfernadel sollte genügen, solange wir dafür sorgen, dass kein Grünspan darauf ist. Ein paar Därme wären ebenfalls von Nutzen; ich weiß, dass die königlichen Truppen es gewohnt sind, mit Magie zu heilen, aber wir werden weit weg von Schlafsteinen und Heilgelehrten sein.«

Cazia stand da und schaute sich im Raum um. In der hinteren Ecke befanden sich kleine Ledertaschen, in die seitlich medizinische Symbole gebrannt waren. Darin befanden sich Kupfernadeln sowie Därme, saubere Baumwolle und winzige verglaste Krüge mit Wachsstöpseln. Sie schnappte sich zwei davon.

Vilavivianna hatte noch einen zweiten Rucksack herbeigeschafft und belud sie nun beide. In den einen Rucksack hatte sie bereits alle Vorräte gepackt, die Cazia dafür zurechtgelegt hatte, und nun füllte sie den anderen mit der gleichen Menge. Außerdem hatte sie die schwarzen königlichen Mantelumhänge, die Cazia ausgewählt hatte, beiseitegeworfen und sie durch zwei graue ohne Kennzeichnung ersetzt. Schließlich legte sie ein Beil auf jeden der beiden Rucksäcke.

»Wir sind jung«, erklärte das Mädchen, »und wir sind nicht stark genug, um alles zu tragen, was wir brauchen. Das hier wird genügen müssen.«

Die Prinzessin das Kommando übernehmen zu sehen erfüllte Cazia fast schon mit neuem Mut. »Ich habe so etwas noch nie getan«, sagte sie und hatte Angst, dass das jüngere Mädchen sie verspotten könnte. *Die da ist weder von hoher Geburt noch für uns notwendig, ist es nicht so?* »Ich bin noch nie ohne eine bewaffnete Wache in die Wildnis hinausgegangen.«

Vilavivianna band ein langes Messer neben die beiden

anderen an ihren Gürtel. Bei ihr sah es aus wie ein Kurzschwert. »Gut. Ihr habt hier in diesem Fort mein Leben gerettet und mit Eurer Magie alles für uns getan. Wenn wir es aus diesen Mauern hinausschaffen, werde ich eine Gelegenheit haben, Euch Eure Tapferkeit zu vergelten.«

Das Wort *Tapferkeit* erschreckte Cazia. Tapferkeit? Sie konnte sich nur an ihren unkontrollierten Zorn erinnern, als sie das Mädchen wie eine brutale Schlägerin geohrfeigt hatte, und an ihren überraschten Ausruf, als sie Vilaviviannas Stimme zwischen den Schränken gehört hatte. Sowie an ihre Zuckungen.

Ihrem Gesichtsausdruck musste ihre Verwirrung deutlich anzusehen sein, denn die Prinzessin fragte: »Habe ich Euch wieder gekränkt?«

»Nein. Ganz und gar nicht. Danke.«

Das kleine Mädchen nickte. »Ich habe keine Rüstungen gesehen.«

Sie hatte recht. Welchen Sinn hatte eine solche Rüstkammer, wenn es darin keine Rüstungen gab? Sie sahen sich erneut im Raum um. Regale mit Speeren und Messern, mit Umhängen und Krügen voll Öl sowie eine ganze Wand voller Schilde … Aber was hatte dieser Wandteppich dort drüben zu suchen?

Der Wandteppich verbarg eine unverschlossene Tür, und dahinter fanden sie Rüstungen. Cazia musste in diesem kleineren Raum einen zweiten Lichtzauber wirken. An der einen Wand befanden sich drei Reihen mit eisernen Brustharnischen und an der anderen vier Reihen mit eisernen Armschienen.

»Tyr der Schlafenden Erde«, sagte Vilavivianna. Ihre Hände öffneten und schlossen sich. »So viel Eisen, das einfach hier herumliegt.«

Cazia hätte beinahe gesagt: *Wir werden das Fort nicht bestehlen,* aber das wäre lächerlich gewesen. Schließlich hatte ihnen auch niemand die Erlaubnis erteilt, sich das zu nehmen, was sie bereits hatten. »Wir nehmen nur mit, was wir brauchen.«

»Natürlich«, erwiderte das Mädchen, ohne gekränkt zu wirken. »Ich bin eine Prinzessin des Goldgrashügels, keine Diebin. Trotzdem, mit nur zweien von den drei Reihen dieser Brustpanzer könnte man in meinem Land ein ganzes Tal kaufen. Aber mit ihrem Gewicht würden sie uns nur verlangsamen. Wir brauchen gesottenes Leder, und es muss uns passen, sonst können wir es ganz lassen.«

Cazia fand tatsächlich ein Wams aus gesottenem Leder, das ihr passte, selbst wenn es ein wenig eng um die Brust saß. Vilavivianna hatte weniger Glück; nicht einmal die kleinste Rüstung der Eiltruppe saß ihr bequem, und sie musste sich mit einer dicken Steppjacke begnügen. »Zumindest werde ich nicht frieren«, sagte das Mädchen. Cazia wühlte sich durch den Stapel mit Jacken, bis sie ebenfalls eine passende fand.

Danach entdeckten sie eine Truhe voller breitkrempiger Stoffhüte, die zum Schutz gegen den Regen gewachst und in die eiserne Helmkappen eingenäht waren. Cazia fand, dass sie lächerlich aussahen, aber Vilavivianna band sich sorgfältig das Haar hoch, damit ihr der kleinste von ihnen passte. Vielleicht würde sie sich davon ein großes Gartengrundstück kaufen können, wenn ihr die Flucht zurück zu ihrem Volk gelang.

Sie gingen zurück zu ihren Rucksäcken. Dann hob die Prinzessin einen Schwertgürtel vom Boden neben sich auf. »Ihr müsst das hier tragen.«

Cazia wusste nicht das Geringste über Schwerter, nur dass man sie am stumpfen Ende hielt. »Das brauche ich nicht.« Sie klopfte auf ihren Köcher mit den Wurfspießen.

»Die werden wir in Euren Rucksack packen«, sagte Vilavivianna. »Ihr könnt sie in den Weiten Landen nicht offen tragen. Nicht, wenn Ihr überleben wollt.«

Großer Weg, das Mädchen hatte recht. Selbst im Herzen des Reiches bewegten sich Gelehrte überall nur in Begleitung einer bewaffneten Wache. Wenn zwei Mädchen in der Wildnis auf ein Bergarbeiterlager oder ein Hirtenvolk stießen, würde ihnen vielleicht Gastfreundschaft gewährt werden. Aber für eine Gelehrte war eine Entführung mit Lösegeldforderung der *best*mögliche Ausgang.

»Ihr habt recht«, erwiderte Cazia. »Aber erst, wenn wir außer Reichweite der Grunzer sind. Ich weiß nicht, wie man mit einem Schwert umgeht, und diese Wurfspieße sind meine einzige Waffe.«

»Das klingt vernünftig. Lasst mich fertig packen. Ihr müsst einen Speer für die Reise auswählen – keine Widerrede. Ihr müsst.«

Die Speere befanden sich im ersten Zimmer in der Nähe jener Öffnung in der Wand, die Cazia geschaffen hatte. Das Heulen der Grunzer hatte nicht nachgelassen – wurden die verdammten Viecher denn niemals müde? Vielmehr schien sich das Geheul eher noch verdoppelt zu haben. Offensichtlich richteten sie ihren Angriff jetzt auf beide Türen.

Cazia hätte dieses Loch niemals unverschlossen in der Wand lassen sollen. Sie kehrte den verbliebenen Schutt nach innen – und auf ihre Füße –, und begleitet vom ringsum widerhallenden Geräusch der Fäuste, die auf den Stein hämmerten, zauberte sie einen neuen Quader in die Mauer. Er passte nicht so gut, wie er das eigentlich sollte; sie wurde zwar besser darin, Steinblöcke zu machen, aber bis sie eine Mauer würde errichten können, war es noch ein weiter Weg.

Schlimmer noch, die Ritzen an den Seiten machten sie nervös. Ein zu kleiner Block allein würde die Aufmerksamkeit der Grunzer noch nicht erregen – aber kleine Spalten, durch die das Licht sickerte?

»Sind wir bereit aufzubrechen?«, fragte Vilavivianna. »Ich nehme an, wir werden Euren Steinbrechzauber auch einsetzen, um durch die Mauer zu entkommen.«

»Ich muss Euch etwas zeigen«, sagte Cazia. Sie führte die

Prinzessin wieder zu dem Wandteppich hinüber. Gemeinsam standen sie in der Tür und schauten in östlicher Richtung durch beide Räume. »Seht Ihr es?«

»Nein«, gestand das Mädchen und wurde allmählich ungeduldig. »Wollt Ihr mich verspotten, oder wollt Ihr mir etwas beibringen?« Ihr Tonfall deutete an, dass es für sie zwischen diesen beiden Dingen keinen großen Unterschied gab.

»Für mich sieht es so aus, als seien die Räume unterschiedlich lang«, erklärte Cazia.

Vilavivianna schaute abermals hin. »Ja! So etwas wäre mir nie aufgefallen. Aber was bedeutet das?«

Cazia untersuchte die östliche Mauer. Sie fand nichts Auffälliges und löschte das Licht, als sie nun wieder in den Hauptraum zurückgingen. In der gegenüberliegenden südöstlichen Ecke befanden sich keine Regale an der Mauer. Einige Herzschläge lang suchte Cazia, dann fand sie den Riegel. Die versteckte Tür knarrte, als die Mauer nach innen aufschwang.

Sie löschte das Licht in der ersten Waffenkammer, und Dunkelheit senkte sich über sie beide. Nur der schwache Schein von Lichtsteinen schimmerte ihnen entgegen. Vilavivianna sprang schnell die steinernen Treppenstufen in den Tunnel hinab, und Cazia musste sich beeilen, um mit ihr Schritt zu halten.

»Dieser Weg ist zu lang, um ein Verbindungsgang zum großen Saal zu sein, oder?« Die Prinzessin wirkte aufgeregt. »Er muss weiterführen, zum Kommandantenturm dahinter. Ein Jammer, dass Kommandant Gerrit es nicht bis zum Tunnel geschafft hat.«

»Wir sollten leise sprechen. Es könnte Belüftungsrohre geben.«

Das hier war ein sicherer Ort, begriff Cazia. Wenn sie ihre Nahrungsmittel hier herunterbrachten, hätten sie Licht und Sicherheit, solange ihre Vorräte reichten oder bis das Reich das

Fort zurückeroberte. Und bestimmt würde jemand das versuchen, schon angesichts der besonderen Bedeutung der Geiseln. Oder nicht?

Sie blieb jäh stehen. Vilavivianna stoppte ebenfalls. »Was ist los?«

Es würde keine Rettung kommen – und selbst wenn Soldaten sie aus Samsit befreiten, *wäre* es keine Rettung. Jeder Tyr im Reich machte wahrscheinlich Jagd auf sie und auf die kleine Prinzessin ebenfalls. Die Italgas hatten sie immer freundlich behandelt – bisweilen sogar gütig –, zum Teil Lars wegen und zum Teil aus Ehrgefühl.

Aber Tyre nahmen ständig Geiseln. Manchmal verlangten sie ein Lösegeld oder erzwangen Hochzeiten, oder sie warfen einfach Leute in Gruben und vergaßen, ihnen zu essen zu geben. Für jemanden, der ein Druckmittel gegen ihren Vater haben wollte, wäre sie ein geeigneter Angelpunkt, um seinen Hebel anzusetzen.

Und Vilavivianna? Man würde sie gewiss zu einer Ehe zwingen, die sie nicht wollte, und den Gedanken, man könne damit warten, bis sie volljährig wurde, konnte sich Feuer holen.

Nicht alle Tyre waren skrupellose Feinde, aber die meisten von ihnen schon. Ganz gleich, wie verführerisch der Gedanke war, die Mädchen konnten sich hier unten nicht verstecken. Sie mussten das Fort so bald wie möglich verlassen.

»Schnell«, flüsterte sie. Sie liefen zum anderen Ende des Ganges. Leise scharrten ihre Stiefel über den Steinboden.

An diesem Ende gab es kein Treppenhaus, nur eine Leiter, die in den Stein gemeißelt war. Cazia legte mahnend einen Finger an die Lippen, dann begann sie zu klettern. Ihr Rucksack war eine Last, aber glücklicherweise war der Schacht breit genug, dass sie hindurchpasste, ohne laut über den Stein zu schrammen.

Sie erreichten eine Reihe gewundener Stufen. Sobald die

steinerne Leiter außer Sicht war, herrschte hier völlige Dunkelheit, aber sie war viele Male die geheime Treppe im Gelehrtenturm hinaufgestiegen, und das hier war kaum anders. Sie duckte sich und stützte sich im Hinaufgehen mit den Händen auf den Treppenstufen ab.

Ein schwacher Schimmer zeigte ihr an, wo sich die verborgenen Türen in der Wand befanden, und sie wusste, welche sie nehmen musste. Im zweiten Stockwerk hielt sie inne, um zu lauschen, und als sie nichts hörte, entriegelte sie die Tür.

Vor ihr lag der Raum, wo der Kommandant den Spiegel aufbewahrte und sich Rat aus der Ferne einholte. Cazia hatte selbst noch nie Gebrauch von einem Spiegel gemacht, aber sie war bei der Nachricht an ihren Vater sowie an einige weitere Tyre hier oben mit dabei gewesen – Feuer und Zorn, war das wirklich erst sechs Tage her? Der Spiegel im Palast war groß genug, um das Gewicht von zehn Männern zu haben – damit er auch schwer zu stehlen war, hatte Lar gemeint –, aber dieser hier war nur an einer stabilen Halterung aus Blei befestigt.

Sie wusste also, was zu tun war. Sie trat vor den Spiegel hin und stellte sicher, dass ihr ganzes Gesicht in dem polierten Silber zu sehen war. Dann sagte sie: »Tyr Gerrit.«

Sie machte sich Sorgen, dass es womöglich nicht funktionieren würde, weil *Tyr* ein Titel war, kein Name, aber der Spiegel leuchtete trotzdem hell auf. Nach vielen langen Atemzügen erschien das Gesicht eines Mannes darin.

Sie hätte niemals zu erraten vermocht, dass er mit dem Kommandanten von Fort Samsit verwandt war. Er war ungefähr fünfzig, mit fliehendem Haaransatz und einem grauen Bart, den er sich zu einem Dutzend kleiner Zöpfe geflochten hatte. Seine Augen waren schmal und grausam, und bei dem Gedanken, dass dieser Mann auf ihrer Suche nach einem Verbündeten ihre größte Hoffnung war, wurde es Cazia schwer ums Herz. Es war schon so viele Jahre her, dass Tyr Gerrit für den König gekämpft hatte. Wenn er kein anständiger Mann war …

»Was tust du da, Mädchen? Spielen? Ich werde dich auspeitschen lassen! Ich bin ein vielbeschäftigter …«

Seine Stimme hallte in dem steinernen Gewölbe wider. Cazia gebot ihm mit einem Zischen zu schweigen, was sein Gesicht vor Zorn rot anlaufen ließ. Doch im gleichen Moment überzeugte ihn etwas in ihrer Miene, sie ernst zu nehmen. »Fort Samsit ist gefallen.«

Sein Gesichtsausdruck veränderte sich nicht. »Ich habe noch keine Berichte darüber vernommen. Wer soll es denn erobert haben?«

»Grunzer. Es ist erst einige Stunden her, dass …«

»*Grunzer!* Tiere sollen ein Fort des Reiches gestürmt und zweihundert Speerträger und Bogenschützen überwältigt haben? Wo ist Ranlin?«

»Kommandant Gerrit ist tot!«, zischte Cazia. Das Gespräch lief ganz und gar nicht so, wie sie es erhofft hatte, und sie war sich unsicher, was sie als Nächstes sagen sollte.

Bevor ihr irgendetwas einfiel, drang eine andere Stimme durch den Spiegel. Sie stammte von einem Mann, den sie nicht sehen konnte. »Es ist ein Streich. Nein, es ist eine List, um uns dazu zu bringen, unsere Speerträger innerhalb der Mauern unserer Festungen zu halten. Darf ich?«

»Das ist kein Streich!« Cazias Stimme wurde lauter, und die Prinzessin legte ihr die Hand auf den Ellbogen, um sie zu beruhigen. *Ich habe die Zuckungen,* wollte sie rufen, aber würde sie das davon überzeugen, dass die Gefahr echt war, oder würde es sie nicht eher dazu bringen, noch mehr an ihr zu zweifeln? Eines war gewiss: Es würde ihr kein Mitleid eintragen. Unter den Tyren gab es kein Gefühl, das seltener war als Mitleid.

Ein weiteres Gesicht tauchte auf. Der Mann sah ein wenig jünger aus als Tyr Gerrit und hatte gelocktes schwarzes Haar und ein dreieckiges Gesicht. Er kam Cazia vage vertraut vor, obwohl seine Miene womöglich gar noch grausamer war als die von Gerrit. Würde irgendein Bühnenschauspieler eine solche Hohngrimasse präsentieren, würde er wegen Übertreibung ausgelacht werden. »Kennst du mich, Mädchen?«

»Tyr Bendertuk«, sagte sie, ohne nachzudenken.

»Ganz richtig. Wo ist mein Sohn, Timu?«

»Ich weiß es nicht.« Cazia sah Vilavivianna fragend an, aber sie wusste es auch nicht. »Als ich ihn das letzte Mal gesehen habe, lag er auf einem Schlafstein. Er wurde bei den Kämpfen verletzt, als wir aus Peradain geflohen sind.«

Davon hielt Tyr Bendertuk offensichtlich nicht viel. »Das ist das Gleiche, was Treygar und der Prinz schon vor fünf Tagen behauptet haben. Hat er die Sache immer noch nicht durchgestanden?«

»Er hatte Knochenbrüche«, sagte Cazia, und es machte ihr schwer zu schaffen, dass sie dabei ein wenig stammelte. »Aber ich weiß nicht, wo er jetzt ist. Ich habe ihn nicht mehr gesehen, seit das Alarmsignal ertönt ist.«

»Dann ist er also tot.« Tyr Bendertuks Gesichtsausdruck war verächtlich.

»Beim Großen Weg, das hoffe ich nicht«, entgegnete Cazia. »Timush ist mein *Freund*. Hört mir bitte zu: Die Grunzer haben die Wachen im Fort überwältigt. Ich weiß nicht, wie. Ich kann sie unten im Innenhof heulen hören, aber ich weiß nicht, ob Ihr das ebenfalls könnt.« Bendertuks Miene veränderte sich nicht. Er konnte – oder wollte – die Grunzer draußen nicht hören. »Sie haben die anderen zusammengetrieben und halten sie im großen Saal fest …«

»Als Gefangene?«, fragte Tyr Gerrit von einer Stelle im Raum, wo Cazia ihn nicht sehen konnte.

»Ja.« Cazia versuchte, so nachdrücklich wie möglich zu klingen, aber die einzige Reaktion war Gelächter. »Diese Grunzer sind nicht so wie diejenigen, die durch die Pforte in Peradain gekommen sind. Sie sind ganz anders. *Hört mir zu!*«

»Ich kenne die Geschichte schon«, sagte Tyr Bendertuk mit einer geringschätzigen Handbewegung. »Du machst sie nur noch unglaubwürdiger, indem du sie mittendrin veränderst. Ich wette, Treygar hat meinen Sohn in Peradain im Stich gelassen, genauso wie er auch Rolvos Tochter im Stich gelassen hat. Nun, sag deinem Prinzen – wenn er sich nicht ohnehin irgendwo mit dir im Raum befindet und sich außer Sicht versteckt –, dass er Tyr Freibrunn nicht als Mittel einsetzen kann, um mich zu beherrschen. Ich werde meine Speerträger nicht einfach nur deshalb zurückhalten, weil die Italgas einer Freibrunn ein Messer an die Kehle setzen, und wenn er etwas anderes glaubt, wird ihn Feuer holen, wie es meinem Erben geschehen ist.«

»Das reicht«, ging Vilavivianna dazwischen. »Ihr habt sie gewarnt. Ihr könnt sie nicht dazu zwingen, diese Warnung auch zu befolgen.«

»Und wer ist das?«, fragte Bendertuk. Gerrit trat zurück in den Spiegelrahmen und schob Tyr Bendertuk sanft beiseite.

»Ja«, sagte Gerrit. Seine Stimme war die schneidende Stimme eines Mannes, der es gewohnt ist, Befehle zu erteilen. »Tritt vor und zeig dein Gesicht.«

Die Prinzessin straffte die Schultern. Ehe Cazia reagieren konnte, trat sie vor den Spiegel. »Ich bin Vilavivianna vom Goldgrashügel, Tochter von …«

»Ich weiß, wer Euer Vater ist«, unterbrach sie Tyr Gerrit. In sein starres, grausames Gesicht kam gerade genug Regung, um seine Habgier sichtbar zu machen. »Ihr seid also doch dort! Der junge Italga hat Euch noch nicht geheiratet, nicht wahr? Hat der Prinz Euch mit in sein Ehebett genommen?«

Vilavivianna kräuselte angewidert die Lippen. Cazia zog das Mädchen beiseite und ersparte der Prinzessin den Anblick von

Gerrits offenem Mund. »Der *junge Italga,* von dem Ihr da die ganze Zeit redet, ist kein Prinz. Er ist Euer König.«

Sie warf ein Tuch über den Spiegel und unterbrach die Verbindung. Das Leuchten erlosch binnen weniger Momente, und Cazia stellte zu ihrem Erschrecken fest, dass die Fensterläden an der Südmauer offen waren. Sie hatte diesen Raum erhellt wie eine Kerze eine Gruft.

Cazia eilte zum Fenster und spähte hinaus. Unten im unbeleuchteten Innenhof konnte sie nichts sehen, dazu war das Sternenlicht zu schwach. Die Geräusche der Grunzer hatten sich nicht verändert. Dieses Fenster ging nach Süden hinaus, in Richtung des Reiches, während sich die Untiere im Innenhof im Osten befanden. Ausnahmsweise einmal hatte sie Glück gehabt.

»Genau das habe ich erwartet.« Vilaviviannas Stimme war leise.

Cazia war sich nicht sicher, was das kleine Mädchen meinte. Sie blickte weiterhin auf den Innenhof hinaus. In der Dunkelheit hatten sich die Wolken weitgehend verzogen, sodass sie Sternschnuppen sehen konnte. Wie schön sie waren. »Was habt Ihr gesagt?«

Vilaviviannas Stimme war zittrig, als sie ihre Worte wiederholte: »Genau das habe ich von den Edelleuten Peradains erwartet. Ihr seid da ganz anders gewesen; Ihr, Cazia Freibrunn, seid mir mit Freundlichkeit begegnet, habt mutig mein Leben gerettet und mich genug respektiert, um mich mit der flachen Hand zu schlagen, als ich Euch gekränkt habe, und Ihr habt mir genug vertraut, um mir etwas über Eure Magie beizubringen. So jemanden wie Euch hätte ich nicht erwartet.«

Cazia wandte sich vom Fenster ab. Vilavivianna war kaum mehr als ein dunkler Schatten, aber Cazia konnte sehen, dass sie am ganzen Körper zitterte.

»Ihr habt Euch mir gegenüber ehrenwert verhalten«, fuhr

die Prinzessin fort, »und das bis zu einem Grad, den ich nie erwartet hätte – genau wie Lar Italga und die ganze königliche Familie. Aber diese beiden Männer, diese Tyre, sie sind die Peradaini, unter denen ich geglaubt habe, fortan leben zu müssen.«

»Nicht alle Tyre sind so«, erwiderte Cazia, ohne darüber nachzudenken, was sie sagte. »Tyr Gerrit hat einfach Angst, wie ich glaube, und der König …« *Der König war für einen König ein anständiger Mann. Er war im Grunde nichts als einfach nur ein weiterer Tyr; mit dem Unterschied, dass er die alleinige Kontrolle über die Geschenke innehatte und sich auf diese Weise den Thron der Schädel sichern und bewahren konnte.* »Die Tyre können sehr strenge Männer sein, aber sie sind nicht durch und durch böse.«

»Peradainische Tyre haben im Zuge ihrer Eroberungen über vier Generationen hinweg den Straim überquert, Menschen aus meinem Volk getötet, Lagerhäuser geplündert und Städte niedergebrannt. Sie brauchen nicht ›durch und durch‹ böse zu sein, um böse genug zu sein, den Begriff zu verdienen.«

Cazia fand das ungerecht, aber sie hatte keine Ahnung, wie sie reagieren sollte. König Ellifer hatte mehrere Armeen nach Indrega entsandt, als er jünger gewesen war, und vor ihm hatte König Ghrund das Gleiche getan. Natürlich hatten die Armeen Menschen getötet, aber … nein, Cazia wusste nicht, wie sie ihre eigene Sicht des Reiches mit dem in Einklang bringen sollte, was Vilavivianna sagte, und sie konnte den Worten des Mädchens auch nicht jede Berechtigung absprechen.

»Der König hat meinem Vater gegenüber Zusagen gemacht«, fuhr die Prinzessin fort. »Er hat versichert, dass man mich nicht vergewaltigen würde. Ich habe mich einverstanden erklärt, den Straim zu überqueren und in der Stadt zu leben, um den Prinzen zu heiraten und Kinder zu bekommen, wenn ich volljährig wäre, aber ich sollte nicht in ein Ehebett gezwungen werden, bevor meine Zeit gekommen ist.«

»Oh, nein!« Cazia eilte zu ihr und umfasste Vilaviviannas winzige Hände. Sie waren eiskalt. »Nein, bitte, ich … ich weiß nicht, was ich Euch sagen soll.«

»Sagt mir, dass sich diese Tyre, die kommen werden, um mich aufzuspüren, an König Ellifers Vereinbarung halten werden.«

Cazia wollte es der Prinzessin versichern, aber sie konnte nicht lügen. »Ich bin nur ein Mädchen«, murmelte sie. »Ich besitze keine Ländereien oder Speere, bis auf den einen, den zu tragen Ihr mich geheißen habt, aber ich werde alles in meiner Macht Stehende tun, damit die Vereinbarung zwischen Lars Vater und dem Euren eingehalten wird. Ich werde tun, was ich kann, um Euch zu beschützen.«

Nach einem kurzen Moment seufzte die Prinzessin. »Danke.«

Cazia war froh, dass sie in der Dunkelheit dastanden. Sie wollte den Ausdruck auf dem Gesicht der Prinzessin nicht sehen – nicht, nachdem sie ihr in diesem Tonfall gedankt hatte.

Das von draußen vor den Fenstern hereindringende Heulen wurde lauter. Cazia trat zu einem der Fenster hinüber und sah Lichter am Nachthimmel flackern. Die Sternschnuppen, die sie zuvor bemerkt hatte, waren gar keine Sterne gewesen.

»Weitere fliegende Soldaten«, bemerkte Vilavivianna mit ausdrucksloser Stimme.

Natürlich. Wie hatte sie die Flugwagen nicht sofort erkennen können? Der erste befand sich bereits innerhalb der Festungsmauern und sank langsam auf den Hof herab. Er trug das grüne Banner der Vier Flüsse – kein Wunder, dass Tyr Gerrit Vilavivianna so gierig angestarrt hatte. Er hatte gewusst, dass seine Speerträger drauf und dran waren, sie sich unter den Nagel zu reißen.

Ein Hauptmann in voller Eisenrüstung rief nach dem Kommandanten und seiner Wache; sie sollten sie in Empfang nehmen. Natürlich war niemand in der Nähe, aber das Geheul der Grunzer wurde lauter und nachdrücklicher. Ihre Unschlüssigkeit ließ Cazia förmlich erstarren. Das waren königliche Soldaten wie Zollik und Peraday, und nachdem sie die ganze Nacht vor den Grunzern davongelaufen waren und sich versteckt hatten, verspürte sie ein wildes Verlangen, von ihnen umstellt zu sein, aber sie wusste, was das für die Prinzessin bedeuten würde.

»Sie landen zwischen uns und dem Südtor«, sagte Vilavivianna. »Wir müssen es zum Nordtor schaffen.«

Der zweite Wagen schwebte nicht zur Landung herunter; er schwenkte nach Osten ab und glitt über das Fort hinweg. Die Soldaten darin hatten bereits ihre Bogen gespannt und Pfeile an die Sehnen gelegt. Der dritte Wagen flog hoch über dem Turm und befand sich nicht mehr in Cazias Gesichtsfeld.

»Ja«, murmelte Cazia leise. »Und wir haben nicht viel …«

Etwas traf den tieffliegenden Wagen mit den Bogenschützen und zerbrach den Holzbalken, der das Vorderteil des Wagens mit der schwarzen Scheibe darüber verband. Der Wagen wurde durchgerüttelt, die Soldaten darin fluchten oder schrien auf und ließen ihre Pfeile versehentlich auf den Steinboden unter ihnen schießen.

Im Licht der Lampen im Inneren des Wagens war das Gesicht der Fahrerin deutlich zu erkennen. Sie war eine dickleibige ältere Frau mit Mopsgesicht, und ihr zu einem Zopf geflochtenes graues Haar hing weit über ihre wollene Steppjacke herab. Cazia konnte die Konzentration auf ihrem Gesicht erkennen, als sie versuchte, den Wagen aufzurichten, aber eine Salve Steine von unten traf die Soldaten, das zersplitterte Holz und sie selbst.

Der hintere Teil des Wagens sackte ruckartig nach unten, und die Fahrerin kippte über die Brüstung nach hinten. Nur aufgrund ihres Sicherheitsgeschirrs fiel sie nicht ganz aus dem

Wagen heraus. Der Wagen begann seitlich in die Tiefe zu gleiten, als verlöre er auf einem schlammigen Hügel den Halt. Die Soldaten fluchten und hantierten an den Köchern an ihren Hüften herum, während sie darum kämpften, nicht aus dem Wagen zu stürzen.

»Wir müssen los!«, zischte die Prinzessin.

Cazia folgte ihr aus dem Raum und die Treppe hinunter. Sie hätte gern diesen Spiegel mitgenommen, aber sie hätten ihn niemals schleppen können, nicht einmal, wenn sie eine Trage dabeigehabt hätten.

Wollen, wollen, wollen. Sie wollte immer wieder Dinge, die sie nicht haben konnte. Es war lächerlich, und sie musste sich das abgewöhnen. Sie musste bereit sein, alles einfach wegzuwerfen und darauf zu verzichten.

Außer auf ihre Freunde.

Am Fuß der Treppe angelangt, lief Vilavivianna zu der Tür am Nordende des Turms. Es war der Dienstboteneingang, aber Cazia folgte ihr nicht. Die Prinzessin ging neben der offenen Tür in die Knie und spähte in den Hof hinaus. »Jetzt ist unsere Gelegenheit gekommen.«

»Halt, noch nicht.« Cazia lief zur zerstörten östlichen Tür und blickte hindurch. Dieser Weg führte zum großen Saal; er bildete eine direkte Verbindung zwischen dem Turm des Kommandanten und dem Speise- und Versammlungssaal der Festung. Und er öffnete sich sogar direkt zu dem erhöhten Bereich an der Stirnseite des Raumes hin, wo die Tyre und die Offiziere aßen. Für einen Moment hatte Cazia mit einer Zuckung zu kämpfen, dann steckte sie den Kopf durch die Öffnung.

Der Saal war voll, aber wie sie gehofft hatte, befanden sich die meisten Menschen unten im Hauptbereich. Diener, Bauern, Bürger – welche Arbeiten sie auch immer verrichteten – saßen teilnahmslos an den Tischen oder lagen auf dem Boden. Viele bluteten an Gesicht oder Armen. Es waren keine Grunzer zu sehen.

Aber oben auf dem erhöhten Bereich, hinter der hohen Tafel, saßen Leute, die den Eindruck von bedeutenden Stadtbeamten machten, außerdem Männer, die wie die Kapitäne von Binnenschiffen gekleidet waren – und, wichtiger noch, hochgeborene Geiseln.

»Bitt!« Cazia versuchte, leise zu sprechen, aber es schien, als hätte sie jeder in einem Umkreis von zwanzig Schritten gehört. »BITT!«

Bittler sah sie erschrocken an, dann eilte er auf sie zu. Timush und Jagia, beide einen Arm in der Schlinge, schliefen an der hinteren Wand. Bittlers Schulter war in einen blutigen Verband gehüllt; er würde ihnen so bald nicht beim Tragen der Rucksäcke helfen können. »Was machst du hier?«

»Dich retten. Die Bestien sind alle draußen und kämpfen. Warum hast du nicht versucht zu fliehen?«

»Wir müssen bleiben«, antwortete Bitt mit ernstem, bleichem Gesicht. »Wir sind alle übereingekommen, dass wir bleiben müssen.«

»Was redest du da für dummes Zeug? Hol Timu und Jagia. Selbst wenn die Grunzer den Kürzeren ziehen – Tyr Gerrit plant, uns als Geiseln zu nehmen.«

»Wir können nicht fortgehen, Cazia. Wir sind uns alle einig. *Wir wurden gebissen.* Wenn du unverletzt bist, musst du zusehen, dass du dich von uns fernhältst. Von uns allen.«

»Bitt…«

»Hinaus!« Beim Sprechen bleckte er die Zähne, und seine Stimme war rau und tief und klang gänzlich unerwartet. Er trat vor und stieß sie heftig zur Seite. Cazia stolperte zurück, und ihr schwerer Rucksack brachte sie aus dem Gleichgewicht. Mit einem schmerzhaften Aufprall fiel sie auf den Ellbogen. »Verschwinde, bevor wir dich segnen.«

Cazia sah erschrocken zu, wie er ihr die Tür vor der Nase zuschlug. Vilavivianna war plötzlich neben ihr und versuchte, sie hochzuziehen. »Wir haben schon zu viel Zeit verloren. Eure Freunde werden nicht mitkommen, und ich glaube, Ihr wisst, warum.«

»Ich weiß es nicht«, erwiderte Cazia. »Ich weiß es ehrlich nicht.«

»Der Kampf im vorderen Hof wird bald zu Ende sein. Sehen wir zu, dass wir die Festungsmauern hinter uns lassen, dann können wir darüber reden.«

Cazia wurde plötzlich bewusst, dass sie Tränen in den Augen hatte. Dumm. Wie konnte Bitt bleiben wollen? Ja, er war verletzt worden, und ja, es gab in Samsit Schlafsteine, aber welchen Nutzen hatten Schlafsteine, wenn man nicht in Sicherheit war? Warum hatte er gesagt, er würde sie »segnen«?

Ein abscheulicher Verdacht wuchs in ihr, ein Gedanke, der noch nicht bereit war, klar verständliche Gestalt anzunehmen, und sie wusste, dass er ihr nicht gefallen würde.

Am Eingang zum nördlichen Hof blieben Cazia und Vilavivianna stehen, aber nur für einen Moment. Die Schreie, das Gebrüll und die Schlachtrufe, die vom anderen Ende der Festung herüberdrangen, wurden weniger und schwächer. »Wir müssen uns beeilen.«

Sie hatten keine Zeit, um an den Umfassungsmauern des Innenhofes entlangzuschleichen und sich in die Schatten der Dachtraufen zu kauern. Stattdessen beugten sie sich vor, um das Gewicht ihrer Rucksäcke auf dem Rücken zu haben statt auf den Schultern, und dann rannten sie, so schnell sie konnten.

Da war kein Geheul, dem Glück des Spielers sei Dank, denn einem Grunzer hätten sie auch ohne einen schweren Rucksack auf dem Rücken nicht davonlaufen können, aber bevor sie auch nur die halbe Distanz zurückgelegt hatten, rief jemand: »Dort!«

Ein Pfeil bohrte sich in den Schlamm vor ihr, und im Weiterrennen zerbrach Cazia den Schaft mit der Spitze ihres Stiefels. Eine weitere Salve ging um sie herum nieder, und die Prinzessin begann, ihre Laufrichtung auf unberechenbare Weise zu ändern und Haken zu schlagen. Cazia folgte ihrem Beispiel.

Hinter ihnen wurden weitere Rufe laut, sie hörte Holz splittern und vernahm Schreie der Wut und des Schmerzes. Es fielen keine weiteren Pfeile um sie herum zu Boden, und sie schaffte es, das Tor vor der kleinen Prinzessin zu erreichen, die von der Anstrengung, die es kostete, mit dem Rucksack so schnell zu rennen, zusammenzubrechen drohte. Cazia öffnete den Riegel, dann zog sie die Bolzen aus der Steinmauer darüber. Gemeinsam drückten die beiden Mädchen die Tür auf – sie war schmal, kaum breiter als ihr altes Zimmer daheim im Palast –, und die Angeln waren gut geölt. Aber das Holz war so dick, dass sie ihr ganzes Gewicht dagegenlehnen und all ihre Kraft einsetzen mussten, um es weit genug aufzustoßen, dass sie hindurchschlüpfen konnten.

Nach etwa zweihundert Schritten verfiel Vilavivianna in ein schnelles Schritttempo, und Cazia passte ihre Geschwindigkeit erleichtert der des jüngeren Mädchens an. Sie warf einen raschen Blick zurück, konnte aber nichts sehen als die helle Farbe der Steinmauern des Forts. Das Sternenlicht im Passweg war ihr sehr willkommen, vor allem, da man in den Gras- und Wasserlanden so selten in den Genuss von Sternenlicht kam, aber es war noch immer nicht hell genug, um erkennen zu können, ob sie verfolgt wurden oder nicht.

»Wir sollten uns bemühen, bis Sonnenaufgang so weit wie möglich von hier wegzukommen«, sagte die Prinzessin. Sie mochte es, über Befehlsgewalt zu verfügen, und Cazia fand, dass sie auch gut damit umgehen konnte, solange sie nicht versuchte, sich zu beweisen. »Die Soldaten werden in der Dunkelheit nicht durch den Pass hindurchfliegen, wenn wir einmal davon ausgehen, dass sie die Schlacht mit einem unversehrten Wagen überstehen. Wir werden einen Platz brauchen, um uns vor ihnen zu verstecken, und der sollte irgendwo weiter weg sein – weiter weg, als sie uns zutrauen, dass wir es von hier aus schaffen können.«

Das klang einleuchtend. »Was ist, wenn die Grunzer das Fort zurückerobern?«

Die Antwort der Prinzessin klang vorsichtig. »Dann werden wir mehr Zeit haben, weil sie erst einmal mindestens zwei Tage mit den neuen Gefangenen verbringen.«

»Warum?«, fragte Cazia. »Warum hat sich Bitt geweigert, mit uns zu fliehen?«

»Euer Freund weiß, dass er eine Gefahr für Euch wäre. Was diese Wesen selbst betrifft, so wachen sie aus dem gleichen Grund über ihre Gefangenen, wie eine Mutter über ihre Kinder wacht.«

In diesem Moment nahm der ungeformte Verdacht, der sich in Cazias Bewusstsein geregt hatte, klare Gestalt an.

Feuer soll mich holen. Ich habe meinen eigenen Bruder getötet.

KAPITEL 13

Der Weg hinab in die Weiten Lande hatte eigentlich nicht schwierig ausgesehen, doch Tejohn hatte nicht damit gerechnet, wie anstrengend und nervenaufreibend es sein würde, über einen Hang aus Steingeröll hinabzusteigen. Unter jedem Schritt gerieten die losen Steine in Bewegung, was ein fürchterliches Maß an Konzentration erforderte und es fast unmöglich machte, den Himmel nach weiteren Ruhgrit abzusuchen. Den Leichnam des Grunzers hatten sie an ihrem Lagerplatz für die Krähen zurückgelassen, aber sie trugen immer noch zu viel Gepäck. Es war nicht einmal Mittag, als Reglis auf den Rücken fiel und beinahe über eine Felskante in die Tiefe gestürzt wäre.

Eine Reise in den fernen Westen des Kontinents, die mit einem Flugwagen höchstens zehn Tage gedauert hätte, würde zu Fuß eine schier endlose Zeit in Anspruch nehmen.

Und angesichts des Zustands des Königs hatten sie nur wenig Zeit.

Auf der Seite der Südlichen Barriere, die nun hinter ihnen lag, wehte im Allgemeinen ein westlicher Wind. Manchmal kam der Wind auch von Norden. Gelegentlich, wenn man in der Nähe eines Passes war, hatte man es vielleicht auch mit Südwind zu tun – wie es bei ihnen der Fall gewesen war, als sie von Fort Samsit wegflogen. Sehr selten konnte ein schneidend kalter Wind auch von Osten kommen.

In den Weiten Landen hingegen gab es keine Veränderungen. Die Winde kamen immer von Westen und bliesen immer nach Osten. Jeder Umhang, jede Flaumfussel, die der Wind vor sich hertrieb, jeder schwankende Grashalm war in Richtung der aufgehenden Sonne geneigt. Tejohn konnte das Gefühl des Windes auf seinem Gesicht nicht ausstehen, aber auf diesem Serpentinenpfad empfand er es als sogar noch schlimmer, ihn auf seinem Rucksack zu spüren. Es war, als wolle der Wind ihn zu seinem Ausgangspunkt zurückschieben. Um alles noch schlimmer zu machen, lag da ein saurer Geruch in der nasskalten Luft.

Sie erreichten die nächste Serpentinenkurve und gingen wieder nach Westen. Wimnel Farraglock war ein ganzes Stück hinter ihnen zurückgeblieben, wie schon den ganzen Morgen über. Er war das Marschieren nicht gewohnt, selbst ohne Rucksack, und sein gebrochener Arm zehrte an seinen Kräften. Tejohn empfand Mitleid mit ihm, aber er würde nicht auf ihn warten. Farraglock war jetzt entbehrlich.

Glücklicherweise war Arlas Sehkraft einige Zeit vor der Morgendämmerung zurückgekehrt. »Es gibt hier keine Brücken«, berichtete sie, während sie weitergingen. »So weit im Westen dürften wir allerdings auch kaum auf schnell strömende Flüsse stoßen. Es gibt Bergbäche – kalt und sehr unangenehm, wenn man hindurchwaten muss, aber wir haben nun mal keine andere Möglichkeit.«

Tejohn konnte keine Bäche erkennen, nur die hohen Gräser, die Steine unter seinen Füßen und die verwischten Farben, die den Talgrund und die Berge dahinter anzeigten. Er wusste von Landkarten her, dass das westliche Ende der Weiten Lande ein wenig südlicher lag als das östliche. Und auf dieser Seite verliefen die Südliche und die Nördliche Barriere fast geradlinig durchs Land – so gerade, wie das bei Gebirgszügen der Fall sein kann.

Arla deutete in die Mitte des Tals hinaus. »Seht ihr den Windmalsee dort unten?«

Sie zeigte in die Ferne. Tejohn konnte aus dieser Entfernung keine Details ausmachen, aber er konnte einen langen grauen Streifen erkennen, der die gleiche Farbe hatte wie der Himmel.

»Ja«, antwortete Reglis. Wimnel und Lar hatten den ganzen Tag über kaum ein Wort gesprochen.

»Von hier oben sieht es aus wie ein See mit einem Ufer, aber in Wirklichkeit ist er viel breiter, als es den Anschein hat. Auf der Südseite ist der See rings von hohem Sumpfgras umgeben, und Okshim-Hirten machen einen großen Bogen darum, wenn sie die Wahl haben.«

»Warum?«, fragte Tejohn.

»Alligaunten, mein Tyr. Am westlichen Ende dieses Tals gibt es sie massenhaft, aber einige wagen sich weit fort, um zu jagen. Die Nördliche Barriere ist ein steilerer Gebirgszug, mit glatten Felswänden, die kein Mensch emporklettern kann, aber das hat zur Folge, dass sich der See auf der Nordseite des Tals ausgebreitet hat. Erst wenn wir den westlichsten Teil der Weiten Lande erreichen, wird der See breiter und erstreckt sich dann über das ganze Tal, sodass wir es nicht mehr vermeiden können, an seinem Ufer entlangzugehen. Wenn wir uns oben auf diesen südlichen Hängen halten, sollten wir für den größten Teil des Weges vor ihnen sicher sein.«

Tejohn sagte: »Der Zwinger am Friedhof des Palastes von Sang und Morgen besaß das Skelett eines Alligaunten. Ich habe noch nie einen lebenden gesehen, aber ich weiß, dass sie nicht gerade klein sind.«

Reglis umklammerte seinen Speer mit beiden Händen. »Sind sie so gefährlich?«

»Ein jeder ist stärker als ein erwachsener Mann«, antwortete Arla. »Sie lauern ihrer Beute am liebsten in der Nähe des Ufers auf, um sie dann unter Wasser zu ziehen und zu ertränken.

Es ist ein abscheulicher Tod, und sie jagen oft in Rudeln, sodass jemand, der sich in das flache Wasser stürzt, um ein Opfer zu retten, ebenfalls in die Tiefe gezerrt und in Stücke gerissen wird.«

Finsteres Schweigen breitete sich in der Gruppe aus. Obwohl er wusste, dass sie sich noch weit oberhalb des Jagdgebiets dieser Tiere befanden, ließ Tejohn seinen Blick mit verschärfter Wachsamkeit über ihre Umgebung schweifen.

»Andererseits muss man sagen«, fügte Arla hinzu, »dass ihre Schwänze wirklich köstlich schmecken.«

Darüber lachte Lar, und Reglis stimmte in sein Gelächter mit ein. Tejohn war zu hungrig, um zu lachen, aber er würde gewiss nicht derjenige sein, der um eine Pause bat.

Reglis zeigte auf eine kleine Gruppe von knorrig verwachsenen Bäumen. »Wir sollten hier Pause machen und uns eine schnelle Mahlzeit gönnen.« Er sprach mit dem lässigen Selbstbewusstsein eines jungen Mannes, der niemandem etwas zu beweisen hat. »Wir marschieren in einem recht hohen Tempo und sollten unsere Kräfte einteilen.«

Alle schienen froh darüber, sich in den Schutz der Bäume setzen zu können. Am Himmel hingen graue Gewitterwolken, aber der Wind hielt sie in Bewegung, und es fielen keine Regentropfen aus ihnen herab. Als sie ihre Rucksäcke öffneten und ihr Essen herausholten, erreichte auch Wimnel die Gruppe. Er ließ sich vorsichtig zu Boden sinken, aß einen halben Laib Fleischbrot und schlief sogleich ein.

Die Art und Weise, wie Lar den verletzten Fahrer ansah, gefiel Tejohn nicht. »Mein König«, sagte er schnell. »Wir können nicht noch mehr Zeit verlieren, nicht seinetwegen. Heute Nacht werden wir ihn schlafen lassen, ohne dass er eine Wache zu übernehmen braucht. Das wird ihm helfen zu genesen, aber wir müssen zügig weitermarschieren.«

Lar nickte und blickte wortlos in die Runde.

Arla bemerkte: »In diesem Teil der Weiten Lande gibt es überall verstreut kleine Bergarbeiterlager. Ich rechne damit, dass wir auf eines stoßen werden, ehe unser dritter Tag vorüber ist. Vielleicht können wir uns dort einen Okshim-Karren mieten; wie ihr euch vielleicht denken könnt, sind die Tiere auf dieser Seite der Barriere nicht so teuer.«

Tejohn nickte. Arla hatte in jeder Beziehung die Rolle als Führerin der Gruppe übernommen – nur offiziell war sie es nicht –, und ihm war es auch ganz recht so. Er war froh darüber, eine erfahrene Führerin zu haben. »Gibt es sonst noch etwas, was wir wissen sollten?«

Sie schaute mit besorgter Miene nach Nordosten und blickte dann zu Boden. »Ich glaube nicht, mein Tyr.«

»Ihr dürft keine Geheimnisse vor mir hüten, Soldatin. Wenn es im Nordosten eine Gefahr gibt, sollten wir davon wissen. Ich will es hören.«

»Es ist nichts, mein Tyr.« Arla leckte sich nervös die Lippen. »Nichts als alte Volksmärchen.«

Lar ergriff das Wort. »Segnet uns mit Eurer Volksweisheit.«

»Ich … mein König, ich stehe Euch zu Diensten. Es ist … die Chin-Chinro sprechen nicht oft vom Qorrtal. Es heißt, es bringe Unglück. Ich selbst habe seit zehn Jahren oder noch länger nicht mehr daran gedacht. Aber gestern Nacht, nach dem Angriff der Ruhgrit, ist es mir wieder eingefallen. Auf der anderen Seite der Nördlichen Barriere gibt es ein Tal. Den Legenden zufolge ist es nur nach einer Seite hin offen – jedenfalls wenn eine Front aus schroffen Abhängen, über die anbrandende Wellen hinweggegangen und auf die Eisbrocken von der Größe des Turms des Kommandanten herabgestürzt sind, überhaupt ›offen‹ genannt werden kann. Das Tal ist völlig abgeschieden und ringsum von hohen Felswänden versperrt, aber dahinter …«

Sie schien nicht zu wissen, was sie als Nächstes sagen sollte. Tejohn half ihr nach. »Dort gibt es Ungeheuer.«

»Ja«, bestätigte sie, und es lag eine gewisse Entschiedenheit in ihrer Stimme. »Manche sagen, die Alligaunten seien von dort gekommen und um den Rand der Nördlichen Barriere herumgeschwommen, bevor sich die Meeresriesen und die Wasseraugen dort breitgemacht haben. Auch die Riesenspinnen, die in Schattenhall eingedrungen sind, sind mit an Sicherheit grenzender Wahrscheinlichkeit von dort gekommen. Diese Geschöpfe haben große Verwüstungen unter den Hirtenvölkern angerichtet, ehe sie sich einen Weg über die südlichen Pässe gebahnt haben. Mein Großvater hat oft über die Zeiten des Großvaters seines Großvaters gesprochen, als gefiederte Kröten, die alles vergifteten, was sie berührten, über diese Gipfel geflogen seien.«

Es war offensichtlich, was sie damit andeuten wollte. »Und Ihr glaubt also, die Ruhgrit seien ebenfalls über diese Berge gekommen. Dass sie nun die neueste Art von Monstren sind, die Eurer Tal der Ungeheuer hervorgebracht hat.«

»Oh nein, mein Tyr.« Arla schien über Tejohns Worte ernsthaft aufgebracht. »Es ist nicht mein Tal. Kein Mensch kann es auch nur besuchen, geschweige denn, es als sein Eigen einfordern. Früher einmal gab es Pässe, aber die Wesen aus uralter Zeit haben sie zerstört.«

»Wenn das wahr ist«, warf Reglis ein, »sollten wir weniger von den Ruhgrit zu sehen bekommen, wenn wir weiter nach Westen gelangen, außerhalb ihrer Reichweite.«

»Es sind große Vögel«, gab Tejohn zu bedenken. »Ihr Jagdgebiet ist wahrscheinlich ausgedehnter, als uns lieb ist. Wir werden den Himmel über uns und das Gebüsch unter uns noch eine ganze Weile im Auge behalten müssen.«

Lar füllte ihnen allen die Feldflaschen. Das war eigentlich Dienstbotenarbeit, aber es war sonst niemand da, der es tun konnte.

Als ihr Mahl vorüber war, weckte Reglis Wimnel und half

ihm, den Pfad hinabzusteigen. Arla ging voran, doch Lar wurde von Tejohn absichtlich aufgehalten. »Mein König, ich würde mir gern Eure Schulter ansehen.«

»Das hat nicht meinen Segen«, erwiderte Lar mit einer abschätzigen Handbewegung. Er versuchte, sich an Tejohn vorbei auf den Pfad zu schieben.

»Nein, mein König.« Wie würde Tejohn sein Benehmen vor den anderen geheim halten können? »Ihr habt mich zu Eurem Schildträger und Ratgeber ernannt, und ich kann meine Pflichten nicht erfüllen, wenn Ihr mich belügt oder Geheimnisse vor mir habt. Lasst mich die Schulter sehen, an der Ihr verletzt worden seid. Ich muss darauf bestehen.«

Nachdem sie einander einen kurzen Wettbewerb darin geliefert hatten, wer von beiden den anderen mit der finstersten Miene anstarren konnte, schob Lar seinen Brustharnisch zur Seite und zog seinen wattierten Ärmel hoch. Die Büschel blauer Haare hatten sich ausgebreitet und waren zu einem Fleck borstigen Fells geworden.

»Es wird mit jedem Zauber schlimmer, den Ihr wirkt, nicht wahr?«

Der König schüttelte den Kopf. »Jeder Zauber, den ich segne, verlangsamt die Veränderung, aber er bestärkt sie auch. Es ist, wie wenn man im Tempel Segnungen zurückhalten muss. Je mehr man sich zügelt, desto gesegneter wird es.«

Bei Lars Worten wurde Tejohn schwer ums Herz. »Mein König, ich verstehe Euch nicht.«

Der junge Mann wurde ungehalten. »Es ist so, als halte man einen Segen zurück. Habt Ihr noch nie gelacht, mein Tyr?«

»Danke, mein König. Ich bin kein gewitzter Mann.« Tejohn kam plötzlich eine merkwürdige Idee. Er griff in seine Tasche und zog den verzauberten Stein hervor, den er von Cazia Freibrunn bekommen hatte. »Was fühlt Ihr sonst noch, mein König?«

»Segen«, antwortete Lar. »Mein Magen fühlt sich, selbst nachdem wir gegessen haben, noch immer segenhaft leer an.«

Feuer und Zorn. Tejohn hatte gehofft, dass der Zauber die Worte des Königs wieder zu dem machen würde, was er zu sagen beabsichtigte. Womöglich sagte er dann also tatsächlich genau das, was er zu sagen beabsichtigte … »Mein König, ich muss Euch das fragen: Seid Ihr Euch dessen bewusst, dass Ihr die Worte *Segen, segnen, gesegnet* für andere Worte einsetzt, wann immer Ihr sprecht?«

Lar Italga antwortete nicht sofort. Er schaute zu Boden und nahm seine ganze Konzentration zusammen. Voller sorgfältiger Bedächtigkeit erklärte er dann: »Das Geschöpf, zu dem ich werde, sagt seinen Namen. Der Segen.«

»So nennen sie sich?«, hakte Tejohn nach. Lar nickte. »Feuer und Zorn, aber ich werde sie nicht so nennen. Niemals.«

Arla kam zu ihnen zurück. Der Ausdruck ihres plumpen Mopsgesichts und der Blick ihrer großen Augen wirkten verwirrt. »Mein König? Mein Tyr? Stimmt irgendetwas nicht?«

»Es ist alles in Ordnung«, erwiderte Tejohn. Er hatte nicht die Absicht, den anderen zu erzählen, dass Lar dabei war, sich zu verwandeln. Es wäre allzu leicht für sie gewesen, sie beide in den Weiten Landen zurückzulassen oder ihre Speerspitzen gegen sie zu richten, während sie schliefen. Lars Fluch würde zunächst einmal ein Geheimnis bleiben müssen.

Der Pfad wurde einfacher, je weiter sie den Berghang hinabkamen. Es gab weniger Serpentinen und weniger loses Geröll, auf dem man ausrutschen konnte. Gegen Abend entdeckte Arla einen Berglöwen, der zwischen den Felsen über ihnen umherstrich. Tejohn und Reglis machten sofort ihre Speere bereit, während Arla ihren Bogen spannte. Lar drehte sich um und eilte den Pfad entlang zu Wimnel, der weit zurückgefallen war. Der König nahm den unversehrten Arm des Fahrers und gab ihm Halt, während er ihn über einige der gefährlicheren losen

Steinbrocken führte. Für den Fahrer verringerten Tejohn und die anderen ihre Marschgeschwindigkeit nicht, aber auf den König warteten sie natürlich.

»Es tut mir leid, mein König. Ich werde versuchen, meine Sache besser zu machen.« Immerhin jammerte Wimnel nicht. Er mochte ein Feigling gewesen sein, aber er konnte Schmerz und Entbehrungen ertragen. Lar nickte nur und blieb bei ihm, half ihm über die unwegsameren Abschnitte des Hanges hinweg. Die Gruppe als Ganzes bewegte sich nun etwas langsamer, aber der Fahrer wurde schneller und hielt mit ihnen Schritt. Der Berglöwe seinerseits beschloss, nach leichterer Beute zu suchen, und verschwand zwischen den Felsen hügelaufwärts.

Die Sonne näherte sich bereits dem westlichen Talrand, als Tejohn nach Arla rief. »Sind wir schon unten in den Weiten Landen?«, fragte er.

»Ja und nein, mein Tyr, je nachdem, welche Einteilung man vornimmt. Manch einer würde sagen, wir hätten die Weiten Lande betreten, als wir uns heute Morgen auf den Weg über das Geröll gemacht haben. Andere würden diesen Punkt an dem Moment ansetzen, wo wir den Berghang hinter uns lassen. Wieder andere an dem Moment, wenn wir in unser erstes Schlammloch treten. Das Land ist nach Süden hin steil und wird weniger steil, je weiter man sich …«

Tejohn hob die Hand, um sie zu unterbrechen. »Ich verstehe. Lasst mich stattdessen etwas anderes fragen: Dieses Gebiet ist vom Reich beansprucht worden, nicht wahr? Das Land ist umstritten, aber das Reich hat es beansprucht, und es wurden hier Sturmhäuser für unsere Untertanen erbaut.«

Sie warf einen raschen Blick in Richtung Wimnel, was zeigte, dass sie Tejohn sofort verstanden hatte. Bevor das Reich sich immer weiter ausgedehnt hatte, waren Sturmhäuser Orte der Zuflucht gewesen. In den gegenwärtigen Zeiten war es eher wahrscheinlich, dass sich in ihnen ein Paar Schlafsteine befand.

Der alte König Ghrund, einer der schlimmsten mörderischen Dreckskerle, die man sich nur vorstellen konnte, hatte in den Weiten Landen Schlafsteine für seine Untertanen verteilt, um die Kranken und Verletzten zu versorgen … und sie ihnen sogleich wieder weggenommen, sobald sie sich gegen ihn aufzulehnen wagten. Die Tyre hatten sich über seinen Plan zunächst lustig gemacht, aber niemand konnte leugnen, dass er für Frieden gesorgt hatte.

Doch Arla erklärte, dass es so weit südlich keine Sturmhäuser gäbe. Ein paar von den profitableren Bergarbeiterlagern mochten eines haben, aber sie konnte nicht sagen, wo vielleicht eines dieser Lager zu finden wäre.

»Was ist damit?«, fragte Reglis, der stirnrunzelnd hügelaufwärts schaute. Da stand ein Gebäude aus rosafarbenem Stein, von Gelehrten erschaffen, ähnlich wie der Palast oder Fort Samsit, doch wurde es durch eine Baumgruppe teilweise verdeckt.

Sie kletterten den Berghang hinauf und stellten fest, dass es sich überhaupt nicht um ein Sturmhaus handelte. Schlimmer noch, die südliche Mauer war eingestürzt.

»Was ist hier passiert?«, wunderte sich Reglis, während er den einzigen Raum im Inneren durchschritt. Die rosa Steine der Südmauer lagen auf dem Hügel verstreut, als habe ein Riese sie von sich geworfen.

»Es ist eine Gelehrtenhütte«, erklärte Arla. »So wie es aussieht, wurde sie vor ungefähr einem Jahr verlassen und völlig ausgeräumt.«

Tejohn schaute zu Lar, doch der wandte den Blick ab. Erst am Tag zuvor hatte der König Tejohn mitgeteilt, dass einige Gelehrte in Abgeschiedenheit lebten und sich dort dem Studium von Zaubern widmeten, manchmal mit katastrophalen Ergebnissen. Jetzt waren sie auf genau einen solchen Ort gestoßen.

Trotzdem, es war gut, windgeschützt hinter einer Mauer zu stehen. »Bald wird die Nacht hereinbrechen.«

Lar führte Wimnel zu dem noch vergleichsweise wohnlichsten Platz hinter der Mauer, sorgte dafür, dass er Wasser und Nahrung bekam, und ermunterte ihn dann leise, sich schlafen zu legen. In der Zwischenzeit hatten Arla und Reglis Holz gesammelt und ein Feuer vorbereitet, das Lar für sie entzündete.

Reglis und Arla zogen Flöten aus ihren Rucksäcken, aber sie verzehrten ihr trostloses Mahl in Schweigen.

»Mein König …«, sagte Reglis später. »Mein König, ich habe Euch bereits mein Leben, meinen Speer und meinen Dienst gewidmet, aber … ich habe noch nie erlebt … Dieser Mann, ein Diener des Throns, wurde verletzt, und Ihr, sein König, habt ihm geholfen.«

Arla schaltete sich ein. »Ich bin ebenfalls erstaunt.«

Tejohn bewegte sich leicht und ließ die Hand auf sein Schwert gleiten. Der Hauptmann und die Führerin hatten ihre Waffen hinter sich gelegt, gleich in Reichweite, und sie besaßen außerdem Messer. Wenn sie den König für amtsuntauglich erklären wollten, würde Tejohn ihrer beider Todesröcheln hören.

»Mein König«, fuhr Reglis fort. Seine tief liegenden Augen waren so umschattet, dass Tejohn sie überhaupt nicht sehen konnte. »Ich werde Euer treuester Diener sein, nicht nur in meinem Schwur, sondern auch in Gedanke und Tat.«

»Reglis spricht genauso für mich«, fügte Arla hinzu, deren große Augen still und ruhig waren, »obwohl ich so etwas nicht von ihm erwartet hätte.«

»Das Gleiche gilt für mich«, machte sich Wimnel aus seiner dunklen Ecke bemerkbar. »Auch wenn mein Dienst nur wenig wert ist.«

Lar antwortete nicht sofort. Stattdessen schaute er auf das

Feuer hinab und konzentrierte sich angestrengt auf das, was er zu sagen hatte.

»Mein König?«, fragte Reglis.

»Sagt … es … ihnen«, antwortete Lar schließlich.

»Mein König …«, wollte Tejohn protestieren, aber Lars Miene brachte ihn zum Schweigen. Tejohn seufzte. Der König verstand seine Untertanen besser, als Tejohn es je getan hatte, und es war an der Zeit, ihm zu vertrauen, zumindest ein wenig.

Er richtete das Wort direkt an Reglis und Arla. Wimnel war kein Soldat und daher nicht von Belang. »Der Grunzer, der den König gebissen hat, ehe wir aufgebrochen sind, ist einst ein Mensch gewesen. Und zwar kein anderer als Colchua Freibrunn.«

»Freibrunn!« Arla spuckte aus.

»Früher einmal hätte ich Euch zugestimmt«, fuhr Tejohn fort. »Ich habe keine sonderliche Sympathie für die Freibrunns. Aber Colchua wurde gebissen, als er seinen König verteidigt hat. Was zu diesem Zeitpunkt niemandem klar war, ist der Umstand, dass der Biss ihn verflucht hat. Er hat ihn in einen Grunzer verwandelt.«

Es herrschte entsetztes Schweigen. Reglis und Arla warfen beide nervöse Blicke zum König hinüber.

»Ja«, bestätigte Tejohn. »Der König ist ebenfalls verflucht worden.«

»Wann habt Ihr das erfahren?«, fragte Wimnel aus seiner Ecke.

Tejohn hätte ihn am liebsten dafür geschlagen, dass er eine Frage zu stellen gewagt hatte, aber dann erinnerte er sich an Lar und seinen Ersatzwaffenmeister. Nun war Tejohn der Berater des Königs und hatte sich auch mit der Weisheit des Königs zu benehmen. »Gestern Nacht«, antwortete er. Seine Stimme klang gereizter, als er beabsichtigt hatte.

»Wann wird die Verwandlung vollendet sein?«, fragte Reglis mit steinerner Miene.

Lar schüttelte den Kopf. »Nicht … heute … Nacht.«

Arla fuhr mit finsterem Gesichtsausdruck zu Tejohn herum. »Deshalb habt Ihr gehofft, einen Schlafstein zu finden«, sagte sie. »Nicht für den Fahrer, sondern für den König.«

Wiederum schüttelte Lar den Kopf. »Würde … nicht …« Es folgte eine lange Pause, bis es ihm gelang, ein weiteres Wort herauszubringen: »Klappen.«

»Wie dem auch sei«, ergriff Tejohn wieder das Wort. »Wir drei werden heute Nacht Wache halten, in Schichten. König Lar muss schlafen – nein, protestiert nicht dagegen. Ihr seid genauso erschöpft wie der Fahrer. Der König erwartet nicht, dass er sich heute Nacht … verwandeln wird, aber wir müssen ihn im Auge behalten, während wir über ihn wachen.«

»Falls ich mich verwandle« – Lar zwang die Wörter einzeln heraus –, »segnet mich. Tötet … mich … Gesegnet, Segen, segnen, *Segen.*« Der König biss sich in den Handrücken, um die Wörter aufzuhalten, die aus ihm hervorquollen.

Für eine Weile sprach niemand, bis Tejohn das Schweigen brach. »Ja, mein König.«

Am Morgen aßen sie erneut. Der König aß mit gierigem Heißhunger, zwang sich aber nach einer doppelten Portion schließlich aufzuhören. Tejohn, Arla und Reglis beluden schweigend ihre Rucksäcke. Der König stand ein wenig abseits von den anderen, als sie einer nach dem anderen das Gebäude verließen; Tejohn bemerkte, dass Reglis und Arla sich unbehaglich fühlten.

Dann bot Wimnel dem König ein in schwarzes Tuch gewickeltes Bündel dar. »Ich habe die Hälfte meiner Ration für Euch aufgespart, mein König.«

Lar nahm das Bündel dankbar entgegen und steckte es nach einem Moment des Zögerns in seine Tasche. Dann griff er nach Wimnels unversehrt gebliebenem Arm und half ihm, über ein ausgetrocknetes Bachbett zurück auf den Pfad zu gelangen.

Sie kamen nun besser voran als am vergangenen Tag, und sei es auch nur, weil der Weg weniger steil war. Auf Tejohns Befehl hin ging Arla ein gutes Stück voraus, um das Gebiet auszukundschaften. Am späten Vormittag kehrte sie mit aufwühlenden Neuigkeiten zurück.

Tejohn folgte ihr den Pfad entlang und musste beinahe rennen, um mit ihr Schritt zu halten. Der König und Wimnel waren nicht in der Lage, schnell zu gehen, daher blieb Reglis mit ihnen ein Stück zurück.

»Dort«, sagte Arla. Sie kroch auf den Kamm eines Hügels hinauf. »Seht Ihr das?«

»Ich kann nicht weit sehen«, erklärte Tejohn, »aber das dort unten scheint ein kleines Dorf zu sein. Ich kann einen rosa Streifen erkennen, bei dem es sich um eine von Gelehrten geschaffene Mauer handeln muss.«

»Kein Dorf«, erwiderte sie. »Ein Bergarbeiterlager. Sie haben das Banner der Finstels gehisst.«

Die Finstels waren der Familie Italga treu ergeben. Tejohn war auf dem Gebiet der Finstels geboren und aufgewachsen, und er war ein Untertan der Finstels gewesen. Schließlich war Brausestadt nicht mehr und nicht weniger als die Stadt der Finstels. Sie hatten viel für König Ellifer riskiert und waren großzügig mit den Diensten der Gelehrten des Königs belohnt worden. »Glaubt Ihr, sie haben dort unten einen Schlafstein?«

»In einem Lager von dieser Größe? Das ist wohl anzunehmen.«

Tejohns Herz machte einen Sprung. Lar Italga mochte nicht glauben, dass ein Schlafstein im Kampf gegen seinen Fluch eine Hilfe sein konnte, aber Tejohn gedachte, es dennoch auszuprobieren. Schließlich: Wen hatten sie sonst noch, der

Ghoron Italgas Zauber erlernen und dann die peradainischen Truppen in den Kampf gegen die Grunzer führen konnte?

Er machte Anstalten, sich hochzurappeln, aber die Führerin hielt ihn am Arm fest und drückte ihn neben sich flach auf den Boden. »Mein Tyr, bevor Ihr hinuntereilt – seht Ihr den beladenen Wagen auf dem Platz dort unten? In der Nähe des Tores?«

»Nein.« Tejohn scherte sich nicht um beladene Wagen. Sie hatten nur noch wenig Zeit, um den König zu retten, und er wollte keine Minute davon verschwenden.

»Er ist recht klein«, fuhr sie fort, als wolle sie ihn beruhigen. »Dieser Wagen ist von durdrischer Bauart, mein Tyr. Kaum mehr als eine Schubkarre. Ich glaube, das Lager und sein Schlafstein befinden sich in Feindeshand.«

KAPITEL 14

Sie gingen weiter bis Sonnenaufgang. Cazia hatte bereits lange zuvor haltmachen wollen, aber sie hatte nichts gesagt, und Vilavivianna, die darauf bestand weiterzugehen, drängte sie voran. Cazia versuchte sich beständig einzureden, dass Peraday irgendwo hier draußen war, irgendwo in einem Spähposten versteckt. Oder etwas dergleichen. Es war ihr gar nicht in den Sinn gekommen, die Wachfrau zu fragen, wo sie später zu finden sein würde, und jetzt war sie deswegen wütend auf sich selbst.

Ich habe Colchua getötet.

Sie hörten kein Heulen von Grunzern und sahen keine Wagen über ihnen hinwegfliegen. Der Himmel färbte sich leuchtend blau, doch noch war kein Zeichen der aufgehenden Sonne zu sehen. In dem von den Felsen zurückgeworfenen Licht kamen die beiden Mädchen gut voran. Cazia fand, dass sie etwas zu der kleinen Prinzessin sagen sollte, die vor ihr herging, aber sie wusste, dass das erste Wort, das aus ihrem Mund kam, zugleich auch eine Flut von Tränen auslösen würde. Ihr Bruder war tot, und es war ihre Schuld.

Sie hatte einen solchen Stolz verspürt, nachdem sie es getan hatte. *Ich bin keine Bogenschützin. Ich bin eine Gelehrte.* Eine eingebildete Närrin war sie, und Feuer sollte sie dafür holen.

Aber natürlich hatte Col Lar angegriffen, und ihr Bruder

hätte das niemals von sich aus getan. Die Bestie hatte das Kommando übernommen. Der Fluch. Wahrscheinlich hätte ihr Bruder lieber getötet werden *wollen,* als seinen König und besten Freund anzugreifen, aber – nein, nein, nein, so konnte sie nicht denken. Sie konnte diesen Gedanken nicht einmal zulassen. Sie hatte Colchua getötet – hatte ihn fort von dem Weg gerissen, als sei sie selbst Feuer –, und sie würde nun nicht einfach so tun, als habe sie ihm damit einen Gefallen getan.

Sie gingen leise weiter. Irgendwann strömten doch Tränen über Cazias Gesicht, aber die Prinzessin blickte nicht zurück, und sie wusste wahrscheinlich ohnehin nicht, was Cazias Tränen zu bedeuten hatten.

Es reichte nicht. Sie schuldete ihrem Bruder mehr als ein paar stumme Tränen – er verdiente mehr –, aber sie konnte nicht mehr aufbringen. Sie war zu erschöpft, um auf den Boden zu fallen und zu jammern; es wäre einfach nur eine gespielte Vorführung gewesen. Und wer wäre ihr Publikum? Dieser kleinen Prinzessin aus einem fernen Land war es gleichgültig.

Den ganzen Morgen über schwirrten ihr die immer gleichen Gedanken durch den Kopf, bis die beiden Mädchen die Passhöhe erreichten, wo sich das Land nun in Richtung Weite Lande abzusenken begann. Hier verlangte Vilavivianna nach einer Pause.

Sie kletterten abseits des Pfades den Berghang hinauf und suchten Schutz hinter einer Felsnase. Als sie ihren Rucksack absetzte, sah Cazia zu ihrer Verblüffung hinten einen Pfeil herausragen. Sie brach den Schaft ab und warf ihn weg, dann suchte sie zwischen ihren Sachen nach dem Pfeilkopf.

Die Kupferspitze hatte ihre Feldflasche getroffen, hatte Holz und Schlauchhaut komplett durchbohrt und ragte bis in ihre Decke hinein. Glücklicherweise hatte Cazia die Flasche noch nicht befüllt gehabt, sonst wären all ihre Sachen jetzt nass gewesen.

Vilavivianna sah sie mit geweiteten Augen an. *Ihr hättet sterben können,* schien ihr Gesichtsausdruck zu sagen. Eine Gänsehaut lief Cazia über den Rücken. Sie hätte wirklich sterben können. Hätten ihre gesteppte Jacke und das Lederwams den Pfeil aufgehalten? Sie betrachtete noch einmal das durchbohrte Holz und erschauderte. Zorn hatte letzte Nacht seine schützende Hand über sie gehalten, obwohl es wahrhaft gerecht gewesen wäre, wenn der Pfeil sie im Genick getroffen hätte und sie gestorben wäre.

Dankbar bin ich, dass ich den Weg beschreiten darf.

Ihre Gebete brachten ihr keinen Trost, und sie fühlte sich danach sonderbar und irgendwie hohl. Es war, als habe sie Colchua seinen Platz auf der Welt geraubt. Cazia drückte die Hand der kleinen Prinzessin und breitete ihre Decke aus. Dann legte sie sich hin, ohne etwas gegessen zu haben, und versank in schreckliche Albträume.

Sie schliefen einige wenige Stunden und wachten auf, als die Sonne über die Gipfel im Osten lugte und ihnen ins Gesicht schien. Sie aßen hastig. Cazia befüllte Vilaviviannas Feldflasche mehrere Male, bis sie beide ihren Durst gestillt hatten und Vilavivianna zudem eine volle Flasche hatte, die sie im Rucksack mitnehmen konnte. Die kleine Prinzessin schien noch Fragen zu haben, trotzdem brachen sie ohne weitere Worte auf.

Der Pfad, der auf der anderen Seite des Passes hinabführte, war felsiger als der auf der Südseite, und an manchen Stellen war er so steil, dass sie in Serpentinen absteigen mussten. Cazia blickte den Abhang vor sich hinab. Weiter unten sah sie die schmale Kluft, wo sich die Berge zur Ebene hin öffneten und die Weiten Lande begannen. Natürlich war sie noch nie dort gewesen, aber dieser Landstrich hatte sie immer mit großer

Neugierde erfüllt. Würden sie Alligaunten sehen? Sie hatte gehört, dass sie durch die Seen schwammen und dabei Wasserschlingpflanzen und gefallene Blätter hinter sich herschleiften, und sie fand, dass das ein wunderbarer Anblick sein müsse … aus sicherer Entfernung. Das Skelett des Alligaunten in Ellifers Friedhofszwinger hatte ihre nächtlichen Albträume bevölkert, als sie klein gewesen war.

Sie wünschte, es wäre ihr altes Ich, das diese Reise unternahm – das, das noch keinen Mord begangen hatte. Dann hätte sie mehr Freude daran gehabt.

Vilavivianna ergriff nur selten das Wort, und wenn, dann drehte sich alles um die fliegenden Wagen. Würde einer sie einholen? Würde man sich ihrer lebend bemächtigen wollen, selbst wenn sie wegrannten oder sich zur Wehr setzten?

Cazia versprach, ihre Schritte zu zählen und bei jedem zehnten zurückzuschauen. Ein Wagen würde sich ihnen sehr schnell nähern, erklärte sie, und nur indem sie den ganzen Tag über fortwährend danach Ausschau hielt, würde sie ihn rechtzeitig bemerken können.

Das beschwichtigte die Prinzessin ein wenig, und sie verfielen in einen gleichmäßigen Rhythmus von Gehen und Zurückblicken. Irgendwann am Nachmittag wurde Cazia bewusst, dass die Passhöhe ein idealer Ort für Peradays Spähposten gewesen wäre, aber sie hatte vergessen, nach ihr zu suchen oder auch nur ihren Namen zu rufen. Als Cazia sich jetzt umdrehte, konnte sie dort oben entlang der felsigen Abhänge nichts erkennen, was auf einen Aussichtsposten hingewiesen hätte, und ganz bestimmt sah sie keinen Stahlhelm aufblitzen.

Falls Peraday dort postiert war, hätte sie die fliehenden Mädchen gesehen. Entweder war sie nicht da, oder sie wollte nichts mit Cazia zu tun haben. Dann sollte es eben so sein.

Die Sonne schob sich hinter die Gipfel im Westen, dann krochen Schatten die Berghänge hinauf. Der Himmel war schon fast völlig finster, als Vilavivianna beschloss, dass sie für die Nacht Rast machen müssten.

»Ich hatte gehofft, dass wir es heute Abend bis zu den Weiten Landen schaffen könnten«, wandte Cazia ein.

»Es ist zu weit«, erwiderte die Prinzessin. »In den Bergen schätzt man Entfernungen leicht falsch ein. Außerdem werden wir kein Sternenlicht haben wie gestern Nacht.«

Sie hatte recht. Der Himmel war grau, und Wolken wehten von den Weiten Landen heran. Sie sahen nicht nach Regen aus, dennoch würden sie heute Nacht nur wenig Licht haben.

Sie fanden eine ebene, trockene Stelle hinter einer aufragenden Felsnase. »Ich wünschte, wir hätten Holz für ein Feuer«, bemerkte Vilavivianna. »Ich frage mich, warum hier so wenig Bäume wachsen.«

»Ich wünschte, wir müssten nicht so weit gehen.« Cazia richtete ihre Decken.

Die kleine Prinzessin lächelte. »Wir sind überhaupt nicht weit gegangen«, betonte sie. »Meine Mutter hat mir erzählt, dass die Südliche und die Nördliche Barriere sehr schmale Gebirgszüge sind, ganz anders als die Seehakenberge im südöstlichen Indrega. Ich bin einmal fünfzehn Tage lang durchs Gebirge über einen Pass gewandert, um die Küstenresidenz eines anderen Clans zu besuchen.«

»Fünfzehn Tage!« Cazia fand, dass das wie eine Bestrafung klang. Sie nahm einen kleinen Laib Fleischbrot, brach ihn entzwei und reichte dem jüngeren Mädchen die eine Hälfte.

»Mein Onkel Nezzeriskos von Bärknurr glaubt, dass die Nördliche und die Südliche Barriere früher einmal ein einziger Gebirgszug gewesen sind und dass irgendeine höhere Macht die Berge entzweigespalten und all die Gipfel und Felsen weit ins Land gefegt und so die Weiten Lande geschaffen hat.«

In Cazias Augen klang das gar nicht gut. »Aber was könnte so etwas fertigbringen? Der Wind?«

»Ein riesiger Wurm vielleicht? Eine mächtige Magie? Ein göttliches Wesen mit einem göttlichen Pflug und einem göttlichen Verlangen, Runkelrüben zu pflanzen?«

Beide Mädchen lachten. »Göttliche Runkelrüben«, sagte Cazia. »Oder mit einem göttlichen Verlangen, Alligaunten und Völker von Viehhirten ins Land zu verpflanzen.« Ihr gemeinsames Gelächter hatte sie aus ihrer Trübsal aufgerüttelt; es war ein schönes Gefühl. Sie widmete dem Gedenken ihres Bruders eine stumme Entschuldigung.

»Meine Mutter meint, Alligaunten seien Dämonen, die bei jeder sich bietenden Gelegenheit vernichtet werden müssten.«

»Ich habe im Palast nie mehr als die Knochen von ihnen gesehen«, erwiderte Cazia und hoffte, ihr Gespräch so unbeschwert wie bisher halten zu können. »Niemals einen lebendigen.«

»Hoffen wir, dass es so bleibt.«

Für eine kurze Weile aßen sie in völligem Schweigen. Schließlich stellte Cazia die Frage, die ihr den ganzen Tag über zu schaffen gemacht hatte. »Wohin gehen wir? Wir fliehen vor den Grunzern, klar, aber wohin fliehen wir?«

Vilavivianna legte ihren Brocken Fleischbrot auf dem Stofftuch ab, in das es eingewickelt gewesen war. »Es ist sehr hart und salzig.«

Cazia zuckte die Achseln. Sie fand das Essen nicht übermäßig salzig, aber mittlerweile fühlte sie sich weitgehend gesättigt. Sie wickelte den Rest ein und verstaute ihn wieder. Sie mussten darauf achten, dass ihre Vorräte möglichst lange hielten.

Schließlich fragte Vilavivianna: »Wohin wollt Ihr denn gehen?«

»Nach Sturmpass«, antwortete Cazia prompt. »Ich möchte mich Lars Unternehmung anschließen, aber das ist unmöglich.«

»Zu Fuß könnten wir sie niemals einholen«, bestätigte Vilavivianna. »Nicht nur, dass der Weg sehr gefährlich wäre, sie wären auch schon lange wieder fort, bis wir dort ankämen. Meine Mutter sagt, man soll die Weiten Lande niemals ohne einen Führer durchreisen.«

»Ich habe mir überlegt, dass wir zu einem anderen Fort gehen könnten. Piskatook ist am nächsten, nicht wahr?«

Die Prinzessin warf Cazia einen skeptischen Blick zu. »Wäre ich dort sicher?«

»Wir könnten uns tarnen«, schlug Cazia vor. »Irgendwo eine Arbeit annehmen, uns unters Volk mischen, bis Lar einen Weg findet, all die Probleme wieder in Ordnung zu bringen.«

»Wir sollen Dienstboten werden? Uns unter die Obhut eines Herrn stellen? Der uns befehlen könnte, jeden anderen Diener zu heiraten, ganz wie ihm der Sinn steht?«

Cazia gefiel die Idee ebenfalls nicht. Als einer jungen Frau ohne einen Namen boten sich ihr im Reich in der Tat nur wenige Möglichkeiten: Knechtschaft, Militärdienst, religiöser Rückzug von der Welt, die Ehe und … tja, was? Einen Hutladen zu eröffnen? Sie musste einen anderen Gelehrtenturm finden. Das war es, was sie brauchte.

Aber wo konnte sie außerhalb des Palastes und fern von Sturmpass einen finden? Genau deshalb wurden die Türme schließlich erbaut: Der König hielt die Gelehrten und ihre Geschenke streng unter Kontrolle. »Ich weiß es nicht«, gab Cazia zu. *Col hätte es gewusst.*

Vilavivianna zuckte mit den Schultern. Sie schaute nicht von dem Schnürsenkel auf, den sie aufzuknoten versuchte. »Wir müssen uns erst entscheiden, wenn wir das Ende des Passweges erreicht haben.«

Cazia dachte für einen Moment darüber nach. »Ein Riesenwurm. Wirklich?«

Vilavivianna lachte. »Es klingt wie Fantasterei, ich weiß.

Mein Onkel war ein interessanter Mann: Er war ein großer Krieger und Sänger. Wenn er mir Geschichten erzählte, wusste ich oft nicht, ob er nur scherzte oder ob er die Wahrheit sagte.« Nach einem Moment des Schweigens fügte sie hinzu: »Er ist auch dort gewesen, in dem Haus in Peradain. Er war derjenige, der mich zu Lar auf das Dach gehoben hat. Ich gehe davon aus, dass er jetzt tot ist.«

»Vielleicht nicht«, meinte Cazia. »Zu dem Zeitpunkt, als die Grunzer das andere Ende der Stadt erreicht hatten, hatten sie aufgehört zu töten und sich darauf verlegt, die Menschen einfach nur zu beißen. Vielleicht ist er verwandelt worden wie mein Bruder.«

»Dann *ist* er tot.«

»Es tut mir leid.«

»Mir tut es auch leid. Ich weiß, was mit Eurem Bruder passiert ist und was Ihr tun musstet. Wäre es für Euch ein Trost zu hören, dass ich glaube, dass Ihr heldenhaft gehandelt habt?«

»Nein«, antwortete Cazia schärfer, als sie es beabsichtigt hatte. Sie seufzte. »Nein, ich sehe es nicht so.«

»Ich wollte Euch den ganzen Tag über tröstliche Worte sagen, aber ich konnte keine passenden finden.«

»Es tut mir leid«, erwiderte Cazia. Die Prinzessin konnte so förmlich und steif wirken, dass man leicht vergaß, dass sie immer noch ein kleines Mädchen war. »Ich danke Euch sehr. Die Wahrheit sieht folgendermaßen aus: Wir haben meine beste Freundin in Peradain zurückgelassen, mein Bruder ist tot, und die anderen sind noch in Fort Samsit und warten darauf, dass ihre Flüche Macht über sie gewinnen …« Und das betraf auch Lar. Den ganzen Tag hatte sie wieder und wieder die Erinnerung neu durchlebt, wie ihr Wurfspieß ihren Bruder getroffen hatte, aber sie war so sehr auf ihre eigenen Schuldgefühle konzentriert gewesen, dass sie an den König nicht einmal gedacht hatte.

Feuer und Zorn. Er war am selben Tag gebissen worden wie die Menschen, die, zu Grunzern geworden, gerade Samsit eingenommen hatten. Er musste sich inzwischen ebenfalls verwandelt haben.

Cazia versuchte, sich die Szene auszumalen: Lar, dem Fell und Reißzähne wuchsen, während sie in ihrem Wagen saßen und über die Baumwipfel hinwegsausten. Der Fahrer, wie er in Panik geriet. Die Soldaten, die ihre Waffen in Anschlag brachten. Tyr Treygar ...

War es für sie vorstellbar, dass Alte Steinmiene eine derartige Situation überlebte? Es war möglich – es hieß, er sei im Töten hochbegabt –, aber konnte er es auch mit einem Grunzer aufnehmen, vor allem, wenn es sich dabei um den fluchbeladenen König handelte, dem treu zu dienen er geschworen hatte? Würde er sich aus lauter Pflichtgefühl von ihm zerreißen lassen, oder würde er sich über die Gelegenheit freuen, seinen lästigen Schüler niederzumetzeln?

Die Möglichkeiten kreiselten durch ihren Kopf wie Blätter in einem Wirbelwind; jetzt überhaupt nur daran zu denken fiel ihr schwer. Sie erinnerte sich daran, wie Bittler sie fortgestoßen und ihr gesagt hatte, sie solle verschwinden.

»Das sind alle meine Freunde«, fasste Cazia zusammen. »Ich habe im Palast als Geisel gelebt und bin ständig von Leuten umgeben gewesen, aber es hat nur sechs Menschen gegeben, die mich nicht als Feind behandelt haben. Jetzt sind sie alle weg.«

Vilavivianna legte Cazia sanft die Hand auf die Wange. »Ich kann mich glücklich schätzen. Meine Eltern sind mit meinen Brüdern und Schwestern immer noch auf der anderen Seite des Straim. Aber viele der Menschen, die ich geliebt habe, haben in diesem großen Haus in Peradain gelebt. Mein Onkel, seine Frau, neun Cousins und Cousinen – eine meiner Cousinen war erst vier Monate alt. Was diese Grunzer mit einem winzigen Baby wohl anstellen? Es nur ein bisschen mit den

Zähnen kneifen oder es mit einem Bissen verschlingen? Außerdem hatte ich in diesem Haus Freunde bei mir, die ich schon mein ganzes Leben lang gekannt habe. Und meine Ehrengarde.«

Cazia hatte absolut keine Ahnung, was sie sagen sollte, und zu ihrem Entsetzen hörte sie die Worte »Klingt recht beengt« aus ihrem Mund kommen.

Die kleine Prinzessin lachte und begann zu weinen. Cazia kniete sich neben sie und drückte sie fest an sich. Ein Stein stach ihr schmerzhaft ins Knie, aber sie bewegte sich nicht, bis sich Vilavivianna ihrem Arm wieder entzog.

»Bitte entschuldigt«, murmelte das Mädchen. Allmählich gewann sie die Fassung wieder.

»Auch ich habe geweint«, sagte Cazia.

»Ich hatte geglaubt, mich in meinem Zimmer in Samsit zur Genüge ausgeweint zu haben.«

»Nein.« Cazia erinnerte sich daran, wie lange die Italgas getrauert hatten, als Lars jüngerer Bruder gestorben war. »Nein, so etwas dauert wesentlich länger.«

»Nun ja, das ist aber auch unbequem.« Wieder brachen sie beide in Gelächter aus.

Cazia griff nach den Decken der Prinzessin und hob sie hoch, damit das Mädchen darunterschlüpfen konnte. Vilavivianna legte sich hin, und Cazia deckte sie zu. Dann streckte sich Cazia neben ihr aus, sodass sie Gesicht an Gesicht dalagen. »Erzählt mir von Indrega.«

»Es ist wunderschön dort«, begann Vilavivianna. »Ich hatte gehofft, das Land eines Tages meinem Gemahl zeigen zu können, aber ich glaube nicht, dass das bald geschehen wird. Wir haben Bäume und tiefe Wälder – und Gras, das beinahe schon blau ist.«

»Das würde ich selbst gern eines Tages sehen.«

»Wir haben auch Berge, doch sie sind älter als die hier. Stärker abgerundet, und es gibt dort Schwaims und Kaninchen, die zwischen den Bäumen umherhuschen, und ganz unglaubliche Aussichtspunkte. Ich will nicht sagen, dass Peradain kein schönes Land ist. Der Wind macht ein hübsches Geräusch, wenn er durch die Gräser bläst, und ich habe die Tage genossen, an denen wir auf dem Tiefsteinsee gesegelt sind.«

»Aber es ist nicht zu Hause.«

»Nein«, bestätigte das kleine Mädchen. »Ich kann hier nicht durch den tiefen Wald gehen, während ringsum das Licht von den Blättern widerscheint und alles in einen grünen Schimmer getaucht wird. Es gibt nur wenig Schnee hier. Und es gibt auch keine Langhäuser, wo alle ihre Mahlzeiten gemeinsam einnehmen und miteinander lachen. Seit ich hierhergekommen bin, fühle ich mich einsam.«

Cazia nahm ihre Hand. »Was gibt es dort noch?«

»Ihr wollt, dass ich Euch von den indregaischen Schlangen erzähle, nicht wahr?«

»Nur, wenn es Euch gestattet ist. Ich habe so vieles darüber gehört, aber nie eine gesehen.«

»So interessant sind sie gar nicht. Tut mir leid, wenn ich Euch enttäuschen muss. Sie sind etwa zwei Mann lang und ziemlich dick in der Mitte. Sie können sprechen …«

Ein Kribbeln lief Cazias über den Rücken. »Ach ja?«

»Nicht mit uns«, fügte Vilavivianna hastig hinzu. »Miteinander. Mein Onkel hat gesagt, wir hätten jahrelang erfolglos versucht, die Laute zu entziffern, die ihre Münder von sich geben. Und sie können nicht einmal die grundlegendsten Befehle verstehen, die wir ihnen mit Worten erteilen.«

Cazia dachte an den Übersetzungsstein in ihrer Tasche. Würde die Prinzessin versuchen, ihn ihr wegzunehmen? »Also könnt ihr einander überhaupt nicht verstehen?«

»Wir verständigen uns mit Gesten statt mit laut ausgesprochenen Worten. Es ist primitiv, aber es klappt.«

»Und sie … greifen euch nicht an?« Cazia bereute die Frage, sobald sie sie ausgesprochen hatte. Die Prinzessin hatte gerade um ihre toten Freunde und Verwandten geweint, und Cazia musste ihr nun diese Frage stellen?

Aber Vilavivianna behielt ihre ruhige Miene bei, als handele es sich um eine interessante philosophische Frage. »Manchmal natürlich schon. Im Winter, bevor ich das Land verließ, wurde in einem der äußeren Lager ein Holzfäller gebissen. Sein Arm schwoll an und färbte sich schwarz. Der Mann starb. Es stellte sich heraus, dass er die Schlange mit einem Stock gereizt hatte, bevor sie ihn biss. Mein Onkel pflegte zu sagen, dass die Menschen mehr Menschen töten, als die Schlangen es tun.«

Peradainische Tyre haben über vier Generationen hinweg den Straim überquert …

Aber es handelte sich offenbar um keine weitere Anklage, denn das Mädchen fuhr fort: »Am meisten vermisse ich meine Mutter und meinen Vater.«

»Natürlich«, erwiderte Cazia, als wisse sie, wie wunderbar Mütter und Väter sein konnten.

»Sie sind sehr lustige Leute«, berichtete die Prinzessin. »Angesichts der Art und Weise, wie sich der Umgang mit den Clans bei uns gestaltet, müssen sie es auch sein. Man kann Menschen dort nicht so wie hier herumkommandieren. Man muss erst versuchen, sie zu überzeugen, bevor man Soldaten zum Kriegsdienst einberufen kann. Mein Onkel pflegte zu sagen, dass die Indregai einem Scherz Folge leisten würden, aber niemals einem Befehl. Und ich vermisse die Stiefel, die wir zu Hause haben und die viel bequemer als eure sind. Und das Essen. Und natürlich sind unsere Götter wirkliche Wesen.«

Ein plötzliches Frösteln überlief Cazia. »Wie meint Ihr das? Die Götter sind die Götter. Natürlich sind sie wirkliche Wesen.«

»Nein, ich meine, dass unsere Götter *wirklich* wirklich sind. Ihr habt Tempel, und ihr betet eure Götter an, aber alles, was ihr von ihnen habt, sind Statuen und Lieder, oder? Und einer der Götter ist eigentlich viele Götter zugleich? Ich gestehe, das alles kommt mir sehr verzwickt und durcheinander vor.«

»Zorn ist nicht ›eigentlich viele Götter‹. Er ist ein einziger Gott mit vielen Aspekten. Er ist der Gott aller Menschen.« In der wachsenden Dunkelheit konnte Cazia das Lächeln des anderen Mädchens gerade noch ausmachen. »Was ist los?«

»Er erscheint als ›Die Mutter‹, nicht? Und ›Die Schwester‹? Und ›Die Hure‹?«

Cazia holte tief Luft, um ihren Ärger zu beschwichtigen. Als Kind hatte sie über die Vorstellung eines männlichen Gottes, der gekleidet war wie eine Mutter, selbst kichern müssen, aber Doktor Zweifloss hatte ihr eine scharfe Rüge erteilt und erklärt, dass es ketzerisch sei, einen Gott so zu beurteilen, wie man einen Menschen beurteilen würde. Außerdem hatte sie in späteren Jahren gelernt, dass die Trennlinie zwischen Mann und Frau nicht immer so scharf gezogen war, wie es den Anschein hatte.

Also tat Cazia ihr Bestes, um weiterzugeben, was sie von Doktor Zweifloss gelernt hatte, und versuchte dabei, geduldig und reif zu klingen. »Wenn Zorn nur männlich wäre, wäre er nur ein Gott der Männer. Frauen hätten dann keinen Gott, der sich für sie verwenden würde, und in was für einer schrecklichen Welt würden wir dann leben?«

Es vermochte Vilavivianna nicht im gleichen Maße zufriedenzustellen, wie es bei Cazia der Fall gewesen war. »Aber warum Zorn? Warum heißt er nicht Güte oder Liebe oder Lachen?«

»Das war eine der ersten Fragen, die ich meinen Lehrern gestellt habe.«

Vilaviviannas Stimme wurde in der Dunkelheit träge und

stockend, als nun allmählich der Schlaf über sie kam. »Und was haben sie geantwortet?«

»Zorn empfindet Zorn, weil er der einzige Gott ist, der überhaupt Gefühle empfinden kann.«

»Hm.«

»Unsere Priester lehren uns, dass die Götter, denen andere Völker huldigen, nur Aspekte von Zorn seien.«

»Oh, das glaube ich nicht«, murmelte die Prinzessin mit verschlafener Stimme. »Da ist nichts Menschliches an Boskorul. Er liefert uns die Wale, die wir um ihres Öls willen in Stücke schneiden, nachdem wir ihm unsere Opfer dargebracht haben.«

»Meint Ihr Tieropfer?«, fragte Cazia und hoffte, dass das Mädchen nicht im nächsten Augenblick zugeben würde, dass sie *Menschen* töteten, um das Wohlgefallen eines Aspekts von Zorn zu finden. Würde Zorn eine derartige Huldigung überhaupt akzeptieren?

»Oh nein«, antwortete Vilavivianna. »Wir geben ihm einen Teil unserer jährlichen Ernte. Wir lassen unser Opfer an ihn einfach aufs Meer hinaustreiben, damit er es verzehren kann. Er ist ein Meeresgott und überhaupt nicht menschlich. Und dann ist da noch Kelvidschinian, der Gott des Landes, in Eurer Sprache der Tyr der Schlafenden Erde. Er ist ebenfalls nicht menschlich, obwohl er ein Gesicht hat und eine dicke, große Nase, fast so groß wie euer Gelehrtenturm. Boskorul ist schaurig, aber Kelvidschinian ist nett und freundlich. Ich bin ihm einmal begegnet, als ich fünf war, und er meinte, ich sei sehr hübsch.«

Die Worte der kleinen Prinzessin wurden leiser, und sie schlief ein. Cazia biss sich auf die Knöchel, um nicht vor Lachen loszuprusten. Sie versuchte, sich den Kleinen Kreisel vorzustellen, wie er einem kleinen Mädchen Komplimente zu seinem Kleid machte – ein Wesen, das so gewaltig war, dass es die Räume zwischen den Sternen füllte; ja, es *war* der Raum zwischen den Sternen und alle Sterne selbst und darüber hinaus der bloße Inbegriff von Sternen überhaupt.

Der Gedanke war offensichtlich absurd, aber es wäre unhöflich gewesen zu lachen. Cazia konnte nicht dagegen an, sie musste die Prinzessin einfach mögen. Und sie wünschte, sie hätte auch nur halb so viel Selbstbewusstsein wie sie.

Außerdem hatte Vilavivianna auf der Welt Menschen, die sie liebte, und einen Ort, wo sie hingehen konnte. Auch darum beneidete Cazia sie.

In dieser Nacht träumte sie, Vilaviviannas Freunde hätten sie gefangen und nach Indrega verschleppt, wo ein Grunzer von der Größe eines ganzen Berges darauf wartete, sie zu verschlingen.

Am Morgen bestand Vilavivianna darauf, dass Cazia ihren Köcher in ihrem Rucksack versteckte. Sie würden bald in die Weiten Lande kommen, und es ließ sich nicht sagen, was ihnen dort begegnen würde. Cazia gehorchte widerstrebend.

Sobald sie wieder auf dem Bergpfad waren, blickte sie den Passweg hinauf und hinunter und schaute sich in alle Richtungen gründlich um. Der Himmel wurde gerade erst hell, und sie würden noch Stunden auf die Sonne warten müssen, aber sie konnte genug sehen, um zu wissen, dass niemand sie verfolgte. Keine Grunzer. Keine Soldaten.

Am Mittag machten sie eine kurze Rast. Cazia entschuldigte sich bei Vilavivianna für die Salzigkeit des Fleischbrotes, aber das kleine Mädchen zuckte nur die Achseln. Reisemahlzeiten waren nicht dazu gedacht, wohlschmeckend zu sein, sie mussten nur satt machen.

Als sie ihre Portionen zur Hälfte verspeist hatten, sagte Cazia: »Vilavivianna, ich möchte Euch um einen Gefallen bitten. In Peradain nennen mich all meine Freunde ›Caz‹ und sagen Du.« Die kleine Prinzessin saß steif da, als erwarte sie eine Bestrafung. »Hättet Ihr etwas dagegen, mich Caz zu nennen? Als Freundin?«

Die Unterlippe des Kindes zitterte leicht. »Nicht, wenn du mich Viv oder Ivi nennst, so wie meine Vettern und Cousinen es einst getan haben. Es würde mich sehr freuen, wenn wir Freundinnen wären.«

Sie lächelten einander an, und Cazia ging regelrecht das Herz über. Sie war sogar den Tränen nahe, was etwas albern war. Der viele Kummer machte sie allzu empfindlich.

Während sie weiterwanderten, führte der Weg zwischen zwei schroffen Felswänden hindurch, die einander so nahe kamen, dass sie vom Fuß der einen Steine zur anderen hätte hinüberwerfen können. Der Wind peitschte und wirbelte um die zerklüfteten Felsnasen. Direkt dahinter wurde der Pfad breiter, so wie ein Fluss breiter wird, wenn er sich dem Meer nähert. Das Gelände wurde außerdem ziemlich steil.

Cazia schaute über das Tal vor ihr hinaus und staunte über dessen gewaltige Ausdehnung. Im Nachmittagslicht erstrahlte die Nördliche Barriere in kräftigen Farben. Cazia wusste, dass sie nicht so nahe war, wie es den Anschein hatte, wiewohl sie nur einige wenige Tagesmärsche entfernt schien. Zu ihren Füßen befand sich ein langer, schmaler See, der sich dicht an die Felswände schmiegte. Noch näher befand sich ein dunkelgrüner, mit hohen Gräsern bewachsener Hang. Unter dem ständigen Druck jenes berühmten unablässigen Windes, der hier herrschte, neigten sich sämtliche Grashalme Richtung Osten. Die Pflanzen waren lange nicht so gelb wie die Gräser im Umkreis von Peradain, und das machte sie umso schöner.

Sie konnte auch Bäche sehen, Dutzende, die von ihrem Standort weg ins Tal flossen. Am Rand des Graslandes unter ihr beleuchtete die tief stehende, schwächer werdende Sonne kleine rote und weiße Farbtupfer – Gruppen winziger Blumen, die aus den Felsen wuchsen.

Es war alles so wunderschön. Die Gegend machte den Eindruck einer Landschaft, in der man stundenlang herumlaufen konnte, ohne jemals auf einen anderen Menschen zu stoßen. Schade, dass Pagesh das nicht sehen konnte. Sie liebte die Natur, liebte es, Pflanzen zu sammeln, Skizzen von ihnen anzufertigen und dann deren Namen herauszufinden. Pagesh hätte wirklich lange genug leben sollen, um das hier zu beobachten.

Vilavivianna … Ivi begann, am östlichen Rand des Abhangs ins Tal hinabzusteigen. Gut. Fort Piskatook war ein vernünftiges Ziel. Sie würden an der Südlichen Barriere entlang Richtung Osten gehen und dann in den Weg zum nächsten Pass einbiegen. Zuerst müsste Cazia dann einen Weg finden, sich beim dortigen Kommandanten nützlich zu machen. Ja, sie war nur ein Mädchen, aber sie war auch eine Gelehrte. Dann würde sie das Notwendige veranlassen, damit Ivi nach Hause zurückkehren konnte. Piskatook befand sich auf der peradainischen Seite des Straim, und es wäre für den dortigen Kommandanten nur logisch, sie sicher zu ihrem eigenen Volk hinüberzubringen – besser, als noch einen weiteren Krieg anzuzetteln.

Ivi bewegte sich jetzt in schnellem Tempo und hüpfte regelrecht die steinige Straße hinab. Cazia hätte ihr beinahe zugerufen, sie solle ihre Kräfte besser einteilen – sie hatten noch viele weitere Reisetage vor sich –, aber sie unterließ es lieber. Etwas an der Art, wie das Mädchen sich beeilte, beunruhigte sie.

Sie schaute nach links. Jetzt, wo sie die Ausläufer der Südlichen Barriere fast schon hinter sich gelassen hatten, eröffnete sich ihr der Blick nach Westen. Irgendwo dort draußen unter den überschatteten Gipfeln weit jenseits der Graslande und der Sümpfe des Westens lag Sturmpass, wo sich Ghoron Italga in seinem Exil dem Studium der Magie widmete.

Lar muss sich bereits verwandelt haben. Sie sah nach Westen. Dort, weit in der Ferne, lag Sturmpass. Konnte Lar jetzt dort sein, ohne sich verwandelt zu haben? Er hatte Stunden auf einem Schlafstein verbracht, nachdem er gebissen worden war. War es möglich, dass die Magie der Gelehrten ihn geheilt haben könnte? Fragen. Immer Fragen.

Was sie brauchte, war ein Flugwagen. Wenn Lars Mission scheiterte, wer würde sie fortsetzen – worin auch immer sie bestand –, wenn nicht sie selbst?

Sie folgte Ivi den Hang hinunter bis zum Felsabbruch – an manchen Stellen sah es wirklich so aus, als sei das Tal aus den Bergen herausgehauen worden. Cazia war nicht leichtfüßig genug, um mit Vilavivianna Schritt zu halten, aber sie versuchte es. Die Prinzessin erreichte die Abbruchkante eines hohen Felsvorsprungs, dann blieb sie stehen, als gähne da ein Abgrund unter ihr.

Dann stieß sie einen Klagelaut aus, rannte vorwärts und verschwand aus dem Gesichtsfeld. Cazia eilte hinter ihr her.

Ivi lief auf ein großes Zeltlager zu, das sich über das Grasland unter ihnen erstreckte. Cazias Gedanken eilten ihrem Körper voraus: Wie viele Menschen konnten auf einem derart weitläufig von Zelten bedeckten Areal leben? Fünfhundert? Mehr?

Aber es war offensichtlich, dass im Moment niemand dort lebte. Viele der weißen Zelte waren zusammengefallen, die Kochfeuer waren erloschen, und die Vorratswagen in der Mitte des Lagers waren von gigantischen Baumstämmen zerstört worden.

Cazia musterte den Berghang neben dem Lager, konnte aber keinerlei Anzeichen einer Steinlawine entdecken. Sie fand auch keinen Hinweis, dass dort weitere Bäume von oben herabgefallen sein könnten. Außerdem, hätte ein fallender Baum die Zelte zwischen den Wagen und dem Hang nicht einfach nur zum Einsturz gebracht und zerdrückt? Stattdessen waren sie regelrecht in Stücke gerissen.

Ivi lief unvermindert auf das Lager zu und warf noch im Rennen ihren Rucksack ab. Cazia sprang hinter ihr her; sie hätte ihr zugerufen, stehen zu bleiben, aber was war, wenn hier durdrische Plünderer am Werk gewesen waren und sie sich immer noch dort unten befanden, um ihre Beute zu durchstöbern? Cazias Speer würde da nicht viel nutzen. Sie musste das Mädchen zu fassen bekommen und wegziehen, bevor man sie bemerkte.

Ein umgestürztes Banner lag zerbrochen zwischen den Felsen. Cazia kannte es nicht: Es waren keine Flüsse darauf, keine Berge, keine Wellen … keines der üblichen Symbole. Es war einfach ein großes, schmales, mit Fransen besetztes weißes Tuch von der gleichen Farbe wie die Zelte.

Neben dem ersten Zelt entdeckte sie tiefe Rillen im Erdboden. Sie hörte das Summen von Fliegen. Eine große Truhe war zerstört und aufgerissen worden, und zwei Bronzebeile sowie ein Häufchen weißer Kleider waren auf den Boden gefallen.

Sie hatte Uniformen wie diese in Ivis Zuhause in Peradain gesehen. Das Feldlager war ein Vorposten der Allianz, tief im Inneren des peradainischen Teils der Weiten Lande.

Sie hatten es hier mit einer feindlichen Invasion zu tun.

»*Hohwal!*«, rief die Prinzessin. Cazia konnte sie auf der Suche nach Überlebenden zwischen den Zelten hindurchlaufen hören. Das mit dem »unbemerkt wegziehen« hatte sich also erledigt.

»Nicht so laut!«, schrie Cazia ihr zu, während sie zwischen den Zelten hindurcheilte. Gerade noch rechtzeitig wich sie einem großen Felsbrocken aus. »Es könnten noch …«

Die Worte blieben Cazia im Hals stecken. Auf der anderen Seite des Felsens fand sie sich plötzlich nur eine Handbreit vom Kopf einer riesigen Schlange entfernt wieder.

Sie kreischte auf und sprang zurück, aber das Tier war

natürlich bereits tot. Der Felsen war auf die Schlange gefallen und hatte sie sofort getötet, dessen war sich Cazia sicher. Sie beugte sich ein wenig näher heran. Der schwarz-braun gemusterte Kopf war größer, als sie es erwartet hätte, sogar noch größer als ihr eigener. Die Giftzähne waren so lang wie Cazias Mittelfinger, aber schlanker, und auf der Rückseite des Schädels hatte das Tier einen roten Nackenschild.

Ein Schaudern überlief Cazia vom Kopf bis an die Zehen. *Pass auf, dass du nicht auf einen dieser Giftzähne trittst.* Sie ging zum nächsten Zelt weiter und dann zum übernächsten.

Der Zeltstoff war zerfetzt worden wie von Schwertern, und die Erde überall um sie herum war mit tiefen Furchen durchzogen. Cazia hätte erwartet, im Schlamm oder in den Zelten zahlreiche Leichen zu finden, aber tatsächlich fand sie nur sehr wenige.

In den zerfledderten Überresten eines Zeltes, durch das der Wind wehte, entdeckte sie die Prinzessin. Sie hockte zwischen Puppen, Lederbällen und langen Stöcken, in deren Enden eine Vertiefung geschnitzt war.

»Das ist das Kinderzelt gewesen«, stieß sie hervor. »Hier haben Kinder zusammen gegessen, geschlafen und gespielt. Was sind das für Soldaten, die so etwas tun?«

Sie deutete auf eine zerbrochene Truhe. Sie war von roten Flecken überzogen. Cazia fühlte sich für einen Moment ganz benommen. Kam das von einer einzelnen Person? Einem Kind? Bitt hatte recht gehabt; es war einfach entsetzlich, wie viel Blut in einem menschlichen Körper war.

Vilavivianna schluchzte. »Ich hätte nie geglaubt, dass selbst die Peradaini so tief sinken könnten.«

Cazia ging zu mehreren Truhen hinüber, die an einer Seite des Zeltes aufgereiht waren. Dahinter lagen gefaltete Pritschen; niemand hatte die Truhen geöffnet und durchsucht.

»Das waren keine Soldaten.« Cazia hielt dem anklagenden

Blick des Mädchens mit hartnäckiger Unerschütterlichkeit stand. »Wo sind die Leichen? Woher sind die Bäume gekommen? Die Steine? Glaubst du, jemand wie Zollik könnte einen Baumstamm über seinen Kopf heben und ihn durch ein Lager schleudern?«

Die Prinzessin stand auf und blickte sich erneut um. »Ja, wo *sind* die Leichen denn?«

Cazia öffnete die Truhe, die ihr am nächsten stand. Sie war voller weißer Kleider. Jacken. Die zweite enthielt Hosen. In der dritten fanden sich Stiefel in allen möglichen Formen. »Bitte schön«, sagte sie mit tonloser Stimme. »Bequeme Stiefel.«

Das kleine Mädchen sagte kein Wort, als Cazia das zerstörte Zelt verließ. Sie irrte durch die Trümmer. Überall war Blut, aber sie konnte nur wenige Leichen finden. Die meisten waren unter irgendwelchen Gegenständen zerquetscht worden – so etwa vier Frauen, die unter den Wagen Zuflucht gesucht hatten, als sie der Baum getroffen hatte –, aber ein Mann war zwischen den Schulterblättern und den Bauch hinab aufgeschlitzt worden. Dann war er in einen Haufen Tuchfetzen hineingestürzt. Wer immer über ihn hergefallen war, musste ihn dort drinnen aus den Augen verloren haben.

Cazia kniete sich neben ihn. Die Schnittwunde sah aus, als stamme sie von einem sehr stumpfen Schwert. Die eingedrückte bronzene Speerspitze des Toten war mit getrocknetem Blut bedeckt. Sie konnte ihm nicht ins Gesicht sehen, aber seine Haare waren von dem gleichen hellgelben Farbton wie Ivis Haar.

Natürlich summten Fliegen um ihn herum. Peraday hatte recht gehabt; die Tiere der Wildnis ließen die Toten nicht in Ruhe. Cazia begann systematisch das Lager zu durchschreiten und die Schwärme zu zählen.

Vilavivianna trat an sie heran. Ihr Gesichtsausdruck war entschuldigend, aber ihre Worte waren es nicht. »Ich würde mir gern die Zeit nehmen, sie zu begraben, wenn du einverstanden bist.«

»Was habe ich damit zu schaffen?«, blaffte Cazia. »Was hast du da für Pläne geschmiedet, *Prinzessin*? Warum hast du dir überhaupt die Mühe gemacht, mich zu fragen, wo ich hingehen will, wo du doch offensichtlich die ganze Zeit über gewusst hast, dass sie hier waren? Sollte ich glauben gemacht werden, ich könnte für mich selbst entscheiden – bis zu dem Augenblick, wo ich dann als Geisel genommen werde?« Cazia versagte die Stimme, als würde sie im nächsten Moment zu weinen anfangen, und das machte sie nur noch wütender.

»Geisel?« Vilavivianna wirkte erschrocken. »Wie kannst du das sagen?«

»Weil du mich angelogen hast! Du weißt, dass ich eine Gelehrte bin und es mir verboten ist, die Grenzen des Reiches zu überschreiten! Es würde mich das Leben kosten!«

»Niemand hier hätte dir ein Leid getan!«, rief Vilavivianna und klang ihrerseits den Tränen nahe.

»Natürlich würdet Ihr Eurer gefangenen Gelehrten nichts antun. Nicht, wo es doch so viel von ihr zu lernen gibt! Ich kann nicht glauben, dass du einfach so getan hast, als …« Und mehr brachte sie nicht heraus. Sie vermochte den Satz nicht zu beenden. »Du verwöhntes, eingebildetes kleines …« Diesen Satz wollte sie ebenfalls nicht zu Ende bringen.

»Ich hätte dich beschützt!«, erklärte die Prinzessin. »Deshalb habe ich dir auch gesagt, dass du deinen Köcher in den Rucksack packen sollst! Ich hätte niemals irgendwem verraten, wozu du in der Lage bist, obwohl dadurch … das Leben von einer Menge Menschen in der Allianz gerettet werden könnte, wenn auch wir uns auf Magie verstünden. Aber ich hätte das nie getan! Du hast mir das Leben gerettet!«

»Gut, aber warum hast du es mir dann nicht einfach gesagt?«

»Weil du dann nicht mitgekommen wärst!«

»NATÜRLICH NICHT!«

Tränen strömten der Prinzessin übers Gesicht. »Du hättest darauf bestanden, dass wir durch das südliche Tor fliehen, trotz all der Kämpfe dort. Man hätte uns getötet oder gefangen genommen – vielleicht sogar gebissen. Es tut mir leid, dass ich dir nicht alles gesagt habe, aber ich kann nicht glauben, dass du denkst, ich würde dich verraten.«

»Vielleicht hast du einfach das Beste für uns gewollt. Vielleicht war dem so. Aber wenn du mich dazu überlistest, das zu tun, was du willst, werde ich dir nicht vertrauen. Das verstehst du doch, oder? Warum hast du mich überhaupt gefragt, wo ich hingehen will, wenn du vorhattest, mich in jedem Fall hierherzubringen?«

»Um eine bewaffnete Eskorte organisieren zu können, die dich dorthin gebracht hätte.«

Sie starrten einander einige Augenblicke lang an und ließen sich das Haar vom Wind ins Gesicht peitschen. Vilavivianna stand offensichtlich kurz davor zu weinen, aber sie hatte trotzig die Unterlippe vorgeschoben und ihre dünnen Brauen über der Nase zusammengezogen. Sie sah trotz allem einfach hinreißend aus, und Cazia überkam eine Welle der Scham darüber, dass sie diese bleiche Wange jemals geschlagen hatte. Ein Teil von ihr wollte das Mädchen in die Arme nehmen und sich entschuldigen.

Aber das konnte sie nicht. Es hätte ein Nachgeben bedeutet, und die Welt war zu gefährlich, um dieser kleinen Prinzessin zu gestatten, ihr Spiel mit ihr zu treiben. Schlimmer noch, was sie sagte, klang irgendwie recht einleuchtend, und das machte es noch wichtiger, hart zu bleiben. Wenn sie jetzt klein beigab, würde es in diesem Punkt kein Halten mehr geben.

»Elah!«

Es war eine Männerstimme, und der Mann schrie laut

genug, um sich über den Wind hinweg Gehör zu verschaffen. Cazias erster Instinkt war es, hinter das Lager zu fliehen und dort vielleicht zu versuchen, ein Versteck zu finden oder irgendeine Möglichkeit, sich über das offene Gelände zwischen den Zelten und dem Berghang zu schleichen, aber die Prinzessin drehte sich um und lief auf die Stimme zu.

»Elah!«, rief Ivi zurück. Ihre Stimme war hoch und dünn.

Cazia rannte hinter ihr her und hielt dabei mit einer Hand ihren Stoffhut mit der eingenähten eisernen Helmkappe fest. Die beiden Mädchen blieben am Rand des Lagers stehen und sahen drei Männer und vier Frauen durch das Gras auf sich zukommen. Die Männer hatten lange Haare und Bärte, und sie trugen die längsten Speere, die Cazia je gesehen hatte. Die Frauen blieben ein gutes Stück hinter ihnen zurück, Bögen in den Händen. Wie treffsicher konnten die Bögen bei diesem Wind sein? Cazia wollte es nicht herausfinden müssen.

Sie griff in ihre Tasche und berührte den glatten blauen Stein. Als der Mann das nächste Mal das Wort ergriff, hörte sie ihn sagen: »Seid mir gegrüßt, halb erwachsener Teufel. Sind deine Eltern zu Friedensverhandlungen bereit?«

Ivi antwortete in der Sprache des Mannes: »Nach dem Recht des Finders erheben wir Anspruch auf diesen Schatz für unsere Clans und uns selbst.«

Der Mann wirkte verdutzt, dann seufzte er und schaute zum Himmel empor. Die beiden Männer hinter ihm lachten, als sei er zum Narren gehalten worden. Die Frauen senkten ihre Bögen und blickten finster. Sie sahen aus, als habe man sie um eine Mahlzeit geprellt.

»Ihr Teufel!«, rief der Mann. Er umklammerte seinen Speer mit beiden Händen und rückte auf sie zu. »Werft eure Speere beiseite oder seid unsere erklärten Feinde!«

Ivi wandte sich zu Cazia um. »Mach alles genauso wie ich.« Sie ließ ihren Speer zu Boden fallen. Cazia tat es ihr nach.

Richtung Osten sah Cazia etwas Langes, Breites, Dunkles, das sich durch die Gräser bewegte. Es war eine Okshim-Herde auf dem Weg nach Westen, und diese Menschen gehörten zu einem Hirtenvolk. »Werden sie uns umbringen?«

Ivis Lippen bildeten eine dünne, blutleere Linie. »Eigentlich sollten sie das nicht tun.«

KAPITEL 15

»Gibt es denn keine Wachen?«, fragte Tejohn.

Arla nahm ihren Stahlhelm ab und warf einen Blick über die Hügelkuppe. »Soweit ich sehen kann, nicht, mein Tyr, aber wenn es nur ein paar wenige sind, könnten sie das Land aus dem Inneren jenes niedrigen Turmes überblicken.«

»Ich muss Euch ein Geständnis machen, Führerin: Ich übertreibe nicht, wenn ich bekenne, dass ich da überhaupt keinen Turm sehen kann. Ich kann gerade noch die rosa Umrisse ausmachen, die die Mauer des Bergarbeiterlagers anzeigen.«

»Ach.« Sie kam den Hügel herabgerutscht und begann, mit dem Heft ihres Messers in den Schmutz zu zeichnen. »Das ist die Mauer. Hier ist das Tor. Beide sind so hoch wie anderthalb Männer. Das hier scheint der Ort zu sein, an dem sie ihre Erze lagern. Daneben befindet sich der niedrige Turm, der nur ein wenig höher ist als die Mauer, aber sehr neu aussieht – er ist an den Seiten mit schmalen Schlitzen für Pfeile und oben mit Zinnen versehen. Ein weiteres niedriges Gebäude auf der uns zugewandten Seite ist wahrscheinlich die Kaserne. In einem mittelgroßen Lager wie diesem hier dürften Dienstboten, Wachen und Gelehrte – ich nehme an, sie haben mindestens einen, wenn nicht noch mehr – wahrscheinlich davon getrennte Räumlichkeiten in einem der anderen Gebäude haben. Hier befindet sich der Wagen, den ich erwähnt habe. Und hier drüben ist der Eingang zum Bergwerk.«

»Und wir sind hier?« Tejohn ergänzte einen Punkt außerhalb ihres Kreises.

Arla wischte ihn fort und zeichnete einen neuen, weiter weg. »Ich würde sagen, hier, mein Tyr. Der Untergrund ist nach Norden und Westen hin relativ flach. Dieser Hügel hier ist der Punkt, an dem wir ihnen am nächsten kommen können, ohne einen Umweg von einem Tag machen zu müssen.«

»Es sei denn, wir würden versuchen, uns ihnen von Süden her zu nähern, wo sich der Berg befindet.«

»Ich würde nicht gerade empfehlen, es auf einem steilen, unebenen Berghang auf einen Kampf mit durdrischen Kriegern ankommen zu lassen, mein Tyr. Nicht, solange wir nicht hinreichend in der Mehrzahl sind, um sie zum Rückzug zu zwingen.«

»Aber Ihr glaubt, dass es in einem dieser Gebäude einen Schlafstein gibt?«

»Tyr Finstel hat viel geopfert, als er die Truppen der Witts, der Bendertuks und der Simblins abzulenken suchte. Seine Ländereien, ganze Städte …«

»Arla, meine Sicht mag kurz sein, aber mein Gedächtnis ist lang.«

»Ja, mein Tyr. Entschuldigung, mein Tyr. Worauf ich hinauswill, ist, dass seine Bergwerke ertragreich und bestens ausgestattet sind. In einem Bergwerk, das eine solche Größe wie dieses hier erreicht hat, muss sehr viel Betrieb herrschen, und in Bergwerken mit hohem Betrieb geschehen Unfälle.«

Das klang einleuchtend. Es brauchte viel Zeit, um verletzte Arbeiter zu ersetzen, aber mit einem Schlafstein konnten sie binnen weniger Tage, wenn nicht gar Stunden, geheilt werden.

»Mein Tyr, darf ich eine Frage stellen?«

Ihre Stirn war gefurcht, und die Falten um ihre Augen waren tief. Sie musste ihren Mut für die Frage zusammennehmen, die sie stellen wollte, und Tejohn konnte sie ihr nicht verwehren. »Wenn es schnell geht.«

»Wie kurzsichtig seid Ihr?«

Sie wollte wissen, ob er eine Belastung war. Wenig überraschend. »Ich bin so kurzsichtig, dass ich nur ein einziges Mal einen Bogen gehalten habe, und den hat man mir abgenommen, bevor ich auch nur einen einzigen Pfeil abschießen konnte. So kurzsichtig, dass man mich bei der Ersten Kompanie von Brausestadt abgewiesen hat, als ich ein Knabe war. So kurzsichtig, dass die Menschen meine Unfähigkeit, die Kampfkraft meiner Feinde zu überblicken, irrtümlich für Tapferkeit halten.«

Es war der einzige Scherz, den Tejohn je machte, und er gab ihn immer zum Besten, wenn er sich mit anderen Speerträgern anfreunden wollte. Er erfüllte auch hier seinen Zweck: Arla lachte.

»Ja, mein Tyr. Wie wollt Ihr weiter vorgehen?«

»Im Schutz der Dunkelheit«, antwortete er. »Haltet hier Wache. Wenn Ihr bemerkt, dass die Tore geöffnet werden, verständigt mich. Ich werde Euch Verpflegung zukommen lassen. Wir brauchen Euren Beitrag, wenn es darum geht, eine gemeinsame Strategie zu erarbeiten.«

»Ja, mein Tyr«, sagte sie. Vorsichtig schlich Tejohn zum Rest der Gruppe zurück.

Schnell hatte er den anderen, die sich gerade zu ihrer Mittagsmahlzeit niedergelassen hatten, die Situation erklärt. Lar verschlang sein Fleischbrot wie ein Verhungernder, die eingelegten Aprikosen- und Zwiebelstückchen spuckte er aber wieder aus. Er schien Tejohns Beschreibung des Lagers nur wenig Beachtung zu schenken.

Reglis und Wimnel hörten konzentriert zu. »Ich kann Männer befehligen«, erklärte Reglis stirnrunzelnd. »Aber in Kampfstrategie bin ich nie ausgebildet worden.«

»Die königlichen Generäle genauso wenig«, erwiderte Tejohn. »Sie ahmen einander einfach nur nach. Macht euch darüber im Moment keine Sorgen. Wir müssen bis Einbruch der Nacht warten, dann versuchen wir, ihren Schlafstein für den König in Beschlag zu nehmen.«

Wimnel griff geistesabwesend nach seinem gebrochenen Arm. »Wie kann ich helfen?«

»Selbst wenn Ihr gesund wärt, würde ich Euch anweisen, zusammen mit dem König ein gutes Stück zurückzubleiben. Ihr seid für so etwas nicht ausgebildet worden.«

»Bald«, sagte der König. Er saß vornübergebeugt und angespannt da, als erwartete er einen Peitschenhieb. Er begann seine Hände über den Knien hin und her zu bewegen, und direkt unterhalb seiner Finger konnte man einige Tropfen klaren Wassers herabsickern sehen. »Bald.«

»Es tut mir leid, mein König. Wir werden unser Bestes geben.«

»Was ist, wenn es bis zum Einbruch der Nacht zu lange dauert?«, wollte Reglis wissen. »Ich bin bereit, auch einen Angriff bei Tageslicht zu riskieren, wenn es zum Besten des Königs nötig ist.«

»Mit so wenigen Männern?«, entgegnete Wimnel schwach.

»Ja«, sagte Reglis. Sein Blick war noch finsterer geworden, und seine um den Schaft seines Speers geklammerten vernarbten Knöchel wurden vor Anstrengung weiß, als wolle er seine Waffe erwürgen. »Wenn nötig, als Ablenkungsmanöver.«

Tejohn sprach mit leiser, ruhiger Stimme, zwang den jungen Soldaten, seine Erregung zu dämpfen. »Ich werde das im Hinterkopf behalten, für den Fall, dass es notwendig werden sollte.«

Reglis holte tief Luft, aber noch war er nicht wirklich beruhigt. »Was ist, wenn wir das Lager nicht einnehmen können? Oder wenn es darin gar keinen Schlafstein gibt?«

»Tötet. Mich.« Lars Stimme war leise und rau. »Gesegnet sind die Seg… Segnungen.« Der König knirschte mit den Zähnen, außerstande weiterzusprechen, ohne Unsinn von sich zu geben.

Wimnel legte Lar seine gesunde Hand auf die Schulter. »So weit wird es nicht kommen.« Er bot dem König den Rest seiner Ration an, und dieser fiel darüber her.

Tejohn tat sein Bestes, einen ungerührten Gesichtsausdruck beizubehalten. »Niemand wird mich jemals *Königsmörder* nennen. Wir werden tun, was wir tun müssen, um dem Thron zu dienen, und wir werden Erfolg haben. Reglis, wie gut sind Eure Augen?«

»Sie sind scharf, mein Tyr.«

»Nehmt Euren Helm ab und gesellt Euch zu Arla. Ich will die Stärke des Feindes so genau wie möglich einschätzen können.«

Der große Mann nickte und schlich vorsichtig den Pfad entlang. Tejohn setzte sich in die Nähe des Königs. Lar hatte sich zu einem Ball zusammengerollt, die Hände vor den Schienbeinen gefaltet, die Knie ans Kinn gedrückt. In regelmäßigen Abständen begann er geheimnisvolle Bewegungen, die zur Folge hatten, dass ihm Wasser von den Händen in den Schmutz zu seinen Füßen rann, oder die manchmal auch einen nahen Felsen zu Staub zerbröckeln ließen. Diese Zauber zögerten die Verwandlung hinaus, hatte er ihnen erklärt, aber was würde geschehen, wenn sie nicht mehr verhindert werden konnte?

Tejohn hatte seinen Speer auf dem Schoß und hielt ihn fest, die Spitze auf Lar gerichtet. Wäre Tejohn dem König immer noch Treue schuldig, sobald er sich verwandelt hatte, oder wäre Lar dann eben nicht mehr als irgendein weiterer Grunzer? Tejohn hoffte, dass er diese Entscheidung niemals würde treffen müssen.

Der König bleckte die Zähne, als litte er unter schrecklichen

Magenschmerzen. Plötzlich sah er einem jungen Soldaten sehr ähnlich, den Tejohn vor vierundzwanzig Jahren kennengelernt hatte, als er selbst noch ein junger Soldat gewesen war. Sie beide waren irgendwo südlich des Tiefsteinsees von ihrer Truppe abgeschnitten worden. Tejohn war unverletzt geblieben, aber den anderen Speerträger – kaum älter als ein Knabe – hatte ein Pfeil in den Unterleib getroffen. Sie waren die ganze Nacht wach geblieben und hatten sich leise flüsternd unterhalten. Sie waren Fremde gewesen, aber als der Bursche bei Morgengrauen starb, hatten sie einander bereits ziemlich gut gekannt.

Und jetzt konnte sich Tejohn nicht mehr an den Namen des jungen Mannes erinnern. Jene Nacht hatte Tejohns Sicht der Welt verändert – seine Ansichten über Soldaten, Krieg und Heldentum –, aber obwohl er das runde, mondbeschienene Gesicht des Mannes noch immer deutlich vor Augen hatte, wie er zähneknirschend den Schmerz unterdrückte, um nicht aufzuschreien und ihre Position zu verraten, kam Tejohn einfach nicht auf seinen Namen.

Sang möge mir vergeben. Er hätte etwas Besseres verdient.

Ganz allmählich schwand der Tag dahin. Auch wenn Tejohn die Berge nicht deutlich sehen konnte, so nahm er doch ihre Farben wahr, als nun das Licht des Sonnenuntergangs das Tal erfüllte. Alles wurde wunderschön, wie ein vielfarbiger Nebel, und er fragte sich, welcher Blick sich wohl jenen bot, deren Sehkraft scharf war. Der König verbrachte die meiste Zeit damit, Zauber zu wirken, wobei er sich zunehmend erschöpfte. Kein einziges Mal hatte er sich vom Boden erhoben.

Über dem westlichen Ende des Tals lag noch immer ein schwacher rosiger Schimmer, als Reglis zurückkehrte.

»Arla und ich stimmen darin überein, dass sie über mindestens zwölf Kämpfer verfügen.«

»Feuer und Zorn.« Tejohn war im Umgang mit dem Speer und insbesondere mit dem Schwert gut geschult, aber drei gegen »mindestens« zwölf würde niemals funktionieren, selbst wenn sich ihre Feinde nicht hinter einer Mauer verschanzten. »Habt Ihr auch irgendwelche guten Neuigkeiten?«

Der junge Mann zuckte die Achseln. »Sie trinken.«

Tejohn klopfte Reglis auf die Schulter und begab sich erneut zu Arlas Stellung. Natürlich konnte er das Lager immer noch nicht klar erkennen, besonders jetzt, da vom langsam dahinschwindenden Tag mit einem Mal nur noch Zwielicht geblieben war, aber er konnte ein Feuer im Hof brennen sehen.

»Mein Tyr«, begann Arla. »Um das Feuer sitzen sechs Männer, und jeder hat seinen eigenen Krug. Manchmal gesellt sich ein anderer Mann zu ihnen, und er trägt zwei Krüge in Händen, aus denen er auch die anderen trinken lässt. Die Durdra trinken gerne.«

»Wachen?«

»Zwei Mann sind zur Wache eingeteilt, mein Tyr. Einer befindet sich auf der Mauer, die uns am nächsten ist, einer auf der gegenüberliegenden Seite. Der in unserer Nähe hat einen Krug bei sich, aus dem er heimlich trinkt. Der andere ist zu weit entfernt, um sichere Aussagen zu erlauben.«

Tejohn seufzte erleichtert. »Ein gut ausgestatteter Weinkeller sollte die Chancen mit der Zeit einigermaßen ausgleichen.«

Sie hockten sich unterhalb der Hügelkuppe zusammen, und Arla gab Tejohn eine fortlaufende Beschreibung aller Tätigkeiten der Kämpfer: Sie erstattete Meldung, wenn sie hin und her schwankten, wenn sie davontaumelten, um ihre Blasen zu entleeren, wenn sie Faustkämpfe vom Zaun brachen. Letzteres interessierte Tejohn am meisten. Er verlangte zu wissen, wie viele Männer die Kämpfenden umstellten, um zuzusehen, sie musste ihm mitteilen, wie unbeholfen sie kämpften und wer dann seinen Sieg dadurch feierte, dass er einen neuen Krug kippte. Selbst von ihrem Platz in der Senke hinter dem Hügel konnten sie die Zechlieder der Männer hören.

Irgendwann dann legten sich die Durdra flach auf den Boden oder taumelten vom Feuer weg, und die Lieder verklangen nach und nach. War es bereits Mitternacht? Tejohn war nicht gut darin, in der Nacht die Stunden abzuschätzen. Er und Arla begannen zu besprechen, wie sie sich dem Lager am besten nähern und die Wachen mit ihrem Bogen außer Gefecht setzen konnte.

Zu guter Letzt überraschte Lar sie dadurch, dass er zu ihrer vorgeschobenen Stellung gekrochen kam. »Gesegnet …«, sagte er, dann zwang er sich nach einem großen Kampf hinzuzufügen: »Jetzt.«

»Mein König«, erwiderte Tejohn, »ich glaube, wenn wir ihnen noch eine Stunde geben, dann …«

Aber Lar hatte bereits einen Wurfspieß aus seinem Köcher gezogen. Er trat auf die Hügelkuppe hinauf, sodass er für die Wachen unten sichtbar wurde. Seine Hände waren bereits in Bewegung.

Tejohn gab Reglis ein Zeichen, um ihn davon abzuhalten, den König außer Sicht zu zerren. Natürlich waren sie zu weit entfernt, als dass dieser Schuss würde treffen können, aber, Feuer möge sie holen, Lar war immer noch der König, und sein Wille war Gesetz.

Der verzauberte Wurfspieß schoss mit gewaltiger Geschwindigkeit von ihnen weg. Es klang schneller als alles, was Tejohn je in seinem Leben gehört hatte.

»Treffer«, sagte Arla. Sie lag neben dem König auf dem Hügel und blickte nach unten.

»In welche Richtung ist der Mann gefallen?«, fragte Tejohn flüsternd.

»Nach vorn«, antwortete sie. »Aus dem Lager hinaus. Es war der Wachposten, der sich uns am nächsten befand.«

Lar hatte bereits mit dem nächsten Zauber begonnen. Als er fertig war, jagte der zweite Wurfspieß mit dem gleichen zischenden Geräusch von ihnen weg.

»Wieder getroffen«, sagte Arla. »Beim Großen Weg, ich habe noch nie im Leben einen solchen Schuss gesehen. Ein zweiter Treffer! Der Wachmann auf der anderen Seite ist auf den Wehrgang der Mauer gefallen. Ich sehe keine Bewegungen, die darauf hindeuten würden, dass jemand im Lager das Geschehene bemerkt hätte.«

Tejohn setzte seinen Stahlhelm auf. »Das Töten soll beginnen.«

Tejohn sah, wie Arla und Reglis sich ihm anschlossen, ein jeder mit Bogen und Speer. Wimnel packte Lar am Ärmel und drängte ihn, an Ort und Stelle zu bleiben. Gut.

Niemand schlug Alarm, als sie den Pfad hinunterliefen. Niemand beschoss sie mit Pfeilen oder wedelte mit Signalfeuern. Sie erreichten das Tor ohne Zwischenfall und fanden es verschlossen.

Reglis senkte seine massige Schulter, als wolle er sich gegen das Tor werfen, aber Tejohn hielt ihn mit erhobener Hand auf. Die Türen schlossen in der Mitte nicht passgenau, und Tejohn drückte ein Auge gegen den schmalen Spalt. Er konnte nicht gut sehen, aber das Feuer im Hof hob sich hell von der Dunkelheit dahinter ab. Er bückte sich tief und spähte abermals durch den Spalt, bis er den Riegel sehen konnte, der die Tore zusammenhielt.

Feuer und Zorn, er hatte gehofft, dass die Durdra den Riegel zerbrochen hatten, ohne ihn wieder zu reparieren. Wie auch immer. Er fasste Reglis an der Schulter und lenkte ihn zu der Stelle, wo das Tor in die Mauer eingelassen war. »Die Hände auf die Mauer gestützt«, flüsterte er, und der junge Hauptmann gehorchte.

Dann drehte er sich zu Arla um. »Über die Mauer hinüber, leise, ohne dass jemand Alarm schlägt. Und dann öffnet uns das Tor.« Er wandte sich an sie beide. »Ich will keinen Laut hören, bis alle Feinde tot sind. Hier geht es nicht darum, eure

Waffen und eure Fähigkeiten zu testen und eure Ehre unter Beweis zu stellen, verstanden? Heute Nacht sind wir als Meuchelmörder hier.«

Reglis seufzte, als habe er soeben eine schwere Last geschultert, aber Arla nickte nur und ließ sich von Tejohn auf den Rücken des Hauptmanns befördern. Sie spähte über die Tormauer hinweg, dann ließ sie sich hinübergleiten. Tejohn wünschte, sie hätte sich mehr Zeit genommen, um sich einen Überblick über die Lage zu verschaffen, aber schon löste sie den Riegel von innen und schob ihn zurück.

Reglis folgte Tejohn durchs Tor. Ihre Stiefel schrammten über die verstreut im Hof liegenden losen Steine, aber hier in den Weiten Landen übertönte das Geräusch des Windes alles andere.

Die Körper toter Finstels lagen achtlos an der östlichen Mauer übereinandergetürmt: Wachposten, Diener, gemeine Bürger, alle wild durcheinander. Tejohn konnte keine Kinder sehen – eine winzige, unerwartete Gnade. Die Menschen schienen regelrecht abgeschlachtet worden zu sein. Die meisten von ihnen waren mit dem gleichen von oben geführten Hieb getötet worden, vermutlich im Knien. Wahrscheinlich hatte man sie hingerichtet, nachdem sie versucht hatten, sich zu ergeben.

Neben dem Feuer ausgestreckt lagen sieben weitere Körper, alle laut schnarchend und ein jeder mit zwei oder drei Krügen neben sich. Sie trugen Gewänder aus Ziegenfell und hatten sich Muscheln in die Bärte gewebt. Arla behielt Tejohn genau im Auge. Reglis folgte nur wenige Schritte hinter ihnen.

Tejohn wusste, was den Männern gebührte. Er nahm seinen Speer in seine Schildhand, zog sein drei Hand langes Schwert und hieb dem ersten Mann die Kehle durch.

Er starb, ohne auch nur ein Röcheln von sich zu geben. Als hätte er den Befehl dazu erhalten, schlitzte Reglis dem Mann neben sich die Kehle auf, und Arla schlüpfte leise ins Innere der Kaserne und zückte ihr Messer.

Ohne das unablässige Brüllen des Windes und die geleerten Weinkrüge wäre es vielleicht nicht so glattgegangen. Die Männer am Feuer starben schnell, und Arla tötete doppelt so viele, die in der Dunkelheit der Kasernenräume in tiefem Schlaf lagen.

Das andere Ende des Hofes, neben den Wassertischen, war bereits von Leichen übersät, von denen die meisten die Lumpen von einfachen Dienern und Arbeitern trugen, einige jedoch auch die schlichte Kleidung von privaten Wachen. Reglis fand am Südende der Kaserne eine von den übrigen Räumen abgesonderte Kammer, auf deren Türschwelle ein toter Mann lag. Der Tote trug das lange Gewand eines Gelehrten.

Tejohn stieg über den Toten hinweg und sah sich im Inneren des Raumes um, der von einem Leuchtstein erhellt wurde. Dort drüben befand sich der Schlafstein – neben Stapeln von Truhen und Körben sowie einem gurgelnden Wasserrohr, das von der Decke herunterkam und im Boden verschwand.

Aber es waren keine Kämpfer da, und so ging Tejohn weiter und schritt über den Hof. In den Pferchen – jüngst mit einem behelfsmäßigen Dach gedeckt – fanden sich nur Tiere, doch die Türen zum Lagerhaus waren aufgebrochen worden, und auch wenn kein Licht darin brannte, konnte Tejohn doch das Schnarchen zweier Männer hören. Er ließ sich Zeit, bis sich seine Augen an die hier herrschende tiefere Dunkelheit gewöhnt hatten, dann schlitzte er beiden die Kehle auf.

An der Tür zum Lagerhaus stießen Arla und Reglis zu ihm. Reglis keuchte schwer und mit weit geöffnetem Mund, aber Arla schien förmlich durch die Dunkelheit zu gleiten. Im Mondlicht wirkten ihre blutigen Hände schwarz.

Tejohn verstand, was sie empfand; auch er war erfüllt vom Rausch des Tötens. Es war kein freudiges Gefühl. Er würde es niemals mit Laoni oder den Kindern teilen, aber es gab ihm das Gefühl, gewaltig und mächtig zu sein.

»Nur der Turm bleibt noch übrig«, flüsterte Tejohn. »Seine Tür steht offen und scheint unbewacht. Im Inneren ist das Licht von Feuer zu sehen, aber keine menschlichen Umrisse. Noch nicht. Hab ich recht, Führerin?« Sie nickte. »Wir werden die Sache dort drinnen beenden.«

Arla nickte erneut, und ihre geweiteten Augen glänzten im Mondlicht.

Reglis zuckte die Achseln. »Mein Tyr«, flüsterte er und reckte seinen schweren Speer in die Höhe. »Ich gehe als Erster hinein.«

Tejohn nahm ihm den Speer ab und legte ihn neben seinen eigenen auf den Steinboden. »Ihr folgt mir nach und macht ja keinen Fehler. Führerin, legt einen Pfeil an die Sehne und haltet Euch hinter uns.«

Tejohn trat aus der Türöffnung des Lagerhauses und spähte zu den Turmfenstern hinüber. Das obere Stockwerk lag im Dunkeln, aber hinter der offenen Tür flackerte Licht. Tejohn eilte darauf zu; der Rausch des Tötens ließ bereits nach. Er hob seinen Schild weit in die Höhe und hielt das Schwert an die Brust gedrückt, die Spitze nach vorn gerichtet.

Der Eingangsbereich war so lang, wie die Steinmauern dick waren. Als er die dicken Mauern durchquert hatte, gelangte Tejohn an die Wand des Innenraums, und seine Nackenhaare stellten sich auf.

Er sprang in den Raum und spürte den von oben kommenden Hieb des Mannes zu seiner Rechten, bevor er ihn sehen konnte. Der Mann schrie laut auf, um seinem Hieb zusätzliche Gewalt zu verleihen, aber sein Hammer traf nur den Granitboden.

Tejohn fuhr herum und ließ sein Schwert von hinten genau in die Stelle krachen, wo der Schädel auf dem Hals sitzt. Der

Kriegsschrei des Mannes endete abrupt, und er brach auf dem Boden zusammen.

Aber Tejohn hatte keine Zeit zu warten, bis er sicher sein konnte, den Mann ausgeschaltet zu haben, denn hinter dem Sterbenden befanden sich noch zwei weitere Männer. Beide hielten ihre Waffen hoch erhoben, und Tejohn registrierte die steinernen Äxte in ihren Händen, ihre Körpersprache und die halb trunkene Wildheit in ihren Augen.

Sein Körper wusste sofort, was zu tun war: Er stürmte auf den Mann auf der Rechten zu, wich seinem nach unten gerichteten Hieb aus und vergrub seine Schwertspitze in den Eingeweiden des Mannes. Der Mann auf der Linken machte einen Schritt auf ihn zu, aber Tejohn wusste, dass der Hieb des Feindes zu spät kommen würde.

Was Tejohn anbelangte, so kamen sie alle zu spät. Alle bewegten sich langsamer als er und hatten das immer getan – in jedem Kampf, an dem er je beteiligt gewesen war. Seine Jahre der Ausbildung – und des Lehrens – hatten ihn zusätzlich in Form gehalten, aber mit seiner Schnelligkeit und Kraft war er geboren worden. Der durdrische Krieger war so klug gewesen, ihn von jener Seite anzugreifen, auf der er nicht von seinem Schild geschützt war, aber das sollte ihm dennoch nicht viel helfen.

Tejohn hob seinen Schild, um den Hieb der Axt aufzufangen, bevor dieser seinen vollen Schwung entfaltet hatte. Die Klinge schnitt durch den metallenen Randbeschlag und zersplitterte den Schild bis zur Mitte. Tejohn fuhr herum, und die Bewegung riss dem Mann beinahe die Waffe aus den Händen.

Sie war tief im Schild verkeilt. Der Mann ließ die Axt los – in seiner Linken hielt er einen seltsam kleinen Rundschild, kaum größer als sein Kopf –, aber Tejohn ließ bereits seinen eigenen Schwerthieb von oben auf ihn herabsausen. Sein allzu langes Schwert traf den Hals des Durdra an der Seite und schnitt ihm tief in die Brust hinein.

Der Mann gab ein schreckliches Gurgeln von sich, als das Blut seine Lunge füllte. Tejohn riss sein Schwert heraus und wirbelte herum, sodass er den übrigen Raum im Blick hatte. Ein vierter Durdra mit einem Kurzspeer in der Hand wich von der anderen Seite der Tür zurück und hielt Reglis mit schnellen, kurzen Stößen auf Abstand. Er versuchte, sich Richtung Treppe zurückzuziehen, aber an seinem entsetzten Gesichtsausdruck war deutlich abzulesen, dass der Durdra nicht damit rechnete zu überleben.

Reglis stürzte auf ihn zu, dann machte er einen Schritt zurück. Arla stürmte mitten in den Raum und schoss dem Durdra in die Brust. Als ihn der Pfeil traf, erstarrte der Speerträger, so wie es Krieger immer taten, das Gesicht verzerrt vor Schmerz und Verzweiflung. Reglis war nicht erfahren genug, um seinen Vorteil sogleich zu nutzen, aber es dauerte nur wenige Atemzüge, dann schlug er den Mann mit seinem Schild nieder und rammte ihm die Spitze seines Schwertes zwischen die Rippen. Der Durdra starb unter Schmerzensschreien.

Arla hatte inzwischen einen weiteren Pfeil an die Sehne gelegt, aber die Feinde waren bereits alle tot oder lagen im Sterben. Sie und Reglis sahen Tejohn mit neuem Respekt an.

Tejohn gefiel das nicht. Ja, er war im Töten geübt. Weiß Sang, er war schließlich der Waffenlehrer des Königs. Was erwarteten sie? Davon abgesehen war der Rausch des Tötens verflogen und hatte ein schales, fröstelndes Gefühl hinterlassen, schwer vom lastenden Gewicht so vieler Leichen. »Seht im oberen Stockwerk und auf dem Dach nach.«

Der dritte Mann, den er getötet hatte, war auf der Seite liegend gestorben, das Gesicht dem Feuer zugewandt. Tejohn kniete sich neben ihn. Er trug ein Lederwams, in das hölzerne Platten eingenäht waren. Seine Axtklinge war aus Feuerstein gefertigt. Sie war hinreichend scharf, aber für einen langen Kampf zu brüchig.

Und dort, im Bart des Mannes, befand sich eine Muschelschale. Tejohn hob sie mit blutigen Fingern auf. Die Durdra waren Bergbewohner, die von ihren Ländereien in den hoch gelegenen engen Tälern der Südlichen Barriere aus durchs Land zogen. Wo hatten sie ihre Waren gegen Muscheln eingetauscht? Und weshalb? Es gingen Geschichten um, die behaupteten, dass sie die Muscheln als Zahlungsmittel verwendeten ... und in der Tat waren ihnen alles Metall und jeglicher Bergbau verhasst. Tejohn hatte den Grund dafür nie herausbekommen.

Auf der Treppe hinter ihm waren Schritte zu hören, und er drehte sich um. »Dort oben ist niemand«, erklärte Arla. Sie und Reglis wirkten beinahe enttäuscht.

»Arla, zieht ein brennendes Stück Holz aus dem Feuer, und steigt auf die Mauer. Wir müssen dem König ein Signal geben, dass er herunterkommen soll. Reglis, Ihr geht mit ihr, für den Fall, dass wir jemanden übersehen haben. Verriegelt das Tor, sobald der König gekommen ist.«

Sie verließen den Raum. Tejohn ging seinen Speer holen und machte sich auf den Weg zu dem Raum mit dem Schlafstein. Er zerrte den toten Gelehrten in den Innenhof und trat dann ein.

Irgendetwas an dem Raum stimmte einfach nicht. Tejohn legte Speer und Schild beiseite, fasste mit der Hand um das gurgelnde Rohr und fühlte das kalte Bergwasser, das hindurchfloss. Hinter einigen Körben verschwand es im Boden.

Hinter Körben, die nicht angerührt worden waren. Die Truhen an zweien der Wände waren aufgebrochen und ihr Inhalt im Raum verstreut worden – Decken, Beinkleider, Unterwäsche, alles Mögliche. Aber direkt hinter dem Schlafstein befand sich ein Stapel von Weidenkörben, die geöffnet, jedoch nicht umgeworfen worden waren.

Sie waren natürlich leer, aber hatten die Durdra sie auch so vorgefunden? Er versuchte, den Korb anzuheben, der ihm am nächsten war, und entdeckte, dass er an dem Holzboden festgenagelt war.

Natürlich! Das Wasser, der Leichnam des Gelehrten, die falschen Körbe. Tejohn suchte den Boden ab, bis er ein Brett mit einem daran befestigten Metallring fand. Er hob es an, und eine versteckte Falltür öffnete sich. Darunter wurde eine tief in den Stein gehauene Grube sichtbar.

Man nannte diese Räume »Schatzkammern«, aber sie waren nicht für Gold und Juwelen gedacht. In Schatzkammern versteckte man Menschen, insbesondere Kinder und Ehefrauen von Tyren, sonstigen Edelleuten und wohlhabenden Kaufleuten. Der Gelehrte war also getötet worden, als er gerade in ein Versteck fliehen wollte. Dort hätte er warten können, bis sich die Eindringlinge geholt hatten, was sie wollten, und weitergezogen waren.

Die Kammer war fast sieben Meter tief, und das Wasser, das durch den Raum hindurchrann, floss aus einem Loch im Boden hinaus, um dann vermutlich weiter hügelabwärts wieder aus dem Untergrund hervorzutreten. Eine Klappleiter hing an der Seite herab.

Reglis und Arla brachten Lar mit vereinten Kräften herein. »Entfernt seinen Brustharnisch«, befahl Tejohn. Sie mühten sich an den Riemen der königlichen Rüstung ab, während Tejohn dem jungen Mann vorsichtig den Helm vom Kopf löste.

Lars Gesicht war geschwollen und verzerrt, und er hechelte wie ein Hund. Seine Schultern waren nach vorn gesackt und seine Hände starr wie die Klauen eines Raubvogels. Unvermittelt bekam Tejohn für einige Augenblicke keine Luft mehr. *Großer Weg, mach, dass er den Pfad nicht verlässt. Wir brauchen ihn.*

Während Reglis weiter mit den Riemen von Lars Rüstung beschäftigt war, umklammerte Lar mit beiden Händen Tejohns

Rechte. Er konnte seine Finger nicht bewegen, aber es gelang ihm, Tejohn etwas Kleines – einen Kieselstein? – in die Hand zu drücken.

Dann löste sich die Rüstung endlich. Blut hatte das Flanellpolster des Hemdes durchtränkt, das Lar unter seiner Rüstung trug, aber noch ehe Tejohn die Quelle des Blutes finden konnte, strömte ihm nur noch mehr Blut durch beide Nasenlöcher. Feuer und Zorn, der Junge starb vor seinen Augen. Tejohn schob Lar wieder auf den Schlafstein zurück. Der König schrie auf, und schaumiges Blut troff ihm aus dem Mund.

Der junge Mann lag der Länge nach ausgestreckt auf dem steinernen Quader, und Tejohn trat einen Schritt zurück. Reglis blickte mit großen Augen auf den König. Arla stand in der Tür und wirkte, als sei sie bereit, sich ein Wettrennen zu liefern. Direkt hinter ihr starrte Wimnel mit aschfahlem Gesicht auf den sich ausbreitenden Blutfluss.

Tejohn wandte sich wieder Lar zu. Er kannte diesen jungen Mann, seit er alt genug gewesen war, einen Stock zu schwingen. *Großer Weg, bitte, lass diesen Stein meinen König heilen.*

Doch stattdessen musste er zusehen, wie sein König starb.

Das Fleisch von Lars Gesicht barst, wurde nach außen gestoßen von einem weiteren Schädel, der darunter wuchs. Der König packte seine eigene Haut und sein Haar, zog sich beides vom Leib wie eine Stoffmaske. Darunter kam blutiges blaues Fell zum Vorschein. Dann verschlang er das Abgerissene.

Als Nächstes stieß sich das Geschöpf die Finger in den Mund und biss zu, schabte sich das Fleisch von den eigenen Knöcheln wie Moos von einem Stein.

»Großer Weg«, sagte Wimnel. »Großer Weg, Großer Weg, Großer Weg, beschütze ihn. Beschütze unseren König.«

Ich habe ihn im Stich gelassen. Ich war mir sicher, dass der Schlafstein seinen Dienst tun würde, aber ich habe versagt. Das Wesen sank nicht in den Schlaf, so wie es mit menschlichen Patienten der Fall war, aber es war noch mitten in der Verwandlung und immer noch hilflos. Der Grunzer war hilflos.

Tejohn rührte seine Waffen nicht an. Er konnte weder Schwert noch Messer gegen Lar wenden. Er konnte einfach nicht. Er griff nach seinem Schild.

Die Kreatur zerfetzte Lars blutiges Hemd und entblößte zerrissene Haut über einem blutigen Fell. Großer Weg, dieses Ding war *riesig*.

»Nein«, schrie Tejohn. Er wusste nicht einmal, was er da zurückwies oder warum er es sagte, aber das Wort ließ sich nicht zurückhalten. »NEIN!«

Er rammte den unteren Rand seines Schildes unter Lar... unter das Wesen. Dann hob er den Schild an und schob ihn der Kreatur ganz unter den Leib. Reglis machte einen Sprung nach vorn, um ihm beim letzten Stoß zu helfen, und es gelang ihnen, den überraschend großen Rumpf des Geschöpfs vom Schlafstein zu rollen.

Der Grunzer schlug mit der Hüfte gegen die Kante der Falltür, bevor er in die Tiefe hinabstürzte.

Tejohn rannte um den Schlafstein herum, zog die Leiter aus der Grube und schleuderte sie durch den Raum.

Die Kreatur unten wirkte benommen. Sie war plump und unglücklich gefallen und lag nun ausgestreckt auf dem Steinboden, ein Bein unter sich verdreht. Sie stöhnte, rollte sich herum und zitterte, als ihr Bein sich langsam streckte. Binnen sechs oder sieben Atemzügen hatte die Bestie ihr gebrochenes Bein ausgeschüttelt, als sei es eine zerknitterte nasse Decke, dann stellte sie sich aufrecht auf beide Beine. Der Grunzer starrte zu Tejohn empor; sein Bein bereits völlig verheilt. Er brüllte auf und sprang.

Der Grunzer versuchte, seine Klauen in die Wände der Kammer zu schlagen, aber anders als in Peradain gab es hier keine Mauerfugen, in denen das Geschöpf hätte Halt finden können. Und die Grube war zu tief, als dass das Wesen die Falltür im Sprung hätte erreichen können.

Das war nicht der König. Das war nicht Lar Italga. Nicht mehr. »Feuer und Zorn«, flüsterte Tejohn. »Was haben wir hier vor uns?«

Der Grunzer sprang wieder hoch und dann wieder. Seine dunklen Augen waren wild vor Hunger. Er kam dem oberen Rand nahe genug, dass Tejohn sich flach auf den Boden legen und ihn am Handgelenk hätte packen können, aber weiter kam er nicht. Der Grunzer saß in der Falle.

Als der Grunzer das nächste Mal emporsprang, fielen ihm Lars zerrissene Gewänder vom Körper, und zwischen den Stofffetzen am Boden lag das restliche blutige Fleisch des Königs. Den letzten Spross der italgaschen Linie gab es nicht mehr. Er war ausgelöscht. Tejohn war der Leibwächter des Königs gewesen, sein Waffenmeister und sein Schildträger, aber es hatte nicht in seiner Macht gestanden, das Geschehene zu verhindern.

Sofort überwältigten ihn das Bewusstsein seines abgrundtiefen Versagens und das Wissen, dass der Pfad seines Lebens ihn an einen Punkt gebracht hatte, den niemand je hätte erwarten können. »Dankbar bin ich, dass ich den Weg beschreiten darf.«

Nach einigen weiteren Augenblicken hörte das Ungeheuer auf, ihn anzuspringen. Es blieb unten auf dem Boden der Grube hocken und starrte nach oben, während es das blutige Fleisch des Königs vom Boden zerrte und es gierig auffraß.

Lar hatte bei jeder sich bietenden Gelegenheit Witze auf Tejohns Kosten gemacht, hatte sich vor jeder gemeinsamen Übungsstunde zu drücken versucht und jedes Mal die Augen verdreht, wenn man ihn verbesserte. Der König hatte recht gehabt: Tejohn hatte ihn nicht gemocht – und geliebt hatte er ihn mit Sicherheit nicht –, aber er hatte geschworen, ihm zu dienen. Hatte geschworen, sein Schildträger zu sein. Und jetzt das.

Tejohn fühlte sich so leer wie die Luft draußen. Die Welt wehte durch ihn hindurch, aber in ihm war kein Gedanke, kein Wille mehr. Wenn er in diesem Moment zu nichts dahingeschwunden wäre – es wäre ihm als die völlig logische Folge seines Versagens erschienen. Stattdessen bestand er fort, ohne jeden ersichtlichen Grund außer dem einen, dass die Götter sich nicht die Mühe machen wollten, ihn von dem Pfad hinwegzubrennen.

Das Untier brüllte erneut zu Tejohn empor. Die Art, wie es ihn ansah, hatte etwas Seltsames. Erinnerte sich das Geschöpf noch an den Menschen, der es einst gewesen war? Konnte es seinen alten Lehrer erkennen?

Tejohn griff in seine Tasche und berührte den kleinen blauen Übersetzungsstein, den Cazia Freibrunn für ihn angefertigt hatte.

Das Untier öffnete sein Maul, aber diesmal hörte Tejohn es sagen: »Segen! SEI GESEGNET! Segen!«

Feuer und Zorn. Der König war nicht in ein wildes Tier verwandelt worden; er war zu etwas anderem geworden. Zu etwas Wahnsinnigem und Scheußlichem.

Aber er war immer noch der König. Wenn das Wesen in dieser Grube genug Verstand hatte, um zumindest irgendetwas zu sprechen, dann war vielleicht noch ein klein wenig von Lar Italga in ihm verblieben. Und Tejohn konnte den König nicht aufgeben. Weder jetzt noch irgendwann sonst.

Tejohn wandte sich von der Grube ab und schritt durch die Tür hinaus. Arla stand direkt davor, einen Pfeil halb aus dem Köcher an ihrer Hüfte gezogen. »Mein Tyr, soll ich …?«

»Nein«, sagte er. Reglis und Wimnel blickten ihn unsicher an. Er wandte sich ab und stapfte durch die Dunkelheit auf das ersterbende Feuer zu.

Die nächstliegende Leiche sah ein wenig dünn aus, daher ergriff er die eines dickeren Mannes ein kleines Stück weiter und schleppte sie durch den Innenhof. Sie war noch warm, aber Tejohn schob diesen Gedanken von sich. Er war ein Diener des Throns der Schädel: Bestimmt hatte irgendwann schon irgendjemand anders etwas Schlimmeres getan.

Ohne den erstaunten Mienen der anderen die geringste Beachtung zu schenken, schleppte er den Leichnam in den erhellten Raum. Er schälte dem Toten das Lederwams vom Leib, dann seine Stiefel, dann seine Gürtel. Am Gürtel war ein halbvoller Beutel befestigt, eine Schnur von Muscheln war um sein Handgelenk gewunden, und ein Klumpen Bernstein hing an einem Lederriemen um seinen Hals. Tejohn warf alles in die Ecke.

»Mein Tyr…«, sagte Reglis hinter ihm.

Etwas an dieser Stimme ließ Tejohn die Haare zu Berge stehen. Er richtete sich auf und fuhr mit der gleichen Bewegung herum, seine Hand auf dem Schwert. »Was gibt es, Hauptmann?« Er wünschte, er hätte seinen Schild bei sich, doch er hatte Reglis kämpfen sehen, und so ging er nicht davon aus, gegen ihn auf einen Schild angewiesen zu sein.

Reglis musste die Stimme heben, um sich über Lars Gebrüll hinweg Gehör zu verschaffen. »Mein Tyr, diese Männer sind unsere gefallenen Feinde. Wir sollten sie so behandeln, wie wir hoffen würden, selbst behandelt zu werden. Ich hoffe, Ihr habt nicht vor…«

»Streckt die Hand aus.« Reglis zögerte für einen Moment, tat es dann aber. »Lasst ihn ja nicht fallen«, mahnte Tejohn und legte dem Mann den Stein in die Hand.

Reglis schrie vor Schreck und Entsetzen auf; er fuhr so heftig zurück, dass er den Stein fallen gelassen hätte, hätte Tejohn ihn nicht festgehalten.

»Späherin!«, rief Tejohn. »Kommt herein!« Tejohn nahm Reglis den verzauberten Stein aus der Hand. Reglis taumelte zurück, und Arla trat vorsichtig ein. Tejohn hielt den blauen

Stein in die Höhe. »Das ist ein Übersetzungsstein. Wisst Ihr, wie er funktioniert?«

Arla schüttelte den Kopf. Tejohn packte ihr Handgelenk und drückte ihr den Stein gegen die Handfläche. Ihre Augen weiteten sich vor Überraschung.

»Versteht Ihr?«, fragte Tejohn. »Er sagt immer wieder und wieder das Gleiche, aber *er spricht*. Lar Italga mag geistig nicht mehr Herr über sich sein, aber es gibt ihn noch immer. Unser König ist nicht tot.«

Tejohn hob den nackten Leichnam an und warf ihn in die Grube. Sofort fiel die Bestie darüber her und riss das Fleisch von den Knochen.

Wimnel trat vor, die Hand ausgestreckt. »Mein Tyr, darf ich?«

Mit einem seltsam ruhigen Gesichtsausdruck griff er nach dem Stein, dann trat er an den Rand der Grube und starrte auf das Gemetzel hinab.

Reglis wischte sich den Schweiß vom Gesicht. »Trotzdem, mein Tyr, das sind unsere Feinde. Wir sollten sie begraben und sie nicht an … an dieses Ding in der Grube verfüttern.«

»Im Pferch sind Tiere«, fügte Arla hinzu. Sie wirkte immer noch völlig betäubt.

»Nein«, widersprach Tejohn. »Die Tiere sind für denjenigen bestimmt, der hier in diesem Lager bleibt, um sich um unseren König zu kümmern.«

KAPITEL 16

»Ich bleibe hier«, verkündete Wimnel. Er trat vor und reichte Tejohn den Stein zurück. »Der König hat mich heute gebeten, ihm das Leben zu nehmen. Das Sprechen fiel ihm schwer, aber er hat mich gebeten, ihn niederzustrecken. Ich habe mich geweigert und versprochen, für ihn zu sorgen.«

Tejohn musterte den Mann. Treu, aber nicht mutig, so hatte er ihn bisher eingeschätzt; doch der Mann würde dem Namen Farraglock wahrscheinlich wieder zu seiner alten Ehre verhelfen, falls sie lange genug überlebten, dass nicht allein Sang von der Sache erfuhr. »Was ist, wenn der König seinem Gefängnis entkommt?«

»Ich werde dafür sorgen, dass er das nicht tut.«

Arla beeindruckte diese Antwort nicht. »Was ist, wenn es ihm dennoch gelingt?«

»Dann werde ich sterben. Oder ich werde mich verwandeln und an seiner Seite durch die Wildnis ziehen. Aber ich werde alles in meiner Macht Stehende tun, um zu verhindern, dass dieser Tag kommt.«

Tejohn nickte ihm zu. »Dann betrachte ich das als einen Eid.« Wimnel nickte zur Bestätigung, und Tejohn schritt in den Innenhof hinaus. Hier lagen so viele Tote, aber die meisten würden wohl verwest sein, bis es an der Zeit für die nächste königliche Mahlzeit war. Er rammte seinen Speer in jeden

Leichnam am Feuer, dann in jeden der Diener und Wachmänner des Hauses Finstel, die neben den Wassertischen aufgehäuft lagen. Er fand keine etwaigen noch lebenden Feinde, die sich unter den Toten versteckten.

Dann war da das Bergwerk selbst. Könnten sich darin womöglich weitere durdrische Krieger verstecken?

Am oberen Ende des Lagers, direkt neben dem Eingang zum Bergwerk, entdeckten sie ein Gebäude, das Tejohn bisher noch nicht aufgefallen war. Es war an den Felshang oberhalb der Mauer gebaut worden, und es bestand aus einem von einem Tonkegel bedeckten steinernen Brennofen, der jetzt erkaltet war. War das hier der Schmelztiegel, in dem der Stahl aus den Weiten Landen hergestellt wurde? Ein winziges Staubwölkchen wehte durch eine Öffnung an der Basis des Kegels.

Tejohn schlug mit dem Schwert dagegen. »Kommt heraus!«, rief er. »Kommt heraus, oder ich schneide Euch in Stücke.«

Ein nackter Fuß, schlank und dreckig, trat auf den Brennofen hinab. Eine junge Frau kam herausgeklettert. Sie trug die Lumpen einer Dienerin, und ihre Kleidung war noch schmutzverkrusteter als ihr Bein. Sie hatte ein blassgelbes Gesicht und traurige, eingefallene Augen.

»Nehmt sie mit.«

Sie alle begaben sich in den unteren Raum des Kommandantenturms zurück. Tejohn legte neues Holz auf das Feuer, damit es nicht ausging. Als er sich umdrehte, standen die anderen in einem Kreis um die Dienerin herum. Sie starrte zu Boden.

»Für welches Verbrechen hast du deine Schuld zu büßen?«, fragte er.

»Es war kein Verbrechen, Herr«, antwortete sie schnell. Sie entblößte ihre Unterarme; ein Pfeil auf ihrem linken Handgelenk war ihre einzige Tätowierung. »Ich bin ein Schuldkind«, fuhr sie fort, als wisse er nicht selbst, was dieser Pfeil bedeutete. »Meine Mutter hat Sauerkuchen gestohlen, als sie ein kleines Mädchen war – um ihrer Familie etwas zu essen zu geben, nachdem die Witts unsere Ländereien niedergebrannt hatten, wie sie sagte. Sie wurde gefangen und zu fünfzehn Jahren verurteilt. Ich und mein Bruder sollten ihr die Freiheit in Teilen erkaufen, aber sie starb vorher. Mein Vater war ein Fischer, dem das Boot gestohlen wurde, und so musste er sich selbst in die Knechtschaft verkaufen, um nicht zu verhungern.«

Schuldkinder. Verurteilte Verbrecher gaben ihre eigenen Kinder her, damit diese ihre Verbrechen abarbeiteten, und für die Dienstdauer eines Schuldkindes gab es keinerlei zeitliche Grenze. Sie arbeiteten, bis sie starben – oder freigelassen wurden, was, wie Tejohn gehört hatte, recht oft geschah. Das Ganze war einer der eher unappetitlichen Aspekte des königlichen Wirtschaftswesens, aber es gab nichts, was er deswegen hätte unternehmen können. »Wer ist dein Herr?«

»Doktor Ansabish«, antwortete sie. »Feuer hat ihn geholt.«

Was bedeutete, dass sie vielleicht freigelassen werden würde, wenn die Finstels ihren großzügigen Tag hatten. »Ich fordere deine Schuld ein.«

Sie schnappte nach Luft und sah ihn panisch an. »Aber nur ein Tyr kann …«

»Ich bin Tyr Tejohn Treygar, und die Schuld deines toten Herrn ist jetzt meine. Verstehst du das?«

Sie hatte den Blick bereits wieder zu Boden gerichtet. Ihre Stimme hatte noch immer den gleichen ausdruckslosen Klang. »Ja, Herr.«

Tejohn ließ seinen Blick über die Leichen im Raum schweifen. »Am besten, man bleibt beschäftigt«, fuhr er fort. »Die Soldaten und ich müssen uns das Blut von den Händen waschen. Bring Schüsseln mit frischem Wasser zum Feuer, um es aufzuwärmen. Sieh zu, dass du auch dich selbst reinigst.«

»Ja, Herr.« Sie drehte sich um und eilte in den Innenhof hinaus.

»Der da scheint mir am dickbäuchigsten«, sagte Tejohn und deutete auf den Mann, den Reglis getötet hatte. »Helft mir, ihn zur Grube zu tragen. Danach schaffen wir auch die anderen hinaus.«

Reglis fasste die Leiche an den Beinen, und sie trugen den Toten durch den Hof und legten ihn neben dem Schlafstein ab. Die drei anderen Leichen ließen sie draußen am Feuer liegen. Tejohn warf erneut einen Blick zu dem Pferch hinüber; da waren Schafe, Schweine und auch einige Hühner. Aber warum ein Dach auf einem Tierpferch?

Dann erinnerte er sich an die Ruhgrit, und das hastig errichtete Dach ergab sogleich mehr Sinn.

Als sie in den Turm zurückkehrten, hatte die Dienerin bereits Wasserschalen neben das Feuer gestellt, aber das Wasser war noch nicht warm. »Wir schlafen hier, mit verriegelten Türen.« Er wandte sich an die Dienerin, während er sich die Hände schrubbte. »Wie heißt du?«

»Passlar«, antwortete sie, den Kopf zu Boden gesenkt.

»Passlar, da Ihr mir diesen Dienst erwiesen habt« – er deutete auf die Wasserschalen –, »erkläre ich hiermit Eure Schuld mir gegenüber für beglichen. Ihr seid eine freie Bürgerin des Reiches.«

Sie blickte erschrocken zu ihm auf, dann sah sie die anderen an, als erwartete sie, dass sie über seinen Scherz in Gelächter ausbrachen. Arla musterte die junge Frau eindringlich.

Reglis ergriff das Wort: »Mein Tyr, wie soll Wimnel allein zurechtkommen? Die damit verbundene Arbeit …«

»Wimnel Farraglock ist erwachsen«, blaffte Tejohn. »Ich habe den größten Teil meines Lebens ohne jemanden gelebt, der für mich die Böden geschrubbt hat; für ihn gilt das Gleiche. Wir werden uns selbst versorgen, und jeder säubert seine eigene Ausrüstung. Habe ich mich klar ausgedrückt?«

»Ja, mein Tyr.«

»Passlar, wie lautet Euer Familienname?«

»Steinbrech, mein Tyr. Meine Mutter hat nicht lange genug gelebt, um mir meinen wahren Namen verraten zu können.«

»Das macht die Sache unpraktisch. Ich hatte gehofft, Euch über die Südliche Barriere führen zu können, um Euch dann wieder mit Euren Verwandten zu vereinen – und damit Ihr als Zeugin für die Verbrechen dient, die hier begangen wurden.« Und damit sie die Finstels davon überzeugte, dass sie ihm gegenüber ein klein wenig Dankbarkeit verspüren sollten.

»Ja, mein Tyr. Unpraktisch.«

Er hätte sie beinahe angefahren, aber Feuer und Zorn, sie hatte recht. Es war eine dumme Bemerkung von ihm gewesen, und sie war jetzt eine freie Bürgerin. Sie hatte das Recht, leise Kritik zu üben – solange sie nicht beim Militär anmusterte.

»Passlar Steinbrech, ich entschuldige mich dafür, so gedankenlos gewesen zu sein. Wenn Ihr zu mir herantreten wollt, dann werde ich die Schuldtätowierung von Eurem Handgelenk schneiden.«

Als er sein Messer zog, ergriff Arla mit schroff erhobener Stimme das Wort. »Mein Tyr. Darf ich mir diese Ehre herausnehmen? Ich habe das bereits zuvor gemacht, und es ist auch schon bei mir gemacht worden.« Sie zeigte ihr eigenes Handgelenk, aber das Licht des Feuers war zu schwach, um erkennen zu lassen, was immer sie da an Narben haben mochte.

»Wascht Euch zuerst die Hände«, sagte Tejohn und legte sein Messer weg. »Und sorgt dafür, dass sie sich ebenfalls wäscht, warme Kleider bekommt und sich danach für eine Weile auf den Schlafstein legen kann.« Arla eilte zum Feuer hinüber und begann sich zu waschen. Reglis folgte ihr.

»Mein Tyr!«, meldete sich Wimnel zu Wort. »Ich warte jetzt schon …«

»Ihr kommt auch an die Reihe«, unterbrach ihn Tejohn. »Aber ein gebrochener Knochen braucht Tage, um zu heilen, während ein Stückchen neuer Haut noch vor Sonnenaufgang nachgewachsen sein wird.« Er wandte sich zu Arla um. »Vergesst nicht: Das Geschöpf unten in der Grube steht hier nicht zur Debatte; ihm darf weder ein Schaden zugefügt noch darf es freigelassen werden. Es ist mein Gefangener.«

»Ja, mein Tyr.« Arla und Passlar eilten hinaus auf den Hof.

Tejohn befahl Reglis und Wimnel, am Feuer zu warten, dann ging er die Treppe hinauf, um den oberen Teil des Turmes zu erkunden. Seine Soldaten hatten diesen Bereich schon durchsucht, aber er war trotzdem nervös, und halb erwartete er, dass ihn ein durdrischer Kämpfer aus einem Schrank anspringen würde.

Aber in dem Schrank oben war nichts, nicht einmal Kleider. Irgendjemand hatte ihn bereits durchsucht und die Kleider auf den Boden und aufs Federbett geworfen. Der tönerne Nachttopf war voll und stank.

Glücklicherweise waren die an den Wänden zur Schau gestellten Waffen – wenn auch voller Staub – von guter Qualität.

Sie hatten eine lange Reise vor sich, und Tejohn beabsichtigte, ihre Vorräte aus den durdrischen Taschen und dem finstelschen Lagerhaus aufzufüllen. Er hatte gehofft, die Dienerin ihrer Familie zurückzugeben, um so unter Beweis zu stellen, dass sie dem Clan der Finstels entstammte, und sich dann darauf verlassen zu können, dass ihre Aussage vor dem Sitz des Tyrs ihm dessen Wohlwollen einbrachte. Schließlich hatte er ein Bergwerk der Finstels aus der Hand von Feinden des Reiches zurückerobert. Selbst wenn die Finstels nicht bereit waren, ihn nach Sturmpass zu fliegen, wäre das eine wertvolle Errungenschaft gewesen.

Er dachte einmal mehr daran, Reglis zu befehlen, im Lager zu bleiben, und stattdessen Wimnel mitzunehmen. Falls Finstel sich weigerte, ihnen beim Flug nach Sturmpass zu helfen, wäre es mit einem eigenen Fahrer an der Seite leichter, einen Wagen zu »requirieren«.

Natürlich würde es Verdacht erregen, wenn er mit seinem eigenen Fahrer auftauchte, und der Diebstahl eines Flugwagens war nachgerade ein kriegerischer Akt. Soweit es nach Tejohn ging, war es da wohl besser, sich anständig zu benehmen und im Gegenzug seinerseits eine anständige Behandlung zu erwarten. Und für jene, die sich nicht anständig benahmen, gab es immer noch die Spitze eines Speers.

Sobald er einen neuen Flugwagen hatte, würde er, sofern es auch der Wille des Großen Weges war, nach Sturmpass reisen, um dort mit dem Onkel des Königs zu sprechen. Natürlich könnte der Onkel des Königs in der gegenwärtigen Situation nun selbst einen Anspruch auf den Thron der Schädel geltend machen, falls er so wahnsinnig war, dort sitzen zu wollen. Tejohn hoffte, dass dem nicht so sein würde. Wenn der Gelehrtenprinz über die Fähigkeit verfügte, Lar wieder zu dem zu machen, der er einst gewesen war, würden sie hierher zurückkehren. Wenn er es nicht konnte, würden sie … Wer konnte den tödlichen Zauber erlernen, den der König gegen die Grunzer einzusetzen gehofft hatte? Wahrscheinlich konnte man Cazia Freibrunn mit dieser Aufgabe betrauen. Dass er einen solchen Gedanken überhaupt in Erwägung zog – es machte Tejohn nur allzu klar deutlich, wie sehr die ganze Welt inzwischen auf dem Kopf stand.

Falls das nicht möglich war, würde Tejohn womöglich selbst gezwungen sein zu lernen, wie man … nein. Nein, das würde niemals angehen. Er war ein Soldat. Wenn er zwanzig Männer töten musste, würde er es mit scharfem Stahl tun, und nicht, indem er mit den Fingern in der Luft herumwedelte.

Bei dem Gedanken an die junge Freibrunn hatte er unwillkürlich die Tasche berührt, in die er ihren Übersetzungsstein gesteckt hatte. Überrascht stellte er fest, dass sich dort noch ein zweiter Gegenstand befand. Was hatte er da noch in seiner Tasche?

Er zog beide Gegenstände heraus. Der eine war natürlich der Stein, den Cazia Freibrunn für ihn gefertigt hatte. Der andere war ein silberner Ring.

Tejohn wusste beim besten Willen nicht, wo er diesen Ring herhatte. Er hatte noch nie im Leben einen Ring besessen. Er musterte seine Oberfläche; der Ring war in der Mitte von einer kleinen Trommel geschmückt, die von einem Kreis umgeben war.

Es war der Ring des Prinzen. Tejohn erinnerte sich plötzlich an Lar auf der Kante des Schlafsteins, wie er ihm etwas in die Hände gedrückt hatte, auch wenn sich Tejohn nicht daran erinnern konnte, diesen Gegenstand in der Panik des Augenblicks auch eingesteckt zu haben. Das Zeichen war das Siegel der Italgas. Der eigentliche Ring des Königs lag wahrscheinlich noch immer auf dem Podest daheim in Peradain. Aber der Ring des Prinzen …

Indem er Tejohn seinen Ring gegeben hatte, hatte ihn Lar zum Regenten gemacht. Dergleichen war bisher nur fünfmal geschehen, immer dann, wenn der König starb, bevor sein ältester Sohn volljährig war. Lar hatte natürlich keine Kinder, und sein Onkel hatte keinen eigenen Ring. Sollte Tejohn ihn nun an Cazia Freibrunn oder an Jagia Italga weitergeben, auch wenn es Königinnen nicht gestattet war, den Thron selbst einzunehmen? Oder an Lars Onkel, einen Mann, den Tejohn nicht im Mindesten kannte? Oder sollte er das Reich selbst regieren und den Thron an seine eigenen Kinder weitergeben?

Der Wind heulte durch die Dunkelheit und ließ die Fensterläden klappern. Feuer und Zorn, das unaufhörliche Geräusch würde ihn noch in den Wahnsinn treiben. Wie konnte irgendwer bei diesem ständigen Lärm und Winddruck nachdenken? Er war froh, sich wieder hinter verschlossenen Türen zu befinden. Und nicht nur das: Nach dem Bett und dem über den Boden verstreuten feinen Leinen zu urteilen erwartete ihn heute Nacht ein sehr behagliches Lager.

Neben den Wohngemächern befand sich noch ein weiterer Raum. Er enthielt einen Schreibtisch, einen Stapel Wachstafeln und ein Regal mit Schriftrollen. Tejohn schenkte ihnen keine große Beachtung.

Er stieg die nächste Treppe zum Dach hinauf. Er nahm an, dass man von dort oben einen beeindruckenden Ausblick auf die Umgebung hatte, aber bei ihm wäre dieses Panorama selbst bei Tageslicht verschwendet gewesen. Vom Feuer, das die Durdra in der Mitte des Innenhofs entzündet hatten, war inzwischen kaum mehr als rot glimmende Glut geblieben, und das war schon so ziemlich alles, was Tejohn erkennen konnte. Nicht einmal die Sterne waren zu sehen.

Jetzt trug er den Ring des Letzten der Italgas. Er war von einem landlosen Tyr zum Regenten des ganzen Reiches geworden. Und er konnte sich beim besten Willen keine Situation vorstellen, in der es ihn nicht den Kopf kosten würde, wenn er diesen Ring offen zur Schau trug.

Er begab sich zurück ins Schlafgemach und fand Arla reglos an der Tür stehend vor, wo sie auf ihn wartete. »Habt Ihr es getan?«

»Ja, mein Tyr«, antwortete sie. Ihr Blick ruhte in einer Weise auf ihm, die ihm unangenehm war. Es schien keine Bedrohung von der Späherin auszugehen, aber ihre großen Augen glänzten im Schimmer des Leuchtsteins. »Sie war nervös, als ich sie aufgefordert habe, sich auf den Schlafstein zu legen, wo doch der König dort …«

»Verständlich. Und nennt ihn nicht noch einmal ›den König‹. Es mag vielleicht nicht sein Tod sein, aber es wird mit Sicherheit Euer Tod sein.«

Wenn diese Drohung eine Wirkung auf sie hatte, ließ sie es

sich nicht anmerken. Sie zuckte nicht mit der Wimper. »Ich bitte um Entschuldigung, mein Tyr. Sie hat ihre Angst überwunden und liegt jetzt im Heilschlaf. Die Schnitte, die ich ihr zugefügt habe, sollten bis zum Morgengrauen vernarbt sein. Mein Tyr, habt Ihr vor, dass sie uns begleitet?«

Tejohn zog den Helm vom Kopf und legte ihn auf den Kleiderschrank. »Sie ist keine Dienerin mehr, und sie ist keine Soldatin. Ich kann mich weigern, sie mitzunehmen, aber ich kann ihr nicht befehlen fortzugehen. Nicht, wenn Ihr sie nicht mit vorgehaltenem Messer davonjagen wollt.«

»Das täte ich ungern, mein Tyr.«

»Also kann sie mit uns kommen, wenn sie sich für uns nützlich machen will. Oder sie kann hierbleiben, um Farraglock zur Hand zu gehen. Oder sie kann für sich allein losziehen.«

»Das ist eine großzügige Auffassung von der Beziehung zwischen einem Tyr und seinen Untertanen.«

»Ein Mann, der nichts zu verlieren hat, kann es sich leisten, mutig zu sein. Ein Tyr ohne Ländereien und Steuereinnahmen kann es sich leisten, großzügig zu sein. Sucht Euch einen Platz, wo Ihr heute Nacht schlafen könnt. Wir haben noch viel zu tun.«

Sie nickte und ging nach unten. Tejohn begutachtete die drei Schilde an der Wand. Alle waren hinreichend schwer und robust für einen Feldzug, aber zwei hatten altmodische Einhandgriffe – eine Konstruktionsweise, die schon vor Tejohns Geburt überholt gewesen war. Der dritte Schild war durchaus tauglich gestaltet und hatte sogar einen kleinen Eisenstachel am unteren Rand. Tejohn hatte selbst schon einige ähnliche besessen. Der Eisenstachel war dazu gedacht, ihn im Schild-auf-Schild-Nahkampf dem Gegner in den Fuß zu rammen, aber mitten im Schlachtengewühl vergaß Tejohn jedes Mal, dass der Stachel da war.

Das Beste von allem war, dass der Schild mit den militärischen Abzeichen der Zweiten Kompanie von Brausestadt versehen war. Es war nicht *ganz* seine alte Einheit, aber es tat trotzdem gut, ihn in der Hand zu halten.

Er legte seine Rüstung sowie die Polsterung darunter ab, dann kletterte er in das Federbett. Es war die weichste Matratze, auf der er je gelegen hatte, und er versank auf der Stelle in tiefen Schlaf.

Er wachte spät auf. Passlar hatte ihnen zum Frühstück eine dünne Reissuppe gekocht. Überhaupt schien sie eifrig damit beschäftigt, Speisen für sie zuzubereiten und ihre Ausrüstung zu reinigen, um auf diese Weise ihre Dankbarkeit zu zeigen. Tejohn bat sie, ihr Handgelenk untersuchen zu dürfen, und sie hielt es ihm bereitwillig hin. Arla hatte ihre Schnitte sehr sorgfältig und behutsam ausgeführt. Obwohl Tejohn wusste, wo er suchen musste, konnte er keine Spur der alten Tätowierung mehr erkennen. Er nickte zustimmend und bedeutete ihr, sich zu ihnen zu setzen. Sie tat, wie geheißen, und aß mit großer Gier.

Reglis schien sich in ihrer Gegenwart unbehaglich zu fühlen und entschuldigte sich mit dem Hinweis, dass er nun die Wache auf dem Turm zu übernehmen habe. Wimnel hatte sich inzwischen bereits auf den Schlafstein gelegt.

Nach dem Essen schnitt Tejohn die Kleider von der schmerbäuchigen Leiche und warf den Mann in die Grube hinab. Wie er befürchtet hatte, hatte der König den ersten Mann bereits bis auf die Knochen abgenagt. Er schaute zu dem schlafenden Wimnel hinüber und fragte sich, ob der wohl den Schneid haben würde, seinerseits das Gleiche zu tun. Der Grunzer fraß genauso gierig wie zuvor Passlar.

Als Nächstes schritt Tejohn auf den Hof hinaus. Arla versicherte ihm, dass keine Ruhgrit am Himmel zu sehen seien, daher schlenderte er ganz ungezwungen durch das Lager. Es waren kaum Werkzeuge zu finden. Die Durdra hatten das meiste Metall – Werkzeug wie Waffen – in das Bergwerk hinabgeworfen. Tejohn nahm sich den größten übrig gebliebenen Hammer, den er finden konnte, ging damit zur Schmiede zurück und schlug sie kurz und klein.

Stahl aus den Weiten Landen war das beste Metall auf der Welt, und kein Durdra, kein Indregai und kein Okshim-Hirte durfte sich einen Eindruck davon verschaffen können, auf welche Weise dieser Stahl gefertigt wurde. Eines Tages, das wusste er, würden Soldaten der Allianz mit aus den Weiten Landen stammendem Stahl gegen die königlichen Truppen kämpfen – aber auf keinen Fall deshalb, weil er es versäumt hatte zu handeln, als sich ihm die Gelegenheit dazu bot.

Sie unterzogen auch das Bergwerk einer raschen Untersuchung. Es fand sich darin nichts außer Werkzeug, einer Schubkarre und einigen Lichtsteinen, die auf einer Schnur aufgefädelt waren. Tejohn packte die Steine in seinen Rucksack.

Sie füllten ihre Rucksäcke aus den Vorräten im Lagerhaus auf, packten Fleischbrot ein und befüllten ihre Feldflaschen mit einem dünnen gelben Tee, den Arla gekocht hatte. Es machte Tejohn nervös, die Wildnis ohne einen Gelehrten zu durchreisen, der für sauberes Wasser sorgen konnte, aber in den Weiten Landen gab es fast so viele Flüsse und Bäche wie in den Wasserlanden. Unter den zahlreichen Gefahren, denen sie sich würden stellen müssen, war die zu verdursten gewiss die geringste, auch wenn ihre Führerin betonte, dass viele dieser Gewässer giftig oder brackig seien.

»Mein Tyr!« Arlas Stimme klang panisch. Tejohn trat schnell zur Tür und schaute hinaus.

Mitten im Hof war ein Ruhgrit neben einem der Toten gelandet. Er packte den Leichnam mit einer Klaue, sprang dann hoch in die Luft und schlug wild mit den Flügeln, um an Höhe zu gewinnen. Ein zweiter Ruhgrit schwebte herab, dann ein dritter.

Arla hatte bereits ihren Bogen bespannt und einen Pfeil an die Sehne gelegt. »Mein Tyr, soll ich?«

»Wo sind Reglis und Passlar?«

»Im Turm.«

Tejohn nickte. »Wenn einer der Ruhgrit einen lebenden Menschen angreift oder sich über den Pferch hermacht, dann schießt. Solange sie nur die Leichen davontragen und uns dadurch ein wenig Schaufelarbeit abnehmen, lasst sie gewähren.«

Sie nickte zur Bestätigung. Es war nicht die geziemende Art und Weise, sich an einen Tyr zu wenden, aber jetzt war nicht der Moment, um auf die Einhaltung von Formalitäten zu bestehen. Sie sahen zu, wie die Riesengeschöpfe herabschossen und sich im Flug die Leichen vom Boden schnappten. Sie machten keinerlei Anstalten, den Pferch aufzubrechen.

Als sie fort waren, spannte Arla ihren Bogen wieder ab. Sie und Tejohn überprüften ein weiteres Mal ihre Rucksäcke, dann gingen sie zum Turm hinüber.

Passlar erwartete sie an der Feuerstelle im unteren Stockwerk des Turms. »Die Vögel werden ›Ruhgrit‹ genannt«, erklärte ihr Tejohn. Am besten fing er gleich damit an, die Kunde von diesen Geschöpfen zu verbreiten. »Jetzt sind sie erst einmal fort. Aber der Geruch der Leichen wird Löwen auf das Gelände locken. Werdet Ihr mit uns über den Pass nach Brausestadt kommen?«

Für einen Moment wirkte sie verwirrt. Tejohn kam der Gedanke, dass wohl niemand sie bisher je gefragt hatte, was sie wollte. Als sie antwortete, war ihre Stimme fest. »Nein. Auf keinen Fall.«

Sie rollte das R genauso wie Arla, was bedeutete, dass sie eine Chin-Chinro war. Aber wohin sonst sollte sie sich wenden, wenn nicht zurück ins Reich? Das Leben in der Wildnis war gefährlich, wenn man keinen beschützenden Clan um sich hatte. »Werdet Ihr lange genug hierbleiben, um Wimnel ein wenig zur Hand gehen zu können? Die Leichen aus dem Lager bringen, alle Löwen vertreiben und dergleichen Dinge, zumindest bis Wimnel wieder erwacht? Ich kann Euch natürlich für Eure Arbeit bezahlen.«

»Ihr braucht mich nicht zu bezahlen«, erwiderte sie. »Ich schulde Euch meine Freiheit. Ich …«

»Unsinn. Wenn Ihr mir wirklich etwas schulden würdet, wärt Ihr immer noch meine Dienerin, daher seid vorsichtig mit dem, was Ihr sagt. Ich war früher einmal Bauer, müsst Ihr wissen. Mein eigener Bruder war Dienstknecht in der Festung der Finstels, weil er betrunken in einen Faustkampf verwickelt wurde. Er ist dort gestorben. Meine eigene Ehefrau ist einst ein Schuldenkind gewesen. Ihr solltet vorsichtig sein, wenn Ihr von Schuld sprecht.«

»Ich danke Euch, mein Tyr«, sagte sie vorsichtig, den Blick zu Boden gerichtet. »Wenn Ihr so freundlich sein wollt, werde ich mir meine Bezahlung aus dem Lager nehmen. Zwei Stahlmesser sollten genügen.«

Zu Zeiten von Tejohns Großvater war ein Stahlmesser ein Geschenk für einen König gewesen. Die Welt veränderte sich schnell. »Mir soll's recht sein. Bringt die Leichen hinaus in den Obstgarten, wo sie die Bäume düngen können. Haltet sauberes Wasser für Wimnel bereit, falls er welches benötigt. Wenn er aufwacht, nehmt Eure Messer und geht oder bleibt, wie es Euch beliebt.«

»Ja, mein Tyr.« In ihrer Stimme lag etwas Kühles, das Tejohn nicht zu deuten wusste. Als er sie aus ihrer Schuldknechtschaft entlassen hatte, hatte er Dankbarkeit erwartet, vielleicht sogar ein aus freiem Willen abgelegtes Gelöbnis ihrer Treue. Stattdessen wirkte sie ihm gegenüber frostig und schien eifrig darauf bedacht, so schnell wie möglich von ihm wegzukommen. Gut, dann war es eben so. Sie war jetzt frei und durfte jeden hassen, den sie hassen wollte, und das aus jedem erdenklichen Grund.

Traditionsgemäß begann man eine Reise im Morgengrauen, aber Tejohn interessierte sich nicht sonderlich für Traditionen. Sie brachen nach dem Mittagessen auf, und als sich die Nacht über das Land senkte, waren sie bereits weit von dem Lager entfernt.

Sie ließen sich für die Nacht in einer von Bäumen gesäumten Kuhle nieder, wo sie vom Wind geschützt waren. Tejohn hoffte, dass die Äste der Bäume ihnen auch Schutz vor den Ruhgrit gewähren würden. Arla entfachte ihr Abendfeuer mit einem Feuerstein und einem winzigen Stück Stahl, eine Technik, die Tejohn neu war. Er sah ihr aufmerksam dabei zu; die Methode war gegenüber dem Stockdrehen fraglos eine Verbesserung.

An diesem Abend wurde am Lagerfeuer nur wenig gesprochen. Tejohn war nie ein ausgesprochener Menschenkenner gewesen, aber er spürte, dass es ein Problem gab und dass die ganze Sache von Reglis ausging.

»Ich habe noch nie an so vielen Lagerfeuern gesessen, an denen Schweigen herrscht, wie bei unserer Unternehmung hier«, bemerkte Tejohn. »Haben wir die Freude am Singen verloren?«

Reglis blickte nicht einmal auf. »Es liegt an Euch, mein Tyr«, ergriff Arla das Wort. »Ihr seid derjenige, der ›Ein Fluss tritt über die Ufer‹ geschrieben und die Abendleute dazu gebracht hat, wie kleine Kinder zu weinen. Wir sind alle viel zu gehemmt, um vor Euch zu spielen oder zu singen.«

»Feuer und Zorn, ich bin der schlechteste Sänger der Welt. Späherin, ich weiß, Ihr habt ein Instrument in Eurem Rucksack. Bringt es her. Wir wollen Musik machen, sobald wir gegessen haben.«

»Ja, mein Tyr«, stimmte sie zögernd zu.

»Reglis«, sagte Tejohn mit vollem Mund. »Das ist der beste Dörrstreifeneintopf, den ich je gegessen habe.«

Die Überraschung auf den Zügen des jungen Hauptmanns legte tiefe Falten über seine wuchtige Stirn. »Wirklich?«

»Nein. Was bekümmert Euch so?«

Reglis sah Arla an, dann Tejohn, dann starrte er wieder in seine Schüssel hinab.

Tejohn hatte keine Geduld für dergleichen. »Kommt schon, Soldat. Euer Tyr befiehlt Euch, ihm Euer Herz auszuschütten. Wenn Ihr eine Beschwerde vorzubringen habt, will ich sie hören.«

Reglis stellte seine halb volle Schüssel vor sich auf den Boden und legte die Hände auf die Knie. »Wenn Ihr es befehlt, mein Tyr, werde ich Euch Folge leisten. Als ich meine Familie verließ, um fortan den Speer zu tragen, sagte mein Vater, das Reich werde mich in einen Schlächter verwandeln. Wir stritten viele Stunden, und ich bestand darauf, dass ich in Ehren kämpfen würde.«

So etwas hatte Tejohn erwartet. »Aber Ihr habt es nicht getan.«

»Gestern Nacht nicht, nein. Ich war ein Schlächter, und heute musste ich feststellen, dass ich diese Männer abgeschlachtet habe, um die Bäuche der Ruhgrit zu füllen.«

Tejohn nickte. Reglis' finstere Miene war so gleichmütig geblieben, wie er es nur hinbekommen konnte, aber Arlas Blick war völlig ausdruckslos, steinern und ohne Gefühle wie Monument. »Zunächst einmal«, begann Tejohn, »ist alles ringsum königliches Land – das Land der Italgas, um genau zu sein –, selbst wenn es den Menschen hier nicht ganz klar ist.« Er warf Arla einen raschen Blick zu. »Wenn sich die Ruhgrit an diesen Leichen gütlich tun, brauchen sie dafür also jedes Mal keinen lebenden Menschen zu fressen.«

Reglis nickte und griff wieder nach seiner Schüssel. Er begann zu essen.

Tejohn fuhr fort: »Was nun die Ehre betrifft: Krieger gelangen zu Ehre. Soldaten gewinnen Kriege. Die Indregai sind Krieger. Die Durdra sind Krieger. Sie gewinnen manchmal

Schlachten, ja, und sie schätzen Kämpfe, die ihren Heldenmut unter Beweis stellen. Soldaten mögen keine fairen Kämpfe. Soldaten nutzen jeden Vorteil, so wie etwa ein hungerndes Kind, das etwas Essbares von einem Karren stiehlt. Und ich sage Euch Folgendes: Man begegnet viel mehr alten Soldaten als alten Kriegern.«

»Und deshalb tun wir das?«, erwiderte Reglis. »Um alt zu werden?«

»Ich bin ungefähr doppelt so alt wie Ihr«, warf Arla dazwischen, »und ich bin nicht so alt geworden, indem ich meinen Feinden edelmütig eine gerechte Chance auf Sieg gelassen hätte. Wenn ich meinem Feind einen Pfeil in den Rücken schießen kann, soll's mir recht sein, und wenn ich auf dem Schlachtfeld sterbe, so ist das eben der Tod, mit dem auch ich rechne.«

»Wie lange noch, bis Ihr aus dem Dienst entlassen werdet?«, fragte Tejohn.

»Ich hätte meine Ehrenschnalle schon vor zwei Jahren nehmen können«, antwortete sie. »Aber wofür? Für ein Reisfeld, über das ich mich dann Tag für Tag krümmen kann? Es ist ja nicht so, dass ich Kinder hätte, die später von mir erben könnten. Ich wurde in diesem kargen Gebirgsstreifen geboren, und ich habe nicht die Absicht, von hier wegzugehen. Sobald der König Ehrenschnallen für Schürfrechte verteilt, werde ich mir eine geben lassen. Bis dahin bleibe ich eine von Gerrits Bogenschützinnen.«

Tejohn nickte. »Ich habe zu Hause eine Frau und Kinder.«

»Die Frau, die einst ein Schuldenkind war, mein Tyr?«, fragte Arla.

»Genau die«, sagte er, die Wörter sorgfältig abwägend. »Um meinen König zu verteidigen, mag ich durchaus bereit sein zu sterben und sie alle nie wiederzusehen – aber nicht, um einer Meute durdrischer Plünderer eine gerechte Chance auf Sieg zu geben.« Er hielt kurz inne, dann fügte er hinzu: »Wir kämpfen, wenn man uns zu kämpfen befiehlt. Wir nutzen jeden Vorteil und lassen keine Gnade walten, es sei denn, das Gnadeerweisen gibt uns selbst wieder einen Vorteil an die Hand. Unsere Ehre verschafft uns die Art, wie wir sterben, nicht die Art, wie wir kämpfen.«

Sie aßen für eine Weile schweigend weiter. Reglis wirkte nicht beschwichtigt, aber sein Benehmen hatte sich verändert. Tejohn war nie besonders gut darin gewesen, Menschen zu beurteilen. Das Beste, was er tun konnte, war, einfach vorzupreschen und zu hoffen, dass er sich keine neuen Feinde machte.

Als sie mit dem Essen fertig waren, stellte er die Schüssel auf den Boden. »Heute Abend möchte ich nur fröhliche Lieder hören. Peradain ist gefallen, und der König ist vor der Welt verborgen. Das Einzige, was dafür sorgen kann, dass die Tyre nicht über die Stränge schlagen, sind Ehre und Tradition – womit ich sagen will, dass die Tyre vollkommen hemmungslos sind. Ich gehe davon aus, dass wir es nur allzu bald mit anständiger Kriegskunst zu tun bekommen werden.«

KAPITEL 17

Die Männer nahmen ihnen die Speere ab, töteten sie jedoch nicht. Niemand fragte nach ihren Messern oder ihren Rucksäcken, daher hegte Cazia die Hoffnung, dass man sie nicht ausrauben und ermorden würde.

»Wie hast du gewusst, wie man mit ihnen spricht?«, fragte Cazia.

»Über eine Geschichte, die mir mein Onkel erzählt hat. Eine unglaubliche Menge von dem, was ich weiß, stammt aus Geschichten über das Leben anderer Menschen.«

»Und du sprichst ihre Sprache?« Cazia hatte ihren Übersetzungsstein die ganze Zeit über in der Hand gehabt.

»Nein«, antwortete Vilavivianna und warf Cazia einen seltsamen Blick zu. »Sie sprechen meine.«

Drei Frauen kamen aus dem hohen Gras hervor, Bögen über den Schultern. Ihre langen Speere waren wie die der Männer mit Spitzen aus geschärftem Kupfer versehen. Die Schäfte waren so dünn, dass sie vibrierten. »Sie haben dir ein Schnippchen geschlagen, nicht wahr, Kell?« Es klang, als wollten sie ihn necken, aber ihre Gesichter zeigten kein Lächeln.

»Sie sind Teufel«, antwortete der Mann. »Wir sollten machen tun, dass ...«

»Du solltest machen tun, dass du den Mund hältst«, sagte die älteste der Frauen. Sie war hochgewachsen, hager und offensichtlich kräftig. Ihr Haar war von zahlreichen grauen Strähnen durchzogen. »Sie sind einfach junge Mädchenteufel. He, ihr Kinder! Was führt euch hierher?«

Das war Peradaini. Vilavivianna antwortete rasch: »Wir wollten uns unter meinen Leuten in Sicherheit bringen.«

Mit finsterer Miene ließen die Männer und Frauen ihren Blick über das zerstörte Lager schweifen. »In den Weiten Landen kann man nicht machen tun, dass man Sicherheit findet. Nicht mehr.«

Die grauhaarige Frau stellte sich vor. Sie hieß Hent. Mit immer noch finsterem Blick fragte sie höflich und auf Peradaini, ob die Mädchen mit dem Oberhaupt ihres Stammes verhandeln würden.

Sie richtet das Wort an mich, wurde Cazia klar. Natürlich tat sie das. Cazia war die Ältere. Glaubten sie, Vilavivianna sei ihre jüngere Schwester? Oder ihre Besitzerin? Alle Krieger und Kriegerinnen, mit Ausnahme von Hent, funkelten die Mädchen mit unverhohlenem Hass an.

Nun gut, wenn es eines gab, was Cazia beherrschte, dann das: Sie wusste, wie man mit Feinden sprach. Nachdem Cazia einen kurzen Blick auf ihre beschlagnahmten Speere geworfen und dabei die Gier bemerkt hatte, mit der die Krieger deren Eisenklingen musterten, folgten Ivi und sie Hent durch die Gräser.

Cazia hatte in Peradain natürlich Okshim gesehen, aber nie mehr als vier auf einmal. Verglichen mit dem hier war das nur Kinderkram gewesen: Hier hatte sie eine ganze Herde vor sich. Genau wie die Tiere, die sie in der Stadt gesehen hatte, scharten sie sich dicht zusammen, sodass sich ihre Leiber berührten. Das größte Exemplar stand ganz vorn wie die Spitze eines Pfeils oder der an erster Stelle fliegende Vogel eines Schwarms Zugvögel. Die Tiere dahinter wurden in Richtung Herdenmitte, wo sich die jüngsten zusammenscharten, immer kleiner. Am

Rand und am hinteren Ende der Herde sah Cazia weitere große Tiere. Sie versuchte, ihre Zahl abzuschätzen, und vermutete, dass es über tausend sein mussten, womöglich sogar doppelt so viele.

Inmitten der Herde war ein hoher Wagen zu sehen. Er bestand aus dunklem Holz und hatte riesige Holzräder. Ein grüner Wimpel flatterte an einer hohen Stange, die sich im unablässigen Wind krümmte.

Dahinter befand sich ein zweiter Wagen, dann ein dritter. Keiner dieser Wagen hatte Fenster oder Fensterläden, und im letzten befanden sich Speerständer, kleine, runde Schilde sowie zwei junge Männer mit bespannten Bögen.

Sie erreichten die Herde ungefähr in der Mitte. Obwohl sie hier von der Spitze der Herde weit weg waren, waren die ausgewachsenen Okshim an den Rändern noch immer riesig, viel größer als die Tiere, die Cazia in der Stadt gesehen hatte. Ihr Fell war außerdem gelb, anders als bei den braun und grau gesprenkelten Stadttieren, und es fanden sich auch schwarze Strähnen darin.

Cazia näherte sich ihnen vorsichtig und rief sich die Ermahnungen ins Gedächtnis, die ihr der Pferchmeister vor langer Zeit erteilt hatte. Das Fell der Tiere war weich, und ihre Ohren waren lang, aber mit ihren großen flachen Füßen konnten sie sehr heftig seitwärts austreten und mit deren verhornten Sohlen Fleisch und Knochen zu Brei schlagen. Und wenn sie auch nur selten bissen, so waren die rund gebogenen Hörner über ihren Augen doch fast ebenso gefährlich wie ihre Tritte.

»Habt Ihr schon einmal eine Herde von oben durchquert?«, fragte Hent.

»Nein, noch nie«, antwortete Cazia.

Die Frau brummte. »Ich werde Euch hochheben tun. Kell, bring sie zum Wagen unseres Oberhaupts. Und tu dabei möglichst keinen Unsinn machen.«

Kell zog ein mürrisches Gesicht, dann hüpfte er leichtfüßig auf den Rücken des nächststehenden Okshim. Hent hob Vilavivianna an den Hüften hoch – bei der unerwarteten Berührung stieß das Mädchen einen spitzen Schrei aus – und platzierte sie auf dem Tier neben ihr. Die Prinzessin stemmte sich mit dem Fuß am nächsten Okshim ab und spreizte die Beine auseinander, bis sie einigermaßen sicher zu stehen kam. Hent hielt ihre Hand fest, solange sie Halt suchte.

»Fertig?«, fragte die Frau in einem Tonfall, der nahelegte, dass die einzig genehme Antwort darauf ein Ja war.

Vilavivianna nickte, den Blick nach unten gesenkt. Hent ließ sie los. Es gelang der Prinzessin, unsicher von einem flachen Rücken zum nächsten zu schwanken, ohne zu fallen. Kell bot ihr keine Hilfe an.

Hent drehte sich zu Cazia um und ließ sich auf eines ihrer Knie nieder. »Ihr seid zu groß und schwer zum Hochheben.«

Cazia hörte keine Gemeinheit aus dem Tonfall der Frau heraus, vermutete aber, dass irgendwo darin dennoch Gehässigkeit lauerte. Nicht, dass Cazia die Richtigkeit ihrer Worte bestreiten konnte. Hent schlug sich aufs Knie zum Zeichen, dass Cazia den Fuß darauf stellen solle.

Cazia war sich ihrer schmutzigen Stiefel nur allzu bewusst, und so riss sie ein hohes Grasbüschel aus dem Boden und legte es dann über Hents flach ausgestreckten Oberschenkel, bevor sie ihren Fuß darauf stellte. Sollte sie ruhig gemeine Bemerkungen machen. Cazia würde beweisen, dass sie weit über alledem stand.

Über die Rücken der Okshim zu gehen war nicht so schwierig, wie sie erwartet hatte, selbst mit ihrem schweren Rucksack. Sie waren nicht so zweckmäßig flach wie etwa der Boden eines Palastflures, aber sie waren zumindest einigermaßen flach – und in keiner Weise so uneben wie das Geröll und die zerklüfteten Felsen in den Bergen nördlich von Fort Samsit. Und dass die Tiere Cazias Gewicht trugen, ohne ins Taumeln zu geraten oder wegzurutschen, machte die Sache noch einfacher.

Doch es gab Lücken zwischen den Tieren. In der Nähe der Schwänze und rund um die Köpfe öffneten sich Zwischenräume, in die sie hineinfallen könnte, und sie wollte sich gar nicht erst vorstellen, wie es war, dort unten unter diesen großen, schweren, unbarmherzigen Füßen gefangen zu sein.

Kell hüpfte behände von Rücken zu Rücken, ohne je zu weit vorne, vor der Schulter, oder zu weit hinten, am Schwanzgelenk, auf ein Tier zu treten. Die Mädchen folgten seinem Beispiel. Einmal mehr wurde Cazia die Ungewöhnlichkeit ihrer Situation bewusst. Wer hätte je vorausgesehen, dass sie nun hier und jetzt, weit draußen in der Wildnis, über die Rücken einer Okshim-Herde hüpfen würde? Wie Colchua darüber gelacht hätte!

Ivi hatte so viel aus den Geschichten ihres Onkels gelernt, und jetzt durchlebten sie beide selbst eine solche Geschichte. Bedauerlicherweise war niemand mehr übrig, dem sie sie hätten erzählen können.

Sie blieb für einen Moment stehen und schaute von oben über die Herde hinweg. Sie sah aus wie ein einziges riesiges Tier mit vielen Beinen und Rückgraten, das schnaubte und prustete. Sie blickte zurück über die schmutzigen Stiefelabdrücke, die sie auf den wolligen Fellen hinterlassen hatte.

Dankbar bin ich, dass ich den Weg beschreiten darf.

Die Wagenräder waren sehr hoch und sehr breit, wahrscheinlich um so den schlammigen Grund leichter durchqueren zu können. Außerdem befand sich um die Räder herum ein robustes, mit Tierhaut bedecktes Rahmengestell. Vermutlich konnte der Wagen, während sich die Okshim von allen Seiten dagegendrängten, damit mitten durch die Herde rollen, ohne … ja, ohne was? Ohne die Räder in Stücke zu brechen? Ohne dass die Tiere die Flucht ergriffen? Oder den Wagen attackierten?

Die drei Wagen waren zusammengespannt, und der erste wurde von Zügeln gezogen, die an acht – nein, zehn – ins Joch gespannten Okshim befestigt waren. Das Tier an der Spitze hatte keine Last zu ziehen.

Cazia hüpfte auf den Stoßfänger des ersten Wagens, dann folgte sie der Prinzessin nach hinten. Die Wände des Wagens bestanden aus unbehauenen, geteerten Brettern, während das Dach aus schwerem Tuch war. Kell stellte seinen Speer in einen Ständer, klopfte auf die windschiefe Tür und öffnete sie dann, ohne auf eine Antwort von drinnen zu warten.

Cazia und Ivi folgten ihm hinein und standen nun dicht aneinandergedrängt. Eine ältere Frau mit einem kastenförmigen Körper wie ein Steinblock sowie stahlgrauem Haar und schmalen, misstrauischen Augen musterte sie finster. Das flaumige Haar, das ihr auf Oberlippe und Kinn wuchs, war so lang wie Cazias Mittelfinger. Ivi verneigte sich höflich vor ihr, aber die Frau saß nur stirnrunzelnd auf ihrem Hocker.

Cazia war dieser Sorte Mensch schon früher begegnet. Der Palast war voller voreingenommener, verdrießlicher alter Frauen. Es hatte beinahe etwas Beruhigendes, der Alten gegenüberzustehen, fast als sei sie wieder daheim.

Kell sagte in seiner rau klingenden Sprache etwas zu der alten Frau. Cazia griff in ihre Tasche, um den Übersetzungsstein zu berühren, doch Ivi hielt sie davon ab, indem sie nach ihrer Hand griff. Die Prinzessin verhielt sich, als habe sie Angst, aber ihr Griff hatte nichts Drängendes. Cazia verstand: Gib ihnen keinen Anlass, unsere Taschen zu durchsuchen.

Die alte Frau machte eine Handbewegung. »Setzt Euch, geschätzte Gäste.« Ihr Akzent war hart, aber zumindest nannte sie sie nicht Teufel. Sie deutete auf einige Kissen an der Wand. Cazia und Ivi schnallten ihre Rucksäcke ab und nahmen Platz. Die alte Frau hatte sich einen Streifen gesottenen Leders wie eine Haube über den Kopf gezogen, und so war Cazia froh, ihrerseits den Hut aufbehalten zu können. Sie wusste, wenn sie ihn abnahm, würden die Hirten vielleicht die eingenähte eiserne Helmkappe bemerken und sie ihr wegnehmen.

Kell stand neben der Tür, die Hand in der Nähe des Kupferbeils an seiner Hüfte. Die alte Frau nahm den beiden Mädchen gegenüber Platz, dann zog sie einen einfachen Eisentopf unter einem dicken Tuch hervor.

»Ihr bekommt Tee«, sagte sie und füllte drei Hornbecher mit lauwarmem braunem Wasser. Cazia kam in den Sinn, dass unter diesen Menschen ein Eisentopf ein Zeichen für Wohlstand und eine Sonderstellung war. Nicht einmal König Ellifer hatte in seinen Küchen Eisengeschirr. Eisen gab es für seine Soldaten und Schmiede, natürlich, aber niemals für seine Diener.

Ivi nahm den Becher nickend entgegen. »Danke.« Cazia tat das Gleiche. Sie hatte noch nie zuvor Tee getrunken. Er schmeckte herb und nach Gras, aber es gelang ihr, alles herunterzuschlucken, ohne das Gesicht zu verziehen. Ivi zuckte beim ersten Schluck zusammen und stellte den vollen Becher auf dem Boden ab. Kinder!

»Ich mag ihn auch nicht«, sagte die alte Frau, »aber er ist hinreichend sauber, dass man ihn trinken kann, und er ist ein Teil des Lebens meines Volkes, und so liebe ich ihn von ganzem Herzen, auch wenn ich den Geschmack nicht mögen tu.« Die alte Frau kippte ihren eigenen Tee mit einem einzigen Schluck herunter, dann wischte sie sich Lippen und Schnurrbart trocken. »Wir sind der Stamm der Ozzhuacks. Ich bin Mahz, das Stammesoberhaupt.«

»Ich bin Vilavivianna vom Goldgrashügel.«

Mahz schnaubte. »Da bist du aber weit fort von zu Hause, nicht wahr? Und was ist mit dir da drüben?«

»Ich bin …« Sie fühlte sich versucht, irgendetwas zu erfinden, aber mochte Feuer diese Idee holen. Sie war sie selbst. »Ich bin Cazia Freibrunn.«

Die alte Frau starrte sie grimmig an. »Ihr zögert, als solle mir der Name etwas sagen, aber ich habe noch nie von Eurem Stamm gehört. Ich habe niemals auch nur einen Namen wie den deinen gehört. Cazia.« Sie sprach es *Kje-serra* aus.

»Es ist ein surgischer Name.«

»Ich habe noch nie etwas von den Surgen gehört.« Der Tonfall ihrer Stimme machte klar, dass alles, wovon sie noch nicht gehört hatte, sich auch nicht zu wissen lohnte. Ein weiteres Klopfen ertönte, und die Tür wurde geöffnet. Diesmal waren es Hent und die beiden jüngeren Frauen, die sie begleitet hatten. Sie alle drängten sich an der Tür zusammen. Die jüngste hatte rote Augen und ein aufgedunsenes Gesicht, als hätte sie geweint. Mahz schenkte ihnen keine Beachtung. »Also, was nun euren Anspruch auf meinen Besitz betrifft …«

Ivi unterbrach sie sofort. »Wir haben keinen Anspruch auf Euren Besitz erhoben. Wir haben nur beansprucht, was uns gehört.«

Mahz ließ ihren Becher mit einem lauten Knall auf den Boden krachen. »Tu keine Spielchen mit mir machen, Kind!«

»Nennt mich *nicht* Kind!«, entgegnete die Prinzessin mit scharfer Stimme. Die Krieger an der Tür schnappten angesichts ihrer Reaktion überrascht nach Luft, aber Ivi war zu aufgebracht, um es zu bemerken. »Euer Mann hat zuerst gesprochen. Er hatte die Gelegenheit, Anspruch auf das Lager zu erheben, wenn das seine Absicht gewesen wäre, aber stattdessen hat er sich nach meinen Eltern erkundigt.«

Mahz bedachte Kell mit einem bösen Blick. Der zuckte mit keiner Wimper, wiewohl sein Gesicht rot anlief. »Ihr tut sein gutes Benehmen bestrafen.«

»Ich halte mich an die Tradition«, erwiderte das kleine Mädchen mit emporgerecktem Kinn.

Das gefiel Mahz nicht. Sie machte ein finsteres Gesicht und schenkte sich Tee nach. »Ihr haltet euch an unsere Tradition.

Ihr nehmt euch, was uns gehört, und tut machen, dass ihr es zu euren eigenen Zwecken verdrehen könnt. Tut nicht so, als wärt ihr Indregai irgendwie besser als *deren* Sippschaft.« Sie deutete mit ihrem Becher auf Cazia, und Tee schwappte auf den Boden. Cazia reagierte nicht, als er ihr auf die Beine spritzte. »Mir zu erzählen, ihr wärt Surgin, wenn ich ganz genau sehen tun kann, dass ihr peradainische Stiefel und Jacken tragt! Zwei kleine Mädchen mit Eisenwaffen hier draußen in den Weiten Landen! Jede einzelne dieser Speerspitzen ist mehr wert als euer beider Leben zusammen. Soll ich mit zwei kleinen Mädchen einen Handel schließen tun, vierzig Tage nachdem kaiserliche Truppen ihren Tribut eingefordert haben?«

»Ihr meint Steuern«, sagte Cazia. Sollte diese alte Frau sie doch zornig anstarren und bedrohen. Sollte sie zischend ihren Groll ausspucken. Wenn sie vorhatte, sie wegen einer Wiese voller zerrissenen Zelttuchs hinzurichten, so würde Cazia nicht anfangen, sie anzuflehen oder ihr schönzutun. Sie hatte eine kleine Kugel aus Eis in ihrem Magen, genau dort, wo sie jetzt fast schon zu fühlen glaubte, wie die Messer in ihren Leib eindringen würden, und das verlieh ihr Selbstbeherrschung. »Das Reich erhebt Anspruch auf all dieses Land westlich des Piskatook-Passes, und die Bürger dort müssen ihre Steuern bezahlen. Ihr macht Gebrauch von den Schlafsteinen, nicht wahr? Ihr treibt Handel mit den Forts, nicht wahr? Ihr seid Teil des Reiches, genau wie die Surgen, die Chin-Chinro, die Muddalan …«

»Pah! Dummes kleines Teufelsmädchen, dein Kopf ist leer. Ja, die Ozzhuacks tun guten Nutzen von euren Heilbetten machen, aber wir wissen, dass sie dort aufgestellt wurden, um uns zu beleidigen. Wir werden es nicht vergessen tun! Und die Stämme werden sich eurem Reich niemals anschließen – oder irgendeinem anderen Reich –, es sei denn, ihr bringt es auf die geziemende Weise auf den Weg.«

Cazia musste einfach fragen: »Was ist denn die geziemende Weise?«

»Heirat. Dieser König von Italga soll mir einen Sohn oder eine Tochter zum Heiraten für meinen Sohn geben tun, dann werden wir verbunden sein.«

Die Idee, Lar könne in dieses Nomadenleben einheiraten, war zu absurd, um auch nur darüber zu lachen. Cazia sagte nur: »Aha.«

»Wir werden machen, dass ihre Enkelkinder so erzogen werden, wie Männer und Frauen großgezogen werden sollten. Draußen im Wind! Wo sie sich um die Tiere kümmern tun und töten, um zu essen, wo sie sich nehmen tun, was sie brauchen, um zu überleben.«

Mahz sagte die letzten Worte mit einem schiefen, finsteren Grinsen. Ivi verstand sofort. »Wenn ihr nur ein Fetzchen Stoff aus diesem Lager nehmt, einen einzigen Schal, einen einzigen Holzpflock, seid ihr Diebe. Das Lager gehört uns.«

Mahz tat diesen Einwand mit einer geringschätzigen Handbewegung ab. »Ich habe noch nicht entschieden, ob ich euren Anspruch anerkennen soll.«

Ivis Hände waren an ihrer Seite zu kleinen Fäusten geballt. Ihre verzweifelte Wut wuchs.

Cazia wusste, worauf die Sache hinauslief – worauf sie schon seit dem Moment hinausgelaufen war, als Kell ihnen zugerufen hatte, sie sollten ihre Speere fallen lassen. Sie sah der alten Frau in die Augen und erklärte: »Wir werden gegen euch kämpfen.«

Die Augen der alten Frau weiteten sich vor Ärger, und zum ersten Mal bleckte sie die Zähne. Feuer und Zorn, sie waren zu scharfen Spitzen gefeilt.

Die Prinzessin schrie vor Schreck und Entsetzen auf und rutschte zur Wand hin weg. Cazia hörte sich selbst aufkeuchen, aber noch während sie voller Grauen auf den Mund der alten

Frau starrte, wusste irgendein Teil von ihr, dass Mahz ihre Zähne absichtlich verborgen gehalten hatte, damit sie sie genau im richtigen Moment präsentieren konnte. Diese Einschüchterung war sorgfältig geplant gewesen.

»Wie könnt ihr es wagen tun, mir Drohungen zu machen!« Mahz richtete sich hoch auf, damit sie auf die Mädchen hinabschauen konnte. »Ich habe schon Teufel getötet, bevor eure Mütter und Väter in den Schlamm gespritzt wurden! Wenn ihr auch nur eine Hand gegen uns erheben tut, werde ich euch grün und blau prügeln lassen, und wenn ihr auch nur einen einzigen Tropfen Ozzhuack-Blut vergießen tut, werde ich euch eigenhändig niederstrecken!«

Das war's jetzt, dachte Cazia. Jetzt würden die Messer in Erscheinung treten, und sie kannte keinen Zauber, der sie und Ivi retten konnte. Das Einzige, was ihr übrig blieb, war, trotzig zu sterben.

»Natürlich«, antwortete sie mit zitternden Lippen. Cazia verachtete sich selbst dafür, dass sie ihre Furcht zeigte, aber Feuer würde dem allen sowieso bald ein Ende bereiten. »Man kann einen Krieger immer an seinen Feinden beurteilen.«

Für einen Moment herrschte Stille. Dann bellte Hent ein langes, lautes Lachen. Kell und die andere Frauen stimmten ein, und Cazia sah, dass sie ebenfalls alle ihre Zähne zu Spitzen gefeilt hatten. Es war schauerlich.

Mahz ließ sich wieder auf ihr Kissen nieder und funkelte Cazia böse an. Dann sah sie zu den jüngeren Kriegern und Kriegerinnen an der Tür hinüber und schüttelte den Kopf, als wolle sie sagen: *Könnt ihr das glauben?*

»Es gab einmal eine Zeit«, erklärte Mahz, »als alle Stämme der Weiten Lande wild und gefürchtet waren. Pflugzieher und Steinbrecher machten, dass sie ihre Familien in der Wildnis verstecken taten, wenn wir am Horizont auftauchten. Dann kam das Reich. Die Passwege wurden mit rosa Steinen versperrt. Die Zahl der Alligaunten im Westen wuchs, und sie wurden immer größer. Es gibt nur wenig Raum für die freien Völker auf der Welt.«

»Wir sind ein freies Volk«, warf die Prinzessin ein.

»Du magst frei sein, kleiner Teufel«, erwiderte Mahz und drohte ihr mit dem Finger. Cazia hatte ihren Auftritt irgendwie unterbrochen, und jetzt wirkte sie plötzlich wie eine alte Frau mit zu vielen Verpflichtungen und zu wenig Schlaf. »Deine Hände sind weich genug – eurer beider Hände –, und deine schützende Begleiterin scheint noch nie im Leben gehungert zu haben.«

Cazia verdrehte die Augen. »Großer Weg, verschone mich.«

»Oh, beklag dich nicht! Du wirst zu einer beachtlichen Frau heranwachsen tun! Ich bin mir sicher, dass du bei deinem Aussehen einen kräftigen Ehemann findest. Vielleicht finden wir sogar hier einen für dich, vorausgesetzt, du kannst beweisen, dass du dich auf das Arbeiten verstehst. Aber ihr tut nicht verstehen tun, was ich sage, Kinder: Wir werden vertrieben. Es gibt keinen Platz mehr für die freien Völker.«

Plötzlich verstand Cazia. »Ihr wisst, was mit dem Lager passiert ist, nicht wahr?« Sie schaute zu den Kriegern und Kriegerinnen an der Tür hinüber. Die Frau mit den rotgeränderten Augen hatte nicht mit den anderen gelacht, und jetzt machte sie den Eindruck, als wolle sie Ivi an die Brust drücken und wieder zu weinen anfangen. »Es ist auch mit euch passiert. Das ist der Grund, warum ihr euch so nahe an der Passstraße und am Fort befindet: Ihr treibt eure Herde aus den Weiten Landen fort, um vor irgendetwas zu fliehen, nicht wahr?«

»Es war nicht meine Entscheidung«, sagte Mahz. »Ich wäre geblieben und draußen im Wind gestorben. Aber wir haben viele Kinder unter uns, und sie verdienen die Möglichkeit, erwachsen zu werden. Also müssen wir unsere Herde verkaufen tun und neues Land finden, auf dem wir leben tun können.«

Cazia versuchte, nicht an kleine Kinder mit gefeilten Zähnen zu denken. »In Fort Samsit könnt Ihr Eure Herde jedenfalls nicht verkaufen.«

»Ach? Und warum nicht?«

Es waren keine Flugwagen über den Pass nach Norden gelangt. »Weil es überrannt wurde. Peradain wurde von Grunzern überfallen … von Ungeheuern. Das Fort ist verloren. Wenn Ihr Euren Stamm dort hinbringt, werdet ihr alle sterben.«

Wieder herrschte für lange Zeit Schweigen, aber diesmal war da niemand, der es mit seinem Gelächter gebrochen hätte. Mahz stieß einen Zischlaut aus und blickte zu Boden, die Fäuste an ihrer Seite geballt.

Schließlich sagte Kell: »Diese Neuigkeit ist wertvoll für uns. Danke, dass ihr uns dieses freundliche Geschenk machen tut.«

Ivi schaute zu Cazia auf. Geschenk? Sie wusste ebenfalls nicht, was das bedeutete.

»Natürlich …«, begann Mahz. Ihr Blick war zu Boden gesenkt, und ihr Gesichtsausdruck wirkte bewegt. »Natürlich werde ich ein solches Geschenk gebührend vergelten tun. Ihr habt den Irrtum richtiggestellt, der meinem Stamm für immer ein Ende bereitet hätte.«

Cazia beobachtete sie sorgfältig. Bedeutete das, dass sie Ivi und sie nicht umbringen würden? Es schien kaum möglich, dass die Dinge eine derart plötzliche Wendung genommen haben konnten. Was hatten sie getan?

»Können wir über das Lager reden?«, fragte die Prinzessin. »Ich würde gern einen Handel vereinbaren, wenn Ihr so freundlich sein würdet.«

Cazia betrachtete das kleine Mädchen aus dem Augenwinkel. Sie war plötzlich sehr höflich geworden, wahrscheinlich weil sie genauso verwirrt über Mahz' verändertes Verhalten war wie Cazia.

»Welche Art von Handel?« Mahz' Akzent klang nun rauer als zuvor; die Worte waren beinahe ein Knurren.

»Ich behalte jede Münze, die im Lager gefunden wird, außerdem so viel Werkzeug und Vorräte, wie Cazia und ich tragen können. Ihr bekommt den ganzen Rest – das Tuch, die Kleider, Spielsachen, Werkzeug, Waffen, alles. Im Gegenzug helft Ihr uns, die Leichen zu begraben.«

Mahz' Antwort wirkte beinahe teilnahmslos. »Wir werden die Schlangen nicht anfassen tun.« Etwas Merkwürdiges ging hier vor sich, und Cazia hätte zu gerne gewusst, was es war. »Das ist völlig unmöglich.«

»Wenn Eure Leute die Gräber ausheben – eines für jeden Menschen und für jede Schlange –, werden Cazia und ich die Schlangen hineinlegen.« Sie richtete ihren Blick auf Cazia. Sie nickte.

Mahz blickte zur Decke empor. »Ich bin einverstanden.«

»Danke«, sagte die Prinzessin schüchtern. Das Stammesoberhaupt nickte nur, ohne sie anzusehen.

»Kommt«, wandte sich Hent an die Mädchen. Ihr Tonfall und ihr Gesichtsausdruck waren viel weicher geworden, beinahe zärtlich. »Wir haben Eintopf, den ihr mit uns teilen könnt. Wir werden zusammen draußen unter den Sternen essen tun, doch werden wir es tun, bevor die Dunkelheit herabsinkt. Morgen wollen wir uns um die Toten kümmern.«

Cazia und Ivi standen auf. Das alte Stammesoberhaupt schenkte ihnen noch immer keinen Blick, aber das war schon in Ordnung. Cazia war nicht in der Stimmung, Mitleid mit Mahz zu empfinden.

Hent führte sie zu dem schmalen Vorbau hinter der Tür. Sie zog ihren langen, schlanken Speer aus dem Ständer. Cazias und Ivis Speere mit den Eisenspitzen waren ebenfalls dort abgestellt worden. Niemand erhob Einwände, als sie sie nun an sich nahmen. Sie folgten Hent über die Rücken der Herde in Richtung Norden.

Ivi schaute zum Lager zurück, als habe sie Angst, dass es am Morgen verschwunden sein könnte. Cazia hätte ihr gern etwas Tröstliches gesagt, aber leider gab es an ihrer Situation nun mal nichts Tröstliches. Die Ozzhuacks hatten sie ihre Speere wieder an sich nehmen lassen, dennoch erwartete Cazia halb, im Laufe der Nacht ermordet zu werden.

»Haltet eure Speerspitze hoch«, sagte Hent. Cazia hielt ihre Spitze bereits schräg nach oben geneigt, aber nun tat sie es der älteren Frau nach und reckte sie senkrecht in die Höhe. Als sie den Rand der Herde erreicht hatten, sprangen sie ins Gras hinunter.

»Hier entlang geht es zum Essen«, erklärte Hent und führte sie zum vorderen Ende der Herde. »Es ist nicht gerade empfehlenswert, etwas essen zu wollen, wenn man sich in Windrichtung einer Okshim-Herde befindet.«

Die Prinzessin musterte die dicht aneinandergedrängten Tiere der Herde. »Treten sie einander in den … Mist, wenn sie so nah beieinanderstehen?«

»Ja«, bestätigte Hent. »Wenn ein Okshim dir einen Tritt gibt, bricht er dir nicht nur die Knochen, er macht dich auch *schmutzig*. Sie fressen es sogar.«

»Was?« Die Prinzessin erbleichte.

»Es stimmt. Die Leittiere fressen Gras, aber sie können es nicht alles in einem Durchgang verdauen tun. Die weiter hinten – vor allem die Jungtiere – erhalten mehr Nährwert von den Pflanzen, die bereits durch die Därme der Eltern gegangen sind.« Sie lachte über Ivis Gesichtsausdruck und zeigte ihre furchterregenden Zähne. »Aber sei nicht beunruhigt. Wir tun unsere eigenen Jungen nicht auf die gleiche Weise füttern tun.«

»Was gibt es denn zu essen?«, fragte Ivi mit verzogenen Lippen.

»Im Wesentlichen gebratenes Okshim-Fleisch. Außerdem weiteren Tee, und du solltest ihn besser trinken tun. Es ist das einzige saubere Wasser, das du hier bekommen wirst.«

»Wir werden den Tee trinken«, sagte Cazia.

Hent warf ihr einen Blick von der Seite zu. Cazia wurde dabei unbehaglich, und sie schaute weg, beobachtete die ältere Frau aus dem Augenwinkel. »Ihr habt die alte Mahz da drinnen ganz schön eingewickelt.«

Cazia war sich nicht sicher, ob sie das als Kritik zu verstehen hatte oder nicht. Es kam ihr nicht so vor, aber mit diesen Zähnen wirkte alles, was die Frau sagte, wie eine Drohung. »Ich weiß nicht, was Ihr meint.«

»Ach nein?« Hent bedachte Cazia mit einem weiteren langen Blick. Nach einem Moment ging ihr verschlagenes Lächeln in einen Ausdruck der Überraschung über. »Du sagst die Wahrheit, oder? Du weißt wirklich nicht, was du da getan hast.«

»Werdet Ihr uns töten?«, fragte Cazia. Ein Ja als Antwort zu hören wäre schrecklich gewesen, aber nicht zu wissen, was sie mit ihnen vorhatten, wurde zunehmend unerträglich. »Seit dieser Kell uns unsere Speere abgenommen hat, bin ich davon ausgegangen, dass Ihr uns töten würdet. Aber, ehrlich gesagt, mittlerweile habe ich keine Ahnung mehr, was Ihr vorhabt.«

»Ich wünschte, Mahz könnte dich das sagen hören. Nein, Mädchen, wir werden euch nicht töten tun. Ich weiß nicht, welche Gepflogenheiten ihr von den Südländern dort unten gewohnt seid, aber wir hier in den Weiten Landen schätzen die Gastfreundschaft hoch. Das muss auch so sein, wenn man all die Gefahren bedenkt, mit denen wir zu tun haben. Deshalb sind uns Besitz und Geschenke auch so wichtig.«

Ivi schnaubte. »Warum hat euer Stammesoberhaupt uns dann gedrängt, unseren Anspruch auf das Lager aufzugeben? Warum wurden wir von ihr bedroht?«

Cazia war dankbar, dass Ivi *wir* und *unser* sagte, und sei es auch nur deshalb, weil sie jemand Älteren brauchte, der ihren Forderungen Nachdruck verlieh. Hents Antwort erfolgte knapp und ausdruckslos: »Wir sind verzweifelt. Die Alligaunten waren schon schlimm genug. Mit den Graslöwen werden wir fertig. Aber diese Vögel haben alles unmöglich gemacht – mögen sie von innen heraus verfaulen. Wir haben allein in den letzten acht Tagen sechs Kinder und vier starke Krieger verloren.«

»Beim Großen Weg, das habe ich nicht gewusst.« Cazia dachte an die Frau mit den verquollenen roten Augen. Das Bild des riesigen Raubvogels, der über Samsit kreiste, blitzte ihr durch den Kopf, und sie erschauderte. »Es tut mir sehr leid.«

»Es ist uns nicht gelungen, unsererseits auch nur einen einzigen von ihnen zu erledigen. Zuerst wussten wir nicht einmal, was da los war. Wir erwachten am Morgen und entdeckten die leere Stelle mit dem zerrissenen Bettzeug in der Mitte des Lagers. Gerade als wir anfingen zu begreifen, was geschah, fanden wir einen Wagen des Poalo-Stammes. Er war völlig zerstört, so wie die Wagen in eurem Lager. Die Herde war fort, die Menschen tot, ihre Habe weithin verstreut.«

»Deshalb seid ihr in aller Eile in Richtung Fort Samsit aufgebrochen«, begriff die Prinzessin. »Um eure Herden und die Waren, die ihr zusammengetragen habt, zu verkaufen und dann zu versuchen, ein neues Leben anzufangen.«

»Was immer wir dort unten für ein Leben finden können«, erwiderte Hent verbittert. »Welche Freiheit hat eine unverheiratete Frau im Reich? Glaubt ihr, ich könnte mit diesem Lächeln einen Mann finden?«

Sie grinste mit ihren schrecklich spitzen Zähnen, und Cazias erster Impuls war es zu sagen: *Da sehe ich keinerlei Chance,* aber nach kurzem Nachdenken fiel ihr ein, dass sie im Palast schon seltsamere Dinge gesehen hatte. »Nun ja, vielleicht findet Ihr keinen besonders guten Ehemann, aber irgendjemanden könntet Ihr ganz bestimmt finden.«

Hent verdrehte die Augen. »Die eigentliche Ursache, womit ihr Mahz den Wind aus den Segeln genommen habt, war das Geschenk, das ihr ihr gemacht habt.«

»Kell hat das bereits irgendwie erwähnt«, sagte Cazia. »Aber ich verstehe das nicht. Wie kann es ein Geschenk sein, wenn wir euch etwas von den Schwierigkeiten und Gefahren im Fort erzählen?«

»Weil Neuigkeiten von entscheidender Bedeutung sind, und Gastfreundschaft ist ein zentraler Bestandteil unserer Lebensweise. Mahz hatte nicht erwartet ... Ihr Südländer reagiert auf Arroganz immer mit Drohungen oder dadurch, dass ihr um Gnade bettelt. Sie hatte erwartet, dass ihr ihren Tee trinken und dann gegen die Gesetze der Gastfreundschaft verstoßen würdet; dann hätte es ihr freigestanden, das Lager nehmen zu tun. Stattdessen habt ihr ihr eine Neuigkeit mitgeteilt, die uns alle retten tun wird, und ihr habt nicht einmal versucht, vorher darum zu feilschen. Verstehst du? Wenn jemand dir etwas gibt, wenn du in Not bist, musst du es ihm vergelten.«

»Ah!«, sagte Ivi. »Ich glaube, ich verstehe jetzt. Gastfreundschaft stärkt den Geber und schwächt den Empfänger. Wenn Mahz uns kein Geschenk von gleichem Wert machen kann, steht sie in unserer Schuld, und das ist ein Schandfleck für ihre Ehre.«

»Sehr gut, kleines Mädchen. Und natürlich macht die Tatsache, dass diese Angriffe uns geschwächt haben, alles nur noch schlimmer; Mahz sucht jetzt verzweifelt nach einem Ausweg und schämt sich dafür, wie sie euch drangsaliert hat. Der

Handel, den ihr vorgeschlagen habt, gestaltet sich nicht nur so sehr zu ihren Gunsten, dass er praktisch eine Tat der Barmherzigkeit gewesen ist, sie war darüber hinaus auch noch gezwungen, sich gegen die Sache mit den Schlangen zu sträuben und also für sich selbst noch bessere Bedingungen zu fordern.«

Es war beinahe, als bezichtige Hent sie, die ganze Sache geschickt so eingefädelt zu haben. »Wir haben nicht versucht, sie in Verlegenheit zu bringen«, erklärte Cazia und gab sich alle Mühe, sich ihren Unmut nicht anmerken zu lassen. »Wir haben lediglich versucht, anständig zu sein.«

»Wir werden uns bemühen tun, eure Freundlichkeit zu erwidern. Das kannst du mir glauben.«

Sie hatten die Spitze der Herde erreicht. Drei alte Männer kümmerten sich um ein Feuer und legten mit Fleisch bestückte Spieße über die Flammen. Sechs Erwachsene schliefen auf kleinen Holzpritschen im Gras, während Kinder im Kreis umherrannten und die gleichen Fangspiele spielten, wie sie alle kleinen Kinder mögen. Zwei ältere Kinder schnitten Gras und warfen es vor die Herde hin, um die Leittiere der Okshim zu füttern.

Zwölf Krieger, mit Speer und Bogen bewaffnet, patrouillierten an den Rändern des Lagers und hielten den Blick wachsam auf das umliegende Gras und den Himmel gerichtet.

Hent führte sie zum Feuer. Dort erteilte sie den alten Männern Befehle in ihrer eigenen kehligen Sprache. Cazia war sich unsicher, ob sie nicht besser nach ihrem Übersetzungsstein greifen sollte – für den Fall, dass der Satz *Vergiftet sie* fallen könnte –, aber der kurze Moment der Unentschlossenheit hatte sie sogleich auch schon ihre Gelegenheit gekostet.

Hent versprach zurückzukehren, um das Gespräch mit ihnen fortzusetzen, dann ging sie davon, um sich mit den Wachen zu beraten. Die alten Köche holten auch für die Mädchen eine Pritsche, auf die sie sich setzten konnten, dann brachten sie ihnen Spieße mit Fleisch, Pilzen und wilden Zwiebeln. Cazia unternahm keinerlei Versuche, ihre Sprache zu verstehen, aber sie wetteiferten offensichtlich miteinander, wessen Kochkunst am besten ankam.

Die Prinzessin machte ein verdrießliches Gesicht, als sie ihren Spieß in Empfang nahm, aber Cazia sagte: »Iss und lächle.«

»Es gibt Gründe dafür, warum verwöhnte zwölfjährige Mädchen keine guten Diplomaten abgeben«, erwiderte Ivi. »Ich hätte fast lieber etwas von deinem versalzenen Dörrfleischbrot.«

»Ach komm, bitte. Es ist nicht wirklich versalzen. Und wir sollten besser annehmen, was immer sie uns anbieten, und das nicht nur, damit unsere eigenen Vorräte länger halten. Ich will sie nicht beleidigen. Es ist eine gute Sache, dass sie in unserer Schuld stehen.«

»Bis es zu weit geht und sie uns beide töten.« Ivi versuchte, ein Stück Fleisch von ihrem Spieß abzuziehen, aber es war zu heiß, um es anzufassen. Der kleinste und hagerste der drei alten Köche beugte sich zu ihr herab, lächelte und bedeutete ihr, mit den Fingern zu essen. Sie lächelte zurück, blies auf den Fleischbrocken und schob ihn sich dann in den Mund. »Es ist eigentlich sogar ziemlich gut!«

Der alte Koch nahm ihre Reaktion als Äußerung zu seinen Gunsten und kehrte zum Feuer zurück, um die anderen damit aufzuziehen.

Als Nächstes vertilgte Ivi eine Zwiebel. »Selbst nach allem, was Hent dir gesagt hast, vertraust du ihnen immer noch nicht?«

Ich vertraue nicht einmal mehr dir. Aber das konnte Cazia nicht sagen. Das klang zu grausam. Sie aß von ihrem Spieß. Ivi hatte recht; das Essen war köstlich.

Die anderen Köche zwangen sie, noch zwei weitere Spieße

in sich hineinzustopfen, obwohl sie nach dem zweiten bereits satt waren. Außerdem brachten sie Becher mit Tee, der nun, zum Essen, besser schmeckte. Als Hent zurückkam, beriet sie sich kurz mit den Köchen und sagte dann auf Peradaini: »Sie wollen wissen, welcher der Spieße euch am besten geschmeckt hat.«

»Der zweite«, antwortete Ivi sofort.

»Beim Großen Weg«, sagte Cazia, »wenn ich etwas gelernt habe, dann das: Man macht sich keine Köche zum Feind. Was wäre wohl die diplomatischste Antwort?«

Hent grinste süßsäuerlich. »Bei diesen dreien? Die Wahrheit.«

Cazia seufzte. »Der zweite.«

Als Hent die Information weiterleitete, gab es viel Spott und Stichelei, aber Cazia konnte sich vergewissern, dass es bei alledem größtenteils freundlich zuging. Dann begannen die Ozzhuacks, sich ihrerseits in einer Schlange aufzureihen, und die alten Männer hatten bald viel zu viel zu tun, um miteinander Konkurrenzkämpfe auszufechten.

Hent kehrte zurück und setzte sich auf eine Matte neben die beiden Mädchen. Fast im gleichen Moment kam ein dunkelhaariger Junge herbeigerannt und bot ihr zwei Spieße an. Er sah anders aus als die anderen Hirten – seine Haut war dunkler, und sein Haar war offen und hing ihm in die Augen. Cazia schätzte, dass er etwa ein oder zwei Jahre jünger war als sie selbst, und er war in jeder Hinsicht wunderschön.

Hent riss ihm die Spieße aus den Händen. Abfällig verzog sie ein wenig die Lippen, als sie ihn anblickte. Anscheinend begegneten die Ozzhuacks ihren Dienern mit noch mehr Verachtung als selbst die Peradaini. Cazia beobachtete den Jungen aus dem Augenwinkel, und auch wenn er sie nicht direkt ansah, vermutete sie doch, dass er es gern getan hätte.

»Eines verstehe ich nicht«, begann Ivi. »Warum kommt ihr

so weit nach Westen? Ihr wisst, dass man euch in der Allianz willkommen heißen würde, ohne dass ihr einem Tyr und dem König Gefolgschaft würdet schwören müssen.«

»Schlangen«, war die unverzügliche Antwort. »Die Allianz hat einen schrecklichen Irrtum begangen, als sie sich mit den Schlangen eingelassen hat. Sie werden euer Niedergang sein tun. Aber das ist nicht der einzige Grund. Wenn wir nach Osten gegangen wären, hätte uns das näher an Qorr herangeführt – das ist der Ort, von wo die Vögel herkommen tun. Je weiter wir uns in nordöstliche Richtung bewegen, desto gefährlicher wird es.«

»Qorr?«, fragte Cazia. »Ist das eine Stadt?«

Ivi und Hent sahen sie erstaunt an. »Hast du noch nie etwas vom Qorrtal gehört?«, fragte Ivi. »Ich meine, ganz ehrlich, hast du wirklich noch nie etwas davon gehört?«

Cazia spürte, wie sie errötete, aber sie gab ihnen nicht die schnippische Antwort, die sie verdienten. »Ganz ehrlich, glaubt ihr, dass die Vögel von dort gekommen sind?«

Hent fuhr fort, während sie zugleich an einem Stück dunklen Fleisches kaute: »Meine eigene Cousine, eine vom Hammerufer, hat sie mit eigenen Augen über die Gipfel fliegen sehen. Sie sind der jüngste Albtraum, der aus Qorr kommt.«

»Der jüngste?«, hakte Cazia nach. »Wie kommt es, dass ich noch nie etwas von diesem Tal gehört habe?«

»Das kann ich mir beim besten Willen nicht vorstellen!«, erwiderte Ivi und schaffte es, in diesen wenigen Wörtern sowohl Überraschung als auch Mitleid unterzubringen. »Das Qorrtal befindet sich jenseits der Nördlichen Barriere, weit im Nordosten. Es ist nach allen Seiten vollkommen abgeschirmt, daher war zu unseren Lebzeiten noch niemand dort, aber wenn etwas Flügel hat …«

»Oder klettern kann wie die Spinnen …«, unterbrach sie Hent.

»Ja«, pflichtete Ivi ihr bei. »Die Riesenspinnen, die unsere Ururgroßväter geplagt haben, sind ebenfalls von dort gekommen. Sie haben den Stämmen in den Weiten Landen und meinem eigenen Volk großen Schaden zugefügt.«

Hent schüttelte trübselig den Kopf. »Wir haben uns immer noch nicht davon erholt.«

Cazia musterte die beiden mit skeptischem Blick. Wie konnte das, was sie erzählten, wahr und wirklich sein, wenn sie selbst niemals auch nur davon gehört hatte? »Aber niemand hat dieses Tal je betreten?«

»Nicht seit Menschengedenken«, sagte Hent. »Die Hexergötter alter Zeiten taten die Pässe zu steilen Felshängen machen. Das war vor der Zeit deines Reiches, bevor deine Leute anfingen, in der Welt herumzureisen und sie sich mit ihren Speerspitzen gefügig zu machen.«

Schon wieder diese Sache. Cazia hatte kein Interesse daran, sich ein schlechtes Gewissen machen zu lassen, nur weil ihre eigenen surgischen Landsleute Teil des peradainischen Reiches waren. Es war ja nicht so, als hätte sie selbst in dieser Angelegenheit irgendeine Wahl gehabt. »Einen Moment mal. Wann haben die ersten dieser Angriffe stattgefunden?«

Hent zuckte die Achseln. »Die vom Hammerufer sind vor sieben Tagen angegriffen worden.«

Cazia sah Ivi an. »Das war am Tag, nachdem die Grunzer in Peradain eingefallen sind.« War das wirklich erst so wenige Tage her? Ihr schien seither ein ganzes Leben vergangen.

Die kleine Prinzessin reckte sich kerzengerade in die Höhe. »Glaubst du, da besteht ein Zusammenhang?«

»Zwei verschiedene Arten von Ungeheuern, die praktisch gleichzeitig auftauchen und doch so weit voneinander entfernt? Ich möchte darauf wetten, dass es da einen Zusammenhang gibt. Es könnte sich um einen Angriff auf den gesamten Kontinent handeln.« Ein unverhoffter Gedanke jagte ihr ein

Kribbeln über die Haut. »Gibt es in eurem geheimen Tal eine Pforte?«

Hent und Ivi sahen einander an, dann zuckten sie die Achseln.

Die Nacht brach herein. Eine der Wachen schrie mit schriller Stimme eine Warnung, und alle schauten auf. Hoch über ihnen kreuzte ein Vogel träge im Gegenwind. Cazia dachte an den Köcher mit den Wurfspießen in ihrem Rucksack. Ein eiserner Wurfspieß mochte ein Geschöpf von dieser Größe nicht töten, aber er sollte es vertreiben können. Doch dann würden die Ozzhuacks herausfinden, dass sie eine Gelehrte war, und dann würden sie … Sie musste sich eingestehen, dass eine Gefangennahme durch die Ozzhuacks noch das am wenigsten Schreckliche war, was sie sich im Moment vorstellen konnte.

Hent meinte, es sei nun an der Zeit zu schlafen, und sie versicherte ihnen, dass die Wachen sie beschützen würden. Ivi machte sich Sorgen, aber sobald Cazia Decken über sie beide ausgebreitet hatte, schlief das kleine Mädchen ein.

Cazia selbst fand keinen Schlaf. Es war nicht nur die Angst, dass die Raubvögel sie davonschleppen könnten, was sie wachhielt. Obwohl sie keinerlei Zweifel am Mut der Krieger und Kriegerinnen der Ozzhuacks hatte, war sie sich doch viel weniger sicher, ob die Ozzhuacks sich selbst in Gefahr bringen würden, um Cazia zu beschützen. Aber am meisten beschäftigte sie die Erkenntnis, dass die Vögel zur gleichen Zeit wie die Grunzer aufgetaucht waren.

Niemand sonst war bisher auf den Gedanken gekommen, dass es da einen Zusammenhang geben könnte. Niemand sonst wusste es. Was, wenn es in diesem Qorrtal eine zweite Pforte gab? Wer außer ihr konnte etwas in dieser Sache unternehmen? Auch wenn sie niemals Leitende Gelehrte werden würde – und der Traum von den Annehmlichkeiten und Vorzügen innerhalb des Palastes von Sang und Morgen sowieso gestorben war, selbst wenn sie noch nicht wirklich bereit war, sich das einzugestehen –, konnte sie doch noch immer derjenige Mensch werden, der die Wahrheit über die ganze Sache herausfand.

Ivi und sie erwachten mitten in der Nacht. Es herrschte ein schrecklicher Aufruhr: Männer und Frauen schrien durcheinander, Bogensehnen surrten, dann war ein lautes Krachen zu hören.

Cazia und Ivi klammerten sich in der Dunkelheit aneinander, während ringsum schrille Vogelstimmen kreischten und von der Herde klägliches Gebrüll ertönte.

Nach einer kurzen Zeit kniete Mahz sich neben die Mädchen und stopfte ihre Decken um sie herum fest. »Keine Sorge, Kinder. Wir haben sie heute Nacht zu einem sehr geringen Preis vertreiben können. Schlaft jetzt.«

Am Morgen enthüllte sich das Geschehene. Die Vögel hatten unerwartet und gegen die Windrichtung angegriffen. Zudem hatten sie einen riesigen Baumstamm mit sich geschleppt, um damit die Wagen zu zerschmettern. Doch Kell hatte sie bemerkt, und eine Salve von Pfeilen, die in Windrichtung abgeschossen worden waren, hatte genügt, um sie ihre Waffe zu früh fallen zu lassen. Dabei waren lediglich drei ältere Okshim im rückwärtigen Teil der Herde ums Leben gekommen.

Die alten Köche waren bereits dabei, die Tiere zu zerlegen, wobei sie sich so in den Wind stellten, dass die Leitkuh der Okshim keine Witterung aufnehmen konnte.

Zum Frühstück brachte Hent ihnen weitere Fleischspieße. Diesmal gab es weder Zwiebeln noch Pilze, und das Fleisch war ein wenig angebrannt. Cazia verschlang es trotzdem gierig; an diesem Tag lag eine Menge Arbeit vor ihnen.

Mahz trat zu ihnen, als sie gerade ihre Decken zusammenrollten und in ihre Rucksäcke stopften. »Beginne beim Morgengrauen und erreiche viel«, sagte sie. Cazia warf ihr einen verwunderten Blick zu. »Das Sprichwort verliert etwas, wenn man es in eure Sprache übersetzt. Was ich meine, ist, dass wir schon begonnen haben, das Lager in Ordnung zu bringen. Ihr solltet euch den Übrigen anschließen.«

Und das taten sie. Vier Männer und vier Frauen hatten bereits alle Zelte abgebaut und die Zeltwände zu engen Bündeln aufgerollt. Außerdem hatten sie in den Überresten des Lagers acht Leichen gefunden und sie in einer säuberlichen Linie entlang des westlichen Lagerrandes aufgereiht. Die Prinzessin ging, Cazia ein Stück voraus, zu ihnen hin, schritt von Leichnam zu Leichnam und fasste sie genau ins Auge, als erwartete sie, einen von ihnen zu erkennen. Falls sie das tat, verbarg sie es allerdings gut.

Zwei der Männer hackten die Erde mit Pickeln auf. Dabei achteten sie darauf, dass die Gräber ein gutes Stück voneinander entfernt waren. Cazia ging durch das Lager und suchte nach Schlangen. Die Ozzhuacks weigerten sich, sie anzufassen, und sie wusste, dass Ivi nicht stark genug war, um die Tiere zu ihren Gräbern zu schleppen. Sie allein konnte ihrer Freundin diese Arbeit abnehmen.

Es waren ihrer drei. Die erste war die Schlange, die sie unter dem Felsen gefunden hatte. Es kostete sie all ihre Kraft, den Fels von der toten Schlange herunterzurollen. Als sie deren volle Länge sah, verstand sie die Angst der Ozzhuacks vor ihnen; die Schlangen waren auf einer ganz instinktmäßigen Ebene furchteinflößend, und die Tatsache, dass sie mehrere Tage tot dagelegen hatten, hatte ihren Zustand nicht gerade verbessert.

Sie musste den Kadaver quer durch das ganze Lager schleppen; der zerdrückte Leib der Schlange fühlte sich an wie ein Sack zerbrochener Stöcke, aber sie schaffte es und ließ das tote Tier in der Nähe der menschlichen Leichen liegen – aber auch nicht zu nahe bei ihnen. Als sie ins Lager zurückkehrte, um die zweite Schlange zu holen, sah sie, dass die Ozzhuacks sich erst jetzt in den Bereich vorwagten, den sie gerade von der Schlange gesäubert hatte.

Ivi hatte ihre Stiefel gewechselt – die neuen waren mit einem Fell gefüttert, das Cazia nicht zuordnen konnte – und einige Werkzeugutensilien zurechtgelegt. Sie wählte einen Bronzehammer, einen Spaten und eine Schaufel aus, die Cazia zur Seite legte. Dann füllte Ivi ihren Rucksack mit Scheiben aus feuchtem Fladenbrot, die wie billiger Wein rochen; sie freute sich auf geradezu aufreizende Weise darüber, nun kein Fleischbrot mehr essen zu müssen.

Am Ende des Tages hatte der unablässige Wind die Krempe von Cazias Hut derart geknickt und zerknittert, dass die Wachsschicht größtenteils abgeblättert war. Jetzt würde er nur noch wenig Schutz vor dem Regen bieten. Ivi fand einige Wollmützen aus Ergoll, die derjenigen glichen, die sie in Fort Samsit getragen hatte, aber sie nahm sich keine davon mit.

Die Ozzhuacks schaufelten Erde in die Gräber für die Menschen; die Gräber der Schlangen jedoch mussten Cazia und Ivi selbst auffüllen. Als sie fertig waren, funkelte Ivi die Schaufeln unwillig an, als würde sie sie gleichzeitig brauchen und verabscheuen.

Es hatte sich außerdem deutlich mehr Geld gefunden, als sie erwartet hatten. Es war fast zu viel, um es tragen zu können, und Ivi führte mit Cazia ein geflüstertes Gespräch über das Gewicht von all diesem Kupfer. Es würde eine beträchtliche Last darstellen, aber Frauen, die allein unterwegs waren, konnten niemals zu viel Geld haben – nicht, wenn sie sorgenfrei und sicher leben wollten.

»Dann wird es jetzt Zeit, es dir zu sagen«, begann Cazia. »Ich gehe nicht mit dir nach Osten in die indregaischen Länder, und ich gehe auch nicht mit den Ozzhuacks nach Westen zu Fort Caarilit.«

Ivis Augen weiteten sich vor Angst. Cazia war überzeugt, diesen Ausdruck noch nie zuvor auf dem Gesicht des Mädchens gesehen zu haben, aber das konnte eigentlich gar nicht sein. Die Prinzessin sagte: »Du kannst nicht nach Süden zurückkehren!«

»Nein. Ich gehe nach Nordosten. Ins Qorrtal.«

KAPITEL 18

Im Laufe der nächsten achtzehn Tage kamen Tejohn und Reglis gut voran, und ihre Reise verlief in angenehmer Ruhe. Arla schlief mit ihnen am Feuer; ihre Mahlzeiten nahmen sie gemeinsam ein, aber tagsüber verbrachte Arla nur sehr wenig Zeit mit den beiden Männern und zog es vor, weit voraus das Land auszukundschaften und im Umkreis umherzustreifen. Am dritten Abend gestand sie nach vielen Nachfragen, dass sie das Gefühl habe, dass Tejohns Sicherheit allein in ihren Händen liege. Wenn es Feinde in den Weiten Landen gab, würde nicht Waffengewalt ihnen das Leben retten, sondern allein ihr Vermögen, ihre Gefährten in Sicherheit zu bringen.

Sie hatte natürlich recht, aber es vermittelte Tejohn zugleich ein Gefühl der Hilflosigkeit. Und er konnte es nicht ausstehen, sich hilflos zu fühlen.

Reglis ergriff das Wort. »Ist es jetzt zehn Tage her, seit die Festspiele beginnen sollten?«

»Elf«, korrigierte Tejohn. Waren es wirklich nur elf Tage gewesen? So viel war geschehen, so viele hatten ihr Leben verloren.

»Mein Tyr«, fuhr Reglis fort. »Ich weiß, ich sollte es nicht tun, aber ich kann einfach nicht umhin, mich zu fragen, wie viele Leben wir verloren haben. Werden wir jemals wissen, wie viele getötet oder von dem *Segen* geholt worden sind? Es scheint mir unmöglich.«

Gesichter blitzten in Tejohns Erinnerung auf: Kellin und die anderen, die ihn wegen des Geldes aufzogen, das er an einem einzigen Abend am Spieltisch verloren hatte. Kolbi Arriya, die in den Palastfluren an ihm vorbeieilte und ihm mit ihrer hohen, musikalischen Stimme einen Guten Morgen wünschte. Amlian Italga, wie sie ihn bat, bei den Festspielen zu singen. Bei Monuments stützender Kraft – für die Trauer um sie alle bräuchte er ein Dutzend Jahre. *Zumindest ist meine Familie erst einmal in Sicherheit.*

Elf Tage. Das bedeutete, dass die Pforte, durch die die Leute vom Abendvolk kamen, wenn sie Peradain besuchten, endlich verschwunden sein würde. Wie viele Grunzer waren hindurchgekommen? Er dachte nur ungern darüber nach. »Sang allein weiß es«, antwortete Tejohn schließlich, »doch manchmal wünschte ich, Sang würde es auch uns mitteilen.«

Am Vormittag des neunzehnten Tages wartete Arla in einem kleinen Wäldchen am höchsten Punkt einer Kuppe, über die ihr Pfad verlief. Vor ihnen befinde sich ein weiteres Bergarbeiterlager, teilte sie den beiden anderen mit, aber sie versicherte Tejohn, dass es auf geordnete Art und Weise verlassen worden sei.

Sie stiegen im hellen Tageslicht den Pfad hinunter und kamen ohne Zwischenfälle vor den verriegelten Türen an. Reglis rief zu den Wachtürmen hinauf, doch er erhielt keine Antwort, und so zogen sie weiter. Bei Einbruch der Nacht lag der Caarilitpass bereits direkt über ihnen.

Tejohn wäre gern in der Dunkelheit weitermarschiert, aber Arla riet davon ab, weil der Weg steil und von dicht stehenden Bäumen bewachsen sei. Sie würden an der Wand eines hohen Felssporns direkt vor ihnen emporsteigen müssen, bevor sie sich dem gegen Südosten hin gelegenen eigentlichen Pass zuwenden konnten, und das ließ sich bei Tageslicht besser bewerkstelligen.

Tejohn wusste, dass sie recht hatte, aber es war dennoch frustrierend. Ihre Mission, wegen des Segens im Grunde von Anfang an zum Scheitern verurteilt, kam nur noch im Schneckentempo voran. Eines Abends, als sie um ein gut verstecktes Feuer herumsaßen, hatte Tejohn Arla gebeten, ihre Augen offen zu halten: Vielleicht fände sich ja ein neuer Flugwagen, der einfach irgendwo in der Wildnis herumlag.

Für Tejohn waren die langen Tage des Marschierens eine Zeit, um Pläne zu schmieden. Ja, er konnte das Blau des Himmels sehen, das Grün der Bäume und des Grases, aber sobald sie mehr als ein paar Dutzend Schritt entfernt waren, bildeten sie für ihn nur noch formlose Kleckse. Für jemanden, der so extrem kurzsichtig war wie er, war der lange Aufenthalt im Freien eigentümlicherweise so, als sei er von aller Welt abgeschieden und mit seinen Gedanken allein. Hundertmal am Tag kam er zu dem Schluss, dass er die Suche des Königs nach jenem tödlichen Zauberspruch aufgeben musste – der ihm zudem in jedem Fall eher wie ein Hexenzauber erschien denn wie ein Zauber der Geschenke. Hundertmal am Tag entschied er dennoch, dass es seine Pflicht von ihm verlangte, die Sache zu Ende zu bringen. Er sehnte sich danach, sich nach Osten auf den Weg zu machen, hin zu seiner Familie. Aber er wusste, dass es kein glückliches Wiedersehen sein würde, wenn er seiner Pflicht untreu wurde und sie alle dem Verderben überließ.

Lange Nachmittage verwendete er darauf, über etwaige wirksame Taktiken nachzusinnen, wie sich peradainische Speere und Bögen gegen den Segen einsetzen lassen könnten. Das Problem war, dass die Grunzer zu stark und zu schnell waren, um sie auf dem Schlachtfeld zu bekämpfen. Sie konnten erstaunlich weit springen, warfen die Menschen wie Kleinholz durch die Luft und griffen in einer Raserei an, die nichts und niemanden fürchtete.

Im Kampf Mann gegen Mann war jemand mit einem großen, stabilen Schild und einem langen Speer vielleicht in der Lage, einen Grunzer töten – wenn er Glück hatte –, aber konnte ihm das Ganze auch noch gelingen, ohne dabei gebissen zu werden? In großen Gruppen und auf offenem Feld würden Salven von Pfeilen vielleicht etwas ausrichten können, falls es gelang, die königlichen Bogenschützen dazu auszubilden, nicht direkt auf den Feind zu zielen, sondern ihre Pfeile aus geordnet stehenden Reihen abzufeuern, sodass sie wie dicht herunterprasselnder Regen auf die Grunzer herabstürzten. Tejohn konnte sich kaum vorstellen, dass diese Taktik mit Freuden übernommen werden würde. Sobald die Bogenschützen ihr Werk verrichtet hatten, wäre es dann Sache eines Karrees von Soldaten, sich um die überlebenden Grunzer zu kümmern, und diese Aussicht erfüllte ihn nicht eben mit Begeisterung.

Und was noch schlimmer war: Diese Taktiken ließen sich nur bei Tageslicht einsetzen. Die beste Lösung, die ihm für die Zeit nach Einbruch der Dunkelheit einfiel, bestand darin, aus einer Festung mit hohen Mauern und gut bemannten Türmen heraus gegen sie zu kämpfen. Aber auch wenn das den Menschen ermöglichen könnte, Grunzer in großer Zahl zu töten – als eine langfristige Strategie war es eher ein Plan zur Auslöschung der menschlichen Rasse. Die Festungen konnten schließlich nur einen kleinen Teil des Reiches schützen und erhalten, und jeder Mensch, der außerhalb der Mauern zurückblieb, konnte schon bald ein neuer Feind sein.

Die Wahrheit war, dass menschliche Soldaten einfach nicht beweglich genug waren, um zu ihren eigenen Bedingungen gegen den Segen zu kämpfen. Jede Auseinandersetzung wäre allein eine Sache von Lust und Laune des Feindes, ohne die Möglichkeit zum Rückzug. Das bedeutete, dass die Soldaten selbst wie Festungen und Bollwerke sein müssten, aber wie sollten sie auf einem Feldzug Mauern und Türme transportieren können? Konnten sie so viel Rüstung tragen, dass sie vollkommen mit Stahl bedeckt waren?

Tejohn vermochte sich nicht recht vorzustellen, wie das funktionieren sollte, selbst wenn die Einheiten sich all das viele Eisen leisten könnten. Am Ende kehrten seine Gedanken immer wieder zum König und seinem tödlichen Zauber zurück.

Das Reich hat sich stets auf seine Gelehrten verlassen; wir geben es nur nicht gern zu.

So ungern er es sich eingestand – am Ende eines jeden Tages beschloss er, den Plan des Königs in die Tat umzusetzen: sich nach Brausestadt durchzuschlagen, wo Tyr Finstel irgendwie davon überzeugt werden musste, dass das Schicksal der Menschheit davon abhing, dass man Tejohn gestattete, sich einen Wagen für die Reise nach Sturmpass zu leihen.

Als Nächstes würde es dann bedeuten, Gelehrte in dieser neuen Form von Geschenk zu unterweisen, damit sie die Grunzer buchstäblich im Handumdrehen vernichten konnten. Es würde die Kriegsführung für immer verändern und hohl gewordenen Wahnsinnigen wie Doktor Rexler die Möglichkeit geben, anständig und ehrenwert kämpfende Soldaten zu Hunderten abzuschlachten. Aber damit würden sie sich später beschäftigen müssen, sobald der Segen restlos ausgemerzt war.

Falls das überhaupt möglich war.

Es bestand allerdings immer noch die Hoffnung – auch wenn sie so schwach war, dass Tejohn sich weigerte, laut darüber zu sprechen –, dass Ghoron Italga, der Gelehrtenprinz in Sturmpass, vielleicht eine Möglichkeit kannte, wie die Grunzer in Menschen zurückverwandelt werden konnten.

Als Reglis und Arla an diesem Abend ihre üblichen Lieder dargebracht hatten, erklärte sich Tejohn sehr zu ihrer Überraschung einverstanden, selbst eins zum Besten zu geben. Natürlich war es nicht »Ein Fluss tritt über die Ufer«, stattdessen entschied er sich für ein Lied, das schon während der Tage, als Tejohn als Krieger an Feldzügen teilgenommen hatte, altmodisch gewesen war: »Weit draußen, wo die Herde zieht«.

Als er geendet hatte, schwiegen die beiden. Dann sagte Reglis: »Mein Tyr, ein neugeborenes Lamm kann den Ton besser halten als Ihr.«

Sie lachten, Tejohn eingeschlossen. Aber unter diesem Gelächter konnte er die Frage in ihre Gesichter geschrieben sehen: Wie hatte ein Mann mit so wenig musikalischer Begabung durch eine einzige Darbietung so berühmt werden können?

»Mit ein wenig Glück werden wir morgen Caarilit erreichen. Falls der Kommandant es uns gestattet, werden wir von seinem Spiegel Gebrauch machen, um einen Tyr zu finden, der bereit ist, uns einen Wagen für die Reise nach Sturmpass zu leihen. Dann können wir damit beginnen, das Blatt zu Ungunsten der Grunzer zu wenden.«

»Das kann gar nicht bald genug geschehen«, erwiderte Reglis, um dann hinzuzufügen: »Mein Tyr.«

Die langen Tage ihrer Reise – und die Abende am Lagerfeuer – hatten dazu geführt, dass sie recht ungezwungen miteinander umgingen. »Habt Ihr jemand Bestimmten im Sinn, Reglis?«

Reglis zuckte die Achseln und blickte ins Feuer. Die wuchtige Stirn des jungen Mannes war in tiefe Zornesfalten gelegt, und er starrte in die Flammen, als habe er die Absicht, mit den Fäusten in sie hineinzuboxen. »Mein Vater lebte in der Stadt, die Samsit nach Süden hin vorgelagert ist. Nein, er *lebt* dort, wollte ich sagen. Die Grunzer dürften inzwischen bereits so weit vorgedrungen sein, glaubt Ihr nicht auch? Er hat sich geschworen, niemals Zuflucht bei peradainischen Soldaten zu suchen … ich bitte gebührend um Entschuldigung, euch alle beide.«

»Ich brauche keine Entschuldigung«, warf Arla schnell ein.

»Ich auch nicht«, schloss Tejohn sich an.

»Er muss jetzt einer von ihnen sein«, sagte Reglis. Seine Stimme klang dumpf. »Zusammen mit seinen Brüdern und … ich kann es einfach nicht ertragen, daran zu denken. Es wäre mir fast lieber, er wäre tot. Ich schäme mich, das zu sagen, aber es ist wahr.«

»Das ist kein Grund, sich zu schämen«, entgegnete Arla. »Monument verleiht uns zehntausend Weisen, um zu bestehen.«

Tejohn schloss die Augen. Die Vorstellung, wie Laoni voller Entsetzen vor einem anrennenden Grunzer floh, die Kinder in den Armen, traf ihn ins Mark. »Ich wünschte, es gäbe da zehntausend und eine.«

Arla beobachtete ihn sorgfältig. »Mein Tyr, Eure Familie sollte auf der anderen Seite des Straim in Sicherheit sein, meint Ihr nicht?«

Er zuckte die Achseln. »Sie sollten sich jetzt auf der anderen Seite des Flusses befinden, und ich hoffe, dass das Land dort drüben eine sichere Zuflucht für sie ist.« *Alles ist gefährlich.* »Sang allein weiß, was aus all den Menschen geworden ist, die wir in der zivilisierten Welt gekannt haben. Es ist möglich, dass die Angst Eures Vater mächtig genug gewesen ist, um ihn am Ende doch in die Sicherheit des Forts zu treiben.«

Reglis senkte den Kopf, als nehme er ein Kompliment entgegen.

»Wie habt Ihr Eure Ehefrau kennengelernt?«, erkundigte sich Arla. »Falls es nicht zu dreist von mir ist, so etwas zu fragen, mein Tyr.«

Vor dieser langen Reise wäre Tejohn über eine solche Frage von einem seiner Soldaten entrüstet gewesen, aber ohne Arla hätte er in den Weiten Landen nicht überlebt. Er war, das musste er anerkennen, ihr gegenüber verpflichtet, wenn auch nur bis zu einem gewissen Grad. Es war ein klein wenig wie eine Freundschaft, und befreundet zu sein gestattete persönliche Fragen. »Es ist keine Geschichte, die ich oft erzähle«, gestand er. »Ein befreites Schuldenkind, das zur Gemahlin eines Tyrs wird …«

»Es klingt wie ein Theaterstück.« Reglis konnte sich ein Grinsen nicht verkneifen.

»Ein schlechtes, ja.« Angesichts des Themas, das ihr Gespräch zuvor behandelt hatte, war Tejohn froh, den jungen Hauptmann so schnell wieder lächeln zu sehen. Doch nun war er sich plötzlich unsicher, wo er mit seiner Erzählung beginnen sollte.

»Wer hat sie befreit?«, fragte Arla, die sein Zögern richtig deutete.

»Das war ich.« Tejohn nahm das Lächeln auf ihren Gesichtern zur Kenntnis und zuckte die Achseln. »Ich habe euch ja gesagt, dass es ein schlechtes Theaterstück abgeben würde. Aber in Wirklichkeit war die Sache nicht so einfach. Sie war eine Dienerin der Italgas, deren Familie nach Westen gegangen war, um Teil des Personals in der neu erbauten Feste der Freibrunns zu werden. Sie war damals noch ein kleiner Säugling, aber als sie fünf Jahre alt war, gab man sie Doktor Rexler. Er war zu diesem Zeitpunkt bereits hohl geworden, und die Dinge, die er seinen Dienstknechten angetan hat … nun ja, das sollte man dem Abendvolk lieber nicht auf der Bühne präsentieren. Aber nach der Schlacht von Klemmhall war alles in Aufruhr. Tyr Freibrunn war noch immer am Leben, und Rexlers Diener wären normalerweise an ihn gegangen, was König Ellifer aber untersagte. Er befahl ihm vielmehr, ohne ein Gefolge nach Hause zu marschieren. Alle behandelten die Diener der Freibrunns, als sei Verrat ansteckend. Niemand wollte sie aufnehmen. Schließlich brachte man sie zu mir: Ich war der Mann, der Rexler getötet hatte, daher wurden mir seine verwaisten Dienstbotenkinder als Kriegsbeute übereignet. Ich befahl Laoni und ihren Brüdern, meine Stiefel zu putzen, dann erklärte ich ihre Schuld für getilgt und schenkte ihnen die Freiheit.«

»Das war sehr gütig von Euch«, bemerkte Reglis.

Arla warf ihm einen offensichtlich verärgerten Blick zu. Tejohn fuhr fort, bevor sie das Wort ergreifen konnte. »Nein, das war es nicht. Damals war ich noch immer von Trauer und Zorn überwältigt. Die Schlachten waren vorüber, der Krieg gewonnen, aber ich war wütend, dass es mir nicht gestattet war, weiter zu töten. Das war drei Monate vor den Festspielen, bei denen ich gesungen habe – ich habe damals dem künstlerischen Leiter der Aufführung erzählt, ich wolle eine Turnübung mit Saltoschlagen aufführen. Ich wirkte körperlich leidlich tüchtig, und er hat mich beim Wort genommen. Dieses Lied, Feuer soll es holen, war die einzige Möglichkeit, meinen Schmerz herauszulassen, und kein künstlerischer Leiter der Welt hätte mich auch nur in die Nähe einer Bühne gelassen – nicht mit meiner Stimme. Wie dem auch sei, ich habe über diese paar verwaisten Diener ohne Familie und ohne Möglichkeit, für sich selbst zu sorgen, nie groß nachgedacht; Feuer hätte sie direkt vor meinen Augen holen können, und ich hätte nicht mit der Wimper gezuckt. Glücklicherweise merkten die Priester, was ich getan hatte. Sie nahmen sie auf und sorgten für sie, bis sie alt genug waren, um in die Lehre zu gehen. Laoni wurde Bäckerin. So peinlich es mir ist, das zu sagen: Als sie vierzehn Jahre später zu mir in den Palast von Sang und Morgen kam, hatte ich sie vollkommen vergessen. Sie und ihr Mann eröffneten eine Bäckerei in Peradain, und …«

»Ihr Mann?«, wiederholte Arla.

Tejohn breitete achselzuckend die Arme aus. »Meine Frau liebt mich, aber nicht so sehr, wie sie ihn geliebt hat. Er war … letztendlich war er ein Schwachkopf. Er setzte alles auf seinen Charme, und zu guter Letzt hat er verloren. Aber sie sind mich zusammen besuchen gekommen. Sie hatte mir zu Ehren einen besonderen roten Kuchen gebacken, um mir dafür zu danken, dass ich ihr die Tätowierung aus dem Handgelenk habe schneiden lassen. Und ich hatte keine Ahnung, wer sie war.«

»Wie war der Kuchen?«, fragte Reglis.

Tejohn gab sich alle Mühe, seinen Gesichtsausdruck ausdruckslos zu halten. »Außerordentlich süß. Es gibt nichts, was einem alten Soldaten besser gefällt, als wenn ihm mit etwas unglaublich Süßem gedacht wird …« Arla und Reglis lachten, und das bereitete ihm eine eigenartige Freude. »Ich fühlte mich natürlich geehrt, aber ich fühlte mich auch schuldig. Ich begann, öfters bei ihnen vorbeizuschauen.« Einmal mehr wusste er nicht, wie er die Geschichte fortsetzen sollte.

»Dann«, sagte Arla, »ist dem charmanten Schwachkopf im Schlafzimmer einer verheirateten Frau ein Messer durch den Leib gejagt worden.«

»Tatsächlich waren es Spielschulden«, korrigierte Tejohn. »Er ist von einem Dach gefallen, als er vor den gedungenen Schlägern des Spielhauses davonlief. Ich habe Laoni das Geld geliehen, damit sie seine Schulden begleichen konnte, und ich bin weiter zu ihr gegangen, um kleine Kuchen zu kaufen und mich einfach ein wenig zu unterhalten. Und schließlich …« Er zuckte die Achseln.

»Mein Tyr, Ihr foltert uns mit Euren Pausen«, unterbrach Arla ihn freundlich. »Und schließlich habt Ihr bemerkt, dass sie Euch etwas bedeutet.«

»Zuerst hat mir nur die Idee etwas bedeutet, die mit ihr verbunden war«, gestand Tejohn. »Nur wenige Tyre sind je in der Lage, ihre Frauen selbst auszuwählen, aber ich hatte keine Ländereien, keine Reichtümer, keinen Einfluss bei Hof. Niemand wollte ein Bündnis mit mir eingehen. Ich konnte tun, was mir gefiel. Und die Wahrheit ist, dass ich immer nur für eine Sache bekannt gewesen war: Trauer. Ich war der Mann, der in den Krieg gezogen war, der die Leute vom Abendvolk mit einem Lied zum Weinen gebracht hatte und der zum ersten Tyr ehrenhalber geworden war, und das alles wegen der Art und Weise, wie meine Frau und mein Kind gestorben sind. Ich wollte nicht ein zermürbendes Jahr um das andere dieser Mensch sein und in ewiger Kümmernis allein leben. Ich wollte ein Leben haben. Und je mehr Zeit ich mit ihr verbrachte, desto weniger interessierte mich nur diese Idee von ihr, und desto mehr mochte ich sie als Mensch. Die Finstels missbilligen Beziehungen zwischen Leuten mit einem so großen Altersunterschied, aber ich lebte nicht mehr auf dem Land der Finstels. Also hielten wir zwei Jahre und einen Tag nach dem Tod ihres Mannes eine kleine Zeremonie im Palasttempel ab – eine Witwe und ein Witwer, die es noch einmal versuchten.«

»Das ist ein hübsches Ende«, befand Reglis. »Es gefällt mir.«

»Sicherlich«, erwiderte Tejohn. »Wenn man die Geschichte genau da enden lässt.«

»Ich hatte einmal einen jüngeren Mann«, erzählte Arla. »Es lagen fünfzehn Jahre zwischen uns, aber er war so nett, wie man es sich nur wünschen kann.«

»Aber dann habt Ihr herausgefunden, dass er eine andere Frau hatte«, sagte Tejohn, teilweise um nun seinerseits die Anschuldigungen, die sie gegen Laonis ersten Gatten erhoben hatte, gegen sie umzudrehen.

»Nein, ich fand heraus, dass *ich* die andere Frau war. Ich schwöre, ich wäre heute Wachhauptfrau, wenn ich ihm nicht einen Pfeil in den Hintern geschossen hätte.«

Tejohn lachte. »Ihr hattet Glück, dass er mit dem Rücken zu Euch stand.«

»Einer von uns hatte Glück«, erwiderte Arla, »aber es war nicht ich.«

Reglis legte die Hände auf die Knie. »Das ist ein Gedanke,

der mich für lange Zeit wachhalten wird. Ich melde mich freiwillig für die erste Wache.«

»Nicht so schnell«, widersprach Arla. »Jetzt seid Ihr an der Reihe.«

Er seufzte resigniert. »Ich hätte beinahe geheiratet. Mein Vater hatte die Ehe arrangiert – so läuft das bei meinem Volk, selbst bei einfachen Leuten. Schon wenn wir noch im Kindesalter sind, arrangieren unsere Eltern eine Ehe, und dann sind diese beiden Familien miteinander befreundet und können Geschäfte machen. Nur, dass das innerhalb des Reiches nicht wirklich funktioniert. Wie dem auch sei, meine Verlobte liebte es, die Menschen herumzukommandieren, und sie sang wie eine blökende Ziege. Sobald sie erfuhr, dass ich den Speer wählen würde, hat sie ihren Vater dazu überredet, die Bindung aufzulösen. Das Reich tut schließlich nichts für Soldatenwitwen.«

»Ihr habt den Speer erwählt, um nicht heiraten zu müssen?«, fragte Tejohn.

»Nein«, antwortete Reglis, »aber es war ein glücklicher Nebeneffekt. Mein Vater war … wenig erfreut, vorsichtig ausgedrückt. Er hat mir verboten, irgendjemand anders zu heiraten, und ich habe seinem Wunsch Folge geleistet. Bisher.«

»Was ist aus Eurer Beinahebraut geworden?«, fragte Arla.

Reglis lächelte. »Sie hat zwölf Tage später einen anderen geheiratet. Ich habe gehört, dass sie miteinander sehr unglücklich sind. Und mein Vater ist mir deshalb …« Es war ein Satz, den er nicht zu Ende führen konnte.

»Wenn alles vorüber ist«, sagte Tejohn, »könnten wir nach Samsit zurückkehren, und dann würde ich gerne mit Eurem Vater über die Angelegenheit sprechen.«

Reglis wirkte perplex. »Mein Tyr…«

»Natürlich nur, wenn Ihr es wünscht. Ihr müsst selbst wissen, ob ein Gespräch mit einem Tyr des Reiches die Sache zwischen Euch beiden eher verbessern oder verschlimmern würde.

Aber ich würde ihn natürlich nicht einschüchtern oder ihm irgendetwas befehlen. Ich würde einfach offen und aufrichtig mit ihm über Soldaten und ihre Familien reden. Falls Ihr es wünscht.«

»Das würde ich, mein Tyr.« Reglis neigte den Kopf. »Falls …«

»Kein ›falls‹, Hauptmann.« Tejohns Stimme blieb völlig ruhig. »Es gibt keinen Grund, das Schlimmste anzunehmen.«

»Danke, mein Tyr.«

Arla lächelte ihn an. Tejohn fragte: »Wollt Ihr mich bitten, bei Kommandant Gerrit ein Wort für Euch einzulegen, damit er Euch zur Wachhauptfrau befördert?«

»Nein, mein Tyr«, antwortete sie, und er glaubte es ihr. »Ich würde nicht im Traum daran denken.«

»Nun, nach alledem« – Tejohn machte eine Handbewegung über ihre Lagerstätte hinweg – »verdient Ihr beide eine Beförderung. Aber glaubt ja nicht, ich hätte vergessen, dass Ihr Euch für die erste Wache gemeldet habt, Hauptmann.«

Tejohn ließ sich auf seinem Bettlager nieder. Es war ein seltsames Gefühl gewesen, diese Geschichte zu erzählen – aber auch ein gutes, wie wenn man einen alten Fehler korrigiert. Er hätte diesen beiden Soldaten schon früher vertrauen sollen. Er hätte freundlicher zu ihnen sein sollen.

Das Gefühl der Kameradschaft war so zerbrechlich wie einer der winzigen Kuchen seiner Frau, das wusste er, aber es tat trotzdem gut.

Am nächsten Tag machten sie sich auf, den Felssporn zu besteigen, was die meiste Zeit des Vormittags erforderte. Der Weg durch den dichten Wald war steil und beschwerlich, sodass sie nur langsam vorankamen. Selbst Tejohn fühlte sich versucht, das obere Ende seines Speers als Gehstock zu benutzen. Die einzige andere Möglichkeit hinaufzugelangen war, wie Arla ihnen versicherte, ein großes Stück nach Norden zu gehen und über einen Umweg auf den Felssporn hinaufzusteigen, was sie den größten Teil des Tages kosten würde.

Oben angelangt, wuchsen die Bäume nur noch spärlich, und der Boden bestand aus festgedrückter Erde mit nur wenig Pflanzenbewuchs. Sie erreichten die glatte, nackte Gipfelrundung des Felssporns und wandten sich von dort aus nach Südosten, in Richtung Pass. Am Ende des Tages würden sie auf dem Bergsattel zwischen den Hängen geschützt sein, und Tejohn würde die essigsauren Winde der Weiten Lande nicht wieder riechen müssen, bis er mit einem Flugwagen der Finstels zurückkam.

»Mein Tyr«, meldete sich Reglis und zeigte zur Kante des nächsten Berghangs. Dort war Arla, die mit bespanntem Bogen auf sie zueilte.

Sie begann erst zu sprechen, als sie nahe genug war, um leise reden zu können und trotzdem gehört zu werden. »Soldaten, mein Tyr, sie marschieren unter einem schwarzen Banner.«

»Könnt Ihr keine genaueren Angaben machen?«, fragte Tejohn. Nahezu die Hälfte der militärischen Einheiten im Reich hatte ein schwarzes Feld im Banner. »Welches Kennzeichen haben sie?«

»Sie hatten ihre eigenen Späher, mein Tyr. Ich konnte nicht nahe genug herankommen, um das zu sehen. Aber es sind mindestens dreißig Speerträger und fünf Späher. Recht kleine Schilde, wie die eines Eiltrupps, aber sie haben die längsten Speere, die ich je gesehen habe.«

Tejohn runzelte verdrießlich die Stirn. Irgendjemand wurde da ausgesprochen erfinderisch, was die Ausrüstung seiner Truppen anging.

»Sie sind mit an Sicherheit grenzender Wahrscheinlichkeit Finstels, mein Tyr«, warf Reglis ein.

Das Fort im Caarilitpass, das vor ihnen lag, war den Finstels übereignet worden, und alle Bergwerke, an denen sie vorbeigekommen waren, waren Besitz der Finstels gewesen. Der Schild, den Tejohn auf dem Rücken hatte, trug das Wasserfallemblem von Brausestadt auf einem schwarzen Feld. Aber sie konnten es sich nicht leisten, unnötige Risiken einzugehen.

»Suchen wir uns hier irgendwo Deckung. Ich will, dass diese Späher direkt an uns vorbeiziehen. Wenn die Truppen näher kommen, soll Arla sie genauer beschreiben.«

Sie fanden eine dichte Baumgruppe am Rand eines steilen Abgrunds seitlich des Felssporns. Tejohn und Reglis warfen sich flach auf den Bauch und krochen in die Büsche. Arla bedeckte sie mit belaubten Zweigen, bis sie fast im Blätterwerk begraben waren, dann schlängelte sie sich zwischen sie. Ihr knotiger, muskulöser Arm, von der Sonne dunkel gebräunt, strich überraschend weich gegen Tejohns Ellbogen.

Sie wechselten beide ihre Haltung und zogen ihre Gliedmaßen eng an sich.

Der Wind blies durch die Blätter. Schließlich zischte Arla: »Späher.«

Tejohn rührte sich nicht. Er brauchte sie nicht zu sehen; er konnte sie gut genug hören. Einer ging weniger als ein Dutzend Schritt neben ihnen vorbei. Arla, die nahe am Rand des Gebüschs lag, blieb vollkommen reglos. Nach vielleicht hundert Atemzügen kroch sie langsam rückwärts.

»Graue Jacken, mein Tyr, mit schmalen Bögen in den Händen und Messern an den Hüften. Ansonsten keinerlei Kennzeichen.«

Grau? Tejohn wusste von keiner Einheit, die Grau als ihre Farbe hatte. Grau bedeutete Unglück. »Achtet auf das Banner der Speerträger.«

Es dauerte nicht lange. »Sie kommen aus Brausestadt.«

Das war, was er hören wollte. »Welchen Eindruck machen sie?«

»Sie wirken erschöpft«, antwortete sie. »Verängstigt. Sie

marschieren schnellen Schrittes, aber schwerfällig, als hätten sie sich den ganzen Tag über auf dem Rückzug befunden.«

Feuer und Zorn. Das war wiederum nicht, was er hören wollte. Tejohn holte tief Luft und rief mit der donnernden Schlachtfeldstimme, von der er seit Jahren nicht mehr Gebrauch gemacht hatte: »*Brausestadt!*«

»Das hat sie aufgescheucht«, bemerkte Arla. »Sie hasten eilig umher, um sich zu Reihen zu formieren.«

»*Brausestadt! Speerspitzen hoch!* Kommt, ihr beiden. Höchste Zeit, dass wir aufhören, uns auf den Bäuchen zu verstecken.«

Tejohn war der Erste, der aus dem Dickicht hervorkroch. Er stand auf, wuchtete seinen Schild hoch und lehnte sich den Speer an die Schulter. Es war die Standardhaltung für die Annäherung an verbündete Streitkräfte – die Speerspitze hoch –, aber selbst aus dieser Entfernung konnte er erkennen, dass die Truppen aus Brausestadt hinter ihrer Wand aus Schilden die Speerspitzen nach vorn gereckt hielten.

Er schlenderte in lässiger Körperhaltung auf sie zu. Sie waren nahe genug, dass er die Farben ihrer Schilde und Banner erkennen konnte. Der leuchtend rote Klecks über dem Mann vorne musste der Federbusch auf seinem Helm sein. Tejohn machte eine leichte Drehung, um nun direkt auf ihn zuzugehen.

»Lasst Eure Waffen fallen und weist Euch aus!«, rief der Mann mit dem Federbusch.

»Speerspitzen hoch«, rief Tejohn zurück.

»Bögen!«, befahl der Offizier, und Tejohn hörte Schritte von hinten auf sich zukommen.

Als nun Arla das Wort ergriff, geschah es mit zusammengebissenen Zähnen. »Mein Tyr?«

Tejohn blieb nicht stehen. »Ihr habt erwartet, einen Pfeil in den Rücken zu bekommen, nicht wahr?«

»Wahrscheinlich schon. Übrigens, der ›Hauptmann‹ an der

Spitze ist gar kein richtiger Hauptmann. Seine Schärpe ist zu lang, und der Federbusch auf seinem Helm hängt vorn herunter.«

»Danke für diese Mitteilung.« Er holte tief Luft. »Stellvertretender Hauptmann! Ihr seid uns gegenüber um das Zehnfache in der Überzahl, und ich habe ›Speerspitzen hoch‹ gerufen! Ihr könnt doch das Emblem auf meinem Schild sehen, oder etwa nicht?«

Der Hauptmann rief zurück, und seine Stimme klang im Wind dünn und hohl. »Ein gestohlener Schild, möchte ich wetten. Dieses Emblem ist seit drei Jahren nicht mehr in Gebrauch.«

»Ich trage es«, erwiderte Tejohn, »aus dem gleichen Grund, aus dem Ihr Euch den Federbusch Eures früheren Hauptmanns auf den Helm gesetzt habt: aus reiner Not. Eine durdrische Axt hat meinen alten Schild gespalten.«

»Ich erkenne Euch«, sagte der Hauptmann plötzlich. »Feuer und Zorn, Ihr seid Tejohn Treygar. Speerspitzen hoch!«

Verblüfft über den plötzlichen Wandel stutzte Tejohn. »Woher kennt Ihr mich, Soldat?«

»Ihr habt vor einigen Jahren zusammen mit dem Prinzen das Reich bereist, mein Tyr Treygar. Ich habe Euch bei der Parade auf der Tribüne gesehen. Entschuldigt mein Verhalten, mein Tyr.«

Während der Hauptmann seinen Bogenschützen befahl, sich neu zu formieren und einen Kreis um sie zu bilden, wandte sich Tejohn zu Arla und Reglis um. »Das ist aber ein seltsamer Glücksfall«, bemerkte er leicht verlegen.

»Eigentlich nicht, mein Tyr«, erwiderte Arla. »Auch ich habe Euch sofort erkannt, als ich Euch gesehen habe.«

Reglis errötete. »Ich nicht«, gestand er mit verdrießlicher Miene, »aber Ihr seid mir gleich sehr bekannt vorgekommen. Und ich habe die Männer am nächsten Tag über mich lachen hören – wegen der Art und Weise, wie ich mit Euch gesprochen habe, als Ihr in diesem Wagen gelandet seid.«

Tejohn hatte keine Ahnung, was er darauf sagen sollte. Mit dem Gedanken, dass sein Name überall im Reich bekannt war, hatte er sich bereits vor langer Zeit abgefunden – aber sein Gesicht? Er schaute über die Weiten Lande hinaus und fragte sich unvermittelt, wie es wohl wäre, dort draußen ganz für sich allein zu leben.

Dann seufzte er und wandte sich dem stellvertretenden Hauptmann zu, der seinen Helm mittlerweile abgenommen hatte. Er war ein kleiner, stämmiger Mann, noch zu jung für einen Schmerbauch. Tejohn fragte: »Worin besteht Euer Auftrag, und warum habt Ihr so wenige Speerträger bei Euch?«

»Wir waren auf dem Weg zu den Bergarbeiterlagern …«, antwortete der Mann, der ein wenig nervös wirkte. Tejohn konnte nicht ausmachen, ob er log oder ob er nur eingeschüchtert oder verlegen war. Vielleicht alles drei zusammen. »… um die dort arbeitenden Menschen zusammenzutrommeln und sie in Sicherheit zu geleiten. In der ersten Nacht wurden wir von den Heiligen Kämpfern der Durdra angegriffen, nichts wirklich Ernstes, aber dann …« Er schaute zurück zum Pass.

»Was war dann?«

»Zwei Reihen von Speerträgern der Witts haben uns vom Fort abgeschnitten. Der Hauptmann hat versucht, mit einem Karree von Soldaten durchzubrechen, aber sie hatten Gelehrte, die auf ihrer Seite gekämpft haben.«

»Was?«, platzte Reglis heraus.

»Mindestens zwei«, bekräftigte der Hauptmann. »Sie haben Steinblöcke geschaffen, sie über dem Karree fallen lassen und die Männer darunter zerquetscht. Anschließend haben sie ihren Feuerstrahl auf unsere Flanke gerichtet. Das war gestern. Als der Hauptmann von einem Pfeil getroffen wurde, übergab er mir seinen Federbusch und befahl den Rückzug.«

»Verfolgen sie Euch?«

»Ja. Unsere Bogenschützen haben ihre Gelehrten erwischt – zumindest glaube ich das; sie verstecken sie, indem sie sie wie normale Soldaten kleiden, aber natürlich können sie mit Schilden oder Speeren in der Hand keinen Zauber wirken –, doch sie sind uns immer noch zwei zu eins überlegen. Und sie befinden sich zwischen uns und Fort Caarilit.«

Die vordersten Speerträger waren nahe genug, um mitzuhören. Sie wirkten erschöpft und mutlos.

Arla ergriff das Wort: »Mein Tyr, die Speere der Witts sind bisher noch nicht an der Einmündung zum Pass erschienen.«

»Gut. Wisst Ihr irgendeinen Ort, wo wir ihnen überlegen wären? Wo es eng ist und unsere Flanken geschützt wären?«

»Ich …« Sie wandte sich wieder zu dem Hügel um, von dem sie gerade hergekommen waren. »Im Wald, nahe am Fuß des Felssporns, befindet sich eine aufgelassene Eisenmine, zu der eine schmale Erdrampe führt. Sie liegt flussaufwärts von unserem Lagerplatz der vergangenen Nacht.«

»Das wird für unsere Zwecke genügen müssen.« Tejohn wandte sich wieder dem jungen Mann mit dem Federbusch zu. »Wie heißt Ihr?«

»Ich heiße Jolu Dellastein, Tyr Treygar.«

»Jolu, ich übernehme das Kommando über Eure Speerträger und Bogenschützen. Irgendwelche Einwände?«

Er lächelte. »Keine, mein Tyr.«

»Mein erster Befehl ist es, dieses lächerliche Ding von Eurem Helm zu nehmen und es wegzuwerfen. Nein, noch besser, gebt es mir. Ruft den Späher, der uns vorhin passiert hat, ohne uns zu sehen.«

Der Ruf wurde ausgesandt, und der Bogenschütze war zurückgekehrt, noch bevor die Metallklemmen, die den Federbusch an Jolus Helm befestigten, gelöst werden konnten. Der Späher war großgewachsen und mager, sein Gesicht hässlich.

Tejohn war kein guter Menschenkenner, aber selbst er merkte, dass der Mann einen Tadel erwartete. »Wie lange könnt Ihr noch laufen?«

»Mein Tyr«, antwortete der Mann, »ich kann laufen, so viel Ihr es verlangt.«

»Ich brauche keine übertriebenen Versprechungen von einem verlegenen Mann. Ich will eine ehrliche Antwort. Wie lange?«

Der Bogenschütze wirkte noch verlegener, falls das überhaupt möglich war. »In diesem Tempo bis Einbruch der Nacht.« Er sah schnell zum Hauptmann hinüber. »Aber nicht viel länger.«

Der Hauptmann hatte seinen leuchtend roten Federbusch endlich losbekommen. Tejohn nahm ihn ihm ab und reichte ihn dem Späher. »Das geht in Ordnung. Setzt das hier auf; es ist mir gleich, wie. Dann sucht Euch zwei weitere gute Läufer und bringt das Banner auf geradem Weg zum Fuße dieses Felssporns dort hinunter. Ich will, dass Ihr weit genug von den Spähern der Witts weg seid, sodass sie nichts außer diesem roten Punkt sehen können, der sich vor dem Hintergrund der grünen Pflanzen bewegt.«

Der Federbusch würde niemals aufrecht auf der Lederkappe des Spähers stehen, aber der Mann nahm ihn trotzdem. »Ich werde den Feind in die Wildnis führen«, sagte der Bogenschütze, »für meine Brüder.«

Tejohn hatte diesen scheinheiligen Mist von wegen *Brüder* noch nie ausstehen können. Mindestens zwei der Speere befanden sich in Händen von Frauen, und das Gleiche galt für die Hälfte der Bögen. »Ich will, dass Ihr die Speerträger der Witts hügelabwärts lockt, sie sodann einen Bogen schlagen lasst und sie danach wieder zum Fuß des Felssporns zurückleitet. Dort befindet sich ein Bach mit Trinkwasser, dem Ihr aufwärts folgen könnt. Bringt sie zu uns.« Der Mann trat ab, und Tejohn wandte sich an Jolu. »Formiert Eure Speerträger zu zwei Kolonnen. Wir marschieren hügelabwärts. Ich will nicht, dass das Gelände hinterher so aussieht, als sei da eine Herde von Okshim hindurchgeprescht, und ich will auch nicht, dass irgendjemand auf den Speer eines anderen stürzt.«

Die Speerträger formierten sich und marschierten hinab in den Wald. Arla ging voran, und die drei Späher der Finstels blieben zurück, um ihre Spuren möglichst zu beseitigen.

Mit dem flatternden Geräusch von im Wind wehendem Tuch rannte der hochgewachsene Späher den steinigen Hang hinab. Er hatte zwei Begleiter bei sich, und im Handumdrehen waren sie außerhalb von Tejohns Gesichtsfeld. Er richtete ein stummes Gebet an Monument und den Großen Weg, um sie um Schutz für die drei Männer zu bitten.

Er und Reglis machten sich nun ebenfalls an den Abstieg.

Sie würden in die Schlacht ziehen. Auf Tejohns Haut kribbelte es erwartungsvoll.

Einer der Soldaten verlor den Halt und schlitterte den Erdhang hinunter. Tejohn sprang hinter ihm her und half dem Mann, der auf dem Rücken gelandet war, wieder auf die Füße. Seine Arme waren knochendürr, sein Gesicht fahl, und sein Atem ging schwer und keuchend. Das da war gar kein Soldat. »Was ist das hier für eine Kompanie?«

Der Hingefallene rang noch zu sehr nach Luft, um antworten zu können. Für ihn antwortete der Mann, der sein Partner gewesen war – ein großer, durchtrainierter Bursche mit dem Körperbau eines Akrobaten. »Die Sechste, mein Tyr.«

Natürlich – die Tyre hatten ihre Milizen einberufen.

Der nächste Mann in der Reihe, hinter dem Akrobaten, murmelte: »Was davon noch übrig ist.«

»Feuer möge dieses Gerede holen, Soldat«, blaffte Tejohn. »Sang erinnert sich an jedes Wort und jeden Gedanken.« Tejohn wandte sich dem klapperdürren Mann zu, der hingefallen war. Der Mann sah mit seltsamem Blick zu ihm auf. »Die Milizen – gewöhnliche Bürger, die zu Waffen greifen, um ihr Land zu verteidigen – sind das Rückgrat des Reiches. Das ist eine stolze Tradition.« Er schob den Mann an seinen Platz innerhalb der Kolonne zurück. »Versucht, ihr gerecht zu werden.«

Als sie davonmarschierten, grübelte Tejohn über den Gesichtsausdruck des Mannes nach. Es war durchaus alltäglich, einen verängstigten Soldaten zu sehen, aber dieser Mann hatte sich vor Tejohn selbst gefürchtet. War sein Ruf so schrecklich, dass der Mann erwartete, bestraft zu werden, nur weil er an einem steilen Berghang gestürzt war? Es war die einzige Erklärung, die Tejohn einfiel, aber er wusste, dass es nicht die richtige war. Falls sie die nächsten Tage überlebten, würden sie darüber nachdenken müssen.

Sie legten den Weg hangabwärts natürlich schneller zurück als zuvor den Aufstieg hinauf, aber sie kamen nicht so schnell voran, wie es Tejohn lieb gewesen wäre. Sie erreichten die von Arla ausgewählte Stelle erst, als es schon fast dunkel war.

Der Eingang zum Bergwerk befand sich ein Stück weit oben in einer Felswand. Eine lange Rampe aus Erde und Stein führte hinauf. Noch ein gutes Stück weiter oben wuchsen Bäume, aber selbst wenn drei Männer am Eingang des Bergwerks einander auf den Schultern gestanden hätten, hätten sie diese nicht erreichen können. Zwei Bäche stürzten schäumend die Felswände hinab und flossen Richtung Süden. Nach Norden hin lief ein Wildwechsel neben dem Bach her. Während Jolu die Speerträger am Fuß der Rampe Position beziehen ließ, führte Arla Tejohn und Reglis zum Eingang des Bergwerks hinauf.

Reglis warf einen Blick hinein. »Das ist das niedrigste Bergwerk, das ich je gesehen habe.«

»Sehr witzig«, bemerkte Arla. »Es ist aufgelassen worden,

wie ich gesagt habe, mein Tyr. Die Durdra haben es zurückgefordert. Sie ›heilen‹ Wunden in den Bergen, indem sie versuchen, sie wieder aufzufüllen, dann legen sie Muschelschnüre wie diese hier über den Zugang, um andere abzuschrecken.«

»Ist das hier für sie demnach ein Tempel?«, erkundigte sich Tejohn. Es war schon schlimm genug, gegen Speerträger der Witts zu kämpfen. Er wollte nicht gleichzeitig auch noch einen Heiligen Krieg mit den Durdra führen müssen.

Arla zuckte die Achseln. »Für sie ist der ganze Gebirgszug heilig.«

»Mein Tyr«, meldete sich Reglis zu Wort. »Werden wir unser Karree wirklich hier formieren? Es gibt nirgendwo eine Rückzugsmöglichkeit.«

»Dann müssen wir umso härter kämpfen. Kommt mit. Machen wir uns bereit.« Er entsandte drei Soldaten in ein nahes Kiefernwäldchen, um Harz zu sammeln, und einer Gruppe von zehn Männern befahl er, eine mächtige Tanne zu fällen und zu entasten. Jolu sorgte für ein spätes Abendessen, während Arla die vier Bogenschützen, die ihnen verblieben waren, in Stellung brachte.

Tejohn saß allein beim Essen, ein gutes Stück von den anderen entfernt. Die Soldaten aßen schweigend und warfen ihm verstohlene Blicke zu. Schließlich winkte Tejohn Reglis zu sich heran.

»Ja, mein Tyr?«

»Warum dieses Schweigen, Hauptmann? Sind die Soldaten derart entmutigt?«

»Nein, mein Tyr. Eure Anwesenheit hier ist der Grund, warum sie nicht singen. Ihr macht sie verlegen.«

»Nun gut, sobald wir fertig sind, möchte ich, dass Ihr ein Lied anstimmt. Es kommt einem hier vor wie eine Beerdigung.«

»Das werde ich tun. Ähm, mit Eurer Erlaubnis, mein Tyr, darf ich eine Frage stellen?«

Tejohn war über sich selbst überrascht; diesmal durchzuckte ihn kein Ärger, nicht auf diesen Soldaten. »Nur zu.«

»Wenn der Späher die Speerträger der Witts nach Norden gelockt hat, warum klettern wir dann nicht einfach zurück zum Passweg und sehen zu, dass wir nach Fort Caarilit kommen?«, fragte Reglis. »Der Weg sollte jetzt frei sein.«

»Ihr habt recht, das sollte er«, antwortete Tejohn. »Aber wir wissen nicht, ob sich die Festung in befreundeten Händen befindet oder nicht. Da sich die Witts nun diesseits davon befinden, nehme ich an, dass das nicht der Fall ist. Also müssen wir uns der Festung vorsichtig nähern, und das will ich nicht mit feindlichen Speerträgern in meinem Rücken tun.«

»Ah, danke, mein Tyr. Habt Ihr mir sonst noch etwas mitzuteilen?«

»In der Tat, ja. Wie würde es Euch gefallen, derjenige zu sein, der diese Schlacht für uns entscheidet?«

Die halbe Nacht war bereits vorüber, als sie endlich bereit waren. Die Soldaten schliefen in wechselnden Schichten, und die Morgendämmerung schien erst spät und sehr plötzlich zu kommen. Obwohl Tejohn seit vielen Jahren nicht mehr vor einer Schlacht unter Soldaten geschlafen hatte, fühlte er sich beim Erwachen beinahe wieder wie ein junger Mann.

Es war fast schon Mittag, als sie den Lärm von wittschen Trommeln von den Bergwänden widerhallen hörten. Tejohn sah zu, wie die Speerträger oben an der Rampe ihre Reihen formierten, dann ging er von einem zum anderen und reichte jedem ein Stück Fleischbrot und einen Becher mit gewässertem Wein aus einem Topf, den er selbst über dem Feuer erwärmt hatte. Sie waren nervös, wie sie es auch sein sollten, und er tat sein Bestes, sie durch das Vorbild seiner eigenen Zuversicht zu beruhigen.

Hohe Flötentöne erklangen irgendwo im Nordosten. Tejohn kannte diese Melodie gut. Wittsche Soldaten waren ihr über Generationen hinweg in die Schlacht gefolgt.

»Verdichtet die Reihen«, bellte Jolu wie ein guter Offizier. Die Speerträger formierten sich in drei Siebenerreihen, ihre allzu langen Speere die Rampe hinab gerichtet, während sich ihre allzu kleinen Schilde Seite an Seite berührten.

Tejohn ging hinter ihnen entlang. In solchen Momenten brüllte er nie. »Ich habe viele Schlachten gesehen und habe in vielen Karrees gestanden. Ich habe niemals, kein einziges Mal, an der Seite von Riesen oder der legendären Helden aus der untergegangenen Vergangenheit gedient. Immer sind es Soldaten genau wie ihr gewesen. Männer und Frauen, die Speer und Schild ergreifen, um ihr Land zu verteidigen und ihre Feinde zu vernichten. Männer und Frauen genau wie ihr.« Der verängstigte Mann, der am Berghang gestürzt war, befand sich in der Mitte der hintersten Reihe. Tejohn richtete ihm den Arm gerade, sodass seine Speerspitze nun in einer Linie mit den Speeren der anderen war. Was Laoni wohl denken würde, wenn sie ihn jetzt sehen könnte? Was würden Teberr und die Zwillinge denken? »Ihr seid Speerträger des Reiches, und euer Mut, eure Willenskraft, euer Zorn sind das, was uns heute den Sieg einbringen wird. Stärke! Ehre! Entschlossenheit!«

Dann kamen die wittschen Soldaten über den Bach marschiert und traten auf das offene Feld am Fuß der Rampe.

Ganz an der Spitze erschienen ihr grünes Banner und der Trommler; der Flötenspieler folgte gleich dahinter. Kinder, bemerkte Tejohn. Selbst aus dieser Entfernung konnte er sehen, dass es nur Kinder waren.

Die Speerträger marschierten hinter ihnen und formierten sich am Fuß der Rampe zu Reihen. Sie trugen brauchbare, vernünftige Speere und Turmschilde, so wie auch Tejohn einen hatte. Sie bildeten fünf Reihen von jeweils zehn Personen, mit je vier Bogenschützen auf beiden Seiten.

Fünf Reihen gegen drei. Ein anderer Kommandant hätte angesichts dieses Übergewichts vielleicht den Rückzug angetreten, aber Tejohn hatte sichergestellt, dass es für sie keine Möglichkeit zum Rückzug gab.

Der letzte der Feinde war wieder ein Kind – nach den Kleidern zu urteilen diesmal ein Mädchen. Sie trug das schwarze Banner von Brausestadt und warf es trotzig vor der ersten Reihe von wittschen Speerträgern zu Boden.

Ihr Hauptmann war ein vierschrötiger, muskelbepackter Kerl, fast schon ein Zwilling von Jolu, auch wenn der wittsche Anführer immer noch seinen roten Helmbusch trug. Tejohn gefiel sein stolzer, angeberischer Gang überhaupt nicht.

»Bringt ihn her!«, schrie der wittsche Hauptmann. Zwei Soldaten stießen einen Mann in Grau durch die dicht stehenden Soldaten und warfen ihn neben dem Banner von Brausestadt zu Boden.

Selbst aus dieser Entfernung konnte Tejohn erkennen, dass es der Späher war, der das Banner und den Helmbusch getragen hatte. Tejohn zwang sich, seine zusammengebissenen Kiefer zu entspannen, und versuchte, das in ihm aufsteigende Gefühl unter Kontrolle zu bekommen. *Er hat unter meinem Befehl gestanden und entsprechend gehandelt ...* Nein, er musste jetzt standhaft wie Monument sein und erdulden, was immer als Nächstes kam.

»Bürger von Brausestadt!«, rief der wittsche Hauptmann. Es war eine alte Beleidigung gegenüber Miliztruppen, sie Bürger zu nennen und nicht Soldaten. »Wie ich höre, habt ihr da jetzt *zwei* ganz besondere Gäste unter euch. Hört mich an! Ich hege heute keineswegs den Wunsch, eure Leben zu fordern. Ihr verfügt nicht über die nötige Truppenstärke, um uns zu besiegen. Legt eure Waffen nieder! Wir werden unsere Gefangenen mitnehmen, und ihr könnt in Frieden zu euren Bauernhöfen und Werkstätten zurückkehren!«

Ein unschlüssiges Raunen durchlief die Reihen der Soldaten aus Brausestadt. Tejohn sprach mit leiser Stimme, aber er konnte das zornige Beben in seiner Stimme nicht unterdrücken.

»Wenn ihr vor diesem Feind die Waffen niederlegt, werden sie euch einfach abschlachten. Ich habe bereits zuvor gegen die Witts gekämpft. Sie wollen nicht nur mich und diesen Gelehrten« – der Mann mit dem fahlen Gesicht richtete seinen Blick unvermittelt auf Tejohn –, »sie wollen eure Ländereien und eure Städte. Sie werden eure Kinder in die Knechtschaft treiben.«

Jolu hatte sich neben Tejohn gestellt. »Wie lautet unsere Antwort, mein Tyr?«

Tejohn hatte das Gefühl, am Rand eines Abgrunds zu stehen und keine andere Wahl zu haben, als zu springen. »Ihr seid ein Speerträger aus Brausestadt, und das hier sind die Ländereien der Finstels« – was nicht stimmte, aber es waren keine Italgas da, um deren Anspruch zu bestreiten. »Was wollt Ihr diesen Eindringlingen sagen?«

»Werft eure Waffen nieder!«, rief Jolu. »Alle Gefangenen sollen ehrenhaft behandelt werden!«

Die Speerträger der Witts lachten. »Ich beglückwünsche Euch zu Eurem Mut!«, rief der Hauptmann zurück. »Ihr geht sehr tapfer mit dem Leben Eurer Soldaten um.«

»Kämpft weiter!«, rief der Späher vom Boden aus. »KÄMPFT W…«

Er bekam keine Gelegenheit, zu Ende zu sprechen. Der Hauptmann zog mit einer schnellen Bewegung sein Schwert und köpfte den Mann. Das Blut glänzte hell auf dem Boden. Dann wischte der Hauptmann sein Schwert an dem auf dem Boden liegenden Banner von Brausestadt ab.

»Dieser Mann war euer Gefangener!«, schrie Tejohn, der spürte, wie seine Wut aus ihm herausschlug wie Flammen, die durch ein Loch im Dach eines brennenden Hauses schießen. Sein Zorn wogte in ihm auf und verwandelte sich in das altbekannte Gefühl. Einen Vorgeschmack davon hatte er in dem Bergarbeiterlager verspürt, aber nun war es wieder in voller

Stärke da – nach all den Jahren fast vergessen, war es jetzt mächtig und tödlich. Es war wie Schwungkraft, wie das Gewicht eines fallenden Leibes oder einer niedersausenden Klinge, etwas Gefährliches, Unaufhaltsames.

Die Männer der Miliz um ihn herum spürten es ebenfalls; er merkte es an der Art, wie sie sich zusammendrängten und nach vorn beugten. Wenn der wittsche Hauptmann glaubte, dieser Schwertstreich könne seinem Feind den Kampfesmut nehmen, dann war er ein Dummkopf.

Die wittschen Speerträger formierten sich, und der Hauptmann nahm die Position in der Mitte ein. Jolu schob sich nach vorn, um seinerseits das Gleiche zu tun. Tejohn trat nach Norden hin um die Reihen herum, sodass er zwischen den Speerträgern und den vordersten feindlichen Bogenschützen zu stehen kam.

Im Stampfschritt, wie ihn jeder Speerträger an seinem ersten Tag erlernt, begannen die Witts zu marschieren. Sobald die feindlichen Reihen die Rampe betreten hatten, sagte Tejohn: »Fackeln.«

Zwei Speerträger aus der hintersten Reihe wählten sorgfältig vorbereitete Fackeln aus dem Lagerfeuer und gingen geduckt hinter dem Schildwall in die Knie. Eine Salve von Pfeilen flog in ihre Richtung, aber es waren nicht sehr viele, und sie alle wurden von den Schilden abgefangen. Die feindlichen Linien rückten vor.

»Dranhalten«, rief er, als sich die Speerspitzen nun einander näherten. Binnen weniger Augenblicke hatten die mit Harz beschmierten Waffenröcke, die sie an den Holzstamm gebunden hatten, Feuer gefangen. »Abschicken.« Die vordere Reihe der Sechsten Kompanie von Brausestadt rollte den Baumstamm die Rampe hinab.

Weiß Sang, Tejohn hatte auch wirklich jede Menge Zeit darauf verwendet, mit ihnen dieses Manöver einzuüben, bis jede einzelne Bewegung saß, und ihnen vor Augen geführt, wie wichtig es war, den Stamm richtig zu rollen. Es zahlte sich aus; es gelang ihnen perfekt. Die Flammen prasselten auf, als der Baumstamm immer schneller die Rampe hinunterkullerte.

»Vorwärts!«, rief Jolu, und die Speerträger gingen hinter dem Stamm zum Angriff über. Anders als die Witts mit ihrem Stampfschritt, der den Gegner einschüchtern sollte, bewegten sie sich im Laufschritt. Tejohn warf einen erneuten Blick zur Nordflanke der Rampe hinunter und sah, dass die Soldaten der kleinen Einheit von Bogenschützen bereits am Boden lagen. Befiederte Pfeile ragten aus ihren Rücken.

Die vordere Linie der Witts begann zurückzuweichen und löste sich auf. Der wittsche Hauptmann herrschte seine Speere an, Haltung anzunehmen. Er kniete sich hin und rammte den unteren Rand seines Schildes in den Boden. Sofort stürzten die Männer zu beiden Seiten von ihm vorwärts, um ihrerseits das Gleiche zu tun, und die in Unordnung geratene Linie begann sich neu zu formieren.

In dem Moment, als der brennende Baumstamm auf die Schilde prallte, rief Tejohn: »Werft das Öl!«

Sie hatten natürlich gar kein Öl, aber das wussten die wittschen Speerträger nicht. Die vorderen beiden Reihen wichen zurück, taumelten gegen die Speerträger hinter ihnen und stießen gegen deren Speere, sodass die Spitzen nicht mehr richtig zielten und sich Lücken in der Wand der Speere öffneten. Unmittelbar bevor die Speerträger aus Brausestadt angriffen, wurden im rückwärtigen Abschnitt der wittschen Reihen Schreie laut.

Tejohn folgte der angreifenden Linie den Hügel hinab. Er hörte Männer und Frauen aufbrüllen, sah eine Speerspitze durch den Rücken des Mannes vor ihm stoßen und machte einen Satz nach vorn, um dessen Platz in der Reihe einzunehmen, obwohl sein Speer so viel kürzer war als die Speere der übrigen Soldaten in der Linie.

Heute würde es kein Hin-und-her-Schieben von Schildwällen geben. Reglis und seine kleine Gruppe hatten den Feind von hinten angegriffen, und die Reihen des wittschen Karrees zerbröselten wie Sauerkuchen.

»Keine Gnade!«, schrie Jolu, bahnte sich eine Schneise durch die wittschen Soldaten und stach mit seinem langen Messer zu. Bei der vorderen Reihe der Brausestädter waren mittlerweile die Speere zersplittert, oder sie hatten sie beiseitegeworfen; nun hieben sie wild innerhalb der Reihen der Witts um sich.

Aber beträchtlich zu steigen begannen die Opferzahlen unter den Witts erst, als die vorderen Reihen kehrtmachten und die Flucht ergriffen. Mehrere Soldaten stürzten seitlich von der Rampe herab, und ihre Waffen wurden zerschmettert. Wittsche Speerträger lagen ausgestreckt am Boden und schrien um Erbarmen.

»Schonung!«, brüllte Tejohn. Die wittschen Soldaten bedeuteten ihm nicht viel, aber er wollte, dass zumindest einer von ihnen lange genug lebte, um seine Fragen beantworten zu können. Jolu griff den Ruf auf, und im nächsten Moment war die Schlacht auch schon vorüber.

Der wittsche Hauptmann war bereits tot; irgendjemand hatte ihm den Kopf von den Schultern gehackt. Schade. Tejohn hätte ihn gerne gehängt.

Mehrere Speerträger aus den Reihen der Brausestädter waren dem feindlichen Angriff zum Opfer gefallen. Zwei waren bereits gestorben, und nur einer der anderen schien eine Chance zu haben, den Tag zu überleben. Insgesamt war es ein besserer Ausgang, als sie jedes Recht gehabt hatten zu hoffen. Von den wittschen Soldaten waren alle acht Bogenschützen tot, und alle drei Kinder hatten überlebt. Tejohn hauchte ein stummes Dankgebet an Sang, Monument und den Großen Weg, dass er heute nicht den Tod eines weiteren Kindes mitanzusehen brauchte.

Die Soldaten aus Brausestadt reckten ihre Waffen in die Höhe und brachen in Jubel aus. Obwohl das Geräusch von den Hügeln um sie herum widerhallte, klangen ihre Stimmen leise.

Jolu eilte zu Tejohn hinüber. »Mein Tyr…«

Tejohn packte ihn an der Schulter und schüttelte ihn. »Stellvertretender Hauptmann«, sagte er mit eisiger Stimme, »Euer Banner liegt immer noch im Schmutz!«

Der Mann wirbelte herum und rannte durch die Menge der Leiber hindurch, von denen sich viele noch krümmten oder vor Schmerz stöhnten. Er zerrte das Banner aus dem Schlamm, wo es neben dem Leichnam des Spähers gelegen hatte. Dann hob er es in die Höhe, wischte den Schlamm von dem roten Garn am Rand und drückte es dem nächstbesten Soldaten in die Hand. Die Speerträgerin nahm es entgegen und trug es sodann zu dem grasbewachsenen Flecken hinüber, wo nun die Gefangenen versammelt wurden. Sie hielt das Banner über die Gefangenen.

Inzwischen hatten zwei der verwundeten wittschen Speerträger laut zu schreien begonnen. Sie flehten um Heilung, riefen nach ihren Müttern und weinten um Hilfe jedweder Art. Ihre Stimmen waren dünn und angstvoll, und Tejohn spürte mit jedem Atemzug, wie es ihm die Kehle weiter zuschnürte.

Jolu kam zurück. Er hatte eine nicht sehr tiefe Schnittwunde auf der linken Wange davongetragen, aus der unaufhörlich Blut floss. Eines Tages würde daraus vielleicht eine heldenhafte Narbe werden. Der Kratzer auf seiner Schulter war noch harmloser. »Mein Tyr«, sagte er, diesmal mit weniger Jubel in der Stimme, »Ihr hattet recht! Der Kniff mit dem Holzstamm…«

»War nur eine Finte«, unterbrach ihn Tejohn. »Etwas, um ihre Aufmerksamkeit zu fesseln, während wir ihre Flanke angreifen. Bringt jetzt diesen Gelehrten her, den Ihr bei Euch habt.«

Jolu klappte der Unterkiefer herunter, dann schloss er den Mund wieder. »Mein Tyr, wir haben keinen …«

Aber der Mann mit dem fahlen Gesicht hatte in der Nähe gestanden, und er antwortete im gleichen Moment. »Ja, mein Tyr. Wie kann ich Euch dienen?«

Tejohn drehte sich zu ihm um. »Versteht Ihr Euch auf Heilmagie?«

Der Mann breitete entschuldigend die Hände aus. »Ich war nur ein Bergbaugelehrter, mein Tyr.«

Tejohn packte den Brustharnisch des Mannes und schüttelte ihn so sehr, dass er ihn fast in den Dreck geworfen hätte. »Euch soll auf der Stelle Feuer holen, wenn Ihr mir noch einmal eine ausweichende Antwort gebt. Versteht Ihr Euch auf Heilmagie?«

»Nein, mein Tyr. Ich kann nur Zauber wirken, die in einem Bergbaulager nützlich sind.«

»Und was sind das für Zauber?«, hakte Tejohn nach. Jolus Augen waren groß und glänzend, aber er achtete darauf, seinen Gesichtsausdruck möglichst unbeteiligt wirken zu lassen.

»Das dritte, das fünfte, das siebte, das elfte und das vierzehnte Geschenk, mein Tyr. Ich kann Feuer entfachen, Wasser erschaffen, das Wachstum von Pflanzen günstig beeinflussen, Gestein zerschmettern und Licht machen.«

»Das Wachstum von Pflanzen beeinflussen?«

»Wegen der Bäume, mein Tyr.« Der Mann hielt den Kopf leicht nach unten gesenkt. »Wir brauchen Holz für Schmelztiegel, und in den Weiten Landen gibt es nur wenige solche Wälder wie diesen hier.«

»Alles klar. Und wie heißt Ihr?«

Der Gelehrte verneigte sich. »Ich bin Doktor Ullaroc, mein Tyr, ursprünglich aus Flussbank.«

Dieser Mann sah mehr nach einem Strauchdieb als nach einem Gelehrten aus. Der Drang, seine Eingeweide offenzulegen, stieg machtvoll in ihm auf, aber Tejohn wusste, dass das nur die Nachwirkungen der Schlacht waren. Es würde noch Stunden dauern, bis der Drang zu töten von ihm weichen würde. »Haltet Euch dicht in der Nähe Eurer Leibwachen.«

Dieser Befehl schien den Mann nicht im Mindesten zu überraschen. Er verneigte sich nur und zog von dannen.

Jolu wirkte verlegen. »Ich bitte um Entschuldigung, mein Tyr, aber mein Auftrag war geheim.«

Natürlich. Wenn es eines gab, was er hätte erwarten sollen, dann dies. König Ellifer hatte seine Oberherrschaft über die Tyre nicht durch die Armeen aufrechterhalten, die er ins Feld führen konnte. Sein Vorteil lag darin, dass er die Kontrolle über die Gelehrten innehatte. Ellifers eigene Leute verhinderten, dass die Tyre Gelehrte in ihre Gewalt bringen konnten – bisweilen brachten sie zu diesem Zweck auch eine Messerspitze zur Anwendung –, und es war der König selbst, der entschied, in welchen Festungen die Zauber an den Schlafsteinen erneuert wurden oder welche mit von Gelehrten erschaffenen Straßen oder mit Flugwagen ausgestattet wurden.

Nun, da der König nicht mehr unter den Lebenden weilte, rissen sich die Tyre darum, jeden Gelehrten aufzutreiben, den sie finden konnten, selbst Bergbauleute wie Ullaroc.

Falls es Tejohn gelang, mit einer Möglichkeit, Lars Fluch aufzuheben, aus Sturmpass zurückzukehren, würden sie einen Plan schmieden müssen, um die Gelehrten wieder unter die Kontrolle der Italgas zu bekommen. Ansonsten würden sie das Reich vielleicht nie wieder neu errichten können.

»Mein Tyr!« Es war die Stimme Arlas, die von unterhalb der Rampe zu ihm heraufrief.

Dem Klang ihrer Stimme hörte Tejohn sofort an, dass Reglis in der Schlacht gefallen war. Er machte sich eilig auf den Weg die Rampe hinunter. Ein Speerträger aus Brausestadt, dessen Jacke über und über voller Blut war, lag Gesicht an Gesicht neben einem anderen Soldaten seiner Kompanie. Beide hatten Arlas Dolch umklammert; dessen Klinge zielte auf das Herz des Speerträgers. Eine Bauchwunde. Der Mann konnte nicht älter als zwanzig sein.

»Dankbar bin ich«, sagte der Mann mit versagender Stimme, »dass ich den Weg beschreiten darf.«

Tejohn sah nicht zu, wie ihm das Messer ins Herz fuhr. Stattdessen konzentrierte er sich auf Arla und den Mann zu ihren Füßen.

Es war Reglis. Anders als so viele andere war er bereits tot. Der Hieb eines Messers unter sein Kinn hatte ihm ein schnelles Ende bereitet.

»Er hat mindestens acht ganz allein getötet, die Bogenschützen nicht eingerechnet, die wir beim ersten Angriff erwischt haben.« In der Nähe stand eine Frau. Tejohn erkannte in ihr eine der drei, die Reglis für seinen Angriff an der Flanke ausgewählt hatte. Neben ihr befanden sich noch zwei weitere Speerträger, beides ältere Männer.

»Mindestens acht«, sagte einer der Männer. »Keine Übertreibung.«

Tejohn blickte auf Reglis' bleiches, stilles Gesicht hinab. Seine wuchtige Stirn hatte ihren finsteren Ausdruck verloren. »Sang weiß, was er getan hat.« Wenn Tejohn jemals einen Anlass hätte, mit dem Vater des jungen Mannes zu sprechen, dann würde es nicht darum gehen, den Familienfrieden wiederherzustellen. Sondern darum, die eigene Trauer mit ihm zu teilen.

Tejohn spürte, wie ihn seine alte Empörung mit zunehmender Gewalt packte. Ein weiterer guter Mann abgeschlachtet wie ein Schwein. Es war dieses Mal nicht *genau* das Gleiche wie früher, das wusste er. Er verspürte nicht den brennenden Schmerz um sein totes Kind in sich, den Kummer, der sich anfühlte wie ein festes Gehäuse, das man mit aller Gewalt zu durchbrechen versucht, ohne dass es einem jemals gelingt. Es war, als betrete er einen Raum, der lange verschlossen gehalten worden war, wie ein Besuch bei einem früheren Ich, das er für immer hinter sich zu lassen versucht hatte. Der Drang, Blut zu vergießen, erfasste ihn aufs Neue. Er musste eine Mission für die Familie Italga erfüllen, und er hatte Feinde zu töten.

Alles schien so klar und einfach.

Jolu war in der Nähe. »Stellvertretender Hauptmann, was steht zwischen uns und Fort Caarilit?«

»Nur noch ein Marsch, mein Tyr.«

Der selbstzufriedene Gesichtsausdruck des Mannes gefiel Tejohn nicht. Er mochte den Jubel, den Stolz und das Maulheldentum nicht, die den Sieg gemeinhin begleiteten. Sie machten alle nur langsamer und träger. Tejohn wäre es am liebsten gewesen, wenn die nächste Runde des Tötens bereits begonnen hätte. »Holt die Schaufeln«, blaffte er. »Ich will keinerlei Verzögerungen.«

KAPITEL 19

Cazia hatte sich bereits gedacht, dass ihr Plan für Unruhe sorgen würde, aber sie hätte nicht erwartet, dass sich irgendwer deswegen in die Röcke machen würde. Zuerst weigerte sich Ivi, ihr Glauben zu schenken, und ihr beharrliches Daraufbestehen nach dem Motto »Nichts von alledem ist witzig, also hör bitte auf damit« ging Cazia zunehmend auf die Nerven. Als sie dann die Geduld verlor und der Prinzessin die Wahrheit zu dämmern begann, fing die Kleine heftig zu weinen an, so als hätte Cazia sie geschlagen.

Ivi lief zu Mahz – ausgerechnet! – und verlangte von ihr, dass sie Cazia zwang, nach Osten Richtung Indrega zu gehen. Irgendwann fiel sie dann sogar wieder in die Rolle der herumkommandierenden Prinzessin zurück – jene Masche, die sie bei Tyr Treygar versucht hatte – und erteilte Mahz den Befehl, Cazia zu fesseln und in den Wagen zu werfen.

Das kam beim Stammesoberhaupt der Ozzhuacks nicht besser an als damals bei Alter Steinmiene, und während Mahz Ivi ihrer schlechten Manieren wegen schimpfte, nahm Hent Cazia beiseite.

»Kind« – sie sprach so leise wie angesichts des tosenden Windes überhaupt möglich, und ihre Stimme nahm den strengen, belehrenden Tonfall einer älteren Frau an –, »kannst du in dieser Sache bitte ernsthaft sein? Denn ich fühle mich ebenfalls versucht, Mahz zu bitten, dich zu fesseln und in den Wagen zu sperren. Du verfügst nicht einmal über die Möglichkeit, dir einen Weg in das Tal hinein verschaffen zu tun. Es gibt keinen Pass, der durch diese Berge führt; die Menschen haben bereits seit Generationen nach einem solchen Pass gesucht.«

»Ich kann sehr gut klettern«, entgegnete Cazia. »Und nennt mich bitte nicht *Kind.*«

Die alte Kriegerin schien langsam die Geduld zu verlieren. »Schon während du zum Fuß der Nördlichen Barriere wandern tust, um dort nach einer Stelle zu suchen, wo du hinaufklettern kannst, schwebst du in höchster Gefahr. Die Sümpfe sind die Heimat von Großkatzen und Alligaunten, und jeder der großen Vögel, der das Tal verlässt, wird über dich hinwegfliegen. Du bereitest dir dort dein Bettlager auf dem Schoß des Löwen.«

Cazia vermutete, dass auch diese Formulierung in der eigenen Sprache der Ozzhuacks besser klang. »Über diese Sache weiß niemand sonst Bescheid, oder was meint Ihr?«, fragte sie. »Glaubt Ihr, dass irgendwer inzwischen begriffen hat, dass zwischen den Grunzern und diesen Riesenadlern irgendwie eine Verbindung besteht? Was, wenn es sich dabei um einen geplanten Angriff handelt, nicht nur gegen Peradain, sondern gegen alle Menschen auf dem Kontinent? Was, wenn irgendein Feind beabsichtigt, uns so lange zu töten, bis nur noch Sang sich daran erinnert, dass es uns überhaupt jemals gegeben hat?«

»Das ... das kann nicht sein.«

Die Erinnerung an ihren Wurfspieß, wie er sich in den Grunzer grub – in ihren eigenen Bruder –, blitzte durch Cazias Gedanken. Ihr Magen krampfte sich plötzlich zusammen, und sie legte eine größere Schärfe in ihre Worte, als sie eigentlich beabsichtigt hatte. »Warum nicht? Weil es Euch nicht gefallen würde? Und gerade *Ihr* habt *mich* ein Kind genannt!«

Hents Augen weiteten sich vor Ärger. Cazia erwiderte ihren

grimmigen Blick. Wenn die Kriegerin es wagte, sie zu attackieren, würde Cazia sie in Brand stecken, ganz gleich, was die Folgen sein mochten.

Ich habe die Zuckungen.

Die Frau bleckte ihre zu Spitzen gefeilten Zähne. »Wir sind freundlich zu euch gewesen.«

Sie hatten versucht, Ivi mit Betrug und Schikane um den rechtmäßigen Besitz ihres Volkes zu bringen, aber Cazia schob diesen Gedanken beiseite. Das spielte jetzt keine Rolle. »Ihr versteht nicht«, sagte sie. »Meine Familie, das sind Verräter. Ich habe kein Land, keinen Stamm, und die einzige Freundin, die mir noch geblieben ist, ist jenes kleine Mädchen dort drüben.« *Ich war auf dem besten Weg, eines Tages die Leitende Gelehrte zu werden.* »Alle Menschen auf der Welt, an denen mir etwas liegt, sind in Ungeheuer verwandelt worden, und ich weiß nicht einmal, warum.«

»Es gibt nicht immer einen Grund, *Kind.*«

Cazia fühlte sich versucht, sie allein wegen des Tonfalls ihrer Stimme verschmoren zu lassen – Feuer mochte holen, was immer dann als Nächstes geschah. »Wer kann sagen, dass es nur diese beiden Arten von Geschöpfen gibt, die Grunzer und die Adler? Im Westen könnte etwas noch Schlimmeres frei herumlaufen! Und da ich dort nicht hingelangen kann, nehme ich den Weg über diese Berge.«

Sie deutete zur Nördlichen Barriere. Hent zog finster die Brauen zusammen und rückte Cazias Arm weiter nach Osten. Na schön, sie wusste nicht genau, wo sich das Tal befand, aber sie würde es bald genug herausfinden.

»Was erwartest du, dort zu entdecken?«, fragte Hent und ließ ihre Stimme wieder ein klein wenig freundlicher klingen.

»Vielleicht gar nichts.« Es fiel ihr schwer, das zuzugeben, aber es stimmte. »Doch dann werden wir immerhin wissen, dass es nichts zu entdecken gibt, oder?«

»Nein, Cazia. Das werden wir nicht. Du wirst tot sein, und niemand wird deine Neuigkeiten erfahren tun.«

Natürlich bestand da immer die Möglichkeit, aber Cazia war sich nicht so sicher, was sie von dieser Möglichkeit halten sollte. Sie wusste, dass es sie irgendwann das Leben kosten könnte – sie war den ganzen Morgen über von Leichen umgeben gewesen, und das auch schon in Fort Samsit und davor in Peradain. Trotzdem, sich auszumalen, dass sie selbst eine dieser Leichen sein könnte, die da reglos im Schlamm lag … Es schien ihr einfach nicht im Bereich des Möglichen. Sie konnte es sich schlichtweg nicht vorstellen.

Was die Sache noch schlimmer machte, war, dass sie wusste, dass sie eigentlich in der Lage sein *sollte*, sich das vorzustellen. Sie wusste, dass es gefährlich und dumm war, so zu handeln, als wäre sie gegen jedes Unheil gefeit, insbesondere nach all dem, was sie erlebt hatte. Aber so war es eben. Vielleicht hatte Hent recht. Vielleicht war sie wirklich ein Kind. Bald genug würde sie ein totes Kind sein. Dann würde ihr der Tod vielleicht doch als wirklich erscheinen.

Verschwinden ist für jene, die zurückbleiben, schmerzhafter. Peradays Worte kamen ihr plötzlich wieder in den Sinn, und sie machten Cazia unerträglich traurig. Sie stand im Begriff zu verschwinden, genau wie Peradays Bruder verschwunden war, und wer würde sie vermissen? Colchua und Pagesh waren tot, und Lar musste sich inzwischen verwandelt haben. Jagia, Bitt und Timu würden sich ebenfalls bald verwandeln. Ivi war hier, nun gut, aber sie kannten einander noch nicht einmal einen Monat. Außerdem war die Prinzessin erst zwölf; sie würde Cazia bestimmt in wenigen Jahren wieder vergessen haben. Wer blieb noch? Ihre Mutter und ihr Vater? Nichts könnte lächerlicher sein.

Sie öffnete ihren Rucksack erneut und gab acht, ihren Köcher mit den Wurfspießen nicht sehen zu lassen. Sie bezweifelte, dass den Ozzhuacks die Bedeutung dieser Spieße bewusst wäre, aber ihre Zeit im Palast hatte sie Vorsicht gelehrt. Geheimnisse waren Waffen, die gegen sie gewandt werden konnten, und sie erforderten es, Vorsicht walten zu lassen. Sie mochte nicht in der Lage sein, sich vorzustellen, wie sie umgebracht und gefressen wurde, aber sie wusste ohne Frage, wie es war, ertappt und verraten zu werden.

Ivi war es zufrieden, ihre feuchten Brotscheiben bei sich zu haben, was bedeutete, dass Cazia all das verbliebene Fleischbrot mitnahm. Gut. Sie würde so viel davon brauchen, wie sie irgend bekommen konnte. Wasser war kein Problem, aber Nahrung war sehr wohl eines.

Es dauerte nicht lange, alles vorzubereiten. Cazia schulterte ihren Rucksack und nahm ihren Speer in die Hand. Es kam ihr albern vor, ihn weiter mit sich herumzutragen, aber sie musste den äußeren Schein wahren. Außerdem taugte das stumpfe Ende als ein recht manierlicher Gehstock. Sobald sie ein gutes Stück von den anderen entfernt war, würde sie sich den Köcher mit den Wurfspießen an die Hüfte schnallen. Es war erstaunlich, wie sehr sie es vermisste, sie am Körper zu spüren.

Sie ging los, folgte der Richtung, in die Hent ihr den Arm gerückt hatte. Sie war schon beinahe außer Sichtweite der Herde, als sie bemerkte, dass Ivi hinter ihr hergelaufen kam. »Cazia!«, rief sie. »Bitte!«

Bitte? Wenn die Prinzessin höflich sein wollte, würde Cazia es ebenfalls sein. Sie blieb stehen und wartete. Das Mädchen rannte um sie herum, blieb dann vor ihr stehen und sagte: »Hent hat mir erzählt, was du gesagt hast.«

Cazia blickte sie missmutig an. »Erkläre mir jetzt bitte nicht, wie dumm oder verrückt ich bin, in Ordnung?«

»Nein, mache ich nicht«, antwortete das Mädchen, während es sich alle Mühe gab, wieder zu Atem zu kommen. »Versprochen. Stattdessen habe ich beschlossen, mit dir zu kommen.«

Cazia sah auf das kleine Mädchen und deren knochige Arme herab. »Feuer und Zorn, das wirst du nicht tun. Ich nehme dich nirgendwohin mit.«

»Cazia, du kannst nicht allein gehen. Du hast auch nicht die geringste Ahnung vom Überleben in der Wildnis – während ich in der Wildnis gelebt habe, seit ich ein Kind war.«

»Du bist immer noch ein Kind.«

»Dessen bin ich mir bewusst, vielen Dank. Aber du brauchst mich trotzdem. Du kannst nicht einfach über die Weiten Lande hinweg zum Qorrtal marschieren!«

»Wer sollte mich daran hindern?« Cazia hob die rechte Hand und hielt ihre Speerspitze himmelwärts. »Du?«

Ivi schwang ihren eigenen Speer mit aller Kraft und traf Cazias Waffe direkt hinter der Spitze. Der Speer drehte sich, und Cazias Daumen war nicht stark genug, um ihn festzuhalten. Sie versuchte, ihn mit der anderen Hand aufzufangen, aber sie griff ins Leere. Die Waffe fiel klappernd auf den felsigen Boden. Cazia seufzte. »Feuer soll mich holen.«

»Die Weiten Lande werden dich daran hindern«, erklärte Ivi. »Du kannst nicht einfach durch die Sümpfe spazieren. Du würdest nicht einmal den halben Weg bis zum Markwindsee schaffen. Aber das brauchst du auch nicht. Mit den Münzen aus dem Lager habe ich die Ozzhuacks angeheuert, damit sie uns nach Osten führen. Mahz wird uns einen Wasserweg zeigen, der uns dorthin bringen wird, wo wir hinmüssen. Sie können nun ja auf keinen Fall mehr weiter nach Südwesten ziehen, nicht jetzt, wo sich die Grunzer über das ganze Reich ausbreiten. Ich habe Mahz davon überzeugt, dass sie auf der Halbinsel viel eher willkommen wäre.«

»Du hast sie überzeugt?« Cazia sah sie zweifelnd an. »So schnell?«

Ivi zuckte die Achseln. »Es war wirklich eine Menge Geld.«

Darüber lachte Cazia lauthals, dann ging sie mit Ivi zum

Lager zurück, um beim Zusammenpacken zu helfen. Und sie stellte sich für einige letzte Augenblicke des Schweigens zu Ivi an die Gräber.

Wie sich herausstellte, ergab sich die längste Verzögerung durch die Notwendigkeit, die Herde zu wenden. Okshim mochten keine abrupten, extremen Richtungsveränderungen. Kell erklärte, dass sie dadurch die »Seiten-an-Seiten« durcheinanderbrachten – was immer das zu bedeuten hatte –, und die Zugvorrichtungen der Wagen waren ebenfalls nicht daraufhin ausgelegt. Außerdem zogen die Tiere von Natur aus Richtung Westen, wenn das Wetter wärmer wurde.

Mahz packte die Leitkuh an der Schnauze und zog sie in einem großen, behutsam gekrümmten Kreis herum. Die Krieger und Kriegerinnen liefen an den Rändern der Herde hin und her und schlugen die Okshim mit den stumpfen Enden ihrer Speere, um zu verhindern, dass sie in Panik gerieten und sich von der Herde entfernten.

Nachdem sie alle wieder nach Osten ausgerichtet waren, durfte die Herde sich ausruhen. Kinder liefen über die Rücken der Okshim und warfen als Leckerbissen frisch geschnittenes Gras zwischen sie. Während die Tiere sich erholten, luden die Krieger das Zelttuch und andere Dinge in den Speicherwagen. Als sie damit fertig waren, war der Wagen so voll, dass sie kaum mehr die Tür verriegeln konnten.

Cazia trat an Mahz heran. Die alte Frau hatte ein leises Lächeln auf dem Gesicht. Es gefiel ihr nicht, wieder gen Osten zu ziehen, aber Ivis Beschreibung der Grunzer hatte sie davon überzeugt, dass sie auf der anderen Seite des Straim sicherer wären. Außerdem waren die Waren des Lagers hinreichend wertvoll, dass sie die Kosten für den Weg über den Pass aufbringen konnten, ohne ihre ganze Herde veräußern zu müssen. Sie würden die Quelle ihres wahren Wohlstands nicht hergeben müssen.

Zudem hatte Ivi sie mit Kupfer bezahlt, um eine Nachricht nach Goldgrashügel zu bringen. Sie war in Ergoll verfasst, einer der Sprachen der Allianz – offenbar war die einzige Sprache der Allianz, die die Hirten sprachen, das Toal –, und Mahz musste sie Laut für Laut auswendig lernen. Sie hatte außerdem versprochen, sich die Botschaft nicht übersetzen zu lassen. Sie war nur für Ivis Eltern bestimmt.

Als die Herde endlich bereit gewesen wäre weiterzuziehen, war es schon fast wieder Sonnenuntergang. Sie verbrachten noch eine ruhige Nacht ohne Angriffe an Ort und Stelle, um dann am Morgen Richtung Osten aufzubrechen.

Bis sie sich trennen würden, lag ein elftägiger Marsch über das steinige, harte Erdreich am Rand der Südlichen Barriere vor ihnen, erklärte Mahz. Ein direkterer Weg – damit meinte sie die Richtung, die Cazia hatte einschlagen wollen – wäre mitten durch die Sümpfe gegangen. Es sei durchaus *möglich*, sie zu Fuß zu überqueren – gesetzt den Fall, man konnte festen Untergrund von Schlamm unterscheiden, es machte einem nichts aus, bei jedem Fehltritt bis zu den Hüften durchnässt zu werden, und man besaß das Durchhaltevermögen eines Helden aus den alten Geschichten –, aber die einzigen Menschen, die so etwas jemals versuchten, waren Ausgestoßene, und von ihnen wurde nur selten einer wiedergesehen.

Mahz bevorzugte es, auf dem Rücken einer Okshim-Herde zu reisen, aber, so sagte sie, die Mädchen würden sich mit einem Floß begnügen müssen.

Es war Cazia nicht gestattet, während der Reise zu arbeiten. Die Prinzessin betonte, dass sie für diesen Geleitschutz bezahlt habe, und sie bräuchten nun also einfach nur mitzugehen – oder auf dem Rücken der Herde zu reiten oder in einem der Wagen mitzufahren, wenn sie das wünschten.

Doch Cazia, die jede Mahlzeit, jeden Fetzen Kleidung und jeden Zweig Feuerholz vom mächtigsten Feind ihres Vaters erhalten hatte, fühlte sich plötzlich unbehaglich. Sie hatte das Gefühl, einen eigenen Beitrag leisten zu müssen – natürlich nicht als Dienerin, aber eben irgendeinen Beitrag. Sie fühlte sich ungerecht bevorzugt und verhätschelt, als wolle der Stamm ihr ihre letzten Tage, die sie auf dem Weg weilte, so weit irgend möglich versüßen.

Bei der Prinzessin war das anders. Jeder der Ozzhuacks sprach das Mädchen an irgendeinem Punkt ihrer Reise an, um sich nach den indregaischen Schlangen zu erkundigen. Manche kamen zwei- oder dreimal und stellten wieder und wieder dieselben Fragen.

Ivi suchte sie im Gegenzug wieder und wieder mit den gleichen Antworten zu beruhigen: Die Schlangen seien Verbündete, sie blieben ganz für sich, sie ernährten sich von Hühnern und anderen kleinen Tieren, verzehrten aber nichts, was so groß sei wie ein Mensch, und sie griffen nur an, wenn man sie reizte. Sie seien nicht groß genug, um einen ausgewachsenen Menschen zu verschlucken, was auch immer die Geschichten berichteten. Cazia fand, dass das Mädchen mehr Geduld hatte als zehn beliebige Menschen zusammengenommen, und als sie einmal beim Abendessen saßen, fragte sie deshalb bei ihr nach.

Die Prinzessin zuckte die Achseln. »Sie haben einfach Angst, und es ist die Pflicht eines Herrschers, die Befürchtungen der Untertanen zu beschwichtigen.«

»Oh!«, sagte Cazia. Es wäre ihr nicht in den Sinn gekommen, dass das Mädchen die Ozzhuacks – zusammen mit ihrer Herde und allem, was auch immer sie an Vermögen mit sich herumschleppten – ihrem eigenen Volk zugeschlagen hatte. Beim Großen Weg, sie hatte ihnen sogar eine Nachricht mitgegeben, um sicherzustellen, dass sie ihre Reise in Goldgrashügel beenden konnten, wenn sie wollten.

»Außerdem«, erklärte Ivi, »ist es nur zu ihrem Wohl. Es ist dumm, wenn sie Angst vor den Schlangen haben, wo eine

Flucht auf peradainisches Land für sie das Todesurteil bedeuten würde.«

Die Prinzessin entschied einmal mehr selbst, was das Beste für andere Menschen war, aber zumindest überredete sie sie zu ihrem Wohl, statt sie dazu zu überlisten.

Am neunten Tag passierten sie eine Granithütte mit einem Schlafstein darin. Nach einigen Diskussionen machten sie dort für die Nacht halt, damit der verstauchte Knöchel eines Kindes heilen konnte.

Am späten Nachmittag des elften Tages stieg die Herde einen abgerundeten Hügel hinauf, von dem aus es in eine sumpfige Talmulde hinabging. Es war, begriff sie, nicht nur ein Sumpf, der sich da vor ihnen erstreckte. Es war vielmehr ein breiter, flacher See. Hier und da waren kleine Inseln im Wasser verstreut – im Grunde kaum mehr als kleine hügelartige Erhebungen, nicht einmal groß genug, als das sich ein ausgewachsener Mann quer hätte darüberlegen können, ohne sich Haare und Fersen nass zu machen. Auf jedem der Inselchen stand ein kahler, verkrümmter Baum, und aus dem Wasser an den Inselufern erhoben sich Rohrkolben. Als die Sonne hinter ihnen unterging, sah Cazia zu, wie sich die Schatten der Bäume immer weiter über die vom Wind gekräuselte Wasseroberfläche streckten.

Am zwölften Tag erreichte die Herde einen ramponierten hölzernen Anlegesteg am Ufer des Sees. Auf Hents Anweisung hin stiegen zwei Krieger in das seichte Wasser und hoben Steine vom Seegrund auf den Steg hinauf. Cazia fragte sich, mit welcher alten Sitte sie es da wohl zu tun hatte, als plötzlich ein Floß aus dem Wasser auftauchte.

»Noch in Ordnung!«, rief einer der Krieger, der hüfttief im Wasser stand.

»Hier trennen sich unsere Wege«, eröffnete ihnen Mahz. Sie deutete zu dem Fluss, der von Norden her in den langgestreckten See mündete. »Der Coftin ist ein Süßwasserfluss, kein Salzwasser, also könnt ihr von dem Wasser trinken. Und hinter den Bäumen am Ufer könnt ihr Schutz suchen.«

»Oder auf den Bäumen«, fügte Hent hinzu.

»Auf ihnen ist immer besser, wenn man allein ist. Vergesst nicht, dass die Alligaunten süßes Wasser dem salzigen vorziehen, aber in beiden jagen.«

»Wir haben ja einander«, sagte Ivi. »Und ich bin schon einmal durch die Weiten Lande gereist.«

Mit einer Armee, hätte Cazia hinzufügen können, aber sie ließ es bleiben.

Als die Herde durch den Sumpf in den See hinauswatete, sprangen die Ozzhuacks auf die Rücken der Okshim. Beide Mädchen machten keinerlei Anstalten, das Floß zu besteigen, solange sie in Sicht waren. Cazia wusste nicht, warum Ivi wartete; sie selbst jedenfalls wollte nicht, dass Hent, Mahz oder sonst jemand aus dem Stamm sah, wie sie ins Wasser fiel.

Als die letzten Tiere der Herde ins flache Wasser stiegen, hörten sie den Knall einer Peitsche. Cazia zuckte überrascht zusammen: Die Hirten peitschten ihre Okshim nicht. Sie schaute über die sich davonbewegende dunkle Masse hinaus und sah eine Kriegerin – die junge Frau, die Ivi am meisten von allen bedrängt hatte –, wie sie ein Mädchen mit ungekämmtem dunklem Haar mit einer kurzen Peitsche traktierte. Cazias Hand griff nach ihrem Übersetzungsstein. »Wie kannst du es wagen!«, schrie die Kriegerin und unterstrich jedes Wort mit einem Schlag der Peitsche. »Wie kannst du es wagen, mich mit Schlamm zu bespritzen!«

Gerade als Cazia die Ähnlichkeit zwischen dem Mädchen und jenem Jungen auffiel, der Hent an ihrem ersten Abend bei den Ozzhuacks die Spieße gebracht hatte, tauchte er auch schon auf und stellte sich schützend vor das Mädchen. »Lasst meine Schwester in Ruhe!«

Der jungen Kriegerin platzte sofort der Kragen. Sie hob die Peitsche erneut. Der Junge sprang vor, riss sie ihr aus der Hand und warf sie dann zwischen die wogenden Rücken der Okshim.

Sogleich kamen mehrere andere Krieger und Kriegerinnen ans hintere Ende der Herde geeilt. Sie bewegten sich mit erstaunlicher Schnelligkeit und Sicherheit. Sie richteten ihre Speerspitzen auf die beiden dunkelhaarigen Dienstknechte und schrien.

Das dunkelhaarige Mädchen lag der Länge nach ausgestreckt auf einem der Okshim. Ihr Bruder half ihr auf, und sie wichen zusammen bis ans äußerste Ende der Herde zurück. Dann sprangen sie vom letzten Tier hinunter und klatschten ins Wasser.

Das Ganze war nur ein Vorwand gewesen, begriff Cazia. Die Ozzhuacks arbeiteten, schliefen und aßen, während sie die ganze Zeit über mit Schlamm beschmutzt waren, und niemanden schien das zu stören. Wenn dieses Mädchen ausgepeitscht wurde, konnte der Schlamm nur ein Vorwand für irgendeinen anderen Grund sein.

Die beiden Geschwister schwammen durch das schlammige Seewasser und zogen sich ganz in der Nähe der Mädchen an den langen Schilfgräsern ans Ufer. Ivi sagte: »Wir sollten vielleicht ...«

Das Mädchen rief ihnen etwas zu. Jetzt, da sie nur noch wenige Schritte entfernt waren, sah Cazia, dass sie etwas älter war als ihr Bruder. Sie war vielleicht ein Jahr älter als sie selbst, auch wenn sie natürlich viel mehr Zeit damit verbracht hatte, draußen in der Sonne zu arbeiten. Beide waren schlank und wirkten kräftig. Beide trugen ihr Haar geölt und geflochten. Der Junge stand langsam auf.

Er sah unverwandt zu Cazia und Ivi herüber – aber nicht auf eine feindselige Art und Weise –, dann blickte er sich um. Er suchte die Umgebung ab, und die Mädchen waren einfach ein Teil davon. Es gab nichts zu sehen. Er hockte sich neben seine Schwester, strich ihr einmal übers Haar und stand dann wieder auf, als hätte er eine Entscheidung getroffen.

Er stapfte über den sumpfigen Boden und fiel vor den beiden Mädchen auf die Knie. Dann hob er seine offenen Hände, senkte den Kopf und sagte: »Nehmt uns als eure Diener an, und wir werden in der Wildnis für euch sorgen. Lasst uns nicht hier draußen im Stich.« Beim Großen Weg, er war so schön.

Ivi wandte sich Cazia zu. »Was, glaubst du, will er?«

Er klatschte in die Hände, dann hielt er sie wieder hoch. Ivi sagte etwas in einer anderen Sprache. Als er nicht antwortete, versuchte sie es mit der nächsten. Er schaute zu ihnen auf, sein Gesichtsausdruck war entschuldigend. Er verstand sie nicht.

»Bitte, nehmt uns mit!«, sagte der Junge. »Ihr versteht mich nicht, oder? Sind meine Gesten nicht deutlich genug?«

»Lächle sie an!«, rief seine ältere Schwester.

»Ich lächle doch!«, rief er zurück, und in der Tat, er lächelte. Sein Lächeln war strahlend, und seine Augen funkelten; Cazias Haut kribbelte, wenn er sie ansah.

Der Junge lief zum Anlegesteg und sprang neben dem Floß ins Wasser. Nach einer schnellen Untersuchung rüttelte er seitlich an einer der Außenkanten. Gleich darauf winkte er die Mädchen zu sich heran und rief: »Seht ihr? Das Floß ist nicht sicher! Wir können euch helfen.« Cazia und Ivi traten vorsichtig auf den Steg, um nachzusehen, was er da machte.

Er zeigte auf die Kante des Floßes und schob das Floß im Wasser hin und her. Die schmalen Baumstämme klatschten klappernd gegeneinander – sie waren offensichtlich nicht fest zusammengeschnürt worden.

Cazia drehte sich zu Ivi um. »Von wegen noch in Ordnung«, sagte sie unwirsch. So viel dazu, dass die Ozzhuacks ihnen ihre dem Stamm erwiesene Gefälligkeit vergelten würden.

Der Junge zog das Floß auf das schlammige Ufer hinauf.

An seine Schwester gewandt sagte er: »Fangen wir an«, und sie folgte ihm ins hohe Schilfrohr hinein. Binnen weniger Atemzüge hatten sie genug Schilf gesammelt, dass sie damit beginnen konnten, die Stängel zu einem festen Gewebe zu verflechten. Bald machten sie sich daran, die Stämme des Floßes fester zusammenzuschlingen.

Der Junge sagte immer wieder: »Wir können helfen. Ihr werdet schon sehen.« Der Tonfall seiner Stimme war beruhigend, und er lächelte beim Sprechen.

Cazias Herz setzte einen Schlag lang aus. Großer Weg, er war einfach wunderschön.

Sie machte einen Schritt zurück, wandte sich ab und ließ den Übersetzungsstein los. Was er wohl für einen Eindruck von ihr hatte, in ihren schlammigen Wanderröcken, der Jacke und dem zerzausten Haar? Sicherlich hielt er nicht viel von ihr, ganz gleich, wie strahlend sein Lächeln sein mochte.

Und überhaupt, für wen hielt er sich eigentlich, dass er eine derart mächtige Reaktion in ihr auslöste? So jemandem würde sie niemals vertrauen können.

Es war fast Mittag, als sie endlich mit der Arbeit an dem Floß fertig waren. Die Balken waren so fest aneinandergebunden worden, dass sie nun nicht mehr zusammenschlugen oder sich verdrehten.

Ivi richtete das Wort an Cazia. »Ich glaube nicht, dass wir sie einfach zurücklassen können.«

»Ich glaube auch nicht, dass wir sie mitnehmen sollten«, erwiderte Cazia. Sie wusste ganz genau, dass sie in diesem Moment sogar noch gereizter und zickiger klang als eine zwölfjährige Prinzessin. »Mahz und Hent und die Übrigen von ihnen glauben, dass unser Vorhaben Selbstmord ist, aber diese beiden wollen uns begleiten? Ich traue ihnen nicht.«

»Wirklich nicht?« Ivi klang ehrlich überrascht. »Warum? Haben sie etwas Schlimmes und Besorgniserregendes gesagt?

Oder liegt es daran, dass die Ozzhuacks sie davongejagt haben?«

Es liegt daran, dass er Gefühle in mir geweckt hat, die zu fühlen ich nicht bereit bin. »Woher soll ich wissen, was sie gesagt haben? Ich verstehe ihre Sprache nicht.« Ivi wirkte nun ein wenig kleinlauter, aber nur ein wenig. »Ich vertraue ihnen nicht, weil wir nichts über sie wissen! Diener sind nicht einfach austauschbar, weißt du.«

»Wenn wir sie nicht mitnehmen«, wandte Ivi ein, »gibt es nichts und niemanden, zu dem sie hingehen können. Keinen Stamm. Ich bin mir ziemlich sicher, dass sie Poalos sind, und …«

»Poalos!«, rief der Junge. Er deutete erst auf sein Herz und dann auf das seiner Schwester. »Poalos.«

»Ja«, sagte Ivi. »Es stimmt.« Sie wandte sich an Cazia. »Mahz hat gemeint, dass dieses Volk völlig ausgelöscht worden sei. Wie sollen sie ohne einen Stamm überleben können? Nur sie beide allein?«

Cazia und Ivi waren auch nur zwei, und sie waren noch jünger als die beiden Hirten. »Was können wir denn dafür?« Cazia wusste, dass sie mürrisch und gereizt klang, aber sie konnte nichts dagegen tun. »Außerdem, sollten sie nicht verheiratet sein oder etwas in die Richtung? Mahz hat angeboten, mir einen Mann zu besorgen, also warum nicht auch ihnen?«

Ivi zuckte die Achseln. »Sie sind wahrscheinlich Stammesverwandte. Unter den Ergoll ist es so, dass man solche Leute dann nicht verheiraten kann, damit sie arbeiten, und so macht man sie zu … na ja, zu Dienern.«

Wären sie zu viert wirklich sicherer als zu zweit? Cazia wollte das abstreiten, aber ihr fiel nichts ein, was ihr, laut ausgesprochen, nicht peinlich gewesen wäre. »Na schön. Aber ich vertraue ihnen nicht, Ivi.« Sie senkte die Stimme. »Wir sollten sie wie Spione behandeln.«

»Also gut; dann werde ich ihnen auch nicht vertrauen. Nicht, solange du es nicht tust.« Ivi drehte sich zu ihnen um, nickte ihnen einmal zu und stellte ihren Rucksack dann auf den Boden. Sie zeigte zuerst auf den Rucksack, dann auf das Floß.

Mit einem breiten Grinsen sprang der Junge herbei, um die Rucksäcke der beiden Mädchen auf das Floß zu tragen.

Die Poalos zeigten sich überaus erfreut, als Diener angenommen worden zu sein. Die Diener im Palast – dem angesehensten Arbeitsplatz auf der Welt – hatten immer verdrossen und freudlos gewirkt, wenn nicht gar verbittert. Cazia hatte ihnen ihr Unglücklichsein natürlich nicht zum Vorwurf gemacht, aber es war trotzdem unerfreulich gewesen.

Im Gegensatz dazu schienen die beiden Geschwister dankbar zu sein und sich alle Mühe zu geben, ihren Herren zu gefallen. Sie stellten Cazias und Ivis Rucksäcke in die Mitte des Floßes und ordneten sie so an, dass sich die Mädchen auf sie setzten konnten. Ivi hielt ihren Speer kampfbereit in die Höhe, und so tat Cazia das Gleiche. Die Poalos benutzten lange Staken, um sich vom Anlegesteg in Richtung Okshim-Herde abzustoßen.

Zuerst war die Prinzessin überrascht, aber Cazia wusste, welches Ziel sie ansteuerten. Die Ozzhuacks hatten die Sachen der Poalos hinten aus dem Wagen geworfen und sie auf einer der kleinen hügelartigen Erhebungen unter einem Baum im Schlamm aufgetürmt.

Sobald sich die beiden ihre Sachen geholt hatten, darunter ein Kupferbeil und einen Angelspeer, ließen sie sich von Ivi anweisen, flussabwärts zu steuern. Die Diener sahen einander nervös an, dann gehorchten sie.

Die Ältere hieß Kinz, ihr jüngerer Bruder Alga, und der Familienname beider war Chu. Cazia fand, dass das schreckliche Namen für zwei so schöne Menschen waren, aber vielleicht klangen sie in ihren eigenen Ohren ja besser. Cazia fragte sich, wie sich wohl ihr eigener Name für die beiden anhörte.

Der Coftin war ein träger, breiter und flacher Fluss. Cazia schaute starr geradeaus; Ivi hielt Wache, und daher tat sie das Gleiche.

Aber Cazia behielt aus dem Augenwinkel auch Kinz im Auge und beobachtete sie, ohne dass es den Anschein hatte. Sobald sie sich ein gutes Stück vom Anlegesteg entfernt hatten und langsam auf die Nördliche Barriere zutrieben, sah Cazia, wie das Mädchen dem jüngeren Bruder einen raschen, verstohlenen Blick zuwarf. Das Feixen auf ihrem Gesicht verriet sie.

Sie sind darauf reingefallen, sagte dieser Gesichtsausdruck.

KAPITEL 20

Als die fünfte Nacht hereinbrach, hatte sich Cazia bereits so sehr daran gewöhnt, auf Bäumen zu schlafen, dass sie fast bis zum Morgengrauen durchschlief. Sie kamen auf dem Fluss stetig, aber langsam voran, und an diesem Nachmittag hatten die Poalos das Floß auf eine ansehnliche Insel in der Mitte des Flusses gezogen. Mit Handbewegungen hatten sie ihnen zuvor bedeutet, dass der Schlamm und die Schlingpflanzen am östlichen Ufer mit ihrem Floß nicht zu bewältigen wären. Auf der Insel hatte heute ausnahmsweise einmal jeder von ihnen ein nahezu behagliches Fleckchen in seinem eigenen Baum gefunden.

Cazia war froh darüber, dass sie die Nacht auf der Insel verbrachten. Alle hatten ihr gesagt, dass sie sich vor den Alligaunten in Acht nehmen müsse, aber bisher hatte sie noch keinen einzigen gesehen. Graslöwen dagegen hatten sie gesehen, und das mehr als nur einmal. Vor *ihnen* würde es sie nicht schützen, in einem Baum zu schlafen, aber sie hoffte, dass das Wasser den nötigen Schutz bieten würde.

Irgendetwas hatte sie geweckt. Der Mond stand hoch und hell am Himmel. Mit schmerzenden Gliedern richtete sie sich auf und blickte umher. Der Fluss plätscherte gegen das steinige Ufer der Insel, und natürlich konnte sie das unaufhörliche Heulen des Windes hören. Feuer mochte diesen Wind holen;

sie wusste nicht, wie die Hirtenvölker ihn ertragen konnten. War sie aus einem Traum geweckt worden, an den sie sich jetzt nicht mehr erinnern konnte, oder war es etwas anderes gewesen?

Cazia spähte zu Ivi hinüber, die im nächsten Baum schlief. Sie war im Schatten der Äste kaum zu sehen, aber sie schien in Sicherheit zu sein. Gemäß einer unausgesprochenen Übereinkunft hatten Kinz und Alga Plätze auf der anderen Seite von Ivi gewählt, sodass die kleine Prinzessin von ihnen dreien regelrecht umringt war. Cazia konnte die beiden durch die Äste und Schatten hindurch nicht sehen, aber sie war froh, dass sie da waren.

Es schien alles in Ordnung zu sein. Sie hatte nicht den Eindruck, dass sich unten auf dem Boden etwas bewegte. Die Bäume hatten frisch ausgeschlagen, und die jungen Blätter über ihr wiegten sich im Mondlicht. Auf dem Wasser kräuselten sich winzige Wellen und Wirbel und glitzerten im Mondlicht wie eine aufgespannte Kette. Die Ufer waren zu weit entfernt, als dass man sie bei diesem Licht hätte ausmachen können. Je weiter sie nach Norden gekommen waren, desto breiter und träger war der Fluss geworden, sodass sich Cazia fragte, ob sie es überhaupt merken würde, wenn sich der Fluss zum See ausbreitete.

Es war alles wunderschön.

Sie bettete den Kopf in die Vertiefung des Baumstamms hinter ihr und ließ ihre Lider wieder schwer werden. Eine Turbulenz im Wasser zeigte eine Stelle an, wo ein Stein der Oberfläche zu nahe kam. Sie begutachtete sie einen Moment lang und wunderte sich über deren Größe. Bewegte sie sich gar?

Plötzlich sah sie eine unerwartete verschwommene Bewegung im Wasser und hörte ein lautes Spritzen. Etwas Dunkles bewegte sich vor dem Hintergrund noch tieferer Dunkelheit, und Mondlicht spiegelte sich auf dem spritzenden Wasser.

Etwas war in den Fluss hinabgestoßen, und flügelschlagend erhob es sich jetzt wieder gen Himmel. Cazia fuhr von ihrem lauschigen Plätzchen im Baum hoch, um besser sehen zu können.

Einer der Riesenadler hatte sich gerade etwas aus dem flachen Wasser am Inselufer geschnappt. Etwas Großes.

Cazia war zu erschrocken gewesen, um aufzuschreien, aber sie fühlte sich versucht, es jetzt im Nachhinein zu tun, einfach aus Prinzip. Das Wesen, das davongetragen worden war, hatte sich nicht zur Wehr gesetzt. Das plötzliche Herabstoßen des Vogels musste es betäubt oder sofort getötet haben. Es war nur allzu leicht, sich vorzustellen, was es für ein Gefühl sein musste, Opfer eines solchen Angriffs zu werden. Wie schnell sie sich dann von einem ganz normalen Menschen, der durch die Wildnis zog, in einen Sack aus totem Fleisch und zerbrochenen Knochen verwandeln würde …

Sie sah zum nächsten Baum hinüber und blickte in Ivis vom Mondlicht beschienenes Gesicht. Das kleine Mädchen starrte sie mit großen, angstvollen Augen an.

Sie schauten beide wieder auf das Wasser hinab. Weitere Wellen verrieten, dass da irgendjemand oder irgendetwas von der Insel wegschwamm. Keins der Mädchen tat in dieser Nacht noch ein Auge zu.

Schon bald darauf ging die Sonne auf, und Cazia war die Erste, die von ihrem Baum hinunterkletterte. Ivi bespannte ihren Bogen und legte einen Pfeil an die Sehne, während ihre Freundin mit dem Speer in der Hand die Insel abschritt. Nach nur etwa hundert Schritten hatte Cazia das andere Ende erreicht – zu schnell, um in der Zwischenzeit die Verspannungen aus dem Rücken und den Oberschenkeln zu bekommen. Gern hätte sie die Poalos gebeten, das hohe Gras für sie abzusuchen, aber die einzigen Waffen, die die Geschwister besaßen, waren ihre Floßstaken sowie kleine Beile und der primitive Angelspeer.

Cazia hatte nicht die Absicht, ihnen ihren eigenen Speer zu überlassen.

Aber es waren keine Lebewesen zu finden. Ihren Bogen schussbereit, kletterte Ivi vom Baum. Die Poalos folgten ihr. Sie wirkten besorgt und verwirrt, was durch die pantomimischen Erklärungsversuche der kleinen Prinzessin nur noch schlimmer wurde. Ihre Diener wollten offensichtlich sofort aufbrechen, aber Ivi stellte sich quer.

»Eine Stelle an diesem Fluss ist genauso gefährlich wie jede andere«, beharrte sie, obwohl nur Cazia zu erkennen gab, dass sie ihre Worte verstand. »Und ich habe Hunger.«

Die Poalos hatten am Abend zuvor Fallen aufgestellt, in denen sich nun Fische fanden – scheußliche Viecher mit dreieckigen Zähnen und langen, fleischfarbenen Fortsätzen, die wie Schnurrhaare aussahen –, und während Kinz das Feuer schürte, war Alga damit beschäftigt, das Frühstück zu schuppen und auszunehmen.

Natürlich hätte Cazia das Feuer mit einem Zauber entfachen können, aber sie war noch nicht bereit, sich als Gelehrte zu verraten. Zwar hatten die Diener, von jenem einen flüchtigen Gesichtsausdruck abgesehen, bisher nichts getan, um ihr Misstrauen zu verdienen – und dieser Moment lag nun schon so lange zurück, dass sie begonnen hatte, an ihrer Erinnerung zu zweifeln –, aber das Leben im Palast hatte sie gelehrt, vorsichtig zu sein.

Und Alga … Er hatte versucht, ihr gegenüber an jenem ersten Tag seinen Charme spielen zu lassen, hatte sie angelächelt und ihr etwas zu essen gebracht, doch Cazia hatte sich geweigert, ihm in die Augen zu sehen. Er hatte den Fingerzeig begriffen und sie seither in Ruhe gelassen. Feuer mochte ihn holen und ihre Träume von ihm gleich mit.

Sie schritt die Insel ein zweites Mal ab. Mit dem Speer in der Hand kam sie sich ein wenig albern vor, aber dieses Mal hielt sie Ausschau nach Fußabdrücken im Uferschlamm. Und sie wurde fündig: Da war ein langer, tiefer Abdruck mit drei Zehen. Von der Form her erinnerte er vage an ein Ahornblatt, bei dem ein Teil des fingerartigen Blattes wie ein Daumen zurückversetzt war. Am Ende einer jeden Zehe war eine scharfe Kralle sichtbar.

Aber am schlimmsten war, dass sie den Abdruck an der Seite fand, an der auch ihr Floß lag, ein gutes Stück vom Ufer entfernt. Sie beugte sich zu Boden, um nach weiteren Abdrücken zu suchen, und war überrascht, dort unten einen merkwürdigen Steinhaufen zu entdecken.

Er hatte sich nicht auf natürliche Weise gebildet, und mit Sicherheit war er am gestrigen Nachmittag, als sie das Lager aufgeschlagen hatten, noch nicht da gewesen. Sie ließ sich neben den Steinen auf die Knie nieder. Das Häufchen bestand aus vier kleinen, flachen und glatten Flusssteinen von annähernd gleicher Größe, die im Viereck aneinandergelegt worden waren, mit einem fünften darüber. Rechts davon lagen zwei weitere Steine, und ein dritter war aufrecht gegen die Stelle gelehnt worden, wo sie einander berührten. Daneben befanden sich zwei aufrecht gegeneinandergelehnte Flusssteine, und da war auch der vermutlich den Anfang bildende Stein: eine flache Scheibe, die in den Schlamm gedrückt worden war, sodass sie aufrecht stand.

Auf der anderen Seite des aus fünf Steinen bestehenden Häufchens befand sich ein Haufen von sieben übereinandergelegten Steinen, und dahinter …

Kinz' Stiefel fuhr durch die Steinhaufen und fegte sie auseinander. »Njoo!«, sagte sie. Sie hatte das Wort für *Nein* auf Peradaini gelernt, aber sie konnte es nicht richtig aussprechen. »Njoo njoo!« Sie streckte die Arme vor sich aus und öffnete und schloss ihre zu Krallen gekrümmten Hände mit durchgedrückten Ellbogen, als seien sie riesige Kiefer voller Zähne.

Cazia stand auf und trat zurück, ihre Speerspitze auf das Wasser gerichtet. Hatten Alligaunten diese Steinhaufen errichtet? Sie begaben sich wieder zur Inselmitte zurück, wo Alga die aufgespießten Fische über das Feuer hielt.

Er sah sie nicht an, was Cazia gleichzeitig mit Enttäuschung und Dankbarkeit erfüllte. Feuer und Zorn, er ging ihr auf die Nerven. Sie schob unauffällig die Hand in die Tasche, um nach dem Übersetzungsstein zu greifen. Sie rechnete damit, dass sich die Diener nun miteinander austauschen würden. Und sie hatte recht.

»Finstergesicht hat neben dem Floß etwas gefunden.« *Finstergesicht* war also der Name, den sie ihr gegeben hatten; es erfüllte sie mit einem perversen Stolz. »Eine Warnung von den Seejungen.«

»Seejungen?« Alga hätte den Spieß beinahe ins Feuer fallen lassen. »Jetzt schon?«

»Ohne jeden Zweifel.« Sie nahm einen Spieß und begann zu essen. Igitt. Der Fisch war fast roh. »Früher hat man die Seejungen selten so weit vom Unteren See entfernt gesehen, aber inzwischen ist das nicht mehr so. Jetzt ziehen sie kreuz und quer an den Wasserwegen entlang durchs Land.«

»Glaubst du, die Mädchen verstehen, was Sache ist?«

Kinz warf einen kurzen Blick zu Cazia und Ivi hinüber. »Ja. Aber Finstergesicht ist fest entschlossen, und die Prinzessin wird ihr überallhin folgen, selbst bis in den Tod. Natürlich, wenn du es geschafft hättest, ihr schönzutun und sie zu beschwatzen …«

»*Du* solltest das tun«, raunzte Alga. »Sie hasst mich, und ich habe sie noch nicht einmal geküsst.«

Cazias Hand öffnete sich ruckartig, so als hätte die Hand ihren eigenen Willen, und sie konnte nicht mehr verstehen, was die beiden sagten. Nicht, dass es etwas zur Sache tat. Wann immer sie es versucht hatte, hatte sie nichts Schlimmeres vernommen als die üblichen missgünstigen Feindseligkeiten, die sie stets von Dienern zu hören bekam, wenn sie sich fern von Ohrenzeugen wähnten.

Natürlich *hieß* es, dass Übersetzungssteine einen in einen lallenden Schwachkopf verwandelten, wenn man zu viel Gebrauch von ihnen machte, aber sie hatte bisher keinerlei Anzeichen dafür erlebt. Wahrscheinlich war es nur eine weitere von Doktor Zweifloss' Lügen. Ihr Lehrer war der einzige Mensch außerhalb von Lars Kreis gewesen, dem sie wirklich vertraut hatte, aber jetzt … Sie wollte gar nicht darüber nachdenken.

Diese Art Fisch mochte das Hässlichste sein, was sie jemals gesehen hatte, aber er schmeckte köstlich. Ivi aß dazu etwas von ihrem harten Flachbrot, und Cazia genehmigte sich eine Handvoll Fleischbrot. Kinz kochte einen Topf Flusswasser ab, und alle bekamen ihren Anteil. Natürlich war es gefährlich, Wasser direkt aus dem Fluss zu trinken, aber Cazia hätte mit dem Wasser gern zumindest eine Art Fischkopfsuppe zubereitet. Bedauerlicherweise waren Ivi und die Poalos über die Idee entsetzt gewesen.

Es gab keine neben dem Floß lauernden Alligaunten, als sie sich von der Insel abstießen. Ivi hielt ihren Bogen bereit, einen Pfeil an der Sehne. Cazia hatte sich ihren Speer über die Knie gelegt und hielt Ausschau nach verdächtigen Wellen. Sie hätte ihren Köcher mit den Wurfspießen bevorzugt, aber sie war nicht bereit, sie zum Vorschein zu bringen. Noch nicht.

Während die Mädchen das Wasser im Auge behielten, ließen die Poalos den Blick über den Himmel schweifen. Gelegentlich sahen sie einen der riesigen Adler nach Nordosten fliegen – oder aus dieser Richtung zurückkehren –, aber diese Sichtungen wurden im Laufe des Tages immer seltener. Die Vögel schienen vorwiegend nachts zu jagen und tauchten erst bei Sonnenuntergang in größeren Zahlen auf. Solange die Poalos frühzeitig das Lager aufschlugen und sie ihr Feuer verbargen, sollten sie in den Bäumen sicher sein. Hoffentlich.

Drei Tage später bekam Cazia heraus, woran man erkennen konnte, wo der Fluss endete und der See begann: Der Fluss verengte sich zwischen zwei Hügeln, um dann über einen kleinen Wasserfall hinabzuströmen, der kaum höher war, als Ivi groß war. Die Poalos stakten das Floß zum Ostufer hinüber, dann trugen sie alle ihre Vorräte sowie das Floß den schlammigen Hügel hinab. Das Ufer war von dreizehigen Fußabdrücken übersät, aber Kinz schien sich keine sonderlichen Sorgen darüber zu machen, und Ivi war der Ansicht, dass die Abdrücke bereits mehrere Tage alt seien.

Der Wasserfall bestand, wie sich herausstellte, aus flachen Flusssteinen, die, nur ohne Mörtel, wie Ziegel übereinandergestapelt waren. Im Vergleich zu den Steinmauern von Peradain war es ein sehr primitives Bauwerk, dennoch konnte man das Gebilde keinesfalls mit einer natürlichen Steinformation verwechseln. Ivi musterte die Wand eindringlich und schob nachdenklich die Unterlippe vor. »Ich frage mich, welcher Clan das gebaut hat.« Es war niemand zugegen, der ihr eine Antwort hätte geben können.

Der See war überraschend tief. Die Poalos konnten nicht wie sonst am Ufer entlangstaken, weil das Ufer an den meisten Stellen zu steil abfiel. Stattdessen waren sie gezwungen, mit den Stangen zu paddeln – ohne Ruderblätter eine langsame und anstrengende Angelegenheit. Cazia beobachtete, wie eine Familie gelb gestreifter Schwaims aus dem hohen Gras auftauchte, um am Ufer zu trinken. Sie wollte gerade vorschlagen, das Floß doch lieber zurückzulassen und stattdessen den Rest des Weges zu Fuß zurückzulegen, als sich plötzlich ein Graslöwe auf das jüngste Tier der Schwaims stürzte und die übrigen wild auseinandersprengten.

Während sie weiter nach Norden fuhren, ragten die Felswände der Nördlichen Barriere mit jedem Tag höher vor ihnen auf. Hent hatte recht gehabt: Da gab es keinen Pass, der sie ins Qorrtal führen könnte. So weit Cazia in beide Richtungen blicken konnte – und ihre Augen waren hervorragend –, bildeten die Berge eine einzige glatte, glänzende Wand.

Es war später Nachmittag, als sie das gegenüberliegende Ufer erreichten. Die Poalos lenkten das Floß zu einer Böschung aus losem Geröll, und nachdem sie die Rucksäcke abgeladen hatten, zogen sie das Floß auf die Felsen am Ufer.

Nach Osten hin wuchsen Bäume, aber auf dieser Seite hier gab es nur von oben herabgestürzte Felsen und sumpfiges Grasland. Heute Nacht würden sie keine Bäume haben, in denen sie schlafen konnten, und der Schrei des Schwaimjungen, als der Löwe es davongeschleppt hatte, ging Cazia nicht aus dem Kopf. Hinter ihnen schienen die Felswände halb Kal-Maddum vor ihnen abzuriegeln.

Feuer und Zorn, es war wirklich ein merkwürdiger Anblick. Der Fels der Gebirgswand sah aus, als sei er an der Oberfläche geschmolzen worden, bis er glatt war wie eine Traube. So weit, wie sie blicken konnte, war da nichts, woran man sich hätte festhalten können – nicht einmal die kleinste Vertiefung für die Fingerkuppen. Cazia trat ein paar Schritte zurück und schaute die Felswand hinauf. Die glatte Wand, die keinerlei Strukturierung aufwies, erstreckte sich so hoch, dass sie nicht sehen konnte, wo sie endete.

Kinz trat zur Felswand und schlug mit der Kante eines scharfen Steins, den sie aus dem Ufergeröll gezogen hatte, darauf ein. Die Wand bekam nicht einmal einen Kratzer, aber der Stein in Kinz' Hand wies an der Spitze kleine weiße Abbruchstellen auf.

Cazia rutschte der Magen in die Knie. Was immer sie erwartet hatte – es war etwas anderes gewesen.

Ivi stand da und hatte einen Pfeil an die Sehne ihres Bogens gelegt. Alga stand nahe bei seiner Schwester, das Beil in der Hand. Alle hatten ihren Blick auf Cazia gerichtet.

»Es ist an der Zeit«, sagte Cazia. »Stapeln wir unsere Vorräte neben mir auf.«

Cazia legte ihren eigenen Rucksack auf die losen Steine am Fuß der Felswand, dann warf Ivi den ihren daneben. Als Kinz versuchte, das Gepäck der Poalos neben das ihre zu stellen, bedeutete Cazia der Prinzessin, mit ihr einen Schritt zur Seite zu treten.

»Ivi«, begann sie, »ich habe den Verdacht, dass unsere sogenannten Diener im Begriff stehen, sich gegen uns zu wenden. Wenn sie weglaufen wollen, ist das in Ordnung. Dann können sie ihre Sachen nehmen und gehen. Aber wenn sie uns angreifen oder versuchen, uns unsere Rucksäcke wegzunehmen, musst du einen Pfeil in einen von ihnen schießen.«

Das gefiel der kleinen Prinzessin gar nicht. »Sie sind älter, schneller und stärker als wir. Wenn wir einen Angriff erwarten, wäre es eine vernünftigere Taktik, ihnen zuvorzukommen.«

Aus dem Augenwinkel sah Cazia, wie sich die Körper der Poalos anspannten. Nach Tagen der Verstellung hatten sie sich nun endlich verraten: Sie verstanden Peradaini.

»Nein«, erwiderte Cazia. »Ich will nicht gegen sie kämpfen. Ich will nur nicht, dass sie in Panik geraten und mit unseren Vorräten weglaufen. Wenn sie gehen wollen, dann lass sie.« Cazia stellte sich Algas erschreckte Miene vor, wenn sich der Pfeil in sein Fleisch bohrte, und ihr drehte sich der Magen um. »Versuchen wir es zuerst einmal mit Abschreckung.«

»Das wäre mir lieber. Ich habe noch nie auf einen Menschen geschossen, und es würde mir nicht gefallen, wenn nun einer dieser beiden … Aber egal. Ich werde nicht zögern.«

Das bleiche kleine Gesicht der Prinzessin drückte Entschlossenheit aus. Cazia zweifelte keinen Moment daran, dass sie tun würde, was immer notwendig war. »Kleine Schwester, du beeindruckst mich von Tag zu Tag mehr. Als ich in deinem Alter war, habe ich niemals das getan, was ich tun sollte.«

»Ich habe mein ganzes Leben damit zugebracht, den Unterweisungen meiner Familie zu folgen. Insbesondere mein Onkel Nezzeriskos hat mir da Unterricht erteilt. Er hat mich gelehrt, dass es nicht nur viele Vorrechte mit sich bringt, wenn man eine Ergoll-Prinzessin innerhalb der indregaischen Allianz ist, sondern auch viele Verpflichtungen. Ich will seinem Andenken keine Schande machen.«

»Ich verstehe«, erwiderte Cazia. »Erinnere mich daran, dich nachher zu umarmen.« Sie warf ihren Speer zu Boden und öffnete ihren Rucksack. Niemand zeigte eine Reaktion, als sie den Köcher mit den Wurfspießen herausnahm. Es tat gut, sich den Köcher an die Hüfte zu binden – so, als würde sie laut ihren Namen rufen. Sie bemerkte außerdem mit ein wenig Sorge, dass sie den Gürtel um ein Loch strammer ziehen musste, damit er passte.

Die Poalos wirkten nur verwirrt. Gut. Sie wussten also nicht, worum es sich bei den Wurfspießen handelte. Was als Nächstes kam, würde indessen nicht misszuverstehen sein.

Sie drehte sich wieder zur Steilwand hinter ihr um. Keine Leiter aus Steinblöcken würde sie über diese Wand bringen; niemals wäre sie in der Lage, etwas zu bauen, das stabil genug war, um auf diesem Weg den Gipfel zu erreichen. Aber das tat nichts zur Sache. Sie plante, eine Treppe zu machen, keine Leiter.

Das erste Symbol erfüllte ihre Gedanken, und ihre Hände begannen mit den entsprechenden Gegenbewegungen. Magie durchfloss sie, und Augenblicke später stürzte ein Teil des seltsam strukturlosen Steins in sich zusammen, um nur Schutt und Geröll zu hinterlassen.

Beide Poalos heulten vor Schreck und Entsetzen auf. Cazia konnte es nicht fassen – sie heulten doch tatsächlich wie

Hunde. Kinz wich drei Schritte zurück und ließ sich auf die Knie fallen. Alga schloss sich ihr an, und sie begannen draufloszuschnattern. Cazia berührte den Edelstein in ihrer Tasche.

»… und das dafür?«, sagte Kinz. »Wir reisen den ganzen weiten Weg mit einer der Verfluchten?«

Ihr Bruder beugte sich dicht zu ihr. »Bei Inzu, wir müssen ihr den Garaus machen.«

»Nein!« Kinz packte ihn am Ärmel, ohne den Blick von Cazia abzuwenden. »Das werden wir nicht. Niemals. Es kümmert mich nicht, ob sie verflucht ist; wir werden das Mädchen nicht mitten in der Wildnis ermorden. Schlimmer noch, es müssten zwei Mädchen sein, weil die Prinzessin Zeugin wäre. Würdest du das wirklich fertigbringen?«

Alga antwortete nicht sofort. »Nein«, sagte er schließlich. »Ich mag diese Teufel nicht besonders, aber ich will sie auch nicht töten. Doch was ist, wenn sie beide zu den Verfluchten gehören?«

Kinz und Cazia starrten einander an. Da lag etwas im Gesichtsausdruck der jungen Poalo, was Cazia gefiel.

Alga beugte sich wieder zu seiner Schwester. »Wir müssen uns unsere Sachen schnappen und nach Süden gehen. Mahz sollte die Wahrheit wissen.«

Kinz schüttelte den Kopf. »Mahz hat gesagt …«

»Mahz wollte, dass wir herausfinden, wohin sie tatsächlich gehen! Sie hat ja nicht geglaubt, dass sie es wirklich *ernst* meinten, und sie hat nie von uns erwartet, dass wir uns ins Qorrtal hineinbegeben.«

Kinz hielt ihren Blick immer noch sorgfältig auf Cazia gerichtet. »Mahz hat uns außerdem aufgetragen, über sie zu wachen.«

»Aber …«

»Du solltest gehen, Alga. Sag Mahz, wohin wir gegangen sind. Sie wird für dich jene Ehe arrangieren, so, wie du es möchtest. Und ich werde Mahz' zweiten Befehl erfüllen: Ich werde über sie wachen, so gut ich kann. Wenn du sie siehst, erinnere sie daran, dass ich einen Teil der Schuld abgezahlt habe. Vielleicht wird sie dir jene zusätzliche Menge an Okshim geben tun, damit du damit unser Volk neu begründen kannst.«

»Kinz, der Wind muss dir deinen Verstand weggeblasen haben. Es kann nicht deine Absicht sein, diese Berge zu besteigen, geschweige denn, Qorr zu betreten – und noch dazu mit einer der Verfluchten!«

Im Abendlicht der niedrigen Sonne schienen Kinz' Augen Funken zu sprühen. »Doch. Ich hoffe sogar, dass ich sie überreden kann, mich den einen oder anderen dieser Flüche zu lehren.«

»Nun ja«, unterbrach Cazia sie auf Peradaini, »Zauber sind wirklich schwer zu erlernen.«

Die Poalos starrten sie mit großen Augen und offenen Mündern an.

»Außerdem muss man mit einer besonderen Begabung dafür geboren sein«, log Cazia. »Und selbst dann gelingt es so manchem nicht.«

Kinz richtete sich hoch auf und trat vor. »Woran könnt Ihr erkennen, ob ich diese *Begabung* habe?«

Sie sprach Peradaini mit einem starken Akzent, war aber gut verständlich. Cazia unterdrückte den Drang, *Njoo! Njoo!* zu ihr zu sagen. »Dein Peradaini ist gar nicht mal übel.«

»Danke«, antwortete Kinz freiheraus. »Wir müssen die Sprache lernen, wenn wir auf den Passwegen Handel treiben wollen. Außerdem fallen die Tributzahlungen, die wir Euren Soldaten entrichten müssen, kleiner aus, wenn wir in Eurer Sprache Protest einlegen können. Und, ja, das bedeutet, dass wir Euch getäuscht haben, geradeso wie Ihr uns getäuscht habt. Ihr habt uns nie gesagt, dass Ihr Henjzuh sprechen könnt.«

»Ich kann gar kein … Feuer und Zorn, ich bin mir nicht

einmal sicher, ob ich das Wort Henchjü aussprechen kann … Hendschu, ähm … ich will wirklich nicht respektlos sein … aber meine Magie kann mir eure Wörter übersetzen. Also, nicht alle …«

Alga trat nah an seine Schwester heran. »Kinz, wir müssten jetzt wirklich gehen tun.« Sein Peradaini war ebenfalls nicht schlecht.

»He!« Cazias Stimme hallte von der Steilwand hinter ihr wider. »Unterbrich mich nicht!« Irgendwie war es einfach, auf ihn wütend zu sein. »Und nenn mich nicht *Verfluchte.* Ihr Hirten habt mich mit einem unhöflichen Namen nach dem anderen belegt, und das gefällt mir nicht.«

»Um ehrlich zu sein«, warf Ivi ein, »mein Volk bezeichnet Gelehrte als ›Wirte‹ oder ›die Besessenen‹, aber ich finde, dass das nur ein dummer Aberglaube ist.«

»Also«, ergriff Cazia wieder das Wort. »Mahz hat mir demnach nicht geglaubt, als ich ihr gesagt habe, dass ich ins Qorrtal gehen will?«

Kinz schüttelte den Kopf. »Niemand hat Euch geglaubt.«

»Ich schon«, warf Ivi ein.

»Und Hent auch«, fügte Cazia hinzu. »Aber das tut nichts zur Sache. Was hat sie euch versprochen? Okshim?«

»Unseren Namen«, antwortete Alga. »Sie wollte uns genug Okshim geben, dass wir damit den Stamm der Poalos wieder zum Leben erwecken können, und sie wollte uns zusammen mit jedem fortgehen lassen, der sich uns anschließen wollte.«

Cazia seufzte. Von ihrer Wut auf ihn war nur noch ein verdrießliches Bedauern geblieben. So viele Menschen waren gestorben; sie konnte es ihm nicht zum Vorwurf machen, dass er tat, was er tun musste, um einen Neuanfang zu wagen. Nein, wirklich nicht.

»Beantwortet mir eine Frage«, sagte Kinz. »Warum wolltet Ihr denn *wirklich* ins Qorrtal gehen tun?«

»Aus genau dem Grund, den sie genannt hat«, antwortete Ivi. »Sie glaubt, dass wir von dort angegriffen werden. Ich habe während unserer Reise über alles genau nachgedacht, und nun bin ich davon überzeugt, dass sie recht hat.«

»Ihr beiden Mädchen wollt also allein in den gefährlichsten Teil der Welt gehen tun – noch gefährlicher, wie es heißt, als die Küste von Espileth.«

»Ja«, bestätigte Ivi.

»Ich gehe mit euch«, erklärte Kinz sofort. Sie drehte sich zu Alga um und fiel ihm ins Wort, bevor er weitere Einwände erheben konnte. »Entweder wird Inzu über mich wachen, oder sie wird es eben nicht tun. Ich will dich nicht mehr klagen hören. Nimm das Floß und begib dich zu Mahz. Du bist stark genug, um sie einzuholen, bevor sie Piskatook erreicht hat. Mach, dass du diese beiden mageren Mädchen, auf die du ein Auge geworfen hast, für dich einnehmen tust. Werde der oberste Poalo; mir ist das alles gleich. Ich will dich erst einmal nicht mehr sehen.«

»Kinzchu, wie kannst du solche Dinge zu mir sagen tun?«

»Kleiner Bruder, du bist ein Leben lang verwöhnt worden, bis die Ozzhuacks dich als Arbeiter in ihre Reihen aufgenommen haben. Seitdem hast du nichts anderes mehr getan, als jammern zu tun, auf Rache zu sinnen und jüngeren Mädchen zuzuzwinkern. Ich liebe dich, Algachu, aber ich will nicht in deiner Nähe sein.« Sie griff nach ihrem gemeinsamen Rucksack und hielt ihn ihm entgegen. »Nimm das Floß. Fahr Richtung Süden. Ich werde dich schon wiederfinden, wenn ich kann.«

Alga lief rot an, aber er antwortete nicht. Er berührte das Beil an seinem Gürtel und den Beutel, der die Schnur für seine Fallen enthielt, dann trat er zurück, ohne den Rucksack zu nehmen. Er sah Ivi und Cazia an. Offensichtlich hatte er noch irgendetwas sagen wollen, aber die Ansprache seiner Schwester hatte ihm den Wind aus den Segeln genommen.

Er seufzte und eilte zum Ufer hinab. Er bedachte Cazia mit einem letzten giftigen Blick und sah dann etwas länger zu seiner Schwester. Danach schob er das Floß ins Wasser und stakte davon.

»Wird er zurechtkommen?« Ivi hatte ihre Hände, die immer noch ihren kleinen Bogen samt Pfeil umklammert hielten, an den Hals gedrückt und das Kinn darauf gepresst. »So ganz allein?«

Cazia hob ihren Speer auf. »Den kann ich eigentlich nicht recht gebrauchen. Wenn wir ihm …«

Mit einer knappen Handbewegung tat Kinz die Bedenken der beiden Mädchen ab. »Ich bin es, die hier einen Speer braucht. Poalos verbringen ihr ganzes Leben in den Weiten Landen. Wir haben keine Angst davor, so wie ihr Südländer.«

Ivi wirkte dadurch nicht beruhigt. »Mein Onkel hat mir gesagt, dass niemand je allein durch die Weiten Lande reisen dürfe. Löwen und Alligaunten …«

»Prinzessin, wenn Ihr Euch Sorgen machen tun wollt, spart sie Euch für Euch selber auf. Auch wenn ich nicht weiß, was *Uligunten* sind.«

»Das dürfte jetzt auch egal sein«, entgegnete Cazia. Sie drehte sich wieder zur Felswand um. »Sind wir verrückt, weil wir das alles tun?«

»Ja«, sagte Kinz. »Allerdings habe ich nicht die geringste Ahnung, wie wir über die Berge hinüberkommen sollen. Wollt Ihr einfach einen Tunnel hindurchgraben?«

»Nicht, solange ich nicht weiß, was sich auf der anderen Seite befindet«, antwortete Cazia. »Ich würde mir ziemlich dumm vorkommen, wenn ich einen Tunnel in den Grund eines Sees graben und damit uns alle umbringen würde. Außerdem ist es schwer, in einem solchen Tunnel für gute Luft zu sorgen. Die Bergarbeiter bekommen das hin, aber ich weiß nicht, wie. Also habe ich mir überlegt, dass wir eine Treppe in den Fels hauen.«

Kinz bedachte Cazia mit dem gleichen Blick, den Tyr Gerrit Ivi zugeworfen hatte, als er sie durch den Spiegel gesehen hatte. Sie wollte selbst Magie wirken können. Natürlich wollte sie das.

Die nackte Wahrheit war, dass Cazia dafür hingerichtet werden konnte, sich als eine unbewachte Gelehrte unter Außenstehende und Fremde zu begeben, selbst wenn sie sich ihnen niemals zu erkennen gegeben hätte. Es verstieß gegen alles, was Doktor Zweifloss ihr je beigebracht hatte. Aber andererseits hatte Doktor Zweifloss sie tagtäglich belogen. Er hatte ihr eingetrichtert, dass Magie gefährlich sei und dass sie nicht einen Zauber nach dem anderen wirken dürfe, da es sie aushöhlen würde. Doch sie hatte die Grenzen ausgetestet, die er ihr gesteckt hatte, und herausgefunden, dass sie nichts als ein Schwindel waren.

»So«, sagte Cazia. Erneut brachte sie das elfte Geschenk zur Anwendung und ließ einen weiteren Teil der Felswand zusammenstürzen. Die herausgebrochenen Steine rollten herab und blieben auf dem Geröll zu ihren Füßen liegen. In der Felswand hatte sich eine Vertiefung gebildet, groß genug, um Platz für sie alle drei zu schaffen, wenn sie sich darin zusammenrollten.

Cazia kletterte in die Öffnung, fegte mit den Füßen weitere Steine hinaus, dann wirkte sie den Zauber abermals. Diesmal ließ sie den Stein ganz oben an der Ostseite der winzigen Höhle zerbrechen. Das Gestein fiel herab und Cazia zwischen die Beine.

Das tat ein wenig weh, und sie hätte es vorgezogen, wenn die Steine vollkommen rund gewesen wären, aber dem war nicht so. Die Felsbrocken hatten scharfe Kanten, die ihre Beine überall dort zerkratzten, wo sie nicht von ihrem Wanderrock bedeckt waren.

Aber das machte nichts. Wieder zauberte sie und gleich noch einmal, wobei sie darauf achtete, dass ihr Tunnel zur

Seite hin offen war und die Winde der Weiten Lande hereinließ. Als die Steine auf sie herabrollten, fegte sie einige von ihnen über die Felskante, sodass sie ins Grasland darunter fielen.

Unter sich hörte sie Ivis Stimme. »Hilf mir hoch! Hilf mir hoch!« Cazia blickte zurück und sah die Prinzessin auf allen vieren auf sie zuklettern. Kinz folgte dicht hinter ihr. Das Gesicht der kleinen Prinzessin strahlte aufgeregt. »Mach das noch mal!«

Cazia lachte und tat wie geheißen. Der Zauber fiel ihr mit jedem Mal ein klein wenig leichter. Es war ein schönes Gefühl, genauso wie es schön gewesen war, den Turm aus Steinblöcken vor der Festungsmauer von Samsit in die Höhe zu ziehen.

Kinz band alle ihre Rucksäcke zusammen und zog sie hinter sich her, während sie mit der anderen Hand den eisernen Speer hielt. Ivi spannte ihre Bögen ab und band ein Tuch über ihren Köcher. Cazia sah das Mädchen an. »Prinzessin, ist hier auch wirklich jeder von hoher Geburt und notwendig?«

Ivis Wangen färbten sich rot. »Neck mich nicht! Diese Frau hat niemand gemocht, und das weißt du auch. Außerdem hatte ich nur versucht, das Kommando zu übernehmen. Keine Sorge! Ich habe meine Lektion gelernt.«

Cazia lachte, und die Prinzessin lachte mit ihr. Eigentlich war die Sache gar nicht komisch, aber nun waren sie zusammen, und Cazias Plan schien aufzugehen. Sie zogen das hier wirklich durch.

Als die in den Berg geschlagene Rampe die Höhe von gut zwölf Metern erreicht hatte, wies Cazia die beiden anderen Mädchen an, nahe zu ihr heraufzuklettern. Dann brachte sie hinter ihnen das sechste Geschenk zur Anwendung und schnitt den Tunnel mit einem großen Granitblock von der Außenwelt ab.

»Kein Rückzug mehr, hm?«, bemerkte Kinz.

»Keine unwillkommenen Besucher«, erwiderte Cazia. Sie

deutete auf das Grasland hinab, wo ein Rudel Graslöwen herumlungerte und sie beobachtete.

»Wie lange kannst du so weitermachen?«, fragte Ivi.

Die Beantwortung dieser Frage war ein Verbrechen, auf das die Todesstrafe stand. Eine plötzliche Welle von Scham und Trauer übermannte Cazia. Wie konnte sie mit Ivi lachen, nachdem so viel passiert war? König Lar Italga hätte ihr angesichts des Verbrechens, das sie hier beging, Gnade gewährt, und plötzlich vermisste sie ihn schmerzhaft – ihn und Col und Pagesh.

Die Nacht brach herein. Sie würden bald aufhören müssen, um zu essen und zu schlafen, und es war Cazias Aufgabe, einen sicheren Lagerplatz für sie in den Fels zu schlagen.

Wie lange konnte sie so weitermachen? Cazia wusste, was man ihr eingeschärft hatte, aber sie wusste nicht, ob es auch die Wahrheit war. »Solange ich muss«, antwortete sie.

KAPITEL 21

Als das erste Mal ein Riesenadler an ihnen vorbeiflog, zogen die Prinzessin und die Hirtin ihre kleinen Messer. Natürlich waren sie gegenüber so gewaltigen Geschöpfen nutzlos; aber das Ungeheuer flatterte nur an der Felswand entlang, um einen besseren Blick auf sie zu erhaschen, dann flog es kreischend in die Dunkelheit davon.

Von nun an grub Cazia ihren Tunnel tiefer in die Bergwand hinein. Statt ihn auf der einen Seite ganz offen zu lassen, damit frische, saubere Luft hereinkam, schuf sie lediglich einen schmalen Schlitz, der nur etwas Sternenlicht hereinließ. Und immerzu grub sie in östlicher Richtung nach oben hinauf.

Irgendwann bat Ivi darum, für heute Schluss zu machen, und so stellte Cazia ihre Tätigkeit ein. Oben an der Tunneldecke brach sie ein Loch durch den Fels, damit frische Luft hereinkam, dann höhlte sie einen niedrigen Raum aus, gerade groß genug, dass sie darin sitzen oder liegen konnten. Sie verwandelte zwei rundliche Felsbrocken in Lichtsteine – ein Zauber der vierzehnten Festspiele, der ihre erste Lektion darin gewesen war, einen festen Körper mit Magie zu durchtränken. Damit hatte sie ihr Tagewerk getan. Jetzt galt es nur noch, all das lose Geröll den Tunnel hinunterzufegen oder es durch das seitliche Belüftungsloch nach draußen zu befördern. Aber das war nicht allzu schwierig.

Und es ging ihr gut. Vielleicht war sie ein wenig müde und nervös, aber mit Sicherheit war sie nicht hohl geworden wie Doktor Weißhalm. Was hatte Doktor Zweifloss mit all seinen Jahr für Jahr ausgesprochenen Warnungen nur beabsichtigt? Sie konnte es sich wirklich nicht vorstellen.

Mitten in der Nacht wurde sie aus schrecklichen Albträumen geweckt, in denen sie endlos lange durch einen schmalen Schacht gestürzt und dabei langsam verhungert, langsam dahingeschwunden war, bis nichts mehr von ihr übrig blieb. Kinz und Ivi schliefen neben ihr tief und fest, während der Wind den Staub in ihrer Kammer aufwirbelte. Cazia setzte sich im schwachen Dämmerlicht auf und wischte sich den Schweiß vom Gesicht.

Als sie die steinerne Stufenleiter über die Mauer nach Samsit errichtet hatte, hatte sie das sechste Geschenk wie oft gewirkt? Vielleicht achtzig Mal? Vielleicht noch öfter, vielleicht weniger oft. Und als sie und Ivi am nächsten Morgen endlich am Pass ihr Lager aufgeschlagen hatten, waren ihre Träume schrecklich gewesen.

Doch die Träume jetzt waren noch schlimmer. Sie hatte nicht daran gedacht mitzuzählen, wie viele Male sie das elfte Geschenk angewandt hatte, aber es mochten vielleicht hundertfünfzig Mal gewesen sein. Vermutlich nicht mehr. Der Schweiß ließ ihre Haut kribbeln, und sie hatte ein bleiernes Gefühl im Magen.

Es verging nicht viel Zeit, dann lachte sie über sich selbst. Waren das jetzt die schrecklichen Folgen, vor denen Doktor Zweifloss so viel Angst gehabt hatte? Ein gruseliger Traum? Sie legte sich wieder hin. Sie fühlte sich immer noch ein wenig seltsam, aber sie schloss die Augen und schlief irgendwann wieder ein.

Am Morgen begannen sie von Neuem. Nach Cazias unruhiger Nacht fühlte sich ihr Magen an wie ein Bündel nasser Lumpen, aber sie nahm es schon bald nicht mehr wahr. Der Zauber fiel ihr mit jedem Mal leichter, und sie begann sich regelrecht in den begleitenden Gesten und geistigen Bildern zu verlieren. Zauber um Zauber schien durch sie hindurchzufließen, und je tiefer sie in diesen Zustand versank, desto besser begann sie ihn zu verstehen. Kleine Veränderungen in ihren Handbewegungen hatten schon immer auch winzige Veränderungen in der Wirkungsweise der Geschenke zur Folge gehabt, aber im Laufe des Morgens wurden ihr diese Wirkungen klarer, was es ihr erlaubte, Größe und Form ihres Tunnels besser zu kontrollieren.

Waren das nun die besonderen Einsichten und Kenntnisse, über die hohl gewordene Gelehrte angeblich verfügten? Aber das konnte nicht sein. Zum einen waren die Veränderungen, die sie an den Zaubern vornehmen konnte, so unbedeutend und oberflächlich, dass hier kaum von vertieften Kenntnissen die Rede sein konnte. Zum anderen war sie mit Sicherheit nicht hohl geworden.

Doch ihr Magen lag ihr weiterhin wie ein Klumpen Blei im Leib, und zusammen mit ihrer zunehmenden Meisterschaft im Zaubern wuchs die Einsamkeit in ihrem Innern. Eine tiefe Sehnsucht nach ihrem verlorenen Zuhause und den verlorenen Freunden senkte sich quälend über ihre Gedanken und schnitt ihr ins Mark. *Colchua, es tut mir so leid.*

Die Geschenke, seltsamerweise, linderten diesen Schmerz. Die Konzentration und die Energie, die stets vonnöten waren, damit ein Zauber funktionierte und sie förmlich in ihn *hineingehen* konnte – auf jene sehr reale Weise, die ihr half, Kontrolle zu erlernen –, erlaubten ihr eine Ruhepause von der Trauer, die sich in ihrem Herzen ausbreitete. In der Zeit zwischen den einzelnen Zaubern, wenn sie Steine wegräumen und auf Händen und Knien den steilen Tunnel hinaufkriechen musste, schienen ihre Gefühle sie regelrecht zu überwältigen – und mit jedem Mal noch ein wenig heftiger.

Es war bereits spät am Tag, als die anderen sie baten, eine Pause einzulegen, damit sie etwas essen konnten. Widerstrebend erfüllte Cazia ihnen den Wunsch. Sie schob eine Handvoll Steine durch die Öffnung in der Wand und ließ sie den ganzen Weg die Steilwand hinunter bis zum Boden fallen. Sie waren jetzt hoch oben, aber sie konnte unmöglich wissen, wie viel weiter sie noch hinaufmussten.

Kinz drückte Ivi ein eingewickeltes Päckchen in die Hand, und diese gab es an Cazia weiter. »Wir werden darauf achten tun müssen, uns unsere Vorräte gut einzuteilen. Ich will nicht … Cazia, was ist los?«

Die kleine Prinzessin starrte voller Entsetzen in Cazias Gesicht. Cazia fuhr über ihre Augen, ihre Nase, ihren Mund. Da war nichts Entstellendes, keine tränenwunden Stellen, kein Blut, sondern nur Schmutz und Schweiß.

»Kinz!«, rief Ivi nach unten und kroch dann näher, um Cazia am Kragen zu berühren.

Die Dienerin zwängte sich neben Ivi in den Tunnel. »Inzus Barmherzigkeit! Cazia, was habt Ihr mit Euch angestellt?«

»Blute ich?« Cazia war überrascht, ihre eigene Stimme zu hören, die plötzlich so klang, als hätte sie stundenlang geweint. Aber ihre Trauer und ihr Unglück hatten doch kaum erst begonnen, in ihr aufzusteigen. Sie verstand nicht, warum die beiden sie mit derart bestürzten Mienen ansahen. Der Drang, einen weiteren Zauber zu wirken, um ihre Gefühle zu mildern, stieg mächtig in ihr empor, aber sie widerstand ihm.

Schließlich wurde es ihr zu viel. Sie begann zu schluchzen. »Mein Bruder«, stieß sie hervor, und es klang wie ein Quieken. »Ich habe meinen Bruder so sehr geliebt, und ich habe ihn *umgebracht.*«

Ivis Umarmung war körperlich schmerzhaft, aber Cazia stieß das kleine Mädchen nicht von sich weg. Sie schluchzte nur und weinte, und ihr untröstlicher Kummer brandete in schrecklichen Wellen über sie hinweg.

Aber gleichzeitig fühlte sie sich von sich selbst losgelöst und analysierte das Geschehen, so wie sie es getan hatte, als Mahz ihre spitz geschliffenen Zähne gebleckt hatte. Cazia hatte immer dazu geneigt, den Dingen auf den Grund zu gehen. Es schien, als könne sie sich in nichts einfach verlieren. Nicht einmal hierin.

Gelehrte sollten niemals Tränen zeigen.

Die Tränen nahmen ein Ende und dann auch die Umarmung. Cazia setzte eine tapfere Miene auf. Wo Ivi sie fest an sich gedrückt hatte, war ihre Haut noch immer roh und brennend. Sie aßen, leerten ihre Feldflaschen und ließen sie von Cazia erneut auffüllen. Als sie das fünfte Geschenk wirkte, um die Feldflaschen für später zu befüllen, linderte das ihren Kummer kaum, anders, als es beim elften Geschenk der Fall gewesen war.

Sie wandte sich wieder ihrer Grabungstätigkeit zu. Sie war sich immer noch darüber im Unklaren, warum Ivi und Kinz so aus der Fassung gewesen waren, als sie ihr Gesicht gesehen hatten. Es schien ihr auch nicht weiter wichtig.

Während des restlichen Tages fuhr sie damit fort, das elfte Geschenk zu wirken, und sie hörte erst auf, als das durch den schmalen Spalt zur Außenwelt fallende Licht verdämmerte. Cazia schuf eine weitere Höhle für sie, in der sie schlafen konnten, und ertrug ihre besorgten Blicke, während sie aßen.

Großer Weg, sie fühlte sich elend, und nur die Geschenke vermochten ihr Leid zu lindern. Erschöpft schlief sie ein, und ihre Albträume waren genauso fürchterlich wie in der vergangenen Nacht.

Mehrmals wachte sie voller Entsetzen auf. Beim Morgengrauen fühlte sie sich erschöpft und völlig ausgedörrt. Na großartig. Es brauchte also nur ein paar schlechte Träume, um ihr das Leben zu vermiesen. Sie leerte hastig beide Feldflaschen und versuchte, sich wieder in den Schlaf zu zwingen, doch es gelang ihr nicht.

Als es hell wurde, verzehrten sie ihre Morgenmahlzeit in unbehaglichem Schweigen. Ivis und Kinz' Kau- und Atemgeräusche entnervten Cazia so sehr, dass sie am liebsten laut geschrien hätte.

»Cazia«, sagte die Prinzessin und sprach, als richte sie das Wort an einen völlig unvernünftigen Menschen, »wir müssen umkehren.«

»Nur zu, dann geht doch.« Ihre Stimme klang energischer, als sie sich fühlte.

»Nein, *du* musst umkehren! Du darfst dir nicht wieder antun, was du dir gestern angetan hast.«

Cazia seufzte. »Nein, es ist schon in Ordnung.« *Es ist nicht in Ordnung.* »Ich war einfach unvorsichtig. Ich habe denselben Zauber zu viele Male hintereinander angewandt, und das hat es etwas schwierig gemacht, meine Gefühle unter Kontrolle zu halten. Heute werde ich das Ganze ein wenig abwandeln, und dann werde ich schon zurechtkommen.«

Beide Mädchen sahen sie skeptisch an, aber Kinz' Blick war kühler, und es lag etwas bohrend Analytisches darin. »Habt Ihr denn noch nie zuvor etwas Derartiges gemacht?«

»Ich bin immer noch in der Ausbildung«, räumte Cazia ein. »Ich bin recht tüchtig, aber ich kenne noch nicht jeden Zauber.« Das *noch* in ihrem Satz klang ihr nach vergeblicher Hoffnung, aber sie fügte es trotzdem ein. Es gab wahrscheinlich niemanden auf der Welt mehr, der sie in Magie würde unterrichten können.

Ivi schüttelte den Kopf. »Wir machen uns trotzdem Sorgen um dich.«

Sie hatten kein Recht dazu, sich Sorgen um sie zu machen. »Was habt ihr gestern Abend gesehen? Warum wart ihr so aus der Fassung, als ihr mich gesehen habt?«

Kinz antwortete, als handele es sich um ein Thema, das sie, während Cazia schlief, ausführlich mit Ivi erörtert hatte. »Ihr seid ein Mädchen, das jeden seiner Gedanken in seinem Gesichtsausdruck verrät. Erkennt Ihr die Wahrheit in meinen Worten? Euer Gesicht ist sehr lebendig, und jeder kann in jeder Grimasse oder jedem Augenverdrehen von Euch sehen tun, was Ihr im Sinn habt – selbst wenn Ihr uns beobachten tut, während Ihr tut, als tätet Ihr es nicht.«

Cazia wusste nicht, wie sie darauf reagieren sollte, also leerte sie stattdessen die Feldflasche.

»Aber«, fuhr Kinz fort, »gestern Abend war Euer Gesicht vollkommen schlaff und leblos. Ihr habt ausgesehen wie eine wandelnde Leiche.«

Wie Doktor Weißhalm.

»Meine Cousine hatte einen Mann, der während eines Kampfes einen Tritt an den Kopf bekommen hat«, sagte Ivi. »Sein Schädel brach, und der Mann wäre beinahe gestorben, aber selbst nach seiner Genesung ist er nie wieder wirklich er selbst geworden. Seine Erinnerung, sein Sinn für Humor, alles, was ihn ausgemacht hatte, war zerstört worden. Cazia, gestern Abend hattest du genau so einen Gesichtsausdruck – als wäre dir etwas ganz Ähnliches passiert. Ich habe geglaubt, die Magie hätte dein Gehirn zerstört.«

»Nun gut, aber das hat sie nicht.«

»Aber Ihr habt schrecklich ausgesehen«, beharrte Kinz. »Wie viel weiter wollt Ihr uns noch bringen tun? Den ganzen Weg bis über die Berge? Ich mag Euch und glaube nicht, dass Ihr verflucht seid. Noch nicht. Aber wenn Ihr nicht aufhört, werdet Ihr Euch vielleicht selbst zur Verfluchten machen tun!«

Cazia blickte auf ihre Hände. Sie zitterten leicht. Was wusste Kinz schon? »Ich habe damit gerechnet, dass das hier keine leichte Aufgabe sein würde«, log Cazia. Konnten die anderen wirklich erkennen, was sie dachte? Sie schaute auf ihren Schoß hinab und hielt ihr Gesicht reglos. »Aber ich habe vergessen, dass ich die Zauber eigentlich immer wieder abwandeln sollte. Ich war einfach zu ungeduldig. Ich werde es heute langsamer angehen lassen. Es gibt keinen Grund zur Sorge.«

»Ich werde mir trotzdem Sorgen machen«, erklärte die Prinzessin.

»Wir haben Euch gehört«, sagte Kinz, als hätte Cazia ihre Bedenken ausgeräumt. »Aber vergesst nicht, dass Ihr den Tunnel hinter uns versperren tun müsst.«

Cazia holte tief Luft, damit sie nicht offen herauslachte. Das hatte sie ganz vergessen.

»Deshalb also habt ihr uns noch nicht alle erobert und niedergeworfen, nicht wahr?«, fragte Kinz. »Eure Magie ist mächtig, aber der Tribut, den sie fordert, wenn ihr beständig von ihr Gebrauch macht, würde euch vernichten. Das ist der Grund, warum ihr nicht aus jeder Ernte ein Festmahl machen oder jeden Berg einstürzen lassen oder eine Mauer bauen könnt, um jeden Weg in die Weiten Lande zu versperren.« Sie verfiel für einen Moment in Schweigen. »Wir haben eure Verfluchten bei der Arbeit gesehen.«

Cazia wusste nicht, ob ihr die Richtung gefiel, in die sich das Gespräch entwickelte. »Ach ja?«

»Wir spionieren euch aus«, sagte Ivi unumwunden. »Und ihr spioniert uns aus. So läuft es nun einmal.«

Kinz fuhr fort: »Wir sehen eure Forschungen. Wir sehen die Macht eurer Zauber, aber es ist unter den Stämmen und den indregaischen Gesandten viel darüber gerätselt worden, warum ihr nicht noch mehr Gebrauch von ihnen gemacht habt und warum euer Volk bei unbelebten Körpern schwächere Formen der Zauber einsetzt. Mein eigener Vater war davon überzeugt, dass es der Wille Inzus ist, der euch Grenzen auferlegt.«

»Bitte«, platzte es aus Cazia heraus. »Bis ich dich kennengelernt habe, hatte ich niemals auch nur den Namen Inzu gehört.«

Kinz presste für einen Moment die Lippen aufeinander, dann sagte sie: »In dem Fall wünsche ich Euch den Segen des einen wahren Gottes.«

»Na großartig«, unterbrach Ivi sie. »Ein religiöses Streitgespräch. In den Ratssitzungen meines Vaters nehmen die immer einen ganz tollen Verlauf.«

Kinz hielt ihren Blick auf einen Punkt an der Decke gerichtet. »Ich habe nur eine völlig unschuldige Betrachtung angestellt.«

»Also gut«, erwiderte Cazia. »Mit dergleichen kann ich auch dienen: Ich habe mich der Todesstrafe schuldig gemacht, weil ich mit euch beiden hier bin.« Hätte sie das in Angst und Schrecken versetzen sollen? Das war jedenfalls nicht der Fall. »Verstehst du? Gelehrte reisen niemals ohne Leibwächter, und diese Wachen sind dazu ausgebildet, die Gelehrten zu töten, damit sie nicht in fremde Hände fallen. Sie beschützen die Geheimnisse des Reiches mehr als alles andere, und die Gelehrten selbst schützen sie nur, solange es möglich ist. Was du bereits von mir erfahren hast – auch wenn es nicht einmal annähernd genug ist, um dir die Möglichkeit zu geben, deinen eigenen Zauber zu wirken –, hätte gereicht, um mir den Tod zu bringen. Man hätte mich gewaltsam in den Gelehrtenturm geschleppt, ausgepeitscht und dann aufgehängt. Oder gesteinigt. Ich habe gehört, dass sie Frauen manchmal durch Steinigung töten.«

Ivi war sehr still geworden, und ihre Augen waren sehr groß. »Wir haben davon gehört.«

»Ich werfe mein ganzes Leben für diese Unternehmung hier weg«, fuhr Cazia fort, und als die Worte aus ihrem Mund kamen, halfen sie den unfertigen Gedanken, die sie seit Tagen nicht losließen, klare Gestalt anzunehmen. Selbst *wenn* sie jetzt umkehren wollte, selbst wenn es einen Ort gäbe, an den sie zurückgehen könnte – sie konnte es nicht tun.

Colchua war bereits tot und Pagesh ebenfalls. Wenn es irgendeine Möglichkeit gab, um gegen den Feind zu kämpfen, der ihnen das Leben genommen hatte, würde sie dafür alles riskieren. Wie wäre es auch möglich, weniger zu tun als das?

Wie könnte sie denn überhaupt weniger tun, als sich selbst auszuhöhlen?

»Unsinn«, widersprach Ivi. »Ich bin mit dem peradainischen König verlobt! Er *wird* seine Macht und Gesundheit wieder zurückerlangen; ich glaube fest daran. Und selbst wenn er kein gerechter Mann wäre – dass er aber einer ist, weißt du besser als ich –, würde ich als Königin jede Strafe verbieten, die dich treffen könnte.«

Cazia antwortete mit sanfter Stimme. »Kleine Schwester, selbst wenn nichts von alledem geschehen wäre und deine Hochzeit wie geplant stattgefunden hätte – ich glaube nicht, dass du die Macht gehabt hättest, mir das Leben zu retten. Du wärst nur eine weitere Geisel gewesen.«

Ausnahmsweise einmal wusste Ivi nicht, was sie jetzt sagen sollte. Kinz seufzte verärgert. »Das ist genau die Art, wie sie die Welt sehen tut. Wir sind alle dazu da, um als Geiseln genommen zu werden.«

»Nein«, sagte Ivi. »Sie ist die Geisel. Sie ist ihr ganzes Leben lang eine gewesen.« Ivi neigte sich zu ihr und berührte ihre Hand. Es kostete Cazia ihre ganze Willenskraft, sie nicht schnell wegzuziehen. »Große Schwester«, fügte die Prinzessin hinzu, »ich werde dir überallhin folgen.«

Es kostete wahre Willenskraft, aber Cazia lächelte sie an. »Dann also los.«

Cazia drehte sich zur Felswand um. Der Steinbrechzauber stand ihr bereits fix und fertig vor Augen, beinahe so, als hätte er nur auf sie gewartet. Sie zauberte.

Ein großer Wandabschnitt stürzte ein und fiel in einer Minilawine auf sie herab. Der Staub ließ sie alle drei husten, und Cazia merkte, dass sie zu viel Energie in den Zauber gelegt hatte. So lästig es war, in ihren langen Wanderröcken über die größeren Steinbrocken zu kriechen – schlimmer war, dass der Staub sie ersticken könnte.

Sie begann den Zauber von Neuem und war sich dabei vage bewusst, dass es vielleicht höflich gewesen wäre, sich bei den beiden anderen zu entschuldigen. Diesmal machte sie die Öffnung zur Außenwelt etwas breiter. Das Licht und die frische Luft waren angenehm, und im Licht der Morgendämmerung waren keine Adler zu sehen. Sie streckte den Kopf durch die Öffnung, konnte aber nicht erkennen, wie viel weiter sie noch hinaufmusste. Das Tageslicht schmerzte ein wenig auf ihrem Gesicht, aber sie wusste, dass der Zauber ihr Unbehagen lindern würde.

Sie wirkte den Zauber noch zehn weitere Male und ging dann zum Wasserzauber über. Kinz gab ihr eine Feldflasche zum Befüllen, dann trank sie daraus. Sie ließ sich außerdem zwischen den Zaubern mehr Zeit, fegte die herabstürzenden Steine bedächtig hinter sich und schob sie gegen eine der Tunnelwände. Zehn weitere Zauber, und dann fertigte sie einen neuen Lichtstein an. Noch einmal zehn, und sie feuerte einen zerbrochenen Felsbrocken über die Weiten Lande hinaus, als sei er ein Wurfspieß.

Es half. In den Pausen zwischen den Zaubersprüchen durchwogte sie immer noch schmerzliche Trauer, doch der abstumpfende Effekt, den die einzelnen Zauber selbst zur Folge hatten, ließ nun nach.

Also machte sie weiter, versuchte, sorgsam über ihren geistigen Zustand zu wachen, so wie eine Schafhirtin über ihre Herde wacht. Von Minute zu Minute und von Zauber zu Zauber konnte sie keinerlei Veränderungen an sich wahrnehmen, aber während sich der Tag hinzog und kein Ende nehmen wollte, musste sie sich eingestehen, dass sie sich innerlich tot fühlte und dass das Gefühl mit jedem Zauber an Intensität zunahm. Schlimmer noch, auch ihre Trauer und ihre Sehnsucht wurden immer stärker, sodass sie zwischen den einzelnen Zaubern beinahe von ihren Emotionen überwältigt wurde. Langsam zu zaubern wurde zu einer Art Folter.

Als das schwindende Tageslicht waagrecht durch den Spalt in der Wand schien, merkte sie, dass sie wieder weinte. Ivi rief ihren Namen und kroch durch den schmalen Tunnel, um sich neben sie zu zwängen. Sie rieb Cazias Wangen mit ihren staubbedeckten Händen, als versuche sie, das Leben in sie zurückzutreiben, dann umarmte sie sie heftig.

Cazia verspürte ein verzweifeltes Verlangen nach der Berührung des Mädchens und fand sie im selben Moment unerträglich. Ihre Umarmung war zugleich beengend und tröstlich, sie jagte ihr eine Gänsehaut über den Rücken, weckte in ihr den Wunsch zu schreien. Und was noch schlimmer war: Es gab da einen kleinen, toten Teil in ihr, der darüber nachgrübelte, wie einfach es doch wäre, sie beide zu töten. Sie hätte einfach mit ihr zusammen hinabrollen können, ohne die Umarmung zu lösen, könnte sie durch die schmale Öffnung in der Wand mit sich in die Tiefe reißen.

Das würde sie nicht tun. Natürlich nicht. Aber der Gedanke war wie das Expeditionskorps einer fremden Macht in ihre Gedankenwelt eingedrungen, und ein kleiner Teil von ihr ging der Frage, ob sie sie beide nun töten sollte oder nicht, mit der gleichen sachlichen Dringlichkeit nach wie etwa der Entscheidung, welchen Stiefel sie zuerst anziehen sollte.

»Lass mich für einen geschützten Ort für unser Nachtlager sorgen.« Cazia wirkte ihren Zauber noch einige weitere Male und schuf abermals eine ausgehöhlte flache Kammer im Fels, die groß genug war, dass sie darin aufrecht sitzen und sich ausstrecken konnten. Sie achtete darauf, dass drüben, am anderen Ende der Kammer, nur ein schmaler Schlitz nach draußen ging … für Belüftungszwecke.

Ivi verteilte fünf Lichtsteine in der Höhle. Kinz stieß Steine den steilen Anstieg hinunter. Cazia saß still da, den Rücken an die harte, schräge Wand gelehnt, sah den beiden anderen bei ihrem Treiben zu und versuchte so zu tun, als sei sie unsichtbar.

Als der Raum vom Geröll freigeräumt und die Rucksäcke geöffnet waren, erkundigte sich Kinz nach Cazias Bruder. Also erzählte Cazia ihnen von Colchua: Wie gerne er geklettert war – bis Lars Bruder bei einem Sturz zu Tode gekommen war und Colchua fortan für immer mit dem Klettern aufhörte –, dass er mit ihnen allen gescherzt hatte, wie ehrgeizig er in der Trainingshalle gewesen war und wie hilfsbereit im Unterricht. Wie schön er gesungen hatte. Die Menschen hatten zu ihm aufgeblickt, aber er hatte sich immer Lar unterstellt. Nicht nur, weil Lar ein Italga und ein Prinz des Reiches gewesen war, sondern auch, weil Col ihn geliebt und an ihn geglaubt hatte.

Dann erzählte sie ihnen die Geschichte von den Festspielen in Peradain. Sie berichtete ihnen, wie auf einmal die Grunzer aufgetaucht waren und sie jäh alle überwältigt hatten. Wie sie und ihre Freunde geflohen waren. Wie Lar darauf bestanden hatte, seine Verlobte zu retten, und wie Cazia ihn in seinem Vorhaben unterstützt hatte, weil sie befürchtete, Vilaviviannas Tod würde einen Krieg mit der Allianz zur Folge haben.

Als sie an die Stelle kam, wo Col oben auf dem Dach gebissen worden war, begann Ivi zu weinen.

Cazia selbst weinte nicht. Sie sprach über die schmerzhaftesten Augenblicke ihres Lebens, aber sie hatten keine Wirkung auf die Sehnsucht, die Einsamkeit und den Kummer, die in ihr größer und größer wurden. Es war beinahe so, als seien es die Gefühle von jemand anderem und hätten nie auch nur im Mindesten etwas mit ihrem eigenen Schmerz zu tun gehabt.

Sie erzählte ihnen von dem Grunzer im Innenhof, ließ aber den Teil weg, wo auch der letzte König von Peradain gebissen worden war. Es erschien ihr fast schon albern, dieses Geheimnis auch weiterhin zu hüten, vor allem, da Ivi bereits davon wusste, aber sie machte es trotzdem.

Dann erzählte sie ihnen, wie sie den Grunzer getötet hatte, ohne zu wissen, wer er war. Und wie stolz sie darauf gewesen war. Glücklicherweise beleidigten die anderen ihre Intelligenz nicht dadurch, dass sie hervorhoben, sie habe es schließlich nicht wissen können und es sei ja nicht ihre Schuld gewesen. Natürlich hatte sie es nicht gewusst, und natürlich machte das die Sache nicht besser.

»Und jetzt sind die Raubvögel hier, diese riesigen Adler.« Cazia versuchte, so zu klingen, als sei dies das Allerwichtigste überhaupt. »Wir müssen herausfinden, ob diese beiden Wesenheiten miteinander in Verbindung stehen. Das können nur wir.«

Für eine Weile sagte keiner mehr ein Wort. Schließlich bat Kinz um Erlaubnis, ein Lied singen zu dürfen, und dann sang sie es. Cazia berührte ihren Übersetzungsstein und hörte lange genug zu, um zu erkennen, dass sie über den Wind sang. Sie reichte den Stein an Ivi weiter, dann lehnte sie sich zurück und ließ die unverständlichen Worte über sich hinwegwogen.

Es war kein richtig schlechtes Lied, aber es war sehr schlicht und einfach. Ein Kinderlied. Ivi kam als Nächste an die Reihe, und ihr Lied war nicht viel besser. Trotzdem passte es zu ihr, weil es ein Kleinmädchenlied war.

Nachdem die beiden sich mehrmals abgewechselt hatten, verspürte Cazia den plötzlichen Drang, »Ein Fluss tritt über die Ufer« zu singen, das Lied von Alte Steinmiene. Sie hatte es natürlich nie in seiner Gegenwart gesungen, aber sie hatte es bereits vor Jahren gelernt.

Also sang sie es. Ihre Stimme war ein wenig rau und unsicher, aber ihre Trauer gab ihr Kraft, und das Gefühl des Abgestorbenseins, das die Zauber in ihr hervorgerufen hatten, gab ihr die nötige Losgelöstheit, um die Melodie Ton für Ton zu halten. Weil das Lied davon handelte, hilflos zusehen zu müssen, wie geliebte Menschen getötet werden, musste sie mitten im Lied kurz unterbrechen, um sich wieder zu sammeln. Als sie geendet hatte, bemerkte sie, dass Kinz und Ivi sie mit großen, erstaunten Augen anstarrten.

Ivi hatte wieder zu weinen begonnen. Voller Verwunderung sagte Kinz: »Wie konnten die gleichen Menschen, die zu solchen Brutalitäten fähig waren, auch eine derart schöne Kunst erschaffen?«

Unsere Speerspitzen befehligen eure Körper. Unsere Lieder befehligen eure Herzen. Aber Cazia konnte sich nicht dazu überwinden, das zu sagen. Sie brachte es nicht einmal fertig, *Feuer soll dich holen* zu sagen, nicht nach diesem Lied. Stattdessen legte sie sich wieder hin und schloss die Augen. Es dauerte lange, bis sie einschlief, und ihre Träume waren voller Flammen und Götter und Stürzen aus entsetzlicher Höhe.

Sie erwachte in Dunkelheit. Die beiden anderen Mädchen schnarchten leise in ihrer Nähe, und sie konnte den Wind durch den Belüftungsschlitz pfeifen hören, den sie in die Wand geschlagen hatte, aber die Magie der Lichtsteine war erloschen. Als Lar in ihrem Alter gewesen war, hatte er Lichtsteine anfertigen können, die einen ganzen Mondzyklus lang hielten, aber sie selbst hatte nie den richtigen Dreh herausbekommen.

Der Drang, weitere Magie zu wirken, meldete sich mächtig in ihr. Sie fühlte sich müder denn je und absolut losgelöst von ihrem eigenen Leben. Und was noch schlimmer war: Sie wusste, dass sie wieder weinend zusammenbrechen würde, wenn sie einfach nur untätig dasaß. Wenn sie erneut zu graben begann, würde die Magie den Schmerz zumindest etwas betäuben.

Was sie nun zu einer Geisel etwas anderer Art machte – nicht, dass sie da irgendeine Wahl gehabt hätte.

Sie spähte durch den Belüftungsschlitz zu dem dunklen Himmel im Osten hinüber. Es ließ sich unmöglich sagen, wann der Tag anbrechen würde. Cazia verschränkte die Arme vor der Brust und starrte mit finsterem Blick auf das sternenbeschienene Land unter ihnen hinab. Die sich wiegenden Gräser ließen es aussehen wie einen stürmischen Ozean, auf dem winzige Wäldchen schwammen.

Und sie befanden sich nun hoch oben, aber Cazia konnte gleichwohl noch immer nicht erkennen, wie viel weiter sie noch hinaufgelangen mussten. Außerdem hatte sie Hunger, aber sie unternahm nichts deswegen. Sie hatte sich selbst unter Kontrolle, und es war ein gutes Gefühl.

Sie streckte sich wieder auf dem Boden aus und versuchte einzuschlafen, doch es hatte keinen Sinn. Sie dachte an den Moment zurück, als Pagesh ihr Jagia in die Arme geschubst hatte, an den Anblick ihres Bruders, wie er an einem Seil unter dem Flugwagen hin und her gebaumelt war, und an die Art und Weise, wie Königin Amlian hatte sterben müssen. Eigentlich hätte sie nach alledem nun weinend zusammenbrechen sollen, aber das war nicht der Fall.

Sie aß, dann beschloss sie, sich mit ihrem gegenwärtigen Maß an Enthaltsamkeit und Selbstverleugnung zufriedenzugeben. Sie begann, erneut ihren Zauber zu wirken.

Ivi und Kinz erwachten, als sie den Steinschutt durch den Spalt in der Wand beförderte. Sie beschwerten sich nicht, sondern seufzten nur, aßen dann selbst ein wenig und machten sich daran, ihre Sachen zusammenzupacken.

Cazia ging es langsam an und versuchte, zwischen dem wiederholten Wirken des gleichen Zaubers, der Zeit zum Ausruhen sowie der Abwechslung durch andere Zauber eine Balance zu halten. Schon bald ging sie dazu über, als jeden achten Spruch einen Wasserzauber zu wirken, daraufhin als jeden siebten, um schließlich an jeweils fünfter Stelle einen Lichtstein, einen Feuerstoß und einen erfrischenden Wassernebel zu zaubern. Aber als sie die Steine durch die Spalte in der Felswand hinausfegte, konnte sie ihre Tränen der Sehnsucht dennoch nicht mehr zurückhalten.

Es waren nicht *ihre* Tränen, so begriff sie schließlich. Es waren die Tränen dieses neuen Etwas – dieser Gewalt, die sie jetzt erfüllte. Die Magie, die sie gewirkt hatte, lebte in ihrem Kopf und führte dazu, dass, was immer sie berührte, sich wie eine Ohrfeige anfühlte und jedes Geräusch ihr wie ein Schrei vorkam. Aber weil jenes Etwas keinen Anteil daran nahm, kümmerte es auch sie nicht. Ihr eigenes Leiden bedeutete nichts. Es zählte nur, dass sie weitermachte.

Als sie nun wieder und wieder das elfte Geschenk wirkte, spürte sie, wie sie selbst zu jenem Abgrund wurde, in den sie in ihren Träumen aus unmöglicher Höhe hinabgestürzt war.

Dann wirkte sie abermals ihren Zauber, und nachdem die Steine um sie herum herabgefallen waren, starrte sie plötzlich in den Himmel empor.

»Oh!« Sie kletterte aus dem Loch hinaus. Der schwache, frostige Wind fuhr ihr rau über die Haut. Am Himmel im Westen leuchteten die Sterne immer noch hell, aber der Horizont im Osten glühte orangerot. Sie trat von dem Loch im Berg weg, um Ivi heraussteigen zu lassen, und die Bewegung beförderte sie nahe an die Kante des Felsabbruchs.

Es machte ihr überhaupt keine Angst, aus dieser schrecklichen Höhe hinabzuschauen. So ein langer Sturz schien ihr geradezu ideal für … für irgendetwas.

»Du hast es geschafft!«, rief Ivi. »Cazia, du bist unglaublich.

Du hast geschafft, wozu in fünfzig Generationen noch niemand in der Lage gewesen ist.«

»Fass mich nicht an.« Das Mädchen wirkte getroffen, und Cazia wusste, dass sie zu grob gewesen war. »Ich bin noch nicht so weit.«

Die Lüge schien sie zu beruhigen. Cazia glaubte nicht, dass sie jemals wieder berührt werden wollte, aber es gab keinen Grund, ihr das zu sagen.

Sie machte einen Schritt von der Felswand weg und begutachtete die Felsen um sie herum. Sie hatte den Scheitelpunkt der Barriere noch nicht erreicht, sondern nur jene erste glatte Felswand überwunden. Sie standen auf einem steil ansteigenden schiefergrauen Felsen, der nach oben hin ungefähr fünfzig Schritt breit war und in der Länge mehr als das Zehnfache maß. Cazia versuchte festzustellen, ob sie in die Nähe jenes tiefgelegenen Punktes innerhalb der Gebirgskette gelangt war, den sie angepeilt hatte, aber das ließ sich unmöglich sagen.

»Wir können hier kein Lager aufschlagen tun.« Kinz zerrte die Rucksäcke aus dem Tunnel hervor. »Wir sind hier zu ungeschützt.«

Cazia konnte keine Vögel am Himmel oder zwischen den Felsen um sie herum erkennen. Ivi sagte: »Nach meinem bisherigen Eindruck greifen sie nur in der frühen Nacht an. Es ist jetzt schon fast Tag.«

Kinz schob ihr einen der Rucksäcke entgegen. »Wenn sie hier oben nisten tun, werden sie für uns vielleicht eine besondere Ausnahme machen.«

Ivi nickte; da war etwas Wahres dran. Sie warf sich den Rucksack über die Schulter und machte sich auf den Weg hinauf zur zweiten Felswand vor ihnen. »Das hier sieht jetzt mehr wie eine natürliche Felsformation aus. Ich würde sagen, wir sollten hinaufklettern.«

Kinz war so verblüfft, dass sie ihren Rucksack fallen ließ. »Hinaufklettern? Das Ding da?«

Cazia schaute die Felswand empor. Sie war mindestens dreißig Meter hoch, und auch wenn es sich nicht um die gleiche seltsam glatte Felsoberfläche wie unten handelte, war es für sie unvorstellbar, wie ein Mensch gefahrlos da hinaufklettern sollte.

»Natürlich«, beharrte Ivi. »Ich bin auf derartige Felsen geklettert, seit ich klein war.«

»Ihr seid immer noch klein«, erwiderte Kinz. »Und ich bin noch nie auf etwas Höheres als auf einen Baum geklettert.«

»Ich auch nicht«, sagte Cazia mit ausdrucksloser Stimme. »Wir machen weiter unsere Tunnel.«

»Aber das schaffst du nicht!«

»Sie muss«, warf Kinz entschlossen ein. »Entweder das, oder wir müssen den Rückzug antreten. Ich werde diesen Fels nicht mit vollem Rucksack hinaufklettern tun. Wenn uns der Absturz nicht umbringt, dann werden es die Vögel übernehmen.«

»Welche Vögel?«, fragte Ivi, und ihre Stimme wurde schrill. Sie stampfte mit dem Fuß auf. »Ich sehe keine Vögel!«

Cazia konnte es nicht ertragen, in der Nähe zu sein, während die beiden sich stritten. Sie drehte sich zu den offen unter ihr ausgebreiteten Flächen der Weiten Lande um und bemerkte, dass die Felswand so steil abfiel, dass sie ihren Tunnel nicht mehr sehen konnte. Als sie in die ungefähre Richtung zurückging, stellte sie fest, dass er sich weiter links von ihr befand, als sie gedacht hatte.

Ihr kam in den Sinn, dass sie die Stelle besser irgendwie markieren sollte, damit sie sie rasch wiederfinden konnten, wenn sie in Eile waren – wer wusste schon, vor welchen Gefahren sie hier oben würden davonlaufen müssen?

Noch bevor sie diesen Gedanken überhaupt zu Ende gedacht hatte, begann sie auch schon, das sechste Geschenk zu wirken. Sie hatte dabei ein gutes, aber zugleich auch irgendwie ein schlechtes Gefühl, und bevor sie recht begriff, was sie da machte, war es bereits geschehen. Ein breiter rosa Steinquader thronte neben der Öffnung zu ihrem Tunnel.

Ivi und Kinz starrten Cazia mit beunruhigter Miene an. Ihre Besorgnis wehte ihr fast körperlich spürbar entgegen. Sie tat weh, wie die Winde der Weiten Lande.

»Und Ihr könnt wirklich weitermachen?«, fragte Kinz. »Es wäre keine Schande, jetzt ins Grasland zurückkehren zu tun. Ihr könntet Euch ein wenig Zeit nehmen, um zu genesen, und sobald Ihr bereit seid, könnten wir wieder hierher zurückkommen.«

Cazia schüttelte den Kopf. Sie fühlte sich gleichzeitig leer und ganz voll von allem Möglichen. War eine Heilung davon denn überhaupt denkbar? War Doktor Weißhalm je genesen? Aber natürlich konnte sie das nicht laut aussprechen. »Jeden neuen Tag sterben Menschen.« Vor einigen Tagen war das noch wichtig gewesen, und sie wusste, dass es ihren Gefährtinnen etwas bedeuten würde. »Wir können bis Mittag oben sein.«

Das gefiel Ivi nicht. »Was ist, wenn der Berg auf der anderen Seite ebenfalls unpassierbar ist?«

Cazia hatte darauf keine Antwort. Stattdessen wählte sie eine Stelle, die nicht allzu hoch in der Bergwand über ihr lag, und ging dann dreißig oder vierzig Schritt nach Westen. Wie viele Male würde sie diesen Zauber noch wirken müssen? Sechzig Mal? Öfter? Sie konnte es tun, wenn es sein musste.

Der erste Steinbrechzauber gelang ihr völlig mühelos. Es war beinahe so, als habe er unbedingt aus ihr herauskommen wollen.

Die zerbrochenen Steine prasselten aus dem Loch, das sie in die Wand geschlagen hatte. Ivi und Kinz behielten den Himmel ringsum im Auge, während Cazia aufs Neue zu zaubern begann.

Kurz nach Mittag stellte sich heraus, dass sie die Passhöhe erreicht hatten. Cazia hatte mehrmals pausieren müssen, um ihre Fassung wiederzugewinnen, und die anderen hatten etwas essen wollen. Aber als ihnen nun seitlich des Gipfels der Durchbruch gelang, strahlte die Sonne fast senkrecht auf sie herab.

»Bei Inzus Atem«, murmelte Kinz. Ivi und Cazia stiegen hinter ihr in die zerklüftete Felspalte, um ihr hinüber zur Nordseite des Berges zu folgen.

Vor ihnen erstreckte sich das Qorrtal. Weit im Nordosten konnten sie in der Ferne gerade noch das gischtende Meer ausmachen, das gegen die gewaltigen schwarzen Uferfelsen krachte. Das Tal lag eingezwängt zwischen den östlichsten Ausläufern der Nördlichen Barriere und einem zweiten Gebirgszug, der fast genau in Nordrichtung verlief. Die Nachmittagssonne war noch immer dabei, mit ihren warmen Strahlen vom Meer her aufgestiegene Nebelschwaden aufzulösen, die sich um den Fuß der Berge kauerten, aber wo die Sicht klar war, konnten sie leuchtend grünes Gras und da und dort dichte Kiefernwälder erkennen.

»Es ist alles so grün«, sagte Ivi. »Genau wie zu Hause.«

Ganz links, im westlichsten Teil des Tales, befand sich die Stelle, an der der nördliche Gebirgszug auf die Barriere stieß. Dort war der Nebel immer noch sehr dicht, aber für Cazia sah es so aus, als sei die Stelle, an der die Gebirgszüge aufeinandertrafen, mit einem riesigen Löffel ausgehöhlt worden.

»Ich glaube, wir können dort drüben hinabsteigen«, sagte Kinz und zeigte auf eine Stelle, wo sich ein dichtes Gewirr von Ranken über den Berghang gelegt hatte.

»Oh!«, rief Ivi. Sie zeigte auf die kleine Hochfläche unter ihnen hinab. In einem Winkel lagen dort die ausgebleichten weißen Knochen eines riesigen Drachen in der Sonne.

KAPITEL 22

Jolu Dellastein hatte recht gehabt. Auf dem Weg nach Fort Caarilit trafen sie auf keine weiteren feindlichen Speerträger mehr. Sie erreichten die Festung am Nachmittag des folgenden Tages. Ungeachtet Tejohns Befürchtungen hingen von den Mauern Banner der Finstels, nicht der Witts. Sie marschierten den verengten Passweg hinab und durch das nördliche Tor hinein, als kehrten sie triumphal von einem siegreichen Feldzug zurück.

Im Inneren des Forts herrschte hektische Betriebsamkeit. Auch ohne einen roten Klecks auf dem Boden zu sehen, wusste Tejohn, dass hier eine Schlacht stattgefunden hatte.

Als sie das kleine Tor passierten, begannen Jolus Speerträger die Marschordnung aufzulösen. Tejohn schlug zweimal mit der Faust gegen seinen Schild, und sofort nahmen sie wieder Haltung an und kehrten in ihre Karreestellung zurück. Jolu schritt ihre Reihen ab, richtete Helme und schlug auf Schilde, die unter Paradehöhe herabgesackt waren.

Eine hochgewachsene Frau mit einem lächerlichen roten Helmbusch kam auf sie zugestapft. Tejohns und Arlas Blicke trafen sich, und gemeinsam entfernten sie sich von der Einheit. Das hier waren Jolus Männer, und Tejohn beabsichtigte keineswegs, fremde Lorbeeren zu ernten.

»Wo ist Euer Hauptmann?«, blaffte die Frau. Die linke

Seite ihres Mundes war eine einzige schreckliche Narbe, und ihr fehlte ein Teil der Nase. Als sie den Mund zum Sprechen öffnete, konnte Tejohn sehen, dass ihr auch Zähne fehlten, was zur Folge hatte, dass sie sich anhörte, als spreche sie mit vollem Mund. Dennoch war sie jung, zählte wahrscheinlich um die fünfundzwanzig Jahre. Ihr Stellvertreter war ein wenig bemerkenswerter schlanker Mann, der eine Wachstafel nebst Griffel in der Hand hielt.

Jolu nahm Haltung an. »Im Feld geblieben, Wachhauptfrau, zusammen mit seinem Stellvertreter. Ich war gezwungen, das Kommando zu übernehmen.«

Die Wachhauptfrau beugte sich nahe an ihn heran und senkte die Stimme. Ein kleiner Speichelfaden hing von ihrer zerstörten Lippe herab. »Und wo ist sein Helmbusch?«

Jolu senkte den Kopf und sah zum dreckigen Boden hinab. »Feuer soll den Helmbusch holen!«, hörte sich Tejohn sagen, bevor er auch nur Gelegenheit gehabt hatte, darüber nachzudenken. Selbst anderthalb Tage nach der Schlacht kochte sein Blut noch immer. »Dieser Mann hat Euch Eure Speerträger zurückgebracht. Sowie gefangene Soldaten der Witts. Und da macht Ihr ihm wegen dieses roten Schnickschnacks Schwierigkeiten?«

Sie bedachte ihn mit einem tödlichen Blick und ließ die Hand in die Nähe ihres Messergurts sinken. Tejohn achtete darauf, seinen Speer in Ruheposition zu halten. »Und für wen haltet Ihr Euch, dass Ihr glaubt, so mit mir sprechen zu können, alter Mann?«

Alt? In Tejohns Bart waren kaum die ersten grauen Strähnen aufgetaucht.

Bevor er antworten konnte, räusperte sich ihr Stellvertreter und starrte Tejohn mit offenem Mund an. Feuer und Zorn, Tejohn wusste, was als Nächstes kommen würde.

»Wachhauptfrau, das ist Tejohn Treygar. *Tyr* Tejohn Treygar.«

Die Wachhauptfrau warf ihrem Stellvertreter einen übelwollenden Blick zu, dann drehte sie sich wieder zu Tejohn um. Ihr grausam entstellter Mund verzog sich, als sei sie soeben in etwas Widerliches hineingetreten, wisse aber noch nicht genau, was es war.

»Unser Flugwagen wurde von den Ruhgrit zerstört«, sagte Tejohn mit strenger, unfreundlicher Stimme und wechselte das Thema, weil er nicht einen einzigen Atemzug auf den dummen Helmbusch verschwenden wollte. »Der König ist nach Westen weitergereist, während wir uns auf den Weg über den Pass und Richtung Caarilit gemacht haben. Hat Coml Finstel hier immer noch das Kommando? Ich muss ihn unverzüglich sprechen.«

Jolu veränderte seine Position kaum merklich. »Mein Tyr, ich kann Euch zu seiner Amtsstube führen.«

»Unsinn«, widersprach die Wachhauptfrau. »Kümmert Euch um Eure Speere. Sorgt dafür, dass sie etwas zu essen bekommen.« Sie gab einem herbeieilenden Soldaten ein Zeichen. »Sorgt dafür, dass die Gefangenen durchsucht werden und dass man sie an die Arbeit schickt.« Nun erst machte sie eine leichte Verbeugung vor Tejohn. »Mein Tyr, ich glaube, Kommandant Finstel überwacht gerade die Instandsetzung der Mauern. Hier entlang.« Sie stapften durch den Nordhof und auf ein Innentor zu. »Mein Tyr, ich bitte um Entschuldigung, dass ich noch eine Frage an Euch richte, aber was ist es gewesen, was Euren Wagen zerstört hat?«

»Ein Ruhgrit«, antwortete Tejohn, als handele es sich dabei um etwas allgemein Bekanntes. »Habt Ihr die riesigen räuberischen Adler nicht gesehen, die in letzter Zeit in den Weiten Landen aufgetaucht sind?«

»Doch, mein Tyr.«

»Wir sind von insgesamt … Späherin, waren es fünf, die uns angegriffen haben?«

Arla klang beinahe vergnügt, als sie antwortete: »Ich habe sechs gezählt, mein Tyr.«

Tejohn nickte. »Der König hat einen getötet und die Übrigen verjagt, wobei wir ihm ein klein wenig Hilfe zu leisten vermochten.« Er machte eine vage Handbewegung in Arlas Richtung.

Die Wachhauptfrau stockte mitten in ihrer Schrittbewegung. »Ellifer Italga hat einen dieser Riesenadler erschlagen?«

Tejohn blieb stehen und widmete ihr einen finsteren Blick, während der stellvertretende Wachhauptmann sie beide mit großen Augen anstarrte. »König Ellifer ist tot«, erklärte Tejohn. »Es war sein Sohn, Lar Italga, der König von Peradain, der dieses Ungetüm getötet hat. Ähm …« Er blickte Arla an, als habe er Angst, zu viel zu verraten. »Der König hat keine Erlaubnis erteilt, diese Geschichte zu verbreiten. Sang weiß natürlich, was er getan hat – aber ich habe keine Ahnung, wie der König dazu stünde, wenn er wüsste, was ich da ausgeplaudert habe.«

Die Wachhauptfrau und ihr Stellvertreter nickten. »Ja, mein Tyr«, sagten sie fast aus einem Mund. »Wir verstehen vollkommen.«

Tejohn nickte. »Was gibt es Neues?«

Die Wachhauptfrau und ihr Stellvertreter erstatteten ihm Bericht, und alles war schlimmer, als er gedacht hatte. Die Grunzer hatten sich schnell ausgebreitet und die kleineren Tyrschaften südlich der Hauptstadt erobert. Nur Tage nach dem Sturz von Peradain waren die Schüttlers überrannt und vernichtet worden, und die Rotschlamms hatten sich auf ihre Inseln zurückgezogen, die völlig vom Rest des Reiches abgeschnitten waren. Die Holvos konnten Flussbank noch immer halten, aber ihre Bogenschützen wurden schwer bedrängt, und es war wohl nur noch eine Frage der Zeit, bis ihr Widerstand gebrochen sein würde.

Noch schlimmer war, dass sich Tyre im ganzen Reich gegeneinander erhoben hatten, wobei sie sich alter Kränkungen und Zwistigkeiten als Vorwand bedienten, um neues Land zu erobern. Das Reich zerfleischte sich selbst. Von Gelehrten war im Bericht der Wachhauptfrau überhaupt nicht die Rede.

Während sie durch die Festung schritten, ließ Tejohn die Szenerie ringsum auf sich einwirken. Die Menschen eilten hastig umher, aber ihr Treiben hatte etwas Verzweifeltes, Hoffnungsloses an sich. Jeder Innenhof, den sie durchschritten, war übersät mit geborstenen Sparren und weggeworfenem Müll. Als sie am südlichsten Hof anlangten, sahen sie, dass die Mauer durchbrochen worden und dann eingestürzt war.

Für einen Moment ließ die Bresche in der Mauer Tejohns Magen flattern. Hier hatte die ganze Gewalt eines Gelehrten gewütet, den man in die Schlacht geschickt hat: eines Gelehrten mit dem Vermögen, Mauern einstürzen zu lassen und Soldaten zu zerquetschen oder sie bei lebendigem Leib zu verbrennen.

»Was Peradain selbst angeht«, sagte die Wachhauptfrau mit einem Unterton von Stolz in der Stimme, »so berichten die Gerüchte, dass die Stadt bis auf die Grundmauern niedergebrannt worden sei und niemand darin überlebt habe. Drei verschiedene Tyre haben Flugwagen ausgeschickt, um Erkundigungen anzustellen, aber nur die Männer meines Tyrs Finstel sind zurückgekehrt und haben eine Beute mitgebracht.«

»Beute? Was meint Ihr damit?«

Die Wachhauptfrau schien sich auf einmal unbehaglich zu fühlen. »Ich weiß es nicht, mein Tyr. Den Gerüchten zufolge sind mehr Menschen aus der Stadt zurückgekehrt, als sich dorthin auf den Weg gemacht haben, aber ich kann nicht sagen, wen sie dort aufgefunden haben. Was ich gehört habe, ist alles nur Tratsch.«

»Vielen Dank, Wachhauptfrau. Ich sehe gerade Kommandant

Finstel drüben beim Tor stehen, und ich kann mich ihm selbst vorstellen. Ich entlasse Euch zu Euren Pflichten.«

Sie nickte und marschierte Richtung Nordtor zurück, dicht gefolgt von ihrem Stellvertreter.

Arla schaute ihnen mit einem Grinsen auf den Lippen nach. »Sie wird die Geschichte über den König noch vor Sonnenuntergang im ganzen Fort verbreitet haben, mein Tyr.«

»Meint Ihr?«, fragte Tejohn. »Ich bin eher davon ausgegangen, dass der Stellvertreter die Geschichte unter die Leute bringt, da ich ihr befohlen habe, es nicht zu tun, und sie in ihre Regeln so verliebt ist …«

»Ihr Stellvertreter ist zu unterwürfig, um den Mund aufzumachen. Es sind stets diejenigen, die die Regeln am meisten lieben, die am eifrigsten darauf bedacht sind, sie zu brechen. Es gibt immer eine Rechtfertigung dafür, wenn man nur angestrengt genug danach sucht. Die anderen Wachhauptmänner werden es wissen, noch bevor Ihr Euer Gespräch mit dem Kommandanten beendet habt, möchte ich wetten, und von da aus wird sich die Nachricht verbreiten. Das war gewitzt eingefädelt, mein Tyr.«

Tejohn schüttelte den Kopf. »Ich werde diese Wette nicht eingehen, trotzdem vielen Dank. Ich habe Lar Italga einmal gesagt, dass ich kein gewitzter Mann bin, aber in Zeiten wie diesen müssen wir alle über uns hinauswachsen. Was haltet Ihr von der Lage hier im Fort?«

Arla sah sich um und fuhr geistesabwesend mit ihren schwieligen Fingern über ihren nicht bespannten Bogen. »Sie wirken verängstigt und in hektischer Verzweiflung. Ich hoffe, wir können schnell weiterziehen. Es gefällt mir hier nicht.«

Tejohn widersprach ihr nicht. Er hatte gehofft, hier einen Flugwagen zu finden, aber nur ein Idiot hätte einen Wagen in so einem ungesicherten Fort zurückgelassen.

Coml Finstel war ein junger Mann, kaum älter als fünfundzwanzig, und so hager wie ein geknotetes Seil. Als Tejohn und Arla auf ihn zugingen, war er damit beschäftigt, um einen Trupp von Arbeitern herumzustolzieren und sie mit zornesrotem Gesicht anzuschreien, während sie Holzbalken zusammenbanden. Offensichtlich errichteten sie gerade eine primitive Barrikade, um die Bresche in der Mauer zu schließen, bis eine dauerhafte Reparatur möglich war. Alle paar Schritte drosch Coml mit seiner Peitsche auf einen der Arbeiter ein.

Auf Plattformen entlang der Mauer waren Bogenschützen postiert, aber die meisten von ihnen hatten ihren Blick nach innen gerichtet, bereit, auf jeden zu schießen, der zu fliehen versuchte. Tejohn war nahe genug, um erkennen zu können, dass der Arbeitertrupp aus lauter Menschen bestand, die entweder zu jung oder zu alt waren, um mit dem Speer zu kämpfen.

Kommandant Finstel bemerkte sie nicht, als sie näher traten, aber seine Stellvertreterin sah sie. Sie wartete, bis er einmal Luft holte, dann tippte sie ihm an den Ellbogen und deutete mit dem Kopf in Tejohns Richtung.

Wenn es irgendeinen Ort im ganzen Reich gab, an dem Tejohn erwartete, freundlich empfangen zu werden, so waren es die Ländereien der Finstels. Er war hier geboren, hatte für Brausestadt und Tyr Samper Finstel den Speer getragen und es sich zur Aufgabe gemacht, sich mit dessen Sohn Shunzik anzufreunden, nachdem sein Vater gestorben war. Vor noch nicht allzu vielen Jahren hatte sich Coml persönlich anlässlich einer von Lars Geburtstagsfeiern die Mühe gemacht, sich Tejohn vorzustellen.

Tatsächlich war es sogar so, dass sich Tejohn trotz des Eides, den er – mit Samper Finstels Segen – der Familie Italga geleistet hatte, im Herzen doch als einen Speerträger von Brausestadt betrachtete.

Also hatte er erwartet, herzlich in Empfang genommen zu

werden, selbst von diesem jungen Mann, dem er erst einmal zuvor begegnet war. »Tyr Treygar«, sagte Kommandant Finstel, »was für eine Überraschung, Euch hier zu sehen.« Er lächelte, als er die Peitsche seiner Stellvertreterin übergab, aber es war das Lächeln eines knurrenden Hundes. »Doch Ihr bringt frohe Kunde, nehme ich an? Speerträger der Italgas, um meinen Tyr Finstel zu unterstützen? Vielleicht auch einige Gelehrte, um unsere Mauern wiederaufzubauen?«

Tejohn schüttelte den Kopf. »Ich kann Euch nichts von alledem bieten, obwohl ich weiß, wie nötig Ihr es hättet. Meine Späherin und ich sind auf dem Weg, um Eurem Tyr einen Besuch abzustatten, und hier nur auf der Durchreise. Ich bitte lediglich um Proviant und um Nachricht über die jüngsten Neuigkeiten.«

»Natürlich!« Der junge Kommandant lächelte, als hätten Tejohns Worte seine Mordlust gereizt. »Ihr seid ja jetzt ein Speerträger der Italgas, daher müsst Ihr eben mal rasch zur Festung meines Vetters eilen, um Euch dort zu holen, was Ihr braucht. Die Ländereien der Finstels sind schließlich nicht mehr als ein Lagerhaus für die Italgas, das sie nach Belieben plündern dürfen.«

»Kommandant«, erwiderte Tejohn und hielt seine Stimme so höflich wie möglich. »Das ganze Reich ist im Belagerungszustand, der König tut sein Bestes, uns alle zu retten, und Ihr jammert wie ein Fischhändler, der um ein paar zinnerne Heller fürchtet. Die Finstels waren Kriegerhäuptlinge, bis ihre Ländereien im Reich aufgegangen sind, und seither sind sie Kriegertyre. Weiß Sang, aber verdrossen und brummig waren sie nie.«

Coml Finstel holte tief Luft, dann seufzte er und fuhr sich kratzend über Stirn und Wange. »Ich bitte um Entschuldigung, mein Tyr, bisweilen übernimmt die Erschöpfung das Kommando über meine Zunge. Natürlich müssen wir die letzten

Neuigkeiten austauschen. Wie wäre es, wenn Ihr und Eure Späherin mich zu einer Mahlzeit in meinen Räumlichkeiten beehrt? Ich muss nur rasch hier Schluss machen und …«

Außerhalb des Forts wurden Rufe laut. Coml drehte sich um und verlangte nach seinem Speer, während er auf die Bresche in der Mauer zulief. Bogenschützen rannten auf der Mauer hin und her, um ihre Positionen einzunehmen, und irgendwo begann jemand einen Gong zu schlagen.

Tejohn und Arla drängten sich nach vorn, während die Arbeiter des Trupps sich tiefer in das Fort hineinflüchteten. »Was seht Ihr?«, fragte Tejohn.

Arla kletterte auf die in Bau befindliche Barrikade, damit sie über die Köpfe der umhereilenden Soldaten hinüberschauen konnte. »Elf Speerträger stapfen durch den Schlick heran. Ein Eiltrupp unter den Farben von Brausestadt. Sie zerren einen Mann an einem Seil hinter sich her, und er fleht darum, freigelassen zu werden.«

»Ich kann ihn hören.« Tejohn erkannte den Klang der Stimme eines Mannes, der sein Todesurteil erhalten hat.

»Hauptmann Dellastein!«, rief Coml. »Erstattet Meldung!«

Eine tiefe Stimme antwortete: »Zwei Grunzer, Herr, unten im Dorf, auf der Suche nach Opfern.« Der Sprechende glich Jolu an Nase und Kinn, war aber nicht annähernd so dick um die Taille. Er trug einen langen roten Federbusch auf dem Helm. »Den ersten haben unsere Pfeile und Speere erledigt, aber der zweite hat sich plötzlich auf uns gestürzt und unseren Schildwall durchbrochen.«

Inzwischen hatten die Speerträger die Barrikade erreicht. Sie machten keinerlei Anstalten, das Fort zu betreten. Coml zeigte auf den gefesselten Mann. Tejohn war nahe genug, um erkennen zu können, dass auch er ein Soldat der Eiltruppe aus Brausestadt war. »Und was ist mit dem da?«

Der Hauptmann antwortete: »Gebissen, Herr.«

»NEIN!«, schrie der Mann. »Es war nur der Kratzer einer Klaue! Nicht mehr als das, ich schwöre es!«

Der Kommandant ergriff den Arm des Mannes und untersuchte ihn. Tejohn war nicht nahe genug, um die Verletzung zu sehen, aber er sah, wie Coml den Kopf schüttelte. »Soldat, wie wollt Ihr es haben?«

»Es ist eine Schürfwunde von einer Klaue, ich schwöre es bei Monument und Sang! Ein Kratzer! Bitte!« Coml schüttelte den Kopf und zog sein langes Messer. Die Stimme des verletzten Mannes überschlug sich, und Tejohn konnte sehen, dass die anderen Soldaten Mühe hatten, ihn festzuhalten. »Bitte!«, schrie er. »Kelvidschinian!«

Coml stach einmal rasch zu, als versuche er, seinem Gebet ein Ende zu machen. Als der Mann schlaff wurde, trugen die Soldaten ihn wieder auf den Schlick zurück. »Sonst noch jemand?«

Der Hauptmann antwortete: »Nur einer«, und hielt ihm seinen blutigen Unterarm hin.

»Feuer und Zorn, Bayzu«, rief der Kommandant. »Wie konntet Ihr das geschehen lassen?«

Der Hauptmann nahm seinen Helm ab, fuhr mit seinen blutigen Fingern durch den Federbusch und reichte ihn dann Coml. »Ihr habt mir immer gesagt, einst würde der Tag kommen, an dem nicht einmal ich schnell genug sein würde, Kommandant.«

»Ja, das habe ich gesagt, nicht wahr? Monument sei mir Stütze. Wie wollt Ihr es?«

»Werdet Ihr mich zum Tempel begleiten, Kommandant? Wenn es nun Zeit ist, den Weg zu verlassen, würde ich ihm zuvor gerne noch einen Besuch abstatten.«

»Natürlich. Jolu ist gerade erst zurückgekehrt; ich werde ihn rufen, wenn Ihr wollt.« Coml drehte sich um, um mit dem Mann ins Fort zu gehen. Sein ausdrucksloser Blick fiel auf

Tejohn, und er blieb kurz stehen, um sich mit seiner Stellvertreterin zu beraten. Die Stellvertreterin nickte, dann eilte sie auf Tejohn und Arla zu.

»Kommandant Finstel bietet Euch seine Räumlichkeiten an, falls Ihr etwas essen und Euch ausruhen möchtet. Er wird sich zu Euch gesellen, sobald er seine Pflichten erfüllt hat.«

»Natürlich«, sagte Tejohn.

Die Stellvertreterin nickte und ging in Richtung Turm davon. »Hier entlang, bitte. Stimmt es, dass Ihr aus Fort Samsit kommt?«

»Ja«, antwortete Tejohn in einem Tonfall, von dem er hoffte, dass er weitere Nachfragen unterbinden würde.

»Aha«, war ihre einzige Erwiderung.

Sie folgten ihr in den Hauptsaal, stiegen über drei Treppen in das oberste Stockwerk des Turmes hinauf und betraten die Gemächer des Kommandanten. Die Möbel und Kissen waren ebenso erlesen wie die im Palast, und jemand hatte Holz für ein Feuer aufgeschichtet. Die Quartiere hier waren mit Sicherheit edler als die, die Tejohn in Fort Samsit zugewiesen worden waren.

»Bitte, macht es Euch bequem«, sagte die Stellvertreterin. »Ich weiß nicht, wie lange der Kommandant brauchen wird. Ich werde Euch etwas zu essen heraufbringen lassen. Wenn Ihr ein Bad nehmen wollt, tretet einfach durch diese Tür dort und zieht an der Schnur. Die Diener wissen, was zu tun ist.« Sie deutete auf einen schweren Vorhang am anderen Ende des Raums. »Wenn Ihr jetzt so freundlich sein würdet – auf mich warten eigene Pflichten.«

»Natürlich«, erwiderte Tejohn. »Zweite Kommandantin …«

Sie hatte gerade die Tür hinter sich schließen wollen. »Ja, mein Tyr?«

»Ihr solltet diesem Trupp von Arbeitern dort unten etwas zu essen geben.«

Das kam für sie überraschend. »Kommandant Finstel hat gesagt, dass sie eine Mahlzeit erhalten würden, wenn ihre Arbeit getan ist.«

»Sie arbeiten schludrig«, entgegnete Tejohn. »Sie sind halb verhungert, und ihre Kraft erlahmt zusehends – selbst ich kann das erkennen. Steckt ihnen etwas zu essen zu und erinnert sie daran, wie nahe ihre Feinde sind. Das wird sie stärker antreiben, als sie hungern zu lassen.«

Die Stellvertreterin zuckte mit keiner Wimper, aber Tejohn konnte erkennen, dass sie die beiden widersprüchlichen Anweisungen, die sie erhalten hatte, gegeneinander abwog. »Ja, mein Tyr«, sagte sie und schloss die Tür.

»Hat sie uns wirklich angeboten, ein Bad zu nehmen?« Arla zog den schweren Vorhang zurück. Eine große Wanne aus gehämmertem Kupfer kam zum Vorschein.

Tejohn stieß einen Pfiff aus. »Die Minen der Finstels waren ergiebig.«

Arla starrte auf das Badebecken hinab. »Man muss schon ein besonderer Typ von Hundesohn sein, um so ein Bad in das oberste Stockwerk eines Turms einzubauen, damit die Dienstboten das Wasser und das Feuerholz all die vielen Treppen hinauftragen müssen.«

Tejohn wurde plötzlich verlegen. Er war in einem Bauernhaus mit nur einem einzigen Zimmer aufgewachsen, immer nur eine Missernte von der Schuldknechtschaft entfernt, aber dieser Gedanke war ihm überhaupt nicht in den Sinn gekommen.

Er trat zur Wasserschale am Fenster und begann sich das Gesicht zu waschen. Als ein landloser Tyr stammte er nicht von Stammesoberhäuptern, Tyrannen oder Kriegsherren ab. Er war nur ein Bauer mit einem Talent zum Töten und mehr Glück, als ihm zustand. Plötzlich schien ihm ein heißes Bad den Aufwand nicht wert zu sein.

Als das Essen kam, legten er und Arla sich auf die flachen

Sofas und aßen klebrigen Salzreis und Aprikosenpüree. Nach einigem Nachhaken begann sie ihm von ihrer Kindheit in den Bergarbeiterlagern zu erzählen. Ihr Clan, die Grimmfelds, waren niedere Tyre des Reiches gewesen, aber ihre Familie hatte fliehen müssen, nachdem ihr Großvater vergeblich versucht hatte, die Tyrswürde an sich zu reißen. Die Chin-Chinro entdeckten das Bergversteck ihrer Eltern und töteten die Erwachsenen oder verkauften sie wie Sklaven. Arla wurde vier Monate später geboren. Tejohn hatte geglaubt, sein eigenes Leben sei voller Entbehrungen gewesen, aber ihre in schlichten Worten vorgetragene Geschichte war voller Schmerz und Leid.

Sie waren noch nicht fertig, als es an der Tür klopfte. Bevor Tejohn antworten konnte, traten sechs Soldaten in den Raum, die Schwerter gezogen. Begleitet wurden sie von einem recht kleinen Mann mit den ausdruckslosen, toten Augen eines Aals. Statt eines Schwerts hielt er eine Fackel in der Hand. »Steht auf«, befahl er. »Tut, was man euch sagt, und es wird euch kein Leid widerfahren.«

Tejohn und Arla erhoben sich argwöhnisch. Als Arla die Stimme erhob, kam es wie ein Zischen aus ihrem Mund: »Mein Tyr Treygar ist der Schildträger des …«

»Es kümmert mich nicht, und wenn er der König persönlich wäre. Schweigt still, während ich meine Pflicht erfülle.« Er neigte den Kopf leicht in Tejohns Richtung. »Ich bin Wachhauptmann Stollik, mein Tyr, solltet Ihr zu irgendeinem späteren Zeitpunkt Genugtuung einfordern. Jetzt entkleidet Euch.«

Tejohn schaute zu Arla hinüber. Ihre Augen waren groß und ihre Zähne gebleckt. Sie war bereit, im Kampf zu sterben. »Ich weiß, was sie wollen«, teilte Tejohn ihr mit. Er hatte seinen Brustharnisch bereits abgelegt und die Stiefel an die Wand gestellt, und so schnürte er nun sein gepolstertes Unterkleid und den Waffenrock auf. »Sie suchen nach den Malen von Bissen oder nach Stellen mit blauem Fell. Habe ich recht?«

»Ihr seid gerade aus Samsit gekommen, also müsst ihr untersucht werden«, bestätigte der Wachhauptmann. »Genug der Worte. Befolgt einfach meinen Befehl.«

»Zeigt ein wenig Respekt, Mann«, blaffte Tejohn. »Lasst meine Späherin zumindest in einen anderen Raum führen, wo andere Frauen sie absuchen können …«

»Meine nächsten Worte werden der Befehl sein, euch beide zu töten.«

Es bestand kein Zweifel daran, dass er das auch tun würde, und es waren zu viele von ihnen, um gegen sie zu kämpfen. Tejohn zog sich nackt aus. Arla, an seiner Seite, ebenso. Die Soldaten, die Stollik begleiteten, ließen lüsterne Blicke auf ihrem schlanken, muskulösen Körper ruhen.

»Umdrehen«, befahl Stollik, und sie drehten sich langsam, während der Wachhauptmann die Fackel so nahe an ihre Körper hielt, dass er ihnen die Haut versengte.

»Zufrieden?«, fragte Tejohn.

»Voll und ganz.« Stollik gab seinen Männern ein Zeichen, und sie verließen nacheinander den Raum. Er schloss die Tür hinter sich.

Tejohn drehte sich weg und zog sich seinen Waffenrock über, während Arla sich ankleidete. Als sie fertig war, hörte er, wie sie den Rest ihres Mahls zusammenklaubte.

»Wenn es meinem Tyr beliebt, würde ich gern in dem kleinen abgeschlossenen Raum dort drüben zu Ende essen. Hinter dem Vorhang.« Sie vermied es, ihn ansehen.

»Nehmt die Kissen mit.«

Sie zog die Kissen vom Sofa und warf sie in die Kupferwanne. Sie war nicht groß genug, dass sie sich darin ganz ausstrecken konnte, aber es würde wohl genügen. Sie zog den Vorhang zu.

Feuer und Zorn, nur einen landlosen Tyr ohne Speerträger, die ihm unterstellt waren, konnte man auf eine solche Art und Weise behandeln. Es war durchaus sinnvoll, dass sie alle Neuankömmlinge untersuchten, aber Coml hätte die Prozedur auf höfliche Weise durchführen können – stattdessen hatte er eine bewusste, absichtliche Beleidigung daraus gemacht.

Die Finstels hatten sich gegen die Familie Italga gewandt, und Tejohn hatte nicht die geringste Ahnung, warum.

Die ganze Nacht über kehrte der Kommandant kein einziges Mal in seine Räumlichkeiten zurück, um mit ihnen Neuigkeiten auszutauschen.

Am Morgen weckte sie ein Diener, um ihnen mitzuteilen, dass Coml Finstel, Kommandant des Forts Caarilit, sie darum bitte, das Frühstück gemeinsam mit ihm einzunehmen.

Als sie den Innenhof in Richtung Saal durchquerten, tippte Arla Tejohn auf die Schulter. »Mein Tyr«, sagte sie und deutete nach oben über die Mauer.

Tejohn konnte kaum erkennen, wo der dunkelgraue Berg endete und der dunkelgraue Himmel begann. »Ich hoffe, Ihr erwartet von mir nicht, dass ich sehe, was …«

»Ich bitte um Entschuldigung, mein Tyr. Ruhgrit. Es sind ihrer drei, und sie beobachten uns.«

»Dann lasst uns hineingehen, bevor wir ihre Aufmerksamkeit erregen.« Eine Dienerin öffnete ihnen die Tür zum Speisesaal, den Blick beständig zu Boden gerichtet.

»Mein Tyr, ich muss mich bei Euch entschuldigen«, begann Coml, als sie an seinen Tisch traten. Er stand auf und verbeugte sich vor ihnen beiden. »Alle, die von Süden und Westen hierherkommen, müssen untersucht werden, sonst werden wir dasselbe Schicksal erleiden wie Fort Samsit.«

Arla erstarrte. »Was ist in Samsit passiert?«

Coml deutete auf die Stühle und lächelte wie ein freundlicher Gastgeber. Er hatte einen runden Holztisch für ihr Zusammentreffen gewählt, oben auf dem erhöhten Podium, wo zu sitzen es das alleinige Vorrecht von Kommandanten und Tyren war. »Habt Ihr es noch nicht gehört? Samsit ist vor nicht einmal fünfundzwanzig Tagen von den Grunzern überrannt worden. Es scheint, dass einer von ihnen irgendwie hinter die Mauern gelangt ist und dort begonnen hat, Menschen zu beißen, sodass der Fluch sich ausbreiten konnte. Tyr Gerrit hat versucht, das Fort zurückzuerobern, aber ihre Zahl war zu groß, und er hätte *beinahe* einen seiner Flugwagen verloren.«

Tejohn schloss die Augen. Wenn Samsit gefallen war, welche Hoffnung gab es dann für Reglis' Familie? Die Aussichten waren gering, dass Tejohn jetzt noch mit der Familie Singalan über ihren Sohn würde sprechen können. Feuer hatte sie mit an Sicherheit grenzender Wahrscheinlichkeit von dem Weg heruntergebrannt.

Tejohn tat sein Bestes, seinen Gesichtsausdruck ruhig zu halten. »Steinmiene« hatte Cazia Freibrunn ihn genannt. Er konnte noch immer Steinmiene sein. »Irgendwelche Überlebenden oder Flüchtlinge?«

»Keine«, antwortete Coml im Brustton der Überzeugung. »Es heißt, Tyr Gerrit sei wegen des Todes seines Cousins außer sich gewesen, aber es hat meinen eigenen Cousin immerhin dazu veranlasst, mir eine zusätzliche Einheit zu Hilfe zu schicken. Nicht, dass es letztlich etwas geholfen hätte.«

»Wie lange ist es her, dass die Witts Caarilit eingenommen haben?«

»Fünf Tage.« Coml lächelte reumütig. »Und ich muss zu meiner Verlegenheit gestehen, dass ich die Festung nicht mit Waffengewalt zurückerobert habe. Ich war gerade dabei, einen Gegenangriff vorzubereiten, als sie sich von allein zurückgezogen haben, und das mit hoher Geschwindigkeit.«

»Ich würde wetten, dass die Witts und die Finstels keine Nachrichten miteinander austauschen.«

Coml lächelte noch breiter. »Nein, mein Tyr. Wenn die Finstels und die Witts über die Spiegel miteinander sprechen, beschränken sie sich darauf, einander zu verfluchen und zu bedrohen. Trotzdem: Ich glaube, wir alle wissen, warum sich die wittschen Speerträger und Bogenschützen zurückgezogen haben.«

Tejohn nickte. »Wenn die Grunzer weit genug nach Westen vorgedrungen sind, um finstelsche Dorfbewohner anzugreifen, müssen sie überall in den wittschen Ländereien umherstreifen.«

»Unsere Spione unter den Witts sind verstummt, und ich hoffe, dass es sich mit ihren Spionen in unseren Ländereien genauso verhält. Außerdem haben sie irgendwie einen Flugwagen in die Finger bekommen, der eigentlich als ein Geschenk gedacht war, das nur den Unterstützern Ellifers zustand.«

»König Ellifers«, korrigierte Tejohn.

Der Kommandant nickte. »Natürlich, mein Tyr. Und auch *König* Lar, wie ich gehört habe.«

»Natürlich«, bekräftige Tejohn. »Was sind nun Finstels Pläne?«

»Pläne?« Die Frage schien Coml zu verwirren. »Wir haben jede Brücke über den Shelsiccan zerstört.« Tejohn brauchte einen Moment, um mit dem Namen etwas anfangen zu können. *Shelsiccan* war die ursprüngliche Finshto-Bezeichnung für den Launischen Fluss, der von Caarilit hinunter in den Tiefsteinsee und nach Brausestadt floss.

»Wir überwachen hier in Caarilit das Quellgebiet«, fuhr Coml fort. »Aber alle Speerträger meines Cousins sind in seine Festung zurückgezogen worden. Viele unserer Bürger sind ebenfalls dorthin geflohen. Soweit wir wissen, hat es bisher kein Grunzer geschafft, den Shelsiccan zu überqueren, aber es ist nur eine Frage der Zeit.«

»Wie verhält es sich mit den Erkundungsflügen nach Peradain?« Tejohn senkte die Stimme. »Ich habe gehört, es habe eine Person von großer Wichtigkeit aus der Stadt gerettet werden können.«

»Ich habe die gleichen Gerüchte gehört«, sagte Coml. Er

sprach seinerseits nicht leiser, um dadurch seine Stimme derjenigen Tejohns anzupassen. »Meine eigene Mutter, die sich in der Festung der Finstels im Zentrum der Macht befindet, hat mir versichert, dass diese Gerüchte nicht wahr seien. Doch sie halten sich beharrlich. Das am weitesten verbreitete von ihnen ist, dass es sich um Amlian Italga selbst handele, die aus der brennenden Stadt gerettet wurde und jetzt auf den Kissen im Hause meiner Schwester allmählich wieder zu Kräften gelange.«

»Nein«, widersprach Tejohn entschieden. »Ich selbst habe Amlian Italga fallen sehen. Sie hat keine dreißig Schritte von mir entfernt gekämpft und ihr Leben gelassen.«

»Ganz wie Ihr sagt. Aber die Gerüchte halten sich hartnäckig.«

Tejohn drängte es, das Thema zu wechseln. »Was ist mit den übrigen Ländereien und Tyren?«

»Die Rotschlamms haben sich auf ihre Inseln unten in den Wasserlanden zurückgezogen und ihre Brücken hinter sich verbrannt. Die Schüttler sind überrannt worden. Die Holvos sind nach Flussbank geflohen und sind, so der Stand von vor einigen Tagen, dort in arger Bedrängnis. Soviel ich gehört habe, antworten sie inzwischen nicht mehr auf Botschaften.«

»Feuer und Zorn.« Linder Holvos war ein guter Mann und den Italgas treu ergeben. Und was die Sache noch schlimmer machte: Im Gegensatz zu den Schüttlern und den Rotschlamms verfügte er über genug Speerträger, dass seine Unterstützung ins Gewicht fiel.

»Und das Gleiche gilt für Rolvo Simblin.«

»Was?« Tejohn konnte seine Überraschung nicht verbergen. »Die simblinschen Ländereien sind von Peradain so weit entfernt, wie sie es nur sein können, ohne im Bescosmeer zu versinken. Die Grunzer können sie doch nicht schon erobert haben, oder?« *Zumindest werde ich keinem weiteren Todfeind erklären müssen, warum ich sein Kind zum Sterben in Peradain zurückgelassen habe.*

»Wohl kaum – es sei denn, sie hätten einen Wagen gestohlen und alle Länder dazwischen überflogen. Und die Pässe, die in die Simblin-Ebenen hinüberführen, sind durch Erdrutsche unpassierbar geworden.«

»Und natürlich kann niemand einen Wagen entbehren, um der Sache auf den Grund zu gehen«, sagte Tejohn.

»Genau«, erwiderte Coml. »Außerdem haben unsere Tyre und Kommandanten genug eigene Sorgen. Wir haben es mit den ersten Einfällen von Grunzern in unsere Ländereien zu tun, und ich habe Probleme mit Wachen, die in die Weiten Lande fliehen, während sie Dienst tun sollten.«

»Deserteure?« Tejohn war überrascht, das zu hören. Durch die Wasserlande nach Westen zu fliehen, wäre für Soldaten des Reiches ein verständliches Verhalten. Im Norden jedoch gab es nichts als Wildnis und die dort hausenden Feinde.

Coml breitete die Arme aus. »Sie klettern über die Mauer und fliehen in die Nacht, ohne ihren Kameraden auch nur ein ›Feuer verschone euch‹ zu wünschen. Wir sind auch so schon unterbesetzt. Und wir verfügen über keine Gelehrten, die mit ihren Zaubern unsere Mauern wieder instand setzen könnten.«

Arla räusperte sich. »Kommandant, mein Tyr Treygar, wenn ich vielleicht …«

Coml warf ihr einen unwirschen Blick zu, aber Tejohn kam ihm zuvor. »Was gibt es, Späherin?«

»Selbst wenn die Bergbaugelehrten nicht in der Lage sind, aus dem Nichts Steinblöcke für Euch zu erschaffen, werden sie doch wissen, wie man sie aus dem Berg schneidet, und sie werden ihnen mit ihrer Magie die richtige Form geben können. Sie dürften außerdem wissen, wie man die Blöcke mit nichtmagischen Mitteln in die richtige Position bewegen kann.«

Coml sah sie mit zur Seite geneigtem Kopf an. »Danke für

die Empfehlung.« Sein Tonfall klang leicht ironisch, als könne er sich nicht dazu überwinden, echte Dankbarkeit zu zeigen. »Ich werde mich mit den Gelehrten, die wir gerettet haben, darüber beraten.«

Tejohn bemerkte, dass der Kommandant die Mehrzahl verwendet hatte. *Den* Gelehrten. So viel zur alleinigen Verfügungsgewalt des Königs über magische Anwendungen.

»Aber verratet mir«, fuhr Coml nachdenklich fort, »wann wart Ihr denn jemals in einem Bergarbeiterlager?«

»Ich bin in einem groß geworden, Herr.« Arla schien da ein gefährliches Eingeständnis zu machen.

Coml sah sie versonnen an. »Eure Familie besteht also aus Durdra?«

»Nein!« Arla klang über diese Unterstellung gekränkt. »Ich bin eine Grimmfeld, aber geboren wurde ich unter den Chin-Chinro. Die Heiligen Söhne der Durdra haben meine beste Freundin ermordet. Die Leute von meinem Volk und dem ihren bringen sich gegenseitig um, sobald sie einander überhaupt nur zu sehen bekommen!«

»Aha«, sagte Coml. »Für mich ist es schwer, da einen Unterschied zu erkennen. Ich sehe nur, dass beide meine Spähtrupps mit Steinen bewerfen, wenn wir uns in das Gebiet jenseits des Passes vorwagen.«

Tejohn ging dazwischen. »Meine Späherin hat in der Schlacht Rücken an Rücken mit dem König gegen die Ruhgrit gekämpft, als wir in der Minderzahl waren und zu unterliegen drohten. Sie hat ihre Treue bewiesen.«

»Das habe ich gehört«, sagte Coml und wechselte geschickt das Thema. »Euer Hauptmann aus Samsit hat die Geschichte einigen meiner Speerträger erzählt, und die Nachricht hat sich verbreitet wie ein Lauffeuer. Ist es wirklich wahr, dass Lar Italga mit einem einzigen Zauber eine ganze Horde von Riesenadlern vertrieben hat?«

»Und er hat einen getötet«, ergänzte Tejohn.

»Ich gebe zu, dass es mich überrascht, das zu hören«, bekannte Coml. »Ich weiß, dass Gelehrte nützlich darin sind, einem Karree von Speerträgern oder einer Linie von Bogenschützen zusätzliche Schlagkraft zu verleihen, aber ich hätte nie gedacht, dass sie auch mitten im Schlachtengewühl zu etwas taugen.«

Plötzlich überwältigte Tejohn die Erinnerung an Feuer, zerbröselnden Stein und erbitterte Salven von Pfeilen mit Eisenspitzen, und er schloss die Augen. Er hatte auf dem Schlachtfeld bereits Gelehrten gegenübergestanden. Den Luxus, sie zu unterschätzen, konnte er sich nicht leisten.

Arla beendete die Stille, indem sie Comls unausgesprochene Frage beantwortete. »Ich habe selbst gesehen, wie der König lachend in das Herz des Untiers gebissen hat.«

»Davon hat Hauptmann Dellastein berichtet. Jetzt kann ich nicht umhin, mich zu fragen, wie das Herz von so einem … Ruhgrit beschaffen ist.«

»Es ist riesig«, erklärte Tejohn, »und es ist sehr heiß, wenn man es anlangt. Was mich zu der anderen Neuigkeit bringt, die ich Euch unbedingt mitteilen muss. Die Ruhgrit suchen sich ihre Beute bei Tageslicht aus, aber greifen erst bei Nacht an, in der Dunkelheit. Ihr solltet Eure Wachposten jeweils doppelt besetzen. Es ist gut möglich, dass Eure Nachtwachen in Wirklichkeit gar nicht desertieren.«

Der Kommandant wirkte erschrocken. »Das ist ein beunruhigender Gedanke.« Dann wandte Coml seine Aufmerksamkeit seiner Schüssel zu und löffelte einige Bissen klebrigen Reis und dunkles Bratenfleisch heraus. Als er wieder gefasster wirkte, bemerkte er: »Mein Tyr, erlaubt mir die Bemerkung: Als ich erwähnt habe, dass Samsit gefallen ist, schien Euch das nicht überrascht zu haben.«

»Das ist richtig«, erwiderte Tejohn. »Einer der Speerträger hat sich unterwegs zu verwandeln begonnen.«

»Aha. Was habt Ihr mit Eurem Speerträger gemacht?«

Tejohn zuckte die Achseln. »Ich habe ihm den Kopf abgeschlagen. Er war zu einem Feind des Reiches geworden.«

Coml hörte für einen kurzen Moment auf zu kauen, dann aß er weiter. Als er das nächste Mal von seiner Mahlzeit aufschaute, hatte sich sein Gesichtsausdruck ein klein wenig verändert. Er war niemals wirklich freundlich gewesen, aber jetzt sah er aus wie ein Mann, der im Begriff stand, sich ein Gefecht zu liefern. »Natürlich, mein Tyr. Und was kann ich für Euch tun?«

Tejohn hatte eigentlich vorgehabt, den Kommandanten zu bitten, dessen Spiegel benutzen zu dürfen, aber stattdessen sagte er: »Ich brauche nur ein kleines Ruderboot und etwas Proviant für meine Späherin und mich. Ich muss im Auftrag des Königs sobald wie möglich nach Brausestadt gelangen, und ich hoffe, das Vorgebirge auf dem Shelsiccan umschiffen zu können.« Wenn der Kommandant die alte Finshto-Bezeichnung für den Fluss verwendete, dann konnte Tejohn das ebenfalls tun.

Coml wischte seine Schüssel mit einem Stückchen Brot aus. Ohne aufzublicken, fragte er: »Ihr werdet ein paar von meinen Soldaten benötigen, nehme ich an?«

»Nein«, antwortete Tejohn. Eure Not ist größer als meine. Hoffe ich.«

»In Ordnung«, sagte Coml. Er stand auf und verneigte sich. »Verzeiht mir, mein Tyr, aber ich muss den Bau einer Barrikade überwachen. Wenn Ihr mich jetzt bitte entschuldigen würdet.«

»Natürlich.«

Der Kommandant sprang vom Podium auf den Boden des eigentlichen Speisesaals hinunter. Arla neigte ihren Kopf nahe an Tejohn heran. »Deute ich die Dinge falsch, oder schien er sich da nicht von irgendetwas bedroht zu fühlen, was Ihr gesagt habt, mein Tyr?«

»Behaltet ihn für mich im Auge«, bat Tejohn. Als Tejohn *Feind des Reiches* gesagt hatte, hatte sich Comls heuchlerische Frostigkeit in irgendetwas anderes verwandelt. In etwas, was Tejohn nicht gefiel. »Was macht der dürre kleine Lügner jetzt?«

»Er durchquert den Raum und steuert die Tische im hinteren Bereich an. Jetzt ist er stehen geblieben, um mit den Soldaten eines Eiltrupps zu sprechen«, antwortete Arla. »Nach ihrer Ausrüstung zu urteilen sind es Bogenschützen und Späher. Der Kommandant steht mit dem Rücken zu uns, aber er beugt sich vor, um mit dem Anführer des Trupps zu sprechen … und der hat gerade direkt in unsere Richtung geblickt.«

»Versucht, gelangweilt zu wirken. Auf Befehl des Anführers werden die Soldaten des Trupps nun in aller Eile ihre Mahlzeit beenden und dann aufbrechen.«

»Ja, mein Tyr. Genau das tun sie. Und Kommandant Finstel geht mit ihnen.«

»Schaut irgendeiner der anderen zu uns herüber, während sie den Raum verlassen?«

»Wieder der Anführer«, antwortete Arla. »Und die große Frau hinten. Und noch eine, mit dunklen Augen. Jetzt stehen sie mit dem Rücken zu uns und marschieren aus dem Speisesaal.«

»Feuer und Zorn.«

Die Saaldiener stellten Schüsseln vor sie hin. Wieder salziger Reis mit Aprikosen – die Verpflegung der gemeinen Soldaten.

Tejohn war der Appetit vergangen, aber er war auf zu vielen Feldzügen gewesen, um die Schüssel von sich zu schieben. Er zwang sich zu essen.

»Mein Tyr, ist das unsere Eskorte nach Brausestadt?«

Die Frage überraschte Tejohn. »Nein. Es sind unsere Meuchelmörder.«

»Das ist unangenehm.« Arla griff nach ihrer Schüssel und

begann mit großem Appetit zu essen. »Mein Tyr«, sagte sie, als sie fertig war, »Ihr habt ihn einen Lügner genannt. Aber … was habe ich übersehen?«

Tejohn schob seine leere Schüssel von sich. »Er hat nach Samsit gefragt. Er hat nach dem König gefragt. Und er hat nach den Ruhgrit gefragt. Aber er hat nie gefragt, was an dem Tag geschah, an dem Peradain gefallen ist.«

Arla richtete sich plötzlich kerzengerade auf. »Beim Großen Weg.«

»Er weiß bereits, was passiert ist, und das bedeutet, dass sie doch jemanden aus der Stadt gerettet haben. Jemanden, der vor Ort war, als die Pforte geöffnet wurde.«

Sie hatten keine andere Wahl. Tejohn musste in die Festung der Finstels gelangen und herausfinden, wer da aus Peradain gerettet worden war. Tejohn hatte gesehen, wie Amlian getötet worden war, aber Ellifer hatte er inmitten des Chaos aus den Augen verloren. War es möglich, dass der König noch am Leben war?

Und er benötigte immer noch einen Flugwagen, denn irgendjemand musste nach Sturmpass gelangen.

Er stand auf. »Es hat keinen Sinn, weiter hier herumzulungern. Sollen diese Meuchelmörder doch ihr Glück versuchen.«

KAPITEL 23

Hinunterzuklettern war wesentlich einfacher als hinauf, da die Oberfläche auf dieser Seite der Nördlichen Barriere stärker abgerundet und verwittert war. In jedem Fall war sie alles andere als eine glatte Wand ohne jegliche Strukturen.

Aber es war dennoch gefährlich. Sie brauchten den Rest des Tages, um nur die paar Dutzend Meter zu der Hochfläche unter ihnen hinabzusteigen.

Die Drachenknochen waren riesenhaft. Allein schon der Schädel war so groß wie Mahz' Wagen, und sofort verkündete Ivi mit leuchtenden Augen, dass sie vorhabe, in seinem Inneren ihr Lager für die Nacht aufzuschlagen. Sie kroch durch die Öffnung im Hals und versicherte den beiden anderen, dass es im Inneren recht geräumig sei.

Cazia gefiel die Idee nicht, doch kroch sie hinter ihr her. Der Schädel war größer als die Felskammern, die sie während der letzten Nächte in die Bergwand gehauen hatte, aber das viele Zaubern hatte ihr ohnehin schon ein Gefühl der Unwirklichkeit gegeben, und jetzt würde sie die Nacht im Kopf eines toten Ungeheuers verbringen, als sei alles nur ein böser Traum.

Noch einen Monat zuvor hätte sie womöglich energisch dagegen protestiert und darauf bestanden, anderswo Zuflucht zu suchen. Nun rollte sie stattdessen einfach ihre Decke aus und schlief ein.

Ivi weckte sie mitten in der Nacht. Sie konnten das Schlagen von Flügeln hören, und in dem Sternenlicht, das durch die Augenhöhlen des Drachen hereinfiel, sah Cazia, dass die Augen der Prinzessin groß und voller Angst waren.

Sie drehte sich um und spähte durch die Augenhöhlen. Zwei Riesenadler waren ganz in der Nähe auf der Hochfläche gelandet und schlugen rhythmisch mit den Flügeln. Dann begannen sie mit hohen, schrillen Vogelstimmen zu kreischen.

Kinz schreckte aus tiefem Schlaf hoch, doch Ivi gebot ihr, leise zu sein. Hatten die Vögel die Mädchen entdeckt? Cazia fragte sich, ob sie sie wohl gleich in Stücke reißen würden, um sie zu fressen – wie sehr würde das wehtun? –, oder ob sie sie zuerst aus großer Höhe fallen lassen würden.

Weder das eine noch das andere geschah. Stattdessen stiegen sie in die Lüfte auf, kreisten immer höher und höher und flogen dann in die Weiten Lande hinüber.

Die drei Mädchen hielten einander an den Händen und lagen so geräuschlos da, wie sie nur konnten. Die Nachtwinde wehten nun, da sie die Weiten Lande hinter sich gelassen hatten, nicht mehr so heftig, aber das bedeutete nur, dass sie das Flügelschlagen jetzt besser hören konnten.

Bei Morgengrauen krochen sie vorsichtig hinaus, um den Himmel abzusuchen. Es waren keine Vögel in der Nähe, aber zwei kreisten träge über der nebligen Stelle, wo sich die beiden Gebirgszüge trafen. Sie waren kaum mehr als Flecken vor dem Hintergrund des grauen Himmels; sicherlich waren sie aus einer solchen Entfernung nicht in der Lage, Cazia auszumachen.

»Wir müssen vorsichtig sein«, mahnte Kinz. »Wir können nicht weithin sichtbar den Berghang hinunterklettern.«

Ivi trat einen Schritt näher heran. »Wir können Cazia aber auch nicht bitten, für uns einen Tunnel hinabzugraben. Das würde sie nicht überleben.« Das Mädchen legte Cazia eine Hand an den Ellbogen. »Wie fühlst du dich?«

Das war eine gute Frage. Es fiel Cazia schwer, ihre Aufmerksamkeit nach innen zu richten, um sich über ihren eigenen Zustand Klarheit zu verschaffen. Der Drang zu zaubern wurde immer stärker. Sie fühlte sich dünn und hohl wie eine Eierschale. Jedes Wort, das die beiden Mädchen an sie richteten, klang wie ein Kreischen. Ihre Haut brannte, wenn der Wind darüberwehte, und es scheuerte, wo ihre Röcke sie berührten. Sie hob das Tuch an, um einen Blick auf ihre Beine zu werfen – und auch, um sich aus Ivis Berührung zu lösen –, aber da waren keine wunden Stellen, keine Schwellungen, nicht einmal Rötungen. Sie war innerlich voller Magie, und diese Magie tat ihr weh.

»Ich habe Schmerzen«, gab sie zu. Es hatte keinen Sinn, es vor ihnen geheim zu halten. »Aus irgendeinem Grund nicht in den Händen; aber so ziemlich jeder andere Teil meines Körpers fühlt sich an, als hätte ich einen Sonnenbrand.«

Und es ist mir ganz egal. Sie konnte sich nicht dazu überwinden, das laut auszusprechen, nicht jetzt, wo ihr die Tränen schon wieder in die Augen steigen wollten.

»Ihr seid verflucht worden«, sagte Kinz, aber Cazia ging schweigend darüber hinweg.

»Warum siehst du so aus, als würdest du gleich anfangen zu weinen?«, fragte Ivi. Sie rang nervös die Hände, als hätte sie etwas Falsches gemacht.

Cazia dachte zurück an ihre Träume und an ihren Gedanken beim Klettern, sich einfach in die Tiefe zu stürzen. »Habe ich dazu nicht Grund genug?«

»Wir werden einige Tage hierbleiben«, verkündete Ivi. »Wir haben genug Proviant, nicht wahr?«

»Wenn wir uns alles gut einteilen und die Rationen verkleinern«, erklärte Kinz.

»Das werden wir. Wir können nicht hinabklettern, solange wir nicht alle wieder völlig bei Kräften sind. Das ist ein Gebot des gesunden Menschenverstandes. Also, die Sache ist entschieden.«

Kinz seufzte. »Du willst ja nur noch ein Weilchen länger in dem Drachenschädel lagern.«

»Natürlich!«, antwortete Ivi und fing plötzlich an zu grinsen. »Stell dir nur mal vor, was für eine gute Geschichte das abgibt.«

Die Riesenvögel waren in der Zeit um die Morgendämmerung am wenigsten aktiv, also war das die Zeit, in der Kinz auf Erkundungsgang auszog. Dennoch war die Sache gefährlich, aber Kinz bestand darauf, dass sie geschickt genug sei, sich die nötige Deckung zu suchen. Cazia hatte den Verdacht, dass es Kinz – die schließlich ihr ganzes Leben unter freiem Himmel verbracht hatte – bei ihren Spähaktionen mehr darum ging, der Enge ihres Verstecks zu entfliehen, als um die tatsächliche Erkundung des Geländes.

In der Zwischenzeit verbrachte Ivi einen Großteil des Tages damit, die Drachenzähne herauszulösen. Sie habe gehört, so vertraute sie den anderen an, dass diese Zähne, wenn man sie wie Samen in fruchtbare Erde pflanzte, zu neuen Drachen heranwachsen würden.

Als die dritte Nacht gekommen war, log Cazia und sagte, sie sei nun bereit weiterzugehen. Kinz hatte ihre Wasserflaschen an einem Bergbach gefüllt, und es gab nicht den geringsten Grund für sie, einen Zauber zu wirken. Ihr Schmerz hatte nachgelassen, doch im Inneren kam sie sich immer noch ausgehöhlt vor. Sie fühlte keinerlei Beunruhigung, wenn Kinz ihre sichere Zuflucht verließ, empfand kein Erstaunen, wenn Ivi die Geschichte eines ihrer Ahnen erzählte, der ganz allein einen Drachen getötet hatte, verspürte keinen Ärger, wenn sich die beiden anderen über Essen oder Religion zankten.

Nichts von alledem bedeutete irgendetwas für sie.

Es war klar, dass sie ihre Persönlichkeit nicht wieder zurückerhalten würde, daher wurde es Zeit, den Berg hinabzusteigen.

Ivi wirkte skeptisch, aber Kinz war ohne Frage dankbar. Sie habe einen Weg gefunden, der hinunterführe, sagte sie.

Diesen Weg zeigte sie ihnen kurz vor Tagesanbruch. Es gab da eine senkrecht abfallende Felsspalte mitten im Berghang, die über und über mit dicken, verholzten Schlingpflanzen zugewachsen war. Keiner von ihnen hatte jemals etwas Derartiges gesehen, aber das Gitterwerk der Ranken war stabil genug, um ihr Gewicht zu tragen. Sie konnten durch das Gewirr der Schlingpflanzen hindurch hinabklettern, ohne von den Riesenvögeln von oben entdeckt zu werden.

Ivi nahm die Herausforderung begeistert in Angriff; Cazia indes hatte von ihnen dreien am meisten zu kämpfen, und oft überkam sie das Gefühl, im nächsten Moment in die Tiefe zu stürzen. Es lag nicht allein daran, dass ihre Hände schwächer waren als die der anderen und ihr Körper am schwersten, auch wenn beides durchaus der Fall war. Der Hauptpunkt war vielmehr, dass sie absolut allem überdrüssig war und dass sie selbst die bloße Notwendigkeit, ihr eigenes Leben zu erhalten, schlichtweg langweilte.

Zorn, leite mich, dachte sie. Sie schloss die Augen und wiederholte das Gebet innerlich wieder und wieder. Es war ein Gebet für arme Leute und Diener, nicht für die Kinder von Tyren. Es war ein Gebet der Verzweiflung. *Zorn, leite mich.* Zorn war ein Gott mit vielen Seiten – jede Art von Mensch, gut oder böse, war in ihm enthalten, und das bedeutete, dass jeder Mensch auch Zorn in sich hatte.

Cazia brauchte diesen Zorn. Ohne ihn würde sie nicht überleben.

Und da war er plötzlich, in ihr entfacht wie ein Funke des Göttlichen. Sie schloss die Augen und nährte im Geiste dieses kleine Licht, bis es zu brennen begann. Die Magie hatte sie innerlich leer gescheuert, aber sie konnte Cazia die Berührung durch ihren Gott nicht nehmen.

Als sie fast bis an den Fuß der Felsspalte gelangt waren, machten sie halt, um zu essen, und Kinz begann Cazias Hände zu reiben.

»Kannst du durchhalten?«, fragte Ivi.

Zorn, leite mich. »Ich lasse mich von keinem Berg kleinkriegen.«

Am Fuß der Felsspalte türmte sich ein Bergsturz so hoch wie Ivis Haus in Peradain, aber es gab kein Rankengestrüpp mehr. Die Adler hatten sich in die Lüfte erhoben und schwebten über die Gipfelketten und Felsvorsprünge der umliegenden Berglandschaft, aber der Morgennebel lag immer noch dicht über dem Land, und es gelang den Mädchen, die Steine hinabzurutschen und das offene Gelände zu verlassen, ohne gefressen zu werden.

Kinz trat ganz dicht an die beiden anderen Mädchen heran und flüsterte: »Geräusche sind im Nebel weit zu hören. Wir müssen so leise sein wie Schlangen im Gras.«

Sie nickten und begannen durch die Felsen tiefer hinunterzuklettern. Der Nebel machte es unmöglich, eine Route zum bewaldeten Talgrund zu planen – schon bald konnten sie nicht mehr viel weiter sehen, als ihre Arme reichten. Wann immer Ivi wie eine Katze einen der riesigen, steil abfallenden Felsen hinabkletterte, schien sie im Nebel zu verschwinden. Dennoch schafften sie es, trotz mancher Fehlschläge, immer irgendwie den richtigen Weg zu finden.

Als der Vormittag halb vorüber war, hatte die Sonne den Nebel größtenteils aufgelöst. Die Mädchen mussten unter einen Felsvorsprung kriechen, um sich zu verstecken. »Horcht!«, zischte Kinz.

Sie lauschten. Als sich der Nebel nun den Berghang hinunter zurückzog, hörten sie ein seltsames Klopfen, das sich zusammen mit den Nebelschwaden von ihnen wegbewegte. Ein Adler kam tief herabgeschossen, beinahe bis hinunter zur Quelle des Geräuschs mitten im wallenden Nebel, aber dann flog er mit leeren Krallen wieder hinauf.

»Was verursacht ein solches Geräusch?«, flüsterte Ivi. »Es klingt, als würde jemand mit den Fingernägeln auf ein Stück Horn trommeln.«

Niemand konnte ihre Frage beantworten, und sie blieben während der Nachmittagshitze in Deckung. Cazia fühlte sich unbehaglich, aber auch so erschöpft von der Kletterpartie, dass sie einschlief. Es war schon weit nach Einbruch der Dunkelheit, als sie davon erwachte, wie sich Ivi und Kinz mit zischenden Stimmen über die leeren Feldflaschen stritten.

»Ich kann sie füllen«, erbot sich Cazia. Sie war selbst vollkommen ausgedörrt, und obwohl sie wusste, dass der Zauber ihren Fluch noch verstärken würde, hatte sie sich den ganzen Tag über schmerzlich danach gesehnt, von einem der Geschenke Gebrauch zu machen. Und was spielte es auch schon für eine Rolle?

»Nein«, erwiderte Ivi und legte Cazia die Hand auf die Schulter. »Es hat keine Eile. Wir können einen Tag lang auf Wasser verzichten.«

»Meine Zauberkraft ist stärker geworden. Ich könnte sie wahrscheinlich alle gleichzeitig füllen.«

Kinz schüttelte den Kopf und stopfte die Feldflaschen in ihren Rucksack. »Ihr habt nur noch ein paar wenige weitere Zauber in Euch, nicht wahr? Spart sie Euch für die Zeit auf, wenn wir verzweifelt sind und keine andere Wahl haben.«

Sie schliefen die ganze Nacht, bis sie einige Stunden vor Tagesanbruch erwachten. Sie machten sich sogleich auf den Weg; der Mond erhellte den Nebel weit genug, um alles in ein diffuses Licht zu tauchen. Kinz versuchte, so zu tun, als wisse sie genau, in welche Richtung sie gehen mussten, aber Cazia konnte erkennen, dass alles nur gespielt war. Auch egal.

Sie stolperten beinahe über eine weitere abwärts führende Säule aus verholzten Ranken, aber anders als jene erste nahe am Berggipfel knackte und knirschte diese unter ihren Füßen und sackte beunruhigend nach unten weg. Das Klopfen wurde lauter, dann leiser, kam näher und entfernte sich wieder. Cazia stellte sich vor, dass da unter ihnen ein alter Mann war, den der Nebel so blind gemacht hatte, dass er orientierungslos herumirrte und mit einem Gehstock gegen die Felsen schlug. Das Bild erschien ihr so lächerlich, dass sie zu klettern aufhören musste, um sich den Mund zuzuhalten. Die Magie in ihr wollte brüllen vor Lachen.

Kinz verschwand unter ihnen, aber Ivi verharrte, wo sie war, und legte Cazia eine Hand auf die Schulter. »Alles in Ordnung mit dir?«, flüsterte sie.

Ich glaube, ich verliere den Verstand. Nein, das war nichts, was man einem zwölfjährigen Mädchen sagen sollte. Sie schloss die Augen. Da war nichts Lächerliches an ihrer Situation. Ivi und Kinz waren ihr früher einmal wichtig gewesen … nun ja, vielleicht nicht unbedingt Kinz. Die Magie hatte ihr diese Verbindung zu ihnen geraubt, und sie würde nie wieder sie selbst werden, wenn sie nicht bereit war, für sie zu kämpfen. Und überhaupt: Wenn sie umkehrte, ohne den Geheimnissen dieses Tals auf den Grund gegangen zu sein, hätte sie sich ganz umsonst ausgehöhlt.

Zorn, leite mich. Zorn, ich brauche deinen Funken, um meine Freunde zu beschützen. Sie spürte, wie der Funke wieder entfacht wurde, dieses winzige bisschen Hitze, das zeigte, dass ihr Gott noch lebte und noch in ihr lebendig war. Was die Magie ihr angetan hatte, konnte nicht ungeschehen gemacht werden, nicht durch sie selbst, aber sie konnte immer noch dagegen ankämpfen. Sie konnte immer noch *versuchen,* sie selbst zu bleiben.

Ivi wartete auf sie. »Ich sammle nur meine Kräfte und bin gleich wieder so weit«, flüsterte Cazia, und es war beinahe die Wahrheit. »Aber hör damit auf, mir besondere Beachtung zu schenken, und pass lieber auf dich selbst auf.«

Am Fuß der Rankensäule fanden sie sich auf einem grasbewachsenen Hang wieder. Ivi warf sich sofort flach auf den Boden und drückte das Gesicht zwischen die Halme, um an ihnen zu riechen. Kinz griff ihr an die Schulter und forderte sie durch entsprechende Gesten auf, ihren Bogen zu bespannen. Wieder hörten sie das Klopfen, und leise tat Ivi wie geheißen.

In dem dichten Nebel konnten sie nur ein Dutzend Schritt weit sehen, und das Geräusch schien von überallher zu kommen. Als hätten sie sich abgesprochen, sagte niemand ein Wort. Cazia hörte Wasser über Felsen plätschern, und sie bewegte sich darauf zu, wobei sie sich unnötigerweise fragte, ob sie jetzt wohl Angst haben sollte, und zugleich froh war, dass sie keine hatte. Hent war sich so sicher gewesen, dass sie an diesem Ort sterben würde …

Die grauen Umrisse eines Felsblocks ragten vor ihr in den fahlen Nebel empor. Fast schon instinktiv ging sie darauf zu, einfach weil der Stein einen Orientierungspunkt bot. Doch dann stellte sie fest, dass es sich überhaupt nicht um einen Felsblock handelte. Es war ein Schädel. Er lag schräg geneigt auf dem Boden. In der Mitte seiner Vorderseite befand sich eine einzige gewaltige Augenhöhle. Abgebrochene Stoßzähne ragten aus den Seiten seines hässlichen Kiefers.

Sie rieb mit den Händen über den rauen Knochen – waren ihre eigenen Knochen auch so rau? Die Knochen des Drachen waren glatt gewesen. Ivi trat hinter sie, dann auch Kinz, aber keines der beiden Mädchen wollte den Schädel berühren. Vielleicht hätte auch sie selbst Angst davor haben sollen, stattdessen fand sie ihn einfach nur faszinierend.

Außerdem brauchten sie keine Angst vor einem Schädel zu haben. Sie sollten Angst vor dem Wesen haben, das diese Kreatur getötet hatte …

Cazia drehte sich zu den anderen um und fasste sich ans Ohr. Nachdem sie für einen Moment gelauscht hatten, hörten sie das schwache Rauschen von Wasser. Großer Weg, sie hatten alle drei solchen Durst. Vorsichtig bewegten sie sich um die Knochen herum und leckten sich die Lippen.

Der Boden senkte sich weiter, die Luft wurde wärmer und der Nebel dünner. Irgendwo ging die Sonne auf, denn der Nebel schien nun schwach zu leuchten. Sie erreichten einen langen niedrigen Hügel aus loser Erde, der ihre Köpfe um ein Stück überragte. Er erstreckte sich bis in den undurchdringlichen Nebel hinein, und sie hatten keine andere Wahl, als darüber hinwegzuklettern.

Auf der anderen Seite wurde der Boden schlammiger, und der Nebel hellte sich weiter auf. Kinz verlegte sich darauf, das Gras mit den Füßen flachzutreten, um für sie eine Bahn zu schaffen. Cazia fand eine Stelle, an der Steine vom Berghang über ihnen herabgefallen waren, und sie kletterte über sie hinweg, bis sie das Wasser erreicht hatte.

Kleine Dampfschwaden stiegen aus dem Wasser auf und sorgten dafür, dass sich der Nebel im näheren Umkreis verzog. Genauso wie es die Tageshitze bewirkt, dachte sie. Die Wasserfläche war kaum breiter als ein kleiner Teich – vielleicht zehn Meter im Durchmesser –, und das Wasser wirkte etwas schleimig. Cazia hätte gerne gewusst, warum es so warm war, aber da gab es wohl wenig Hoffnung, es herauszufinden.

»Ich glaube nicht, dass man gefahrlos davon trinken kann«, flüsterte Kinz. Cazia vermutete, dass sie recht hatte, tauchte aber trotzdem die Hände hinein. Nach Tagen des Zauberns, in denen sie Felsen versetzt hatte und an kratzigen Ranken hinabgeklettert war, ging sie davon aus, dass ihr die Hitze guttun würde.

Und nichts anderes war der Fall. Die Wärme übte ganze zwei Herzschläge lang ihren wohltuenden Einfluss aus, bis sie einen winzigen Biss an der Handkante spürte.

»Autsch!«, schrie sie auf und riss die Hand aus dem Wasser. Seitlich an ihrer Hand klebte ein kleiner runder Fisch, der nicht größer war als ihr Ohrläppchen. Während sie zusah, wie er ihr Blut trank, wurde er grau und starb, fiel mit einem leisen Spritzer ins Wasser zurück.

Der Teich war voll mit diesen winzigen Fischen. Ein Blutstropfen rieselte von ihrer Hand ins Wasser, und die Fischlein flohen davor, als sei es Gift.

Cazia kroch wieder die Steine hinauf. Die Verletzung war minimal – wenn sie sich nicht entzündete, würde es kein Problem damit geben. Sie saugte ein wenig von ihrem Blut heraus und spuckte es auf die Steine.

Die anderen Mädchen warteten oben am Uferrand auf sie. »Entschuldigt den Lärm«, flüsterte sie, aber …«

Da war wieder das Klopfen, lauter denn je. Alle drei drehten sie sich zum Wasser um, aber sie konnten nicht sehen, was das Geräusch verursachte. Langsam zogen sie sich in Richtung der Nebelschwaden zurück. Im gleichen Moment drehte der Wind, und ein saurer, beißender, brennender Gestank ließ Cazias Nasenflügel kribbeln. Ein zweites Klopfen gesellte sich zu dem ersten.

Was immer dieses Geräusch machte, Cazias Aufschrei hatte dessen … *deren* Aufmerksamkeit erregt. Sie warf Kinz und Ivi erneut rasche Blicke zu; beide Mädchen zogen sich vorsichtig in Richtung Riesenschädel zurück, den Blick dem Geräusch zugewandt. Sie wollte abermals aufschreien, wollte weinen, obwohl sie nicht verstehen konnte, warum. Ja, mit ihrem Aufschrei von eben hatte sie sie womöglich allesamt umgebracht, aber selbst das erschien ihr nicht besonders wichtig.

Kinz hatte recht. Sie war verflucht worden. Die Magie hatte sie voller unverständlichem Kummer und unauslotbarem Elend zurückgelassen, aber sie hatte keinen Platz für andere menschliche Gefühle mehr gelassen. Alles, was ihr geblieben war, war ein heiliger Funke, und wofür war der schon gut?

Sie hatte das Klopfen näher an sie herangebracht. Es schien

nur vernünftig, wenn sie die Gefahr, worin auch immer sie bestand, nun von Kinz und der Prinzessin wegführte. Außerdem war Cazia wirklich und aufrichtig neugierig, was da wohl dahintersteckte.

Ivi hatte einen Pfeil an die Sehne gelegt, aber mehr denn je zuvor erschien ihre Waffe jetzt winzig – ein Spielzeug, um auf Eichhörnchen Jagd zu machen. Cazia legte Ivi die Hand auf die Schulter und drängte sie sanft, sich neben dem Schädel auf dem Boden niederzulassen. Und Kinz hatte natürlich immer noch Cazias Speer.

»Ich bin gleich zurück«, log Cazia. Das Lügen fiel ihr jetzt leicht. »Seid leise.«

Sie griff sich eine Faustvoll der würfelförmigen Zähne, die neben dem abgebrochenen Stoßzahn lagen, und ehe die beiden Mädchen reagieren konnten, war sie auch schon in den Nebel hineingeeilt. Sie hockte sich hinter einen Baum und schaute zurück; sie hatten nicht versucht, ihr zu folgen. Einige Tage zuvor wäre sie noch enttäuscht gewesen, aber jetzt verspürte sie eine eigenartige Befriedigung. Sie hatte die Berge überquert, um hinter ein Geheimnis zu kommen, aber jetzt wollte sie nur noch beweisen, dass Hent recht gehabt hatte.

Was tue ich da? Was stimmt nicht mit mir?

Sie eilte zwischen den Bäumen hindurch und machte sich daran, den dampfenden Teich zu umrunden. Die Bäume, die sie passierte, waren schmal und dürr, und die Rinde an den unteren Stämmen war angekohlt; hier hatte erst vor kurzem ein Feuer gewütet. Sie warf einen der Zähne in die ungefähre Richtung des Teiches.

Befriedigt hörte sie es spritzen, dann raschelte es im hohen Gras. Etwas bewegte sich auf sie zu, und nach dem Geräusch zu urteilen war es etwas Großes.

Jetzt wäre es wirklich an der Zeit gewesen, dass ihre Angst wuchs und riesenhaft wurde, aber das geschah nicht. Sie stand einfach untätig neben dem Baum herum und wartete darauf, dass jenes Wesen, was immer es war, aus dem Nebel auftauchte.

Und sie wartete weiter. Was immer es war, es hatte es nicht eilig. Ihr kam der Gedanke, dass auch sie selbst die gleiche Umsicht walten lassen könnte, daher bewegte sie sich rückwärts zwischen die Bäume. Das Gras raschelte unter ihren Füßen, aber es kümmerte sie nicht – nicht, wenn sie damit das Ding auf sich zu lockte.

Der Nebel verdichtete sich, und ihre Sicht auf den Wald um sie herum wurde zunehmend beeinträchtigt. Sie fühlte sich verloren, von aller Welt abgeschnitten. Wenn sie hier starb, würden ihre Knochen auf immer und ewig im Gras liegen, genau wie jene Knochen hinter ihr. Nicht, dass das etwas zur Sache tat.

Trotzdem, sie konnte nicht umhin, schrecklich neugierig darauf zu sein, wie sich die ganze Sache entwickeln würde.

Sie gelangte zu einer stämmigen Eiche, breit genug, um sich dahinter zu verstecken. Und gerade weit genug entfernt. Sie umrundete sie und kauerte sich tief in die aus dem Boden ragenden Wurzeln, dann spähte sie am Stamm vorbei in die Richtung zurück, aus der sie gekommen war. Ihre Hand ruhte auf dem winzigen Köcher an ihrer Hüfte. Er war immer noch voll.

Das Klopfen hatte ein Ende gefunden, aber sie konnte noch immer das Rascheln von Gräsern und Büschen hören. Sie fragte sich, fast schon ein wenig gelangweilt, ob das Ding vielleicht zu groß sein könnte, um ihr zwischen die Bäume zu folgen, und ob das nun eine gute oder eine schlechte Sache wäre.

Nur, dass es sich nicht um ein einzelnes großes Geschöpf handelte. Was da aus dem Nebel kam, waren fünf oder sechs Gestalten mit runden behelmten Köpfen und langen Speeren. Es waren nur schattenhafte Umrisse, aber Cazia war leicht enttäuscht. Sie hatte aufrichtig gehofft, einen echten Drachen zu sehen oder vielleicht eines dieser einäugigen Ungeheuer.

Als die Krieger näher kamen, wurde ihr klar, dass sie doch keine Helme trugen. Ihre Köpfe waren einfach nur seltsam geformt, weil sie nämlich gar nicht menschlich waren. Sie waren so klein wie Ivi und sogar noch schlanker. Jener widerliche, beißende Geruch ging in Wellen von ihnen aus, und als eines der Wesen seinen Speer bewegte, sah sie, dass sein Arm so dünn war wie ein Besenstiel.

Sie trat aus ihrer Sichtlinie, in der Hoffnung, dass sie sie noch nicht bemerkt hatten, und warf drei der abscheulichen grauen Zähne in die gegenüberliegende Richtung in den Nebel hinein. Einer traf einen Baumstamm und machte ein Geräusch wie ein brechender Zweig, und die beiden anderen ließen zwei von Cazias Position aus nicht sichtbare Büsche rascheln. Hinter sich hörte sie ein zweimaliges scharfes Klopfen, und der schreckliche Gestank nahm eine völlig neue Größenordnung an; ihr kam plötzlich der Gedanke, dass sie mit ihrem Klopfen und über ihre Gerüche miteinander redeten. Wenn sie nur daran gedacht hätte, ihren Übersetzungsstein zu berühren …

Dafür war es jetzt zu spät. Sie machte bereits die Handbewegungen für ihren Feuerzauber. Großer Weg, was für ein schönes Gefühl, nach so vielen Tagen wieder Magie zu wirken. Sie hatte den Zauber kaum begonnen, als sich ihr die ihm innewohnende Macht auch schon auf eine Weise eröffnete, wie sie es noch nie zuvor verspürt hatte.

Die Gestalten passierten ihr Versteck gerade in dem Moment, als sie fertig wurde. Und als sie aufsprang, sah sie die Wesen zum ersten Mal deutlich.

Es waren Insekten. Aufrecht gehende Insekten mit unterteilten Insektenleibern, die über ihren dunkelroten Panzern hellrote Schärpen und Bänder trugen. Sie hatten winzige Knopfaugen und Zangen vor dem Mund. Sie hatten ihre Aufmerksamkeit auf einen Punkt vor ihnen gerichtet, auf jenen Teil des Waldes, wo Cazia die Zähne hingeworfen hatte. Sie wandte sich nach links – weg von Ivis und Kinz' Versteck – und spreizte die Finger.

Feuer quoll mit einer Intensität aus ihr heraus, wie sie es noch nie zuvor erlebt hatte. Es war weniger wie Zaubern, sondern fühlte sich vielmehr so an, als breche sie einen Schmiedeofen auf und entfessele die Hitze darin. Die Flammen berührten das ihr am nächsten befindliche Wesen, gerade als es im Begriff stand, sich umzudrehen; sie trafen es an der Brust, und das Ding platzte auseinander wie eine Weizenbeere in einem Lagerfeuer.

Die alte Cazia wäre über das blutige Gemetzel entsetzt gewesen, aber jetzt bedeutete die Sache für sie kaum mehr als eine sonderbare Überraschung, während sie zum nächsten Krieger in der Reihe lief. Er hatte gerade noch Zeit, sich umzudrehen, bis die Flammen ihn erreichten und die chemischen Stoffe, die ihm aus der Schädelbasis spritzten, Feuer fingen. Auch diese Kreatur zerbarst und spritzte Blut und Gewebe über das Gras.

Hinter diesem einen Geschöpf befanden sich noch zwei weitere. Beide versuchten wegzuspringen und stellten dabei die verblüffende Kraft in ihren Beinen unter Beweis. Cazia lenkte ihren Zauber zur Seite und traf das Wesen, das ihr am nächsten war, im Unterleib. Es schlug irgendwo außerhalb ihres Gesichtsfeldes auf, aber sie ging nicht davon aus, dass es die Sache überlebt hatte. Ihr Zauber versiegte, und die Öffnung in ihr, durch die so viel konzentrierte Magie geströmt war, schien sich zu schließen wie ein schlafendes Auge.

Cazia hatte nicht erwartet, dass ihr Feuerzauber heiß genug sein würde, um so viel Nebel aufzulösen. Sie fuhr jäh nach rechts herum, gerade als hinter ihr etwas Schweres auf dem Boden einschlug – ein Speer? Sie drehte sich nicht um, um nachzusehen. Dort hinten befanden sich weitere Krieger, und sie wollte sie tiefer ins Tal hineinführen, weg von ihren Freundinnen.

Sie wechselte im Laufen noch mehrere Male die Richtung, aber wenn sie auf diese Weise Waffen auswich, so konnte sie sie jedenfalls nicht hören. Der Nebel schloss sich wieder über ihr, und sie rannte weiter, während sie über die Wahrscheinlichkeit nachsann, auf diese Weise mitten in etwas ebenso Gefährliches hineinzulaufen, das vor ihr lag.

Sie stolperte durch einen flachen, steinigen Bach, und es platschte so laut, dass es selbst Mahz noch gehört haben könnte. Am anderen Ufer hörte sie auf zu rennen und stapfte stattdessen durch das hohe Gras. Dabei versuchte sie, so gut sie es konnte, das Geräusch eines rennenden Menschen nachzuahmen. Es schien ihr wenig wahrscheinlich, dass sie sie zweimal mit dem gleichen Trick würde narren können, aber wie klug konnten diese Wesen schon sein? Sie waren Insekten.

Der Übersetzungsstein lag noch immer ganz unten in ihrer Tasche, aber als sie ihn nun berührte, hörte sie nichts. Die Krieger mochten vorhin miteinander geredet haben, aber jetzt waren sie außer Hörweite.

Dann: »Jagd! Jagd!« Sie löste den Finger vom Stein. Da war das Klopfgeräusch. Als sie den Stein abermals berührte, hörte sie: »Krieg! Jagd! Beute!«

Nicht gerade das, was man als redegewandt bezeichnen würde. Sie kauerte sich neben den nächsten Baum; der Bach war von hier kaum noch zu sehen, aber die Geräusche kamen von Osten, bachabwärts. Sie zog einen ihrer Wurfspieße aus dem Köcher.

Erneut stieg ihr ein Hauch des beißenden Geruchs in die Nase, und einem spontanen Impuls folgend berührte sie den Übersetzungsstein. Sofort wurden die vielschichtigen Gerüche zu Wörtern und Sätzen.

»Wir werden es kringeln für die Leben, die es genommen hat.«

»Es hat den Bach überquert und ist dann weitergelaufen.«

»Nein! Jagd! Beute! Es hat uns einmal aufgelauert, und es könnte jetzt versuchen, das einmal plus noch einmal zu machen.«

»Da ist es!«

Cazia warf sich zur Seite, als sich ein Kurzspeer mit Kupferspitze direkt neben ihr in den Baumstamm bohrte.

Sie griffen sie von der Flanke an, gerade so wie intelligente Krieger es tun würden. Gern hätte sie gewusst, wie viele es waren, aber die Übersetzung gab keine unterschiedlichen Stimmen wieder. *Feuer, leite mich,* dachte sie und versuchte zu verhindern, dass ihr distanziertes Fehlen einer gefühlsmäßigen Bindung ihren Bewegungen die Dringlichkeit raubte.

Sie packte ihren eisernen Wurfspieß, und nach einem Moment Überlegung nahm sie drei weitere heraus. Der Zauber, den sie vorhatte, würde genauso stark sein wie ihr Flammenzauber – seltsam nur, dass ihr die Leistungskraft ihres Übersetzungssteins nicht auch auf die gleiche Weise verstärkt schien –, und sie nahm eine tiefe innere Verbindung mit ihrem Zauber wahr, wie sie sie noch nie zuvor erlebt hatte. Ihr wurde unvermittelt bewusst, dass sie den Zauber leicht abwandeln konnte, um mehr als nur einen Wurfspieß abzufeuern, und sie wusste, dass sie ihr Ziel nicht verfehlen würde.

War das die Art und Weise, wie Gelehrte über die Zeiten hinweg die Geschenke des Abendvolks verändert hatten? Nicht nur, dass sie sie studiert und über sie nachgedacht hatten; hatten sie sich auch selbst verflucht – ihre eigenen Persönlichkeiten zerstört –, um dadurch eine engere Verbindung mit ihrer Magie zu verspüren?

Sie würde darüber später nachgrübeln, falls es ihr irgendwie gelang zu überleben. Cazia begann mit den geistigen und körperlichen Vorbereitungen für ihren Zauber; Der Raum in ihr begann sich wieder zu öffnen, aber diesmal war es nicht Hitze, was durch sie hindurchströmen würde. Es war Bewegungskraft.

Sie sprang hinter dem Baum hervor, ihr Zauber noch immer unfertig, dann wich sie zur Seite hin aus, als die Krieger ihre Waffen nach ihr schleuderten – diesmal glatte, dunkle Steine. Sie warfen sie mit großer Wucht, aber sie waren nicht nahe genug, um Cazia zu treffen.

Dann war ihr Zauber fertig, und eine entsetzliche *Kraft* raste aus ihr heraus. Die eisernen Wurfspieße schossen aus ihrer Hand, und ein jeder traf sein Ziel.

Die Wurfspieße bohrten sich nicht in die Krieger hinein wie Pfeile, sondern explodierten durch sie hindurch und rissen schreckliche Löcher in die andere Seite ihrer Körper. Cazia überkam ein leises Gefühl des Verlustes, als ihre Pfeile in den Wald hineinflogen: Eisen war wertvoll.

Zwei weitere Krieger stürmten aus der anderen Richtung auf sie zu. Es waren diejenigen, die die Klopfgeräusche gemacht hatten, während die anderen ihr in die Flanke gefallen waren. Einer hob einen Speer über seinen Kopf, und in seiner anderen Zangenhand hielt er anstelle eines Schildes eine lange Stange. Cazia wühlte in ihrem Köcher nach einem eisernen Wurfspieß, aber sie wusste, dass es bereits zu spät war. Sie waren schon zu nahe, als dass sie einen weiteren Zauber hätte wirken können, und was konnte ein Wurfspieß, der kaum länger war als ein Dolch, schon gegen ein Ungeheuer mit einem Speer ausrichten?

Ein Pfeil traf das Geschöpf seitlich am Kopf. Es klang, wie wenn man eine Nuss knackt – was Cazia äußerst interessant erschien –, und der Krieger brach im Gras zusammen.

Kinz lief schreiend, den Speer in der Hand, auf der anderen Bachseite am Ufer entlang und rannte dann durch den Bachlauf herüber. Das Insektenwesen drehte sich zu ihr um, die Waffe im Anschlag.

»NEIN!«, schrie Cazia. Kinz blieb auf Cazias Uferseite stehen, und ihre Stiefel versanken tief im Schlamm. Ivi hatte bereits einen weiteren Pfeil an die Sehne gelegt und den Bogen gespannt. Der Insektenkrieger hielt Stange und Speer hoch erhoben. Er schaute hügelabwärts zu Kinz, dann zu Ivi, dann zu Cazia. »Ich will, dass der da sich ergibt.«

Sie deutete mit ihrem Wurfspieß auf den Speer in seiner Hand, dann zeigte sie auf den Boden. Dasselbe wiederholte sie mit der Stange.

Das Insekt veränderte seine Haltung, und Cazia war sich sicher, dass es sie verstanden hatte. Ob es gehorchen würde, war eine ganz andere Frage. Der Krieger schaute sich erneut unsicher um, und Cazia wiederholte ihre Geste.

Das Insekt warf seine Stange hinter sich, und sie fiel spritzend ins Wasser. Den Speer schleuderte es in die andere Richtung, direkt in den Stamm eines Baumes. Dann spreizte es seine Glieder weit auseinander.

»Inzu steh uns bei«, stöhnte Kinz und rümpfte die Nase. »Warum stinkt es so?«

Cazia zog den Übersetzungsstein aus ihrer Tasche. »Wir können diesen Fehler nur einmal machen«, sagte das Wesen zu sich selbst. »Einmal plus …« Den Rest hörte Cazia nicht, weil sie den Stein der Kreatur einfach zu Füßen warf, dann deutete sie mit dem Wurfspieß darauf.

Nach einem Moment des Zögerns bückte sich das Insektenwesen und hob den Stein auf.

»Jetzt kannst du verstehen, was wir sagen«, erklärte Cazia.

Das Wesen brach wie tot im Gras zusammen.

KAPITEL 24

König Ellifer hatte Tejohn eigenhändig zum Tyr gemacht, eine Ehre, die noch nie zuvor in der Geschichte jemandem zuteilgeworden war, und an diesem Tag hatte Tejohn geschworen, Peradain und ebenso der königlichen Familie zu dienen. Was immer Coml Finstel an Verrat plante, Tejohn brachte es nicht über sich, Speerträgern und Bogenschützen des Reiches die Hilfe zu verweigern – ganz zu schweigen von den Bürgern und Dienern, die diese beschützten.

Also stattete er dem Kommandanten an der Barrikade einen Besuch ab, um ihn über das Klettervermögen der Grunzer in Kenntnis zu setzen. Coml nahm die Warnung voller Dankbarkeit entgegen, dann bot er Tejohn einige Brotlaibe aus seinem Lagerraum als Proviant an.

Die Vorräte des Forts würden bald knapp werden, aber Tejohn nahm das Angebot an. Comls Stellvertreter besorgte eine Handvoll kleiner, altbackener Laibe – einfaches Brot, kein Fleischbrot – und überreichte sie Arla, als sie sich am Anlegeplatz einfanden.

Der Launische kam als ein hoher, schmaler Wasserfall, der Süßwasser brachte, aus der Südlichen Barriere geströmt. Am Fuß der Felswand befand sich ein klarer Teich, dann folgte ein zweiter Wasserfall, und von dort begann sich der Launische Fluss ins Land zu ergießen.

Er hatte seinen Namen bekommen, weil er größtenteils durch flaches Land floss und die Eigenart hatte, alle paar Jahre seinen Lauf zu ändern. Was in der einen Generation fruchtbares Schwemmland war, wurde in der nächsten zum Fischereigebiet. Aber welche Veränderungen der Fluss auch erlebte, er mündete im Tiefland des Tiefsteinsees und begann seinen Lauf an dem Vorgebirge, das sich weit in die finstelschen Ländereien hineinschob.

Fort Caarilit befand sich auf der Ostseite des schiffbaren Flusses, und wenn man dem Kommandanten Glauben schenken konnte, schützte es die letzte Brücke über den Launischen. Falls die Grunzer das Wasser des Flusses wirklich nicht überqueren konnten, war Coml der einzige Mensch, der sie noch von den Ländereien von Tejohns Vorvätern fernhalten konnte. Der Gedanke ließ ihn verzweifeln.

Am Flusskai kam ein grinsender alter Mann auf sie zugeschlurft. Der Wind zerzauste sein fettiges Haar, und er bewegte sich mit einiger Mühe, aber er war sichtlich aufgeregt, Tejohn zu sehen.

»Mein Tyr Treygar!«, sagte er begeistert. Er musste schreien, um sich über den Lärm des Wasserfalls hinweg verständlich zu machen. »Es ist mir eine große Freude, Euch nach so langer Zeit wiederzusehen.«

Er verneigte sich – was mit seinem gebeugten Rücken eine beachtliche Leistung war –, und Tejohn fasste ihn am Ellbogen und führte ihn wieder in die aufrechte Haltung zurück. »Steht gerade, Mann. Wann sind wir uns das letzte Mal begegnet?«

»In Toram Halmajil«, antwortete der Mann mit freudiger Stimme; es war ein Name, mit dem Tejohn rein gar nichts anfangen konnte. »Heutzutage wollen die Leute alle glauben machen, es sei Banderfy Finstel gewesen, der damals die Wende in der Schlacht gebracht habe, aber nein, nein, sag ich ihnen.

Ich war dabei. Ich habe Tejohn Treygar mit eigenen Augen mitten durch den Schildwall der Bendertuks hindurchpflügen sehen. Ihr habt diese Jungs mit ihren eigenen Messern aufgeschlitzt, nicht wahr?«

Tejohn lächelte ihn an. »Ich hatte meines verloren, und ich hatte eine bessere Verwendung für ihre kleinen Klingen als sie selbst.«

»Die hattet Ihr, in der Tat! So jung und schnell wart Ihr an jenem Tag! Ich war hinter Euch, als ihr Karree auseinandergedrängt wurde, und ich bin Euch in die Flanke von Willim Bendertuks eigenem Karree gefolgt. Was für ein Tag! Ein Jammer, dass ich mich Euch dann in Zwickhall selbst nicht anschließen konnte.« Ein wehmütiger Blick trat auf das Gesicht des alten Mannes. »Diese Bendertuks hatten in jenen Tagen ihre Schilde mit Bronze eingefasst. Einer von ihnen ist mir auf den Fuß gekracht. Hat so viele Knochen zerschmettert, dass ich vor Schmerz nicht schlafen konnte.« Sein Blick wanderte zu dem Schild in Tejohns Hand. »Natürlich haben jetzt alle Metall um ihre Schilde.«

»Ich habe einen bendertukschen Schild mit nach Zwickhall genommen«, erwiderte Tejohn mit leiser Stimme.

»Ach ja? Das habe ich nicht gewusst. Nicht mit einem von deren Löwen darauf, hoffe ich.«

»Weiß Sang – ich habe ihn weggekratzt«, antwortete Tejohn. »Es war der hässlichste Schild, den ich je getragen habe, aber dieser Bronzerand hat mir wirklich gefallen.«

»Ich wünschte, ich hätte Euch folgen können«, sagte der alte Mann. »Aber es gab andere, die die Schlafsteine dringender brauchten, und als ich an die Reihe kam, war alles vorüber. Natürlich haben wir damals überwiegend mit den gerritschen Farben gekämpft. Die Finstels hatten bereits so viele Schlachten ausgefochten.«

»Zu viele gute Männer sind gefallen.«

»Sang weiß, was sie getan haben.« Der alte Mann hielt eine lange Stange hoch, und Arla nahm sie ihm ab. »Fahrt Ihr hinab nach Ussmajil?«, fragte er. Diesmal hatte Tejohn damit gerechnet: Es war der ursprüngliche Finshto-Name für *Brausestadt*. Aber der alte Bursche wartete nicht auf eine Antwort. »Ich wollte Euch keines der kleinen Ruderboote geben. Die lassen sich von einem unerfahrenen Mann allzu leicht zum Kentern bringen – nehmt es mir bitte nicht übel, mein Tyr.«

»Schon gut, kein Problem.«

»Vielen Dank, mein Tyr. Ich kann Euch diese kleine Barkasse hier bieten. Sie ist groß genug für eine Person und etwas Fracht, wobei diese Fracht aus Eurer Begleiterin und den Rucksäcken besteht. Steuert einfach geradeaus und haltet Euch in der Nähe des westlichen Ufers, dann wird der Kahn Euch gute Dienste leisten.«

Comls Stellvertreter hatte sich bereits wieder davongestohlen und sich über die Brücke auf den Rückweg zu den rosafarbenen Mauern von Caarilit gemacht. Der Alte vom Flusshafen half Tejohn und Arla, die richtige Position einzunehmen, dann verstaute er ihre Rucksäcke und Tejohns Schild in der Mitte der Barkasse.

»Danke, Soldat«, sagte Tejohn. »Verratet mir, wie lautet Euer Name?«

»Uls Ulstrik«, antwortete der Alte und legte die Hand aufs Herz.

»Doch nicht die Ulstriks, die am Südende des Abendsonnengebirges Aprikosenbäume gepflanzt haben?«

Uls' Gesicht wurde ernst. »Sind Verwandte von mir, mein Tyr. Wurden gleich in den ersten Tagen getötet, zusammen mit so vielen anderen.«

Tejohn spürte, wie ihm die Schamesröte über die Wangen kroch. »Feuer und Zorn, was für ein Narr ich bin, so etwas zu sagen.« Natürlich waren die Ulstriks getötet worden. Alle an jenem Ende des Tals hatte man ermordet, einschließlich Tejohns eigener Leute.

»Mein Tyr«, erwiderte Uls, »wenn Ihr ein Narr seid, hoffe ich, dass wir zehntausend weitere Narren wie Euch haben. Der Mann, der Willim Bendertuk seinen eigenen Speer über seinem eigenen Knie hat zerbrechen lassen, wird mir niemals als ein Narr erscheinen. Ich wünsche Euch eine behütete Reise, mein Tyr. Haltet Euch an das westliche Ufer und hütet Euch vor diesen Finstels.«

Tejohn konnte seine Überraschung nicht verbergen. Warnte ihn der Mann vor seinen eigenen Leuten? Das waren gefährliche Worte, und die Tatsache, dass er sie auszusprechen riskiert hatte, sagte viel über seinen Charakter aus.

Arla stieß die Barkasse vom Kai ab, und Uls drehte sich um und trat unter die Brücke, um sich wieder seinen Pflichten zuzuwenden. Schon bald war er so weit weg, dass Tejohn ihn nicht mehr sehen konnte.

»Mein Tyr«, bemerkte Arla leise, »was glaubt Ihr, wie weit wir fahren sollten?«

»Außer Sichtweite der Festung, würde ich sagen. Coml mag arrogant sein, aber er ist nicht so dumm, uns töten zu lassen, solange seine Soldaten es vielleicht sehen könnten.«

Arla räusperte sich. »Eines habe ich gelernt, mein Tyr, nämlich dass es nie klug ist, auf die Intelligenz der Verwandten eines Tyrs zu setzen. Ich würde mich viel besser darauf konzentrieren können, uns im Gleichgewicht zu halten, wenn Ihr Euch Euren Schild über den Rücken werfen würdet – nur für den Fall, dass der Kommandant dort hinten in der Festung seine Männer mit wittschen Pfeilen ausgestattet hat.«

Dieser Gedanke war Tejohn noch nicht gekommen. Er warf sich den Schild über den Rücken, so wie Arla es vorgeschlagen hatte.

Der Launische beschrieb eine Biegung nach Osten und

wand sich dann wieder nach Westen. Tejohn ging davon aus, dass die Festung mittlerweile außer Sicht sein müsse, aber Arla fand, dass es hier für sie entlang der Ufer keine gute Deckung gab, und ihm blieb nichts anderes übrig, als ihrem Urteil zu vertrauen.

Nach einer neuerlichen langgestreckten Flussbiegung deutete sie auf eine Stelle, wo sich die Bäume weit über das Wasser neigten. »Dort drüben vielleicht?«

»Westliches Ufer, Späherin. Ich habe nicht vor, eine Barkasse – auch nicht eine mit einem Loch im Boden – dort auf dem … Was ist das?«

Er zeigte geradeaus, auf einen helllila Fleck weit vor ihnen am Ostufer. Arla legte ihren Staken unverzüglich quer über die Barkasse und machte sich daran, ihren Bogen zu bespannen.

»Spart Euch Eure Pfeile auf«, sagte Tejohn leise, »es sei denn, er greift uns an.«

Sie nickte und machte weiter, bis ihr Bogen fertig bespannt war. Tejohn nahm das stumpfe Ende seines Speers, um sie dicht am westlichen Ufer zu halten, und bemühte sich, möglichst wenig Geräusche zu machen.

Während sie langsam weiter stromabwärts fuhren, wurde der fliederfarbene Fleck besser sichtbar. Es handelte sich, genau wie Tejohn vermutet hatte, um einen Grunzer. Keiner von den Dunkelblauen mit den roten Streifen auf dem Rücken; das hier war einer der ursprünglichen Eindringlinge. Erneut erschreckte Tejohn seine Größe.

Wasser plätscherte geräuschvoll gegen den Rumpf ihres Kahns und erregte die Aufmerksamkeit des Untiers. Es schaute zu ihnen auf und brüllte, dann stürmte es ein paar Schritte in den schlammigen Uferbereich des Flusses hinein.

Arla spannte ihren Bogen. »Mein Tyr?«

»Noch nicht«, beschied ihr Tejohn.

Der Grunzer watete spritzend durch das Wasser und kletterte dann auf die Uferböschung zurück. Er konnte nicht schwimmen, begriff Tejohn. Der Grunzer wollte seinen Fluch weiterverbreiten, aber er war nicht derart auf sein Ziel fixiert, dass er sich dazu verleiten ließ, sich deshalb zu ertränken. Im verzweifelten Versuch, irgendwie an sie heranzukommen, blickte sich der Grunzer nach allen Richtungen um.

Er rannte stromabwärts zu einem großen Baum, der sich über das Wasser neigte, dann sprang er in die Äste empor. Das Blattwerk erzitterte unter seinem Gewicht; ohne Gefahr für sich selbst konnte er nicht mehr als einige wenige Schritte über den Fluss hinausklettern.

Der Grunzer starrte sie mit konzentrierter Miene an und … Feuer und Zorn, es wirkte beinahe, als präge er sich ihre Gesichter ein.

Um die nächste Flussbiegung folgte er ihnen nicht mehr.

»Steckt Euren Pfeil wieder weg«, sagte Tejohn. »Sind wir weit genug von der Festung entfernt?«

Die Späherin warf einen Blick hinter sich, dann schob sie den Pfeil in den Köcher an ihrer Hüfte. »Ja, mein Tyr.«

Tejohn stakte sie auf ein sumpfiges Ufer, das von zwei Bäumen geschützt war. Sie trugen ihre Vorräte auf den trockenen Grund hinauf, dann drehten sie die Barkasse um. Sie war schwerer, als Tejohn erwartet hatte. Er fand einen großen Stein mit einer scharfen Kante und schlug damit ein Loch in den Boden. Dann füllten sie das Boot mit Steinen, bis es sank.

Für einen kurzen, seltsamen Augenblick verspürte Tejohn den Drang, sich bei Uls zu entschuldigen. Noch vor einem Monat hätte er keinen Gedanken an die Gefühle eines alten Dieners verschwendet, der für ein kleines Boot verantwortlich war, auch wenn es ihm nicht gehörte. »Späherin, seht Ihr in den Hügeln über uns einen Weg?«

Sie ließ den Blick über den felsigen Bergzug im Westen wandern. Sie würden über das Vorgebirge hinwegsteigen oder darum herumgehen müssen, aber Tejohn konnte nicht gut genug sehen, um eine Route zu bestimmen.

Er verließ sich auf seine Begleiterin, geradeso wie er sich auf die Hausdiener des Forts verlassen hatte, auf eine Arbeiterin aus den Minen wie Passlar Steinbrech und auf alte Soldaten wie Uls Ulstrik, die niemanden hatten, an den sie sich wenden konnten. Tejohn hatte zu lange im Palast gelebt. Er hatte sich daran gewöhnt, weit oben zu leben, und wie die Italgas und die Land besitzenden Tyre hatte er aufgehört, an jene zu denken, die unter ihm waren und auf deren Schultern er stand.

»Hier entlang, mein Tyr.« Nach einer kurzen, aber schwierigen Kletterpartie stießen sie auf einen Wildwechsel und folgten ihm am Rand des Vorgebirges entlang.

Der Vormittag war schon fast zur Hälfte vorbei, da legte Arla eine Hand auf Tejohns Rüstung und hieß ihn, sich hinter ein graues Gewirr von dürren Brombeerranken zu hocken. »Dort sind sie, mein Tyr.«

Sie zeigte zum Launischen hinab. Der Fluss hatte nach Osten eine Schleife um eine felsige Landzunge gemacht, und auch wenn Tejohn nicht sehen konnte, worauf sie deutete, wusste er doch, was sie entdeckt hatte: Comls Hinterhalt.

Es war eine Erleichterung zu wissen, dass sie dieser Falle aus dem Weg gegangen waren, und er unterdrückte den Drang, ihnen nun in den Rücken zu fallen. Seine alte Empörung – der vertraute, erregte Drang zu kämpfen und dann immer weiterzukämpfen – war nicht mehr von so überwältigender Macht, wie er es in seinen jungen Jahren gewesen war. Arla stieg weiter den Hügel hinauf, und er folgte ihr.

Arla fand einen Serpentinenpfad, der auf den Gipfel des Vorbergs hinaufführte. Tejohn hatte diese Ländereien noch nie zuvor mit eigenen Augen gesehen – die Umgebung bestand zur Gänze aus steinigen Hängen und in Gruppen zusammenstehenden mickrigen Bäumen, aber Menschen gab es hier nicht.

Sie machten eine kurze Essenspause, dann folgte er ihr weiter nach Westen. Immer nach Westen.

Am späten Nachmittag entdeckte Arla eine Blockhütte. »Sie sieht verlassen aus«, bemerkte sie, bevor Tejohn die Hütte auch nur erkennen konnte. Als sie näher kamen, fiel ihm auf, dass jemand die Tür eingetreten hatte.

Niemand antwortete auf seine Grußworte. Er hielt seinen Schild vor sich hin und legte die Hand an sein Schwert, als er durch die Tür trat. Er rief noch einmal, leiser, und fragte, ob jemand in der Hütte seine Hilfe brauche.

Als er aus dem Wind und in den verdunkelten Raum hinein trat, schlug ihm der Geruch von Leichen entgegen.

»Feuer und Zorn«, murmelte Arla.

Sie waren eine Familie gewesen. Ein Mann ungefähr in Reglis' Alter, mit dicken Armen und einem dichten Bart, lag an der Tür. Ihm war der Bauch aufgeschlitzt worden. Weiter hinten in der Hütte lag die Leiche einer Frau im selben Alter, und ihr Bauch war von Speeren durchstoßen worden. Ihre beiden toten Kinder lagen hinter ihr.

Sie waren älter gewesen als Tejohns verlorenes Kind, aber sie sahen trotzdem noch so klein aus.

»Das waren keine Grunzer«, sagte Arla bitter. »Könnten wittsche Speerträger so weit nach Westen gekommen sein? Oder Bendertuks so weit nach Osten?«

»Diese Familie wurde von ihren Nachbarn getötet«, antwortete Tejohn. »Der Mann ist mit leeren Händen an die Tür gegangen. Seht Ihr? An der Wand hängt ein Schild der Gerrits.«

»Sie haben ihn getötet, weil er ein Gerrit war?«

»Ein Waldarbeiter, nehme ich an, und ein Fallensteller. Vor einer Generation sind so viele Soldaten der Finstels gestorben, dass Menschen aus anderen Ländern hier ins Land geströmt sind. Sie haben Bauernhöfe und Fischzuchten übernommen – nicht die besten oder ertragreichsten Güter, aber sie waren immerhin verlassen und standen zur Verfügung. Und so kam es zu Feindseligkeiten und Rachsucht. Großer Weg, aber hierzu hätte es nicht kommen dürfen. Nicht zu gemordeten Kindern.«

Arlas Stimme war ausdruckslos. »Die Finstels säubern ihr Land von Fremden.«

»Selbst von kleinen Leuten. Dies hier ist kein Ort für eine Grimmfeld mit einem Chin-Chinro-Akzent«, sagte Tejohn. »Wir werden früher aufbrechen müssen, als ich geplant hatte.«

Der Waldarbeiter hatte eine gute Schaufel mit Bronzeblatt an der Wand hängen, und so verbrachten Tejohn und Arla den Rest des Tages damit, ein Grab auszuheben. In den gerritschen Ländern waren Familiengräber Tradition, daher gruben sie breit und tief. Sie nutzten das restliche Tageslicht, um die steinige Erde abzutragen und die Leichen in die Grube zu legen, dann schütteten sie sie wieder zu. Tejohn legte den Schild auf das Grab, um es zu kennzeichnen.

Mehr als einmal mussten sie ein Stück zur Seite treten und Verschnaufpausen einlegen. Als sie fertig waren, wuschen sie sich die Hände in einem Eimer hinter der Hütte, dann aßen sie lustlos. Sie legten sich unter dem freien Sternenhimmel auf den Boden, und Arla erzählte Tejohn die Geschichte, wie sie es mit angesehen hatte, als ihre Familie ermordet wurde. Als sie fertig war, teilte ihr Tejohn seine eigene Geschichte mit. Es war eine schreckliche Gemeinsamkeit, die sie da verband, aber es war, was sie hatten, und sie klammerten sich daran.

Sie schliefen in einiger Entfernung vom Haus im Wald. Am Morgen legte Tejohn seine Waffen in der Hütte auf den Boden. Es war schwer, sich von seinem Schild und insbesondere von dem übergroßen Schwert zu trennen, aber ein Kämpfer musste wissen, wann er seine Waffe aus der Hand zu legen hatte.

»Mein Tyr, seid Ihr sicher, dass Ihr wünscht, dass wir uns trennen? Ihr …«

»Ich kann nicht sehen, was auf mich zukommt«, beendete Tejohn ihren Satz. »Ihr habt recht. Aber ich bin auch klargekommen, bevor wir uns getroffen haben, und ich werde es wieder tun. Außerdem bedenkt: Sobald Comls Eiltrupp berichtet, dass wir ihre Stellung am Fluss nicht passiert haben, werden Finstels Speerträger Jagd auf uns beide machen. Besser also, wir gehen getrennte Wege. Wandert einfach über dieses Vorgebirge zurück in die Berge. Mit diesem Akzent könnt Ihr auf jeden Fall nicht hierbleiben.«

»Und was ist mit Euch, mein Tyr?«

Tejohn schlüpfte aus seinem Brustharnisch, dann schnallte er seine Beinschienen auf. »Ich war einmal ein Bauer, der alles verloren hat. Das kann ich wieder sein.«

»Ihr wollt also noch immer nach Brausestadt?«

»Lar Italga hat mich mit einem Auftrag betraut, aber ich habe beschlossen, stattdessen nach Ussmajil zu wandern. Ist Euch aufgefallen, dass die Einheimischen aufgehört haben, peradainische Namen zu benutzen? Die Finstels haben jemanden aus der Hauptstadt gerettet, und sie haben Flugwagen. Ich muss mit Ersterem sprechen und einen von Letzteren stehlen, und ich glaube nicht, dass ein landloser Tyr in der Festung willkommen sein wird. Trotzdem, irgendwie muss ich nach Sturmpass gelangen. Der König war überzeugt, dass der Schlüssel zu einem Sieg über die Grunzer dort zu finden sein würde, und ich beabsichtige, die Aufgabe zu erfüllen, die er mir gestellt hat. Ich habe den Verdacht, dass nur so die Bewohner von Kal-Maddum werden überleben können.«

Tejohn achtete darauf, dass Arla den Hauptteil ihrer Vorräte an sich nahm. Vor ihm lag nur ein Marsch von zehn Tagen, während sie womöglich für eine lange Zeit in der Wildnis leben würde.

Er warf auch sein gepolstertes Unterkleid weg – es war zu offensichtlich, dass es sich dabei um das Kleidungsstück eines

Soldaten handelte. In der Hütte fand er an einem Haken eine Leinenweste. Sie war voller Schmutz- und Schweißflecken, aber sie würde ihren Zweck erfüllen. Er behielt sein Messer mit dem Holzgriff an seinem Gürtel und steckte den Übersetzungsstein, den Cazia Freibrunn für ihn angefertigt hatte, sowie Lars Ring in das aufgerissene Futter seines Stiefels.

Er würde beides loswerden müssen. Am besten wäre es, wenn er die Sachen verstecken könnte. Er hatte Glück gehabt, dass Comls Männer nur ihn selbst untersucht hatten, ohne auch seine Habe zu durchstöbern. Jeder dieser beiden Gegenstände war so viel wert wie sein Leben.

Er trat vor Arla hin. »Wie sehe ich aus?«

»Wie ein Tyr. Ihr steht da wie ein stolzer Mann.« Er ließ die Schultern nach vorn sacken und verlagerte sein Gewicht. »Besser, mein Tyr.«

Er nickte. »Ihr solltet mich nicht mehr so nennen.«

Sie lächelte. »Dann werde ich sagen: Tejohn Treygar, es war mir eine Ehre, an Eurer Seite zu kämpfen.«

Sie gaben einander die Hände. »Genauso empfinde ich auch für Euch. So der Große Weg will, werden wir uns in friedlichen Zeiten wiederbegegnen.«

»Vielleicht werde ich eines Tages eine Gelegenheit haben, einen der kleinen roten Kuchen Eurer Gattin zu probieren.« Sie streifte sich ihren Rucksack über die Schultern, dann begann sie hügelaufwärts in Richtung der Bäume und Berge zu marschieren. Es dauerte nur sehr kurze Zeit, bis er sie nicht mehr sehen konnte.

Er fand einen alten Pfad, der sich über das Vorgebirge gen Westen schlängelte. Er hatte keine klare Vorstellung davon, wo er hinführte, aber er hoffte, dass es der Weg war, den der tote Waldarbeiter benutzt hatte, um seine Ware zur Stadt zu befördern.

Nach kurzer Zeit erreichte er eine scharfe Biegung des Pfades und blieb stehen. Die Bäume und Büsche hier gaben ihm eine ausgesprochen gute Deckung, und zum ersten Mal seit Tagen fühlte er sich vor neugierigen Augen sicher. Es war Zeit, den Ring und den Übersetzungsstein loszuwerden. Das Bewusstsein, dass es gefährlich sein würde, diese Dinge bei sich zu tragen, durchdrang ihn, als hätte jemand Fensterläden geöffnet, um das Tageslicht hereinzulassen.

Er verließ den Pfad und kletterte durch das Dickicht, bis er eine flache, steinige Wiese erreichte. Dann stemmte er einen kleinen, nahezu quadratischen Felsen hoch, legte den Ring und den Übersetzungsstein darunter und schob den Felsbrocken dann wieder an seinen Platz. Mit seinem Messer machte er eine Kerbe in den nächststehenden Baum. Auf dem Weg zurück zum Pfad markierte er einen weiteren Baum.

Falls Tejohn alles vermasselte und er sich umbringen ließ, würde der Ring wahrscheinlich nie wieder gefunden werden. Der König würde niemals geheilt werden. Das Reich …

Es war zu viel. Das Gewicht so vieler Geheimnisse lastete schwer auf ihm. Vor noch nicht allzu langer Zeit hatte er auf der Promenade gestanden und mit der Königin des Reiches gesprochen. Heute versteckte er heimlich alle Beweise für seine hohe Stellung. Als er auf den Pfad zurückkehrte, wusste er, dass er darauf nicht wie ein stolzer Mann einherschritt.

Die Stadt am Fuß des Vorgebirges war von einer hohen Holzwand umgeben, und das Tor war verschlossen. Tejohn ging darum herum und zeigte den wehrhaften Männern und Frauen auf der Mauer seine leeren Hände.

Im Flachland traf er auf weitere Menschen, die die gleiche Reise unternahmen. Die Nachricht von den Grunzern hatte sich verbreitet, und sie hatte die einen auf die Straße getrieben, während sich andere in ihren Häusern verbarrikadierten. Eines hatte Tejohn gelernt: Welcher Art eine Gefahr auch war – ob durch Feuer, heranrückende Armeen oder sonst irgendetwas –, es gab immer Menschen, die zu sturköpfig waren, um ihr Land zu verlassen.

Viele seiner Flüchtlingskameraden zogen Wagen oder trieben Okshim – ein junges Paar hatte vier nebeneinander im Joch, was sie wahrscheinlich zu den wohlhabendsten Leuten im Umkreis von zehn Tagesmärschen machte. Es ging langsam voran, aber Tejohn blieb geduldig und trödelte mit ihnen. Wie er gehofft hatte, luden die anderen Flüchtlinge ihn bei Anbruch der Nacht dazu ein, mit ihnen gemeinsam sein Lager aufzuschlagen.

Sie waren alle füreinander Fremde, und jeder erzählte kurz seine Geschichte. Das wohlhabende junge Paar besaß ein Bergwerk und einen Bauernhof. Die alte Frau mit dem gebeugten Rücken fing am Fluss Fische und verkaufte sie. Andere waren Wagenbauer, Schmiede oder Fährschiffer. Tejohn erzählte ihnen, er habe auf einem Bauernhof gearbeitet und sei entlassen worden, und der eine oder andere feixte, als er das hörte; wahrscheinlich nahmen sie an, dass er ein entlaufener Dienstknecht war. Er entblößte die Handgelenke, sodass sie sehen konnten, dass er dort keinerlei Tätowierungen hatte, aber niemand schien sich dafür zu interessieren.

Dann begannen sie, einander die Gerüchte zu erzählen, die sie gehört hatten. Genau darauf hatte er gewartet, und sie enttäuschten ihn nicht. Zu den zweifelhafteren Neuigkeiten gehörte die Geschichte, dass die Rotschlamms ihre Diener und die Alten getötet hatten, damit ihre Vorräte länger reichten. Tyr Holvos habe so große Angst vor den Grunzern gehabt, dass er, als Flussbank fiel, mit dem Boot geflohen sei. *Auf das Meer hinaus.* Bei dieser Neuigkeit stockte vielen der Atem, und als die Fischersfrau dann sagte, Aale hätten das Schiff unter Wasser gezogen, noch bevor es außer Sichtweite der Stadt gewesen sei, nickte so mancher wissend.

Die Familie der Fährleute hielt sich für am besten informiert, und sie gaben ihr Klatschwissen auf eine Weise weiter, wie die Ehefrau eines Tyrs hungernden Kindern Essen hinwerfen würde. Zur selben Zeit, da Peradain gefallen war, seien die Wasser des Bescosmeeres über die Ufer getreten, und Meeresriesen seien den Espileth hinaufgeschritten und hätten Simblinton in Schutt und Asche gelegt, berichteten sie ernst, als hätten sie es mit eigenen Augen gesehen. Nachdem die Riesen den gesamten Clan der Simblins vernichtet hätten, hätten sie die Pässe zugeschüttet und seien in die Tiefen zurückgekehrt.

Die unter den Leuten allgemein vorherrschende Ansicht war, dass alles geplant gewesen sei, auch wenn Tejohn fand, dass diese Geschichte so echt klang wie ein Schauermärchen für Kinder. Die Angriffe seien eine sorgfältig abgestimmte Attacke gegen das ganze Reich auf Befehl entweder der Meeresriesen, der Heiligen Söhne der Durdra, indregaischer Kriegsherren oder ungenannter Tyre innerhalb des Reiches selbst – je nachdem, wie fortgeschritten die Stunde war.

Aber was die Beschreibung der Grunzer selbst anging, wäre es beinahe zu Schlägereien gekommen. Die Fährleute behaupteten, sie seien rosa und weiß, mit Hörnern wie Ziegen. Andere erklärten, sie seien dunkelblau und rot, und der Streit wurde so hitzig, dass der Sohn des Fährmanns den obersten Diener des wohlhabenden jungen Paares mit Fäusten bedrohte. Tejohn schlichtete den Streit, indem er erklärte, er habe beide Arten von Grunzern gesehen; dann beschrieb er sie.

Sie bedrängten ihn mit Fragen, und er antwortete sehr langsam. Etliche der anderen Menschen im Lager wollten seine Neuigkeiten mehrmals hintereinander hören, und er berichtete stockend und jedes Mal auf die gleiche Weise. Es dauerte nicht lange, bis sie seiner müde wurden und sich schlafen legten.

Es war beunruhigend zu hören, dass Meeresriesen im Westen unterwegs waren, selbst wenn diese Neuigkeiten von so wenig vertrauenswerten Personen wie diesen Fährleuten kamen. Konnten die Grunzer wirklich Teil eines sorgfältig geplanten Angriffs auf das Reich sein? Würden die Meeresriesen so weit nach Norden streifen, dass sie sein Vorankommen in Richtung Sturmpass behindern könnten?

Am zwölften Tag ihrer Reise kam Ussmajil selbst in Sicht. Die äußersten Stadtbezirke waren von Barrikaden umgeben, die so neu waren, dass an einigen der Baumstämme noch immer grüne Blätter hingen. Tejohn erwartete, Flüchtlinge draußen vor der Stadt lagern zu sehen – es gab immer einige –, aber die Ebenen waren menschenleer. Hatte man sie abgewiesen?

Das wohlhabende junge Paar wurde von drei Frauen begrüßt, die kostbare, saubere Leinenkleider trugen und von zwanzig Dienern begleitet wurden. Sie, ihre Tiere und ihre Diener wurden von ihnen in die zentrale Festung hineingeleitet. Der Wagenbauer nahm einen Streifen roten Tuchs aus der Innenseite seines Gewands, band ihn sich über die Oberarmmuskeln und begab sich direkt zum Marktplatz, wobei er darauf achtete, niemanden sonst in der Menge anzuschauen.

Keiner der anderen Flüchtlinge hatte jemanden, der ihn empfing, oder ein rotes Tuch, um es sich an den Oberarm zu binden. Sie wurden mit vorgehaltenen Speeren zu einer langen, schlammigen Grube geführt. Speerträger standen davor Wache, und Tejohn vermutete, dass auch am anderen Ende Wachen aufgestellt waren. Die Seiten der Grube waren mit Baumstämmen befestigt worden, und oben am Rand standen gelangweilte Bogenschützen.

»Wohin bringt Ihr uns?«, wollte der Fährmann wissen und bekam zur Antwort mit dem Rand eines Schildes eins übergezogen, um ihn zum Schweigen zu bringen.

Sie passierten eine Reihe von Köpfen, die auf Speeren aufgespießt worden waren. Alle waren so stark verwest, dass man sie kaum noch als menschlich erkennen konnte.

Ein Dutzend Flüchtlinge wurden wie Schafe zusammengepfercht, als man die Familie des Schmieds zu einem gelangweilt wirkenden Beamten führte, der an einem langen Holztisch saß. Neben ihm stand ein übergewichtiger Soldat mit einem hohen roten Helmbusch. Hinter beiden warteten weitere Speerträger.

Tejohn blieb mit der Fischersfrau zurück. »Was geschieht da?«, fragte er mit leiser Stimme. »Ich kann nicht so weit sehen.«

Ihre Antwort war so leise, dass er sie fast nicht hören konnte. »Sie verlangen eine Gebühr für den Einlass in die Stadt.« Sie trat unruhig von einem Fuß auf den anderen und schaute zum Holztor zurück, durch das sie eingetreten waren, so als wolle sie auf die Straße zurückkehren, habe aber nicht den Mut, den Pferch zu verlassen. »Ich habe nicht mehr als ein paar Kupferlinge.«

Es war eine Weile her, dass Tejohn einen Anlass gehabt hatte, sich Gedanken über Geld zu machen. Es war einer der Vorzüge seiner Stellung im Palast – zum ersten Mal seit langer Zeit erinnerte er sich an die Geldkassette in seinen Gemächern daheim in der Morgenstadt. Sie war schwer von Silberstücken und enthielt sogar ein wenig Gold. Im Moment trug er nicht einmal einen Blechheller bei sich.

Die Familie des Schmieds wurde zu einem zweiten Pferch geführt. Alle ließen tief die Schultern hängen. »Sie haben sogar sein Werkzeug genommen«, sagte die Fischersfrau.

Das war ein schlechtes Zeichen, und sie alle wussten es. Als Nächstes kamen die Fährleute an die Reihe, und der Vater versuchte, sich während der Befragung mächtig aufzublasen, und prahlte mit lauter Stimme, dass er wichtige Neuigkeiten aus dem Süden bringe und dass er sich sicher sei, dass die wackeren Kämpfer Seiner Tyrschaft diese Neuigkeiten würden hören wollen. Aber als es an der Zeit war, vor dem Beamten sein Säckel zu öffnen, verlangte er, dass sie ihm zuerst sagten, wie hoch die Gebühr sei, die er zu entrichten habe.

Als Dank für seine Mühe rammte ihm einer der wackeren Kämpfer, denen er geschmeichelt hatte, einen Speer in die Eingeweide. Während seine Familie wehklagend im Schlamm kniete, zog man ihn nackt aus und warf ihn in einen Karren. Es befanden sich keine weiteren Leichen darin, aber es war auch noch früh am Tag.

Den anderen Familienmitgliedern – Ehefrau, Söhnen, Töchtern, Großmüttern – wurden sämtliche Wertgegenstände abgenommen, dann pferchte man sie zusammen mit dem Schmied ein. Tejohn schloss die Augen und betete, dass der Große Weg ein Auge auf seine eigene Familie hielt und ihnen gestattete, auf dem Pfad zu bleiben.

Direkt bevor auch sie weggeholt wurde, packte die Fischersfrau Tejohns Hand und drückte ihm eine einzige Münze in die Finger. »Ich glaube, es ist besser, Ihr habt etwas, was sie Euch nehmen können, da sie ohnehin alles nehmen werden.«

Es wäre eine Beleidigung gewesen, ihr Geschenk abzulehnen. »Sang wird sich Eurer erinnern«, dankte Tejohn.

»Der Kleine Kreisel wird niemals langsamer«, sagte sie, als sie davongeführt wurde. Es war ein Sprichwort, das er in seiner Jugend häufig von Bauern gehört hatte, aber niemals im Palast. *Alles verändert sich.*

Als er an die Reihe kam, nannte er »Ondel Ulstrik« als seinen Namen und gab sich als Bauernknecht aus einem Gehöft direkt am Fuß des Vorgebirges aus. Er erzählte ihnen, die Bauern hätten sich auf ihren Gütern verschanzt und hätten nicht mehr genug Vorräte, um auch noch etwas für Knechte erübrigen zu können.

Der Beamte erklärte ihm, Waffen seien in der Stadt nicht erlaubt, und nahm ihm sein Messer ab. Sie verlangten Rechenschaft über seine persönliche Habe und verdrehten die Augen, als er ihnen den Kupferling hinhielt. Tejohn spürte, wie die Soldaten ihn abschätzend musterten; er achtete darauf, dass er seine Schultern hängen ließ und seine Züge schlaff blieben.

»Der Eintritt in die Stadt kostet Euch zwei Kupferlinge«, sagte der Beamte mit gelangweilter Miene. »Diese Stiefel da werden die Rechnung begleichen.«

Seine Stiefel waren mehr wert als einen Kupferling, aber er zog sie ungerührt aus und gab sie den Männern.

Der Schlamm war kalt unter seinen nackten Füßen. Er trat zu den anderen im zweiten Pferch. Niemand war in der Lage, das Geheul der Fährschifferfamilie zu übertönen – das Flehen der Großmutter, man möge ihnen doch gestatten, den Leichnam des Fährmanns zu beerdigen, stieß auf taube Ohren.

Als man sie die Rampe am anderen Ende der Grube hinaufführte, drückten zwei Soldaten jedem von ihnen einen winzigen Laib Brot in die Hand. Sie beharrten darauf, dass jeder einen nahm, da Tyr Finstel keinen Hunger innerhalb seiner Mauern wolle. Tejohn nahm das Brot widerstrebend entgegen.

Nachdem sie aus der Grube in ein kleines Gebäude gelangt waren, eröffnete man ihnen, dass für das Brot eine Gebühr von sechs Hellern zu entrichten sei. Die Fährmannswitwe versuchte, mit einem Silberbatzen zu zahlen, den sie am Leib versteckt gehalten hatte, aber sie wurde dafür geschlagen, und man erlegte ihr sechs Jahre Schuldknechtschaft für das Verbergen von Vermögenswerten auf.

Niemand hatte auch nur einen einzigen Heller anzubieten, geschweige denn sechs. Sie alle, Tejohn eingeschlossen, wurden tätowiert und im Namen des Königs Shunzik Finstel, Herrscher über Ussmajil, zu einem Jahr Schuldknechtschaft verurteilt.

KAPITEL 25

»Es ist dort, Affe. Gleich unten in dieser Schlucht.«

Tschick, der Insektenkrieger, den sie gefangen genommen hatten, hatte sich angewöhnt, sie *Affen* zu nennen. Seiner Meinung nach waren Cazia, Ivi und Kinz die hässlichsten Geschöpfe, die er je gesehen hatte, und gelegentlich zeigte er sich davon überzeugt, dass jedes Wort ihres Gesprächs ein Streich sei, den einer der vielen Feinde seines Volkes ihm spielte. Er war davon überzeugt, dass der Übersetzungsstein ihr Gespräch nur vortäuschte, da allein Insektengehirne komplex genug seien, um abstrakte Begriffe und Vorstellungen verstehen zu können.

Kinz ärgerte sich so sehr über diese regelmäßigen Behauptungen, dass sie manchmal drauf und dran schien, gewalttätig zu werden. Ivi behandelte das Insekt wie einen ihrer Untertanen, als benötige es einfach nur einer Nachsicht übenden Unterweisung.

Über diese Art von Gefühlen war Cazia hinaus. Sie verspürte angesichts dieses Wesens nicht mehr als eine gesteigerte Neugier – besonders faszinierte sie die Art und Weise, wie die kleinen Falten direkt unter seinem Kopf einen Geruch nach dem anderen freisetzten, was Cazias blaues Juwel gehorsam in eine lange Abfolge von Prahlereien des Insektenkriegers über sich selbst, seine Königin und das mächtige Reich des Tilkilit-Volkes übersetzte.

Sie hatten den größten Teil des Tages und einige Stunden der Nacht damit zugebracht, durch einen unter einer dichten Nebeldecke liegenden Wald zu schleichen, wobei Tschick ihnen den Weg wies. Kinz argwöhnte, dass das Geschöpf sie im Kreis herumführte, aber Ivi wies darauf hin, dass viele der Bäume auf der Nordseite mit einem strähnigen roten Moos bewachsen seien. Es wäre gut nachvollziehbar gewesen, wenn Tschick sie so lange im Kreis herumgeführt hätte, bis sie auf eine weitere Patrouille seines Volkes gestoßen wären, doch es bestand kein Zweifel, dass sie sich in einer geraden Linie fortbewegten.

Ob er sie auch dorthin führte, wo sie hinwollten, war eine ganz andere Frage. Tschick behauptete, sie zu der Tür im Berg zu bringen. Ihm zufolge seien die Adler durch diese Tür gekommen und er ebenfalls.

»Dies ist die Stelle, an der die schnellsten und würdigsten unserer Späherpatrouillen das erste Mal in dieses Land gekommen sind, auserwählt von Königin Schischorakolm persönlich, Herrscherin der Tiefen des Ruhms und des Steins der Macht, sie, die eine Milliarde Krieger gebar, die allblinde, allwissende Mutter des Tilkilit-Volkes.«

Er deutete zu einer Stelle, wo das Gras stacheligen Büschen wich und der Boden sich steil zu kahlen, steinigen Bergkämmen erhob. Ein warmer Wind wehte zwischen zweien dieser Felsgrate hindurch und löste den Nebel auf. Sie konnten nicht weitergehen, ohne den Schutz der Bäume zu verlassen.

Tschick redete immer weiter: »Zweiundsiebzigster, der in dieses Land gekommen ist, Tschick Starkauge, Träger von Lanze und Keule, Meister der geheimen Wege …«

»Genug«, fiel ihm Cazia ins Wort. Sie hielt den blauen Stein in der Hand, und obwohl Tschick nicht in der Lage war, sie zu verstehen, wusste er doch ihren Tonfall zu deuten. Er klickte zweimal mit seinen Zangen, um seine Verachtung zum Ausdruck zu bringen, dann verstummte er.

»Er hält niemals den Mund, nicht wahr?«, fragte Kinz. Sie hatte den Stein einige Minuten lang in der Hand gehabt, als Cazia Tschicks Waffen an sich genommen und weggeworfen hatte: einen Speer mit Kupferklinge, einen Beutel mit glatten dunklen Steinen, aber ohne Steinschleuder, und einen kurzen Knüppel, den er ungefähr an der Stelle getragen hatte, wo ein Mensch einen Dolch tragen würde. Es war das einzige Mal gewesen, dass Kinz dem Insekt zugehört hatte, und seither hatte sie sich geweigert, den Stein noch einmal in die Hand zu nehmen.

»Ich glaube, ich verstehe, warum«, sagte Cazia. Wann war ihre Stimme eigentlich so ausdruckslos geworden? »Sie verständigen sich über Gerüche, und all diese Informationen werden mit einer einzigen Gestanksausschüttung übermittelt. Jeder Geruch wird durch ein Dutzend von Substanzen vielschichtig und komplex gemacht, verstehst du? Aber für uns muss jede dieser Informationen zu einem Wort geformt und damit in lange Sätze gefügt werden. Deshalb ist er beleidigt, dass wir seinen Namen abkürzen, denn für ihn wird er dadurch nicht wirklich kürzer, sondern lediglich vereinfacht.«

»Gib ihm den Stein«, forderte Ivi sie auf. »Ich werde ihm die Sache erklären.«

»Nein, tut das nicht«, widersprach Kinz. »Es wird ihm nur eine weitere Gelegenheit geben, uns auf die Nase zu binden, wie überlegen er ist.«

Kinz, die als Dienerin zu dieser Unternehmung angemustert hatte, erteilte jetzt Befehle. Früher einmal hätte Cazia das gestört.

Sie griff wieder nach dem blauen Stein. In ihrer sonderbaren Verfassung schienen die Worte des Kriegers in ihrem Kopf widerzuhallen. Hatte sie den Stein denn schon eine Stunde lang gehalten? Die anderen Mädchen wussten, dass sie sie zu warnen hatten, falls sie anfing, unzusammenhängendes Zeug von sich zu geben, aber was war, wenn diese Wirkung ganz plötzlich eintrat? Wurde diese Gefahr durchs Hohlwerden nun vergrößert oder verringert? Oder war alles nur wieder eine von Doktor Zweifloss' Schreckensgeschichten? So viele interessante Fragen …

Ein Schatten glitt über den Boden der Schlucht. Ein Greifvogel. Cazia und die anderen waren zwischen den Bäumen gut versteckt, dennoch zogen sie sich in eine besonders dicht stehende Baumgruppe zurück.

Sie legte den Stein neben Tschick; sie hatten bereits herausbekommen, dass der Stein nicht funktionierte, wenn ihn beide gleichzeitig in der Hand hielten. Die Kreatur griff unbeholfen mit ihren Zangen danach, und Cazia begann zu sprechen. »Keine Namen, haben wir uns verstanden? Sag uns einfach, wie lange du und die anderen schon hier seid und woher ihr gekommen seid.«

Er legte den Stein beiseite, und sie nahm ihn wieder. »Mein Volk ist seit zweihundert plus sechzehn plus drei Tagen hier, obwohl ich vermute, dass ihr Affen eine so komplizierte Zahl nicht werdet begreifen können. Wir kämpfen ununterbrochen und ohne Verstärkung und sind außerstande, tieferes Erdreich zu finden. Unser Reich – das einen Namen hat, der das Fassungsvermögen eurer Säugetierhirne deutlich übersteigt – befindet sich weit südlich von hier, wo das Wetter wärmer ist und die Erde, das Gras und die Bäume orangefarben sind. Ein Krieger könnte nach Osten marschieren und Jahre später von Westen zurückkehren, ohne jemals einen Fuß außerhalb der Grenzen unseres Reiches zu setzen.«

Cazia wiederholte seine Worte den anderen gegenüber, und Ivi zeigte sich nun davon überzeugt, dass Tschick von einem weltumspannenden Kontinent jenseits des Meeres kam. Cazia hielt es für wahrscheinlicher, dass er log, um sich wichtig zu machen, und Kinz verweigerte sich der Annahme, dass die Welt rund sein könnte.

Es war Mittag. Cazia beschloss, dass sie es nicht weiter riskieren sollten, den Übersetzungsstein zu verwenden. Kinz und Ivi schlichen sich aus dem Wald, um ein Eichhörnchen zu fangen oder etwas anderes Essbares aufzutreiben, und Cazia versuchte, eine primitive Zeichensprache zu entwickeln, in der sie sich mit ihrem Gefangenen würden austauschen können – so, wie es Ivis Volk mit den Schlangen machte –, aber er zeigte nicht das geringste Interesse an ihrem Vorhaben.

Tschick aß fast ununterbrochen – er zog winzige Portionen von irgendeinem knusprigen Zeug aus dem Beutel an seiner Schulter. Kinz hatte ursprünglich verlangt, dass er ihnen seinen Proviant aushändigte, aber er hatte sie mahnend darauf hingewiesen, dass er nur sprechen könne, solange er Zugang zu seiner Nahrung habe. Da hatten sie nachgegeben.

Die Mädchen überwachten ihn während der Nacht abwechselnd. Cazia hätte gern ein Stück Seil gehabt, mit dem sie seine Beine hätte fesseln können, aber sie hatten nichts dergleichen mitgenommen. Auch wenn Tschick kleiner als Ivi war, so war er doch stärker als jede von ihnen dreien; geflochtene Stricke aus Gräsern würden da nicht ausreichen.

Mitten in der Nacht wurde Cazia von Stimmen geweckt. Ivi erklärte gerade die Geschichte ihres Bogens – dass er gemäß einer alten Familientradition von ihrer Mutter für sie angefertigt worden sei. Sie waren nur Schatten in der Dunkelheit, die so weit voneinander entfernt saßen, dass sie sich in dem nicht mehr ganz so dichten Nebel gerade noch sehen konnten.

»Was ist da los?«, unterbrach Cazia das kleine Mädchen.

»Tschick versteht nicht, woher mein Bogen kommt«, antwortete Ivi. »Ich erkläre ihm immer wieder, dass die Frauen in meiner Familie sie seit Generationen anfertigen, aber er fragt ein ums andere Mal, wer uns das Bogenmachen gelehrt hat.«

»Du verschwendest deinen Atem«, erwiderte Cazia. »Er fragt danach, welche nichtmenschlichen Wesen es euch beigebracht haben. Er glaubt nicht, dass *Affen* klug genug sind, um Bögen zu erfinden, und an dieser grundsätzlichen Verachtung wirst du niemals vorbeikommen.«

Tschick verlagerte seine Position geringfügig, und Cazia wusste, was er tun würde, noch bevor er Anstalten dazu unternahm. Der blaue Edelstein landete neben ihr in der feuchten Erde, und es dauerte nur wenige Momente, bis sie ihn gefunden und in die Hand genommen hatte.

»Wie seid ihr Affen in dieses Tal gelangt?«, fragte Tschick und stellte damit einmal mehr die Frage, die niemals zu beantworten sie übereingekommen waren. »Ihr habt keine Flügel. Ihr habt kein Grabwerkzeug. Mächtige Schlangen machen das Wasser unpassierbar. Ihr könntet gewiss nicht über die Berge klettern – mit all den glatten Felswänden und dem Großen Schrecken in den Lüften.« Der *Große Schrecken* waren die Riesenadler.

Die alte Cazia hätte einfach behauptet, dass der Große Schrecken als Gegenleistung für ein paar hübsche Muscheln ihr Volk regelmäßig auf seinem Rücken reiten lasse, aber sie hatte diesen Teil ihrer Persönlichkeit aus sich herausgebrannt. Also warf sie stattdessen ihm den Edelstein zu und stellte ihm eine Gegenfrage: »Wie ist dein Volk zu der Tür im Berg und in dieses Tal hineingekommen?«

Er gab ihr den Stein zurück und antwortete: »Der Große Weg hat uns hierhergebracht.«

Für den Rest der Nacht konnte Cazia nicht schlafen.

In der Dunkelheit strömten ihr ohne jeden Grund, den sie irgend hätte verstehen können, Tränen über die Wangen, und genauso grundlos versiegten sie wieder. Der fremde Kummer und die fremde Sehnsucht kamen und gingen, mal stärker, mal schwächer; sie konnte nichts anderes tun, als es über sich ergehen zu lassen und sich zu fragen, was das alles bedeutete.

Während sie so am Nebelrand lag, sah Cazia die Morgendämmerung die Gipfel über ihnen erhellen, und sie weckte sie alle. Zuerst weigerte sich Tschick, den Schutz der Bäume zu verlassen, aber die Spitze von Kinz' Speer trieb ihn vorwärts. Sie begriffen schnell, dass er extrem kurzsichtig war; sobald sie ihm versichert hatten, dass kein Großer Schrecken in der Nähe sei, lief er mit ihnen davon.

Sie fanden Gestrüpp und einige vereinzelte Bäume in den Schluchten zwischen den Felskämmen und eilten von einer geschützten Stelle zur nächsten. Tschick konnte sich schnell bewegen, hatte aber wenig Ausdauer, daher mussten sie häufig eine Rast einlegen. Wann immer sich der Pfad gabelte, zeigte der Krieger in die eine oder andere Richtung und führte sie manchmal über Felsstürze aus losem Geröll, manchmal durch Schluchten, deren Wände so steil aufragten, dass sie fast schon Tunnel waren.

Cazia erinnerte sich daran, wie weit die anderen Krieger gesprungen waren, als sie gegen sie gekämpft hatte. Er hätte ihnen jederzeit entfliehen können. Warum hatte er es nicht getan?

»Wer hat den Edelstein?«, fragte Ivi. Sie hatten unter einem Felsüberhang Zuflucht gesucht, solange Tschick aß und sich für den nächsten kurzen Lauf ausruhte.

»Ich«, antwortete Cazia.

»In Ordnung. Wie können wir uns sicher sein, dass er nicht versucht, uns zu melgen?« Der Blick, mit dem sie sie alle anstarrten, ließ Ivi ungehalten werden. »*Melgen*«, beharrte sie. »Kinz ist als Erste auf den Gedanken gekommen. Könnte er nicht versuchen, uns zu melgen?«

Kinz seufzte. »Welche Sprache sprecht Ihr?«

»Peradaini«, raunzte Ivi. »Und ich spreche es sehr gut, besten Dank auch.«

Cazia legte ihre Finger auf Kinz' Hand. »Es ist nicht ihre Schuld. Ivi, du hast zu viel mit ihm geredet. Du sagst *melgen,* meinst aber *täuschen.*« Ivis Hände fuhren an ihren Mund und ihre Kehle. »Das geht in ein paar Tagen wieder weg, wenn du genügend Schlaf bekommst. Aber du darfst für eine Weile den Stein nicht mehr halten.«

Sie nickte mit zusammengepressten Lippen.

»Ich glaube immer noch, dass er versucht, uns zu melgen«, warf Kinz ein.

Cazia lachte nicht. »Ich glaube nicht, dass er klug genug für solche Tricksereien ist. Er hat nicht einmal versucht zu fliehen. So arrogant und unausstehlich er ist, scheint er doch aus Gewohnheit immer das zu tun, was man ihm sagt.«

Tschick gab ihnen ein Zeichen, und sie gingen weiter. Sie umrundeten einen langen Felssturz und kamen zu einem weiteren, diesmal nur flach überstehenden Felsen. Tschick hockte sich tief in die kleine Kuhle. Trotzdem, der Ort bot wenig Deckung, und Cazia ließ den Blick über die Felswände und Hochflächen überall um sie herum wandern. Sie waren dem Fuß des nördlichen Gebirgszuges nun sehr nahe gekommen – wenn sie hier nicht genau die Stelle erreicht hatten, wo die beiden Gebirgszüge aufeinandertrafen, musste sie ein kurzes Stück hinter ihnen liegen. Die Schlucht wurde nun breiter und öffnete sich zu einem breiten Hang aus losem Gestein. Sie konnte keine Großen Schrecken in der Nähe fliegen sehen, aber die Felsen hatten fast die gleiche Farbe wie deren Federn. Wenn nun einer über ihnen hockte …

»Bei Inzu«, sagte Kinz. »Hat mir der Wind den Verstand weggeblasen, oder ist dort drüben das Loch in der Welt?«

Cazia drehte sich zu den anderen um. Kinz, Ivi und Tschick schauten alle den felsigen Abhang hinunter zu einem zusammengestürzten Hangstück am Fuß des Berges. Sie folgte ihrem Blick.

Eine Scheibe aus Licht schwebte am Fuß des felsigen Hangs, und sie glich genau der, die Cazia während der Festspiele im Palast gesehen hatte.

Zorns Funke, der immer noch in ihr brannte, schien sie mit Wärme zu erfüllen. Sie erwartete, jeden Moment den Segen durch die Scheibe stürmen zu sehen, aber das geschah nicht. Die Scheibe schwebte nur reglos in der Luft.

Wieder rannen ihr Tränen über die Wangen, aber die Sehnsucht in ihr fühlte sich nun irgendwie anders an. Nicht, dass es etwas zur Sache getan hätte.

Tschick gab einen schrecklichen Geruch von sich, und Kinz fasste Cazia am Handgelenk, noch bevor ihr selbst klar wurde, dass sie nach dem Übersetzungsstein griff. »Wir können nicht zulassen, dass ihr beide Kauderwelsch redet. Ich habe bisher so gut wie gar nicht mit ihm gesprochen, also bin ich jetzt an der Reihe.« Sie wühlte den Stein aus Cazias Tasche und kniete sich neben Tschick.

Der Gestank wogte über sie alle hinweg. »Er sagt, das sei die Tür im Berg«, übermittelte Kinz ihnen. »Er hat gesagt, die andere Seite sei eines Tages bei ihnen im alten Lagerraum erschienen, eine magische Tür zu neuen Ländern. Seine Einheit sei durch diese Tür gegangen und dann ebendiesen Hang hier hinaufmarschiert. Die Tür blieb nur neun Tage plus einen offen … Hm. Zehn Tage also. Warum kann er nicht einfach ›zehn‹ sagen?«

Zehn Tage. Die Festspiele dauerten zehn Tage, weil die Pforte in Peradain so lange offen blieb.

»Er sagt, sie verändere sich alle zehn Tage. Jetzt weht dort der heiße, trockene Wind hervor. Zuvor gab es einen giftigen Rauch. Davor Schnee. Manchmal kommen Geschöpfe heraus und ersticken, als sei die Luft Gift. Am Fuß des Hügels gibt es eine Pfütze, die von einem solchen Wesen gebildet wird – es ist nicht verwest, sondern hat sich lediglich in eine Flüssigkeit verwandelt, die nicht verdunsten will.«

Cazia sah eine kleine Lache am Ende des Abhangs, in der sich das Sonnenlicht spiegelte und das sie schwarz glitzern ließ.

»Einmal, kurz nach seiner Ankunft, sagt er, sei ein Strahl von Süßwasser hervorgeschossen. Er sagt, das Wasser sei so kalt wie ein Gletscher gewesen und vollkommen ... das Wort kenne ich nicht. Ohne Leben. Zehn Tage später begann das Wasser dann durch das Loch zurückzufließen. Viele seiner Brüder wurden mitgerissen. Es verändert sich ständig. Tschicks Volk ist jetzt seit seiner Ankunft im Tal gefangen, und sie kommen alle zehn Tage, um nachzusehen, ob sich die andere Seite der Tür wieder zu ihrem Zuhause hin öffnet. Einmal haben sie drüben eine Landschaft aus sich windenden Würmern gesehen. Einmal einen Sturm aus Feuer und Blitz. Einmal konnten sie nicht einmal durch die Öffnung schauen, weil das große Stielauge eines Wesens, das viel zu groß war, um durch die Tür zu passen, sie von der anderen Seite her anstarrte. Vor vierzig Tagen dann ist der Große Schrecken aufgetaucht. Die Vögel machen Jagd auf sein Volk und zerstören ihre ... ich kenne dieses Wort nicht. Ihre Reittiere. Sie lassen Steine oder umgestürzte Bäume vom Himmel regnen und verschlingen die Leichen der Tragtiere und ihrer Herren.«

Auch wenn all diese Informationen über den Großen Schrecken für Tschick wichtig waren, hielt Cazia sie doch für Zeitverschwendung. »Kinz, bremse ihn, damit wir ihm unsere Frage stellen können.«

Kinz schnalzte mit der Zunge, um Tschicks Aufmerksamkeit auf sich zu lenken. Dann gab sie ihm den Stein.

Cazia sagte: »Hast du Säugetiere durchkommen sehen? Sie müssten größer als wir gewesen sein, mit lila Fell. Hast du von einer Rasse friedliebender Säugetiere gehört, die sich ›das Abendvolk‹ nennt?«

Tschick versuchte, Cazia den Stein zurückzugeben, aber Kinz fing ihn ab. »Nein, hat er nicht«, erklärte sie. »Er meint, die Tilkilit hätten derartige Feinde mühelos besiegt.«

Cazia wusste nicht, was sie denken sollte. Diese Öffnung

sah offensichtlich genauso so aus wie die in Peradain, und sie verband dieses Land für zehn Tage hintereinander mit einem anderen, das weit entfernt war, aber die Pforte in Peradain erschien nur für zehn Tage und verschwand dann wieder. Diese hier wiederum bestand die ganze Zeit über, aber der Verbindungsort veränderte sich.

Die Tilkilit waren nicht auf Drängen einer dritten Partei hindurchgekommen, was der Fall gewesen wäre, wenn sie Teil eines organisierten Angriffs auf Kal-Maddum wären. Allerdings waren sie auch schon seit Monaten hier; es war der Große Schrecken, der gleichzeitig mit dem Segen hindurchgekommen war.

Aber gab es wirklich eine Verbindung zwischen den beiden? Cazia hatte zunehmend den Eindruck, als sei alles nur ein schrecklicher Zufall.

Sie schaute wieder zu der leuchtenden Scheibe, und die Sehnsucht in ihr wallte plötzlich auf. *Das* war es, was sie wollte … nein, was die Magie in ihr wollte. Die Leere in ihr verlangte schmerzhaft nach dieser Pforte, und sie wusste, sobald sie sie betrat, würde es nie wieder eine weitere Träne geben, nicht für sie. Keinen Kummer mehr, keine Sehnsucht mehr.

»Wir haben jetzt unsere Antworten, nicht wahr?«, meldete sich Ivi zu Wort. »Wir wollten herausfinden, woher die riesigen Vögel gekommen sind und ob sie etwas mit dem Segen zu tun haben. Ich glaube, es ist nun ziemlich klar, dass die gesuchten Antworten ›Von dort‹ und ›Nein‹ lauten.«

»Ich muss durch die Tür gehen.« Cazia war ebenso schockiert, diese Worte aus ihrem Mund zu hören, wie die beiden anderen. »Sagt jetzt erst einmal nichts. Hört einfach zu. Kinz hat in einem Punkt recht: Die Magie, die ich gewirkt habe, hat mich verändert. Ich bin vernichtet worden, und dagegen gibt es kein Heilmittel.«

Ivi starrte sie mit offenem Mund an. »Ich verstehe dich nicht.«

»Um hierherzugelangen, habe ich alle Regeln für den Umgang mit Magie gebrochen, die es gibt. Ich habe die erste und oberste Lektion meines Lehrers missachtet, und um ehrlich zu sein, ich habe es absichtlich getan, weil ich es nicht ertragen kann, gesagt zu bekommen, etwas sei nicht erlaubt. Aber dieses alte Ich ist tot. Ich bin hohl geworden. Ich bin verflucht.« Cazia sah Ivi an, und ihr Blick war offen und ehrlich. »Ich kann nicht einmal mehr jemanden lieben, selbst dich nicht.« Ivi begann zu weinen, und Cazia verspürte keine andere Regung als eine milde Befriedigung darüber, die Reaktion des Mädchens richtig vorausgesehen zu haben. »In diesem Teil von mir hat sich nun die Leere breitgemacht, und diese Leere ruft nach der Tür im Berg, so wie der Geruch von gebratenem Fleisch nach einem hungernden Kind ruft. Ich bin einfach nicht stark genug, um zu widerstehen, selbst wenn ich es wollte.«

»Wir werden dafür sorgen, dass Ihr widersteht«, warf Kinz ein.

»Du bist eine Dienerin«, rief ihr Cazia ins Gedächtnis. »Denk daran, wo dein Platz ist.«

Ivi erhob die Stimme. »Ich bin eine Prinzessin …«

»Nicht meine Prinzessin.«

»Und bald werde ich eine Königin sein, Gemahlin deines eigenen Vetters …«

»Nichts davon spielt jetzt noch irgendeine Rolle für mich.«

»Cazia, du darfst das nicht tun! Du bist hierhergekommen, um Antworten zu finden, und du musst sie zurück in die Außenwelt bringen.«

»Du kannst die Antworten ja überbringen. Ich habe jetzt neue Fragen, denen ich nachgehen will.«

Kinz schüttelte den Kopf. »Ihr habt den Durchgang durch den Berg versperrt, wie Ihr Euch vielleicht erinnert.«

Cazia schaute den Hang hinunter auf die Scheibe. Wie

konnte sie dieses Gefühl auf eine Weise erklären, die die beiden verstehen würden? Es war ein heiliger Drang, so als habe ihr neues, zerstörtes Ich seinen Tempel wiedergefunden.

Vielleicht, dachte Cazia, würde sie, sobald sie durch die Tür im Berg trat, den Großen Weg beschreiten und als sie selbst auf der anderen Seite wieder hervortreten. Vielleicht konnte sie ihren Fluch darin zurücklassen.

Am anderen Ende des felsigen Hangs marschierte eine wohlgeordnete Linie von rötlich schwarzen Gestalten den Berg hinunter. Cazias Hand fuhr zu ihrem Köcher, und sie hatte bereits einen eisernen Wurfspieß herausgezogen, noch bevor sie die Gestalten als weitere Tilkilit erkannte. Nun verteilten sie sich nicht minder diszipliniert und marschierten den Berg hinab auf die Scheibe zu, ihre Waffen und ihre Aufmerksamkeit dabei vorwiegend auf den Himmel gerichtet.

Vierzig Tage, hatte Tschick gesagt. Die Tür im Berg veränderte sich alle zehn Tage, also waren die Tilkilit natürlich heute hergekommen, um nach ihr zu sehen.

Wenn es überhaupt einen Moment gegeben hatte, da Cazia aus ihrem Versteck hätte laufen und die Scheibe noch vor den Kriegern hätte erreichen können, dann war dieser Augenblick bereits verstrichen. Sie wusste, wie viel Kraft sie hatten, hatte sie springen sehen, und sie gab sich keinerlei Illusionen hin, dass ihre eigene Magie mit so vielen fertigwerden könnte, selbst wenn sie Nebel gehabt hätte, um sich darin zu verbergen, was nicht der Fall war.

Besser also warten. Sie würden wahrscheinlich nach der Pforte sehen und sich hernach wieder zurückziehen. Dann konnte sie zu ihrem Tempel zurückkehren.

Sie alle hörten ein lautes, hartes Klopfen – ein Kommandant der Tilkilit, der Befehle gab, vermutete Cazia –, und sie bemerkte, dass sich Tschick vorbeugte, um einen keilförmigen Stein in eine seiner Zangenhände zu nehmen. Cazia fasste

Kinz am Arm und zog sie gerade noch rechtzeitig weg, als Tschick zum Schlag auf ihren Kopf ansetzte.

Cazia stach ihm direkt unterhalb des Armes den Wurfspieß in die Brust. Beim Aufprall glitt ihre Hand ab – die Waffe hatte keinen Griff –, aber die Spitze durchbrach dennoch Tschicks Insektenpanzer und bohrte sich tief in sein Fleisch.

Zorn, gib mir die Dringlichkeit, die ich brauche. Tschick fiel nach hinten, und sein harter Panzer kratzte über den metallenen Wurfspieß. Eine Wolke entsetzlichen Gestanks stieg von ihm auf. Schleim hatte sich um Cazias Finger gelegt, aber das störte sie nicht. Sie stürzte sich auf den Krieger und hob den Wurfspieß zum tödlichen Stich, als Tschick schnell zweimal die Kiefer zusammenklappen ließ.

Das Geräusch hallte an den Wänden des großen Hohlraums im Berg wider. Cazia rammte Tschick den Wurfspieß in den Kopf und verfehlte sein Auge, durchbrach aber seinen »Schädel« – oder wie immer man das nennen mochte. Er starb sofort.

Sie war so stolz gewesen, als sie den Gesegneten getötet hatte, und es hatte ihr anschließend so viel Kummer bereitet. Jetzt hatte sie einen Krieger im Nahkampf getötet, jemanden, mit dem sie zuvor gesprochen hatte, und sie verspürte lediglich den Drang, erneut zu töten.

»Er hat *Ausgang* gesagt«, flüsterte Kinz. Sie hielt noch immer den blauen Stein in der Hand. Cazia nahm ihn ihr ab und begann rückwärts auf die Felsschlucht zuzukriechen, aus der sie gekommen waren. Die Krieger hatten sich in ihre ungefähre Richtung umgewandt, aber sie schienen nicht direkt zu ihnen herüberzublicken. Cazia wusste, dass sie Tschick nicht schnell genug getötet hatte, aber wenn die anderen Krieger genauso schlecht sehen konnten wie er …

Sie hörte eine kurze Abfolge von Klacklauten, die ihr Edelstein in die Wörter »Krieg! Jagd! Beute!« übersetzte, und dann sprangen die Krieger an der Spitze der Kolonne auf sie zu.

KAPITEL 26

Da war keine Zeit zu kriechen, sich zu verstecken oder einen Zauber zu wirken. Cazia zischte: »Kommt!«, und die drei Mädchen verließen rasch ihre Tarnung und rannten zurück die Schlucht hinauf.

»Sie kommen näher!«, rief Ivi, die sich nach ihren Verfolgern umgedreht hatte.

»Blickt nicht zurück!«, rief Kinz.

»Sei still!«, blaffte Cazia. Hatten die beiden anderen vergessen, dass die Tilkilit praktisch blind waren? Sie sollten in der Lage sein, sie in den gewundenen Schluchten abzuschütteln.

»Ich erinnere mich an den Weg«, sagte Kinz, und ihre Stimme war jetzt leiser. Sie und Ivi übernahmen die Führung, ungeachtet der Tatsache, dass sie Waffen trugen. Ihre Furcht davor, eingeholt zu werden, trieb sie weiter, sodass sie Cazia fast abhängten.

Cazia besaß nicht den Überlebenstrieb der beiden Mädchen. Sie verspürte weder Angst noch Ärger. Wenn sie die Wahl gehabt hätte, wäre sie im Bogen zur Pforte zurückgekehrt – oh, wie sehr der leere Raum in ihr sich danach sehnte –, doch das wäre Selbstmord gewesen. Sie hatte immer noch die Möglichkeit, durch die Tür im Berg zu treten, aber zuerst würde sie überleben müssen.

Sie mussten die Krieger nur etwas auf Abstand bringen, das war alles. Die Angehörigen von Tschicks Volk konnten mit erstaunlicher Geschwindigkeit rennen oder in ein Fenster im zweiten Stockwerk springen, aber sie hatten keine Ausdauer.

Glücklicherweise war die Entfernung zwischen den Mädchen und den Kriegern groß genug gewesen, dass diese ihre »Beute« nicht auf der Stelle überholen konnten. Die alte Cazia hätte das Wort »Beute« nicht ausstehen können, aber die neue fand es interessant. Das Innere von Tschicks Insektenpanzer war äußerst unappetitlich gewesen, aber wenn sie eine Möglichkeit finden könnte, eine Suppe aus ihm zu machen oder ihn in seinem Panzer zu rösten, wäre dann nicht er die Beute geworden?

Plötzlich erinnerte sie sich an Doktor Weißhalm im Turm, wie sie die Singvögel aufgeschnitten und ihre Innereien probiert hatte. So weit war Cazia noch nicht. Auch wenn sie nun weder Sorge um andere noch Zuneigung empfinden konnte, so wusste sie doch zumindest, dass sie diese Gefühle vortäuschen sollte.

»Macht nicht so schnell«, sagte sie. »Die Insekten sind Kurzstreckenläufer, das wisst ihr doch. Wir können unseren Vorsprung wahren, solange wir uns nicht überanstrengen.«

Sie alle wurden ein wenig langsamer, wofür Cazia dankbar war. Besser, sie sparte sich ihre Energie für den Fall, dass sie noch auf weitere Krieger stießen oder, schlimmer noch, auf eines ihrer sogenannten »Reittiere«.

Ausgang, hatte Tschick gesagt. Einige Momente lang konnte sie sich keinen Reim darauf machen, was er gemeint hatte. Er hatte seinen Leuten nur eine einzige Warnung zurufen können, und …

Natürlich! Der Ausgang hinaus aus dem Tal. Die Tilkilit waren hier mit dem Großen Schrecken gefangen, außerstande, hinunter zum übrigen großen Kontinent vorzustoßen. Sie suchten nach *tieferem Erdreich,* was wahrscheinlich eine beschönigende Bezeichnung für eine anständige Latrine war.

Kinz bog nach links ab, was Cazia falsch erschien, aber es war jetzt keine Zeit, um zu streiten. Sie liefen durch eine tiefe, gewundene Schlucht, die Cazia unbekannt war. Überall um sie herum hallte das Klopfen wider, aber es ließ sich unmöglich erkennen, ob es von vorn oder von hinten kam. Dann, ohne Vorwarnung, kam das Geräusch direkt von oben.

Fünf Krieger der Tilkilit hatten den Grat über ihnen erklommen. Die Krieger waren zu hoch oben, um den ganzen Weg bis hinunter in die Schlucht zu springen, aber sie hüpften den Hang hinab, Speere in Händen.

Ivi legte einen Pfeil an die Sehne. Kinz taumelte zurück, den Speer in die Höhe gereckt. Cazia hatte bereits fünf Wurfspieße aus ihrem Köcher gezogen und begann mit ihrem Zauber. Die Tilkilit kamen so schnell näher, dass sie vielleicht keine Zeit mehr haben würde, den Zauber auszuführen, aber beim Großen Weg, es war so ein gutes Gefühl, wieder Magie zu wirken.

Ivi ließ einen Pfeil fliegen, gerade als einer der Krieger vom Hügelhang herabkam. Der Pfeil traf ihn am Oberkörper, durchbohrte die Vorderseite seines Panzers und fuhr auf der Rückseite wieder heraus. Das Geschöpf brach auf dem Hügel zusammen und schlug hart gegen die Steine. Dem distanzierten, analytischen Teil von Cazias Bewusstsein kam der Gedanke, dass Ivis Pfeil das Insekt vielleicht noch nicht getötet hatte, doch der Aufprall hatte ganz bestimmt dafür gesorgt.

Dann war ihr Zauber fertig, und die fünf Wurfspieße flogen aus ihren Händen. Jeder durchschlug den Körper eines Kriegers mit gewaltiger Wucht, einschließlich desjenigen, den Ivi bereits niedergestreckt hatte. Die Magie erschien ihr so natürlich, dass es ihr vorkam, als hätte sie jeden Wurfspieß in ihrem Köcher gleichzeitig abschießen können, ohne ihr Ziel zu verfehlen. Dazu wäre sie niemals in der Lage gewesen, bevor sie sich verflucht hatte. Wie neidisch Lar gewesen wäre, wenn er sie jetzt hätte sehen können.

Es folgte eine weitere Reihe von Klopflauten von oberhalb der Schlucht. Ein Krieger auf dem Berggipfel übermittelte den anderen eine umfangreichere Botschaft, aber Cazia machte sich nicht die Mühe, nach ihrem Stein zu greifen, um sie zu übersetzen. Was immer der Krieger sagte, Cazias Taktik würde dieselbe bleiben: weglaufen.

Ivi feuerte einen Pfeil auf den Krieger ab, aber aus dieser Entfernung war es zweifelhaft, ob er getroffen hatte. Sie drehten sich um und rannten weiter die Schlucht entlang. Binnen weniger Augenblicke begannen Steine von oben auf sie herabzuprasseln. Cazia blickte zurück und sah zwei der Wesen Steine aus den Beuteln an ihrer Seite nehmen – Steine ohne Schleudern, erinnerte sie sich plötzlich –, um sie nach den drei Mädchen zu werfen.

Beim Großen Weg, sie trafen den Boden um sie herum mit erheblicher Wucht. Die Tilkilit waren stark genug, dass sie sich mit Schleudern gar nicht erst abzugeben brauchten. Cazia begann in einem ungleichmäßigen Muster zu laufen, sprang von der einen auf die andere Seite der Schlucht oder rannte mit wechselnder Geschwindigkeit mittendurch. Die Krieger mochten vielleicht trotzdem Erfolg haben, aber …

Kinz stieß einen jähen Schmerzensschrei aus, dann ließ sie den Speer fallen und stolperte. Ivi rief Cazias Namen, und sie konnten beide sofort sehen, dass Kinz verletzt worden war. Ein Stein hatte sie hoch oben am Rücken getroffen, wo ihr Rucksack nicht mehr war als zwei Schichten dünnen Leders. Ihr rechter Arm baumelte nutzlos an der Seite herab.

Klug wäre es gewesen, sie zurückzulassen. Sie war jetzt eine Belastung – und wie viele Tilkilit hatte sie denn schon ohne Hilfe töten können? Keinen einzigen, soweit Cazia wusste. Ja, es war schön, jemanden zu haben, der Feuerholz sammelte, aber das schien auch alles zu sein, wofür sie gut war. Es gab keinen Grund, für eine Dienerin zu sterben.

Aber Ivi duckte sich unter Kinz unversehrten Arm und stützte sie. Cazia seufzte. Was spielte das alles auch überhaupt für eine Rolle? Das Einzige, was zählte …

Ein Schatten glitt mit der Geschwindigkeit eines blinzelnden Auges über sie hinweg, und plötzlich hallte hektisches Klopfen durch die Schluchten. Der Steinregen brach auf der Stelle ab. Der Große Schrecken hatte sie aufgespürt. Cazia schaute empor, konnte aber nichts sehen als Wolken und Stein. Wo …

Ein weiterer Greifvogel glitt mit der Schnelligkeit eines fliegenden Pfeils über sie hinweg. Falls einer von ihnen in diesem Tempo durch die Schlucht auf sie zufliegen würde, hätte Cazia niemals die Zeit, einen Zauber zu wirken.

Sie rannte zurück und schnappte sich Kinz' Speer. In Wirklichkeit war es ihr eigener Speer, aber Kinz war diejenige gewesen, die ihn getragen hatte, daher … Sie schüttelte diese Gedanken ab. Konzentrier dich aufs Überleben. Selbst wenn sie keine Zeit zum Zaubern hatte, konnte sie doch einen Speer aufrecht halten.

Ivi wiederum hatte nicht die Kraft, Kinz lange aufrecht zu halten, aber die Dienerin kam schnell wieder auf die Beine und rannte durch die Schlucht hindurch.

Als sie stolpernd die nächste Gabelung erreichten, erweiterte sich die Schlucht, und nun standen drei Pfade zur Auswahl.

»Bei Inzu«, sagte Kinz. »Es ist meine Schuld, dass wir uns verirrt haben.«

Eine Belastung. »Wir müssen uns weiter Richtung Südosten halten«, erklärte Cazia. »Schmale Schluchten wären am besten.«

»Dann nehmen wir die hier«, entschied Ivi. »Wie schnell kannst du dich über dieses offene Gelände bewegen, Kinz?«

»Ich zeig's euch.« Sie rannte über den steinigen Boden und

drückte sich dabei mit der linken Hand den rechten Arm an den Leib.

Cazia lief dicht hinter den beiden her und schaute dabei oft auf, um den Himmel abzusuchen. Es waren Vögel über ihnen, und sie zogen träge ihre Kreise, aber die Mädchen hatten noch nicht ihre Aufmerksamkeit erregt. Kinz ächzte und stöhnte bei jedem Schritt, und als sie die andere Seite des offenen Areals erreichten, brach sie im Schatten eines riesigen Felsvorsprungs zusammen.

»Wir müssen das da von dir runterbekommen.« Ivi zog den Rucksack von Kinz' verletzter Schulter, aber er war zu schwer für sie, um ihn hochheben zu können. Cazia ließ sich gar nicht erst fragen. Sie nahm ihn und streifte ihn sich über. Schließlich konnten sie ihr Essen und ihre Schlafsäcke nicht zurücklassen. Der Rucksack schien nicht fürchterlich schwer, was vielleicht aber auch daran lag, dass ihre Vorräte in jeglicher Hinsicht zur Neige gingen.

Jetzt, da Cazia das Essen hatte, war es Zeit zu entscheiden, wann sie Ivi und Kinz im Stich lassen würde, um auf eigene Faust loszuziehen. Sie hatte noch vierzehn Wurfspieße in ihrem Köcher. Die fünf, die sie in der Schlucht abgefeuert hatte, und den einen von vor einigen Tagen, den Kinz nicht hatte wiederfinden können, hatte sie verloren. Grob geschätzt hatte sie neben der Pforte vierzig Krieger gesehen, wobei wer weiß wie viele weitere noch hinter dem Grat im Anmarsch gewesen waren.

In Ivis Köcher befanden sich acht Pfeile. Nicht genug. Wahrlich nicht genug.

Kinz zog ihr Hemd bis ganz hinauf zum Hals. Über ihrem Schulterblatt hatte sich ein weißer Kreis mit einem roten Rand gebildet, der immer größer wurde.

»Oh, Kinz«, murmelte Ivi mit unüberhörbarem Entsetzen in der Stimme.

Schweiß lief Kinz übers Gesicht. »Ich glaube, ich muss mir eine Schlinge machen.«

Ausnahmsweise einmal wusste Ivi nicht weiter. »Endlich«, sagte Cazia und zog ihr Messer. »Endlich mal etwas, was dein Onkel dir nicht beigebracht hat.« Es hatte auch Cazia niemand beigebracht, aber sie hatte gesehen, wie es gemacht wurde. Sie rammte ihr Messer in den Saum ihres Rocks und schnitt einen langen Streifen des Stoffs ab. Den wickelte sie Kinz um die Rippen und band ihr den Oberarm an die Seite. Dann hängte sie dem älteren Mädchen die Schlinge übers Handgelenk, zog sie stramm und band sie ihr im Genick fest.

Cazia spürte abermals Tränen auf ihren Wangen. Die anderen schienen sie für Tränen des Mitgefühls zu halten, aber jeder Kummer um andere lag ihr völlig fern.

Schatten huschten über sie hinweg, bewegten sich nach Norden und Westen. Sie waren zu lange an Ort und Stelle geblieben. Weitere Klopfgeräusche ertönten, und sie zog den blauen Stein wieder aus ihrer Tasche. »Zauberin! Einfangen!«, waren die Wörter, die die Insekten wieder und wieder …

Ein Krieger der Tilkilit stürzte schwer auf den steinigen Boden direkt hinter ihnen. Das Geräusch ließ sie alle zusammenzucken, und als sie sich in den Schatten des Felsens über ihnen duckten, stieß ein Greifvogel herab und ließ sich direkt auf dem Felsen nieder.

Er blickte in die andere Richtung, sodass sie alle den beeindruckenden Fächer seiner Schwanzfedern sehen konnten. Dann kreischte ein weiterer Vogel, und der Stein in Cazias Hand übersetzte das Geräusch.

»Nicht den Boden berühren!«

Wie interessant. Der riesige Vogel schnappte sich den kleinen Krieger mit einer seiner Krallen, dann flatterte er davon.

»Bei Inzus Atem«, murmelte Kinz.

»Ich habe schlechte Neuigkeiten«, verkündete Cazia und

hielt den Stein in die Höhe. »Die Vögel reden ebenfalls miteinander.«

»Wir müssen in Bewegung bleiben«, sagte Ivi. Kinz rappelte sich hoch, und nachdem sie den Himmel über ihnen abgesucht hatte, machte sie sich wieder auf den Weg durch die Schlucht.

Von irgendwo in der Nähe hörten sie ein gewaltiges Krachen, wie eine Gerölllawine. Lauft. Lauft.

Die Schlucht beschrieb eine leichte Biegung nach Nordosten, dann machte sie nach hundert Schritten eine scharfe Kurve um einen Felssporn herum und lief so gerade wie der Schaft eines Speers zurück nach Westen, ohne erkennbare Abzweigungen. Sie würde sie direkt wieder mitten unter die Tilkilit zurückführen.

Alle drei wandten sie sich in die Richtung um, aus der sie gekommen waren. Wo die Mädchen gerade eben noch gerannt waren, schwebten jetzt zwei Greifvögel. Ein Hagel von Steinen flog zu ihnen auf und trieb sie zurück. Cazia hatte ihren Übersetzungsstein bereits weggesteckt, daher konnte sie das Kreischen und das stakkatoartige Klopfen nicht verstehen, aber es war ihr auch gleichgültig. Feuer und Zorn, dort hinten waren wirklich viele Krieger.

Sie konnten nicht umkehren. Aber wenn dieser Pfad sie nur näher an den Feind heranführte …

»Wir müssen weiter durch die Schlucht laufen«, sagte Ivi.

»Nein«, widersprach Cazia. »Wir gehen nach Osten … Dort drüben. Wir klettern über diesen Felssturz hinauf und dann rüber auf die andere Seite.«

»Aber oben auf dem Grat sind wir völlig ungeschützt!«, entgegnete die Prinzessin.

Ohne weitere Diskussion begann Kinz den Felssturz emporzusteigen. Lose Steine rollten hinter ihr her. Sie brauchte den Vorsprung auch wirklich, denn der Hang war so steil, dass sie alle auf ihre Hände angewiesen waren, um nicht den Halt zu verlieren, und Kinz hatte am meisten zu kämpfen.

Cazia erreichte den Gipfel des Grates als Erste. Dort, im Osten, lag eine wunderschöne grüne Landschaft vor ihnen, und sie brauchten nur noch einen weiteren Bergkamm zu überqueren, um sie zu erreichen.

Feuer und Zorn, da waren überall Vögel: Mindestens zwanzig kamen von weiter hinten im Tal herangeflogen.

Einer wechselte die Richtung und steuerte direkt auf Cazia zu. *Endlich.* Sie warf den Speer zur Seite und begann einen Zauber zu wirken, genau in dem Moment, als Kinz und Ivi neben sie traten.

Die Macht wuchs in ihr, linderte das Gefühl der Leere und spendete ihrem falschen Kummer Trost. Sie hatte insgeheim auf so etwas gehofft, als sie den Grat hinaufgeklettert war. Der leere Raum in ihr begann regelrecht zu kribbeln bei der Vorstellung, einen weiteren Zauber zu wirken, vor allem einen, der großen Schaden anrichtete.

Diesmal sollte es Feuer sein. Warum die Wurfspieße vergeuden? Doch als sie ihren Zauber zu wirken begann, verstand ein Teil von ihr instinktiv, wie er sich verändern lassen konnte. Sie bog zwei Finger weiter durch, als sie das eigentlich tun sollte, und veränderte ihre Gedanken entsprechend.

Der Zauber war abgeschlossen, noch bevor der Vogel in Reichweite war, aber sie entfesselte ihn trotzdem. Die Flammen flogen eher als ein Blitz denn als eine Stichflamme von ihr davon, als hätte sie einen gewaltigen Schwall brennenden Öls wegkatapultiert.

Der Blitz traf den Greifvogel am Bauch, und Feuer schoss über seinen Körper hinweg. Er schwenkte ab und kreischte dabei auf eine Weise vor Entsetzen und Schmerz, die zu übersetzen Cazia ihren blauen Stein nicht benötigte. Dicker, schwarzer Rauch wogte hinter dem Vogel her.

Das kann jetzt jeder sehen.

»Cazia! Komm!«

Sie sollen mich fürchten.

»Cazia!«

Cazia blickte zu der Prinzessin hinüber, und etwas in ihrem Gesichtsausdruck ließ das kleine Mädchen aufkeuchen und einen Schritt zurückweichen, sodass sie beinahe den steilen Berghang hinabgestürzt wäre.

Ich habe versprochen, sie zu beschützen. Da war nichts mehr in ihr, das sich auch nur einen Deut um alte Versprechen scherte, aber trotzdem. Angesichts der Tilkilit und der Greifvögel ringsum hatten sie jetzt keinerlei Möglichkeit mehr, zu der Pforte zu gelangen, und es gab nichts, wofür sie leben konnte. Wenn sie das Mädchen über die Berge führte, würden Ivis Gefolgsleute gewiss in großer Zahl zurückkommen wollen. Diese Pforte würde ihnen vielleicht Zugang zum Abendvolk und seinen Geschenken verschaffen.

Und Cazia würde sie dabei anführen.

Ivi und Kinz kämpften sich in schräger Richtung den Berghang hinunter. Cazia schaute zum Himmel empor. Die Greifvögel gaben ihr viel Freiraum. In Wellen stießen sie in eine nahe Schlucht hinab, um dann auszuscheren und einer Steinsalve nach der anderen auszuweichen. Cazia konnte Tschicks Leute nicht sehen, aber die Kämpfe schienen nun näher.

Cazia packte den Speer und sprang Ivi und Kinz hinterher. Lose Steine rollten unter ihren Füßen weg, sie stürzte auf die Seite und schürfte sich ihr linkes Bein auf. Es tat nicht sehr weh – eigentlich war der Schmerz sogar ein gutes Gefühl, fast wie ein zweiter Funke von Zorn –, aber der Anblick war nicht gerade dazu angetan, andere in Angst erstarren zu lassen.

Was war da aus ihrem Kummer geworden? Ein Drang zu töten und für das Töten allseits gefürchtet zu werden? Interessant.

Der Große Schrecken machte einen fürchterlichen Lärm, und der Regen der Steine, die auf den Boden schlugen, erzeugte ein Geräusch, wie es Cazia noch nie zuvor gehört hatte, beinahe wie ein plötzlicher Wolkenbruch.

Als die drei Mädchen den Grund der Schlucht überquert hatten und sich auf der anderen Seite hinaufmühten, ging eine dieser Salven von Steinen direkt links von ihnen herunter. Cazia bemerkte, dass die herabgefallenen Felsbrocken nun scharfkantige graue Steine waren, genau wie die, über die sie hinwegkletterten. Den Kriegern waren offensichtlich die besonderen dunklen und glatten Steine aus ihren Beuteln ausgegangen.

»Sie kommen näher«, keuchte Ivi. Cazia blieb immer wieder stehen, um den Himmel abzusuchen – nicht nur aus Sorge um ihre Sicherheit, sondern auch, weil sie auf eine weitere Gelegenheit wartete, ihren neuen Zauber zu wirken.

Vier der Greifvögel verließen das Labyrinth der Schluchten, flatterten über den Wald hinaus und gewannen an Höhe. Cazia konnte nicht sehen, wo sie hinflogen, aber sie hörte erneut dieses lawinenartige Geräusch … nur dass es nicht mehr wie eine Lawine klang.

Endlich hatten sie den letzten Bergkamm erreicht. Auf der anderen Seite folgte ein langer, etwas sanfter geneigter Hang, aber er war mit Dornengestrüpp und stacheligen Ranken überwuchert. Es würde nicht einfach werden, zu dem nebelverhangenen grünen Wald dahinter vorzudringen.

»Baum«, sagte Kinz und humpelte in südlicher Richtung den Hang hinunter. Direkt unterhalb des Grates wuchs ein einzelner Baum, einsam, verkrümmt und vom Feuer geschwärzt. Cazia und Ivi folgten ihr.

Die Nachmittagssonne hatte den Nebel weit genug aufgelöst, dass über der obersten Nebelschicht die Baumwipfel des Waldes sichtbar waren. Die Stelle, an der Tschick sie in das Labyrinth von Schluchten geführt hatte, lag jetzt südlich von ihnen; sie konnten Nebelschwaden vor der warmen Luft zurückweichen sehen, die dort herauswehte.

»Oh!«, rief Ivi und deutete in den Nebel des Waldes hinein. Plötzlich stieg darin ein Baumwipfel aus dem Dunst und kippte um. Dann folgte ein zweiter. Das Geräusch einer gewaltigen, krachend zu Tal stürzenden Lawine, das zuvor geklungen hatte, als würde es von überallher kommen, hallte aus dem Wald wider.

Irgendetwas bewegte sich dort draußen im Nebel, und diesmal wussten sie, dass es keine Truppeneinheit der Tilkilit sein konnte. Was immer es war, es war groß.

Kinz fiel keuchend gegen den Baumstamm. Sie war die stärkste von ihnen, aber ihre Verletzung erschöpfte sie. Auch Ivis Kräfte schwanden. Cazia kniete sich neben die beiden Mädchen. Sie begriff, dass sie selbst noch müder als die beiden sein sollte, dann nahm sie auf der Stelle den Schmerz in ihrer Lunge und die Erschöpfung in ihren Beinen wahr. Seltsam, dass sie ihren eigenen Schmerz erst spüren konnte, sobald sie bewusst daran dachte.

Während sie im Schatten des Baumes nach Luft schnappten, versuchte Cazia, ihre Möglichkeiten abzuwägen. Die turmartigen Ranken, an denen sie ins Tal hinabgestiegen waren, befanden sich ein oder zwei Tagesetappen östlich von ihnen, weit draußen im Wald. Um sie zu erreichen, würden sie nicht nur erst einmal den Tilkilit entfliehen müssen, sie würden auch dem aus dem Weg gehen müssen, was immer da durch den Nebel krachte. Und darauf zu bauen, dass die Ranken ihnen Schutz vor den Greifvögeln bieten würden, war riskant. Aber mit Sicherheit konnten sie nicht einfach die Felswand hinaufklettern; der Große Schrecken würde sie sich schnappen wie Kompottkrüge von einem Speisekammerregal.

Die einzige andere Möglichkeit bestand darin, mittels Magie einen weiteren Tunnel zu graben. Darin wären sie vor den

Greifvögeln sicher, aber diesen Zauber so viele Male zu wirken, würde Cazia endgültig vernichten.

Ein Teil von ihr wünschte sich das.

»Wir werden unser Glück im Wald versuchen müssen«, erklärte Cazia.

»Ich kann klettern«, sagte Kinz. »Lasst mich nicht zurück. Ich kann es immer noch schaffen.«

Ivi umklammerte ihre Hand. »Natürlich werden wir dich nicht zurücklassen!«

Kinz bedachte Cazia mit einem schroffen Blick. Es hatte keinen Sinn, so zu tun, als denke sie selbst nicht darüber nach, Kinz zurückzulassen – aber na schön. Alle drei würden sie zusammen fliehen, wenn sie konnten. Cazia nickte.

Es folgte ein weiteres furchteinflößendes Rumpeln und Rumoren im Wald, und der Nebel wirbelte Richtung Süden. Was immer dort unterwegs war, es war darauf aus, den Eingang zu den Schluchten zu versperren.

Dann, an jener Stelle, wo die warmen Winde, die in den Wald hinabwehten, den Nebel vertrieben, sahen sie es. Der Untergrund hob sich – und ähnelte auf einmal stark dem langgestreckten Hügel aus loser Erde, über den sie geklettert waren –, dann brach er auf, und das Erdreich stürzte zu beiden Seiten weg. Darunter schob sich ein gewaltiger brauner Zylinder Stück um Stück aus dem Boden hervor.

Zuerst hatte Cazia nicht die geringste Ahnung, was sie da vor Augen hatte. Es sah beinahe wie ein Stapel quadratischer Tontöpfe aus, die auf die Seite gekippt waren. Es erhob sich in der Mitte, und der Leib des Ungetüms wellte sich, während es weitere Körperglieder aus der Erde zog. Es warf Bäume um und wühlte Graswurzeln und Steine auf.

Dann löste sich das Ende, das ihnen am nächsten war, ganz aus der Erde und erhob sich hoch in die Luft.

Es war ein Maul. Sein Ende war ein einziges Maul.

Sein Rand war umringt von etwas, was wie Zähne aussah, aber nach einem Moment merkte Cazia, dass diese vermeintlichen Zähne sich bewegten wie Fingerstummel ohne Knöchel, die nach der Luft griffen. *Sie schaufeln die Erde in sein Maul,* wurde ihr klar. *Es ist ein riesiger Wurm.*

Im Inneren des Mauls spiegelte sich das Sonnenlicht in einem eigenartigen Regenbogenschimmer, und Flüssigkeit schwappte und spritzte auf dem Grund des unbeweglichen Kiefers. Insektenkrieger rannten neben dem Wurm her, und viele hoben dabei Steine vom Boden auf. Einige wenige, die weiße Schärpen am Körper trugen, kletterten mit riesigen Sprüngen von der Seite auf den Wurm hinauf und klammerten sich an seinem Rücken fest wie Seeleute, die auf einem gekenterten Boot das Gleichgewicht zu halten versuchten.

»Reittiere«, sagte Cazia.

KAPITEL 27

Das riesige Wühlmonster der Tilkilit war einfach faszinierend.

Kinz stürzte hinter den Baum zurück und hielt sich den Mund zu, als ersticke sie einen Aufschrei. Ivi kauerte sich hinter sie und nestelte an ihrem kleinen Köcher. Beide hatte der Anblick des Ungetüms offensichtlich mit Entsetzen erfüllt, und der Schwarm von Kriegern, der den Wurm begleitete, tat ein Übriges. Es mussten mindestens hundert Tilkilit sein, und weitere kamen mit jedem Atemzug aus dem Wald geströmt.

Aber für Cazia war das alles nur eine merkwürdige Sehenswürdigkeit. Waren die Würmer durch die Pforte gekommen? So musste es in der Tat sein, und das musste ein ganz schöner Kampf gewesen sein. Was ein solches Geschöpf wohl fraß? Und wie es wohl war, von diesem gigantischen Maul verschlungen zu werden? War es einfach eine weitere Pforte in eine neue Welt?

»Runter!«, blaffte Ivi, packte Cazia am Ärmel und zerrte sie hinter den zweifelhaften Schutz eines dichten Gebüschs.

»Bei Inzu«, murmelte Kinz, »wir werden alle hier sterben tun, genau wie Mahz es gesagt hat.«

»Nein, das werden wir nicht«, widersprach Ivi. »Ich habe eine Idee.«

Vorsichtig spähte Cazia über den struppigen Busch. Die Krieger rückten auf die Öffnung der Schlucht vor, aber der

Wurm schlängelte sich auf den Hügel zu und kam den drei Mädchen immer näher, als könne er sie spüren.

Ivi schnitt sich den Saum ihres Wanderkleides ab, genauso wie es Cazia bereits mit dem ihren getan hatte, dann steckte sie ihr Messer wieder in die Scheide. Sie rieb das Tuch in voller Länge über Kinz' geöltem Zopf und band es dann direkt hinter die Spitze eines ihrer Pfeile.

»Große Schwester«, begann Ivi, ohne zu Cazia aufzublicken, »glaubst du, du könntest ein winziges Feuer schaffen? Wir brauchen keine Stadt niederzubrennen – nur eine kleine Kerzenflamme.«

Cazia wünschte sich sehr, einen weiteren Zauber zu wirken, aber die Macht, die durch jenen hohlen Raum in ihr floss, war ungeheuer stark. Eine winzige Flamme zu zaubern war ungefähr so, wie mitten in einem Orkan einen Fensterladen zu öffnen.

Dennoch: Viele Dinge waren möglich. Cazia wagte einen weiteren Blick über den Busch. Der Wurm hatte bereits den Fuß des Hügels erreicht und kam auf sie zu. Seine Bewegungen waren nicht schnell, dennoch würde es kein Entrinnen geben. Die Tilkilit hatten zusammen mit dem Wurm die Richtung geändert und folgten dem Untier, das durch irgendeinen unbekannten Sinn direkt auf sie zugelenkt wurde. Vom Gipfel des Bergkamms aus hatte Cazia keinerlei Pfade entdecken können, die durch das Gestrüpp hinabführten, aber die Krieger hatten nun welche gefunden. Sie marschierten in zwei Linien aus jeweils einer Reihe hügelaufwärts.

Sie duckte sich wieder und begann mit ihren Handbewegungen, die sie instinktiv so anpasste, dass die Menge an Magie, die durch sie hindurchfließen würde, möglichst gering war. Nein, begriff sie plötzlich, das war kein Instinkt. Der hohle Raum in ihr selbst wusste, wie er ihren Zauber kontrollieren konnte. Es war nicht einfach eine Wunde oder ein Fluch; es war irgendwie eine Form von Bewusstheit. Nichts Lebendiges, aber etwas Bewusstes. Und es quälte sich vor Kummer.

Auch das war interessant. Ja, noch vor wenigen Tagen hätte sie die Vorstellung entsetzt, aber dazu war sie nun nicht mehr imstande. Vielleicht hatte das Ding in ihr, was immer es war, es auch genauso geplant.

Als der Zauber fertig war, schoss eine Flamme aus dem Raum zwischen Cazias Händen. Sie war klein, aber nicht so klein wie eine Kerzenflamme. Sie streifte den Busch unten an den Wurzeln, und so grün und feucht er auch war, die Flamme steckte ihn in Brand.

Ivi hatte den Pfeil mit dem geölten Tuch an der Spitze bereits gespannt. Sie schwang das wehende Stück Stoff in die kleine Stichflamme hinein, und es fing Feuer.

Die kleine Prinzessin stand sofort auf, und Cazia erhob sich mit ihr. Feuer und Zorn, der Wurm war bereits mehr als die Hälfte des Hügels hinaufgekrochen, und er war viel zu groß, als dass er durch die Pforte hätte passen können. Einmal mehr fragte sich Cazia beiläufig, womit Tschicks Volk ihn wohl fütterte.

Sofort ließ Ivi ihren kleinen Pfeil fliegen. Als er seine Bogenlinie durch die Luft beschrieb, begannen die Tilkilit hektische Klopfgeräusche zu machen. *Die Waffe eines Kindes gegen einen Koloss,* dachte Cazia.

Dann traf der Pfeil den Regenbogenschimmer im Maul des Wurms – direkt oberhalb der auf dem Grund seines Kiefers schwappenden Flüssigkeit. Auf der Stelle rasten Flammen durch das Innere des Mauls wie über einen Steinboden ausgegossenes Wasser. Dann erreichten die Flammen die spritzende Flüssigkeit. Das Maul leuchtete auf wie ein loderndes Lagerfeuer.

Die Tilkilit warfen eine Salve von Steinen und zwangen Cazia und Ivi, hinter dem Baum Deckung zu suchen. Bei jedem

Aufprall flog Rinde vom Stamm. Es waren nun wieder jene glatten, dunklen Steine, wie sie Tschick in seinem Hüftbeutel getragen hatte, und Cazia fragte sich, warum sie sich den Aufwand machten, diese zu verwenden, wenn so viele andere einfach herumlagen.

Ein explodierender Flammenstrahl jagte in einer Welle aus Hitze und blendendem Licht durch das Gestrüpp. Kinz schrie auf und fiel in den Schmutz. Ihr Haar brannte lichterloh. Ivi sprang über sie und erstickte die Flammen mit dem Saum ihres Rocks. Auch der Baum über ihnen stand in Flammen … alles um sie herum brannte. *Das fünfte Geschenk ist ein Wasserzauber,* ging es Cazia durch den Sinn, aber Kinz' geöltes Haar war bereits gelöscht worden. Beißender Rauch nahm den drei Mädchen den Atem und die Sicht.

Cazia stand auf. Der Wurm hatte sich aufgebäumt und seine Reiter in alle Himmelsrichtungen abgeworfen. Fußsoldaten flohen den Hügel hinab, um im Wald Schutz zu suchen, aber der Wurm wälzte sich und schlug wild um sich, sodass er viele von ihnen zerquetschte. Dann rammte er das Maul gegen den Hügelhang und versuchte zu graben, doch gelang es ihm nicht, das steinige Erdreich aus geborstenen Felsen zu durchdringen.

Wolken schwarzen Rauchs quollen aus seinem offenen Maul, und weiterer Rauch presste sich zwischen den Gliedern seines Leibes hervor; der Wurm sah aus, als würde er sich nach und nach in seine Einzelteile auflösen. Greifvögel kreisten hoch oberhalb des Rauches und des Feuers. Cazia war sich sicher, dass die Kreatur, hätte sie einen Laut von sich geben können, geschrien hätte.

Die Mädchen zogen sich in südlicher Richtung am Grat entlang zurück. Kinz sah Ivi voller Staunen an. »War das ein magischer Pfeil?«

»Nein!«, antwortete Ivi gleichermaßen erstaunt. »Ich hätte nie erwartet, dass …«

Das fünfte Glied hinter dem Kopf des Wurms brach plötzlich auf und sprühte brennende Flüssigkeit und Fleisch über den steinigen Untergrund. Das Geschöpf brach zusammen. Der Kopf schlug auf dem Hang auf und rollte – immer noch brennend – Richtung Wald hinab.

»Ich hätte das nie erwartet«, setzte Ivi erneut an. »Ich habe den Regenbogenschimmer auf der Innenseite des Mauls gesehen und gleich gewusst, dass es Öl war. Ich hatte gehofft, den Wurm einfach zu vertreiben, ihm vielleicht Angst einzujagen. Ich hatte gar nicht vor, ihn zu töten. Glaubst du, er hatte große Schmerzen?«

Natürlich hatte Ivi bereits zwei Krieger der Tilkilit auf dem Gewissen, aber Cazia wollte sie nicht noch weiter aus der Fassung bringen, indem sie sie auf diese Tatsache hinwies. »Seht nur, das Feuer hat einen Teil des dichten Gestrüpps weggebrannt. Kommt, wir sollten …«

Ivi musste nicht erst dazu angefeuert werden. Als sie sich hügelabwärts auf den Weg machte, schlug ihr Cazia die Glutflecken vom Rücken ihres Kleides.

Kinz blieb etwas zurück, aber Cazia störte die mit ihr verbundene Verzögerung nun nicht mehr. Dank Ivi und Kinz hatte sie etwas gesehen, was kein Mensch je zuvor gesehen hatte. Und sie war schon im Begriff gewesen, die beiden im Stich zu lassen. Gut, dass sie es nicht getan hatte.

Gemeinsam rannten sie den brennenden Hügelhang hinab, traten geschwärzte Büsche beiseite und schlugen auf züngelnde Flammen, die nach ihnen griffen, und auf die Dornen, die sich in ihren Kleidern verfingen. Glimmende Glut flog um sie herum durch die Luft und landete auf ihren nackten Armen und Wangen. Sie waren den Hang schon zur Hälfte hinunter, als Cazia merkte, dass sie den Speer oben auf dem Hügelkamm zurückgelassen hatte.

Der Wind drehte ein wenig und wehte öligen, schwarzen

Rauch über sie hinweg, der ihnen die Luft nahm, sodass sie beinahe hustend zusammengebrochen wären. Cazia musste die Prinzessin mehr oder weniger den Hang hinuntertragen.

Ein Greifvogel stieß mitten in den Rauch herab und flatterte dann mit einer Gestalt in den Krallen in die Lüfte. Kinz verlor das Gleichgewicht und sank auf die Knie. Ivi wurde ganz schlaff und stürzte neben ihr zu Boden, immer noch hustend. Als Cazia die beiden Mädchen wieder auf die Beine zerrte, waren ihre Kleider voller Asche und angesengt. Irgendwo vor ihnen platzte ein weiteres Glied des Wurms und schleuderte große Brocken aus brennendem Fleisch in die Luft.

»Immer weiter«, sagte Cazia mit zugeschnürter Kehle. Sie begriff, dass auch sie deutlich langsamer geworden war. Ihre Lunge. Der Rauch erstickte sie halb, und sie bekam nicht annähernd genug Luft. Wenn sie nicht anfing, auf ihren Körper zu achten, würde der Rauch sie umbringen.

Cazia wusste, dass sie irgendwann auf einen der Pfade stoßen mussten, auf denen die Tilkilit den Hügel hinaufgeklettert waren. Der zerrissene Saum ihres Rocks vermochte ihre Schienbeine nicht mehr vor der Glut und den Dornen zu schützen. Ihre Stiefel wurden schmerzhaft heiß.

Dann machte sie einen Schritt und stellte fest, dass da kein Boden mehr war, auf den ihr Fuß hätte treten können. Die drei Mädchen schlitterten ein steiniges Steilstück des Hügels hinunter. Kinz schrie herzzerreißend auf, und Cazia war sich sicher, dass der Schrei die Greifvögel anlocken würde. Ivi lag am Fuß des Hangs auf dem Bauch. Ihre Ellbogen und ihre Stirn waren blutig geschrammt. Cazia ging zu ihr, um ihr aufzuhelfen, und fand sich plötzlich Auge in Auge mit einem der Insektenkrieger wieder.

Er war tot, das war offensichtlich. Das Feuer hatte ihn grau gebrannt, und er stand nur deshalb immer noch aufrecht, weil er sich im dichten Gestrüpp verheddert hatte. Interessanterweise schien sein Körper an der Unterseite des Kopfes am stärksten verbrannt, also genau dort, wo bei diesen Wesen die sprechenden Düfte hervordrangen.

Neben dem Leichnam fand sie einen Wildwechsel, der den Hügel hinabführte. Cazia half Kinz auf die Beine, dann geleitete sie die beiden Mädchen von den Flammen weg. Sofort wurde die Luft sauberer. Nach einigen Schritten blieben sie so lange stehen, bis ihre Hustenattacken vorüber waren.

Ivi hatte irgendwo auf dem Hügel ihre Bogensehne zerrissen. Sie würde heute nicht mehr kämpfen können. Ihre Kratzer und Schrammen waren offene, aber flache Wunden, die bereits zu bluten aufgehört hatten, doch sie wirkte verängstigt und mutlos. Vielleicht brauchte sie eine Aufmunterung, vielleicht eine Umarmung, aber die konnte Cazia ihr nicht geben.

Kinz kniete sich neben die Prinzessin; sie wirkte genauso schwach und angeschlagen. Cazia vermutete, dass sie selbst nicht viel besser aussah, auch wenn ihre eigenen Schürfwunden und ihr trockener Husten das Problem von jemand anderem zu sein schienen.

Das Geklapper der Tilkilit schien nun aus weiter Ferne zu kommen. Das Buschwerk zu beiden Seiten war inzwischen höher als ihre Köpfe. Cazia klopfte Asche und Glut von Ivis Kleidern. Sie hatten heute zusammen erstaunliche Dinge erlebt und vollbracht, und sie würde die beiden als Zeuginnen benötigen, wenn sie mit einer ganzen Streitmacht zu dieser Pforte zurückkehrte.

Sie gingen weiter, und die Stellen, wo der Hügel zu steil wurde, schlitterten sie hinab. Hinter ihnen platzte ein weiteres Glied des Wurms, dann folgten noch einmal zwei rasch hintereinander. Die Schreie der Adler erfüllten die Luft. Rauch erhob sich in den Himmel wie gezwirbelte schwarze Türme.

Ein Stück brennenden Insektenpanzers fiel auf den schmalen Pfad. Der Panzer war so groß wie drei geschlachtete Schafe, und die Flammen begannen sich in den Büschen zu beiden Seiten auszubreiten. Cazia machte Anstalten, sich einen Weg außen herum durch das Dickicht zu bahnen.

»Nein!«, zischte Kinz. »Jagende Vögel stürzen sich in raschelndes Gras. Dadurch macht Ihr sie nur auf uns aufmerksam.«

Auch gut. Das bedeutete nichts anderes, als dass Cazia einen Vorwand für einen weiteren Zauber hatte.

Ihr Wasserzauber sandte einen Strahl aus dem leeren Raum zwischen ihren Händen. Das Feuer zischte, und schwarzer Rauch mischte sich mit weißem Dampf, Cazia jedoch ließ das Wasser weiterfließen, bis auch die letzten verbliebenen Flammen auf dem kleinen Bach, den sie geschaffen hatte, den Hügel hinabflossen.

Der Zauber wollte einfach nicht enden, daher spritzte sie Wasser auf ihre Stiefel, dann auf ihren Rock, dann auf die beiden anderen Mädchen, um sie abzukühlen. Cazia spürte, wie sich die Magie in dem hohlen Raum in ihr aufstaute, so wie sich ein dahinströmender Fluss hinter einem Damm staut. Es schien, als könne die Magie sie in Stücke reißen und dann frei in die Welt hinausbrausen. Der Druck wurde plötzlich sehr stark – jene tote Intelligenz in ihr sehnte sich danach auszubrechen, wie es einen Säugling danach drängt, geboren zu werden.

Sie brauchte sich nur zu ergeben, und sie würde zerreißen und sich auflösen, nicht mehr existieren. *Ausgehöhlt.* Die Wasser ihres Zaubers würden Ivi und Kinz wegspülen – alles würde weggespült werden, und sie würde niemals durch diese Pforte treten können.

Die Pforte. Cazia klemmte dem Geschenk, das sie wirkte, die Macht ab und ließ das Wasser versiegen. Sie wollte durch diese Pforte treten. Es spielte keine Rolle, ob das Wasser Ivi und Kinz wegspülte oder ob ihr Zauber den Greifvögeln über ihnen ihre Position verriet. Die Pforte war alles.

Der Zauber verebbte ins Nichts, und Cazia sank in den Schlamm und weinte. Ivi und Kinz knieten sich neben sie – Cazias Zauber hatte sie vom Kopf bis zu den Stiefeln durchnässt – und versuchten, sie zu trösten, aber sie verstanden das alles nicht. Wie konnten sie auch, da nicht einmal Cazia selbst es verstand?

Ivi drehte Cazias Gesicht zu dem ihren hin. »Cazia. Große Schwester. Wir müssen weiter.« Sie klang, als versuche sie, eine Wahnsinnige zur Vernunft zu bringen. *Weil sie eine Wahnsinnige war.*

Wieder barst ein Glied des Wurms und tauchte sie alle in orangefarbenes Licht. Etwas glitt über sie hinweg – Cazia spürte den Lufthauch, sah jedoch nicht, was es war –, dann fiel ein Stück Panzer, so lang wie eine Tür, neben dem Pfad ins Gebüsch und erfüllte die Luft mit einer neuen Wolke schwarzen Qualms. Zeit zu verschwinden. Cazia hob Ivi über das geschwärzte Fleisch, das vor ihnen den Weg versperrte, dann wiederholte sie das Gleiche mit Kinz.

Alle drei Mädchen rannten den Pfad hinunter und stolperten, wo der Boden uneben war, und ihre Röcke verfingen sich in Dornen, wann immer sie zu weit zur Seite auswichen.

Dann hatten sie den Qualm endlich hinter sich gelassen. Sie hatten den Fuß des Hügels und das Ende des Weges erreicht. Der steinige Boden vor ihnen bot keinerlei Deckung, von wenigen braunen Pflanzen und verkohlten Baumstämmen abgesehen. Der grüne Wald schien sehr weit entfernt.

Alle drei knieten sie sich in der Deckung des Buschwerks zu Boden. Tschick hatte fast zwei Tage gebraucht, um sie zu diesem Teil des Tals zu führen. Wie sollten sie es zurückschaffen, wenn sein gesamtes Volk Jagd auf sie machte? »Wir werden es niemals zu unseren Kletterranken schaffen, nicht angesichts all dieser Schwierigkeiten – einmal vorausgesetzt, wir könnten sie tatsächlich wiederfinden. Wir werden uns erneut durch die

Berge graben müssen«, sagte Cazia. Sie spürte, wie das elfte Geschenk in ihr groß wurde, und sie musste die Fäuste ballen, um sich daran zu hindern, gleich ihren Zauber zu wirken.

»Cazia, nein!«, protestierte Ivi.

Sie sahen sie an, als habe sie verkündigt, dass sie Gift trinken wolle. Und sie hatten recht; sie wusste, dass sie recht hatten. Der letzte Zauber war ihr beinahe außer Kontrolle geraten … es war ihr vorgekommen, als würde er sie umbringen.

Aber der Drang war immer noch da und wurde plötzlich so unleugbar wie der drohende Hungertod. Sie wusste, wenn sie die Magie in ihr entfesselte, würde sich diese von ihr nicht mehr kontrollieren lassen. Konnte sie eine Abwandlung des elften Geschenks wirken, die so stark war, dass sie auf diese Weise den gesamten Berg durchdringen konnten?

Eine Stimme in ihrem Inneren sagte *Ja*, aber sie war sich nicht sicher, ob sie dieser Stimme trauen konnte.

»Cazia«, sagte Ivi. »Du musst versprechen, dass du keine weiteren Zauber mehr wirken wirst. Die Anstrengung ist zu viel für dich.«

»Und der Schaden, den Ihr Euch bereits zugefügt habt …«

»Ich weiß.« Cazia wischte sich die Tränen von ihrem rußverschmierten Gesicht und versuchte, einen vernünftig wirkenden Gesichtsausdruck aufzusetzen. »Ich weiß, dass ich bereits zu viel gezaubert habe, aber ich will, dass wir es wieder über die Berge schaffen, und ohne Magie wird uns das nicht gelingen.«

»Doch«, widersprach Ivi. »Cazia …«

»Cazia ist tot.« Ein Teil von ihr wollte darüber erleichtert sein, das nun endlich zugegeben zu haben, sowohl sich selbst als auch der Außenwelt gegenüber, aber sie war nicht dazu fähig. Es war nicht einmal zur Gänze wahr, aber das würde es bald sein. Nicht, dass das noch etwas zur Sache tat.

»Wie Ihr wollt, *Doktor Freibrunn.*« Ivis Ton war scharf, und ihre Augen waren voller Tränen. Glaubte sie, dass Cazia versuchte, sie zu beleidigen? Falls es ihnen gelang, sich irgendwo in Sicherheit zu bringen, würde Cazia erklären müssen, dass das Mädchen ihr viel zu wenig bedeutete, um es zu kränken. »Aber ich will, dass du uns bei deiner Magie schwörst, dass du *heute* keinen weiteren Zauber mehr wirkst.«

Cazia sah zu dem Berg empor, der im Süden über ihnen aufragte. Sie konnte sich den Steinbrechzauber vorstellen, der nötig sein würde, um ein Loch direkt hindurchzubohren, konnte die Veränderungen ihrer Handbewegungen und die Vorstellungsinhalte, die das erfordern würde, vor sich sehen.

Sie selbst besaß diese Art von Macht nicht, aber sie konnte sie kanalisieren. Sie konnte den hohlen Raum in sich öffnen und die Magie hindurchströmen lassen.

Sie wusste, dass es sie vernichten würde, aber sie war sich nicht ganz sicher, was das bedeutete. Würde sie körperlich sterben? Es war möglich, doch die Anstrengung, die sie verspürt hatte, als sie das Feuer gelöscht hatte, schien ihr nicht körperlicher Natur gewesen zu sein.

Würde sie wie einer der Hexenmeister aus jenen Kindergeschichten werden, die sie ihr Leben lang gehört hatte, und Ungeheuer erschaffen, Flüsse vergiften, ganze Clans im Schlaf ermorden? Würde sie wie Doktor Weißhalm werden? Wie Doktor Rexler, den zu töten Alte Steinmiene berühmt gemacht hatte? Würde sie sich auch nur an ihren Namen erinnern?

Ivi und Kinz warteten auf ihr Versprechen. »Nein.«

Plötzlich landete ein Krieger der Tilkilit neben ihnen. Ivi wirbelte zu ihm herum und verlor das Gleichgewicht. Sie stürzte gegen Kinz' verletzte Seite, und gemeinsam rollten sie in das Dickicht hinein. Kinz schrie vor Schmerz auf.

Cazia schnappte sich einen Wurfspieß aus ihrem Köcher. War das nun der Zauber, der sie in Stücke riss? So schien es. Sie begann mit den nötigen Handbewegungen.

Der Krieger ließ seinen Speer fallen, schob die Hand in den

Beutel an seiner Hüfte und zog einen der seltsamen schwarzen Steine hervor, die sie dort bei sich trugen. Feuer und Zorn, er war zu nahe, um sein Ziel zu verfehlen. Tilkilit-Krieger konnten diese Steine fest genug werfen, um Knochen zu brechen, und als er den Arm zum Schwungholen zurückzog, sprang sie seitlich in die einzige ihr zur Verfügung stehende Deckung, Ivis und Kinz' Körper.

Aber sie hatte nicht die Angst, die ihren Bewegungen Dringlichkeit verliehen hätte, und das machte sie langsam. Der Krieger warf seinen Stein und traf sie mit voller Wucht am Oberschenkel.

Die ganze Welt verdunkelte sich, dann durchschoss Schmerz ihren Körper. Der hohle Raum in ihr vermerkte einen Moment der Neugier: *Das war kein gewöhnlicher Stein; was für ein seltsames Gef…*

Dann wurde die fremdartige Hohlheit aus ihr weggerissen, und Cazia schrie auf.

KAPITEL 28

Tejohn war auf einem Bauernhof aufgewachsen, wo die Arbeit vor dem ersten Morgenlicht begann und niemals wirklich endete. Er hatte mit Soldaten trainiert, war die ganze Nacht hindurchmarschiert und hatte feindliche Truppen angegriffen, selbst wenn er schon am Rande des Zusammenbruchs gewesen war. Er hatte den Prinzen und seine Freunde an den heißesten Tagen des Sommers stundenlang exerzieren lassen.

Aber er hatte nie im Leben so hart gearbeitet, wie er das als Dienstknecht tat.

Jeden Morgen wurde er von einem harten Schlag mit einem Stock geweckt. Jeden Tag plagte er sich stundenlang in Wind und Regen ab, mit nichts bekleidet als einem um die Lenden geschlungenen Tuch. Er bekam einmal täglich zu essen, mittags, für gewöhnlich dünnen Reisbrei. Die Arbeit dauerte bis lange nach Einbruch der Dunkelheit, bis er so müde war, dass er kaum noch den Kopf heben konnte.

Überall um ihn herum starben Menschen. Gleich am ersten Tag, als er angefangen hatte, Felsen zu schleppen, war ein Mann auf dem steinigen Hang zusammengebrochen und hatte den Inhalt seines Korbes verschüttet. Der Aufseher peitschte ihn, bis er das rohe Fleisch seines Rückens bloßgelegt hatte, aber nichts konnte den Burschen dazu bringen, eine Regung zu zeigen. Tejohn sah voller Entsetzen zu, wie man den Leichnam wegkarrte wie einen Haufen Abfall ... bis ein Peitschenhieb über seinen eigenen Rücken ihn wieder an die Arbeit trieb.

Zuerst war Tejohn entschlossen gewesen, seinen Wert zu beweisen. Er war davon überzeugt, dass er nur härter arbeiten musste als alle anderen, ohne sich je zu beklagen, dann würden die dafür Verantwortlichen ihm eine weniger erbärmliche Arbeit zuteilen. Er zog die Körbe mit dem aus dem Fels gebrochenen Gestein schneller als alle anderen aus der Grube heraus. Er trug sie am schnellsten den Hügel hinauf. Er hob sogar Steine auf, die andere fallen gelassen hatten.

An seinem zweiten Tag riss der ramponierte Korb, den er aus der Grube hob. Es war nicht seine Schuld; das Strohgewebe war einfach unter dem Gewicht geborsten und ließ nun Steine in den Schacht darunter hinabprasseln. Glücklicherweise wurde niemand verletzt.

Aber sechs der Aufseher zerrten Tejohn weg, banden ihn an einen Pfahl und versetzten ihm vier Peitschenhiebe. Er gab keinen Laut von sich, bis sie ihr Werk damit vollendeten, dass sie ihm einen Eimer eisiges Salzwasser über den Rücken gossen.

In seinen Soldatentagen hätte man ihm nun befohlen, sich auf einen Schlafstein zu legen, solange es niemand anderen gab, der schlimmere Not litt. Stattdessen schickten ihn die Aufseher zurück an seine Grubenarbeit. Für den Rest des Tages arbeitete er langsamer als alle anderen.

In dieser Nacht fand er heraus, dass einer der anderen Schuldknechte seine dünne Decke gestohlen hatte, seinen einzigen Schutz vor der feuchten, kühlen Luft. Während er zitternd dalag, sagte eine flüsternde Stimme in der Dunkelheit: »Du glaubst wohl, du seist besser als wir.« Es lag so viel Gehässigkeit in der Stimme, dass Tejohn davon überzeugt war, im Schlaf ermordet zu werden, aber er irrte sich. Niemand würde so barmherzig sein, ihn einfach nur zu töten.

Dienstknechte wurden geschlagen, wenn sie zu langsam arbeiteten. Sie wurden geschlagen, wenn sie sich beeilten. Sie wurden geschlagen, wenn sie einem Aufseher in die Augen sahen oder wenn sie dem Blick des Aufsehers auswichen. Reden war verboten, aber Schweigen war verdächtig. Sie waren jeden Tag hungrig und erschöpft und vor Durst so ausgedörrt, dass ihnen der Kopf schmerzte. Händler und andere Städter verhöhnten Tejohn, wenn sie ihm nicht nahe genug waren, um ihn anspucken zu können. Wohlhabende Männer schlenderten an den Mauern ihres Arbeitslagers vorbei und besahen sich die Frauen, die dort arbeiteten, so wie Tejohn an einem Marktstand vielleicht einen Fisch ausgewählt hätte.

Sein Rücken schmerzte und blutete. Sein Magen knurrte. Seine nackten Füße waren von Schnittwunden und blauen Flecken überzogen. Als er einmal auf einem Stück regennassen Schiefers ausrutschte und sich furchtbar das Knie prellte, stellte ihm der Aufseher seinen Stiefel in den Nacken.

Er lag im Dreck und wartete darauf, dass der Mann entschied, ob er sein Gewicht in die eine Richtung verlagern und Tejohn das Genick brechen würde oder ob er sich in die andere bewegte, um ihn am Leben zu lassen. Als er ein Tyr gewesen war, hatte Tejohn den Dienern keinerlei Beachtung geschenkt. Nun hatte er schnell herausgefunden, dass es für einen Diener gar keine bessere Kategorie von Menschen gab.

Er brauchte sechs Tage, um sich von einem Tyr des peradainischen Reiches in einen Dienstknecht zu verwandeln, der es nicht wagte, einem anderen Menschen ins Gesicht zu blicken. Er konnte nicht einmal riskieren, während der Tagesstunden an seine Frau und seine Kinder zu denken, aus Angst, dass der Aufseher ihn lächeln sehen würde.

Die einzigen Male, da sie ausruhen konnten – von den wenigen Stunden in dem riesigen, zugigen Lagerhaus, wo sie schliefen, einmal abgesehen –, waren die Mahlzeiten. Die meisten Diener saßen in engen, gedrängten Kreisen zusammen, und Tejohn ging davon aus, dass sie da ihre Klüngel bildeten.

Als Tejohn am achten Tag für seine Schüssel Brei in der Schlange stand, bemerkte er eine Gruppe von sechs jungen Männern, die mit stechenden, taxierenden Blicken zu ihrer Schlange herübersahen. Tejohn erkannte Gauner auf den ersten Blick, selbst wenn sie halb verhungert waren, so wie diese hier. Keiner von ihnen war älter, als er selbst es gewesen war, als er zur Armee ging.

Der vorderste der Männer musterte Tejohn flüchtig und wandte dann den Blick ab, auf der Suche nach einem leichteren Opfer.

Das fand er auch. Der Anführer trat neben einen alten Mann, als dieser mit seiner vollen Schüssel davonging, und die ganze Gruppe folgte ihm. Der alte Bursche, der bereits wie ein besiegter Mann daherschlurfte, machte sich nicht einmal die Mühe zu protestieren, als sich die kleine Bande in seinen Kreis grauhaariger Dienstknechte hineindrängte. Die jungen Männer nahmen den Alten die Breischüsseln weg und füllten deren Inhalt in ihre eigenen Schüsseln.

Die Bande zog weiter und steuerte das Ende der Schlange an, um sich die Portion geben zu lassen, die ihnen sowieso zustand. Der alte Bursche ließ den Kopf hängen und weinte. »Es tut mir leid«, sagte er mit gebrochener Stimme. Glücklicherweise waren keine der Aufseher nahe genug, um ihn zu hören.

Scham durchflutete Tejohn. War dies das Reich, dem er gedient hatte? Er hätte gerne geglaubt, dass die Finstels jetzt, da die Italgas nicht mehr streng über sie wachten, völlig überschnappten und wild zu wüten begannen. Nun, die Verhältnisse mochten sich in der Zeit seit den Festspielen geändert haben, aber sie konnten unmöglich so schnell *so* grässlich geworden sein. Was hier geschah, beruhte auf einer alten Sitte oder auf eingefleischten Voreingenommenheiten, denen man die Zügel schießen ließ.

Und Tejohn hatte dafür gekämpft, das alles zu erhalten.

Ohne auch nur einen Gedanken darauf zu verschwenden, schluckte Tejohn den Rest seines Breis und stellte seine Holzschüssel beiseite. Mit leeren Händen trat er zurück zur Essensschlange, wo er auf den Anführer und seine kleine Bande traf. Ihre Schüsseln waren fast bis zum Rand gefüllt; lag das daran, dass sie gemeine Schläger waren, oder bekam man am Ende der Schlange wohl größere Portionen?

»Jungs«, sagte Tejohn, und seine Stimme klang heiser und dünn, weil er schon so lange keinen Gebrauch mehr von ihr gemacht hatte, »ihr solltet euch bei diesen Alten für den Brei revanchieren, den ihr euch von ihnen geborgt habt.«

Der Anführer der Bande lächelte unangenehm und zeigte seine grauen Zähne. »Wer könnte uns schon dazu zwingen, alter Ma…«

Tejohn boxte ihm mit aller Schnelligkeit und Kraft, die er noch in seiner gesunden rechten Hand hatte, in die Kehle. Mit der linken umfasste er behutsam die Breischüssel. Der Anführer brach im Staub zusammen, wo er sich zusammenkrümmte und erstickte Laute von sich gab. Tejohn winkte den alten Mann heran, den die Bande um sein Essen gebracht hatte. Der Alte näherte sich zögernd und nahm die Schüssel mit dem Brei argwöhnisch entgegen.

Tejohn musterte die anderen Mitglieder der Bande. Sie waren nur Jungen, aber er hatte auch schon früher Jungen getötet. Er hatte sie in unzähligen Mengen getötet.

Glücklicherweise würde das heute nicht der Fall sein. Die Jungen drehten sich mit herabgesackten Schultern zu ihm um, als akzeptierten sie ihn als ihren neuen Anführer. »Zahlt diesen Alten eure Schuld zurück.«

Ein pausbäckiger Junge – er musste an diesem Ort noch

genauso neu sein wie Tejohn – erhob seine Stimme: »Ich habe meine Schüssel meiner Mutter gegeben.«

Während er sprach, kam eine ausgezehrt wirkende Frau auf sie zugeeilt. »Er hat nicht für sich selbst gestohlen«, beteuerte sie, atemlos vor Anspannung. »Er hat sich Sorgen um mich gemacht. Er hat für mich gestohlen.«

Tejohn erkannte sie plötzlich als eine von den Fährleuten. Es war ihr Ehemann gewesen, dem sie einen Speer in den Bauch gerammt hatten. Die Stimme des Jungen war dumpf. »Ich habe den Brei meiner Mutter gegeben.«

»Es tut mir leid«, sagte die Mutter mit gerötetem Gesicht. »Quildin hat uns erzählt« – sie deutete auf den Anführer der Bande, der inzwischen zu zappeln aufgehört hatte, aber noch nicht tot war –, »das sei für uns die einzige Möglichkeit, um überleben zu können. Beim Großen Weg, ich schäme mich dafür, was aus dem guten Namen unserer Familie geworden ist.«

Tejohn drehte sich zu dem Jungen um. »Du bist ein wahrhaft braver Bursche, dass du deine tägliche Ration deiner Mutter gibst. Jetzt bring das Essen zurück, das du gestohlen hast.«

Die Alten, die sie ihres Essens beraubt hatten, waren bereits näher getreten und streckten die leeren Hände aus. Der kleinste der Jungen verneigte sich, als er seine Schüssel einer alten Frau darreichte, dann wandte er sich an Tejohn. »Was verlangt Ihr von uns, Herr? Ihr seid jetzt der Anführer.«

Tejohn stellte fest, dass der alte Kerl in der Nähe gestanden hatte, um zu lauschen. Dabei achtete er sorgfältig darauf, sein Gesicht ausdruckslos zu halten. »Nein, das bin ich nicht«, widersprach Tejohn. »Sie ist die Anführerin.« Er zeigte auf die Fährfrau.

»Was?« Sie wirkte benommen. »Ich kann nicht …«

»Diese Jungen brauchen keinen Anführer, der im Töten talentiert ist. Sie brauchen jemanden mit dem Wunsch, die Dinge besser zu machen. Ihr, Frau, werdet hier die Dinge für alle nach Eurem besten Vermögen organisieren. Ihr habt einmal einen eigenen Betrieb geleitet, oder?«

»Die stabilste und schnellste Fähre in den nördlichen Wasserlanden.«

»Sucht nach Möglichkeiten, wie Ihr die Verhältnisse für die anderen Schuldknechte verbessern könnt, und dann seht zu, dass das auch geschieht. Aber wenn ich feststelle, dass Ihr wieder stehlt« – er zeigte auf Quildin hinab, der inzwischen gestorben war –, »wird auch Euch niemand zu Hilfe kommen.«

Der alte Bursche kicherte. »Ihr seid auf dem besten Weg, einen konkurrierenden zweiten Schrank ins Leben zu rufen.«

Tejohn schaute zu ihm hinab. »Ich weiß nicht, was das ist.«

Der Alte drehte sich zu der Fährfrau um. »Euer Name ist Bashier, nicht wahr? Folgt mir zu meiner Abteilung, und ich werde Euch mitteilen, was Ihr wissen …«

»Was ist das?«, rief ein Mann und erschreckte sie alle. Einer der Aufseher war von hinten an sie herangetreten. Seine beiden Wächter beugten sich, Knüppel in den Händen, über Quildin. »Was ist mit diesem Mann passiert?«

»Er ist zusammengebrochen, Herr«, gab ihm Bashier zur Antwort. Sie sah dem Aufseher nicht ins Gesicht, aber sie alle wussten, dass sie Prügel riskierte, indem sie die Frage des Mannes beantwortete. »Einfach zusammengebrochen.«

Der Aufseher schnaubte verächtlich und stapfte davon.

In dieser Nacht hatte Tejohn wieder eine Decke, unter der er schlafen konnte. Am nächsten Tag fand er auf dem Boden seiner Breischüssel ein Stück Hammelfleisch und eine Aprikose.

Die Arbeit, die sie alle umbrachte, war eine höchst stumpfsinnige Tätigkeit. Sie brachen Felsen aus den Gruben und schleppten die Steine zum Flussufer hinab. Jeden vierten Tag wurden drei Viertel der Dienstknechte zum Wasser hinuntergebracht, um die Steine auf Lastkähne zu verladen. Das war eine begehrte Sondertätigkeit, denn den betreffenden Arbeitern gelang es gelegentlich, in den Shelsiccan zu treten oder hineinzufallen, um sich ein wenig zu säubern.

Tejohn meldete sich niemals freiwillig für diese Aufgabe. Sie befanden sich flussabwärts von Brausestadt – von *Ussmajil,* er musste sich immer wieder ins Gedächtnis rufen, hier keine peradainischen Namen zu benutzen –, was bedeutete, dass der Fluss voller Abwasser war. Einige der Arbeiter, die die Lastkähne beluden, starben später an Durchfall oder Infektionen.

Vermutlich war der Stein, den sie aus den Felsen brachen, für die Stadtmauern von Ussmajil bestimmt, die seit einer Generation in einem schlechten Zustand waren. Selbst die Tyre, die am höchsten in der Gunst der Italgas standen, bekamen von den Gelehrten keine Mauern um ihre Städte errichtet. Die Festungen an den Pässen, ja. Aber um die Heimstätten und Ländereien ihrer Vorfahren herum? Niemals.

Doch warum den Fels abbauen, als würden sie eine flache Grube nach der anderen graben? Tejohn wusste es nicht genau. Indes meinte er zu wissen, dass sie auf dem alten Paradeplatz arbeiteten, wo die Wettbewerbe der hiesigen Athleten abgehalten worden waren und die grünen Truppen exerziert und in Manövern den Gefechtseinsatz geübt hatten. Er konnte sich jedoch nicht sicher sein; nicht nur, weil so viele Jahre vergangen waren, seit er selbst auf diesem Gelände marschiert war – und es war nur ein einziges Mal geschehen, als die siegreichen Gerrits die Banner der Witts und der Bendertuks als Tribut für deren Niederlage nach Brausestadt gebracht hatten –, sondern auch, weil er keinerlei Anhaltspunkte von Belang entdeckte, an denen er sich hätte orientieren können. Nicht einmal die südliche Barriere war von hier aus zu sehen.

Am zwölften Tag stand erneut die Beladung der Lastkähne an, und die zurückgebliebenen Grubenarbeiter wurden einmal mehr nur leicht bewacht. Die brutalsten Aufseher und die Mehrheit der Wachposten waren damit beschäftigt, die Männer unten am Fluss scharf im Auge zu behalten und Fluchtversuche zu verhindern. Tejohn arbeitete an jenem Tag unten in einer der Gruben, eine Arbeit, die er hasste, weil die Luft dort oft zum Ersticken war. Er war überrascht, als ihn plötzlich eine menschliche Stimme in bedächtigem Tonfall ansprach.

»Ihr seid derjenige, der dem alten Padenwo zu seinem Recht verholfen hat.«

Tejohn war so verblüfft, dass er den Stein fallen ließ, den er gerade hochgehoben hatte. Die Frau, die ihn angesprochen hatte, lächelte leise; sie wusste um die Wirkung, die eine menschliche Stimme haben konnte.

Sie war verhutzelt und mager, wie alle, die schon seit langer Zeit als Schuldknechte arbeiteten. Ihr Gesicht war sonnengebräunt und ihr Haar von grauen Strähnen durchsetzt, aber Tejohn vermutete, dass sie einige Jahre jünger war als er selbst.

»Der bin ich vermutlich«, erwiderte Tejohn, »was immer das wert ist.«

Während sie sprachen, setzten sie ihre Arbeit unvermindert fort. »Es ist immerhin ein paar Extrarationen wert, falls Ihr das noch nicht bemerkt habt.«

»Doch, das habe ich. Seid Ihr es, der ich dafür zu danken habe? Oder könnt Ihr meinen Dank an die entsprechende Person übermitteln? Um ehrlich zu sein, ich hatte Angst, meine Dankbarkeit laut auszusprechen.«

»Heute können wir eine vorsichtige Unterredung wagen. Und Ihr könnt dem Schrank danken. Er ist den meisten der zu Schuldknechten gemachten Flüchtlingen verschlossen, aber Euch steht er jetzt offen.«

Da war dieses Wort wieder. »Welche Schätze kann ich mir denn aus diesem Schrank nehmen?«

»Es ist der armseligste Schrank im ganzen Reich. Ihr dürft nur nehmen, was immer einem Sklaven an Schätzen gestattet ist.«

Tejohn lud einige weitere Steine auf und gab sich dabei Mühe, eine Spur schneller als seine Gefährtin zu arbeiten, aber nicht zu schnell. »Dann Informationen. Ich hätte gern Informationen.«

Sie lächelte ihn abermals an, doch bis ihm klar geworden war, dass er ihr Lächeln hätte erwidern sollen, hatte sie sich bereits abgewandt. »Sehr klug, Soldat. Was wollt Ihr fragen?«

Etwas an ihrem Tonfall machte ihn vorsichtig. Bei den Leuten, die hinter diesem »Schrank« steckten – wobei es sich vermutlich um eine geheime und verbotene Organisation von Schuldknechten handelte –, war Neugier von jemandem, der erst so kurz hier war, gewiss nicht gerne gesehen. Wenn er selbst Teil einer solchen Organisation wäre, würde er mit einem Neuling wahrscheinlich genau so eine Unterredung wie diese hier arrangieren, um ihm auf den Zahn zu fühlen und herauszubekommen, ob er nicht vielleicht doch ein Maulwurf oder ein Informant war.

»Woran bauen wir hier? Und warum?«

»Habt Ihr denn nicht das …« Eines der Halteseile von einem der Körbe zuckte wie ein Wurm, und die Frau verstummte. Tejohn folgte ihrem Beispiel und belud den nächsten Korb in missmutigem Schweigen. Einige Atemzüge später sah er den Schatten eines Aufsehers über sie hinweggleiten.

Nachdem das Seil erneut gezuckt hatte, fuhr sie mit ihrer Antwort fort. »Habt Ihr denn nicht das Fort gesehen, das flussaufwärts gebaut wird?«

»Ich kann ja kaum die Gesichtszüge der Menschen ausmachen, die oben über dieser Grube stehen.«

»Ah, ich verstehe. Die Gruben, die wir hier ausheben, gehören zu einem von Shunzik Finstels großen Plänen. Andere Schuldknechte werden uns folgen und über diesen Gruben Gefängnisbauten errichten.«

»Ist es wahr, dass Tyr Finstel jemanden aus Peradain gerettet hat? Jemand Wichtiges?«

»›Gefangen genommen‹ wäre ein besserer Ausdruck dafür. Der Häftling wird hier in einer der ersten Gruben festgehalten und jede Minute des Tages bewacht. Und Ihr würdet gut daran tun, nicht zu vergessen, dass Finstel jetzt König Shunzik ist. Er hat den Tyrstitel abgelegt, dem Konzept der Häuptlinge und Despoten eine Absage erteilt und sich selbst gekrönt.«

Einen Moment lang fragte sich Tejohn, ob der Mann wohl plante, das ganze Reich zu übernehmen, oder ob er nur König seiner eigenen Ländereien sein wollte. Aber die Antwort war offensichtlich: Er wollte König von allem sein, was er in Besitz nehmen und dauerhaft halten konnte.

»Handelt es sich bei dem Gefangenen um Ellifer Italga?«

»Nein«, antwortete die Frau. »Es gibt keine Dienstknechte hier, die ihn erkannt hätten, aber wir hätten Gespräche von Wachen oder Kommandanten mitbekommen. Einen Italga hätte irgendwer erkannt und uns das mitgeteilt. Dieser Gefangene ist jemand, den hier niemand kennt.«

Jemand, den niemand kennt? Tejohn hatte keine Vorstellung, wer das sein könnte. Quallis, der Kammerdiener des Königs? Kellin Pendell, der Kommandant der Wache? Kolbi Arriya, Ellifers Schildträgerin? Oder gar Sincl, der künstlerische Leiter der Festspiele? Beim Großen Weg, es könnte jeder sein.

»Und was ist mit Euch?«

Tejohn seufzte. Er wollte sich nicht zu erkennen geben, aber es wäre unehrenhaft gewesen zu lügen. »Was ich Euch gleich sagen werde, könnte mich an den Galgen bringen.« Sie reagierte nicht. »Ich heiße Tejohn Treygar.«

»Ich kenne diesen Namen«, sagte sie. »Ich hätte nicht erwartet, Euch hier zu begegnen.«

Tejohn gab zur Antwort nur einen Brummlaut von sich. Der Korb war voll. Er winkte der verschwommenen Gestalt oben an der Grube zu und begann, den nächsten Korb daneben zu füllen. »Ich habe über zwanzig Jahre lang in Peradain gelebt, im Palast von Sang und Morgen. Wenn irgendjemand den Gefangenen in der Grube erkennen kann, bin ich das.«

KAPITEL 29

Am nächsten Tag wurde Tejohn eine neue Arbeit zugewiesen. Er hatte keine Ahnung, wer für den Wechsel verantwortlich war. Ein Diener sagte ihm, er solle sich am Eingang seiner Baracke nach links wenden statt nach rechts. Neben ihm stand ein unglücklich wirkender junger Mann mit einer krummen Nase und Kratzspuren am Hals. Er nahm nun offenbar Tejohns Platz ein.

Die Frau, mit der er in der Grube gesprochen hatte, geleitete ihn zu seinen neuen Pflichten, doch noch bevor er sie nach ihrem Namen fragen konnte, blickte sie über ihre Schulter zurück und sagte: »Ich heiße Weshka Schürer. Alles und jeder hier erhält seine alten Finshto-Namen zurück, nur nicht die Dienstknechte. Wir sind der Mühe nicht wert.«

Sie führte ihn zu einem großen Holzbau. Unter dem Rauchabzug in der Mitte der Hütte war ein steinerner Herd errichtet worden. Tejohn musste unwillkürlich hüsteln, als er eintrat. Überall waren Diener; einige legten neues Holz aufs Feuer, andere rührten mit Holzlöffeln den Inhalt von Schüsseln um, wieder andere zerlegten geschlachtete Schweine und Hühner.

Der Geruch von gebratenem Fleisch ließ Tejohn leise aufstöhnen.

Weshka sah ihn erneut an. »Nur um sicherzugehen, dass Ihr

die Regeln hier versteht: Ihr rührt niemals etwas an, es sei denn, man erteilt Euch die ausdrückliche Erlaubnis dazu, und das gilt in dreifacher Hinsicht – für die Frauen, für die Kinder, für die Speisen. Der Diebstahl von Nahrungsmitteln könnte zur Folge haben, dass jemandes Tante oder Mutter ausgepeitscht wird, und dafür würde man Euch im Schlaf erdolchen. Was die Frauen und Kinder betrifft: Rührt sie an, und Ihr werdet Euch wünschen, man *hätte* Euch im Bett umgebracht.«

»Was ist mit dem Burschen mit der krummen Nase, der meinen Platz eingenommen hat?«

Weshka nickte. »Er hat geglaubt, derart beliebt zu sein, dass wir ihm nur mit den Fingern drohen würden.«

Tejohn wurde eine Tasse Grastee hingestellt. Der Tee war kalt, aber der junge Mann, der ihn eingegossen hatte, füllte die Tasse noch vier weitere Male auf. *Kleine Schlucke, mein Tyr. So ist es am sichersten.* Tejohns unnachgiebiger, dumpfer Kopfschmerz wurde schwächer.

Man führte ihn zu einer Gruppe junger Männer und händigte ihm ein recht großes Brötchen aus, das mit gerösteten Zwiebeln und gekochtem Gemüse gefüllt war. Er aß die Hälfte. Er war noch lange nicht satt, aber er versuchte, den Rest für später in sein zerlumptes Hemd gleiten zu lassen.

»Das ist nicht notwendig«, erklärte einer der jungen Männer. Er war ein gutaussehender Bursche – kaum alt genug, um mit einem Speer zu marschieren – mit großen, ausdrucksvollen Augen. Er machte eine Kopfbewegung hin zu Tejohns Hemd. »Um die Mittagszeit bekommen wir wieder etwas.«

Aus irgendeinem Grund, den er nicht wirklich begriff, war Tejohn peinlich berührt, und er aß auch den Rest des Brötchens.

Sie verbrachten den Morgen am Flussufer und sammelten Holz. Obwohl er mindestens zwanzig Jahre älter war als die ältesten anderen Arbeiter, zog Tejohn den Karren zum Fluss.

Dann fällten sie, alle sechs, mit Bronzeäxten Bäume, und niemand außer zwei Bogenschützen bewachte sie dabei. Diese lachten und scherzten miteinander und behielten die Dienstknechte nur beiläufig im Auge. Auf dem Rückweg arbeiteten, von den Bogenschützen abgesehen, alle zusammen, um den Karren zu ziehen.

Nach einer Mittagsmahlzeit, die aus Reis und gesottenem Fett bestand, trat Weshka mit einer besonderen Aufgabe an Tejohn heran. »Seht Ihr diese Spur?« Sie wies auf eine Wagenspur, die neben der Hauptstraße entlanglief. Zwischen Wagenspur und Hauptstraße befand sich allerdings noch ein schlammiger Graben. Die Straße drüben war für Truppen und reisende Kaufleute gedacht, während die Wagenspur für die Dienerschaft bestimmt und seitlich mit hohen Gräsern bewachsen war, damit den ehrbaren Leuten auf der Straße ihr Anblick erspart blieb. »Bringt diesen Karren Holz zu dem steinernen Gebäude am Ende der Wagenspur. Betretet das Gebäude nicht ohne Erlaubnis und scherzt nicht mit den Wachen. Sie haben dort wichtige Gefangene, und sie sind empfindlich. Geht noch stärker gebückt. Ihr marschiert immer noch wie ein Soldat.«

Er nickte ihr zu und machte sich auf den Weg den Pfad entlang. Hinter sich zog er die zweirädrige Karre her. *Wichtige Gefangene.* Die Wagenspur war für seine wunden Füße nicht so angenehm, wie es das Gras gewesen war, aber sie war immerhin angenehmer als die Steine auf dem Exerzierplatz.

Da er ohnehin nicht besonders gut sehen konnte, versuchte er gar nicht erst, nach dem Turm Ausschau zu halten. Er hielt den Blick allein auf den Pfad gerichtet, wich Steinen aus und dachte nach.

Tyr Finstel – so bald würde er ihn ganz gewiss nicht König Shunzik nennen – besaß einen Flugwagen, da war Tejohn sich sicher. Er war sich außerdem sicher, dass er selbst, wenn er sich seinem früheren Tyr zu erkennen gab und darum bat, den

Wagen für einige Tage ausleihen zu dürfen, in eine Grube geworfen werden würde. Im besten Fall.

Trotzdem, er musste so schnell wie möglich nach Sturmpass gelangen. Während er hier schuftete und hungerte, wüteten dort draußen die Grunzer und sorgten dafür, dass sie immer mehr wurden.

Sein erster Schritt musste es sein, irgendwie in die Festung zu gelangen, was bedeutete, dass er sich auf den Weg flussaufwärts machen musste. Zuerst musste er sich den Wagen beschaffen, dann musste er jemanden, der im Fliegen ausgebildet war, einstellen oder ihn dazu zwingen, ihm seine Dienste zu leisten. Dann müsste es ihnen beiden gelingen zu fliehen, ohne dass ihnen wie Schweinen auf der Schlachtbank der Bauch aufgeschlitzt wurde.

Die sinnvollste Stelle, an die er sich mit der Bitte um Hilfe würde wenden können, waren die anderen Dienstknechte, aber es war noch zu früh, um so viel von ihnen zu erbitten. Außerdem: Wenn er scheiterte, würde es ohne Zweifel sie alle das Leben kosten.

Nein, es war besser, wenn er die Sache ganz auf eigene Faust erledigte: irgendwie fliehen und dann den üblichen Methoden der Wachen entgehen, flüchtige Dienstknechte wieder einzufangen …

Feuer und Zorn, er wusste nicht einmal, wie er den Wachen aus dem Weg gehen sollte. Noch nicht. Beim allwissenden Sang, das Gelingen seines Plans war so himmelschreiend unwahrscheinlich, dass es lächerlich war, darauf zu hoffen, und dennoch würde er noch mindestens einen Monat benötigen, bis er so weit war, ihn anzugehen. Er brauchte etwas anderes. Er musste irgendeinen Ausweg finden, oder er würde die Aufgabe, die Lar ihm gestellt hatte, niemals bewerkstelligen können, und dann würde es niemanden mehr geben, um sie alle zu retten. Aber was könnte dieser Ausweg sein?

Der Wagenweg verlief ziemlich gerade, aber nun stellte Tejohn verblüfft fest, dass er sich vor ihm unvermittelt zu einer kleinen Wiese verbreiterte. Ganz plötzlich hatte er den Turm erreicht, und genauso unvermittelt sah er Shunzik Finstel vor sich stehen.

Er sah nicht viel anders aus als damals an Lars Geburtstag, nur dass er einen schwarzen Waffenrock trug, auf dem das finstelsche Wasserfallemblem prangte. Er hatte die gleiche kampflustige Nase wie sein Vater und auch dessen rundes Kinn, aber keine seiner Narben.

Neben ihm vier Leibwächter – alle mit absurd langen Speeren in der Hand –, und da, hinter ihm, standen noch einmal acht…

Neben den Wagen. Auf steinernen Podesten neben dem Turm waren zwei Flugwagen abgestellt. Darin befanden sich zwei Fahrer, aber natürlich waren sie zu weit entfernt, als dass Tejohn ihre Gesichter hätte erkennen können…

»Du da!« Einer der Wachposten kam auf ihn zugeschritten. Tejohn ließ sein Gesicht schlaff und ausdruckslos werden, als er den Mann ansah – ein junger Kerl, kaum älter als Shunzik selbst, mit einem Stiernacken und einer Narbe auf der Wange –, dann blickte er rasch zu Boden. »Wenn du eine Arbeit zu erledigen hast, sorg dafür, dass du schnell damit fertig wirst, und geh weiter. Ihre Tyrschaften wollen nicht von Leuten wie dir angeglotzt werden.«

»Bleib auf deiner Position, Soldat«, ertönte eine sehr vertraute Stimme. »Dein Tyr verlangt deine Aufmerksamkeit.«

Tejohn konnte nicht anders. Er warf einen Blick auf den Mann, der soeben gesprochen hatte. Es war Tyr Belder Gerrit. Sein geflochtener Bart war grau geworden, und sein Haar war ihm fast vollständig ausgefallen, aber seine Augen blitzten immer noch gewitzt. Er und Tejohn hatten miteinander gespeist, gespielt und Übungskämpfe ausgetragen. Belder hatte

Tejohn persönlich einen Lorbeerkranz auf den Kopf gesetzt und ihm den Becher mit seinem besten Wein gefüllt. Tyr Gerrit hatte ihn Freund und Bruder genannt.

Sein Blick begegnete demjenigen Tejohns für die Dauer eines langen Atemzugs. *Ich bin ertappt worden.*

Aber – nein. Auf Tyr Gerrits Gesicht machte sich kein Funke des Wiedererkennens bemerkbar.

Tejohn war unsichtbar. In seiner Knechtsmontur befand er sich so weit unterhalb der Wahrnehmungsschwelle all der Menschen, die er einst gekannt hatte, dass sie ihn nicht einmal sahen.

Die Tyre und ihre Soldaten schritten zu ihren Wagen zurück. Tyr Finstel beharrte mit der Ungeduld eines jungen Mannes auf irgendetwas. Tyr Gerrit versicherte ihm, dass sie Zeit genug hätten, um ihre Pläne vollständig umzusetzen.

Als Tejohn den Wagen vor das Turmtor zog, schrie der Wachposten davor ihn an: »Ich hoffe, du hast uns diesmal auch wirklich genug gebracht. Die letzte Nacht war kühl!«

»Ich bringe, was mir zu bringen mitgegeben wurde, Herr«, sagte Tejohn und errötete während des Sprechens vor Scham.

Der Wachposten versetzte ihm einen kräftigen Schlag gegen den Kopf, aber Tejohn hatte den Hieb kommen sehen und federte ihn ab, indem er sich mit ihm bewegte. Er war klug genug, sich nicht anmerken zu lassen, dass der Schlag ihn nicht weiter verletzt hatte; er ließ sich der Länge nach auf den Boden fallen und wälzte sich im getrockneten, festgestampften Dreck. Der Wachmann stellte sich über ihn, die Mundwinkel befriedigt hochgezogen. »Wer bist du? Wo ist der übliche Mann?«

Eine wohlvertraute Anspannung durchfuhr Tejohns Glieder. Nicht einmal die langen Tage der Knechtschaft hatten seinen Drang zu töten zu ersticken vermocht. »Ondel Ulstrik, Herr. Ich weiß nichts von einem üblichen Mann. Sie haben mir überhaupt nichts gesagt.«

»Pah. Steh auf!« Der Wachmann schlug zweimal auf die Tür und drehte Tejohn den Rücken zu, als er sie öffnete.

Es war kein großer Turm. Er war weder so hoch noch so breit wie der Gelehrtenturm im Palast oder auch nur die Türme der Kommandanten in den Festungen. Er war aus Steinen jeder Form und in jeder Grauschattierung erbaut, und alles wurde von Mörtel zusammengehalten. Tejohn vertraute Mörtel nicht sonderlich; er zerbröselte zu leicht, und was blieb dann noch übrig? Ein Haufen Steine, um dein Grab zu kennzeichnen.

Die untere Etage des Turms wurde nur von einem Feuer in der offenen Herdstelle sowie dem Tageslicht erhellt, das aus dem Zwischengeschoss darüber herabfiel. Tejohn zog seinen Karren weiter in den Hauptsaal. Der Boden bestand hier aus den gleichen Steinplatten wie zuvor, aber der getrocknete Schlamm und die losen Steinchen, wie sie den Weg der Diener bedeckten, waren weggefegt worden. Hier drinnen befanden sich zwei Wachen, die beide gelangweilt an den gegenüberliegenden Enden des Raumes Position bezogen hatten. Genau in der Mitte war ein Holzgitter in den Boden eingelassen.

Tejohn begann das Holz in den leeren hölzernen Aufbau neben der Herdstelle zu stapeln. Unter welcher Entschuldigung konnte er sich dem Gitter weit genug nähern, um einen Blick auf den Menschen dort unten werfen zu können? Seine einzige Idee war, ein Stück Feuerholz so fallen zu lassen, dass es in die Mitte des Raums rollte, aber das war zu offensichtlich.

»Bring ein Drittel von dem Holz nach oben«, befahl einer der Wachposten.

Die Treppe zum ersten Stock führte ihn nicht in die Nähe des Gitters. Zwei weitere Wachen schritten oben das steinerne Zwischengeschoss ab und wurden langsamer, wann immer sie an ihrem kleinen Feuer vorbeikamen. Das Spitzdach über ihnen wurde von vier steinernen Säulen getragen. Tejohn fragte sich beiläufig, wie viel Wucht wohl notwendig wäre, um diese Säulen genauso zu zerbrechen, wie die Ruhgrit ihren Flugwagen zerstört hatten.

Vom Innengeländer des Zwischengeschosses aus warf er einen Blick ins Erdgeschoss hinab, konnte hinter dem Holzgitter im Boden jedoch nur Dunkelheit wahrnehmen.

Hilflose Frustration brannte in ihm. Ellifer Italga könnte womöglich *direkt dort unten* sein, aber es gab nichts, was Tejohn deswegen zu unternehmen vermochte. Es war Zeit für einen taktischen Rückzug.

Als er unten in dem beengten Raum den Wagen wendete, rief eine der Wachen: »He! Komm mal her.«

Der andere Wachposten sagte: »Kyun, nicht schon wieder.«

Kyun schenkte ihm keine Beachtung. »Zieh den Scheißeimer dieses Mannes hoch und kipp ihn in das Loch draußen.«

»Kyun, das ist deine Aufgabe.«

»Der Wachhauptmann hat sie mir übertragen, und ich übertrage sie nun diesem dummen Steineklopfer hier. Es ist schließlich eine Arbeit für Steineklopfer, nicht wahr?«

»Kyun…«

»Ja, Herr«, sagte Tejohn mit der gleichen trägen Stimme, deren er sich unter den Flüchtlingen auf der Straße bedient hatte. Er trottete in die Mitte des Raumes und hockte sich über das Gitter. Es war nicht fest eingerastet. Er hob es an und legte es zur Seite.

Feuer und Zorn, das Verlies dort unten war tief und dunkel. Tejohn konnte sehen, wie sich jemand dort unten bewegte, aber unmöglich hätte er erkennen können, wer es war. Hier war er also, genau dort, wo er gemeint hatte, hingelangen zu müssen, und er hatte trotzdem versagt.

Ein Seil war an einen Haken gebunden, der direkt unterhalb des Grubenrandes angebracht war. Tejohn zog es hoch, und kurz darauf tauchte ein stinkender Eimer mit Exkrementen in Griffweite auf. Er band ihn los und spähte weiter in die Dunkelheit hinab, sah sich aber außerstande, das Gesicht dort unten zu erkennen.

Eine Stimme aus der Dunkelheit: »Mein Tyr Treygar?«

Tejohn erkannte sie auf der Stelle. Es war Doktor Zweifloss.

»He!«, rief jene der Wachen, die nicht Kyun hieß. »Reden ist verboten! Feuer und Zorn, genau das ist es, wovon ich gesprochen habe, Kyun!«

Tejohn wich zurück, den Eimer von sich gestreckt.

»Du da!«, schrie Nicht-Kyun. »Was hat er gesagt? Hat er dir eine Botschaft übermittelt?«

»Nein, Herr!« Tejohn versuchte, sich möglichst klein zu machen und ängstlich zu wirken. »Ich habe nicht einmal verstanden, was er gesagt hat.«

»Tyr Treygar!«, rief Zweifloss vom Grund der Grube hinauf. »Tyr Treygar, lasst mich frei! Ich bin den Italgas immer treu ergeben gewesen, das schwöre ich! *Tyr Treygar!*«

Nicht-Kyun starrte Tejohn an, und Tejohn starrte mit leerem Blick zurück. Der andere Wachposten befand sich direkt hinter ihm, und Tejohn ließ sich seine Angst vor einem Messer im Rücken auf den Zügen ablesen. Nach ein oder zwei Atemzügen seufzte Nicht-Kyun verärgert und sagte: »Stell das ab und verschwinde. Und es sollte besser kein Gerede über das hier geben, sonst kostet es dich den Kopf. Feuer soll dich holen, Kyun, wie wäre es, wenn du jetzt endlich deine Aufgabe erledigst?«

Draußen vor dem Turm sah Tejohn, dass die Flugwagen nun weg waren, ebenso wie die Tyre Gerrit und Finstel. Ihm schwirrte der Kopf, aber zwei Dinge wusste er: Er brauchte keinen Fahrer mehr zu finden, und er musste Doktor Zweifloss in dieser Nacht aus seiner Zelle holen.

KAPITEL 30

Im Vergleich zum Steineschleppen waren das Holzfällen und -befördern leichte Arbeiten, aber Tejohn brach am Ende des Tages trotzdem auf seiner kleinen Koje zusammen. Selbst mit seinen jetzigen Zusatzrationen hatte er immer noch nicht genug zu essen, und er brauchte Zeit, um sich von den strapaziösen Tagen auf dem Exerzierplatz zu erholen.

Doch all das tat jetzt nichts zur Sache. Doktor Zweifloss wurde in dieser Grube gefangen gehalten, und er hatte Tejohns Namen gerufen. Die Wachen mochten geglaubt haben, der Gefangene befände sich im Fieberwahn, aber sobald sie es irgendjemandem gegenüber erwähnten – vor allem Tyr Finstel oder Tyr Gerrit gegenüber –, wäre Tejohn aufgeflogen, bevor der Tag vorüber war. Die sanfteste Behandlung, auf die er dann hoffen konnte, war, dass man seinen Kopf auf einen der Speere draußen vor der Stadt spießte. *Es gibt hier nirgendwo eine Rückzugsmöglichkeit.*

Es musste heute Nacht oder nie geschehen, daher setzte sich Tejohn auf den Rand des Brettes, das den Namen Pritsche nicht verdiente, atmete langsam durch und zählte seine Atemzüge. Sein Magen knurrte, und seine Kopfschmerzen waren zurückgekehrt. Er fühlte sich sogar etwas benommen und wirr im Kopf – er wusste nicht, ob er überhaupt die Kraft hatte, das zu tun, was er heute Nacht tun musste, aber er würde es versuchen.

Nachdem er tausend Atemzüge gezählt hatte, ließ er sich lautlos von der Pritsche gleiten und tastete sich durch die Dunkelheit.

»Wohin geht Ihr?«, flüsterte jemand.

»Zum Graben«, antwortete Tejohn. Für die Dienstknechte gab es einen Graben hinter der Baracke, um sich dort zu erleichtern.

»Nein, geht Ihr nicht.«

»Jetzt stell dich nicht so an«, blaffte Tejohn, ebenso wütend auf sich selbst, weil er bemerkt worden war, wie auf diesen Mann, den er nicht einmal sehen konnte. »Schlaf weiter.«

Tejohn trat durch die Tür und begab sich auf die Rückseite des Gebäudes. Er musste tatsächlich seine Blase entleeren, aber als er fertig war, steuerte er auf die Straße zu, nicht zur Baracke zurück. Er ließ die Schultern hängen und ging schlurfend, mit gesenktem Kopf. Niemand rief ihn an. Niemand scherte sich um ihn.

Die Küche war leer und so finster, dass das Rauchabzugsloch nicht mehr als ein kaum erkennbarer dunkelgrauer Kreis vor dem Hintergrund des schwarzen Daches war. Er ließ die Tür offen, damit der im letzten Viertel stehende Mond sein schwaches Licht hereinwerfen konnte. Es brauchte Zeit, bis seine Augen sich an die Dunkelheit gewöhnt hatten, aber er ertastete sich langsam einen Weg durch den Raum. Es kostete ihn etliche Atemzüge, um die Arbeitsplatte zu finden, auf der das Fleisch zerkleinert wurde, sowie das lange, schlanke Bronzemesser, das er darüber hatte hängen sehen. Aber da war es.

Ganz gleich, wie beruhigend es sich anfühlte, wieder eine Waffe in der Hand zu haben, gegen gepanzerte Männer mit Schilden und Speeren mit Eisenspitzen würde sie kaum etwas ausrichten können. Er stand in der Dunkelheit und versuchte, sich an all das Werkzeug zu erinnern, das er an diesem Tag gesehen hatte. War eine Servierplatte darunter gewesen, die er als behelfsmäßigen Schild einsetzen könnte?

Die Tür schwang auf, und zwei Gestalten kamen hereingestürmt. Eine von ihnen hielt eine Laterne hoch erhoben. Lediglich durch ein kleines Fenster vorn an der Laterne fiel Licht in den Raum. Doch selbst ein so schwaches Licht war in dieser Dunkelheit genug. Tejohn war ertappt worden.

Aber es waren keine Wachen. Er senkte das Messer wieder und stellte sich aufrecht hin, ließ das Licht direkt in sein Gesicht strahlen. Er wusste, wer gekommen war, um ihm gegenüberzutreten, noch bevor er ihre Stimme erkannte.

Weshka fragte: »Was tut Ihr da?«

»Es muss heute Nacht sein«, antwortete er. »Ich weiß, wen sie in dieser Grube gefangen halten, und ich muss ihn befreien, bevor der Morgen graut.«

»Wer ist es? Und warum müsst Ihr das?«

Tejohn blickte zu Weshkas Begleiter. Er war nur eine umrisshafte Silhouette, aber nach dem zu urteilen, was Tejohn erkennen konnte, war er hochgewachsen und entsetzlich mager. Sein kahler Schädel war von einem Kranz langer Haare umgeben. Tejohn erkannte ihn nicht, aber er nahm an, dass es sich bei ihm um die Stimme aus der Dunkelheit handelte.

Der Schatz eines Dienstknechts wurde umso wertloser, mit je mehr Menschen er ihn zu teilen hatte, aber es war Weshka, die gefragt hatte, und ihr würde er keine Informationen vorenthalten. »Er heißt Oskol Zweifloss.«

»Mein Urgroßvater stammte aus den zweiflossschen Ländereien«, bemerkte Weshka. »Dann ist er also der Lieblingscousin zweiten Grades irgendeines unbedeutenden Tyrs? Und das macht ihn wichtig?«

Tejohn schüttelte den Kopf. »Daheim in Peradain ist er der Gelehrte gewesen, der den König in Magie unterwiesen hat.«

»Feuer geleite uns, wir haben mal wieder einen Gelehrtenkönig?« Weshkas Stimme klang bitter.

»Lar Italga ist kein … Es ist jetzt nicht die richtige Zeit dafür. Doktor Zweifloss ist einer der fähigsten Gelehrten im Reich. Wenn Tyr Finstel ihn auf seine Seite zieht … Zweifloss kann Steinquader und Übersetzungssteine schaffen. Da die meisten peradainischen Gelehrten zu Tode gekommen sind, könnte Finstel einen neuen Gelehrtenturm in Ussmajil aufbauen und sich zum König ausrufen.«

»Der eine König oder der andere, das macht für uns keinen Unterschied«, erwiderte Weshkas Begleiter.

Weshka seufzte und schloss die Tür hinter sich. »Aber ein Krieg in den Wasserlanden *macht* einen Unterschied. Die Tyrschaften im Osten sind bereits an die Grunzer gefallen; könnten die übrigen sich da wirklich gegeneinander erheben?«

»Das tun sie bereits«, eröffnete ihr Tejohn. »Wittsche Speerträger haben für eine kurze Zeit Fort Caarilit eingenommen und sind dann durch die Weiten Lande gestreift, um sich die Gelehrten aus den Bergwerken unter den Nagel zu reißen. Die finstelschen Soldaten haben sich Caarilit erst wieder zurückgeholt, nachdem die wittschen Speerträger zu ihrer Festung abmarschiert sind, wahrscheinlich, um es mit den Grunzern aufzunehmen.«

»Aber warum muss es heute Nacht sein?«, fragte Weshka.

»Doktor Zweifloss hat mich mit Namen angerufen. Den Wachen hat der Name nichts gesagt, aber wenn Tyr Finstel oder Tyr Gerrit hört, dass …«

»Dann wird man Euch foltern und hinrichten«, stellte Weshka fest.

»Ich sehe immer noch nicht, inwiefern das uns betrifft«, meldete sich ihr Begleiter zu Wort. Tejohn wäre am liebsten durch den Raum gestürzt, um ihm die Kehle zuzudrücken. »Unsere Lage ist auch so schon schwierig genug.«

»Lar Italga hat mich mit einem Auftrag betraut«, sagte Tejohn. »Ich brauche Doktor Zweifloss.«

»Beschreibt diesen Auftrag.«

»Das kann ich nicht«, erwiderte Tejohn. »Ich habe einen Eid geleistet.«

Der Gefährte zischte. »Jeder Eid, den Ihr jemals abgelegt habt, hat alle Geltung verloren, als Ihr ein Schuldknecht geworden seid – und dann erneut, als Ihr in unseren Schrank eingetreten seid.«

»Tejohn«, sagte Weshka und brachte den Mann mit einer Handbewegung zum Schweigen. »Euer Auftrag hat das Ziel, das Reich der Italgas zusammenzuhalten, nicht wahr?«

»Seine Erfüllung wird die Grunzer besiegen«, antwortete Tejohn – was etwas übertrieben war, aber er konnte seine Worte nicht wieder zurücknehmen. »Ich weiß nicht, was das Reich an diesem Punkt noch zusammenhalten könnte. Ich bezweifle, dass es irgendetwas gibt, was dazu imstande wäre.«

»Kann dieser Doktor Zweifloss Heilmagie wirken? Kann er heimlich einen Schlafstein für uns schaffen?«

Tejohn begriff sofort, wie viel Weisheit und Vernunft in ihrem Vorschlag steckten. »Nein«, antwortete er. »Das glaube ich nicht, tut mir leid. Heilgelehrte tragen ein spezielles Abzeichen auf ihren Gewändern, er aber trägt es nicht.«

Weshka nickte finster, als sei sie Enttäuschungen gewohnt. »Ich werde Euch helfen, aber im Gegenzug werde ich eines Tages zu Euch kommen und Euch um einen Gefallen bitten, und Ihr werdet ihn mir gewähren.«

Warum auch nicht? »Einverstanden.«

Sie stellte die Laterne auf einen der Arbeitstische. »Da wir Diener sind, haben wir auch all die Geschichten über Euch gehört. Könnt Ihr alle fünf Wachposten ausschalten? Wir haben weder Rüstung noch Bögen, die wir Euch geben könnten, noch können wir Euch Eure Jugend zurückgeben.«

Vor wenigen Monaten hätte Tejohn diese Bemerkung noch getroffen. »Ich bin mit dem Bogen ein hoffnungsloser Fall, aber wenn ich nahe genug an sie herankommen und sie mir einen nach dem anderen vornehmen kann, kann ich sie erledigen.« Oder sie könnten ihn erledigen.

»Ihr dürft kein Messer aus dieser Küche nehmen«, fuhr Weshka fort. »Die Aufseher behalten unser Werkzeug genau im Auge, und wenn Ihr mit einem dieser Messer einen Wachposten tötet, kostet es unweigerlich jeden Mann, jede Frau und jedes Kind, die in diesem Raum arbeiten, das Leben.«

Ein recht geringer Preis, war sein erster Gedanke, aber er verwarf ihn sofort wieder. Er hatte in der Schlacht mehr Männer und Frauen getötet, als er zählen konnte, und er hatte noch vielen mehr befohlen, Stellungen zu beziehen, von denen er wusste, dass sie sie höchstwahrscheinlich das Leben kosten würden. Eine ganze Abfolge von Gesichtern tauchte blitzartig vor seinem geistigen Auge auf – Menschen, an die er seit Jahren nicht mehr gedacht hatte –, und alle waren sie nun tot, weil er ihnen befohlen hatte, eine spezielle Position zu halten oder einen Ablenkungsangriff zu unternehmen.

Aber das waren Soldaten gewesen. Nachdem er nun unter den Dienstknechten gelebt hatte, konnte er das Leben dieser Menschen nicht einfach so wegwerfen. Nicht auf diese Weise. Er legte das lange Bronzemesser auf den Tisch neben sich.

»Ich glaube, ich kann Euch nahe genug heranbringen. Kommt mit.« Weshka führte ihn zur Hintertür, dann zog sie einen zusammengefalteten schwarzen Umhang aus einem Regal. Die Kapuze war groß genug, um das Gesicht ihres Trägers zu verbergen, und an ihrer Spitze befand sich ein großer weißer Kreis.

»Manchmal, wenn ein Diener – häufiger aber ist es eine Dienerin – verzweifelt Geld oder Nahrung braucht, stattet er oder sie einem der Wachposten mit dieser Kapuze einen Besuch ab«, begann sie zu erläutern. »Bisweilen verdient sie auf diese Weise genug, um die Medizingelehrten zu bestechen, sie einen Schlafstein benutzen zu lassen oder ihr zusätzliche Nahrung für ihr Kind zu geben. Wenn Ihr Euch unter dieser Kapuze dem Turm nähert, werden sie Euch nicht auffordern, stehen zu bleiben und Euch erkennen zu geben. Für den Fall, dass Ihr überlebt, wäre es allerdings das Beste, wenn man den Umhang danach nicht irgendwo in der Nähe des Turms finden würde.«

Tejohn nahm ihr den Umhang ab und warf ihn sich über die Schultern. Die Kapuze war groß genug, um sein Gesicht zu verdunkeln, aber er musste sich ducken, damit der Saum auch seine großen Füße bedeckte.

»Ihr müsst den Umhang hier zumachen, um Euren Bart zu verbergen«, erklärte Weshka. »Männer werden manchmal abgewiesen. Frauen fast nie. Braucht Ihr auch etwas zu essen?«

»Das ist doch lächerlich«, sagte der Begleiter.

»Etwas zu essen wäre wirklich eine Hilfe.«

Sie reichte ihm einen Brocken kaltes Lammfleisch, der so groß war wie seine Faust. Nur ein paar Bissen genügten, damit seine Hände zu zittern aufhörten und er einen klaren Kopf bekam. Das restliche Fleisch wickelte er in ein Stück altes Leinen und steckte es sich ins Hemd, falls Doktor Zweifloss es nötig haben würde.

»Denkt an Euer Versprechen«, waren Weshkas Abschiedsworte, als er aus der Küche schlüpfte und der Wagenspur folgte.

Der Weg zur Wiese, der ihm so weit vorgekommen war, als er den Karren mit Feuerholz hinter sich hergezogen hatte, schien ihm jetzt wie im Flug zu vergehen. Er war so überrascht, plötzlich den Rand der Wiese zu erreichen, dass er für einen Moment stehen blieb und zu den verschwommen vor ihm aufragenden Umrissen des Turms hinaufstarrte. Feuer und Zorn, war der vom Fluss herüberwehende Wind kalt.

Tejohn zwang sich weiterzugehen. Er konnte nicht erkennen,

mit wie vielen Wachen vor ihm er es zu tun hatte. Was, wenn sie nach Einbruch der Dunkelheit die Zahl der Wachen verdreifachten?

Aber nein, als er näher kam, sah er, dass dem nicht so war. Es stand immer noch der eine Wachmann draußen vor dem Eingang, während zwei weitere im offenen ersten Stock patrouillierten. Alle hielten sie jene lächerlich langen Speere in Händen, die hier in Mode zu sein schienen. Gejohle ertönte von oben, als Tejohn nun, so weit zusammengekauert wie möglich, zum Wachmann am Tor hinüberschlurfte. Aber in seinem Inneren kochte die Verzweiflung und wandelte sich wieder in jenes altbekannte Gefühl. *Ich werde dich töten.*

»Du kommst uns heute Nacht aber spät besuchen«, bemerkte der Wachposten am Tor. »Ihr zwei da oben! Schiebt ab und dreht eure Runden. Ihr kommt schon auch noch an die Reihe, wenn ihr die Münzen dafür habt.«

Im Näherkommen verlangsamte Tejohn seine Geschwindigkeit, in der Erwartung, an ein abgeschiedenes Örtchen geführt zu werden. Stattdessen winkte ihn der Mann nahe zu sich und seiner Postenstellung heran. Er hatte gar nicht die Absicht, seinen Posten zu verlassen.

»Neu, wie?« Der Mann hob die Hand, um die schwarze Kapuze zurückzuwerfen. »Dann schauen wir mal, wer …«

Tejohn schlug ihm mit der Faust gegen die Kehle. Der Mann hatte keine Gelegenheit mehr, einen Laut von sich zu geben. Seine Hände fuhren instinktiv zu seinem Hals hinauf, und Tejohn riss ihm das Schwert aus der Scheide und rammte es ihm tief in die Achselhöhle.

Das Geräusch eines gezogenen Schwerts und eines fallenden Körpers in voller Rüstung ließ sich unmöglich kaschieren. Tejohn packte den Speer, noch bevor er auf dem Boden aufschlug, und hielt ihn in die Höhe gereckt, seine Spitze in der Nähe vom Sims des ersten Stockwerks, aber nicht darüber.

Wie erwartet, beugte sich eine der Wachen über die Mauer. Der Mann befand sich mehrere Schritte rechts von Tejohns Speerspitze.

»He, was treibt ihr Idioten …«

Tejohn machte einen Sprung zur Seite und hielt den Speer unbeholfen ganz weit unten. Am unteren Ende des Schafts befand sich eine Art Metallkugel. Ein Gegengewicht? Der Wachmann über ihm schien für einige Atemzüge zu erstarren, während er zu begreifen suchte, was er da vor Augen hatte. Tejohn stieß den Speer nach oben und traf ihn unterm Kinn.

Mit einem Gurgellaut fiel der Mann rückwärts in den Turm. Jemand schrie: »Alarm!«

Tejohn riss das Kurzschwert aus der Brust des Wachpostens und rammte es mit aller Kraft durch den Riegel in den Torpfosten hinein. Es würde die Soldaten im Inneren nicht lange aufhalten, aber er hoffte, dass es doch lange genug sein würde.

Der Wachposten über ihm beugte sich mit Schild und Speer über das Sims. Tejohn stieß seinen Speer nach oben, aber der Mann konnte ihn mühelos abwehren.

Jemand im Turm zerrte an der Tür. Für einen Moment glaubte Tejohn, das Schwert würde aus dem Holz gerissen, aber das geschah nicht. Es zitterte und wackelte stärker, als ihm lieb war, aber die Tür hielt.

In dem kurzen Moment, da er den Blick abwandte, griff der Wachposten über ihm an. Einzig die Tatsache, dass Tejohn dazu ausgebildet worden war, ständig in Bewegung zu bleiben, verhinderte, dass sich der Speer durch sein Schlüsselbein bohrte. Die Waffe glitt zwischen seiner Brust und seinem linken Arm hindurch und die stumpfe Seite der Klinge traf ihn seitlich am Oberschenkel.

»Au«, rief er, »mein Bein!«, und begann in sich zusammenzusacken. Der Wachposten ließ ein triumphierendes Hohnlachen hören und beugte sich weit über das Sims, um ein zweites Mal zuzustechen.

Tejohn sprang hoch und zur Seite und durchstach den Hals des Wachmanns in voller Länge. Der Mann gab nicht den geringsten Laut von sich, als er nach vorn kippte. Speer und Schild glitten ihm aus den kraftlosen Händen. Das mit der Kugel beschwerte Ende von Tejohns Speer verkeilte sich im Boden; der fallende Körper bog den Schaft um, bis er zersplitterte.

Tejohn hob Speer und Schild des toten Wachpostens auf, dann griff er nach seinem Schwert. Peradainische Soldaten zogen eigentlich ihre Speere vor, aber ein Kampf im Inneren des Gebäudes war Schwertarbeit, genau wie damals im Bergarbeiterlager. Er bezog Stellung neben der Tür, dann rammte er das Schwert in den Dreck. Er hielt den Speer nahe hinter der Klinge und duckte sich. Er wiegte sich leicht hin und her, während er das andere Schwert, das im Riegel, fest im Auge behielt. Es schwankte auf und ab, als nun die Männer drinnen versuchten, die Tür zu öffnen.

Er blutete. Er legte die Schildhand an seine Brust. Als er sie wieder wegnahm, war sie feucht. Es war nur eine oberflächliche Fleischwunde, die Art, die man mit einigen Stichen und einem Umschlag heilen konnte. Doch es war für ihn immer wieder verblüffend zu merken, dass er verletzt worden war, ohne es überhaupt zu spüren.

Gerade als der Holzrahmen der Tür um das Schwert herum zu zersplittern begann, warf sich Tejohn mit der Schulter dagegen. Die Tür sprang nach innen auf. Die Schwertspitze, die immer noch aus dem Riegel ragte, traf den Schild des Mannes, der an der Tür gezogen hatte. Er hob den Schild, wie um einen Angriff abzuwehren, und Tejohn stach tief, rammte ihm die Speerspitze in die Innenseite seines Oberschenkels.

Blut spritzte in den vom Feuer erhellten Raum. Der Mann

schrie auf und fiel mit dem Rücken auf den Steinboden. Tejohn wirbelte bereits herum und brachte seinen Schild in Stellung, als der zweite Mann nach ihm stach. Tejohn wehrte den Angriff ab, aber sein eigener Speer wurde ihm aus den Händen gedreht.

Er stolperte rückwärts durch die Tür, und der Wachmann stach nach ihm, während er zurückwich. Er prallte mit dem Hinterkopf gegen den Türpfosten, dann schlüpfte er hindurch und schlug die Speerspitze des Angreifers mit der Kante seines entwendeten Schildes beiseite.

Ihm tanzten Sterne vor den Augen, sodass er nicht mehr viel sehen konnte, und ihm schwanden die Kräfte. Mit letzter Energie riss Tejohn sein Schwert aus dem Dreck und sprang zur Seite. Er wusste nicht, zu welchen Anstrengungen er noch fähig war, aber es sollte genügen, um einen weiteren Mann zu besiegen. Er konnte das Schlachtenfieber noch immer in sich spüren, so unwiderstehlich wie eine herabsinkende Klinge.

Der Wachmann, den er am Bein getroffen hatte, lag stöhnend an der Wand und versuchte, den Blutfluss zu stillen. Der andere Mann kauerte geduckt in der Eingangshalle, seine Speerspitze nach vorn gerichtet. Das hier war keiner der schwerfälligen langen Speere, die die anderen draußen in Händen gehalten hatten. Es handelte sich hierbei um den kürzeren Speertyp, mit dem Tejohn in seiner Jugend gekämpft hatte, und er unterdrückte einen absurden Drang, den Mann zu bitten, ihn diesen Speer ein letztes Mal halten zu lassen.

Tejohn stürmte durch die Tür, ließ die Kante seines Schilds gegen den Speer des Mannes krachen und schlug ihn zur Seite. Im Weiterlaufen stolperte er über den Speer auf dem Boden, schaffte es aber, nicht hinzufallen. Der Wachposten warf seinen Speer beiseite und griff nach seinem Schwert, während er Tejohn im gleichen Moment mit seinem Schild zur Seite stieß.

Endlich jemand, der wusste, wie man mit einem Schild richtig umging. Der Metallbeschlag schlug schmerzhaft gegen Tejohns Unterarm, aber er verlor sein Kurzschwert nicht aus der Hand. Dann waren beide Klingen blankgezogen, und die beiden Männer trafen aufeinander. Die Flammen aus der Feuerstelle legten einen roten Schein über ihre Gesichter, und sie konnten einander nun deutlich sehen. Etwas in Tejohns Miene musste dem Wachposten neues Selbstbewusstsein gegeben haben, denn plötzlich grinste er.

Tejohn keilte seinen Schild gegen den des anderen Mannes und stemmte ihn von seinem eigenen Körper weg. Der Wachposten versuchte mit einem von unten geführten Hieb Tejohns ungeschützten Schädel zu treffen, der aber fühlte den Angriff kommen, duckte sich tief und wich nach rechts aus. Der Wachposten spürte Tejohns Stellungsänderung und wirbelte rechtzeitig aus der Bahn von Tejohns Schwerthieb.

Feuer und Zorn, Tejohn wurde zusehends schwächer, verlor seine Schnelligkeit und seine Kraft. Dennoch – der Arm des Wachmanns war hoch über dessen Schild erhoben, und dort befand sich eine weitere Schlagader …

Weißglühender Schmerz durchbohrte Tejohn weit unten am Rücken, direkt über der rechten Hüfte. Keuchend blickte er hinab; eine Speerspitze ragte aus seinem Unterleib, und überall auf seinem Kittel waren dunkle Blutflecken.

Ich bin tot. Er brauchte sich nicht einmal umzudrehen, um zu sehen, wer ihm das eingebrockt hatte. Der Wachposten, den er am Bein getroffen hatte, musste damit aufgehört haben zu versuchen, sein eigenes Leben zu retten, und er hatte stattdessen nach seinem fallen gelassenen Speer gegriffen.

Tejohn hatte den König im Stich gelassen, er würde seine Söhne nie wiedersehen, würde nie wieder die Stimme seiner Frau hören.

Laoni, es tut mir leid. Erzähl ihnen von mir.

All diese Gedanken wirbelten wild in ihm umher, während

die Kraft wie Wasser aus seinen Beinen abfloss. Er brach auf dem Boden zusammen und verfluchte sich dafür, dass er so schlecht aufgepasst hatte. Wer würde jetzt nach Sturmpass reisen, um den Zauber zu finden, mit dem sie die Grunzer würden besiegen können? Lar hätte Tejohn diesen Auftrag niemals anvertrauen dürfen; das war eine Aufgabe für einen Helden der Vergangenheit, nicht für einen gewöhnlichen Menschen.

Der Wachposten lachte höhnisch und hob sein Schwert. Er würde Tejohns Schädel zerschmettern, und Tejohn konnte nicht einmal seinen Schild heben. Er war darauf gefallen, und der Speer in seiner Seite wirkte wie eine Klammer; er konnte sich nicht herunterrollen.

Dankbar bin ich, dass ich den Weg beschreiten darf. Aber er konnte sich nicht einfach töten lassen. Als der Wachposten seinen Hieb nach unten führte, schlug Tejohn mit all seiner verbliebenen Kraft nach ihm. Eine Parade für Selbstmörder, aber es gelang ihm doch, den Wachposten am Handgelenk zu treffen.

Die Hand des Mannes flog in einem Blutregen davon, und seine fallende Klinge bohrte sich mit Wucht in Tejohns Wange und Ohr. Der Wachposten fiel rückwärts gegen die Wand und brüllte. Es war das Geräusch eines jungen Mannes, der weiß, dass er sterben wird; Tejohn kannte dieses Geräusch besser als das Lachen seiner eigenen Kinder.

Tejohn zwang sich, sich auf den Bauch zu rollen und seinen Körper aus der Spitze des Speers herauszuziehen. Der Mann hinter ihm hätte erneut zustechen können, aber er tat es nicht. Ein schneller Blick zeigte, dass er reglos auf dem Boden lag; wenn er noch nicht tot war, so würde er es doch in wenigen Momenten sein.

Der Wachposten sah auf den Stumpf an seinem Handgelenk herab und wurde sehr, sehr bleich. Er fiel um wie ein gefällter Baum und schlug mit seinem behelmten Schädel seitlich gegen die Kaminplatte.

Tejohn blieb mit dem Geräusch seines eigenen keuchenden Atems allein zurück. »Wer ist da?«, rief Doktor Zweifloss. »Was geschieht dort oben?«

Tejohns Schmerz drohte ihn zu übermannen, und sein Mund war völlig ausgedörrt. Es wäre einfach gewesen, sich zurückzulegen und zu sterben. Aber wenn er das jetzt tat, nur Schritte von der Zelle des Gelehrten entfernt, dann wäre sein Tod nicht einfach eine Geschichte des Versagens, sondern eine des völligen Versagens. Jedes Leben endet, weiß Sang, aber Tejohn wollte nicht, dass die Aufgabe, die ihm der König übertragen hatte, mit ihm starb.

Unter Aufgebot aller Willensstärke rappelte er sich auf die Knie, kroch zu dem Gitter hinüber und riss es weg. Diesmal schien es schwerer als zuvor.

»Mein Tyr Treygar!«, rief der Gelehrte. »Was ist da nur ...?«

»Mund halten«, unterbrach ihn Tejohn. »Ich mag Euch, Doktor Zweifloss, aber wir haben nicht viel Zeit. Wann trifft die nächste Wachablösung ein?«

»Bei Morgengrauen.«

»Wie bekomme ich Euch da heraus?«

»An der Wand befinden sich ein Seil und ein Flaschenzug.«

Ach ja? Tejohn blinzelte durch den Raum und sah es: Da war ein schwenkbarer Holzbalken unter der Treppe verstaut. Wie hatte ihm das zuvor nur entgehen können?

Tejohn schaute hinab. »Doktor, wenn ich Euch herauslasse, müsst Ihr mir schwören, eine Aufgabe zu vollenden, die ich Euch stelle. Der König hat mir befohlen, das zu tun, aber das kann ich nicht.«

»Warum nicht?«

»Weil ich gleich sterben werde.« Tejohn stand im Begriff, auf diesem steinernen Boden zu sterben, in seinem Heimatland, fern seiner Frau und seiner Kinder. Er würde seine Kinder nie wiedersehen. Großer Weg, sie waren noch so klein.

Wie sollten sie in dieser zusammenbrechenden Welt überleben?

Aber Gedanken wie diese brachten nichts und taugten nur dazu, die letzten wenigen Augenblicke seines Lebens der Verzweiflung anheimzugeben. Er musste sich auf die Dinge konzentrieren, die er zu kontrollieren vermochte. »Doktor Zweifloss, Lar Italga ist der Überzeugung gewesen, Ghoron Italga, sein Onkel, kenne einen Zauber, der mächtig genug sei, um die Grunzer zu besiegen. Der Zauber stammt vom fünften Geschenk ab und könnte Dutzende aus der Ferne töten. Meine Aufgabe wäre es gewesen, mit diesem Zauber aus Sturmpass zurückzukommen. Bevor ich Euch befreie, müsst Ihr mir schwören, an meiner Stelle dorthin zu gehen.«

»Nach Sturmpass? Die Bibliothek dort ist womöglich die größte auf der Welt, jedenfalls jetzt, wo der Gelehrtenturm …«

»Doktor, schwört es, solange ich noch genug Leben in mir habe, um Euch zu befreien, oder …«

»Ich schwöre, Tyr Treygar. Ich schwöre, Eure Aufgabe zu vollenden.«

Endlich. Tejohn kroch über den Boden und zog sich an den Seilen des Flaschenzugs hoch, bis er stand. Seine Sicht trübte sich, und er wäre beinahe ohnmächtig geworden, aber das verging nach einem Moment. Er schwang den Balken über die Grube und ließ das Seil hineinfallen. Dann spürte er, wie das Seil einen Ruck tat, als der Gelehrte danach griff.

Eine Welle des Schwindels wogte über ihn hinweg. Tejohn fiel gegen die Wand und sackte zu Boden. *Halt durch.* Vor seinen Augen wurde es schwarz, und es fiel ihm schwer, noch einen Gedanken zu fassen. Er griff nach oben, nach dem Seil, und zog es zu sich her. Sein König saß in einer Grube gefangen. Doktor Zweifloss saß in einer Grube gefangen. Dass er jetzt dieses Seil festhielt, war auf irgendeine Weise wichtig für sie beide, aber er konnte sich nicht erinnern, inwiefern.

»Fast geschafft!«, rief eine gebrechliche, dümmliche Stimme. Im gleichen Augenblick bockte das Seil. Jemand versuchte, es ihm aus den Händen zu ziehen, aber nein, das würde Tejohn nicht zulassen. Er verwendete den allerletzten Rest seiner schwindenden Kräfte darauf, das Seil festzuhalten, aus keinem anderen Grund als dem, dass es ihm jemand wegnehmen wollte. Warum bloß hatte er solche Schmerzen?

»Ich habe es geschafft!«, rief die dümmliche Stimme. »Ich bin frei!« Jemand bewegte sich durch Tejohns Gesichtsfeld, und er sah einen alten Mann in schwarzen Gewändern, der ihn anstarrte. *Ich sterbe.* Die unausgesprochene Wahrheit, mit der er Tage um Tage gelebt hatte, sie ließ sich nun endgültig nicht mehr leugnen. Er würde seine Familie nie wiedersehen. *Erzähl ihnen von mir,* hatte er seine Frau gebeten, aber er wusste nicht einmal, ob sie noch am Leben waren. *Ich sterbe.* Die Wörter wollten nicht herauskommen. Sein Mund war zu trocken, und er hatte nicht einmal mehr die Kraft, den Kiefer zu bewegen. Plötzlich bemerkte er, dass seine Schmerzen verschwunden waren. *Ich sterbe.*

»Ich habe solchen Hunger! Ah!«, sagte der alte Mann. Er eilte zu einem Regal. »Brot! Und Fleisch!«, rief er und begann vergnügt zu essen.

Tejohn spürte, wie die Welt von ihm wegglitt.

KAPITEL 31

Da war Licht. Er hatte die Sache mit Feuer niemals wörtlich genommen, aber in seinem Gesichtsfeld flackerte orangefarbenes Licht. *Nach allem hat mich nun endlich Feuer geholt.* Die Priester hatten immer gesagt, dass Soldaten, die in der Schlacht starben, nicht von Feuer für sich beansprucht würden, dass sie den Großen Weg auf natürliche Weise verließen, aber hier waren jedenfalls trotzdem Flammen.

Andererseits: Er brannte nicht.

»Mein Tyr Treygar, es ist gut zu sehen, dass Ihr die Augen öffnet.«

»Doktor Zweifloss?« Die Stimme des Gelehrten war unverkennbar. Tejohn ließ ein Stöhnen der Verzweiflung hören. Sie hatten beide den Weg verlassen, und die Aufgabe, die Lar Italga ihm überantwortet hatte, würde niemals erfüllt werden. »Feuer und Zorn.«

»Kommt«, sagte der Gelehrte. »Trinkt das hier. Ich habe Euch etwas Lamm aufgehoben, aber Ihr müsst schnell essen. Der Morgen wird bald dämmern.«

Unvermittelt kam es Tejohn in den Sinn, dass er offenbar doch nicht tot war und vielleicht noch immer mit seiner Familie wiedervereint werden konnte. Er berührte seine Seite, wo der Speer hindurchgegangen war. Da war kein Schmerz, nicht einmal eine empfindliche Stelle. *Dankbar bin ich, dass ich den*

Weg beschreiten darf. Offensichtlich war alles nur ein schrecklicher Traum gewesen.

Er lag im Turmraum auf dem Boden, und Doktor Zweifloss kniete neben ihm und drückte ihm eine Tasse Wasser in die Hand. Doch kein Traum. »Ihr seid ein Medizingelehrter?«, fragte Tejohn. »Aber Ihr tragt doch das Abzeichen nicht.«

Doktor Zweifloss übte einen sanften Zwang auf Tejohns Ellbogen aus, damit er die Tasse an die Lippen hob. Tejohn trank. »Der Gelehrtenturm hütet Geheimnisse vor allen und jedem, selbst vor der königlichen Familie.«

Tejohns Hand fiel an seine Hüfte zurück, aber er trug kein Messer bei sich. Er war immer noch wie ein Schuldknecht gekleidet. Doktor Zweifloss wurde von der Feuerstelle her von hinten beleuchtet, und Tejohn konnte sein Gesicht nicht ausmachen.

»Trinkt noch mehr, und dann esst etwas von diesem Fleisch. Ihr habt eine Menge Blut verloren.«

»Wie lange schon?«, fragte Tejohn, dann leerte er den Becher. Der Geruch von gebratenem Ziegenfleisch stieg ihm in die Nase, und ihm knurrte der Magen.

»Ich habe den größten Teil der Nacht gebraucht. Ich bin lange aus der Übung – zweimal hatte ich schon geglaubt, ich hätte Euch verloren. Aber trotzdem: Mit der Sonne kommen die Wachablösung und mein Tyr Finstel.«

»Doktor Zweifloss, was wollten sie von Euch? Warum seid Ihr hier?« Tejohn begann zu essen.

»Sie wollten, dass ich wahnsinnig werde«, antwortete Zweifloss. »Tyr Finstel, Tyr Gerrit und die anderen haben es nicht gewusst, aber was sie von mir verlangt haben, hätte mich vernichtet. Tyr Finstel wollte, dass ich innerhalb seiner Festung einen neuen Gelehrtenturm errichte, und er wollte, dass es in drei Tagen geschieht. Ich habe versucht, ihm zu erklären, dass diese Geschwindigkeit mich in den Wahnsinn getrieben hätte, genauso wie die Doktoren Rexler und Brechstumpf sowie all die anderen Verbrecher und Ungeheuer, die er aus den Geschichten seiner Kindheit kennt, aber Tyr Finstel hat geglaubt, ich wolle mich gegen ihn verschwören. Sobald ich den Zauber den drei Bergwerksgelehrten beigebracht hatte, die er da anschleppte …«

Tejohn verschluckte sich beinahe. »Was? Ihr könnt die Geschenke des Königs nicht einfach so weitergeben!« Er zwang sich aufzustehen.

»Tyr Treygar, *der König ist tot.* Peradain ist gefallen. Wenn Ihr diesen Tonbecher da mit aller Kraft gegen die Wand werft, könnt Ihr ihn doch nicht in so viele Teile zerbrechen wie die, in die das Reich zerbrochen ist. Zudem hat mein Tyr Finstel mir das Leben gerettet. Ich schuldete ihm meine Gefolgschaft.«

Tejohn wusste, dass es dumm war zu streiten, aber er fühlte sich bei seiner Ehre dazu verpflichtet. »Ihr schuldet Eure Gefolgschaft der Familie Italga. Lar lebt noch und arbeitet daran, die Eindringlinge zu bezwingen … wie ein König es tun sollte.«

Doktor Zweifloss schüttelte den Kopf. »Lar ist ein kluger Junge mit ehrenhaften Antrieben, aber er wird nur so lange überleben, bis die Tyre ihn finden. Er verfügt über keine Armee, kein Land, kein Geld und keinerlei Möglichkeiten, die Gelehrten zu kontrollieren. Die Herrschaft der Italgas hat ein Ende gefunden.« Er blickte zu dem Loch im Boden hinüber, aus dem Tejohn ihn gezogen hatte. »Die Sache mit meiner Gefolgschaft gegenüber den Finstels hat sich ebenfalls erledigt. Jetzt werde ich mit Euch zusammenarbeiten, Tyr Treygar.«

Tejohn verschlang das restliche Fleisch und fühlte sich gleich besser. Nur wenige Dinge stellten einen Soldaten mehr zufrieden als ein voller Bauch. Das Stück Lamm, das er in seinem Hemd versteckt gehabt hatte, war ihm irgendwo herausgefallen.

Er trat zur Tür und spähte hinaus. Die Wiese, die er in seinem schwarzen Umhang überquert hatte, lag immer noch im Dunkeln, aber durch die Bäume im Osten schimmerte ein schwaches rotes Licht. Sie mussten sich beeilen.

Er schleppte die beiden toten Wachen ins Gebäude. Nichts von ihrer Ausrüstung passte ihm, daher warf er sie mitsamt Ausrüstung und allem Übrigen in die Grube hinunter. Der Mann, der ihm den Speer in den Rücken gestoßen hatte, besaß einen Helm, der viel zu klein war, aber sein gepolstertes Hemd und sein Brustharnisch waren gerade groß genug. Bei dem, der zusammengebrochen war, als Tejohn ihm die Hand abgetrennt hatte, war der Helm auf der Rückseite eingedellt, aber der dritte – der, der aus dem Zwischengeschoss gefallen war – hatte einen Helm, der nur Tejohns Nase ein wenig quetschte. Er hatte schon Schlimmeres getragen. Bedauerlicherweise passten ihm keine der Stiefel.

Er gürtete Schwert und Messer, dann nahm er sich einen Kurzspeer. Die längeren Speere wären wahrscheinlich unauffälliger, aber er wollte eine Waffe, mit der er auch kämpfen konnte.

Beim Großen Weg, hätte er nicht mehr empfinden sollen? Mehr als nur eine leichte Übelkeit in der Magengrube? Soldaten aus Brausestadt hatten ihn in der Stunde seiner tiefsten Trauer bei sich aufgenommen, hatten an seiner Seite gekämpft und ihn Bruder genannt. Es war nicht einfach so, dass Feuer sie geholt hatte – Tejohn war nicht arrogant genug, um es so zu sehen –, aber man würde um sie trauern. Er wünschte, er könnte seinen eigenen Kummer wiederfinden; alles wäre besser als diese schreckliche Einsamkeit.

Er nahm einen schwarzen Schild an sich, der das Emblem von Brausestadt trug, sowie einen schwarzen Umhang. »Seid Ihr so weit?«

»Ich kann nicht zaubern«, sagte Doktor Zweifloss. »Selbst

wenn ich ein ausgebildeter Medizingelehrter wäre, hätte mich eine Heilung wie die, die ich in der vergangenen Nacht an Euch vorgenommen habe, für einige Tage restlos ausgelaugt. Ich komme mit Euch und werde Euch helfen, Eure Unternehmung zum Ziel zu führen, aber es wird einige Zeit dauern, bis ich wieder zaubern kann, ohne mich dadurch selbst zu verlieren.«

»Keine Sorge«, sagte Tejohn, froh, dass der Gelehrte immer noch hinreichend bei Verstand war, um sich darüber Sorgen zu machen, womöglich hohl zu werden. »Es ist kein Zauber, wofür ich Euch brauche.«

Er ließ auch noch die letzten drei toten Wachen in die Zelle hinabfallen und legte das hölzerne Gitter über die Öffnung. Dann ging er mit dem alten Gelehrten zur Tür hinaus.

Der Karrenweg der Dienstknechte führte zurück zum Arbeitslager. Zudem war da auch, auf der anderen Seite des breiten Grabens, die Straße, die dem Flusslauf folgte. Bei Tageslicht wimmelte es auf dieser Straße nur so von Kaufmannswagen und Soldaten, aber im Dunkeln war sie menschenleer.

Tejohn gab sich alle Mühe, nicht auf Dornenranken zu treten, als er sich einen Weg durch den Graben bahnte, bis er den Hang erreichte, der zur Straße hinaufführte. Er stopfte den Umhang des toten Mannes zwischen die Wurzeln eines Baumes. Dann eilte er zum Turm zurück und legte Doktor Zweifloss den Umhang mit dem weißen Kreis auf der Kapuze über die Schultern. Tejohn erklärte, dass der Umhang eine Tarnung sei, doch unterließ er es lieber, ihm die Bedeutung des Kreises zu erläutern.

Sie eilten zu dem steinernen Podest hinter dem Turm. Tageslicht durchdrang bereits den Wald um sie herum, und sie brauchten Deckung. Sie fanden eine geeignete Weide mit tief hängenden Zweigen und machten es sich unter ihr bequem. Der Himmel war wolkenlos. Es würde ein wunderschöner Tag werden.

Die Wangen des alten Gelehrten waren trocken, wie Tejohn erleichtert bemerkte, aber sein Gesicht war ohne Ausdruck und Leben, beinahe wie das eines Toten. Offensichtlich war es schwer, in einer Grube unter der Erde ausreichend Schlaf zu bekommen. Mit ein wenig Glück würde Doktor Zweifloss der Aufgabe gewachsen sein, die nun vor ihnen lag.

Die Wachablösung kam, gerade als das Sonnenlicht die Turmspitze berührte. Die Abwesenheit der Wachposten und die Leichen im Inneren des Turms sorgten für genau den Aufruhr, den Tejohn erwartet hatte, und die Männer fanden den versteckten Umhang im Graben, lange bevor sie irgendeine Gelegenheit hatten, in der Nähe der Weide zu suchen.

Die jüngsten und schnellsten Wachen wurden mit einer Nachricht zur Festung zurückgeschickt. Während sie auf die Ankunft ihres Tyrs warteten, standen die Soldaten der neuen Wachschicht ängstlich herum. Sie vermuteten, dass der Umhang bedeutete, dass man den Gelehrten über die Straße oder über den Fluss weggebracht hatte, höchstwahrscheinlich in südlicher Richtung, weg von der finstelschen Festung, und da sie nun eine Antwort hatten, die ihnen zusagte, stellten sie die Suche ein.

Tyr Finstels Wagen schien lange zu brauchen, bis er endlich eintraf, aber Tejohn wusste, dass das nur der Eindruck seiner eigenen Ungeduld war. Die Sonne hatte noch nicht einmal den Geländerboden des Zwischengeschosses erreicht, als der Wagen von Norden herbeigeflogen kam und sich auf dem steinernen Podest niederließ.

Tejohn sorgte dafür, dass der Gelehrte gut versteckt war, während sie hörten, wie Tyr Finstel ganz in der Nähe Befehle blaffte und von den Wachen Erklärungen verlangte. Erst als ihre Stimmen leiser wurden, wagte es Tejohn, um den Baumstamm zu spähen.

Die Tyre und ihre Wachen gingen hinaus auf die Wiese, entfernten sich vom Turm. Sie ließen zwei Männer zurück, die den Flugwagen bewachen sollten, und beide standen mit dem Rücken zu Tejohn.

Jetzt. Tejohn schlüpfte hinter dem Baum hervor und bewegte sich, so leise er konnte, auf sie zu. Er kam dem Flugwagen so nahe, dass er beinahe mit seinem Brustharnisch dagegengestoßen wäre. Dann rammte er dem einen der Wachmänner seinen Speer ins Genick.

Der Mann gab einen spitzen, erstickten Laut von sich. Noch bevor er umfallen konnte, hatte Tejohn den Speer bereits zurückgezogen und stieß ihn nach dem anderen Wachposten. Dem zweiten Mann, der sich überrascht zu dem umkippenden Wachposten umgedreht hatte, fuhr die Spitze mitten in die Kehle.

Doktor Zweifloss folgte direkt hinter Tejohn. »Ich kann keinen Wagen fliegen, mein Tyr.«

»Es ist kein Zauber.« Tejohn legte seinen Speer ab, verschränkte die Finger und ließ den Gelehrten den Fuß hineinstellen, um ihm in den Wagen zu helfen. Nachdem Tejohn ihn hinaufbefördert hatte, griff Doktor Zweifloss sofort nach den Schalthebeln. Tejohn kletterte hinter ihm hinein. »Die Farbe Orange – ein leuchtendes Orange. Das Gefühl, unerwartet mit dem linken Fuß in eine tiefe Pfütze zu treten. Ein Quadrat, bei dem die rechte Seite in der Mitte der Linie bricht und zu einem Dreieck zusammenfällt, das einem Schenkel gleicht.«

Tejohn legte seine Hand auf die des Gelehrten. Der alte Mann hielt die Augen geschlossen, um sich besser konzentrieren zu können, und seine Züge waren immer noch schlaff und ohne Ausdruck. »Ich nehme an, Ihr meint ein gleichschenkliges Dreieck«, sagte Zweifloss, doch der Wagen begann bereits zu beben.

Mit seiner Hand über der des Gelehrten bewegte Tejohn einen der Hebel. Sie schwebten in schnellem Tempo in gerader

Linie in die Höhe empor. Schreiende Männer kamen herbeigerannt, aber der Wagen war außer ihrer Reichweite, ehe sie sich ihm auf zehn Schritte genähert hatten. Zwei Speere schlugen in die Räder des Wagens, aber das war auch alles, was deren Werfer zu erreichen vermochten. Tejohn bewegte einen weiteren Hebel für Doktor Zweifloss, und der Wagen neigte sich zur Seite und nahm Kurs gen Süden.

»Ich bekomme langsam ein Gefühl dafür«, bemerkte Doktor Zweifloss.

Speerträger liefen unten am Boden hinter ihnen her, aber sie verschwendeten nur ihre Zeit. Tejohn wickelte dem alten Mann ein Seil um die Hüfte und begann es zu verknoten. »Wir müssen zunächst wenden, bevor wir uns auf den Weg nach Sturmpass machen. Lar Italga hat mir einen Ring gegeben, den …«

»Nein, mein Tyr. Es liegt mir nichts daran, einen Italga auf dem Thron der Schädel zu sehen, und ich brauche Euch nun nicht mehr.«

Tejohn hatte auch den zweiten Teil des Geschirrs schon halb verknotet, aber der Klang der Stimme des Doktors erschreckte ihn. Er trat zurück, und seine Hand fuhr aus alter Gewohnheit zu seinem Messer.

Tränen strömten Doktor Zweifloss über die Wangen.

Tejohn war immer schnell gewesen – schneller als jeder andere –, aber der Gelehrte war auf ihn vorbereitet. Und er brauchte nur eine rasche Bewegung mit dem Handgelenk zu machen.

Der Wagen ruckte schlingernd zur Seite, schräg nach Osten geneigt. Tejohn stürzte gegen die Geländerkante, und das Gewicht seines Körpers schleuderte ihn hinüber. Sein Messer fiel klappernd auf den Holzboden des Wagens. Tejohn bekam das Geländer zu fassen, aber seine Finger waren zu schwach, um ihn festzuhalten.

Einen Moment später fiel er durch leere Luft. Vor dem Hintergrund des heute so wunderschönen Himmels wurde der Wagen kleiner und kleiner. Dann krachte etwas Weiches und Schweres in ihn hinein.

Sein linkes Bein tobte vor Schmerz, und Wasser spritzte ihm ins Gesicht. *Das Flussufer hat mich angegriffen,* dachte er. Hätte Laoni das witzig gefunden? Er würde es niemals erfahren.

Der Wagen entschwand über den Baumwipfeln. Tejohn war immer noch außerstande, sich zu bewegen, als er nun die glänzenden, eisernen Speerspitzen näher kommen sah.

KAPITEL 32

Es war Nacht, als Cazia erwachte. Ihre Hände und ihr Rücken schmerzten, und über sich konnte sie nur in Nebel gehüllte Kiefern sehen, durch die das Mondlicht schimmerte. Sie brauchte einige Augenblicke, um sich daran zu erinnern, wo sie war.

Dann fiel es ihr wieder ein: das Qorrtal, die Tilkilit, der Stein, der sie am Bein getroffen hatte, als sie …

»Ivi!« Die Panik in ihrer Stimme überraschte sie selbst. Mühsam rappelte sie sich hoch, bis sie aufrecht saß. Sie gab sich alle Mühe, dem Schmerz, der ihr bei jeder Bewegung durch die Glieder schoss, keine Beachtung zu schenken. »Ivi, wo bist du?«

»Cazia?« Es war Ivis Stimme, und sie ertönte von irgendwo links von ihr. Cazia rollte sich herum, sodass sie eine kniende Stellung einnahm. Man hatte ihr die Hände hinter den Rücken gebunden; das war der Grund, warum sie schmerzten, und ihre Füße waren ebenfalls gefesselt – aber Schmerz oder nicht, sie musste feststellen, ob mit dem Mädchen alles in Ordnung war.

»Kleine Schwester, bist du verletzt?« Cazia kroch auf den Knien in die Richtung, aus der die Stimme der Prinzessin gekommen war. Steine und Zweige bohrten sich in ihre nackten Beine.

»Cazia?«, ließ sich die Stimme erneut vernehmen. »Bist du … wieder du selbst?«

Die Frage verblüffte sie, aber sobald sie sie hörte, wusste sie auch, was die Antwort war. Ja, sie *war* wieder sie selbst. Der hohle Raum in ihr – jenes Etwas ohne Leben, aber mit Intelligenz – war verschwunden, ebenso wie das Gefühl, jeden Moment weinen zu müssen. Verschwunden war auch die unerklärliche Sehnsucht, durch die Pforte zu treten oder sich selbst zu vernichten, indem sie Zauber um Zauber wirkte. Der Stein des Tilkilit hatte die Hohlheit aus ihr herausgerissen und sie wieder zu sich selbst gebracht.

»Ja«, bestätigte Cazia und begann erneut vorwärtszukriechen. »Was immer sie mit diesem Stein mit mir angestellt haben …«

Ein Tilkilit-Krieger trat aus dem Nebel und hielt ihr eine Speerspitze an die Kehle. Zwei weitere folgten und zielten mit ihren Waffen auf sie.

Mochte Feuer sie holen. Cazia würde vor ihnen nicht klein beigeben. »Haben sie dir wehgetan?«

Die Krieger stießen ihre Waffen nicht in sie hinein. Vielleicht glaubten sie genauso wenig wie Tschick, dass Affen reden konnten.

»Nein«, kam die Antwort. Cazia sackte auf dem Waldboden zusammen, und ihre Erleichterung raubte ihr alle Energie. »Aber sie haben irgendetwas mit Kinz gemacht. Sie befindet sich in einer Art Kokon …«

Einer der Krieger trat hinter Cazia und drückte ihr einen harten, kühlen Gegenstand in den Nacken. Ein Schauer durchlief sie, und sie spürte, dass etwas von ihr weggerissen wurde, so wie man eine Decke von einem Bett reißt. Wenn sie nicht bereits auf dem Boden gelegen hätte, wäre sie zusammengebrochen. *Wieder der schwarze Stein.*

Ein Tilkilit stellte eine Schüssel mit Wasser neben ihren Kopf. Sollte sie trinken wie ein Hund? Sie war versucht, sie zu verfluchen, aber dazu fehlte ihr die Kraft, und ihre Kehle war so *ausgedörrt* …

Zehn der kleinen Krieger traten aus dem wallenden Nebel und zogen einen Schlitten hinter sich her. Er war riesig, größer als jeder Wagen, den Cazia je gesehen hatte, und sobald ihre Wasserschale leer war, wurde Cazia mit roher Gewalt hochgehoben und neben Vilavivianna auf den Schlitten gelegt.

Auch der Prinzessin waren die Hände hinter dem Rücken gefesselt worden, aber sie schien unverletzt zu sein. Zumindest war sie nicht stärker verletzt, als es der Fall gewesen war, als Cazia sie das letzte Mal gesehen hatte. Die Kratzer an ihrem Kopf und ihren Wangen waren verschorft und schienen zu heilen. Die Krieger zerrten den Schlitten mit ihnen über den unebenen Untergrund. »Es ist schön, dich zu sehen«, sagte Cazia.

Ivi musterte eindringlich Cazias Gesicht, schien nach irgendetwas zu suchen. »Mit dir ist tatsächlich wieder alles in Ordnung«, stellte sie fest. »Du bist wirklich zu dir selbst zurückgekehrt.«

»Was immer sie mit mir gemacht haben, es hat mich geheilt. Aber ich kann die Finger nicht bewegen.«

Ivi rollte sich von ihr weg, um ihre Hände zu zeigen. Die starken, dünnen Fäden, mit denen die Tilkilit sie gefesselt hatten, waren um ihre Hände gewickelt und klebten wie Leim. Sie waren beide gefesselt worden, und das sehr wirkungsvoll. »Wo ist Kinz?«

Ivi deutete mit dem Kopf auf die andere Seite des Schlittens, wo Kinz lag. Sie war über und über mit dem gleichen Zeug bedeckt, mit dem Ivis Hände gefesselt waren. Nur ihr schlafendes Gesicht war zu sehen, und Cazia fand, dass es zumindest wieder mehr Farbe bekommen hatte. Vielleicht heilten sie sie ja?

Sie dachte wieder an die merkwürdigen dunklen Steine.

Cazia hätte gerne einen von ihnen gehabt. Feuer und Zorn, sie wollte tausend von ihnen haben. Was, wenn jeder Gelehrte einen hätte? Dann könnten sie immer und in jeder Geschwindigkeit, die ihnen gerade lieb war, Gebrauch von den Geschenken machen, und sobald sie anfingen, hohl zu werden, würde eine Berührung des Steins sie heilen.

Cazia schloss die Augen und versuchte, dem Holpern des Schlittens keine Beachtung zu schenken. Die Tilkilit brauchten unbedingt jemanden, der ihnen beibrachte, was Räder waren. Sie dachte an einen einfachen Zauber, irgendetwas, was sie Hunderte von Malen gewirkt hatte. Süßwasser. Sofort kamen ihr die Formen des Zaubers wieder in den Sinn und ebenso ihr neues, vertieftes Verständnis von ihrem Gebrauch. Mittels Veränderung einer einzigen dieser Formen könnte sie das Wasser zu Salzwasser werden lassen, mittels Abdunklung einer der Farben würde es so kalt wie ein Gletscher werden.

Sie hatte alles unter Kontrolle. Cazia rollte sich herum und sah Ivi an. Sie hätte ihr am liebsten alles erzählt, doch sie wusste, dass die Prinzessin es nicht verstehen würde.

Ich bin eine Hexenmeisterin geworden, ohne meine Seele zu verlieren.

Urplötzlich kippten die Tilkilit den Schlitten auf den unebenen Boden, und die beiden Mädchen rollten herunter. Krieger hoben sie hoch wie Getreidesäcke und trugen sie einen Hügel aus frisch ausgehobener Erde hinauf. Cazia geriet für einen Moment in Panik, als sie oben angelangt waren und es nun tief in die Erde hinabging. Sie schaute zurück und sah, dass Ivi und Kinz direkt hinter ihr folgten. Sollten sie alle bei lebendigem Leib begraben werden?

Die Dunkelheit war hier absolut. Cazia spürte, dass sie tiefer und tiefer getragen wurde, aber als ihr endlich in den Sinn kam, dass sie sich alle Biegungen und Windungen genau einprägen sollte, um die Orientierung zu behalten, war es bereits zu spät.

Sie brauchten Licht. Der Lichtsteinzauber kam ihr in den Sinn, und sie dachte zum ersten Mal ernsthaft über dessen Möglichkeiten und Begrenzungen nach. Wenn sie ihn wirken wollte, ohne die Hände zu gebrauchen, wie würde sie es anstellen?

Nein. Nein, das war nicht möglich. Bei Monuments stützender Kraft, sie wusste, dass sie bereits mit einem Minimum an Bewegungen einen Lichtstein anfertigen konnte, aber sie brauchte die Gesten.

Nicht, dass es im Moment in irgendeiner Weise von Belang gewesen wäre. Ihre Verbindung zur Magie war geschwunden. Die Steine der Tilkilit hatten nicht nur ihren ausgehöhlten Raum verschwinden lassen, sie hatten ihr auch ihre Magie genommen.

Jedoch nur vorübergehend. Sie hätten sie nicht ein zweites Mal mit einem der Steine berührt, wenn der Verlust ihrer Magie von Dauer gewesen wäre.

Nach vielen Abbiegungen und Abstiegen setzte der Krieger sie auf festgetretener Erde ab. Es herrschte noch immer vollkommene Dunkelheit, aber als Ivi neben Cazia geworfen wurde, rief sie »Autsch!«, und das Echo ließ auf eine Höhle schließen.

Irgendetwas bewegte sich in der Dunkelheit, etwas Schweres und Spitzes, und es kratzte über Steine und Insektenpanzer. Eine Gänsehaut rieselte über Cazias Rücken. *Was ist hier drin bei uns?* Hatten sie Cazia den ganzen Weg hierhergetragen, um sie an einen ihrer Würmer zu verfüttern?

Dann hallte eine Stimme in ihrem Schädel wider. Sie war schroff und wütend und von der gleichen Wärme erfüllt wie eine Lawine aus Eis.

Geschöpfe, sagte die Stimme. *Ihr gehört jetzt mir.*

Er war der gefährlichste Jäger im Nebel – doch nun ist er die Beute …

512 Seiten. ISBN 978-3-7341-6032-5

Clach, genannt »Totenkaiser«, ist ein Nebelmacher. Diese meisterlichen Assassinen töten im Dienste der Göttin des Mordens nicht nur den Körper, sondern können auch die Seele vernichten. Clach hat gerade einen Auftrag abgeschlossen, da erfährt er Ungeheuerliches: Seine Tötungen waren gar nicht von der Göttin sanktioniert – und damit wider ihr Gesetz! Clach macht sich auf die Jagd. Irgendjemand wird für diese Täuschung bezahlen. Doch der Totenkaiser ist längst selbst der Gejagte …

Lesen Sie mehr unter: **www.blanvalet.de**

Magielos, verachtet –
er ist die einzige Hoffnung
auf Rettung!

608 Seiten. ISBN 978-3-442-26937-2

Alera ist das größte Reich, das die Menschen je errichtet haben. Durch die Macht seiner Elementare und der Ritter, die diese beherrschen, regieren Wohlstand und Stabilität. Doch in der Hauptstadt schmieden die Fürsten ihre Intrigen, und ein Bürgerkrieg steht kurz bevor. Da fallen die brutalen Marat mit ihren riesigen Bestien in Alera ein, und die Aufmerksamkeit aller richtet sich auf das Calderon-Tal – und auf Tavi, der dort nicht nur um sein Leben kämpft, sondern um die Sicherheit Aleras!

Lesen Sie mehr unter: **www.blanvalet.de**